国家出版基金项目
NATIONAL PUBLICATION FOUNDATION

外国文学学术史研究

主编
陈众议

列夫·托尔斯泰学术史研究

Исследования по истории изучения творчества Л. Толстого

陈建华 等 著

译林出版社

图书在版编目（CIP）数据

列夫·托尔斯泰学术史研究 / 陈建华等著. -- 南京 ：译林出版社，2025.8. --（外国文学学术史研究 / 陈众议主编）. -- ISBN 978-7-5753-0710-9

Ⅰ. I512.064

中国国家版本馆CIP数据核字第2025Y5Z684号

列夫·托尔斯泰学术史研究　　陈建华　等／著

责任编辑　鲍迎迎　许　晔
装帧设计　孙逸桐
校　　对　戴小娥
责任印制　颜　亮

出版发行　译林出版社
地　　址　南京市湖南路 1 号 A 楼
邮　　箱　yilin@yilin.com
网　　址　www.yilin.com
市场热线　025-86633278
排　　版　南京展望文化发展有限公司
印　　刷　江苏凤凰通达印刷有限公司
开　　本　652 毫米 × 960 毫米　1/16
印　　张　28
插　　页　2
版　　次　2025 年 8 月第 1 版
印　　次　2025 年 8 月第 1 次印刷
书　　号　ISBN 978-7-5753-0710-9
定　　价　136.00 元

总序

在众多现代学科中有一门过程学。在各种过程研究中，有一种新兴技术叫生物过程技术，它的任务是用自然科学的最新成就，对生物有机体进行不同层次的定向研究，以求人工控制和操作生命过程，兼而塑造新的物种、新的生命。文学研究很大程度上也是一种过程研究。从作家的创作过程到读者的接受过程，而作品则是其最为重要的介质或对象。问题是，生物有机体虽活犹死，盖因细胞的每一次裂变即意味着一次死亡，而文学作品却往往虽死犹活，因为莎士比亚是"说不尽"的，"一百个读者就有一百个哈姆雷特"。

换言之，文学经典的产生往往建立在对以往经典的传承、翻新，乃至反动（或几者兼有之）的基础之上。传承和翻新不必说，但奇怪的是，即使反动，也每每无损以往作品的生命力，反而能使它们获得某种新生。这就使得文学不仅迥异于科学，而且迥异于它的近亲——历史。套用阿瑞提的话说，如果没有哥伦布，迟早会有人发现美洲；如果伽利略没有发现太阳黑子，也总会有人发现。同样，历史可以重写，也不断地在重写，用克罗齐的话说，"一切历史都是当代史"。但是，如果没有莎士比亚，又会有谁来创作《哈姆雷特》呢？有了《哈姆雷特》，又会有谁来重写它呢？即使有人重写，他们缘何不仅无损于莎士比亚的光辉，反而能使他获得重生，甚至更加辉煌灿烂呢？

这自然是由文学的特殊性所决定的，盖文学是加法，是并存，是无数"这一个"之和。鲁迅谓文学最不势利，马克思关于古希腊神话的“童年说”和“武库说”更是众所周知。同时，文学是各民族的认知、价值、情感、审美和语言等诸多因素的综合体现。因此，文学既是民族文化及民族向心力、认同感的重要基础，也是使之立于世界之林而不轻易被同化的鲜活基因。也就是说，大到世界观，小到生活习俗，文学在各民族文化中起到了染色体的功用。独特的染色体保证了各民族在共通或相似的物质文明进程中保持着不断变化却又不可淹没的个性。唯其如此，世界文学和文化生态才丰富多彩，也才需要东西南北的相互交流和借鉴。同时，古今中外，文学终究是一时一地人心的艺术呈现，建立在无数个人基础之上，并潜移默化、润物无声地表达与传递、塑造与擢升着各民族活的灵魂。这正是文学不可或缺、无可取代的永久价值与恒久魅力之所在。

于是，文学犹如生活本身，是一篇亘古而来、今犹未竟的大文章。

此外，较之于创作，文学研究则更具有意识形态和上层建筑属性，因而更取决于生产力和社会形态、社会发展水平。这也是马克思主义的基本观点之一。如是，我国现代意义上的文学研究起步较晚，外国文学研究更是如此。虽然以鲁迅为旗手的新文学运动十分重视外国文学，但从实际成果看，1949年前的外国文学研究却基本上属于旁批眉注、前言后记式的简单介绍，既不系统，也不深入。因此，我国的外国文学研究几乎可以说是在新中国成立以后全面展开的。而系统的外国文学学术史研究，这还是第一次。

二

学术史研究也是一种过程学，而且是一种相对纯粹的过程学。不具备一定的学术史视野，哪怕是潜在的学术史视野，任何经典作家作品研究几乎都是不能想象的。

然而，后现代主义解构的结果是绝对的相对性取代了相对的绝对性。于是，许多人不屑于相对客观的学术史研究而热衷于空洞的理论了。在一些人眼里，甚至连相对客观的真理观也消释殆尽了。

于是，过去的“一里不同俗，十里言语殊”成了如今的言人人殊。于是，众生喧哗，且言必称狂欢，言必称多元，言必称虚拟和不确定。这对谁最有利呢？也许是跨国资本吧。无论解构主义者初衷何如，解构风潮的实际效果是：不仅相当程度上消解了真善美与假恶丑的界限，甚至对国家意识形态，至少是某些国家的意识形态和民族凝聚力都构成了威胁。然而，所谓的“文明冲突”归根结底是利益冲突，而“人权高于主权”这样的时鲜谬论也只有在跨国公司时代才可能产生。

且说经典在后现代语境中首当其冲，成为解构对象。因此它们不是被迫“淡出”，便是横遭肢解。所谓的文学终结论也正是在这样的背景下提出来的。它与其说指向创作实际，毋宁说是指向传统认知、价值和审美取向的全方位颠覆。因此，经典的重构多少具有拨乱反正的意义。

正是基于上述缘由，中国社会科学院外国文学研究所于2004年着手设计“外国文学学术史研究工程”计划，并于翌年将该计划列入中国社会科学院“十一五规划”。这是一项向着重构的整合工程，它的应运而生标志着外文所在原有的“三套丛书”（即20世纪60年代至90年代——“文革”时期中断——的“外国文学名著丛书”、“外国古典文艺理论丛书”和“马克思主义文艺理论丛书”）等工作的基础上又迈出了新的一步，也意味着我国的外国文学研究已开始对解构风潮之后的学术相对化、碎片化和虚无化进行较为系统的清算。

由是，关乎经典的一系列问题将在这一系统工程中被重新提出。比如，何为经典？经典是必然的还是偶然的？经典重在表现人类的永恒矛盾（用钱锺书的话说是“两足动物的基本根性”）呢，还是主要指向时代社会的现实矛盾？它们在认知方式、价值判断、审美取向方面有何特征？经典及经典批评与时代社会的生产力和生产关系、经济基础和上层建筑等关系何如？批评及批评家的作用（包括其立场、观点和方法及其与时代社会的一般和特殊关系）又如何？此外，经典作家的遭际与性情、阅历与禀赋，经典的内容与形式、继承与创新，以及文学的一般规律和文学经典的特殊性等诸如此类的问题，都将是本工程需要展示并探讨的。

且说世界文学一路走来，其规律并非羚羊挂角，无迹可寻。童年的神话、少年的史诗、青年的戏剧、中年的小说、老年的传记是一种概括。由高向低、由外而内、由强至弱、由大到小，等等，也不失为一种轨辙。如是，文学从模仿到独白、从反映到窥隐、从典型到畸形、从审美到审丑、从载道到自慰、从崇高到渺小、从庄严到调笑……终于一头扎进了个人主义和主观主义的死胡同。小我取代了大我，观念取代了情节；“阿喀琉斯的愤怒”变成了麦田里的脏话；“路曼曼其修远兮，吾将上下而求索”变成了“我做的馅饼是世界上最好吃的”；诸如此类，不一而足。当然，这不能涵盖文学的复杂性和丰富性。事实上，认知与价值、审美与方法等的背反或迎合、持守或规避所在皆是。况且，无论“六经注我”还是“我注六经”，经典是说不尽的，这也是由时代社会与经典本身的复杂性和丰富性所生发的。

二

众所周知，文学是人类文明的重要组成部分。马克思主义的经典作家向来重视文学，尤其是经典作家在反映和揭示社会本质方面的作用。马克思在分析英国社会时就曾指出，英国现实主义作家“向世界揭示的政治和社会真理，比一切职业政客和道德家加在一起所揭示的还要多”。恩格斯也说，他从巴尔扎克那里学到的东西，要比从“当时所有职业的历史学家、经济学家和统计学家那里学到的全部东西还要多”。列宁则干脆地称托尔斯泰是俄国革命的一面镜子。这并不是说只有文学才能揭示真理，而是说伟大作家所描绘的生活、所表现的情感、所刻画的人物往往不同于一般抽象的概括、数据的统计。文学更加具体、更加逼真，因而也更加感人、更加传神。其潜移默化、润物无声的载道与传道功能更不待言。站在世纪的高度和民族立场上重新审视外国文学，梳理其经典，展开研究之研究，将不仅有助于我们把握世界文明的律动和了解不同民族的个性，而且有利于深化中外文化交流，从而为我们借鉴和吸收优秀文明成果、为中国文学及文化的发展提供有益的“他山之石”。习近平总书记提出的“不忘本来，吸收外来，面向未来”与“洋为中用”“古为今用”思想一脉相承。

“观乎天文以察时变，观乎人文以化成天下”；文学作为人文精神的重要基础和介质，既是人类文明的重要见证，同时也是一时一地人心、民心的最深刻，也最具体的体现，而外国文学则是建立在各民族无数外国作家基础上的不同时代、不同民族的认识观、价值观和审美观的形象反映。研究人心自然不能停留在简单抽象的理念上。因此，走进经典永远是了解此时此地、彼时彼地人心民心的最佳途径。换言之，文学创作及其研究指向各民族变化着的活的灵魂，而其中的经典（包括其经典化或非经典化过程）恰恰是这些变化着的活的灵魂的集中体现。

如是，“外国文学学术史研究”立足国情，立足当代，从我出发，以我为主，瞄准外国文学经典作家作品和思潮流派，进行历时和共时双向梳理。目前共四辑，由二十五部学术史研究专著、二十五部配套译著组成：第一辑涉及塞万提斯、歌德、雨果、左拉、庞德、高尔基、肖洛霍夫和海明威；第二辑包括普希金、茨维塔耶娃、康拉德、狄更斯、哈代、菲茨杰拉德、索尔·贝娄和芥川龙之介；第三辑为乔叟、简·奥斯丁、陀思妥耶夫斯基、泰戈尔和希伯来经典；第四辑涵盖《一千零一夜》、巴尔扎克和列夫·托尔斯泰。

三

格物致知，信而有征；厘清源流，以利甄别。“外国文学学术史研究”中的经典作家作品学术史研究系列顾名思义都是学术史研究（或谓研究之研究）。学术史研究既是对一般博士论文的基本要求，也是一种行之有效的文学研究方法，更是一种切实可行的文化积累工程，同时还可以杜绝有关领域的低水平重复。每一部学术史研究著作通过尽可能竭泽而渔式的梳理，即使不能见人所未见、言人所未言，至少也能老老实实地将有关作家作品的研究成果（包括有关研究者的立场、观点和方法）公布于众，以裨来者考。如能温故知新，有所创建，则读者幸甚，学界幸甚。相配套的经典论文翻译，则遴选有关作家作品研究的标志性成果，其形式类似于外文所先前出版的“外国文学研究资料丛书”。

同时，每一部学术史研究著作将由三部分组成。第一部分为经典作家（作品）的学术史梳理。这是相对客观的，但其中的艰难也不可小觑。首先，学术史梳理既不像平素泛舟书海，拾贝书滩，尽意兴而为之地俯拾由已和随心所欲；其次，牵涉语种繁多，而且经过20世纪的形形色色的方法论和批评思潮的浸染，用汗牛充栋来形容经典作家作品研究成果已不为过。因此，要在浩如烟海的研究史料中攫取最有代表性的观点和方法，实在是件考验耐心和毅力的事情。战战兢兢，生怕挂一漏万，自不待言，且挂一漏万在所难免。因此，我们只能择要概述，甚至把侧重点放在经典作家的代表作上。不然纵使篇幅再大，也难以涵括浩瀚的文献资料。换言之，去芜杂的枝蔓和重复的敷衍，留精粹要义和真知灼见是必然的，但也是不容易做到的。它考验我们涉猎的深度和广度，而且也是检验我们学术水准和价值判断的重要环节。

第二部分研究之研究何啻是一大考验。都说20世纪是批评的世纪，在经历了现代主义的标新立异和后现代主义的解构风潮之后，在各种思潮、各种方法杂然纷呈的情况下，如何言之有物、言之成理、不炒冷饭，殊是不易；如何在前人的基础上有所发现、有所前进，就更是难上加难。但反过来看，正因为文化相对主义的盛行和批评的多元，也才有了我们展示立场、发表见解的特殊理由和广阔余地。举个简单的例子，解构主义针对二元论的颠覆虽然是形而上学的，却不可谓不彻底。其结果是相当一部分学者怀疑甚至放弃了二元思维。但事实上二元思维不仅难以消解，而且在可以想见的未来仍将是人类思维的主要方法。真假、善恶、美丑、你我、男女、东方和西方等实际存在，并将继续存在。与此同时，作为中国学者，面对西方话语，我们并非无话可说。总之，从文学出发，关心小我与大我、外力与内因、形式与内容、反映与想象、情节与观念，以至物质与精神、肉体与灵魂、西方与东方等诸如此类的二元问题，以及经典在民族和人类文明进程中的地位和作用，依然可以是我们的着力点。当然，二元论绝不是排中律，更非二元对立，而是在辩证法的基础上融会二元关系及二元之间所蕴藏的丰富内涵和无限可能性。毋庸讳言，改革开放以来，学术界解放思想，广开言路，但日新月异中不乏矫枉过正、时髦是趋。比如大到存在与意识、物质与精神的辩证关系，小到客观与主观、客体与主体等，都大有乾坤倒转、黑洞化吸之势。至于意识形态“淡化”之后，跨国资本主义的一元化意识形态更是有增无已；真假不辨、善恶不论、美丑混淆的现象所在皆是；个人主义大行其道，从而使抽象的人性淹没了社会性；普世主义势不可挡，以致文化相对主义甚嚣尘上。文学从大我到小我，从外向到内倾，从模仿到虚拟，从代言到众声喧哗；真实给虚幻让步，艺术向资本低头；对妖魔鬼怪和封建迷信津津乐道，任帝王将相和无厘头充斥视域，能不发人深省？然而，经典作家是说不尽的，以上的任何一位作家都是无法穷尽的。用巴尔加斯·略萨的话说，伟大的经典具有“自我翻新”的本领。至于何为经典，虽然也是个说不尽的话题，但用简单的方式综观前人的观点，也许可以用三句话来概括：一是它们必须体现时代社会（及民族）的最高认知和一般价值（包括人类永恒的主题、永恒的矛盾）；二是其方法的魅力及审美的高度不会随着岁月的更迭而褪色或销蚀；三是其情感表达能够长久地引起共鸣和共振。当然这是将复杂问题简单化的一种说法。而本课题便是关乎经典之所以成为经典的一种较为复杂的论证方式。需要说明的是，经典不等于市场。用桑塔亚那的话说，经典不在于一时一地喜欢者的多寡，而在于喜欢者的喜欢程度。如果在此基础上再加上一个历史的维度，那么这话也就更加全面了。

学术史研究的最后部分为文献目录。它在尽可能详尽的基础上，还要有所选择。不然，展示一个经典作家的学术史，光文献目录就可以编辑厚厚的几大本。因此，去粗存精，是为重要或主要文献目录。

总之，在逆全球化抬头、AI迭代发展的今天，重新拥抱经典不仅是一种持守，而且彰显了语言文学如何作为不同国族精神主权的鲜明特质。然而，奇妙的是，各民族文学经典最容易为全世界读者所喜爱，这也是文明互鉴成为可能、人类命运共同理念成为共识的有力证据，更是马克思主义国际主义和世界人民大团结等美好愿景对人同此心、心同此理的最好注解。

最后需要说明的是，“外国文学学术史研究”的中长期目标是在作家作品和流派思潮研究的同时，进行更具问题意识的学术史乃至学科史研究，以期点面结合，庶乎“既见树木，又见森林”；若能密切联系实际，促进中华学术的繁荣、发展和创新，则读者幸甚，我等幸甚。无疑，此工程面向全国高校及科研机构，希望有志于外国文学学术史的同仁踊跃加盟、不吝赐教。

陈众议

2025年元月修订

目录

绪言

19世纪俄国文坛人才辈出，在同时代作家中，列夫·托尔斯泰无疑是最杰出的代表之一。俄罗斯文学到了托尔斯泰笔下开始呈现一种大海般恢宏开阔的美。高尔基甚至认为，托尔斯泰“告诉我们的俄罗斯生活，几乎不下于全部俄国文学”[1]。托尔斯泰的名字和他的巨大的文学遗产属于整个人类。屠格涅夫称托尔斯泰为“思想的艺术家”，可谓一语中的。作为一个把自己的精神血肉深深融入作品的艺术家，托尔斯泰是极富个性的。尽管他对人生真谛的追求带有那个时代的烙印，但是在以往的文学家中恐怕很少有人能与托尔斯泰追求的真诚和执着并提。艺术创作是托尔斯泰的人生追求的一部分。离开这一点，就很难理解托尔斯泰作品中强烈地表现出来的那种披肝沥胆的人生追求与呕心沥血的艺术探索相交融的倾向。

托尔斯泰及其作品深深地吸引住了各国作家、批评家和读者的目光。据联合国教科文组织统计，就作品被译成外文的总数而言，托尔斯泰在相当长的时间里一直高居各国作家之首。托尔斯泰及其作品，也因其内涵丰厚，成为各国学界长期研究的对象，“托学”成了一门独立的学问。从19世纪中叶至今，世界各国相关的研究持续不断，著述难以计数。对“托学”学术史的了解，可以汲取前人智慧，实现在前人研究成果基础上的新的开拓，并加深人们对社会变革和文化发展进程的认识。学术史研究涉及广阔的领域，包括该学科的发展历程、学术上的成败得

1 高尔基:《俄国文学史》，新文艺出版社，1957，第503页。

失、重要的学者和翻译家等；需要采取诸多角度，或宏观梳理、总体把握，或对学人和成果做专题探讨等。做学术史研究还要对相关的学术领域做直面历史的科学梳理，要记录下众多学者以生命和智慧构建的知识系统和范式体系，要善于从纷繁复杂的现象中把握重要的学术问题，要有理性的反思精神，这是对研究者的学识、境界和创造力的考验。

列夫·托尔斯泰研究在俄国有很丰富的成果。从1852年发表首部作品开始，托尔斯泰就受到评论界关注，一百多年来，不同学派的众多学者和社会活动家对托尔斯泰及其创作发表过大量评论。旧俄时期，学界对托尔斯泰的评论与研究几乎和托尔斯泰的创作同步，涅克拉索夫、杜德什金、车尔尼雪夫斯基、安年科夫、斯特拉霍夫等与托尔斯泰同时代的作家和批评家，对其有过独到的评述。19世纪末20世纪初，哲学批评、宗教批评和文化批评构成了"白银时代""托学"的特色。伊万诺夫－拉祖姆尼克、奥夫夏尼科－库利科夫斯基、梅列日科夫斯基和别尔嘉耶夫等涉足这一领域。同时，列宁和普列汉诺夫等从社会美学的角度对托尔斯泰的评论更是重要一页。苏联前期的"托学"一度受到庸俗社会学的干扰，但总体趋势是向深处拓展。91卷《托尔斯泰全集（百年纪念版）》严谨、科学，它的出版是这一时期重要成果。苏联"托学"分工日益明显，除传统的作家作品研究外，一些学者致力于文献考证或传记写作等工作。苏联前期，古谢夫、卢那察尔斯基、艾亨鲍姆、什克洛夫斯基、萨布罗夫等人在"托学"方面均有建树。苏联最后30年，"托学"呈现繁荣景象，相关著述增长明显，仅20世纪60年代的成果数量就超过前40年，成果的问题意识和创新性都有提高。这一时期，希夫曼、布尔索夫、赫拉普钦科、奥季诺科夫、巴巴耶夫等学者均推出了有分量的学术著作。1991年至今的后苏联时期，俄国"托学"开始趋向灵活和多元，有关托尔斯泰的文学研究、宗教文化批评和传记写作呈现活跃态势，还出现了不少侨民学者的相关著述。这一时期，古林、谢尔巴科娃、布尔纳舍娃、格罗杰茨卡娅、斯利维茨卡娅等学者成为"托学"中坚，更年轻的一代也开始显示学术力量。

托尔斯泰及其作品在世界不少国家同样有重要反响。就本书涉及的英、美、德、法、日等国而言，关于托尔斯泰的研究成果就相当丰富。1856年，德国就出现了关于托尔斯泰的评论，不过真正广泛的研究是从1879年长篇小说《战争与和平》法译本问世后开始的。此后的研究精彩纷呈，参与者众多，如英国的马修·阿诺德、高斯、莫德、格林伍德、琼斯等，美国的豪威尔斯、克罗斯比、斯坦纳、拉雷、布鲁姆、麦克莱恩等，德国的查别尔、豪普特曼、冯塔纳、托马斯·曼、迪特尔·马丁、尤尔根·莱曼等，法国的福楼拜、德·沃盖、罗曼·罗兰、莫洛亚、米歇尔·奥库丘里耶、德里奥等，日本的小西增太郎、德富芦花、升曙梦、米川正夫、藤沼贵、柳富子等。当代世界"托学"仍很活跃，特别在斯拉夫学界。除了某些意识形态的偏见外，许多域外新著还是很有特色的。如多伦多大学多纳·欧文教授前几年在谈到《战争与和平》时，除了指出这部小说的历史地位和现实价值外，还强调研究应该有多学科介入，包括"文学批评学、历史学、社会科学以及哲学等学科"。[1]这种多学科研究的视角在她主编的论文集《托尔斯泰论战争——〈战争与和平〉的叙事艺术与历史真实》中得到了很好的实践。

由于中俄文学关系的特殊和紧密，中国"托学"值得关注。百余年来，中国学者对托尔斯泰表现出浓厚的兴趣，展开过广泛的研究，出现过尖锐的争论。清末，梁启超曾在文章《论学术之势力左右世界》中对托尔斯泰大加推崇。此后，黄乃裳、王国维、辜鸿铭、鲁迅、李大钊、沈雁冰、郎擎霄等均发表过关于托尔斯泰的评论文字，涉及作家的宗教观、艺术观、哲学观、教育观、妇女观和具体作品等诸多方面。20世纪30年代初，文坛对托尔斯泰的评价出现分歧。30年代至40年代，学界在关注托尔斯泰的学说的同时，开始更多地关注他的文学创作。50年代的托尔斯泰研究带有火药味。1960年前后，文坛发生过一场怎么评价托尔斯泰的尖锐论争。此后近20年，"托学"在中国处于停滞状态。改革开放以后，托尔斯泰很快又成为赢得尊敬最

1　多伦多大学教授多纳·塔辛·欧文2012年为论文集《托尔斯泰论战争——〈战争与和平〉的叙事艺术与历史真实》一书写过一篇序言，上述几点看法引自该书"序言"。经济科学出版社，2013，第1—2页。

多的俄国作家，他的作品译介总量居俄国作家之首。在活跃的学术空气下，中国学者发表了大量的著述，对“托学”中的重要问题进行了深入的研究。这一时期，除了戈宝权、陈燊、倪蕊琴、李明滨等老一代学者不断有著述问世外，还有更多的中青年学者加入了研究的队伍，如李正荣、吴泽霖、张兴宇等。他们带来了新的知识结构和新的研究视野，方法和角度更加多样，如诗学研究、宗教文化研究、比较研究、美学研究等，并在更广泛的领域做更深层次的开拓。

本书第一编为“列夫·托尔斯泰学术史”，共9章。俄苏部分占3章，法、英、美、德、日、中各占1章。第二编为“列夫·托尔斯泰学术史研究”，包括“‘托学’与马克思主义文学思想”等5章。全书分工如下：陈建华（负责全书的架构和统稿等工作，另撰写绪言、第一编第九章）、张兴宇（第一编第一至三章、第二编第二章）、郝运丰（第一编第四章）、林辰（第一编第五章）、陈豪（第一编第六章）、田洪敏（第一编第七章）、陈凌虹（第一编第八章）、邱运华（第二编第一章）、王树福（第二编第三章）、金美玲（第二编第四章）、许旺（第二编第五章）。另需要说明的是：1. 因出版篇幅所限，本书在统稿时删减了约9万字，主要在俄苏部分，希望以后有机会专题展开；2. 中国部分有其特殊意义，但本书中用笔甚简，附录中相关文献也略去，笔者将在他处另有论述；3. 正文各章中“托尔斯泰”和“列夫·托尔斯泰”一词多用“托氏”指代（专有名词等情况除外），其余人名也多做相似处理。

本书是集体劳动的成果，除笔者外，参与者多为年富力强的优秀的中青年学者，他们已经并正在外国文学研究领域做出骄人的成绩。在书稿付梓之际，笔者谨向参与撰稿的各位学者致谢，由衷感谢他们的合作与付出！同时，也对陈众议先生的信任和钟志清教授等外文所朋友的相助，对译林出版社袁楠总编、姚燚主任和韩继坤编辑等的专业审读，表示敬意和感谢！书中不足之处还望得到专家和读者的指正。

陈建华

于2024年元月

第一编

列夫·托尔斯泰学术史

第一章 旧俄的托尔斯泰研究

旧俄的托尔斯泰研究大致可以分为两个时期。

第一个时期为19世纪50年代至80年代，这一时期涵盖了托氏创作生涯的大部分时间，也是俄罗斯学界对托氏的学术批评发轫并走向成熟的重要时期。在这三十余年间，作家创作出了一生中的绝大部分文学作品。19世纪80年代，是作家世界观发生重要转变的一段时期，作家创作的风貌发生了重要变化。就批评方法而言，这一时期，无论哪个流派，即便是“纯艺术”批评，所遵循的均是社会历史批评原则，强调文学与现实的关系，重视文学中的历史和现实的客观世界。这一时期，托氏的创作在学界的接受并非如其首部作品《童年》那样得到众口一致的称道，其文学创作经典地位也有一个逐渐确立的过程，这一过程充满了争议。托氏的文学创作在受到不同流派的批评家们检视的同时，也在检视着批评家的观念、立场和方法。

第二个时期为19世纪末至20世纪初，即通常被学界称为俄罗斯文化史上的“白银时代”。包括文学在内的俄罗斯文化又一次迎来一个群星辉映的时代，社会意识、人的思想观念也在发生着重大更新。就文学批评而言，这一阶段虽然仍是多种批评思想竞相争鸣的时代，但出现了此前所没有的重要文学批评立场和观念，即现代主义文学批评的发轫及壮大，同期马克思主义文学批评开始登上历史舞台，而民粹派批评在社会新思潮面前渐渐隐身于历史深处。世纪之交，托尔斯泰主义成为彼时一种重要的社会思潮，在思想领域产生了重要而深远的影响。这一时期的批评家们，在审视作家的文学创作的同时，也在审视作家的各种思想和立场，“两个托尔斯泰”成为批评家们在这一时期频频提及的话题。

关于这两个时期俄国“托学”的面貌，本章将分别在第一至三节和第四至七节中加以展开。

第一节　学界批评的肇始：19世纪50年代

托氏的首部作品《我的童年的故事》[1]发表于涅克拉索夫所主持的《现代人》杂志1852年第9期，俄罗斯有关托氏的学术批评也始于19世纪50年代。自《童年》为作家赢得文坛声名后，俄罗斯批评界开始关注这位崭露头角的作家。后世学者曾提及，“托尔斯泰最初的作品便已引起了同时代人的极大兴趣。批评家们一致开始对这些中篇小说出众的艺术特色津津乐道”[2]。50年代的批评界尽管审美观点和政治立场存在分歧，但无论纯艺术派，还是斯拉夫派以及现实批评等文学批评阵营，对托氏的早期创作均给予积极评价。

如果不计1852年8月涅克拉索夫在书信中对《童年》的评述的话，斯捷潘·谢苗诺维奇·杜德什金（Степан Семенович Дудышкин，1820—1866）最早[3]对托氏的创作予以关注，写出有关《童年》的批评文章，成为俄罗斯“托学”的第一人。杜氏评介《童年》的文章发表

1 《童年》发表前，编辑部将题名改为《我的童年的故事》，该作与《少年》一起出单行本时，改回现名。

2 Бычков С. П. Л. Н. Толстой в русской критике. Сборник статей. М.: Государственное издательство художественной литературы, 1952. С. 5.

3 Николаев П. А. Русские писатели 1800–1917: биографический словарь. Т. 2. М.: Большая российская энциклопедия, 1992. С.193.

于《祖国纪事》杂志1852年第10期，他在文中对托氏这部作品给予了热情的回应："作者对所描绘的现实中的现象充满了同情心，我们已经很久没有读到比这写得更真挚、更优美的作品了。小说的内容非常简单：它描述了我们每个人都怀着虔敬之心回忆的远逝时光，即童年时期，我们在成长[1]（按歌德的说法）中，都会保留着对它所有美好的欢乐和温柔的悲伤。我们也有意让读者们了解一下Л. Н.[2]先生的作品，从中摘录最好的内容；但最好的内容并没有：整部作品，从头到尾，无一不佳。"[3]在这里，批评家毫无保留地说出了自己对这部小说的喜爱，并且也揭示了这部小说所特有的叙事基调。批评家兴奋地预言："如果这是Л. Н.先生的第一部作品的话，那么不能不祝贺俄罗斯文学出现了一位杰出的新天才。"[4]虽然后世学者认为，杜氏的文学批评缺乏"坚定的立场"[5]，但托氏日后在俄罗斯文坛的成长和成就，则充分证明了杜氏作为一位文学批评家所应具备的审美眼光和敏锐洞察力。

随后，杜德什金对托氏在50年代前半期所发表的《少年》《伐林》《袭击》《十二月的塞瓦斯托波尔》等军事题材的作品均给予关注并著文评析。批评家总结作家在前两部自传体小说中所表现的特点，认为，后者的语言富有画面感、简洁不造作[6]，在其笔下"没有一个多余的词，没有一处无关紧要的人物特点，没有一句话不具有画面感和意旨"；作家的另外一个创作特征则是其敏锐的观察力，批评家揭示，就童年和少年这一话题而言，托氏"写出了我们俄罗斯的图景，并且像狄更斯那

1 原语为"im Werden"，意为"在变化中，在发展中"。

2 "Л"和"Н"分别为托尔斯泰名字和父称的首字母。

3 Дудышкин С. С. Журналистика. // Отечественные записки, 1852, №10, С. 84.

4 Там же., С. 85。

5 Егоров Б. Ф. Избранное. Эстетические идеи в России XIX века. М.: Летний сад, 2009. С. 548.

6 Зелинский В. А. Русская критическая литература о произведениях Л. Н. Толстого. Хронологический сборник критико-библиографических статей. Ч. 1. М.: Типография Э. Лисснера и Ю. Романа, 1888. С. 10.本节下文所引杜氏相关批评文字均出自该书，不再另行注出。——本章作者注

样，善于在这一图景中化身为人类普遍天性的观察者，这是他的主要优点”。对于作家所创作的军事小说，杜氏提及，一段时间以来，那些在创作中涉及军事话题的作家争相师法马尔林斯基和莱蒙托夫，这类模仿作品已经鲜有新意，但在托氏笔下，无论是人物塑造，还是人物语言，这类题材都呈现出新气象。在批评家看来，作家塑造人物的一个重要特征在于按照人物的本然面目而不是用自己的理念刻画他们。杜氏认为，“这向我们证明，Л. Н. Т. 先生是一位真正的艺术家，在他那里，才华高于思想，而不是思想高于才华，他的艺术家的本能高于头脑的创造力”。此外，批评家认为，在此前不久的文学创作中，人物的语言往往是书面语和民间俗语的杂糅，这样的语言远离生活本身，不是自然的人物语言。杜氏表示，“显然不可能再回到以前的小说语言那种状况中去了，因此，那些像Л. Н. Т. 先生一样的作家，便也很快端正认识，创造了为普通士兵所应有的语言”。这些话指出托氏笔下普通士兵的语言符合人物的性格特点，具有现实的真实性特征。

在19世纪五六十年代，杜氏是俄罗斯批评界和思想界叱咤风云的人物[1]，后世不乏学者根据其美学观念和批评立场把它归诸“纯艺术”派。历史地看，杜氏虽然在社会思想论争最激烈的年代没有站在时代的前沿，但如当代批评家叶戈罗夫（1926—2020）所言，杜氏对托氏《童年》的积极评价是其最有价值的批评发现之一[2]，他对托氏早期创作的评价就其审美意义而言至今仍然具有积极意义。作为第一位对托氏创作给予热情褒扬并对其创作才华成功预见的批评家，杜氏虽然没有揭示出托氏“民主主义和心理分析特点的深刻性（глубины демократизма и своеобразия психологизма）”[3]，但他对托氏创作艺术

1 他曾与车尔尼雪夫斯基展开论战，反对艺术是对现实进行判断的观念；参与了有关“多余人”形象的论战。

2 Егоров Б. Ф. Борьба эстетических идей в России середины XIX века (1848–1861). Л.: Искусство, 1982. С. 24.

3 Кулешов В. И. История русской критики XVIII –XX веков. М.: Просвещение, 1991. С. 204.

的分析和总结仍旧有其独到、合理之处，无愧于托氏批评第一人，他的批评遗产值得重新解读。

19世纪50年代，"纯艺术"派的批评风头正劲，该流派发起人鲍特金、德鲁日宁和安年科夫一度与托氏交往频繁，保持着良好关系。德鲁日宁（Александр Васильевич Дружинин, 1824—1864）为这一文学批评派别的核心人物。在"为了艺术而艺术"观念指导下，德鲁日宁对托氏给予积极评价。德氏有关托氏创作的批评文章均发表于50年代后半期。他在其所主持的《读书文库》杂志1856年第9期和第12期上撰文，分别评价托氏的《暴风雪》、《两个骠骑兵》和《军事故事集》。第一篇文章所评价的两篇小说先后发表于《现代人》杂志1856年第3期和第5期，在此之前作家已经写出了《塞瓦斯托波尔故事集》《伐林》等多部作品，从这些已问世的小说入手，批评家认为，"在托尔斯泰伯爵的文学生涯中，在他先后所发表的作品中，在他所给出的榜样中，我们不能不看到任何强大的天才所必然要经历的确凿无疑的、有前途的成长"。看得出，批评家对作家此前的创作持高度赞许立场，认为其创作始终保持着高水平，并敏锐预见到作家的创作潜力。批评家以《塞瓦斯托波尔故事集》为例，认为"思想和诗歌在他的特写中是不可分割的，这种思想是一个有崇高道德之人的思想，这种诗歌不能被称为戏剧性的诗歌"，也就是说，托氏的创作并不是刻板、造作的泛泛之作，德氏进而从其美学立场出发，指出托氏创作的特征，认为他是"自由创作论的不自觉的代表之一"，在托氏的这两部作品中，"没有刻意的说教，也没有给阴暗的生活粉饰上田园色彩，没有装作少年老成的愤世嫉俗模样，没有把社会理想化，没有缺乏激情，也没有多愁善感。在他笔下悉数稳健、自由"。德氏所强调的"自由创作"其实是其所倡导的一种"写实主义"，即一种"镜像论"或"映像论"观点，他认为创作本身是对现实的摹写，一位好的作家不必为外物所左右，他会照直写出所观察到的现实，笔下自会表现出现实本身的模样。批评家强调，自己所倡导的"自由创作"并不是把艺术创造变成银版照相术。批评家从托氏的创作中看到了与自己批评理论的契合点，认为"托尔斯泰伯爵诗学的镜子以其无与伦比的纯度给人以震撼"，"他的作品的每一页都焕发着时代气息，这种时代气息富有诗意，并不带有预设的教谕性"。

第二篇论及托氏军事小说的文章依然具有张扬其美学思想及论辩的基调，但内容相对简略，对作家这些小说的考察并没有辅之以具体分析。不过在这篇文章中，德氏同样对托氏持激赏态度，他指出，"也许，尚有很多读者还没有充分意识到，作为战争场景的画家，托尔斯泰伯爵在研究俄国军人的真正的和日常的生活方面迈出了多么巨大的一步"。值得一提的是，德氏所倡导的"纯艺术"观念并非仅仅追求作品的"艺术性"，而否定作品的内容。实际上相反，这一理论只是否定先入为主的"掺杂物"，推重客观而非植入的"真善美"。俄罗斯当代文艺学家斯卡托夫（Николай Николаевич Скатов, 1931—2021）曾指出，德氏与车尔尼雪夫斯基在同一时期，同样敏锐地发现了作家创作中的道德因素和心理独白特征[1]。文学史家库列绍夫则指出，德氏没有像车尔尼雪夫斯基那样，"揭示出其创作的辩证性"[2]。

"纯艺术"论另一代表人物安年科夫对托氏早年创作特质的揭示也做出了独特的贡献。1855年，他在《现代人》杂志第1期上发表论文《论优雅文学作品的意义》[3]，文章从与屠格涅夫创作比较的角度论及托氏，认为后者的"叙述具有很多钻研的重要品质，但这种钻研并没有任何细微的外在特征，他的小说仍主要是优雅文学作品"[4]。在这里，把作家的创作与当时充斥文学杂志中的二流小说区别开来，表现出对其创作艺术的高度称道。另外，此处的"钻研"其实是指托氏在《童

1 Дружинин А. В. Прекрасное и вечное. М.: Современник, 1988. С. 22–23.

2 Кулешов В. И. История русской критики XVIII–XX веков. М.: Просвещение, 1991. С. 197.

3 该文后更名为«Характеристики: И. С. Тургенев и гр. Л. Н. Толстой»。

4 Анненков П. В. О мысли в произведениях изящной словесности. Заметки по поводу последних произведений гг. Тургенева и Л. Н. Т// Зелинский В. А. Русская критическая литература о произведениях Л. Н. Толстого. Хронологический сборник критико-библиографических статей. Ч. 1. М.: Типография Э. Лисснера и Ю. Романа, 1888. С. 14. 后文所引安氏相关批评文字均出自该文献，不再另行注出。——本章作者注

年》和《少年》中所运用的心理描写手法，它可以“从外在细节之后展现性格和事件的本质”。安年科夫深刻指出，《童年》呈现出一个重要特征，即作家以纯粹诗意理解事物的能力。具体而言，是托氏表现出“对人的生活行为深信不疑，在没有任何外在辅助情况下，以诗人真正的感觉捕捉自然本身所流露出来的思想的火花、情感的最初特征和最初倾向”。看得出，安氏在车尔尼雪夫斯基那篇著名的有关“心灵辩证法”的文章之前，已经把握到作家的这一创作特征，只是没有把作家的这一创作特色进一步提炼出来。

鲍特金（Василий Петрович Боткин, 1811—1869）在同期并没有为托氏的创作专门写出评论文章，只是在与屠格涅夫、帕纳耶夫等人的书信中谈及作家的创作，对后者同样给予高度评价，认为他是一个“了不起的、具有敏锐感受力的天才”[1]。

总体而言，“纯艺术”派批评家们对托氏早期的创作均一致给予了正面、积极评价，虽然他们对作家的评论文章并不是各自批评活动中的华彩篇章，而且这些文章与同期大部分批评一样，大多失之简略，但他们对作家美学特质的揭示仍然表现出可贵的敏锐眼光，他们在很大程度上已经把握并预见了作家的创作个性和美学特色，比如写实性、人物毫不造作的情感流露、细腻的心理呈现等，这些特点在作家走上创作道路之初便被发掘出来，尤为难能可贵，这些认识即便在今天仍然不失其重要参考价值和历史意义。他们的批评活动作为百年托氏学术批评的先声，为后世对作家创作的认识奠定了积极评价的主流基调。

19世纪50年代中期，除了“纯艺术”批评，“现实批评（реальная критика）”是活跃于彼时俄罗斯文学批评界的主要力量。它与前者强调作品本身自有的艺术性而排斥主观“掺杂物”不同，倡导文学对现实的干预，重视文学对生活的指导作用，其代表人物主要有车尔尼雪夫斯基、杜勃罗留波夫、皮萨列夫、舍尔古诺夫等，他们中除了杜勃罗留波夫之外，均曾撰文评述托氏的创作。相对于“纯艺术”派批评

1　Бродский Н. А. В. П. Боткин и И. С. Тургенев. Неизданная переписка 1851–1869. Москва-Ленинград: Academia, 1930. С. 69.

家所在的西方派自由主义阵营，他们是西方派中的革命民主派。

在这一批评倾向中，车尔尼雪夫斯基（Николай Гаврилович Чернышевский, 1828—1889）对托氏批评所做贡献最大，也最具影响力。1856年，他在《现代人》杂志第12期上发表评论托尔斯泰的《童年》、《少年》和《战争小说集》的文章，指出“非凡的洞察力，对内心活动的细微分析，自然画面的准确明晰、富于诗意，雅致的平实”[1]是批评界所公认的托氏才华的卓越特征，但这些艺术特征其实不同程度地存在于普希金、莱蒙托夫和屠格涅夫的笔下，因此，批评家表示，它们“并不意味着揭示了这位杰出的天才有别于其他许多同样卓越的天才的特点”。在车氏看来，托氏的才华总是以较快的节奏成长，“几乎每一种新作品都显露出了他的才华的新特征”。所以，总结托氏的创作艺术特质有其难度。批评家认为，心理分析的类型有多种，“而托尔斯泰伯爵最感兴趣的则是心理过程本身，心理过程的形式，心理过程的规律，用明确的术语来表达，便是心灵的辩证法（диалектика души）”。车氏通过深入分析，为作家这一才华寻找源头，认为它源于作家“锲而不舍地自我观照”和“自我反省”，在此基础上，批评家表示，“谁要是不从自身去研究人，他就永远达不到对人的深刻认识”，而托氏才华的主要力量就在于其“对人的内心的洞察”。托氏的第二个才华，在车氏看来，是“道德情感的纯洁”，这种特征为他的作品赋予了一种完全独特的优点。批评家指出，在托氏身上，“这种情感从来不会动摇，它一直都保持所有年轻人身上的那种率真和朝气”。车氏认为，托氏小说的魅力也正是由这一因素所决定。此处所述的“道德感情坦率无隐的真诚”和前文谈及的“对内心生活隐秘活动的深刻认识”，在批评家看来，“两者任何时候都将是其才华的根本特征”。此外，批评家对托氏小说艺术性的问题亦提及，作家艺术性特征表现在“从来就不说什么多余的话，……他从来就不让那种同作品思想格格

1 Чернышевский Н. Г. Полное собрание сочинение в 15 томах. Т. 3. М.: Государственное издательство художественной литературы, 1947. С. 421. 本节后文几处引文亦出自该书，不再另行注出。——本章作者注

不入的场景和人物的混杂丑化他的作品”。虽然托氏后来创作形式更加多样，而内容也更加丰富，但车氏对作家创作风格的这一总结却一再见证后者创作每一阶段的作品，后世批评家也总以这一思想论证作家的创作，它成了托氏学术批评史上最为经典的论断之一。同年12月，车氏在《现代人》杂志以“杂志短评（Заметки о журналах）”为题论及作家的另一部作品《一个地主的早晨》。在这篇短文中，批评家再次提及，托氏的每次创作总能突破自我，总能在题材方面推陈出新，“几乎在每一部新作中，他都从前所未见的生活领域撷取短篇新作的内容”[1]，可以看出，随着作家笔下所反映的领域扩大，作品中出现了新观念和新人物，批评家因之担心，阐明其作品所呈现的思想是否为时过早而有失客观。

虽然车氏在上述两篇文章中对托氏的创作持积极的评价立场，但批评家对作家的某些活动有所非议，比如他在《现代人》杂志1862年第3期上撰文，评价后者所编辑的教育杂志《亚斯纳亚 · 波利亚纳》，认为办教育或许对托氏自己的实践行为有所帮助，但是，“除了美好的情感，确立一般的科学原则还需要别的东西：需要与科学处在同一水平上，而非满足于个人的某些观察和毫无系统地阅读某些片段文章”[2]。当然，批评家在这里评价的主要是作家的教育活动和教育思想，而非其文学创作。

车氏是有着哲学家气质的文艺理论家和批评家，他对托氏作品所呈现的艺术特征的分析高屋建瓴，直抵问题核心，相较于此前德鲁日宁对作家创作的艺术分析，车氏则更进一步，一下子抓住其最本质的方面，表现出一位卓越批评家非凡的审美洞察力和高超的抽象思维能力。车氏的传记作者波古萨耶夫（Евграф Иванович Покусаев，1909—1977）曾指出，“车尔尼雪夫斯基论列夫 · 托尔斯泰的文章，可以作为对时代的巨著进行深刻的思想艺术分析的典范。车尔尼雪夫斯基以惊

1 Чернышевский Н. Г. Полное собрание сочинений в 15 томах. Т. 4. М.: Государственное издательство художественной литературы, 1948. С. 681.

2 Там же., Т. 10, 1951. С. 514.

人的敏锐，从当时刚踏上自己文学道路的托尔斯泰的才华和作品中，猜度到那些后来必将得到充分发展的品质和特点”[1]。

皮萨列夫（Дмитрий Иванович Писарев, 1840—1868）是19世纪50年代最后一年及60年代活跃于俄国文学界的批评家，他对托氏创作的批评也出现于这一时期。1859年，他在《读书文库》第1期上撰文，评论作家发表在该期的短篇小说《三死》，指出托氏除了具备优秀作家通常具备的禀赋之外，还具有个人独具的典型特征，即“任何人都没有像他那样做到如此深入地分析，如此深刻地洞察一个人的灵魂，如此全神贯注、始终如一地审视最隐秘的动机及转瞬即逝、看起来出乎意料的内心的运动”[2]。显然，这也是包括车氏在内的此前众多批评家的一致认识。在此基础上，批评家以《三死》为例，认为阅读托氏要注意把握其作品中的细节，他表示，“一部优雅作品的优点不在于它的外在层面，不在于情节脉络，而在于它的处理方式，在于可被留意到的细节的组合方式，它们赋予整体以生命和某种面貌。谁要在托尔斯泰的小说中寻找浪漫的开头，寻找事件的趣味，首先，他的期望会被欺骗；其次，只跟随情节发展的线索，会忽略掉构成主要的美、构成小说最稳固优点的所在，忽略心理分析的深度和敏锐性。阅读托尔斯泰，有必要审视局部，停留在个别细节上，用自己的经验感受和印象来验证这些细节，有必要进行思考，只有这样的阅读，才有可能丰富思想的储备，让读者了解人的本性的知识，从而为其带来充分的、富有成效的审美乐趣”。基于这一观点，批评家分析了《三死》中三个“人物”死亡的画面，指出作家在反映贵妇人的画面中，主要关注思想和情感的内在发展，而在农夫的画面中，所关注的则是病人死亡的外部情况、他生活的外部条件、他与周围朋友的外部关系，并由此展开各种细节的描写，最后在第三幅树木死亡的画面中，作家

1 波古萨耶夫：《车尔尼雪夫斯基》，钟遗、殷桑译，天津人民出版社，1982，第169页。

2 Писарев Д. И. Литературная критика в трех томах. Т. 1. Ленинград: «Художественная литература» ленинградское отделение, 1981. С. 80. 本节后文所引皮氏相关批评文字均出自该书，不再另行注出。——本章作者注

则从自然中看到了人类精神的体现或相类之处。批评家总结认为，不从细节的组织方式去阅读托氏的作品，便无法理解其中精彩之处，也无法了解其“才华的典型特色”。

在对托氏创作的解读方面，“现实批评”较之“纯艺术”派的批评贡献更大，它从作家不多的文字中提炼出并且预见到了其艺术创作的特质，即“心灵辩证法”，成为对作家创作的经典论断，为日后的托氏的学术批评带来深远影响，成为“托学”中时时为人津津乐道的话题。

19世纪四五十年代，斯拉夫派是彼时俄罗斯思想界独树一帜的阵营和文艺界重要的批评力量。他们强调宗法制、村社和东正教信仰在俄罗斯人民生活中的重要性，在这种基础上提出了其“人民性”思想，倡导在文学创作中张扬道德善和俄罗斯人民的宗教使命。这一批评流派中的成员普遍对托氏的创作没有给予充分关注，仅有阿克萨科夫（Константин Сергеевич Аксаков, 1817—1860）在一篇综述文章中谈及。

1857年，阿克萨科夫在《俄国丛谈》杂志刊载《近年文学概览》（Обозрение современной литературы）一文，论及彼时在文坛活跃的作家和诗人，如屠格涅夫、奥斯特洛夫斯基和费特等，其中谈到托氏已发表的部分著作。在文中，批评家指出，托氏初入文坛便在众多作家中崭露头角，他的《袭击》《伐林》《塞瓦斯托波尔故事集》以“栩栩如生、对事物的坦率态度、对生命的尊重以及力图以艺术真实再现生活”[1]而为人称道。在批评家看来，托氏的创作可以分成两个类型，一种作品中“周围的自然世界、人、事件占据首要位置”，另一种则是作品中“人的个体世界、内在的精神领域处在第一位”。上述几部小说便是前一类型中的佼佼者，同属这一类型的《弹子房记分员笔记》和《两个骠骑兵》则弱于其他作品。另一类关于个人的小说是指作家的自传体三部曲，它们在心理描写方面独具特色。不过，批评家认为，“托尔斯泰的短篇小说细节漫漶”，这种情况出现于他的第一类小说中。对于作家

1 Аксаков К. С., Аксаков И. С. Литературная критика. М.: Современник,1981. С. 233. 后文阿氏论及作家处均出自该书，不再另行注出。——本章作者注

的第二类作品，批评家指出，作家令人信服地窥探到了人们内心深处的细微变化，这种为了真实而剖析自己的执念本身就是一种贡献，给人留下了美好的印象，但是，在这类小说中，也存在作家过于关注细节的问题："托尔斯泰伯爵的分析常常会注意到一些微末琐细，它们像轻飘飘的云在内心掠过，不着痕迹，并不值得关注。"原因在于，经过分析而被注意到的现象，其实际意义被夸大，因而变得不可信。批评家进一步表明，在这种情况下，作家的分析变成了显微镜。微观现象存在于人的内心世界，放大的微观世界破坏了与自然存在的周围事物的比例关系，变得不协调，破坏了生命的一般尺度及其相互关系，而"这个尺度构成了真正的真理"。批评家基于自己的美学立场，认为应当减少对自我的审视，"转向澄明和光明的上帝的世界，想想你的兄弟并爱他们——如此一来，在不失去自我意识的情况下，你将在真正的尺度和真正的世间看到并感受到自己"。基于上述论证，批评家认为，内心的分析有其危险性，那些重要的托尔斯泰作品中的分析，便具有这种特征。批评家最后表示，"他的才华有目共睹，我们希望他能从这种细枝末节，也可以说是世界显微镜像中摆脱出来，那么他的天赋便会越来越强大，越来越成熟"。不难看出，在同时期评论家一致赞誉作家心理描写艺术的情况下，阿氏虽然发现了作家这一特色，但提出了截然相反的观点，认为这未必是可资褒扬的写作手法，因为它与一个人的自然的真实状态不相符合，是虚假的文学呈现。不过，可以留意到，批评家对作家重视心理分析之所以提出负面评价在一定程度上亦有其美学立场的原因或偏见。斯拉夫派重视俄罗斯民间传统和宗教信仰，主张文学作品中应宣扬道德完善的崇高美，这也是阿克萨科夫认为托氏应当摒弃内在分析而转向"上帝的世界"的原因。批评家在此文中对作家的期望颇有先见之明，它成了作家后期创作的重要宗旨。

19世纪50年代，托氏以新人的面目出现于俄罗斯文坛，这一时期的批评界难能可贵之处或者突出成就在于，它在热烈拥抱作家文学才华的同时，深刻地洞察到作家独具个性的创作特色，富有远见地预见到作家的创作潜力，并对之抱有深切期望。

第二节　19世纪60年代的学术批评

19世纪60年代，就对托尔斯泰的批评而言，“纯艺术”派的安年科夫在这一阵营中唱起了独角戏。1863年，他在《圣彼得堡新闻》第144至145期上撰文，对同年问世的中篇小说《哥萨克》予以评论，称托氏“拥有对人的意图和内心变化细微分析的天赋，并且把这一天赋用在了对文明社会中在他看来所有人为的、虚假的和约定俗成东西的探究方面。对俄罗斯所谓有教养人的大部分动机和情感的诚实性和优点所秉持的怀疑态度隐现在创作中，传达着道德危机意识，这种意识在他那儿挥之不去，构成其创作中有别于他人的特征”[1]。批评家认为，这种道德上的危机意识贯彻小说的始终。作家在作品中成功塑造了叶罗什卡、卢卡什卡和玛丽亚娜等来自高加索村落的人物形象，他们“诗意”的生活并不意味着其中寄寓着作家的理想。批评家指出，“设若把一种诗意现象作为其永恒存在权利的无可辩驳的证明，或者作为衡量其道德、社会和政治优越性的唯一标准，那只会是一个错误”。同时，批评家认为，从总体上看，作家所塑造的奥列宁是一个困惑和动摇的人物，他是一个心理学家，同时也是对生活最敏锐的观察者，一个最容易接受诗意负面影响的人，他个人的本性和所受教育性质之间的矛盾交织在一起，这一形象意味着，作家“在开化社会中找不到一个真正的俄罗斯文明的代表，一个能表明民众的精神和民众的元素与高尚的道德、政治和科学教育相结合的代表”。批评家虽然强调，文学创作是独立于其他意识形态的存在，但从对《哥萨克》的分析来看，其实他已经与自己的美学立场有所背离，反倒更接近于同时期现实批评理论家的立场。

1　Анненков П. В. Воспоминания и критические очерки. Кн. 2. СПб.: Типография М. Стасюлевича, 1879. С. 287. 本节后文几处引文均出自该书，不再另行注出。——本章作者注

安年科夫于1868年发表在《欧洲通报》第2期上的《Л. Н.托尔斯泰伯爵长篇小说〈战争与和平〉中的历史与审美问题》(Исторические и эстетические вопросы в романе гр. Л. Н. Толстого «Война и мир»)则是同时代批评家评论这部长篇小说的名篇。彼时,《战争与和平》在杂志上刚刚连载了前三卷,批评家认为,"这部作品在不失为一部小说的同时,对于我们社会的一部分以及本世纪初我们的政治和社会历史而言,也是一部文化史,他一方面把文献再现并戏剧化,另一方面则加入了自由虚构的诗歌和幻想作品成分,这部小说是这两者奇妙而罕见的结合"。安年科夫认为,小说中战争和社会画面的刻画令人叹为观止;在与史实关联不密切、可以自由创作的时候,作者展现出"一个军事作家和历史作家非同寻常的才华"。他同时也表示,小说情节发展缓慢,相对于小说所凸显的历史因素,人物则没有被置放到更为突出的位置,"只从第三卷的后半部才出现某种类似于小说情节的转合之处,也只由此开始才显现出何人应该被认为是小说的主要人物",而人物前后的变化也缺乏足够的交代和铺垫。批评家认为,作家过于倚重非官方史籍,而且笔下历史事实和社会氛围与过去不久的历史时期有很大出入,再者重点呈现的都是贵族人物,没有表现那一时期已经走上历史前台的平民知识分子出身的人物如斯佩兰斯基、阿拉克切耶夫等的历史作用,"难以想象,作者所描绘的上流圈子对这一因素会一无所知,没有感觉到它的影响并对之丝毫未予留意"。相对于对作家此前创作的推重,批评家认为《战争与和平》是一部瑕瑜互见的作品,作品所反映的美学和历史问题各有千秋,前者有其长,后者则有其短。不过批评家在此处所看到的不足,随着小说后三卷陆续出版,总体而言已不再成其问题。应该说,《战争与和平》不同于此前欧洲文学中人们已经习见的任何历史小说,批评家以其传统的批评眼光看待这一作品势必存在误读的情形,对此,安年科夫在文章中也坦陈,也许应该改善"陈旧、墨守的审美工具",因为它或已无法理解随着作家全新的创作任务而衍生的全新创作形式,从而表现出一位批评家难得的清醒意识和开放态度。当代批评家叶戈罗夫曾指出,安氏对《战争与和平》

的分析没有固守其审美批评立场，而是转向了“社会伦理的层面”[1]。

皮萨列夫是60年代现实批评这一流派的中坚力量，他从事文学批评活动的主要阵地为《俄罗斯言论》月刊。1864年，他在该杂志第12期上发表长文《不成熟思想的疏失》(Промахи незрелой мысли)，主要论及作家自传体三部曲、《一个地主的早晨》和《卢塞恩》中同名人物形象涅赫柳多夫。在文章中，批评家关注的不是作品的艺术特色，而是小说中人物与社会现实的关系。他指出，三部曲中的伊尔捷尼耶夫和涅赫柳多夫在生活中并不关心科学，他们所关心的只是道德，重视在道德修养方面下功夫，对任何现代思想漠不关心。但即便如此，涅赫柳多夫的行为也有值得商榷之处，比如他对仆人瓦西卡的暴力行为[2]其实与他自己平时所注重的方面相矛盾，在这件事情上，他并没有想过通过善意的话语或行为来减轻给后者所造成的痛苦，而只是试图抹去他在自己良心上所留下的污点。用批评家的话说，“没有灵魂的法利赛人在最小的细节上仍然忠于自己”[3]。对于《一个地主的早晨》中的涅赫柳多夫，批评家认为，较之改善农民生活的善行，获得自食其力的能力更重要，“一个确实有意在生活中做些真正有益事情的人，必然要靠自己的劳动生活”，亦即放弃占有农民劳动成果的生活远较道德层面的善举重要。同样，批评家认为，《卢塞恩》中的涅赫柳多夫的愤世嫉俗的行为亦无必要性，在这种情况下，他打抱不平的对象即歌手实际上成了惩罚他人的工具，对后者而言其实是一种不尊重。批评家指出，“做蠢事，然后检讨所做的蠢事，检讨后再去做蠢事，这就是像涅赫柳多夫这样的人的生活的全部内涵”；在作家看来，涅赫柳多夫这

1 参见：Егоров Б. Ф. Борьба эстетических идей в России середины XIX века. Л.: Искусство: Ленинградское отделение, 1981. С. 244。转引自：Бабаев Э. Г. Лев Толстой и русская журналистика его эпохи. М.: Издательство МГУ, 1993. С. 62。

2 参见《青年》第27章“德米特里”。

3 Писарев Д. И. Литературная критика в трех томах. Т. 2. Ленинград: «Художественная литература» ленинградское отделение, 1981.С. 204. 下文两处引文均出自该卷，不再另行注出。——本章作者注

类人物试图通过一个人的力量改造自然和社会，必将一无所成，但是，“设若他把自己的理想与他人的力量结合起来，便能征服水和风，蒸汽和电，植物世界和动物世界”，这样的一个法则，可以最好不过地充分运用在个体智慧的成长和完善上。亦即作家希望涅赫柳多夫式人物积极参与社会生活，加入彼时激荡的社会洪流，改造社会远较改造自己更迫切，沉潜于个人完善事业，不过是“不成熟的思想”。

1868年，皮萨列夫写出《老派贵族》(Старое барство)一文，对当时出版的《战争与和平》前三卷予以回应。他认为，《战争与和平》向读者展示了各种各样、性格鲜明的人物，其中有女性也有男性，有年长者也有青年人。批评家指出，“他所塑造的这些形象都有自己的生命，并不受作者意图的影响，与读者直接生发联系，自足存在，并不由自主地引导读者的想法和结论，对于这些想法和结论，作者并没有想到，他甚至可能不赞成”。在作家笔下，年轻男性人物的形象更是多姿多彩。批评家重点剖析了鲍里斯·德鲁别茨科伊和尼古拉·罗斯托夫两个青年贵族形象。前者外在给人以纯洁、优雅、谦恭、独立和彬彬有礼的印象，但在生活中，“他就像一个灵巧敏捷的体操运动员在爬树。他的脚站在一根树枝上，已经在用眼睛寻找另一根树枝，以便在下一瞬间可以用手抓住它；他的眼睛和他所有的想法都是向上的；当他的手找到一个坚实的支撑点，他便完全忘记了刚刚以其全部身体重量站在上面的那根树枝，他的腿已经开始与这根树枝分离”[1]，此处批评家用形象的语言指出在这一人物看起来不乏体面的谦逊和满满的尊严感背后，实则善于攀附、投机钻营、见利忘义的本质，即如其所指出的那样，鲍里斯“只热衷于功利，绝不会追求理想”。另一位人物罗斯托夫则与这个精明、矜持的鲍里斯不同，他勇敢、热情，经常轻率从事。较之后者的聪明和城府高深，罗斯托夫则“更有天赋、更有同情心，也更全面”；他不像鲍里斯那样寻求牢固的、可触摸到的好处，而是做一个骠

1 Писарев Д. И. Литературная критика в трех томах. Т. 3. Ленинград: «Художественная литература» ленинградское отделение, 1981.С. 250. 下文连续几处引文均出自该卷，不再另行注出。——本章作者注

骑兵军官应有的样子，“喜欢热闹、光芒、强烈的感受、感人的场景和耀眼的画面”。此外，批评家注意到，罗斯托夫有一个鲜明的特征，即他身上的感性意识远远高于理性思考活动，他没有复杂的思维能力，也不寻求生命的意义，喜欢安逸、单调的生活，缺乏创新，这也是这一人物个性的最大不足，即他的保守和守旧倾向，所以批评家表示“在罗斯托夫身上正好缺乏那种构成健康、清新的青春最本质和深深打动人的魅力”。皮萨列夫对作品中两位人物的细腻解读见解深刻、独到，揭示了他们的鲜明个性特征，在很大程度上也彰显出作家塑造人物的高超艺术及其对民族心理的深刻洞察。

总体而言，皮萨列夫对托氏的创作持高度评价立场。早在1860年，批评家在其评价乌克兰及俄罗斯作家马尔科 · 沃夫乔克（Марко Вовчок, 1833—1907）的文章中，便极富洞见地指出，“要立竿见影地上升到纯粹的史诗，上升到对人物性格的塑造和拓展，上升到对内心活动的分析，上升到这些高度，就需要一个天才，或者如列夫 · 托尔斯泰那样的极具个性的才华”[1]。对于皮萨列夫的这一观点，批评家尤里 · 索罗金（Юрий Александрович Сорокин, 1936—2009）曾提及，“车尔尼雪夫斯基高度评价了托尔斯泰作品所反映的‘心灵辩证法’这一现象，在其之后，彼时的批评家都没有像皮萨列夫那样对作家艺术方法的这一方面给予关注”[2]。除此之外，皮萨列夫对托氏创作批评的贡献尚在于，他基于现实批评原则，把作家的创作与俄罗斯社会发展的需要结合起来，通过细腻的分析，在发掘作家塑造人物匠心的同时，亦深刻揭示出其笔下人物的社会心理。

根基派（почвенничество）是19世纪五六十年代在俄罗斯思想界比较活跃的一个批评流派。它源于斯拉夫派，把“民族的土壤”——人民——看作俄罗斯社会发展和精神再造的基石，认为“俄国社会应

1 Писарев Д. И. Литературная критика в трех томах. Т. 1. Ленинград: «Художественная литература» ленинградское отделение, 1981. С. 11.

2 Там же.

与人民的土壤相结合,并接纳人民的因素"[1]。在美学思想方面,根基派批评家认为,"艺术是生活理想的表现,是对具有全人类普遍价值的真善美的肯定和追求"[2]。作为根基派的重要思想家和文学批评家,阿波隆·格里戈里耶夫和尼古拉·斯特拉霍夫均曾对托氏的创作给予批评,后者对作家的批评贡献尤为突出。

阿波隆·亚历山德罗维奇·格里戈里耶夫(Аппoлон Александрович Григорьев, 1822—1864)曾先后在斯拉夫派名下的杂志《莫斯科人》、具有革命民主倾向的《俄罗斯言论》、亲斯拉夫派的《灯塔》以及陀思妥耶夫斯基兄弟两人主办的《当代》和《时代》等文学和政治性杂志承担文学批评工作。格氏是"有机批评(органическая критика)"理论的创立者,认为生活本身具有自足的和谐性,所有的理论、学说,只不过是对生活现象某一层面的阐释,并不足以从整体上认识生活本身,"心灵的思想"较"头脑的思想"更重要。批评家反对依照刻板的模式、观念创作出来的作品,推崇充满灵动之气的创作。格氏认为"人民"这一字眼涵盖俄罗斯各个阶层,是俄罗斯人"自然和道德特征"的有机统一,文学的人民性在于其多大程度上反映了"为全体人民所特有的那种人生观"。他曾表示,"一切最理想的东西莫过于现实的韵致和色彩",主张文学应当反映迫切的现实问题。批评家的这些思想潜移默化地体现于其对托氏的批评之中。他曾写出《我们的批评所忽略的当代文学现象:Л. Н. 托尔斯泰伯爵和他的作品》一文,于1862年分两次[3]发表于《当代》(1861—1863)杂志第1期、第9期。

在第一篇文章中,格氏指出,批评的任务不仅仅是为了表示对文

1 奥夫相尼科夫:《俄罗斯美学思想史》,张凡琪、陆齐华译,中国人民大学出版社,1990,第313页。

2 刘宁主编《俄国文学批评史》,上海译文出版社,1999,第424页。

3 第一篇文章题为《当代批评与文学关系概览》(Общий взгляд на отношение современной критики к литературе),其中只是谈到俄罗斯文学批评的基本状况,与托尔斯泰相关内容不多;第二篇题为《Л. 托尔斯泰伯爵的文学活动》(Литературная деятельность графа Л. Толстого),具体谈及作家《家庭幸福》及之前的创作。

坛新秀的欢迎和表达同情，批评这一工作的重心在于“捕捉、留意天才的特点和个性”[1]。与同时代众多批评家一样，格氏看到作家创作中心理刻画艺术的个性特征，认为：“托尔斯泰最引人注目之处在于他对内心活动淋漓尽致的分析，对虚伪毫不容情的敌视，无论这种虚伪进化得多么不易觉察，也无论其身处何处。作为一位非凡的、从不因循的作家，他以其不蹈故常的心理分析手法脱颖而出。他是勇于大声说出并写出内心斗争的第一人，在其之前所有人均缄默不语，而且他以一种纯真的态度去写内心的斗争，对生活的真理和对内心世界道德纯洁性的崇高的爱有别于蛮横跋扈之处，便在于前者所具有的这种纯真态度。这一手法表明，艺术家是一位高度真诚的人，一位对生活具有无可非议天才般敏锐感受力的人。类似的真诚在其他作家甚或域外作家身上几乎见不到。”在第二篇文章中，批评家谈到他对作家创作特别是其笔下的人物形象的总体看法。格氏认为，托氏对人物心理活动的出色分析，使得其塑造人物形象的艺术与果戈理、屠格涅夫、皮谢姆斯基和冈察洛夫等人有所不同，不过，托氏与上述作家也有相同之处，“否定我们虚假进步中的非固有的、不自然的东西”，“他像大家一样，由于出身和所受教育而与土壤脱节，努力借助否定挖掘到土壤层，挖到浅表的根基，挖到最上面一层。他的特点在于，他比其他所有人挖掘得更深”[2]。通过对上流社会的揭露而走向人民，正是基于这一点，批评家认为，托氏的创作具有“有机”的成分。批评家指出，俄罗斯文学中有以普希金笔下的别尔金为典型的一类形象，他们淳朴、心智健全，温顺而谦逊，这类人物存在的意义在于与另外一类人物形象（如阿乐哥），反叛型、“耀眼的、争勇斗狠的人物”构成对比。一个作家创作的

1 Григорьев А. А. Собрание сочинений Аполлона Григорьева. Вып.12. М.: Типо-литография товарищества И. Н. Кушнерев и К°, 1916. С. 2. 本节下文引文出自该书处，不再另行注出。——本章作者注

2 Григорьев А. А. Литературная критика. М.: Издательство «Художественная литература», 1967. С. 515–516. 本节下文引文出自该书处，不再另行注出。——本章作者注

有机性便体现在他笔下有无这两个构成对比的人物类型。格氏认为，托氏在创作中只是着力刻画了“温顺”的人物类型，对上述后一人物类型缺乏表现，“这是托尔斯泰创作的崇高意义，但也是它的片面性”。作家没有充分意识到“耀眼的”、“充满激情的”和“争勇斗狠”人物类型的重要性，这类人“在自然和历史中大有人在”。针对格氏的这一批评，学者叶戈罗夫认为，格氏更期待托氏的作品“具有全面反映现实的‘综合性’，最大可能地揭示人民的生活。他本人也没有意识到，他似乎预见到了托尔斯泰朝着《战争与和平》的转向”[1]。

总体而言，格氏针对托氏创作的批评并不是其整个批评生涯中出色的文本，虽然其历数彼时作家已经问世的全部作品，但对其中的艺术特色和匠心并没有给予见微知著的阐发。不过，尽管他对作家笔下人物形象类型的解读具有简单化之嫌，但这一解读亦有其合理之处，如有的批评家认为，格氏把握到托氏平民化思想脉搏，“捕捉到托尔斯泰向道德伦理价值观和宗法制农民的理想演进的倾向”[2]。

19世纪60年代，对托氏的批评贡献最大的则是根基派的另一位重要思想家斯特拉霍夫（Николай Николаевич Страхов, 1828—1896）。《战争与和平》出版后引起各方思想阵营的关注，一时间各种批评言论见诸报刊，成为其时批评界和思想界最重要的话题之一。斯氏就小说先后发表4篇文章（1869—1870），它们补偏救弊，在很大程度上终止了对小说争议不休的局面，为小说经典地位的确立起到了无可替代的决定性作用。这几篇文章均发表于批评家所主持的《曙光》（1869—1872）月刊。文中，他对托氏创作《战争与和平》之前的文学活动做了总结，表示赞同格里戈里耶夫的观点，认为“对我们成长中的一应身外之物、不自然的东西的否定”[3]构成了作家此前创作中

1 Егоров Б. Ф. Аполлон Григорьев. М.: Молодая гвардия, 2000. С. 197.

2 Недзвецкий В. А., Зыкова Г. В. Русская литературная критика XVIII –XIX веков: Курс лекций. М.: Аспект Пресс, 2008. С. 251.

3 Страхов Н. Н. Литературная критика. М.: Современник, 1984. С. 308. 本节下文引文均出自该书，不再另行注出。——本章作者注

的指导性因素。斯特拉霍夫指出，作家之前的所有作品只不过是习作、试笔，在这些作品中没有整体的创造、完满的思想表达和完整的生活图景，只是“对局部问题、个体、独特的性格甚或独特的精神状态的研究”。

就《战争与和平》而言，批评家认为，这是一部符合俄罗斯文学传统的现实主义小说，作为一位现实主义作家，托氏属于“俄罗斯文学长期以来主流的和非常强大的流派”中的一员。斯氏指出，托氏的现实主义特征在于，“一切都清晰明了、栩栩如生，同时真实可感，一切都与现实相符，就如照片一般”。但托氏不是揭露型的现实主义作家，也不是照相师般的现实主义作家，而是心理作家，因为作家才华的突出特点在于“对心理活动非同寻常的敏锐的捕捉和忠实的刻画”。斯氏指出，可以从小说中“哪里没有伟大，哪里便没有纯朴、善良和真理”这句话来把握这部作品的主旨。这一主旨与作品中的主导思想“英雄生活的思想”具有内在的一致性，亦即小说表达了人民才是真正英雄的观念。在小说中，作家有意呈现了“英雄生活可能与人的真实身份不相符合”这一情形，即那些出身高贵、带着英雄光环的人，未必名副其实，而正是那些普普通通的俄罗斯人，如尼古拉·罗斯托夫、季莫欣和图申等，打败了所谓的伟大人物拿破仑和他的军队。斯氏表示，“艺术家给我们提供了一个崭新的、俄罗斯式的英雄生活的公式，库图佐夫深谙这一公式，拿破仑则无论如何也理解不了”。因此，小说贯彻着作家的一个思想，即“我们因全体人民而有力量，这种力量存在于最普通和最温驯的个性当中”。斯氏就小说的史诗体裁也做出了明确判断。他指出，小说“充满了人类生活的画面，充满了那时俄罗斯的画面，充满了人们何处安放自己的幸福、伟业、痛苦和屈辱的画面”，同时，作家在笔下对俄罗斯人民给予了当之无愧的描写，把他们放在了宏大的历史叙事之中，“这毋庸置疑是前所未闻的现象，是当代艺术形式中的史诗”。

此外，斯氏认为，当下的托氏在俄罗斯文坛的地位宛如普希金之于彼时的俄罗斯文学。批评家敏锐地留意到《战争与和平》与普希金的

《上尉的女儿》多有相仿之处，两者均为“家庭纪事”作品，两位作家都表现了个人生活与国家生活的冲突。《战争与和平》所描绘的不是个人的利己主义生活，不是个人的追求和磨难的故事，而是“一个由鲜活的纽带把各个方面连接起来的公共生活”。“这一特点显现出Л. Н.伯爵作品真正俄罗斯的、真正独具一格的特征。”就小说的意义，斯氏认为，《战争与和平》将会为时下病态社会的精神层面的改善带来积极影响，他表示，“这部作品是我们文化经得起检验的成果，它就像普希金的作品那样将经得起检验和弥久流传”。他满怀信心地预见：“《战争与和平》很快就会成为每个受过教育的俄罗斯人的案头书，成为我们孩子的经典读物，成为年轻人探究的对象并从中接受教谕。随着Л. Н.托尔斯泰伯爵伟大作品的问世，我们的诗歌将再次获得其应有的地位，并将成为教育年轻一代（就其狭义而言）和整个社会（就其广义而言）的不二之选和重要构成元素。我们将越来越坚定，越来越深切地感受到贯穿于Л. Н.托尔斯泰伯爵书中‘朴实、善良和真理’这一美好理想的不可或缺。”对于为当时一些批评家诟病的小说中的历史哲学，斯氏不讳言自己的不同意见。他认为，托氏在作品尾声部分的长篇哲学表述，就其观念而言，“本身绝佳无疑”，托氏“绝不是严格意义上的宿命论者，也不可能是任何情况下的宿命论者”，作家不过是把作为宿命论科学的历史与“包含最深刻科学因素及有关自由的高阶问题等诸如此类的观念区分开来”。在批评家看来，问题不在于小说尾声长篇议论的内容，而在于这种结尾的方式，这是一种“非文学性的结尾”，它尽管绝妙无比，但在鲜活的人物和纪年画面之后附上枯燥的议论，“让人读来索然无味，感到不伦不类”。

应该说，斯氏对于《战争与和平》的批评意义非同寻常。他是洞察小说堂奥、力排众议对小说给予积极评价的第一人，也是敏锐把握到并明确指出《战争与和平》世界性意义的第一人，比如他表示，“在当下，西方文学无法拿出任何与我们现在所拥有的相比肩或相类的东西”。对于斯氏的研究之于《战争与和平》的意义，后世研究者法捷耶夫（В. А. Фатеев, 1941—　）指出，“后来，斯特拉霍夫的观点为人们所接受，其中的很多观点进入小说的经典评价之列，载入我们的文艺学”[1]。

第三节 19世纪70年代至80年代的学术批评

19世纪七八十年代，现实批评这一流派逐渐式微，在车尔尼雪夫斯基、皮萨列夫和杜勃罗留波夫之后，舍尔古诺夫（Николай Васильевич Шелгунов, 1824—1891）成为这一批评流派相对活跃的人物。舍氏所撰写的批评文章集中出现于70年代，其评价已全本问世的《战争与和平》的《哲学的停滞》一文发表于《行动》月刊1870年第1期。在文章开篇，作家便认为这部小说是作家的不成功之作。他指出，小说最后一卷出版之后，前面几卷此前所带给人的阅读热情便也一落千丈了，原因在于小说缺乏那种使作品保持不竭生命力和能够不断引起批评家和公众兴趣的深刻内容，而且托氏在小说最后部分还试图张扬哲学观念，因此批评家预测：“在托尔斯泰身上，我们正看到千百万个俄罗斯人才思枯竭的又一实例。俄罗斯文学史上，那些能够做到有始有终的作家的名字并不多见。”[2]批评家着重分析了作品中的哲学思想。他指出，作家正面塑造了普拉东·卡拉塔耶夫这一形象，从他身上可以看出其对普通俄罗斯人的好感，原因在于他们否定知识。卡拉塔耶夫的哲学给很多人带来恶劣影响，作家在张扬一种“东方的宿命论，而不是西方的理性”，这种宿命论便是小说历史哲学的核心，在这种历史观中可看出一种贬低西方科学、近于斯拉夫派的倾向。托氏“扼杀了任何一种使自己积极起来和有意识努力改善自己地位和实现自己幸福的想法、毅力和冲动”。“任何热烈、积极表现出来的能

1 Фатеев В. А. Н. Н. Страхов: Личность. Творчество. Эпоха. СПб.: Издательство «Пушкинский Дом», 2021. С. 428.

2 Шелгунов Н. В. Сочинения Н. В. Шелгунова в двух томах. Т. 2. СПб.: Типография газеты «Новости», 1891. С. 307. 本节下文引文出自该书处，不再另行注出。——本章作者注

力，对他来说都不是力量，而是障碍；任何表现为顺从命运的消极性这种智力缺陷，则是一种无意识将历史线索握在手中的力量”。批评家质疑道：这一学说“与我们从当代思想家的著作中所了解的完全相反。那么谁是对的——奥古斯特·孔德还是托尔斯泰伯爵？西方还是东方？谁引领世界历史——欧洲人还是蒙古人？”鉴于舍氏所处的西方派阵营和所热衷的实证主义立场，他显然属意于前者。基于这一立场，他表示，“我们不否认托尔斯泰伯爵描写士兵场面所表现出来的才华，但我们认为，世界哲学并不干他智力的事”。关于舍氏对《战争与和平》的评价，学者索科洛夫（1915—2000）认为，“其贡献在于，他是最早指出反映在作家观念中和这部史诗的一些人物形象里面宿命论历史哲学矛盾的人之一”[1]。另一知名学者巴巴耶夫（1927—1995）则认为，“舍尔古诺夫的评价尺度不适于《战争与和平》”[2]。以宿命论评价这一历史哲学的本质失之偏颇，不符合托氏哲学思想的实际。舍氏囿于立场局限，并没有发掘出作家在作品中所蕴藏的人民史观。

七八十年代，民粹派[3]批评逐渐成为这一时期俄罗斯学界重要的批评力量。其中，斯卡比切夫斯基（Александр Михайлович Скабичевский, 1838—1910）和米哈伊洛夫斯基（Николай Константинович Михайловский, 1842—1904）对托氏的创作给予了较多的关注。这一时期，托氏世界观出现了转折性变化，批评界敏锐感知到作家思想的“异动”和小说创作风格与前期的不同，从而对“两个托尔斯泰”这一话题[4]展开深入讨论。

1 Шелгунов Н. В. Литературная критика. Ленинград: Издательство «Художественная литература», Ленинградское отделение. 1974. С. 27.

2 Бабаев Э. Г. Лев Толстой и русская журналистика его эпохи. М.: Издательство МГУ, 1993. С. 86.

3 文学民粹派的理论家采用社会历史批评方法，批评文章通常具有政论性和论战色彩。

4 最早提出这一问题的人当为德拉戈米洛夫（М. И. Драгомилов, 1830—1905），作为军人，他在1869—1871年于《兵器文集》杂志连续三年发表同名文章《托尔斯泰伯爵〈战争与和平〉军事视角管窥》（«Война и мир» гр. Толстого с военной точки зрения），在其中提出“强大的文学家”和“无力的思想家”这一论调。

1872年，斯卡比切夫斯基在《祖国纪事》杂志第8至9期上发表《作为艺术家和思想家的列夫 · 托尔斯泰伯爵》(Граф Лев Николаевич Толстой — как художник и мыслитель)，在这篇评论《战争与和平》的文章中，批评家从艺术就是生活本身，是对生活的真实反映这一标准出发，对小说极为称道。他表示，“在我们看来，这是真正和最高意义上的现实创作。这一现实性主要和鲜明的特征在于，它全然没有理想化的、夸大和臆想的成分。托尔斯泰伯爵的作品就像一面光洁、忠实的镜子，原原本本地反映人的面貌，亦即以其现实中本有的、伴有优缺点的方式呈现给我们”[1]。他表示，在我们的文学中，不乏描写上流社会生活的小说、诗歌和戏剧作品，但无法找到一部作品能够像《战争与和平》这样，“对这一生活描写得如此丰满、翔实和入木三分”，在批评家看来，这部小说“不仅无可指摘，而且可以真正称得上我们文学中前所未有的现象，称得上我们文学的杰出纪念碑之一”。但是，斯氏批判小说所秉持的历史哲学，认为小说在宣扬一种“野蛮的、纯然东方的宿命论”，并且指出，在小说最后部分，“不偏不倚地对待所刻画的对象，被以神秘主义理论视角片面、充满偏见地看待它们所取代；艺术场景和画面越来越为冗长、抽象的议论所替代……清一色是就各种历史哲学话题做出的论断，文学家的身影在这里消失得无影无踪，让位于思想家”。批评家把《战争与和平》中的哲学议论与果戈理所著《死魂灵》第二部相类比，他表示，“我们担心当代最杰出、最耀眼和最深受喜爱的天才之一将会像果戈理那样也可怕地沉沦下去”。显而易见，批评家在对《战争与和平》的艺术性给予高度评价的同时，也对这部作品所表达的哲学观念甚为不满。

《安娜 · 卡列尼娜》问世后，斯氏于1880年在《俄国财富》第1期发表文章《艺术家与思想家的矛盾》(Разлад художника и мыслителя: по поводу романа «Анна Каренина»)，文章仍旧提出“两个托尔斯泰”的思想。他表示，“我不记得还有哪部作品像列夫 · 托尔斯泰伯爵的小说那

---

1 Скабичевский А. М. Сочинения А. Скабичевского в двух томах. Т. 1. СПб.: Типография газеты «новости», 1890. С. 643. 本节下文几处引文均出自该书，不再另行注出。——本章作者注

样，艺术家与思想家处于如此对立的状态。它就是克雷洛夫笔下寓言故事中那辆知名的货车，天鹅拖它到空中，大虾向后拖，梭鱼朝水中拉。思想家说的是一件事，但文学家却展示出了完全另样的东西。思想家要求艺术家如此这般和这样说明他的想法，但艺术家却对思想家置之不理，在我们面前拿起刷子涂画。但是，由于艺术家比思想家强大一千倍，也真实一千倍，所以前者使得后者黯然失色”[1]。批评家始终认为，艺术家托氏要比思想家高超得多。斯氏指出，托氏的世界观体现为三个方面：神秘主义、对莫斯科文化的抵制和爱人民。在小说中，对莫斯科文化的抵制思想占上风，神秘主义、爱人民观念隐身其中，几乎不为人所注意。在批评家看来，这部小说的主旨清晰和简单，“俄罗斯人的唯一救赎是做自己，就像大自然缔造他的那样，朴实、率真地生活，坚定地遵循基本的文化要素；任何对这些原则的轻微偏离，倒向一方，都会在俄罗斯人的内部和外部生活中造成不和谐。而这种偏离越大，不和谐就越严重，因此，已经完全脱离文化的土壤的人们，失去了个性和特色，营造了一个完全道德败坏的环境：精神痛苦、绝望、悲伤和愤恨等情状便发源于此，这里弥漫着糟糕透顶的恶习，是所有可怕罪行的温床。这就是小说的基本思想”。批评家通过作家对列文、弗龙斯基、安娜形象的塑造说明，在小说中，艺术家托氏“并没有把思想家放在眼里”。

针对斯氏一再张扬的“两个托尔斯泰”的批评思想，文艺学家巴巴耶夫表示，“这种基于内容与形式‘二元性’观点的出现，是丧失整体性看待艺术作品的结果”[2]。他援引契诃夫的话指出：“目光短浅的批评家指出他的天性中存在着分裂，说他身上的艺术家是一回事，哲学家是另一回事，而这两种因素似乎彼此颉颃。一派胡言！托尔斯泰在艺术创作中是一个怎样的哲学家，在哲学中便是一个怎样的艺术家。

1 Скабичевский А. М. Граф Л. Н. Толстой как художник и мыслитель. СПб.: Типография В. С. Балашева, 1887. С. 90–91. 本节下文几处引文均出自该书，不再另行注出。——本章作者注

2 Бабаев Э. Г. Лев Толстой и русская журналистика его эпохи. М.: Издательство МГУ, 1993. С. 150.

这是一个让人惊异不止的不可分割的人物。”[1]

米哈伊洛夫斯基与斯氏持同一观点，他的文章《列夫 · 托尔斯泰的力量和弱点》(Десница и шуйца Льва Толстого) 发表在《祖国纪事》1875年第5至7期。这篇文章一方面是对作家去年发表在该杂志的《论国民教育》一文的回应，同时也是对其此前一些教育论文及部分文学作品的评论。文章开篇表示，“左手不知道右手在做的事情，反之亦然。托尔斯泰伯爵的左右手正处在这样的相互关系中”[2]。用“左右手”类比，指出托氏思想中存在相互抵牾的成分。批评家指出，托氏对欧洲文明和当前的社会罪恶秉持批判态度，洞察到当前教育制度的弊端，即这一制度缺乏对人本身的关注，造成其个性的泯灭，因此，思想家托氏的观念中显然有其民主的成分，这是其强大的方面；思想家托氏的弱点则在于他总是“对其所属的‘文化社会’表现出不由自主的顺从”。文学家托氏同样瑕瑜互见，以《安娜 · 卡列尼娜》为例，“一方面，他拥有普通人民在高度和广度上无法企及的形象和思想资源。另一方面，作为来自上流社会阶层的人，他把这个阶层琐细、狭隘的快乐和焦虑太过放在心上，难以自拔，从而以诗意再现它们”。批评家也认为，《战争与和平》的弱点在于这部作品所体现的宿命论意识。后世学者曾指出，米氏“并不总是善于准确弄清楚，什么是托尔斯泰观点中事实上有力的和薄弱的方面，及托尔斯泰的‘右手’与‘左手’彼此如何联系，并不善于从复杂的历史统一中分析托尔斯泰的思想”[3]。

除了斯氏之外，托氏的创作往往不是这一时期批评家们关注的重点。这种情形，一方面或归因于托氏的创作在内容上没有“多余

---

1 Бабаев Э. Г. Лев Толстой и русская журналистика его эпохи. М.: Издательство МГУ, 1993. С. 150.

2 Михайловский Н. К. Литературно-критические статьи. М.: Государственное издательство художественной литературы, 1957. С. 60. 本节下文几处引文均出自该书，不再另行注出。——本章作者注

3 Нуралов Э. Л. Эстетика Л. Н. Толстого в оценке критики. Ереван: Издательство «Советакан грох», 1979. С. 10.

人”“新人”等当时评论界的热点话题，另一方面与批评家尚未理解托氏创作在内容和形式上的创新，以至鲜能洞察作家创作机枢有关。这一时期的批评以思想阵营批评为特色，往往在批评理念上执其一端，“放大”己方立场，批判异己思想，往往导致对作家创作批评的片面化，得出的大多是局部真理，而非整体性审美结论。这一时期没有关于托氏的总结性或专题性的专著。

第四节　白银时代文学民粹派的批评

19世纪末至20世纪初通常被学界称为俄罗斯文化史上的“白银时代”。这一阶段现代主义文学批评发轫并壮大，同期马克思主义文学批评开始登上历史舞台，而此前在社会思想领域不容忽视的民粹派批评渐渐隐身于历史深处。世纪之交，托尔斯泰主义成为彼时一种重要的社会思潮，在思想领域产生了重要而深远的影响。这一时期的批评家们，在审视作家的文学创作的同时，也在审视作家的各种思想和立场，“两个托尔斯泰”成为批评家们在这一时期频频提及的话题。

文学民粹派的衰落是一个渐进过程，世纪之交，米哈伊尔·阿列克谢耶维奇·普罗托波波夫（Михаил Алексеевич Протопопов，1846—1915）等人仍对托氏创作和思想表现出极大兴趣。1894年起，普氏在《俄国财富》月刊上陆续发表了13篇研究俄国作家的长文。论及托氏的文学创作，普氏不乏创见。他认为，托氏以思想成熟者抑或世界观已然形成的姿态初入文坛，他后来写出的全部作品，就其内容而言，均由《童年》中所隐含的基调演化而来，“这部作品连同《少年》和《青年》，为说明托尔斯泰的文学和哲学活动、为说明其本人的个性提供了第一手的资料”[1]。批评家指出，托氏的作品整体上可以划分

1　М. А. Протопопов. Литературно-критические характеристики. СПб.: Типо-Литография Б. М. Вольфа, 1896. С. 117. 本部分后文引文出自该书处，不再另行注出。——本章作者注

为三个类型：对个性的分析（如《童年》《少年》《伊万·伊里奇之死》等），对社会的分析（如《哥萨克》《安娜·卡列尼娜》等），以及对民族的分析（如《战争与和平》），“作家所有其他的作品——除了最近一个时期的作品（童话、戏剧《黑暗的势力》和政论文章）——无一例外都可归入其创作的这一基本的、核心的方面”。在批评家看来，由那些分析个性的作品，可以看出作家对“对头脑，即‘道德行为可鄙的发条’充满不信任”；在那些分析社会的作品中，则表现出作家对“文化，亦即对这一可鄙发条的产物的不信任”。批评家表示，从作家在《战争与和平》中对人民性所做的心理分析中，同样可留意到上述两种基调。通过对前所提及的几部作品的具体分析，普氏认为，表现在《童年》《少年》中“对文化阶层生活的反对和对文明社会的不满”这一主题在作家后续创作如《哥萨克》、《战争与和平》和《安娜·卡列尼娜》中渐次得到强化，透过《伊万·伊里奇之死》则可以看到这种反对和不满的基调最终以“忧伤、沉重的讽刺”而走向尾声。

基于对《战争与和平》的分析，普氏认为书中有两处箴言式文字应予注意，其一是作家在小说第四卷开头部分说的话：“禁吃智慧树的果子这个戒条，在历史事件中表现得最为明显。只有不自觉的行动才能带来结果，而在历史事件中扮演角色的人，永远不懂得历史事件的意义。如果他企图去理解它，也是毫无结果。”[1]另一句话出现于小说的尾声部分，托氏在此处谈及，“如果设想人类的生活是受理性支配的，那么，现实生活存在的可能性也就被取消了”[2]。批评家认为，“托尔斯泰在自己的小说中完全从这两条箴言出发安排和阐明事实。在这部小说中，如同在所有其他情况下一样，他的艺术才华成了他的思想倾向的简单的执行者，成了他理论观点的简单的说明者”。在这里，普氏与其时大部分批评家一样，意在指责作家把复杂的历史简单化，同样认为作家的历史观念存在局限性。鉴于托氏文学创作所流露的基

1 列夫·托尔斯泰：《列夫·托尔斯泰文集》，第8卷，人民文学出版社，2000，第1239页。

2 同上，第1482页。

调，批评家指出，他的文学才华所付出的劳动，为其哲学思想、为其有关个性和社会的学说奠定了基础。在批评家看来，作家在小说中对文明的否定，就像一个孩子在努力推倒一根巨大的花岗岩柱子，不过，他也承认，“作为对我们文明的批评，托尔斯泰的否定完全有权得到最认真的对待。抱定摧毁的目的，他实际上属意于革新；在努力成为我们生活形式坚定否定者的同时，他实际上是这些形式的改造者”，看得出，批评家对托氏的思想并没有一味给予批评，而是把其看作思想的拨乱反正者，这一评价更多带有一种积极意味。

普氏延续了同仁斯卡比切夫斯基和米哈伊洛夫斯基所关注的“两个托尔斯泰”的话题。在这方面，他的基本观点是，文学家托氏与思想家托氏并不是彼此割裂，而是交织在一起的。他表示，“托尔斯泰在文学和哲学层面的优长和不足，密切、有机地相互联系在一起，彼此制约，就像硬币凸起的一面决定了其凹下去的一面一样”。在批评家看来，托氏思想中的积极性和消极性表现出“令人绝望的悖论”，他提出一个观念，认为作家“最重大的逻辑错误同时也是他对社会最重大的功绩”。对于这一观点，普氏解释称，托氏的哲学和艺术活动，归结于一点，是他对一种“社会学说”的反对，这种社会学说蔑视人的道德原则和力量，忽视良心的作用，完全信任头脑和智力因素，把它们看作一种控制和调节的力量，看作创造性的力量。批评家指出，托氏立场鲜明地反对这些学说，“他抓住了问题的关键，与这些学说的其他反对者不同，他不是借助辩证法、逻辑和事实与其厌憎的学说斗争，他转向道德这一根基，呼吁良知，从自己的内在意识，对恶和善的直接感觉中寻求共鸣”；批评家认为，作家的伟大功绩便隐身于这种反对的基调之中，但是，他也表示，托氏夸大了社会和文明给予道德的冲击，“托尔斯泰最大的错误便在于这种夸张”。

与普氏同时期的拉祖姆尼克·瓦西里耶维奇·伊万诺夫-拉祖姆尼克（Разумник Васильевич Иванов-Разумник, 1878—1946）是新民粹派（неонародничество）的重要代表人物，他所写的两卷本《俄国社会思想史》（1906）在当时知识界深负盛名。作为杰出的文学批评家，伊氏除了在前书中论及19世纪和20世纪初几乎所有重要作家和批评家外，也写出了不少专门文章，对一些作家的创作发表看法。他所撰写的《列夫·托尔斯泰》(Лев Толстой, 1912)一书应该说是最早以整体视角考察作家全部创作的著作之一。在这部书中，批评家结合作家的精神成长之路对其作品给予了独出心裁的阐释。

批评家指出，有观点认为，托氏在19世纪70年代末80年代初精神上发生了"宗教转折"[1]，并以之理解其写出《忏悔录》之后的所有活动，而在他看来，"这是完全错误的"。批评家进一步说明，通过研究可信度不亚于其书信和日记的文学作品，便可理解，托氏的精神个性中并没有所谓的"宗教转折"，而只有那些在40年代、50年代和70年代出现在他身上的一些因素的演化，"与之同时，我们必须考虑到托尔斯泰人生观中那些极其重要的危机，对之他自己也说过，在这些危机的更替变化中包含其所有文学和生活的成长经历。人格的有机完整性及其深层危机是托尔斯泰创作的历史，创作史，也意味着生活史，因为这位伟大的探索者的一生都处在艺术、哲学和宗教的创造之中"。

在批评家看来，托氏的第一次危机出现于50年代末，这一时期他放弃了从小所接受的关于上帝的信仰，其原因在于作家所参加的塞瓦斯托波尔保卫战，战场上大量士兵被屠戮这种对生命的不公正的一幕给其留下沉痛印象，"正是在1856年，托尔斯泰此前对美好上帝的信仰，对赏赐者上帝的信仰化为乌有"。自1856年至1862年，他同当时的知识分子阶层一样，转向相信社会进步的理论，这种对"进步的宗教"的信仰持续了数年，批评家指出，从一开始，作家对这种信仰就持质疑和否定的态度，作家相信社会的进步，但他不能不看到周围的消极现象，也不能不看到整个社会制度的消极方面，作家这一时期创作的《卢塞恩》《两个骠骑兵》《三死》《家庭幸福》等作品无不体现出其对进步思想半信半疑的态度，反映了他对现代文明的批判立场。批评

1 Иванов-Разумник Р. В. Сочинения. Иванов-Разумник. Т.4. Лев Толстой. СПб.: «Прометей» Н. Н. Михайлова, 1912. С. 11. 本节后文引文出自该书处，不再另行注出。——本章作者注

家表示，托氏在这一时期对社会流行的进步观念给予了深入思考，特别是60年代他所从事的对农村儿童的教育工作使其彻底失去对进步的信仰。批评家对托氏这一时期在文学创作和部分政论作品中所流露出的观点给予充分考察，指出他有关社会进步的立场与同时代思想界认识有所不同，在托氏看来，应当区分"文明的进步"和"普遍福利的进步"，前者只涉及社会上层，后者涉及全体人民；前者是进步的"运动"，后者是进步的"福祉"。而这两个"进步"并不一致。对大多数"有教养的人"的社会来说，历史让人感兴趣的地方在于它是文明的进步；对我们来说，则是普遍福利的进步。福利的进步并不来自文明的进步，而往往是与之相反的。针对托氏这一立场，批评家指出，"这一系列非凡的思想在三个方面让我们感兴趣。首先，从他身上看到了时代伟人的影子。托尔斯泰本人并没有意识到这一点，他以其天才般的直觉得出了这些结论，俄国社会主义思想完全从不同的出发点彼时也得出这些结论，但托尔斯泰对这些结论的预见早了整整十年。'社会'的利益和'人民'的利益之间的对立，两种进步类型——进化的进步和福祉的进步——之间的对立，这一系列思想后来成为70年代俄国社会思想史的特点，而其主要代表毫不怀疑，早在他们之前，托尔斯泰便以巨大的思想力量阐述了他们的基本立场"。其次，批评家指出，考察作家这一时期的作品，可以看出托氏整个创作的统一性，并没有"转折"，三十年以后，亦即80年代，作家在其社会伦理体系中所张扬的"'文明的进步'对'人民'有害"这一立场便源于此。最后，批评家认为，作家60年代从事农民子弟教育工作，使其深入思考进步问题，直接导致其对进步信仰的破灭。至此，作家世界观和人生观中的第二次信仰危机结束。在随后时期，作家创作出了《战争与和平》和《安娜·卡列尼娜》两部重要著作。关于前者，批评家指出，对生命的肯定，对苦难的接受并将其创造性地转化为生命的力量和快乐是这部宏大小说的全部主旨。"'生活就是一切。生命就是上帝'：这是托尔斯泰伟大史诗最深层的艺术和哲学意义，它补充和阐明了小说的历史和哲学层面；这是托尔斯泰在经历了此前两次严重的信仰危机之后，在对教会信仰和进步的宗教都失望之余，现在所信仰的宗教”，这一宗教被批评家称为“生命宗教”，即作家在前次危机后所皈依的新信仰(1862—1877)。同样，在批评家看来，《安娜·卡列尼娜》这部小说也是反映作家“生命宗教”的一部伟大作品，他把它称为心理史诗，认为与《战争与和平》一样，作家在这部小说里再次展现了整个生活画面，展现了生命沸腾的画面，“在《战争与和平》中，场景是整个欧洲，在《安娜·卡列尼娜》中，则是圣彼得堡和莫斯科的客厅以及莫斯科附近的村庄等狭小区域。但读者并没有注意到这一点：历史史诗的广度被心理史诗的深度所弥补，生活的广度和深度随处可见”。不过，批评家注意到，就在《安娜·卡列尼娜》这部作品中，已经隐现出了作家世界观中的第三次危机，即其对生命宗教的信仰开始逐渐动摇，这一点从其中人物列文身上可以感受得到，作家同列文一样，开始怀疑自己的人生信仰，对生活失去信心。批评家指出，托氏对生命宗教的动摇持续了较长时间，直到90年代，作家重新回归对上帝的信仰，即皈依对善的上帝和道德完善的信仰之后，作家的第三次精神危机才告结束。

除了前述立场，伊氏在这部著作中亦阐发了不少新的批评观念。批评家把托氏与普希金相提并论，认为托氏是俄罗斯文学发展的又一座高峰。他指出，普希金为俄罗斯文学提供了完美的形式，也为其后续的发展埋下了情感和思想的种子；“如果说普希金是一个半世纪以来整个俄罗斯文学史的集大成者，那么陀思妥耶夫斯基和列夫·托尔斯泰则是集大成的后续最高层次，是整整两个世纪以来俄罗斯文学和俄罗斯人民精神发展的最后‘目标’。在普希金身上已经发芽、成长的种子发育成了历经百年的参天大树，他们不仅在俄罗斯文学，而且在世界文学中也是最高的那株”。在这里，批评家不仅指出了托氏与普希金所缔造的俄罗斯文学传统的关系，而且将其与陀思妥耶夫斯基并列，指出了两人超越前者的世界性地位，可以说，他是最早成功预见两人创作的历史贡献和世界性影响力的批评家之一。

在后文，批评家具体谈及托氏与普希金所开创的俄罗斯文学传统的联系，指出作家的《阿尔倍特》发展了普希金在《莫扎特和萨列里》

中的“疯子”主题；在普希金小说的启发下，托氏写出了《安娜·卡列尼娜》开头的一幕，这部小说也进一步发展并完成了《叶甫盖尼·奥涅金》中的情节，而《叶甫盖尼·奥涅金》的生命宗教意识在《战争与和平》中得到了同样深刻的表达。批评家指出，托氏在发展普希金的文学传统的同时，也为这一传统注入了新内容，即把宗教元素引入普希金所开创的俄罗斯现实主义，以宗教和哲学为基础的宏大心理史诗为这一文学传统带来新质，所以批评家也把他看作俄罗斯文学打破普希金所创立的俄罗斯文学传统，推陈出新，开创俄罗斯文学新传统的第一人，他表示，如果普希金以其《叶甫盖尼·奥涅金》发起了俄罗斯文学发展链环的起点，托氏的《战争与和平》则是这一链环的终点，“托尔斯泰在自己身上完成了后普希金文学的最高综合阶段，就像普希金曾是他之前数个世纪的前普希金俄罗斯文学发展的综合一样”，不过，批评家也指出，如同普希金开启了俄罗斯文学的一个新时代，托氏也是俄罗斯文学发展的一个新起点。

同其时大部分批评家一样，伊氏亦认为《战争与和平》中渗透着一种宿命论观点，但他并没有像前者以大量篇幅对之苛评，而是认为，有争议的理论在作家的艺术表现面前，并没有占据上风，而是退居到了次要的位置。批评家以小说对拿破仑的塑造为例，指出“托尔斯泰与拿破仑的争锋呈现了《战争与和平》历史哲学的全部精髓”，在这场争锋中，批评家认为，被打败的不是托氏。在作家笔下，尽管拿破仑代表了一种具体的哲学思想，但他不是历史抽象物，而是一个艺术类型，作家虽然意在通过这一人物表现个人无法左右历史这一观念，但这一观念是通过活生生的面孔表现出来的。批评家指出，“无论何地、何时发生‘英雄（一般而言即群众的偶像）脱冕’一幕，最精彩的呈现是在托尔斯泰的《战争与和平》中。拿破仑为数不多的出场场景被刻画得如此巧妙，以至于作者不用做任何注脚，在纯然艺术理想的作用下，‘脱冕’便在读者心中完成了”。批评家指出，托氏虽然否定英雄崇拜，但他并不否认历史上的英雄，不过他所认为的英雄并不是拿破仑，不是“武力英雄（герой меча）”，而是“精神英雄（герой духа）”，如普拉东·卡拉塔耶夫。在文中，批评家把拿破仑和卡拉塔耶夫视作作家笔下人物的两极，小说中所有其他“英雄”以两人为参照物，一个人物身上的“卡拉塔耶夫”元素越多，便越是作家心目中的“英雄”，亦即一个也许在生活中不易被察觉到，但实质上却很伟大的英雄；反之，那种自身“拿破仑”元素越强的人物，那种自认为高高在上的人物，则实际上更渺小。不过，批评家也指出，这两种极性在作家笔下的人物身上也会发生迁移，比如安德烈公爵的精神成长便是从对“拿破仑”的崇拜到趋向“卡拉塔耶夫气质”的过程。

在其著作中，批评家对《安娜·卡列尼娜》的诠释也别具匠心。他认为，这部小说的主题并不是婚姻和爱情，而是生命的苦难和救赎。批评家从陀思妥耶夫斯基对《叶甫盖尼·奥涅金》的诠释得到启发，认为“不把自己的幸福建立在他人的不幸之上”是理解《安娜·卡列尼娜》这部小说及小说题词“伸冤在我，我必报应”的一把钥匙。这一题词意在告诉人们，一个人一旦违背了善，便会受到惩罚，这是一个正义法则，用批评家的话说，是“心理宿命论”。小说中的安娜显然是有罪的，有罪的救赎之途在于领受苦难，内心意识到有罪并且心怀罪恶感其实便是对一个人的惩罚，这是小说题词的其中一层含义。批评家认为，题词的内涵不止于此，还可以从另外一个方面解读，即“一个人没有权利谴责和惩罚另外一个人”，这是其从作家所写的民间故事《教子》和《生命之路》中的一句话“人们的不幸大多是由于那些陷入罪孽的人认为自己有惩罚的权利，‘伸冤在我，我必报应’”[1]所得到的启示。

后世学者对伊氏关注不多，俄罗斯不同时期出版的多种文学批评史鲜见对其批评活动的介绍，而其所著《列夫·托尔斯泰》一书更是为后世研究者所忽视。虽然批评家在本书中没有深入展开对作家作品的剖析，但其研究视角独到，许多观点发前人所未发，既避免了前辈和同时代批评家对托氏创作持论偏狭、激进的弊端，也对作家的创作贡献和历史意义给予了客观、中肯的评价。如今我们对托氏文学创作的

1 列夫·托尔斯泰：《生活之路》，王志耕译，中国人民大学出版社，2006，第218页。

很多理解，可以在这部研究著作中找到相应的解读。可以说，这本《列夫·托尔斯泰》在终结刚刚过去的19世纪俄国学界对作家创作的接受众声扰攘局面的同时，也开辟了新时期对作家创作研究的新视野。

第五节　白银时代学院派的批评

19世纪末20世纪初，学院派文学批评（русская академическая критика）在俄罗斯崛起。所谓学院派，是指从事文艺学研究的理论家们大都在大学和科研机构任职，以文学研究作为职业，他们学术视野开阔，学养深厚，在文学的跨学科研究方面留下了丰硕的成果。学院派文艺思想总体上体现为现实主义批判立场。俄罗斯学院派批评分为神话学派、文化历史学派、历史比较学派和心理学派四大学派，具体到对托氏创作的研究和批评上，相对而言，上述各文学批评流派中心理学派关注尤多，该流派的批评家德米特里·尼古拉耶维奇·奥夫夏尼克-库利科夫斯基（Дмитрий Николаевич Овсянико-Куликовский, 1853—1920）曾就托氏的创作先后出版三本著作（就内容而言实际为两本——作者注）。

1899年，他出版《列夫·尼古拉耶维奇·托尔斯泰：文学活动概说及对其宗教、道德思想的评价》一书。在该书中，批评家谈及，作家没有提供森罗万象的文学人物类型，在笔下只是描写了为数不多的阶级和民族类型，但对于后者，世界上任何其他伟大文学家都无法做到像托氏那样诠释和解读，在这一意义上，“托尔斯泰给予了任何人都给予不了的东西。他的创作扣人心弦：它们为我们揭示了人类灵魂最深层、最隐秘的奥秘”[1]。此外，批评家指出，19世纪70年代末，作家以一种使命感走向宗教道德创作之路，但在才智和天分方面，他与众不同的禀赋并不与这种使命相契合，因为他的精神结构中缺乏神秘主义因

1　Овсянико-куликовский Д. Н. Лев Николаевич Толстой. СПб.: Товарищество «просвещения», 1911. С. 158. 本节后文几处引文均出自该书处，不再另行注出。——本章作者注

素，诗学才华中也缺乏宗教升华所必备的抒情性，除此之外，他也没有创立新宗教所必需的狂热和忘我精神。不过，奥氏不同于此前和同时代批评家对作家的宗教道德思想持贬低立场，而是认为托氏的宗教道德宣传将为"人类精神的进步做出自己贡献"，他的"教义和道德学说中所宣扬的思想具有无可置疑的进步性，它们当中并没有任何乌托邦的成分"。1908年，奥氏出版《Л. Н. 托尔斯泰：纪念伟大作家八十诞辰》，就内容而言，该书与前书雷同。

1899年，奥氏出版了其另外一部知名论著《作为艺术家的Л. Н. 托尔斯泰》，该书共七章，谈到作家自传体三部曲、《哥萨克》和《战争与和平》中人物的类型，后又在此基础上增补了另外七章，合并在其九卷本文集中第三卷出版。在这部评论著作的开篇，批评家指出，一般意义上的文学回忆录与作为艺术的文学创作有所不同，前者无意于创造、总结现实，无意于塑造典型形象。但是，有天赋的回忆录作家并不逊色于通常意义上的文学家，只要其有足够的才华，他的经验性创作也能使其成为大师。在这一意义上，有的作家可以做到两种角色的融合，既可以做到自由创作，也可以根据个人阅历创作。在该书中，批评家把前者也称为客观创作，把后者称为主观创作，他认为，"作为一个真正的艺术家和创作者，他在某种情况下也是一个经验型作家，某种意义上的回忆录作家"[1]，在其看来，托氏便属于这一类型的作家。另外，批评家明确提出，该书任务是对"托尔斯泰的文学创作进行定性和心理研究，以及与之息息相关，对其塑造的最重要的类型从社会和心理角度给予分析"。

根据上文对文学创作的两种类型的总结及研究主旨，奥氏认为作家的创作就所运用的方法而言主要有如下三种范畴："（一）可以被称为文学'回忆录'和'家庭纪事'类型的作品；（二）虽然不归诸第一类型，但在基于个人阅历的信息方面与之相似：所有形象均与之有关，为

1 Овсянико-куликовский Д. Н. Собрание сочинений в 9 томах. Т. 3. Л. Н. Толстой. Москва; Петроград: Государственное издательство, 1923. С. 6. 本节后文引文出自该书处，不再另行注出。——本章作者注

了创作这些形象，托尔斯泰从其个人丰富的宝库中汲取材料;（三）基于观察和表现为自由创作结果的形象。”批评家指出，在托氏的整个创作中，第一种和第二种范畴的作品具有突出地位，在这两个方面作家倾注了大部分创作精力。对于这两种范畴的作品，作家均借助了个人阅历或者说主观性的写作方法，这一方法也有其内在的不同，它一方面再现了其自身经历过的地主庄园的生活；另一方面，在对人物及其性格的刻画上，则采用了一种自我分析（самоанализ）的方法，赋予其中人物自传性因素。批评家所认为的第一种范畴作品主要是自传体三部曲、《战争与和平》和《安娜·卡列尼娜》，这几部作品与作家的个人庄园生活经历有关，《哥萨克》则不属于这一类型的作品。至于第二种范畴的作品，批评家主要指托氏采用自我分析的手法所创作的那些小说，在这些小说中总有那么一个（或几个）形象，在小说中处于中心人物位置，引人注目，如伊尔捷尼耶夫、涅赫柳多夫、皮埃尔、安德烈、奥列宁、列文等，这些形象往往与作家的个人经历有相关性，在一定意义上是作家的精神肖像，具有自传性特征。前述第三种创作范畴体现为托氏笔下那些与其个人经历没有相关性的人物形象，他们主要表现为作家笔下来自下层百姓的形象，如普拉东·卡拉塔耶夫以及《战争与和平》中其他相类人物；另外还有《塞瓦斯托波尔故事集》《哥萨克》当中来自下层百姓的形象等，这类形象被批评家称为基于客观创作方法的艺术发现。

通过对上述借助主观或客观方法所创作的不同作品特别是人物类型的分析，批评家认为，“托尔斯泰的创作更多具有主观（无论就其狭义还是广义而言）性质：他从艺术层面理解主要从他个人和个人环境中发现或感受到的一切”。诸如那些可被称为“艺术自传”的形象；可以归入“不追求事实正确，只追求生活和心理真相”的“家庭编年史”的人物或作品；以及《战争与和平》和《安娜·卡列尼娜》对上流社会的老爷心理精湛的分析和巧妙的再现。有别于这种主观创作类型，“托尔斯泰的客观创作远没有普希金和屠格涅夫的客观创作那样多样和丰富”，在这一方面，托尔斯泰的才华主要表现在对农民、士兵和哥萨克的描写上，以及对卡拉塔耶夫和库图佐夫等民族类型人物的塑造上，至于其他社会群体，特别是中产阶级如知识分子、商人等，在作家的创作中并没有得到充分的反映。

奥氏研究托氏的最大特色，便是他基于社会心理批评观念，对作家笔下的人物给予类型学分析。另外，他在对托氏的研究中，也较早引入阶级的观念，是最早从阶级的视角看待其创作的批评家之一。

第六节 白银时代现代主义的批评

19世纪后半期，一种新的批评流派逐渐发展成长起来，即现代主义批评。俄罗斯的现代主义批评的出现与域外文化思潮关系密切，并在相对短暂的历史时期取得了较为显著的成果。就批评思想和方法而言，现代主义批评思潮否定此前革命民主主义批评家所主张的文学与现实的关系（即文学反映论），反对文学研究中的社会历史方法，注重作品的形式，强调非理性和直觉感受，拒绝文学批评中的功利主义观念。俄罗斯的现代主义批评有多种表现形态，如彼时游离于各流派之外具有保守唯心主义倾向的列昂季耶夫的批评，以及直觉主义批评、象征主义批评、宗教哲学批评等。

康斯坦丁·尼古拉耶维奇·列昂季耶夫（Константин Николаевич Леонтьев, 1831—1891）是19世纪末俄罗斯极具个性色彩的批评家。1890年，列昂季耶夫在《俄罗斯通报》上刊发了其评价托尔斯泰创作的长文《分析、风格、风貌：论Л. Н. 托尔斯泰伯爵的长篇小说》，该文后以单行本出版。在该文中，批评家重点对《战争与和平》与《安娜·卡列尼娜》两部作品进行剖析，他表示，这两部作品在伯仲之间，“比较两者细节，在详加考察中弄清孰优孰劣的同时，必须承认，它们的优点的总和是一样的”[1]，不过，相形之下，批评家对《安娜·卡列尼娜》

1 Леонтьев К. Н. Полное собрание сочинений и писем в 12 томах. Т. 9. СПб.: Издательство «Владимир Даль», 2014. С. 254-255. 本节后文引文出自该书处，不再另行注出。——本章作者注

更为称道，认为“从完美程度这点来说，无论是其非凡的真实性还是诗意的深度，这部小说在19世纪的欧洲文学作品中都是无与伦比的。在某些方面，它超越了《战争与和平》”。应予提及，题名中的“分析、风格、风貌”其实是批评家用以考察和比较《战争与和平》与《安娜·卡列尼娜》的三个不同角度，即两部作品中的人物心理分析、语言风格和时代精神特点。批评家从两部小说中典型情节如自杀、死亡、梦境、呓语等方面分别总结两部小说的心理分析特征，认为托氏在《战争与和平》中对人物的塑造过多地运用了心理分析手法，不过这些人物的心理与他们后续的行为并未全部构成因应关系；在《安娜·卡列尼娜》中，作者个人想象成分较少，所见所感未都诉诸笔下，相对较为克制，但心理分析更准确，更可信，也更具科学性。他指出，“在这种比较之中，我们确信，《安娜·卡列尼娜》中的所有这些地方都比《战争与和平》中类似地方与事件进程有更多的有机联系，不仅不会让人生疑，而且一定会使人叹赏托尔斯泰的‘心理机制’的科学性和我谈及的准确性。当然，这种心理机制在《战争与和平》中同样也很出色，但在《安娜·卡列尼娜》中它达到了惊人的明晰性”。批评家注意到，在人物心理刻画方面，托氏不同于果戈理的传统，即笔下描写的“全都是庸俗”，他与屠格涅夫一样，更接近普希金和莱蒙托夫所开创的传统，从俄罗斯生活中“看到更多积极的特征、更强有力的性格、更优雅的形象”，比如在《战争与和平》中，作家呈现的是“更健全、更善良、可谓更多样化和有机的性格”。而在《安娜·卡列尼娜》中，作家通过笔下人物所展现的则是这样一幅画面：“没有暴躁，没有恶意，没有挑剔，只有生活本身和它的一切丰满的内容，以及一个思维健全的人从情感上可以体会到的善与恶的彼此颉颃。”

批评家表示，语言或者说风格，也即表达方式，是一种外在的东西，但它是“内在的、隐秘的精神生命之最明显的、外在的表达”，通过外在技巧，诸如语流、言语节奏、词语的选择等等，有些东西便无意间清晰地表现出来。每个作家有其运用语言的习惯，那些在他人看来突兀的字眼，往往与作家的用语习惯有关，在他眼里，这些字眼未必可憎。因此，通过作家对语言的选择，可以考察一部作品的内在风貌。就语言风格而言，批评家明确表示，他反对粗俗和低俗的语言修辞手段，亦即其所称的“自然主义”。不过，批评家也表明，他并不是一味地反对语言的粗俗，相反，他乐意看到恰到好处的粗俗。他反对以果戈理为代表的一些自然派作家笔下及受其影响一些作家作品中语言的“没有条理”“佶屈聱牙和粗鄙不堪”。批评家举例说，“匆忙”“不由自主”“格格不入”“紧张”“胖乎乎”“红润的嘴唇”“没有牙的嘴”等这些“频频的心理窥视和对身体的不必要的观察”，在最出色的作家如屠格涅夫、皮谢姆斯基、陀思妥耶夫斯基等笔下大多都存在，而在托氏那里，“这些不足或者更准确地说冗余，比他人更明显、更刺目、更频繁”。不过，在批评家看来，托氏这种“我们自然主义中可憎的蝇斑”在《安娜·卡列尼娜》中已经得到了极大的改观，而在他的民间故事中，作家的语言则达到了最大程度的凝练。

就小说内容所反映的时代特点来看，批评家认为，《安娜·卡列尼娜》中的人物从头到尾都是真实的，人物的普遍性特征和心理也都是真实的，“他们合乎历史的真实，时间和地点都相符”。但是谈及《战争与和平》中人物与“时代精神或时代‘气息’”契合问题，批评家则持怀疑态度，认为小说描写的不是亚历山大一世时期的历史氛围，而是更接近现代，与俄国19世纪50年代国内外战场形势相当。与此同时，批评家也表示，带着极大的兴味阅读《战争与和平》，“我们能够清醒地意识到，征服我们的不是时代精神，而是作家个人的才华，令我们感到满足的不是地点和时间的‘风貌’，而是我们同时代人（即托尔斯泰——本章作者注）独具特色的、总体上史无前例的、大胆的创作”。

列昂季耶夫的这部批评著作得到后世学者极高评价。苏联知名文艺学家博恰罗夫曾指出，该著是“托学”的经典批评文献，它作为对行将结束的百年文学迟来的评判意义非同寻常，无论是就文学的总体看法还是在批评方法上，这部作品与俄国批评传统截然不同，“列昂季耶夫分析之独有的‘审美主义’、对‘外部’形式特征、对‘手法’的关注，以及这种‘纯审美’方法与鲜明的意识形态和政治倾向、与某种列昂季耶夫式的反动（леонтьевская реакционность）悖论式结合，都独出心裁和具有挑战性”[1]。博恰罗夫也指出，这部批评文献属早期语文学经典著作，但它也对后来的理论发展具有足够的前瞻性。“这本书表现出对文学形式和风格本身的意义深具洞察力的关注，列昂季耶夫应该称为俄国文艺学的先锋。该作阐明了诗学一般问题的关键环节，这些问题成为后来即20世纪语文学关注的课题：诗学的心理和社会学问题，叙述问题，作者和‘他者’言语问题，‘视点’问题，开创了运用当代文学相近资料的历史诗学方法（与А. Н. 维谢洛夫斯基历史诗学的初创情况不同）”[2]。

艾亨瓦尔德（Юлий Исаевич Айхенвальд, 1872—1928）是这一时期直觉批评（интуитивная критика）的代表人物，亦有学者把他的批评倾向称为“印象主义批评（импрессионистическая критика）”或“内在批评（имманентная критика）”[3]。作为叔本华作品俄文本的重要译者，艾氏在哲学上也深受这位著名哲学家的影响。他认为，艺术是一种自足的存在，并不是现实的反映；艺术虽然具有教育功能，但不应以“功利”态度看待它，因为这与诗歌的非理性本质格格不入，批评的任务就是把作者带来的印象传递给读者。自1906年至1910年，艾氏连续推出的3册《俄国作家剪影》便是在这种批评观念影响下所写出的作品，该书为包括托氏在内的60位俄国著名作家和批评家留下文学肖像。

在题名为《列夫·托尔斯泰》的文章中，批评家从托氏对莎士比亚的批评谈起，认为前者之所以不喜欢后者，其中一个重要原因在于，莎氏的语言华丽，充满了意象、夸张和繁缛的比喻，在托氏看来，这是

1 Бочаров С. Г. «Эстетическое охранение» в литературной критике (Константин Леонтьев о русской литературе). // Контекст: литературно-теоретические исследования, 1978. С. 142.

2 Бочаров С. Г. Вещество существования: филологические тюды. М.: Русскiй Мiръ: Жизнь и мысль, 2014. С. 167.

3 Прозоров В. В. История русской литературной критики. М.: Высшая школа, 2002. С. 246.

生活中并不被使用的语言，而日常司空见惯的表达同样能够艺术地表现生活。批评家指出，虽然莎氏和托氏都表现了人类灵魂的巨大痛苦和激情，但后者的语言更具生活色彩，“作为表现日常生活的无与伦比的艺术家、散文诗人”，托氏选择了“异乎寻常地朴实和真实的道路”[1]，这种语言风格一度使一些研究者认为托氏的创作没有典型人物类型，批评家指出这其中存在误解，他表示，“在他的创作中，每个人都可从每一形象当中认出自己：托尔斯泰加强并深化了人与人之间以及人与普天之下其他现象之间的亲缘关系。这同样是典型性，只不过是更高层次的、任何其他作家都无法达到的典型性，是艺术智慧的极限”。批评家指出，托氏的作品以其自然、原生态特征（первозданный характер）和浑然天成的力量让人惊讶，这与托氏对语言不事雕琢有很大关系，他不注重语言的外在风格形式特征，所关心的乃是内容本身，“正是在这种弥足珍贵的不尚藻饰中，在这种原始的朴素中，有某种感人和神圣的东西”。

批评家亦注意到，作为文学家，托氏从来不虚构，亦即他笔下的画面从来不会违背生活真理。阅读他的作品，通常看不到那些偏离事实的情节、人为的设定以及机巧的欺骗等，所有场景、人物形象的刻画等都是基于无可争议的事实，“在他笔下，艺术与现实之间没有区别和距离”，他将虚构从艺术中驱逐出去，把虚构化为真实，在他的作品中，找不到“区隔真实和虚构的分水岭，一切都融合为一种真理，一种生活，一种美”。另外，批评家认为，崇高寓于平凡、渺小蕴含伟大是作家一以贯之的创作思想。他的作品从不让人感到绝望，而是焕发着一种温情，让人意识到生活的美好，给生命以力量。批评家指出，揭露和爱是托尔斯泰作品中的两种创作倾向，但作家的揭露从来没有恶意，他的嘲笑也不具有嘲讽的意味，“他的作品的终极意义是为生活和人民辩护。人经受住了考验，他和生活都接受了洗礼——这是一个具有世界意义的事实。人的神正论较之上帝的神正论更必要，后者寄寓前者之中”。

1　Айхенвальд Ю. И. Силуэты русских писателей. Кн. I. M.; Берлин: Директ-Медиа, 2017. C. 547. 本节后文几处引文均出自该书，不再另行注出。——本章作者注

有关托尔斯泰，艾氏曾有一本小书《Л. Н. 托尔斯泰去世之后的作品》(1912)，论及作家去世后印行的作品《魔鬼》《伪息票》《舞会之后》《破罐子阿廖沙》《活尸》《谢尔盖神父》《哈吉·穆拉特》《世上无罪人》等，另外也提及部分作家没有完成的作品。总体而言，批评家在该书中谈及的思想，在前文中已经有所阐发。他认为，不同于此前的作品，作家身后始得发表的这些文字有一个突出特色，即“朴实(простота)”，他以《伪息票》《破罐子阿廖沙》为例说明，作家在这些作品中的描写和言语高度凝练浓缩，达到了一字不易的境地，他指出，“托尔斯泰的朴实不是艺术家的方法：它具有深刻的、预言性的、哲学的内涵；这是形而上学式的简洁，是对第一实质、本体和存在基本要素的认识”[1]。另外，批评家也留意到，托氏的这些作品洋溢着一种民主主义的气息，这表现在作家在这些作品中喜欢运用农民的语言，并且所描写的均是乡村生活，展现的是下层出身的形象。在批评家看来，托氏是贵族出身的作家，但他在自己的创作中表现出与他这一身份不同的鲜明反差，“他全副身心都被吸引到朴素的、日常的和灰色的、全然普普通通的东西上来”。批评家认为，从早期到后期，作家在自己的创作道路上，就人物塑造偏好而言，走出一条视野从上到下，亦即从富人到穷人，从主人到雇工，从老爷到仆人，从拿破仑到乡下老农阿基姆，从饱学之士到破罐子阿廖沙等这样的演进之路，批评家表示，“托尔斯泰所经历的这条自发的民主主义的道路并不是源于人文情怀，也不是源于自由主义的公民信念，而是因为它是地球的长子(первенец Земли)，是自然之子(сын природы)，是自然的宠儿(питомец естества)。这种热情洋溢的民主主义只有在自然主义的土壤上才能产生”。也就是说，愈接近创作后期，作家笔下愈益凸显人民的形象，最根本原因在于其对大自然的热爱，批评家认为，在作家眼里，大自然是“不事言语但付诸行动的生命”，亦即一个勤勉的劳作者。我们越是接近自然，接近这个自发的无意识，我们就越正确。由此可以看出，

1 Айхенвальд Ю. И. Посмертные сочинения Л. Н. Толстого. СПб.: Энергия, 1912. С. 17. 本节后文几处引文均出自该书，不再另行注出。——本章作者注

托氏“何以张扬平民化，何以对教育和文明的果实不信任；他的朴实和所创造的真理便来源于此”。

在该书中，艾氏认为，阅读托氏，不是看他想说什么，而是要看他说了什么和以什么方式说。总体而言，作家身后的这些小说中摆脱了说教倾向，艺术家较之道德家占了上风，这是“才华的力量、艺术直觉的诚实克服了所有那些执拗的道德主义的诱惑”使然，也就是说，正是作家创作的艺术魅力辖制了那些先入为主的思想，“精神的自由战胜了一切说教”。除此之外，批评家虽然对思想家托氏略有微词，但并不持激烈批判立场。他认为，可以不接受托尔斯泰主义，但是不能不接受他的个性，不能不爱上他启人心智的、书写其一生的艺术作品，“当走进他的生活的时候，便无法再把他分成艺术家和思想家，便会以敬仰的心情把他作为一个整体来评价”。

与文艺审美不同，俄罗斯宗教哲学批评关注的是文学作品中话语背后的思想意义，注重分析作家立场和人物的言语行为。具体来说，一方面，它以自己所创立的哲学范畴为视角对文学作品进行诠释，另一方面，从文学作品的哲学意义、它们所提出问题的深度和广度，甚至作品和作家本人在俄罗斯命运中所发挥的作用等方面对其进行评价。因此，“从哲学上对文学作品进行诠释，并从哲学上对其评价”便成了宗教哲学批评思潮的重要特征[1]。宗教哲学批评流派虽然有“宗教哲学”之名，但在其内部实际上有两种不同批评倾向，即宗教哲学批评和象征主义批评，前者以索洛维约夫（1953—1900）、别尔嘉耶夫、列夫·舍斯托夫（1866—1938）、谢·布尔加科夫（1871—1944）、弗兰克（1877—1950）等人为代表，他们主要是哲学家，而后者以梅列日科夫斯基、罗赞诺夫（1856—1919）和安德烈·别雷（1880—1934）为代表，他们主要是作家和思想家。在这些人当中，对托氏评价贡献尤大者主要为梅列日科夫斯基和别尔嘉耶夫。

1893年，德米特里·谢尔盖耶维奇·梅列日科夫斯基（Дмитрий

1 Обласова Т.В. Религиозно-философское направление в литературной критике рубежа XIX−XX веков. Тюмень: АОУ ТОГИРРО, 2012. С. 10.

Сергеевич Мережковский, 1865—1941）发表《论当代俄罗斯文学衰落的原因及其新流派》一文。作者认为，传统的文学样式已经出现了危机，当今的时代是最极端的唯物主义时代，同时也是精神上对理想迸发出最强烈要求的时代，而人们的艺术鉴别力仍旧停留在现实主义阶段，时代要求人们摒弃文学批评的社会历史批评方法和准则，创建新的艺术形式和文学批评方法，“神秘的内容、象征再加上艺术感受力的扩大，就是新艺术的三要素”[1]，从而提出把象征作为文学基本原则的问题。在文学批评观念方面，梅氏不同于此前批评家重视对作家作品的社会心理分析，而是把考察重点放在了作家的内心世界，他否定“客观的”、现实主义批评的方法和观念，排斥实证主义原则，否定文学与现实互为映射的关系，提出主观批评的方法，认为“主观批评中有着引起共鸣的激动，正因为它反映着读者那些总是能在一定程度上再现作者本人创作过程的鲜活印象，所以有时它会比那种只追求枯燥的历史可靠性的纯客观批评，更好和更准确地揭示出作品的内在含义”，他同时也倡导揭示文学创作中基于基督教的宗教意识和宗教情感。

研究托氏，梅氏采取了与陀思妥耶夫斯基相对比的视角和方法。在前述《论当代俄罗斯文学衰落的原因及其新流派》一文中，批评家把两人列为象征主义作家，认为他们找到了“理想艺术前所未有的神秘内容（новое мистическое содержание идеального искусства）”，指出普希金向我们展示了“俄罗斯之美的尺度”，而“托尔斯泰和陀思妥耶夫斯基向欧洲展示了俄罗斯自由宗教感情的尺度。他们的基督教，就像普希金式的美，从人民内心中流溢而出。而只有出自人民内心的运动，才能使文学真正具有民族性，同时具有全人类性”，从而指出两位作家创作的重要意义。1897年，梅氏把所写的几篇作家特写及其他一些文章编入《永恒的旅伴》（Вечные спутники）一书，在其中《陀思妥耶夫斯基》一文里，批评家表示，“列夫·托尔斯泰是巨大的自发力量”，他在笔下呈现出了宏大、充溢原初状态的、不乏野性

1　Мережковский Д. С. Л. Толстой и Достоевский. Вечные спутники. М.: Республика, 1995. С. 538. 此处后面几处引文均出自该书，不再另行注出。——本章作者注

但同时富有生机的生活；但陀思妥耶夫斯基“没有像列夫·托尔斯泰所拥有的那种自发力量、那种与大自然的直接联系”，意在表示托氏的创作与陀氏的不同，前者具有多神教的成分，后者则更接近真正意义上的基督教。

在如上两篇文章中，托氏并不是梅氏的主要研究对象，批评家针对托氏更全面的批评主要体现在为其带来极大声望的巨著《Л. 托尔斯泰与陀思妥耶夫斯基》(Л. Толстой и Достоевский)中。该书最初发表于《艺术世界》杂志(1900—1902)，随后出版了单行本(1901—1902)。梅氏首先对两位伟大作家的不同生活经历和思想发展状况给予饶有兴味的考察。在批评家看来，无论托氏还是陀氏，他们的生活遭际和精神体验无一不反映在其创作中，换句话说，了解两人的生平对研究他们的创作大有裨益且不可或缺。批评家认为，就作为生命个体而言，两位作家鲜有共性，几乎是彼此对立、迥然相异的存在，虽然两人都可以从普希金那里找到共同的文化基因，但他们两人作为从这棵大树上生发出来的“两个主要的、最强壮的枝杈，树冠伸向相反的方向”。批评家用大量文字指出，两人门第出身不同，生活中有着贫与富、健康和疾病、顺遂和多舛等全然不同的生活状况和境遇，从而造成了两人笔下不同的文学景观和文学思想，同时也塑造了两人的不同文化心理。他认为，“二者都缺乏由普希金在俄罗斯文化中所预示的那种程度的和谐：这缘于在托氏那里肉较之灵占上风，而在陀氏那里，则是灵较之肉占上风”，从而基于宗教文化批评视野找到了两人个性及其创作中所体现的深层的精神品格差异所在。

在论及两位作家创作异同部分，批评家开宗明义，认为“从可见到不可见，从外在到内在，从肉体到灵魂，或者，至少，到‘精神’”是托氏通常运用的创作手法。批评家以《战争与和平》中的小公爵夫人上扬的嘴唇、玛丽亚公爵小姐沉重的步态、罗斯托普钦公爵的外貌细节，以及库图佐夫、安德烈公爵、普拉东·卡拉塔耶夫等形象的体态等说明，作家笔下的人物外貌描写负载着重要的思想意识功能，即如他说，外在的身体特征“表达了一种巨大的和抽象的概括性，这种概括性和托尔斯泰全部的、不仅艺术上而且还有形而上学和宗教上创作之最初的内在基础联系在一起”。批评家敏锐地注意到，在外貌局部细节描写方面，托氏与普希金不同，后者擅用白描手法，对之一笔带过，缺乏足够多的信息；而前者则惯用重彩，时时涂敷，使之呈现出饱和的色彩。批评家以托氏小说中大量人物身体细节刻画为例指出，在世界文学中，对人物身体特征的语言描绘，托氏无与伦比。他的特点在于“力求准确、朴实和简明，只选择为数不多细微的、难以为人所留意的个人与众不同的特点，却又不是一下子，而是递次地、一个接一个地引入，铺展在叙事全过程中，编织进事件的展开、充满生机的动作的画布中”，批评家因此把托氏这一独有的才能称为对“肉体的洞察（ясновидение плоти）”。批评家指出，托氏是肉体与灵魂兼有这类形象的伟大塑造者，原因在于作家本人就是“精神的”人，即处在肉体向灵魂过渡阶段的人，既不是彻底的异教徒，也不是彻底的基督徒，他不断转变、复活，但无论如何也无法走向基督教，只落得是半异教徒和半基督徒，使得其笔下的形象也处在这一状态。

在文学创作方面，批评家认为陀思妥耶夫斯基几乎处处与托氏有别。前者大部分作品就其本质而言不是小说，是悲剧，而后者的《战争与和平》《安娜·卡列尼娜》则是小说，是史诗；前者拥有无与伦比的对话描写艺术，而后者笔下的人物言语几乎只有一种，即作者本人的话语；在人物外貌描写方面，前者从肉体走向灵魂，从外部走向内心，后者与之相反，从内心走向外貌，从意识和人性走向自发的动物性。同时，批评家也表示，“在托尔斯泰那里，因为我们看得见，我们才听得到；在陀思妥耶夫斯基那里，因为我们听得到，我们才看得见”，指出两人塑造人物艺术的不同。除此之外，在人物刻画方面，批评家认为，陀氏笔下的大部分人物是“有精神的肉体”，“他们的肉体如此透明，似乎有时候完全看不到，只看到了灵魂；这和托尔斯泰笔下的主要人物相反，在他们那里常常只见‘肉体’而‘灵魂则全然看不到’”。这种情形缘于两人的宗教意识和宗教体验具有鲜明的差别，虽然两人的创作都与宗教有着密切联系，但托氏在自己的创作中表现出深刻的宗教观察与表现的可能性，而陀氏则更胜一筹，他是新宗教的预言者；托氏洞察了肉体的奥秘，而陀氏则洞察了灵魂的奥秘；前者被批评家称为“肉体的洞察者（тайновидец плоти）”，后者则被称为“灵魂的洞察者（тайновидец духа）”。

别尔嘉耶夫曾谈及，梅氏身上具有浓郁的宗教情结，“他生活在文学的宗教主题的影子下，抛开文学现象和作家，他无法思考和书写宗教”[1]，这在一定意义上可以解释，该著作在很大程度上不过是批评家借助两位伟大作家阐释其新宗教意识的媒介。针对其对两位伟大作家的批评，有学者指出，“从梅列日科夫斯基的观点来看，世界历史已经走到了尽头，站在了‘深渊’的边缘。历史不能拯救人类：它的救赎在于一种新宗教。引入‘人神’和‘神人’的观念，以之分别作为基督和反基督，批评家在人神中看到了圣洁的肉体和圣洁的精神的对立统一。肉体体现在托尔斯泰身上，精神体现在陀思妥耶夫斯基那里。普希金的整体性将在把这些对立性结合起来的新的俄罗斯天才身上重现，梅列日科夫斯基否定托尔斯泰，赋予其一切动物性的、非神的、虚无主义的东西，并把他与陀思妥耶夫斯基崇高的、预言性的神秘主义做对比”[2]。这段表述或可以帮助理解梅氏在其论著中所欲表达的核心思想，同时也不难看出，他的这一思想中流露出一种“抑托扬陀”的倾向。对之，文艺学家库列绍夫认为，“梅列日科夫斯基不仅将两位作家之间的区别绝对化，而且他所提出的模式不乏牵强。例如，我们不能同意这种看法，即认为托尔斯泰的人物只是半凸出的浮雕，从来都不是立体的，因之我们不能从‘另一面’接近他们。我们也不能接受这样的看法，即似乎托尔斯泰笔下没有性格，他的小说中没有什么气氛，语言缺乏变化，亦即是作者本人的语言。相反，恰恰在陀思妥耶夫斯基那里处处都是作者本人的语言，而且鉴于陀思妥耶夫斯基的‘思想小说（идеологические романы）’中的缺乏气

1 Николюкин А. Н. Д. С. Мережковский: Pro et contra. СПб.: РХГИ, 2001. С. 16.

2 Крупчанов Л.М. История русской литературной критики XIX века. М.: Высшая школа, 2005. С. 363.

氛，他更应受到指责”[1]。梅氏倡导主观批评，但他这种带有强烈先入为主观念的批评往往失之偏狭，难以对作家做出公允的评价。

尼古拉·亚历山德罗维奇·别尔嘉耶夫（Николай Александрович Бердяев, 1874—1948）是白银时代宗教哲学批评家中一位举足轻重的人物。他从哲学层面深化并加强了宗教哲学批评作为一个文艺流派的哲学基础。与之同时，别氏在宗教哲学审美领域做出了极大开拓，复活了历史上的“末世论”概念，赋予“美”的观念以新的内涵，提出了“创造”“个性”“客体化”“精神性”等极富特色的批评观念，写出了《创造伦理学》（《论人的使命》中的一章）、《美》（《神与人的生存辩证法》中的一章）、《美的诱惑与奴役》（《论人的奴役与解放》中的一章）、《艺术的危机》等篇章以及《创造的意义》（1916）、《精神与实在》（1937）、《末世论形而上学：创造与客体化》（1947）等著作，阐述自己的审美观和艺术观，在很大程度上为宗教哲学批评流派建构了完整的评价体系，丰富了这一批评流派的理论基础。在宗教哲学批评实践上，别尔嘉耶夫也写出了一系列著作和作品，考察俄罗斯文学中的陀思妥耶夫斯基、安德烈·别雷、勃洛克等人的创作，对他们的创作给予重读及解读，清晰地勾勒了这些作家的文学史地位及其创作在思想之维的意蕴。

具体到托氏的艺术和思想，别氏虽然只写出了《列·托尔斯泰》（Л. Толстой, 1911）、《列·托尔斯泰宗教意识中的〈旧约〉和〈新约〉》（Ветхий и Новый Завет в религиозном сознании Л. Толстого, 1911）等为数不多的文章，但在其浩繁的著作中，托氏则是一再被提及的对象。在自己的著作中，他常把托氏和陀氏并列，把二人看作19世纪俄罗斯文学创作的巅峰，同时高度评价托氏在俄罗斯思想史中的作用及意义，把托氏的创作看作俄罗斯思想史不可或缺的重要构成部分。总体来说，别氏对托氏创作艺术的评价较高，对于后者他从不吝啬自己的由衷赞美。譬如，他认为，托氏以其再现人类世界自然多样性的才华，史诗性地描述了客观的日常生活、客观的生活风尚：“托尔

1 Кулешов В. И. История русской критики XVIII- начала XX веков. М.: Просвещение, 1991. С. 381.

斯泰以无与伦比的完美展现了已有生活形态在艺术上的典雅。”[1]他曾表示，“托尔斯泰的长篇小说大概是过去所有写出的小说中最完美者，它们给人一种感觉，仿佛宇宙生活（космическая жизнь）本身阐明了它们，世俗心灵（душа мира）自身把它们写出来一样”[2]。

托氏和陀思妥耶夫斯基是别氏时常论及和对比考察的对象，但他对后者用力尤多，对托氏的创造或创作的某个方面并无具体的分析。也是在专门提及陀氏的文章中，别氏表示，“托尔斯泰的艺术是阿波罗式的艺术，而陀思妥耶夫斯基的艺术则是狄奥尼索斯式的艺术”[3]。古希腊神话中酒神狄奥尼索斯的形象用于艺术，指人物形象常处于分裂、癫狂的精神状态，其情感意识具有自发性特征，小说情节及人物心理极富变化的特点等，狄奥尼索斯艺术也常常被认为是悲剧艺术。除此之外，陀氏本人的这种艺术的独特性在于，他笔下的人物具有多神教的神和基督教的上帝的对立和统一。基于此，别氏认为，陀氏“完全是狄奥尼索斯式的人，而不是阿波罗式的人”[4]，“他神魂颠倒、精神迷狂，并在这种癫狂的自发力量中确立人的形象、人的面貌。在他那里，人的火热的极端性和动态多变性保留在了最深处，人没有被扼杀。在这一点上，陀氏不仅与古希腊的狄奥尼索斯主义不同，而且也有别于基督教时代的许多神秘主义者，后者那里保留了神性的方面，属人的东西则消失不见”[5]。有别于狄奥尼索斯艺术，阿波罗艺术则具有“肉体性、稳定性、大自然性、终结性”[6]等特征，“这是一个与任何变动不居的历史，与任何向永恒、无限和彼岸的任何突破都格格不入的世界”。所以，与看待陀氏不同，他认为，“托尔斯泰从来不是精神上的革命者，他

1 Бердяев Н. А. Миросозерцание Достоевского. Прага: YMCA-Press, 1923. С. 20.

2 Бердяев Н. А. Откровения о человеке в творчестве Достоевского // Типы религиозной мысли в России. Paris: YMCA-PRESS, 1989. С. 70.

3 См.прим. 1,

4 Там же., С. 62.

5 Там же.

6 Степун Ф. А. Освальд Шпенглер и «Закат Европы» // Бердяев Н. А. Падение священного русского царства: Публицистика 1914—1922. М: Астрель, 2007. С. 861.

是缺乏变动的、稳定的日常生活方面的艺术家，这样的生活是面向过去而不是将来的，在他身上没有任何预言性的东西。与之同时，他反叛一切历史传统和历史上的神圣之物，极端地否定历史的教会和历史的国家，抛弃一切文化的继承性”[1]。在这里，别氏通过“阿波罗艺术”的属性及借助它对托氏创作的定位，其实是表达了他对托氏艺术中思想性即形而上性方面的批判态度。

另外，别氏在他的《列·托尔斯泰》一文中认为“托尔斯泰本人扎根于大地，充满激情，更是一个灵魂肉体的人（душевно-телесный），而不是精神的人（духовный）”[2]；另外，在《列·托尔斯泰宗教意识中的旧约和新约》一文中他同样提及这一话题，认为托氏的“意识被压制和局限在了存在的灵魂肉体层面，而无法突破到精神王国（не может прорваться в царство духа）”[3]。在别氏的哲学思想中，“灵魂肉体的人”和“精神的人”是其对人的精神质地不同层次的认识，他曾花了不少篇幅在《精神与实在》（Дух и реальность, 1934）一书及其他著作中对之予以再三的厘定和说明。“灵魂肉体性”和“精神性”在具体所指上是具有强烈反差的概念。前者象征现象世界的生存，是一种客体化的存在，意味着有限性、封闭性、僵化性和受必然性控制；同时也意味着经典性，创造激情的冷却等；而后者则是与前者充满悖论的存在，它是向本体世界的突破，意味着超越性、无限性、开放性和自由，在它身上更多地体现了创造的浪漫主义和创造的激情，体现了末世论意识。因此，别氏把托氏说成“灵魂肉体”的人，意在表示其创作中的世界往往是受到必然性控制的决定论的世界，也就是说，他笔下的社会日常生活更多的是人们为各种社会秩序和规则约束的世界。也正是基于此，别氏不止一次表示托氏是“缺乏变动的、稳定的日常生活方面的艺术家，这样的生活是面向过去而不是将来

1 Бердяев Н. А. Миросозерцание Достоевского. Прага: YMCA-Press, 1923. С. 18－19.

2 Бердяев Н. А. Типы религиозной мысли в России (Т. Ⅲ). Париж: YMCA-Press, 1989. С. 118.

3 Там же., С. 122。

的，在他身上没有任何预言性的东西”[1]，也就是说，在别氏看来，托氏笔下仅仅止步于现象世界，并没有走向精神世界，这也便是他认为托氏“没有任何预言性的东西”的原因，而这一切，与托氏的“灵魂肉体”的精神个性密切相关。与别氏的“灵魂肉体性”说辞相关的还有其观念中的“宇宙性”。别氏表示，“托尔斯泰的长篇小说是世界文学中最完美的作品，在他的艺术中，人的生活被置于宇宙生活（космическая жизнь）之中，置于宇宙生活的循环中。陀思妥耶夫斯基是历史中的作家，而托尔斯泰是宇宙中的作家。然而，变动不居和预言恰恰是历史而非宇宙生活的特性”[2]。这里所谓的“宇宙”也是别氏极富特色的观念。别氏把时间区分为宇宙时间、历史时间和生存时间，宇宙时间的特点是无限的循环，生存时间的特点是末世论的，它要求历史的终结。也就是说，宇宙时间是封闭空间的时间，它只能循环，只能是客体化生存，而无法向更高的时间形式突破。这从另一个方面表明托氏笔下生活稳定和静态的特征，这是与陀氏的艺术不同的方面。别氏在别处也同样表达了类似的思想：“托尔斯泰是‘描写俄罗斯贵族和农民静态的日常生活的艺术家，作为艺术家，他只在最基本的自然领域揭示了永恒性。托尔斯泰的艺术更具有宇宙性而非人本主义性质’。”[3]

别氏认为托氏是“灵魂肉体”的人，如前所述，也为他对作家笔下的人物形象的认识提供了“口实”。这也是他认为“托尔斯泰从来不是精神上的革命者”[4]的原因所在，这里所谓的“精神上的革命者”

1 Бердяев Н. А. Миросозерцание Достоевского. Прага: YMCA-Press, 1923. С. 18–19. 在此处上文，别尔嘉耶夫表示：“陀思妥耶夫斯基是描述潜在精神运动的艺术家。在这个暴风骤雨式运动中，一切都移离了自己寻常的位子，因此他的艺术不像托尔斯泰那样面向停滞的过去，而是面向未知的未来。” Там же, с. 17。

2 Бердяев Н. А. Истоки и смысл русского коммунизма. Париж: YMCA-PRESS, 1955. С. 71.

3 Бердяев Н. А. Духи русской революции // Бердяев Н. А. Падение священного русского царства: Публицистика 1914–1922. М.: Астрель, 2007. С.777.

4 Бердяев Н. А. Миросозерцание Достоевского. Прага: YMCA-Press, 1923. С. 18.

实际上也是就他笔下的人物而言，亦即是说，他笔下从来没有这一类型的人物。从创造的哲学来看，别氏认为托氏没有描述一个人精神面貌上的颠覆性的变化，他们不是那种具有强大精神张力和极具矛盾心理的形象，也就是说，这些人物最终没有能够克服自身的灵魂肉体性，获得精神生命，获得自己的个性即神性，从人走向神人。从个性的层面说，别氏认为托氏笔下的人物没有能够摆脱肉体和灵魂的奴役，走向精神生命，没有从经验世界突破出来，获得超验性，走向自由。这也便是别氏认为托氏笔下的人物“受到法则约束”[1]的原因。也正是在这种意识的指导下，别氏认为，“在托尔斯泰那里，人的面貌淹没在本性所固有的自发力中。他的多样性只是日常生活的，只存在于生活固有的生活体系现象中。作为艺术家和思想家，托尔斯泰是一元论者。普拉东·卡拉塔耶夫的无个性和圆圆的身躯对他来说是最高成就。他笔下的人没有走向最深处，他们只是处在存在边缘的现象”[2]。在这里，别氏所要表达的便是，托氏的创作反映了日常生活的多样性，但他笔下的人物则是单线条的，他没有窥知人物内心深处的激烈变化，没有触及人物精神面貌中矛盾对立的方面，因此他是一元论的。

应予指出，虽然别氏对托氏的文学成就总体评价较高，但对其中的思想性则给予较低评价，比如别氏表示，“托尔斯泰的伟大之处在于他的艺术创造、他的生活命运和探索，而不是他的学说”[3]。在这方面，别氏的立场与梅列日科夫斯基有共同之处，即在其批评思想中都表现出一种“抑托扬陀”的倾向。

1 Бердяев Н. А. Откровения о человеке в творчестве Достоевского // Бердяев Н. А. Типы религиозной мысли в России. (Собрание сочинений. Т. Ⅲ), Париж: YMCA-Press, 1989. С. 91.

2 Там же., С. 78。

3 Бердяев Н. А. Л. Толстой. // Типы религиозной мысли в России (Т. III). Париж: YMCA-Press, 1989. С. 118.

第七节 白银时代马克思主义的批评

白银时代俄罗斯文学批评的一个重要现象就是马克思主义文学批评的崛起及其批评成就。俄罗斯最早的马克思主义者普列汉诺夫在这方面做出了突出贡献，他为宣传马克思主义、确立马克思主义美学批评原则做出了许多奠基性工作。嗣后列宁则写出了《党的组织和党的出版物》(1905)、《唯物主义与经验批判主义》(1908)等纲领性文献以及大量的批评文章，为马克思主义美学批评的发展和壮大发挥了无可替代的作用。当然，早期的马克思文学批评家尚有沃罗夫斯基(Вацлав Вацлавович Воровский, 1871—1923)、卢那察尔斯基(Анатолий Васильевич Луначарский, 1875—1933)等知名的文学批评家，但在这一时期，对托氏关注尤多的则是普列汉诺夫和列宁。

格奥尔基·瓦连京诺维奇·普列汉诺夫(Георгий Валентинович Плеханов, 1856—1918)是俄罗斯第一位马克思主义美学理论家和批评家，一度被称为"马克思主义批评之父"[1]。他如车尔尼雪夫斯基和斯特拉霍夫等人一样，也是一位哲学家意义上的美学思想家。在文学思想上，他继承了以别林斯基、车尔尼雪夫斯基和杜勃罗留波夫等人为代表的革命民主主义美学传统，在历史唯物主义的基础上建立起了自己的文学批评理论。他所写出的《没有地址的信》(1899—1900)是继别林斯基的《艺术思想》(1841)和车尔尼雪夫斯基的《艺术对现实的审美关系》(1855)之后，"俄罗斯批评史上第三种解决艺术起源和特色这类普遍性问题的最重要的经验之作"[2]。他认为，艺术起源于劳动；艺术具有阶级性，在社会中占统治地位的阶级，也必然要在文学和艺术中占

1 Добренко Е., Тиханова Г. История русской литературной критики: советская и постсоветская эпохи. М.: Новое литературное обозрение, 2011. С. 159.

2 Кулешов В. И. История русской критики XVIII- начала XX веков. М.: Просвещение, С. 398.

据统治地位；艺术具有全人类性，亦即艺术美具有跨越文化的特征；艺术也是客观世界和主观世界的有机统一，凡此等等。普氏的这些观念一方面丰富了马克思主义美学思想，成为其中的核心纲领，另一方面，作为文学批评的一般性原则，对文学批评本身也具有指导性作用。有关托氏，普氏几乎与列宁同时，在1907年至1912年先后写出不下7篇文章[1]，他并不否认托氏具有杰出的文学才华，但与前后时期其他批评家所持"两个托尔斯泰"的观点如出一辙，亦持一种厚此薄彼的论调，认为"他是天才的艺术家和极端软弱的思想家"[2]。对于"天才的艺术家"层面，普氏在这些文章中着墨并不多，他更多从社会学角度出发，着眼于"软弱的思想家"，以大量文字对托尔斯泰主义大加挞伐。

普氏指出，托氏的"勿以暴力抗恶"学说是建立在"永恒的东西"和"暂时的东西"、"精神"和"肉体"、意识和存在对立的观点上，这是一种"地地道道唯心主义者的世界观"[3]，正是前述这种对立，导致了托氏在生活中总是处在备受指责的状态，因为他无法解决生活的真理和生活本身的矛盾，给人留下言行不一的印象，甚至在批评家看来，他这个"过着奢侈生活的罪人，即剥削别人劳动的人，可能根本不知悔悟"。普氏认为，托氏的观点与社会主义观点相抵牾，他的这种思想不过是无为主义，其宣扬的斗争手段并不可取，"托尔斯泰伯爵从未想到要反躬自问：残酷虐人者对于被虐者，行刑者对被处死者的权力是否应受到某种社会关系的制约，而为了铲除这种社会关系，可以而且应该使用暴力。他不承认人们的外部世界得以外部条件为转移。这依

1　这些文章主要是：《预兆性错误》(Симптоматическая ошибка, 1907)，《托尔斯泰与大自然》(Толстой и природа, 1908)，《如此而已：一个政论家的札记》(Отсюда и досюда—заметки публициста, 1910)，《观念的混乱》(Смешение представлений, 1910—1911)，《卡尔·马克思与列夫·托尔斯泰》(Карл Маркс и Лев Толстой, 1911)，《再论托尔斯泰》(Еще о Толстом, 1911)，《托尔斯泰与赫尔岑》(Толстой и Герцен, 1912)等。

2　普列汉诺夫：《普列汉诺夫美学论文集》(第2卷)，曹葆华译，人民出版社，1983，第723页。

3　普列汉诺夫：《普列汉诺夫美学论文选》，程代熙译，陕西人民出版社，1983，第254页。本节后文引文出自该书处，不再另行注出。——本章作者注

然还是由于他在他的形而上学的唯心主义里，是‘绝对的彻底’所引起的。只是基于他的形而上学的这种极端的彻底性，他才能够这样认为，要使俄国摆脱它目前的困难处境，只有一种‘有效的办法’，那就是：祈求当今那班俄国的压迫者走向真理的道路”。

不过，批评家在其所认为的作家充满矛盾的学说中，也看到了其中积极的方面。首先，它具有强大的揭露力量，即托氏较之同时代许多思想家更清醒地看到社会的恶：“托尔斯泰说教的意义既不在其道德方面，也不在其宗教方面。他的意义就在于对人民遭受的剥削所做的鲜明的描绘，没有这种剥削，那些上层阶级就不能生存。托尔斯泰是从剥削会给剥削者造成道德上的恶这种观点来看待剥削的。但这并不妨碍他以一贯的，也就是无比巨大的才能来描绘它。”其次，托氏的学说能够激发人民的革命激情和斗志，如批评家所说，他鼓吹勿以暴力抗恶，可他写出的东西在读者心中激起一种神圣的意愿：“以革命的力量反对反动的暴力。他劝世人只能使用批判的武器，但是他的那些出色的段落却无疑是在为最激烈的武器批判做辩解。这就是，而且只有这一点才是列夫·托尔斯泰伯爵说教中最可贵的东西。”

普氏有关托尔斯泰的言论有其特殊的时代背景，批评家虽然在此前对作家的创作多有关注，但在革命浪潮激荡的年代，他意识到托尔斯泰的学说会给无产阶级的革命斗争带来消极影响，也才如列宁一样，集中并带有鲜明针对性地发表了这些批判作家社会思想的文章。应该说，普氏基于其哲学家的眼光，揭示了托氏思想中的逻辑矛盾，指出了其思想方法的不足，认为“他终其一生都是一个地地道道的形而上学者”，但如后世学者通常所指出的那样，普氏更多基于阶级对立的立场及作家的宗教观念看待后者的世界观，而且没有深刻认识到农民对俄国革命的积极作用，从而没有如列宁那样，基于俄国革命的性质，更为深刻地阐明托氏之于俄国革命的意义。

谈及历史上俄罗斯批评家对托氏的认识，弗拉基米尔·伊里奇·列宁（Владимир Ильич Ленин, 1870—1924）的观点是不可回避的一环。作为无产阶级革命的导师，列宁充分认识到文学在人们精神生活中的重要影响力、在意识形态领域进行思想斗争的重要作用。他在《党的组织和党的出版物》一文中，提出文学的党性原则，要求作家高度自觉地站在无产阶级的立场上，以自己的创作为无产阶级和人民群众的利益服务；提出反映论是唯物主义认识论的观念，指出“我们的意识所反映的外部世界是不依赖于我们的意识而存在的”[1]，明确表示“我们的知觉和表象是物的映象”[2]。除此之外，列宁还提出“两种文化”说，即统治阶级的文化和人民群众的、被压迫者的文化。俄罗斯经典作家，虽然他们大多处于统治阶层，但他们的创作为人民的利益和民主解放运动做出了积极贡献，他们同样属于进步文化创造者之列。凡此等等，列宁高屋建瓴地创立了后来被奉为纲领的马克思主义美学原则。列宁不但是美学理论家，也是文学批评家。他从无产阶级革命的立场和需要出发，写出不少阐发其文学思想的论文。1908年至1911年，针对托氏，他先后写出7篇文章，阐述其创作的重大贡献和其中存在的矛盾。这些闻名于世的文章不但是这一时期马克思主义美学的重大成就，也是托氏学术批评史上里程碑式的作品。

《列夫·托尔斯泰是俄国革命的镜子》(1908)为这些文章中的第一篇。文章以题名为论点，开门见山地标明托氏创作的意义和作用，这一基于文学反映论所提出的著名的“镜子说”，显然是对托氏创作积极和进步意义的肯定。在文中，批评家进一步具体阐明，托氏这面镜子并不是着眼于对俄罗斯一般社会生活的反映，而是对俄罗斯农民资产阶级革命的反映；“作为俄国千百万农民在俄国资产阶级革命快要到来的时候的思想和情绪的表现者，托尔斯泰是伟大的。托尔斯泰富于独创性，因为他的全部观点，总的说来，恰恰表现了我国革命是农民资产阶级革命的特点”[3]，这里列宁以其无产阶级导师的高度和眼界，指明了托氏创作的划时代意义。与之同时，他在该文中也明确阐明了作家创作思想中的矛盾。不过，与此前和同时代一些批评家的观点不同，列宁并不认

1 列宁：《列宁全集》(第2版增订版)，第18卷，人民出版社，2017，第76页。

2 同上，第18卷，第108页。

3 同上，第17卷，第185页。

同托氏是一流的作家和蹩脚的思想家这种二元对立，即他并不把作家思想中的矛盾看作其个人矛盾，而是看作社会性矛盾在其自身的反映。他指出，“托尔斯泰的观点和学说中的矛盾并不是偶然的，而是19世纪最后30多年俄国实际生活所处的矛盾条件的表现”[1]。在《列·尼·托尔斯泰》(1910)一文中，列宁更加具体地指出这种矛盾的特征，即“托尔斯泰的观点中的矛盾，不仅仅是他个人思想上的矛盾，而是一些极其复杂的矛盾条件、社会影响和历史传统的反映，这些东西决定了改革后和革命前这一时期俄国社会各个阶级和各个阶层的心理”[2]。显然，这种对“两个托尔斯泰”的认识，视野更开阔，也更具洞察力。

在随后写出的《列·尼·托尔斯泰和现代工人运动》(1910)、《托尔斯泰和无产阶级斗争》(1910)、《“有保留”的英雄们》(1910)和《列·尼·托尔斯泰和他的时代》(1911)等几篇文章里，列宁对作家的社会思想及其中的矛盾进一步界定和申说。他基于文学的党性原则，但并没有如普列汉诺夫那样，刻意强调托氏身处统治阶层的身份，而是从正反两个方面看到了作家创作的社会意义。一方面，他指出托氏创作的进步性，即它表现了“农民群众运动的力量和弱点、它的威力和局限性”[3]，否定君主专制，否定官方教会，否定土地私有；另一方面，他也表示，作家宣扬“不以暴力抗恶”，鼓吹净化了的新宗教，放弃真正的斗争，“对国际社会主义无产阶级所领导的全世界解放斗争抱着极其冷漠的态度”[4]。

毋庸置疑，这些批评文章的时代和历史意义无法忽略和抹杀。作为无产阶级革命的导师，列宁写出这些深具政论意味的文章具有鲜明的针对性和目的性，即在俄国社会主义革命前夕，站在无产阶级政党的立场上，明确当前这一革命的性质、任务，旗帜鲜明地阐明托氏在这一革命面前的积极和消极作用，破除广大人民对其社会思想和宗教道德观念的迷信，驱除革命者对革命道路认识不清的迷雾，消除作家的

1 列宁:《列宁全集》(第2版增订版)，第17卷，人民出版社，2017，第185页。

2 同上，第20卷，第23页。

3 同上，第20卷，第20页。

4 同上，第20卷，第23页。

创作思想对人民革命激情的负面影响。历史地看，这些文章更多基于社会历史方法阐明了托氏创作的社会思想史意义，在其时，它们的时代意义毋庸置疑，其政治性意义也大于其文学性意义；在后世，这些文章的历史意义和文学性意义则愈发得到凸显，它们被苏联学界奉为托氏研究乃至整个文学研究的圭臬。

以列宁为代表的马克思主义美学引领托尔斯泰学走向一个新高度。有学者指出，“列宁鲜少专门论及文学作品。即便他多次谈及诸如Л. Н. 托尔斯泰之类的话题，但目的并不在于对托尔斯泰的文学创作给予艺术层面的评价”[1]，该语不无道理。虽然列宁没有重在挖掘作家的诗学特色和艺术成就，而是主要对托氏创作的社会历史背景和思想功能做出评价，但就其诠释的深刻度和影响力而言，已经达到了后世难以企及的高度。

值得一提的是，在社会主义革命胜利后，列宁的美学思想成为苏联马克思主义美学的核心观念，列宁批评托氏的文章则成了后世“托学”的教科书。随着时间的推移，苏联学界逐渐出现一种对列宁文艺思想僵化的认识，机械教条地看待、贯彻甚至曲解列宁的美学思想，使得苏联时期的马克思主义美学一度呈现出庸俗化倾向，“托学”未能幸免。虽然如此，那些具有较高学术境界的理论家和批评家，仍旧努力在托氏的创作中寻求新话语，并带来了苏联“托学”的繁荣。

1 Корокотина А. М. Проблемы методологии советской литературной критики в 20-е гг. Томск. Издательство Томского университета, 1986. С. 61.

第二章 苏联的托尔斯泰研究

苏联的托尔斯泰研究大致可以分为两个时期。

第一个时期为20世纪20年代至50年代。1922年，苏联成立，国家体制的革故鼎新使得建立统一的意识形态体系提上日程。此前白银时代文学批评的多元并举的格局渐渐被打破，形式主义批评思想和方法在苏联早期出现了短暂繁荣，但在新的思想意识条件下，这一流派迅即没落。在这一时期，马克思主义美学在走向主导性文学批评思想过程中，受到极左思潮的影响，出现马克思主义美学庸俗化的现象。多年的反法西斯战争以及斯大林的某些政策，影响了文学创作和文学批评的社会生态，对两者都起到了消极作用。苏联前期三十余年的“托学”，与学界对其他作家的研究一样，共同经历并见证了这种时代的氛围。苏联成立后，无产阶级导师对托氏的文学创作（而非政论著作）的高度评价，使得其在文学领域始终处在经典作家中最崇高的地位，批评界对托氏的兴趣一直有增无减。而建构新形势下的苏维埃文学批评，也需要学者们认真对待列宁的文学批评遗产，在这方面，有学者曾指出，“A. M. 高尔基和Л. Н. 托尔斯泰的名字较之其他作家更常为批评家们所关注，这并非偶然，原因在于，他们两人使苏维埃文学批评在领会列宁对二者评价的基础上形成并完善了自己的方法”[1]。可以说，苏联上半期乃至整个苏联时期，在19世纪经典作家中，托氏拥有最广泛的读者，也拥有最广大的研究者，这种雄厚的“群众”基础，使得苏联上半期的“托学”仍旧保持稳定提升的状态。

第二个时期为20世纪60年代至80年代。这一时期的苏联，国家处于稳定发展状态，各个行业、领域均取得了举世瞩目的成就。思想领域的解放，激发了人们的开拓意识和创新精神，促进了科学的进步和发展。在这一历史背景下，这一时期的“托学”达到了其历史巅峰，获得了空前的繁荣。举例来说，仅就数量而言，据粗略统计，1920年至1958年间，有关托氏研究的各类文献总计约5 038种；但在1960年至1969年，十年内，这类文献便超出此前近40年研究成果的数量，达到5 500余种。不难看出，苏联后半期的“托学”，吸引了更多研究者参与进来，拥有了更为雄厚的“群众”基础，也取得了更大的成绩。当然，这一时期，有关作家研究的繁荣，并不仅仅表现在学术文献的数量上，更在于学界对作家创作表现出极大的问题意识和开拓力度。在此阶段，无论对作家创作的综合性、系统性研究，还是对其创作中个别作品、问题的研究，都达到了前所未有的新高度，这从该时期各类专著性成果和有分量的专题性学术论文纷至沓来可见一斑。由于主流意识形态对托氏宗教、道德和社会思想的否定和排斥，这一时期，思想家托氏已经成为鲜少被涉及的话题。在有关作家研究的其他领域，出现了不同程度的细化和“分工”，诸如作家创作在域内外的影响与接受、作家创作与其他艺术介质的关系（如舞台和电影艺术的改编）、传记写作、语言特色和风格、心理描写艺术、作家创作与俄国社会等方面，均有专事研究的学者，涌现出一大批“专攻型”托尔斯泰研究专家。此外，还可以留意到一个有趣的现象，即这一时期从事托氏创作研究的学者大多是文学研究者或文学批评家，而非文艺理论家；那些在美学方面不乏理论建树的学者，在托氏创作的具体研究方面往往鲜有重要成果，这也体现了另一种意义上的分工细化，与此前文学批评家和理

1 Корокотина А. М. Проблемы методологии советской литературной критики в 20-е гг. Томск: Издательство Томского университета, 1986. С. 27.

论家往往身兼二任有所不同。

关于苏联前后两个时期“托学”的面貌，本章将分别在第一至四节和第五至七节中加以展开。

第一节 作家全集与苏联早期“托学”成果

苏联上半期，非常值得称道的成果是作家全集的陆续出版、发行。十月革命后不久，列宁曾指示，“应予完整再现托尔斯泰，出版所有那些为沙俄书报检查机构所删削的作品”[1]。因此，自1928年起，历经30年，托氏作品最完备的全集最终于1958年出齐。该全集俗称百年纪念版，即在作家诞辰100周年时开始问世，共出版皇皇巨著90卷，其中包括作家各类作品45卷，日记13卷，书信31卷，补遗1卷，在1964年又出了一册全集索引（即第91卷）。该作家全集是俄罗斯“托学”史上重大事件，虽然此前此后作家不同类型、版本的文集种类繁多，但该全集除了收录作品全之外，还附有对作家作品创作史的钩沉及同一文本的不同版本（即异文），代表了当时对托氏创作研究文本学的最新成果；参与该书编辑的大多是当时俄罗斯文艺学界首屈一指的学者，其学术性和权威性自不待言。由于发行量较少，该套书籍现在俄罗斯已经成为珍贵文物。

以定期出版物方式研究并纪念经典作家，一直以来是俄罗斯学界优秀的传统，在这个方面，托氏的研究也不例外。在其去世翌年，托尔斯泰协会（Толстовское общество）便出版了作家研究中最早的一种定期出版物《托尔斯泰年鉴》（Толстовский ежегодник），遗憾的是，该书仅出版了三辑，在连续出版三年（1911—1913）后于1914年停刊[2]。不过，这种定期出版有关作家最新研究文章的传统在苏联时期得以贯彻并保存下来。1924年，当时的托尔斯泰博物馆出版了另一种年刊《托尔斯泰及论托尔斯泰：新资料》（Толстой и о Толстом: Новые

1 Ломунов К.Н. Жизнь Льва Толстого. М.: Художественная литература, 1981. С. 251.

2 停刊近百年后，该集刊于2002年复刊，由俄罗斯国立托尔斯泰博物馆负责编辑出版。

материалы)，该文集连续出版4期（1924—1928，其中1925年未出）后，于1928年停刊[1]。多年后，这类作家研究年刊多舛的命运得到改观。1955年，托尔斯泰庄园博物馆开始出版《亚斯纳亚·波利亚纳文集》（Яснополянский сборник），刊载投稿的研究性论文；国立图拉师范大学于1962年出版《托尔斯泰研究文集》（Толстовский сборник），主要刊发一年一度有关托氏创作的国际研讨会论文。时至今日，这两种年刊依旧每年更新，反映作家创作研究中的新动向、新思维。

除了定期出版物之外，把不同学者的研究文章结集出版，也是这一时期对作家研究的一个重要特色。比如，弗里契（Владимир Максимович Фриче, 1870—1929）整理出版的《论托尔斯泰：文学批评论文集》（1928）主要收录列宁、普列汉诺夫、罗莎·卢森堡、卢那察尔斯基以及其本人共8位批评家的文章，这些文章大多是马克思主义美学批评中的一些代表性文献。翌年，由萨库林院士（Павел Никитич Сакулин, 1868—1930）主编的《托尔斯泰的美学》（1929）收入8位学者的研究成果，主要涉及对托氏艺术特色及其艺术思想的研究。1949年问世的《俄国批评中的Л. Н. 托尔斯泰》（Л. Н. Толстой в русской критике, 1949）除了辑录列宁论托氏的7篇文章之外，亦编入作家同时期及后世批评家和作家如涅克拉索夫、车尔尼雪夫斯基、皮萨列夫、安年斯基、屠格涅夫等人的文章，该书开头附有托氏研究专家贝奇科夫（Сергей Петрович Бычков）所写的长篇序言。1959年问世的批评文集《Л. Н. 托尔斯泰的创作》则主要选编了彼时学界研究托氏的最新文献，它们的作者不乏当时知名的托氏研究学者，如布尔索夫、萨布罗夫、希夫曼和洛姆诺夫等人。

值得一提的是，在这一时期，作家传记写作异军突起。虽然此前阶段已经有各种作家传记问世，但是，这一阶段的作家传记，在数量和研究的深广度上远远超出此前年代的所有同类作品，可以说，这种作

1　1998年，该年刊更名为《托尔斯泰及论托尔斯泰：资料与研究》（Толстой и о Толстом: Материалы и исследования），由俄罗斯科学院世界文学研究所和国立托尔斯泰博物馆合作出版。

家研究的新领域从这一阶段开始得到大力拓展并逐步走向繁荣。比留科夫(Павел Иванович Бирюков, 1860—1931)是俄罗斯第一位托尔斯泰传记写作者,作为前一时期作家传记写作的代表人物,他曾历时十余年,写出了卷帙浩繁的四巨册作家传记[1]。该传记写作曾得到作家本人的帮助,在内容上融入了大量作家书信、日记片段和作家对生平的回忆,以材料翔实、内容丰富而得到世人称道。在这一时期,古谢夫(Николай Николаевич Гусев, 1882—1967)则是继比留科夫之后一位重要的托氏传记作者。他曾担任作家秘书,写出了《与Л. Н. 托尔斯泰在一起的两年》(1928)、《Л. Н. 托尔斯泰的生平:青年托尔斯泰》(1927)、《Л. Н. 托尔斯泰生平:文学才华辉煌期的托尔斯泰》(1928),并且撰有《Л. Н. 托尔斯泰:传记资料(1828—1885)》(1954,1957,1963,1970)等作品,不过,他在这方面最重要的贡献则是为作家写出的年谱,即《Л. Н. 托尔斯泰生平与创作系年》(Летопись жизни и творчества Л. Н. Толстого, 1958, 1960)。除此之外,钢琴家戈利坚韦泽尔(Александр Борисович Гольденвейзер, 1875—1961)根据自己与托氏一家的交往,写出了知名的《在托尔斯泰身边》(1959)这部作品。在托氏生前与其有着密切往来的契尔特科夫[2](Владимир Григорьевич Чертков, 1854—1936),则写出了《托尔斯泰的出走》(1922)一书。作家布宁(1870—1953)[3]、文艺学家艾亨鲍姆[4]、批评家贝奇科夫[5]所写作家传记亦出版于这一时期。除此之外,托氏夫人及部分子女在这一阶段也出版了一些有关作家的回忆录作品,如托尔斯泰夫人索菲娅·安德烈耶芙娜(1844—1919)写的著名的日记(1928—1936),长子谢尔

1 该传记第一至四卷分别出版于1905年、1908年、1911年和1922年。

2 又译为切尔科夫,此处以习惯译名给出。

3 布宁所写《托尔斯泰的解脱》(Освобождение Толстого)问世于1937年。

4 这一时期,艾亨鲍姆先后写出了《列夫·托尔斯泰:五十年代》(Лев Толстой: 50-годы, 1928)、《列夫·托尔斯泰:六十年代》(Лев Толстой: 60-годы, 1931)和《列夫·托尔斯泰:七十年代》(Лев Толстой: 70-годы, 1940)等作品。

5 贝奇科夫所写传记《托尔斯泰评传》(Л. Н. Толстой. Очерк творчества)出版于1954年,国内有吴钧燮先生的译本。

盖·托尔斯泰(1863—1947)写的《往事特写》(1949, 1956),长女托尔斯泰娅-苏霍金娜(1864—1950)所写的日记(1947),以及次子伊利亚·托尔斯泰(1866—1933)撰写的《我的回忆》(1933)等。

第二节 20世纪20年代至30年代的学术批评

苏联成立后最初的十余年间,那些此前较为关注托氏的马克思主义美学思想家,如沃罗夫斯基、托洛茨基(Лев Давидович Троцкий, 1879—1940)、布哈林(Николай Иванович Бухарин, 1888—1938)等人,未再对之表现出批评热情。而阿纳托利·瓦西里耶维奇·卢那察尔斯基[1]在这一时期对托氏的创作则异乎寻常地关注[2],自1924年起至去世前,他先后发表30余篇有关作家的会议报告、文章[3],成为40年代前批评托氏的最重要、成就也最为突出的马克思主义美学批评家。他的有关托氏的批评文章与列宁的相关论文一起,在很大程度上为整个苏联时期学界对托氏的接受确定了方法、基调和氛围。

苏联成立后,卢氏所做的一项重要工作,就是对列宁论托氏的批评文章进行深入诠释,明确这些文章对认识和解读托氏的指导性作用和方法论意义。他在《列宁与文艺学》(1933)一文中指出,此前马克思主义者所写有关托氏的文章多用阶级分析的方法,形式主义者则从托氏当时的文学生活形式和生活习俗条件中为作家的创作溯源,而列宁所采用的方法特色在于,他从社会事实和社会心理方面解读托氏。卢氏指出,列宁的《列·尼·托尔斯泰和他的时代》一方面考察了托

1 国内亦有学者译为“卢纳察尔斯基”,本文采取约定俗成译法,译为“卢那察尔斯基”。

2 在十月革命前,卢那察尔斯基仅发表一篇论及托尔斯泰的文章《托尔斯泰的面孔》(Лики Толстого, 1913)。

3 Щербина В. Р. Литературное наследство. Т. 82. А. В. Луначарский. Неизданные материалы. М.: Наука, 1970. С.168.

氏创作力量的来源，另一方面则指出了他的创作的意义，这篇文章"从方法论上教导我们在对待真正重大的和具有社会意义的文学现象时，一定要准确把握这一现象的活生生的社会年表，即作为研究客体之历史基础的诸多社会现象的那种联系。其次，应该抓住这些错综复杂事件的基本环节，找出它——这个占主导地位的环节，是如何反映在思想意识的主导特征之中的，当然，也要看它是如何反映在所研究作品的形式之中的"[1]。在《列夫·托尔斯泰是俄国革命的镜子》一文中，列宁则用辩证分析的方法指出了托氏思想矛盾的双重性，即"从分析托尔斯泰创作本身的结构入手，揭示他的创作的基本特点和基本矛盾，并由此出发，对造成而且不能不造成这样结果的那些社会条件的领域作了考察"[2]。此外，卢氏亦表示，列宁在《列·尼·托尔斯泰》中表达了他对天才与时代关系的观点，而《列·尼·托尔斯泰和现代工人运动》则透露出其关于内容和形式的关系这一问题的认识。卢氏认为，"列宁关于托尔斯泰的文章需要特别认真地加以研究：它们在一切主要方面详尽地阐述了像托尔斯泰的创作与学说这样宏伟的文学现象和社会现象，是列宁的方法用于文艺学的光辉典范"[3]。在发表该文之前，卢氏曾写出《列宁论托尔斯泰》(Ленин о Толстом, 1924)短文，不过行文偏宽泛，其在前文中对同一议题所表述的观点更明确，也更具概括性。卢氏对列宁论托氏思想的解读和诠释，为同时代和后来马克思主义文学批评对托氏的接受起到了积极的导向作用。

除上述对列宁的思想发微之外，卢氏在所写相关文章中，更多阐发了其对托氏的认识。他认为，理解托尔斯泰，应顾及其所处时代的社会发展特征，结合其社会地位及个体性特点。总体而言，他对托氏始终给予高度评价，比如在《致即将到来的对Л. Н. 托尔斯泰的庆典活动》一文中，他表示，"我们将向托尔斯泰致敬，他是我们文学中最伟大的艺术

1 卢纳察尔斯基：《艺术及其最新形式：卢纳察尔斯基美学论文选》，郭家申译，百花文艺出版社，1998，第514页。

2 同上。

3 同上，第521—522页。

家之一。我们向他致敬，他是一个具有深刻良知的人，他发出的声音是世上最诚实的声音之一。我们向他致敬，他是一位勇敢的革命者，他有力地撼动了维护社会的国家秩序支柱和当今统治阶级的教会的基础”[1]。这种高度积极的评价，始终是卢氏认识托氏的基本立场。

从思想家托氏的角度而言，卢氏对之推重主要基于如下几个方面的立场：第一，托氏敏锐地注意到资本主义的缺陷，并对之毫不容情地批判。“对资本主义的憎恨，对战胜了地主的资产阶级的憎恨，是托尔斯泰的基本社会情操。”[2]第二，托氏是农民革命家，他比“同时代那些冒充农民的空想社会主义者更了解当时的农民”[3]，他表达了对压迫农民的整个上层建筑的抗议。第三，托尔斯泰主义与马克思主义有共同之处，即“它们都明了城市体系所产生的所有矛盾；从这些内部矛盾中产生了各种因素的斗争，这种斗争日后将走向对旧世界的胜利”[4]。第四，对基督教教义的揭露和批判。鉴于如上因素，卢氏认为，托氏的思想具有革命性，“因为他从现实出发，大力抨击一切生活假相，在他的打击下，充满社会混乱和社会罪恶的整个世界，都迸裂和震动了”[5]。当然，卢氏也看到了思想家托氏身上巨大不足，这种不足即他所认为的反动性：其一，托尔斯泰主义具有乌托邦性质，反对城市文明，把农村理想化，这种思想与历史发展潮流相违背。具体而言，他有组织地反对与资本主义相关的一切，号召抛弃科学技术的全部成就，抛弃目前人们在其精神成长中所达到的一切，抛弃对未来的全部希望，“丢开各种欲望，回到农夫的状态，并且不只回到农夫的状态，而是回到野蛮人或者更进一步，回到某种没有任何欲望的动物的状态，回到等于零

1　该语参见网页http://lunacharsky.newgod.su/series/о-льве-толстом/中所列《致即将到来的对Л. Н. 托尔斯泰的庆典活动》(К предстоящему чествованию Л. Н. Толстого, 1928)一文。

2　卢那察尔斯基：《论俄罗斯古典作家》，蒋路译，人民文学出版社，1958，第287页。

3　同上。

4　该语参见网页http://lunacharsky.newgod.su/series/о-льве-толстом/中所列《托尔斯泰与马克思》(Толстой и Маркс, 1924)一文。

5　卢那察尔斯基：《卢那察尔斯基论文学》，蒋路译，人民文学出版社，2016，第258页。

的状态”[1]。其二，托氏的不以暴力抗恶学说缺乏有效实践基础。他不相信任何革命，也不希望有任何革命，是无产阶级革命道路上的重要障碍。其三，他是资产阶级的敌人，但也是无产阶级的敌人。“它阻碍了无产阶级与资产阶级的直接斗争。在这种直接斗争中，无产阶级需要农民群众和劳动知识分子的帮助”[2]，而托氏对农民和知识分子具有广泛影响力。相对此前和同时代一些批评家对思想家托尔斯泰的一味批判，卢氏的辩证分析显然更理性，也更全面。

卢氏对艺术家托氏一直推崇备至。他认同列宁对托氏的评价，即他的创作“使世界艺术升到了许多更先进的国家、正常的文明国家的艺术所不能升到的高度”[3]。在卢氏看来，第一，托氏是一个带倾向性的作家，有思想的作家。“他的一大功绩，在于他以他的作品，证明当一位作家掌握着艺术形式和深刻的内容时，他会获得多么伟大的成就，会多么使人全神贯注，多么引人入胜，流传得多么久远。”[4]第二，托氏是最伟大的现实主义者。批评家指出，“你在他的作品里找不到抽象概念或幻想；他的作品表现着真正的生活。托尔斯泰本人拥有伟大的生活力，他的一切热情和感觉都极其强烈。因此他使用的色彩才丰富。另一方面，他又热爱真理，探求真理，无论对自己或别人，他都不愿撒谎。……他不容许自己瞎说，不容许自己粉饰，他愿意做一个无限诚实的人”。第三，卢氏认为，托氏最重要的文体特征是朴素。“托尔斯泰的朴素是最高的朴素，是克服了一切矫饰的人的朴素，他丢开了任何的有色眼镜，因为他不再需要它，他是那样一位巨匠，他能够表现如实的事物。”第四，托氏具有非凡的艺术才华，“他是一位内向或内向心理学的非凡巨匠”，创作方面具有“加工的精细、史诗的手法和叙事的

1 卢那察尔斯基:《卢那察尔斯基论文学》,蒋路译,人民文学出版社,2016,第258页。

2 该语参见网页http://lunacharsky.newgod.su/series/o-льве-толстом/中所列《艺术家托尔斯泰》(Лев Толстойкакхудожник, 1924)一文。

3 卢那察尔斯基:《论俄罗斯古典作家》,第296页。

4 卢那察尔斯基:《卢那察尔斯基论文学》,第260页。下文几处引文均出自该书,不再给出具体页码。——本章作者注

平静”等重要特色。

综上，卢氏看到了思想家托氏的诸多不足，同时亦看到了艺术家托氏的相对完美，但他并不主张对前者全盘否定，对后者全盘接受，而是更辩证、更客观地看待“两个托尔斯泰”。他表示，“我们绝不否定作为思想家和道德家的他的全部学说。列宁曾经说明，他对资产阶级制度的批判是典范式的，在某些方面是无与伦比的。就批判的部分而论，作为思想家的托尔斯泰也是强有力的。另一方面，如果我们说可以不加批判地把艺术家托尔斯泰拿过来，那我们就是给我们的青年和无产阶级帮倒忙，因为托尔斯泰的艺术作品中也包含着他的思想。所以这里也保持着‘在一定限度内’的原则”。

卢氏对托氏批评的一个重大贡献在于，在苏联成立之初，他作为权威的马克思主义文学理论家，并没有因循自19世纪80年代以来在部分托氏研究者那里盛行的“两个托尔斯泰”相对立的论调。一方面，卢氏这种观念受到列宁相关思想的启发，另一方面，亦不乏其个人的深刻认识。除了前文提及卢氏认为思想家托氏的学说不乏积极方面外，他亦认为，托氏学说并不是托氏的全部，甚而至于不是其学说的全部[1]，“列夫·尼古拉耶维奇作为个性要较之自己的托尔斯泰主义以及自己学生的托尔斯泰主义宽广得多”[2]，从而提醒托氏研究者不应该为托尔斯泰主义这一概念所局限，而应从更为开阔的视野解读、认识作家的创作。另外，尤为难能可贵之处在于，卢氏在没有把思想家托氏和艺术家托氏割裂开来的同时，也没有像当时一些批评家那样，把二者混为一谈，从而给作家贴上“反动”的标签。在马克思主义美学存在庸俗化风气的20世纪二三十年代，卢氏对托氏的批评相对而言更清醒，也更具客观性，为托氏在苏联的接受起到了无可替代的积极作用。

1　Корокотина А. М. Проблемы методологии советской литературной критики в 20-е гг. Томск. Издательство Томского университета, 1986. С. 123.

2　该语参见网页http://lunacharsky.newgod.su/series/o-льве-толстом/中所列《致即将到来的对Л. Н. 托尔斯泰的庆典活动》(К предстоящему чествованию Л. Н. Толстого, 1928)一文。

历史地看，教条、刻板地理解和运用马克思主义美学在苏联不同阶段始终或强或弱地以不同倾向存在着，并没有销声匿迹。但这种把马克思主义美学庸俗化的倾向，在苏联之初的二三十年代表现得尤为明显，弗里契、佩列韦尔泽夫（Валериан Федорович Переверзев, 1882—1968）是其中的代表性人物，他们两人的庸俗社会学观念把文艺发展和社会经济的发展相提并论，一度在文学研究和批评中不乏拥趸[1]，造成不少负面影响，为学界所诟病。其实，自别林斯基始的俄罗斯现实批评思潮直至世纪之交的马克思主义美学，它们批评遗产中的核心观念便是社会历史批评原则，其中并不乏社会学因素，并被称为社会学诗学，但文艺学中的庸俗社会学方法则充斥一种形式逻辑思维方法，片面、机械地把社会历史发展、社会阶级现象与文学创作本身等同起来，漠视文艺创作本身的规律性和相对独立性，忽视文学创作和批评的美学本质。

二三十年代，学界对托氏创作的接受，不免受到庸俗社会学的影响，这种情形在弗里契的批评实践中有着充分体现。弗里契坚持认为，我们对文学作品之所以感兴趣乃在于它是一种社会现象，而非个体创造物，因而认为艺术作品的价值在于作品本身，而与它的创造者无关。这在很大程度上抹杀了艺术作品的创作主体即艺术家的作用，从而走上了重艺术创作而忽视作家个性的极端。而实际情况是，在文学史上，那些杰出的文学家恰恰在创作方面常常表现出非同寻常的主体意识，总会突破阶级的限囿或者成为本阶级的反叛者。除此之外，弗里契积极捍卫其“阶级的艺术（классовое искусство）”思想，认为文学作品应该直接反映阶级冲突和对立，表现压迫者和被压迫者之间的斗争，从而把对文学题材的认识简单化，忽略了生活本身的复杂性和多样性。弗里契艺术社会学中较为知名同时也最为后世所诟病的观点则是他所提出的“经济—阶级心理—艺术”这一“三元论”思

1 比如，彼时知名学者萨库林和科甘（П. С. Коган, 1872—1932）对之持认同观点，而波斯佩洛夫（Г. Н. Поспелов, 1899—1992）和阿尔瓦托夫（Б. И. Арватов, 1896—1940）曾一度为这一流派的学生。

想，这一思想所宗其实是其文学导师普列汉诺夫所提出的“生产力—经济关系—政治制度—社会心理—思想体系”的观念，只不过，弗氏这种对艺术生成规律的理解具有鲜明的形而上学性，不如后者对这一问题的看法更辩证，因为社会心理显然要比阶级心理更全面，也更客观，而且阶级心理与艺术之间并不构成直接的转化生成关系，前者只不过是后者的从属方面，同时，阶级心理本身也不能视作经济与艺术之间的真正的中介，这种思想显然把阶级的观念绝对化。鉴于弗氏的这种文学批评立场，亦有学者具体指出，“他的学术观念的基础是知名的‘有机’理论。在弗里契的观念中，文学主人公就像一尊‘活生生的雕像’，可从‘身体’的角度给予诠释，是现行经济规律的被动和非人格化的体现。艺术作品与‘现实’并无区别，而且可以与之直接同等看待。文学文本‘反映’生活的同时，亦记录了一定时代的生活形式（‘方式’）。弗里契的观点在今天看来很幼稚，然而，在随后数十年中，这一文学流派所具有的影响，总体上决定了它在我们文化史中的意义”[1]。事实上，弗氏文学批评观中的“幼稚病”流毒匪浅，对苏联文学批评的健康发展产生了无可挽回的消极作用。当然，他的这种“幼稚病”在对托氏创作的批评中也有鲜明的反映。

在弗氏的整个文学批评活动中，对托氏的批评只是其中并不显著的部分，但相形而言，他也是当时对托氏给予较多关注的一位批评家。弗氏曾就作家先后写出8篇文章[2]，刊发于当时的《无产阶级革命》《革命与文化》《红色处女地》等刊物以及其他报纸和论文集上，论及列宁对作家的认识，作家的世界观、宗教和道德思想以及作家的文学创作。

1 Баршт К. А. Русское литературоведение XX века. Ч. 2. СПб.: Издательство РГПУ им. А И. Герцена, 1997. С. 78.

2 这8篇文章分别是《В. И. 列宁论Л. Н. 托尔斯泰的阶级面孔》(В. И. Ленин о классовом лице Л. Н. Толстом)、《Л. Н.托尔斯泰》(Л. Н. Толстой)、《托尔斯泰如何走向宗教》(Как Толстой пришел к религии)、《道德家Л. Н. 托尔斯泰》(Л. Н. Толстой как моралист)、《Л. Н. 托尔斯泰的两面“镜子”》(Два «зеркальца» Л. Н. Толстого)、《艺术家托尔斯泰的悲剧》(Трагедия художника Толстого)、《Л. Н. 托尔斯泰与И. Г. 车尔尼雪夫斯基》(Л. Н. Толстой и И. Г. Чернышевский)等。

1929年，这些文章以《Л. Н.托尔斯泰》为题名结集出版。在这几篇文章中，《Л. Н. 托尔斯泰》是较为重要的文章，批评家曾专门把它编入自己所主编的列宁、普列汉诺夫、卢那察尔斯基等人论托氏的文集中。

弗氏贯彻其“阶级的艺术”这一立场，从阶级决定论的观念出发，认为“Л. Н. 托尔斯泰是一定的、贵族阶级的或者更确切地说，是这个阶级一定群体的、‘封建’名门望族的代表和产物（продукт），他在自然经济和农奴制的基础上成长起来。他的思维和创造力，他的伦理和社会理想，首先是由他所属的这个特殊群体，即世袭的地主贵族所决定的”[1]。除此之外，批评家还认为，“自给自足的自然经济和封建阶级的危机”是决定托氏学说和创作的第二个主要因素。基于如上认识，弗氏表示，在托氏笔下的《战争与和平》中，世袭贵族阶级无论从社会还是文化上都占主导地位，但在《安娜·卡列尼娜》中，托氏揭示和描写了封建心理和封建文化的变化过程，作品中的弗龙斯基由博尔孔斯基和罗斯托夫化身而来，他是古老世俗文化的最后体现者，是僵化的、即将消失的封建心理的代表，卡列宁所代表的则是取代贵族阶层的官僚阶层，奥布隆斯基是正在成长为资产阶级的贵族。批评家认为，在他们身上，即“从博尔孔斯基和罗斯托夫到官僚卡列宁再到机会主义者奥布隆斯基，这便是19世纪下半叶世袭贵族在发展成熟的专制资产阶级现实环境中的必然演进”。

弗氏并没有意识到，托氏在很大程度上是自己所处上流社会的批判者和反叛者，而始终认为，托氏“没有放弃那些具有封建地主特征的思维形式”，这种思维方式落后于时代并与登上历史舞台的新阶级的观念背道而驰，“他的思想就像任何封建主的思想一样，是宗教和专断的”。弗氏在托氏的学说即托尔斯泰主义中，敏锐地捕捉到佛教因素，即虚幻、禁欲主义、道德完善、非暴力和爱等，不过他认为这种思想反映了正在消亡的封建地主阶级的世界观。而针对托氏所倡导的平民化思想而流露出的批判意识，弗里契认为，作家把资本主义看

1 Фриче В. М. О Толстом. Литературно-критический сборник. М.: Издательство коммунистической академии, 1929. С. 21. 后文本节引文均出自该书，不再注出具体页码。——本章作者注

作农村的破坏者和压迫者，这种批判“幼稚且肤浅，与马克思的批判毫无共同之处，而是如18世纪卢梭的批判一样，具有乌托邦和反动特征”。根据作家创作的画面，弗氏认为，托氏是具有浓郁阶级色彩的主观艺术家（классово-субъективный художник），在其创作中，这种阶级的主观性体现在，他不仅令人信服地描绘了本阶级，将其生活和风尚理想化，而且主要体现在，“他以片面的，亦即具有倾向性的，而确实不是‘全面地’‘客观地’描绘了在贵族对立面的其他阶级的人们”。批评家认为，作家创作中所表现出的阶级主观倾向性，走向了“资产阶级，民主和无产阶级的对立面”。弗氏提出一个观点，认为托氏在思想上走向平民化（опрощение）的同时，在艺术上也走向了简单化（опрощение）。他表示，“如果说从思想上托尔斯泰或多或少地成功地提出了平民化思想，那么从艺术而言这一思想对他不啻是一种灾难，后果是使他放弃了被看作‘撒谎和罪恶’的艺术”。不过批评家也指出，作家并没有真正放弃艺术，而是与之妥协，将艺术为其禁欲主义、为实际是“亚洲式”的“基督教”学说服务。

弗氏对托氏的评价不乏合理的成分，但给人印象更深刻的则是他似乎时时陷入机械性、片面性的泥淖，总是从主观意识出发，片面放大作家创作中的不足，没有发挥出马克思主义美学所擅长的辩证分析，从而总体上缺乏客观性和公正性。他的这种庸俗、偏于极端的艺术社会学，在为苏联文艺学带来诸多消极影响的同时，也对后来的“托学”产生了不少负面作用。

第三节　形式主义批评视野中的托尔斯泰

随着苏联国家的建立，文艺领域统一的意识形态逐渐构建完成，苏联文艺学中马克思主义美学被确立为占主导地位的批评方法和观念。不过，在这一阶段之初，作为前一时期现代主义批评的余绪，形式主义批评仍然在一定程度上发挥作用，其重要的代表人物艾亨鲍姆和什克洛夫斯基一直活跃于此时的批评界，虽然他们的学术批评在后期很大程度上已经脱离了形式主义批评方法，但其文学思想显然与立足内容解读文学作品的方法仍然有所不同。

鲍里斯·米哈伊洛维奇·艾亨鲍姆（Борис Михайлович Эйхенбаум, 1886—1959）是俄罗斯形式主义学派的重要奠基人之一。1919年，他加入奥波亚兹（ОПОЯЗ），即诗语研究会，与什克洛夫斯基、托马舍夫斯基（Борис Викторович Томашевский, 1890—1957）及特尼亚诺夫（Юрий Николаевич Тынянов, 1894—1943）一起成为其中的重要成员。1924年，他写出《"形式方法"的理论》（Теория "формального метода"）一文，清晰扼要地阐述了形式学派的基本纲领。在文中，他表示，"不是文学，而是文学性（литературность），亦即使这一作品成为文学作品的那种东西才是文学学（наука о литературе）的研究对象"[1]。所谓文学性，指的"诗学功能（поэтическая функция）"，是一部作品通过诗学手段的辐辏而表现出的整体效果。在《果戈理的〈外套〉是如何写成的》（Как сделана «Шинель» Гоголя）一文中，艾氏对自己所提出的理论付诸实践，充分验证了自己的观点。不过，在后期，特别是在对托氏的研究中，艾氏借鉴了对立派别马克思主义美学的社会历史方法，同时仍旧保留了鲜明的形式分析的特点，注重所研究作家作品的结构、诗学和风格问题。

艾氏一生著述丰硕，特别是对托氏的研究，倾注了其大量心力，前后四十年间（1919—1959），对托氏的研究未曾间断。艾氏最早涉足托氏创作的研究是在1919年，是年他写出论及《伪息票》的短文，随后相关成果不断涌现，写出了诸如《青年托尔斯泰》（1922）、《列夫·托尔斯泰：五十年代》（1928）、《列夫·托尔斯泰：六十年代》（1931）和《列夫·托尔斯泰：七十年代》（1940）等重要著作及大量学术文章。除了对作家创作进行美学研究之外，艾氏亦积极参与了托尔斯泰90卷集以及其他文学作品选集的编辑工作，是作家作品文本学研究的重要参与者，并做出了重要贡献。

1 Сегал Д. М. Пути и вехи: Русское литературоведение в двадцатом веке. М.: Водолей, 2011.С. 93.

由上述不难看出，传记书写是艾氏研究托氏的重要特色，不过，这些传记并不是对作家日常生活的大事记或编年叙事，亦即不是生活传记，而是学术性传记；在这些著作中，批评家花费大量精力，对芜杂的文献爬梳剔抉，对同期作家的生活交游、作品写作背景、时人批评给予详尽考察，同时对作家创作进行深入细致的分析。总的来说，透过作家的精神世界考察其文学创作的特色，发掘其艺术独具匠心之处则是批评家从事传记写作的意图所在。

《青年托尔斯泰》这部传记篇幅不长，在该书的前言部分，批评家开宗明义，指出这部书的写作宗旨在于考察作家的创作诗学，探讨其艺术上表现一贯的东西以及在构建风格和结构方面所运用手法的系统性表现。他指出，这种看待作家创作的方法常常被称为"形式方法"，但他本人更愿意称之为"形态学方法（морфологический）"[1]，以有别于心理方法和社会学方法等。批评家在该书中较多引入作家的早年日记，力求进入其内心世界，审视其精神成长历程，探讨生活中作家与其文学创作的关系。他认为，文学作品中所描写现象和情节与作家真实的个人的生活并不具同一性，即便是日记所写作家的精神探索也应存疑。另外，批评家指出，"把抒情和哲学插话这种手法与细节描写的手法、缩微化（миниатюризм）手法相结合"，这是托氏诗学的基本特征。对于艾氏所写的这部传记，学界至今给予高度评价，文艺学家苏希赫（Игорь Николаевич Сухих, 1952—　）曾指出，"这部篇幅不大的书，无论对作者还是对我们文艺学史而言，都极为重要。艾亨鲍姆在关注具体的、看似相当细小的话题的同时，触及了许多问题，并给出了答案，这些答案在被援引时常常并不提及它们的第一发现人，却成了理解托尔斯泰的基础"[2]。

1　Эйхенбаум Б. М. Лев Толстой: исследования. Статьи. СПб.: Факультет филологии и искусств СПбГУ, 2009.С. 73. 后文本节引文未注明出处处，均出自本书。——本章作者注

2　Сухих И. Н. Толстой Эйхенбаум: Энергия постижения (1919—1959). // Эйхенбаум Б. М. Лев Толстой: исследования. Статьи. СПб.: Факультет филологии и искусств СПбГУ, 2009. С. 8.

除了《青年托尔斯泰》这部作品，由前述亦知，批评家也写出了另外三种作家传记，它们都是其有志于写出作家完整传记的构成部分[1]。在《列夫·托尔斯泰：五十年代》一书中，批评家在一定程度上谈及自己写作这些传记的初衷，他表示，“早在1925年夏天，我就开始思考我自己所称的‘文学生活’的问题。引我走向它的原因一方面是在当代文学中，‘如何做一个作家’的问题日益凸显，另一方面则是作为科学的文学的境况：许多问题不再鲜活，感觉有必要从此前所规定的通常的历史与文学辩证关系的框架转向对历史过程进行更具体和详细的研究，有必要发掘通常束之高阁的以及注解中的新材料，提出新问题，重新甄别，等等”。艾氏之所以在写出《青年托尔斯泰》之后，又写出50年代的托氏，其实正是由于其掌握的一些新文献，使他认为对这一时期的托氏有必要再重新谈一谈，他表示，“‘文学生活’部分地把我引向对传记文献的研究，这里的传记文献并不是一般意义上的以‘生活’（‘生活与创作’）为标志的文献，而是表示历史命运、历史行为的文献。……我想到要用手中的新材料写一本关于托尔斯泰的书。托尔斯泰一生都在与他那个时代的文学和日常生活方式做斗争，如果我们用传记材料来寻求某些问题的答案（例如，为与哥哥尼古拉一比高下而写出的《哥萨克》的故事），他的文学地位和命运应该会呈现出全新的面貌”。因此，在这部书中，批评家把关注的重心放在了时代背景之下作家文学志趣和精神生活的成长方面。

批评家指出，对于60年代的托氏，学界的研究几乎一片空白。在《列夫·托尔斯泰：六十年代》这部作品中，批评家深入考察了《战争与和平》的写作史、小说体裁的变化及其思想倾向，对这部小说的历史哲学思想给予重要影响的人物[2]和团体与作家关系问题进行了深

1　在从被围困的列宁格勒疏散过程中，艾亨鲍姆所写70年代之后的传记资料掉入拉多加湖，后批评家未能把缺失部分补写。

2　书中重点提及历史学家波戈金（Михаил Петрович Погодин, 1800—1875）和将军乌鲁索夫（Сергей Семенович Урусов, 1827—1897）两人。

入的发掘；同时，也研究了作家与西方一些作家特别是德国作家的关系问题。《列夫・托尔斯泰：七十年代》所写的则是创作《战争与和平》之后和写出《安娜・卡列尼娜》的托氏。该书中一些研究视角和见解，与批评家此前所撰著作中一样，总会以其耳目一新给人启迪，比如他认为，"《安娜・卡列尼娜》并不是对欧洲传统的效仿，而是对这一传统的终结和克服。但这并不是一下子便实现的。《安娜・卡列尼娜》的创作史是与爱情小说传统持续不断抗争的历史，是对打破爱情小说的限制走向人际关系更广阔领域的探索"。对于"伸冤在我，我必报应"这句题词，批评家表示，这句话的语义重心在"我"而非在"伸冤"和"报应"上，"托尔斯泰在这句题词中所表达的思想仅在于，必不可免的'糟糕'的后果并不是人的报复，而是苦难本身，这个苦难并不是'得之于人'。安娜的自杀只不过是自然而然的结尾，由安娜所经受的'痛苦'蓄势而来。问题并不在于自杀本身，而是欲望导致了苦难"。换句话说，在批评家看来，生活中人所不愿看到的后果，其根源不在他人，而是源于其自身，是他的不良欲望所导致，所以人重在戒除各种弊病，在如何做好"我"方面下功夫。对于艾氏所写70年代的托氏一书，学界一直给予较高评价，文艺学家比林基斯（Яков Семёнович Билинкис, 1926—2001）曾表示，"研究者（即艾亨鲍姆。——作者注）试图发现托尔斯泰形象思维和艺术思想的特殊性，这种特殊性与那个时代所存在的一切——人们和经济状况，70年代各种哲学体系的作用，以及教育、妇女问题、对过去的兴趣等，具有不可分割的联系。托尔斯泰的那个时代以其复杂性和多姿多彩展现在人们面前"[1]。

总体来说，艾氏所著托氏传记在"托学"史上意义重大。批评家以其所擅长的形式分析，同时借助文本学视野，在借鉴社会学批评方法的基础上，对托氏作品创作史进行钩沉的同时，对不同时代作家创

1 Бялый Г. Б. М. Эйхенбаум — историк литературы. // Ямпольский И. Б. Эйхенбаум. О прозе. Сборник статей. Ленинград: Художественная литература (Ленинградское отделение), 1969. С. 14.

作的机枢做出精到的诠释和阐发。他的著作意旨丰赡且文思谨严，是研究托氏不可多得的重要学术著作和重要参考书。

作为俄罗斯形式主义学派的代表人物之一，什克洛夫斯基（Виктор Борисович Шкловский, 1893—1984）的重要性并不亚于艾亨鲍姆。他早年撰写的《词语的复活》(1914）和《作为手法的艺术》(1917）等文章为俄罗斯形式主义学派的确立奠定了重要的理论基础。在长达七十年的学术生涯中，什氏著述宏富，表现出后人难以企及的多样才华和理论建构高度。与艾亨鲍姆一样，什氏从托氏的创作中获得文学审美的启示和创新，并把后者的创作作为批评理论实践的文本；与艾亨鲍姆相同，什氏也对托氏表现出充分的关注和研究兴趣，他曾表示，“我几乎一生都研究托尔斯泰，但我的托尔斯泰是变化的，他似乎愈来愈年轻。对我来说，他总是在前面”[1]，也就是说，在作家眼里，托氏的创作是一座富有的矿藏，里面有取之不竭的文学财富；是一座望之弥高的高山，总是攀缘不到它的顶端。什氏专门论及托氏创作的文献并不太多，除了《列夫·托尔斯泰的长篇小说〈战争与和平〉中的材料与风格》(1928）和《列夫·托尔斯泰》(1963）两部著作之外，有关托氏的论述大多散见于其不同时期各种版本的作品集中。

什氏有关“陌生化”的思想其实最初借助对托氏小说的分析而提出。在《作为手法的艺术》一文中，批评家通过考察《可耻》、《霍尔斯托梅尔》、《战争与和平》以及《复活》、《克莱采奏鸣曲》等作品中的部分情节，认为借助“陌生化”摆脱对事物感受的自动化是作家创作的一种习用手法，“列·托尔斯泰的奇异化手法在于他不说出事物的名称，而是把它当作第一次看见的事物来描写，描写一件事则好像它是第一次发生”[2]，批评家以《霍尔斯托梅尔》为例说明，这篇短篇小说自始至终便运用了这一方法，小说“由一匹马出面来讲故事，于是事物被不是我们的，而是马的感受所奇异化了”[3]。什氏对托氏创作诗学特

1 什克洛夫斯基:《散文理论》,刘宗次译,百花洲文艺出版社,1994,第81页。

2 同上,第11页。

3 同上,第12页。

征的这种总结性归纳，不能不让人叹服其卓越的审美感受力和对驳杂文学现象抽丝剥茧的高超能力，它给人一种豁然洞开的感受，让我们切实意识到对托氏创作“机理”把握的准确性和典型性。某种程度上可以说，什氏之于托氏，类似于巴赫金之于陀思妥耶夫斯基，是文艺学家和文学家彼相成就的范例。

批评家写作《列夫·托尔斯泰的长篇小说〈战争与和平〉中的材料与风格》的初衷，总体而言是从文学和社会相互关系的角度来考察这部小说的，评鉴作家驾驭“本事”与“情节”的艺术。具体来说，在这部著作中，批评家结合创作《战争与和平》前问世的相关文献资料和小说出版后时人的评价，考释作家取舍、运用历史文献的倾向和特点，把握这种取舍与作品整体风格之间的联系。批评家认为，就托氏所感兴趣的方面和他对历史的反映而言，“他所理解的1812年战争中的某些方面是正确的”[1]。他指出，“小说最初以传统的方式载入历史材料，该材料并没有走样。随着小说后续写作展开，拿破仑和亚历山大这两个非情节性人物获得了结构性意义。拿破仑和亚历山大之间形成了一种并行关系，在作品中段部分，对自己的这种并行关系想法，托尔斯泰以集中的方式呈现出来。在此之前，对拿破仑的态度出现了变化，历史材料的引入，便已经是出于论战的目的。小说在篇幅增加的同时，实质上也失去了长篇小说的构造。历史和情节线条之间的结构关系削弱了。历史不再扮演激发行动的角色，不再成为推动人物的力量，而是具有独立的意义”[2]。在本书中，什氏这种具体详尽的剖析及其所运用的方法，非常符合其作为形式主义理论家的特点，这种分析在使读者对小说的建构机制或者说“《战争与和平》这部小说是如何生成的”获得清晰认知之外，对他所倚重的形式分析方法也留下了深刻的印象。

1 Шкловский В. Б. Материал и стиль в романе Льва Толстого «Война и мир». М.: Издательство «Федерация», 1928. С. 236.

2 Там же., С. 238–239。

与同为形式主义理论家的艾亨鲍姆一样，什氏把自己的一部分研究精力也放在了对作家传记的写作上，不过后者所写传记是把作家生活中一系列颇具典型性的时空和事件作为作品的结构和叙事节点，这与前者注重考察作家笔下作品的写作史及成因具有显在的不同。在所著传记的前言即“作者的话”里，什氏表示，托氏一生充满了矛盾：“托尔斯泰在文学作品里和论文里是浑然一体的。但是，这个面貌一致的人，如同那些身处两个伟大时代交替时期的人物都具有矛盾一样，自身也具有内在的矛盾。”[1]因此，批评家把家庭生活中的托氏（普通人托氏）、思想家和文学家托氏作为自己的重点描写对象，把揭示作家日常生活和思想生活中如影随形的矛盾作为叙事基调，以呈现其观念中的作家形象。不过，通读全文来看，这部作品的重心并不在于展现作家的个人矛盾，而在于对作家创作艺术特色高屋建瓴的点拨和总结。作品的精彩之处便在于，这种总结言简意赅，总是不动声色且不失时机地熔铸在叙说文字之中，笔触举重若轻，识见却沉稳有力，发人深省。对于批评家所写出的这部作家传记，一直以来，学界评价较高，在该书出版后不久，文艺学家戈尔洛夫斯基（Александр Самойлович Горловский, 1930—1988）于1964年在《文学俄罗斯报》上刊文认为，“什克洛夫斯基的书内容丰富。令人惊讶的是，这本书并没有被放进某种既定体裁的狭隘框架中。它要么平静地、近乎冷静地转述事实，要么表现为诗意的旋律，要么是富于激情的论战，要么表现为文艺学研究。但这些总是体现为一种思考，一种探索，一种紧张的思想工作……什克洛夫斯基关于列夫·托尔斯泰的书是一部小说，一部令人着迷的思想小说”[2]。这一观点在很大程度上指出了这部传记的特色，即具有文学创作意味，但不失学术谨严性，充满思想张力。

整体而言，20世纪之初俄罗斯形式主义理论家对托氏的研究，为后世学者特别是专注结构诗学的研究者们解读作家的创作提供了一种新思维和新路径，影响深远。

1 什克洛夫斯基：《列夫·托尔斯泰传》（上），安国梁等译，海燕出版社，2005，第2页。

2 参见：https://studopedia.org/9-212982.html。

第四节　20世纪50年代的学术批评

可以留意到一个迹象，即从20世纪50年代下半期起，深入研究托氏的专著类文献一反此前相对匮乏状态，逐渐接踵问世，并呈现增多的趋势。举例来说，莫特廖娃、比林基斯、萨布罗夫和库普列亚诺娃等学者的著作便出版于这一时期，它们当中既有学界新生研究力量，也有前辈学者的厚积薄发。

1956年，时任列夫·托尔斯泰故居博物馆馆长季姆罗特（Александр Дмитриевич Тимрот, 1915—2005）出版了《〈战争与和平〉的主要人物与形象》一书。在书中，批评家指出，作家在笔下并没有把老派贵族们理想化，他所塑造的贵族的正面形象并不是表达其对过去英雄的特别喜爱。托氏充分利用了彼时历史的形势，即人民展现出了勇士般的力量，而贵族的优秀代表人物为人民的精神活力所感染，进而刻画出了笔下的正面贵族形象，展现出他们的奋发有为和对生活的热爱。在这种基调之下，批评家对皮埃尔、安德烈公爵、罗斯托夫一家等人物和家族进行了具体分析，指出这些正面人物的力量在于积极打破既定观念，他们的乐观主义体现在对所有虚假和假定性东西的揭露，他们的快乐在于相信世间存在“真理”，他们的生命力在于走向人民和为人民服务的追求中。批评家表示，托氏非常了解农民；他赞赏他们的勤劳、他们对生活问题的自然态度以及他们健康的道德观。包括农民、哥萨克、士兵在内的下层百姓，他们的生活境遇很糟糕，但他们有更高的生活原则、更出色的行为。这也是作家笔下图申、季莫欣、杰尼索夫、卡拉塔耶夫等形象的特点。批评家指出，“正是对人民生活的了解，认识到俄罗斯的力量在人民中，促使作家塑造了正面的民族性格特征”[1]。除了对前述人物进行分析外，批评家对作家笔下具有否定性色彩的贵族人物以及

1　Тимрот А. Д. Герои и образы романа «Война и мир». Тула: Приокское книжное издательство, 1956. С. 13.

库图佐夫和亚历山大一世等俄方统帅人物亦进行了着墨不等的逐一检视。在批评家看来，这部史诗的人民性在于，作家以俄罗斯先进人物的眼光、以人民的眼光使读者看到了历史上激动人心的一页，尽管托氏与革命民主人士的立场全然不同，但他作为伟大作家客观上表达了自己所处时代的先进思想。批评家认为，“托尔斯泰艺术地表达了人民是历史的创造者观点，相信人民是取之不尽的力量和才华的源泉，承认人民为保卫祖国而采取的各种形式的斗争的合法性，所有这些都使托尔斯泰的伟大史诗跻身于世界文学的最优秀作品之列，像这些作品一样，它启示人们以积极的态度看待生活，呼吁人们干预生活，对现实给予严厉审判”[1]。

同在1956年，洛姆诺夫（Константин Николаевич Ломунов, 1911—2005）出版了专著《托尔斯泰剧作研究》，该书是第一部对作家的戏剧创作进行系统研究的著作。书中，批评家指出，托氏自50年代起便从事戏剧创作，经历了一个艰辛探索的过程，他的《黑暗的势力》、《教育的果实》和《活尸》等优秀剧作所描写的冲突反映了革命前俄国的社会矛盾，因此，“撕下一切假面具”，同样是“话剧作家的托尔斯泰的写作艺术本质”[2]。批评家指出，讽刺在作家的剧作中占有相当重要的位置，他在创作中引入了对比的写作手法。就艺术创新性而言，托氏为俄罗斯戏剧舞台塑造了新的人物类型，他是第一位把庄稼人带上俄国和世界舞台的剧作家，“这是托尔斯泰给戏剧民主化这一有历史意义的事业所做的重要贡献”[3]。批评家认为，在俄罗斯戏剧史上，托氏是奥斯特洛夫斯基戏剧艺术的继承者，并对高尔基的戏剧创作产生了积极影响，他的创作构成俄国话剧和戏剧的一个时代。书中，批评家主要从剧本写作经过、时人评价、对后世剧作家影响、语言及人物塑造艺术、舞台演出效果等多个方面对作家的戏剧创作做出了深入细致考察，是

1 Тимрот А. Д. Герои и образы романа «Война и мир». Тула: Приокское книжное издательство, 1956. С. 109.

2 洛姆诺夫：《托尔斯泰剧作研究》，徐宗义译，青海人民出版社，1983，第462页。

3 同上，第465页。

了解作家戏剧创作基本状况的一本不可多得的学术著作。同是俄罗斯戏剧创作研究专家的奥斯诺温认为，洛氏的这部书“敏锐且全面地呈现了作家戏剧思维中的典型特征，这些特征对俄国戏剧现实主义倾向的发展产生了实质性的影响”[1]。

莫特廖娃（Тамара Лазаревна Мотылёва, 1910—1992）是专事西方文学研究的学者，她所著《Л. Н. 托尔斯泰的世界意义》一书问世于1957年。该书第一部分，批评家从作家的现实主义写作艺术、心理描写才华，作品的批判力量、人民性以及道德力量等几个方面深入发掘托氏的创作特色和风格，认为他是世界文学中的创新者（новатор мировой литературы）；该书第二部分则从影响的角度，考察托氏在法国、英国、德国以及斯拉夫国家的接受。批评家指出，“在19世纪末和20世纪，几乎每个最重要的域外文学家，都醉心地阅读和思考过托尔斯泰，谈论过他，并以这样或那样的方式回应这位伟大的俄罗斯作家所提出的重大问题。几乎每一个当代最著名的外国作家都不同程度、不同方式地向托尔斯泰学习”[2]。在书中，批评家总结指出，托氏世界性意义或者说其对域外作家的重大影响在于，他激发并推动了他们当中大部分作家对资本主义压迫的反抗，帮助他们认清资本主义制度的根本矛盾；他也使这些作家重新审视艺术和艺术家的任务，为解决创作中的具体问题提供了新思维，为人物的现实主义塑造提供了新路径和新方法。抛开批评家写作本书时的语境，他的许多观点，在今天看来仍旧没有过时。有学者认为，“该书作者一个毋庸置疑的优点在于她对作家艺术匠心的密切关注。书中充实赅备的总结引人入胜，它们帮助读者对托氏所描绘的现实世界的特点有着具体、明晰的认识，开阔了读者的视野”[3]。这一著作在很大程度上是对托氏创作的世界性

1 Основин В. В. Драматургия Л. Н. Толстого. М.: Высшая школа, 1982. С. 4.

2 Мотылёва Т. Л. О мировом значении Л. Н. Толстого. М.: Советский писатель, 1957. С. 715.

3 Розанова, С. Работа о мировом значении Л. Толстого // Вопросы литературы. 1957 (5): 227.

意义最早的系统性解读，其重要性亦在于，它借助比较的视野，在世界文学的框架下使读者进一步明确托氏创作的个性和民族性特征。除了该书外，有关作家的研究，莫特廖娃日后亦撰写了《〈战争与和平〉在国外：翻译、批评与影响》(«Война и мир» за рубежом: Переводы. Критика. Влияние, 1978)这部著作。

在这一时期，作为学界新秀，比林基斯出版了《论Л. Н. 托尔斯泰的创作》(1959)一书[1]，该书主要考察托氏笔下的自传体三部曲、塞瓦斯托波尔故事集系列、《哥萨克》以及三部长篇小说等作品。对于这本书的写作，批评家给自己提出了明确的任务，即"通过研究托尔斯泰创作中的'心灵辩证法'，全方位深入揭示19世纪俄国生活最重要的社会历史进程。把托尔斯泰如何通过分析人的精神生活而再现社会、人类的道路(пути общества, человечества)纳入主要的关注视野"[2]；另外，作家现实主义艺术的演进过程也是其所要研究的方面。在批评家看来，托氏的"心灵辩证法"不仅仅是一种艺术手法，对作品中的人物塑造起着重要作用，它更是一种体现作家思维特征的创作艺术，在它的背后可以看到社会、时代的心理。批评家表示，"毫无疑问，不仅托尔斯泰笔下主人公们的'心灵辩证法'客观上负载着具体的历史时间的内容，而且托尔斯泰本人在某种程度上也以这种社会历史内容填充了人的'道德机制'，尽管他在人类灵魂的原初特征中看到心灵'辩证法'的始因"。在对《战争与和平》分析的章节中，批评家认为，托氏在60年代已经与人民的世界观相接近，对于他而言，转向过去并不意味着回到过去，而是与之相反，过去应该成为对现在和未来抱有深刻信心

1 在此之前，比林基斯已经写出专著《伟大的俄罗斯作家Л. Н. 托尔斯泰》(Великий русский писатель Л. Н. Толстой, 1953)，在此之后又出版了《Л. Н. 托尔斯泰的〈安娜·卡列尼娜〉与1870年代的俄国文学》(«Анна Каренина» Л. Н. Толстого и русская литература 1870-х годов, 1970)，《Л. Н. 托尔斯泰在自传体三部曲中的创新》(Новаторство Л. Н. Толстого в трилогии «Детство», «Отрочество», «Юность», 1973)等书。

2 Билинкис Я. С. О творчестве Л. Н. Толстого. Ленинград: Советский писатель, 1959. С. 3. 下文两处引文均出自该书，不再另行注出。——本章作者注

的基础。批评家因此指出："托尔斯泰笔下的历史题材，与60年代进步的俄国文学一样，蕴藉着最迫切和最具时代性的内容。" 在该部分，批评家亦对《战争与和平》中"和平（мир）"一词的含义给予分析。他指出，在19世纪之初，人们所运用的"мир"具有多重意涵，并不仅仅被诠释为"没有争讼、战争"。在批评家看来，在这部小说中，"мир"内涵丰赡，非"和平"两个字眼所能言尽，它更意味着不同阶层的人们之间的团结、友爱。在"托学"史上，比林基斯是最早对"мир"的内涵给出不同解读的研究者之一，日后，它成为苏联学界不少学者探究的话题。总体来说，《论Л. Н. 托尔斯泰的创作》一书并没有落入喧嚣一时的庸俗社会学方法的窠臼，它以强烈的问题意识发掘了作家创作的艺术特色和风格，发前人之所未发，给学界留下深刻印象，博恰罗夫在评论该书时曾指出，"在作家创作最具艺术本质的方面揭示了时代的内容、作家的社会立场和世界观"[1]是这部著作的鲜明特色。

与比林基斯同年，学者萨布罗夫（Андрей Александрович Сабуров, 1902—1959）出版了《〈战争与和平〉：问题与诗学》一书，就小说的人物、思想内容、体裁特征、结构、艺术方法以及语言和风格等进行了全面、深入的研究。批评家指出，《战争与和平》以深刻的心理透视和广泛的性格研究展现了其中的每个人物，其中正面主人公以其多样特点的组合表现出复杂的、独一无二的性格，但他们在整体上都有一个基本的特征：史诗主人公正面性格特征的稳定不变，在大多数情况下，这种稳定不变以鲜明的个性印记表现出来。对于小说的体裁，萨氏认为，《战争与和平》是一种新的、迄今未见的长篇小说的变体（разновидность），它完全可以被称为史诗。但这种体裁的新变化并不意味着与世界文学的传统，尤其是与俄国小说的传统决裂。《战争与和平》不仅保留而且进一步加强了俄罗斯小说赖以建构的思想和结构基础，就此而言，批评家认为，"《战争与和平》最好地说明了这样一个事实：在艺术中，对古典遗产的深刻、彻底的汲取是创新性进步的条件之

1　Бочаров С.Г. Художественная природа толстовских образов // Вопросы литературы. 1960(6): 206.

一”[1]。就小说的艺术方法而言，批评家则认为，它属于批判现实主义，但偏于心理现实主义，反映在描写对象的选择和体裁、结构形式上的“动态原则”则是作家笔下的现实主义的本质性特征。可以说，这本专著是苏联时期最早就《战争与和平》进行系统研究的一本书，该书对前述提及的各类问题做到了全面梳理，给出了令人信服的诠释。值得提及的是，文艺学家奇切林（Алексей Владимирович Чичерин, 1899/1900—1989）对这部专著相当看重，他认为萨氏的这本书是彼时学界对这部作品的“最详尽的研究”[2]，并给予了高度评价。

总体而言，苏联前半期的托氏研究经历了时代的重大变迁和社会动荡的洗礼，在研究方法上经由嬗变并逐渐实现了一定程度的统一。

第五节 20世纪60年代作家研究的新进展

苏联60年代的“托学”，延续了50年代下半期开始呈现的积极势头，在一大批知名学者的推动下，以研究视野的多向度和多路径，揭开了整个下半期繁荣的序幕。

作为苏联时期知名的“托学”专家，希夫曼（Александр Иосифович Шифман, 1907—1992）一生中几乎所有学术活动均与作家相关[3]。在俄罗斯的“托学”中，他的研究兴趣别具一格，他主要从不同文化间联系的角度认识托氏。1960年，《列夫·托尔斯泰与东方》（Лев Толстой и Восток）一书问世，该书后曾多次增补出版，是其学术代表作。

---

1 Сабуров А. А. «Война и мир» Л. Н. Толстого. Проблематика и поэтика. М.: Издательство Московского университета, 1959. С. 341.

2 Чичерин А. В. Проблематика и поэтика «Войны и мира» // Вопросы литературы. 1960 (11): 228.

3 除了下文谈及的《列夫·托尔斯泰与东方》一书外，希夫曼尚著有《列夫·托尔斯泰：资本主义文化的揭露者》（Лев Толстой — обличитель буржуазной культуры, 1960），《托尔斯泰是整个世界》（Толстой — это целый мир: Очерки и рассказы, 1976），《列夫·托尔斯泰的生活片段》（Страницы жизни Льва Толстого: очерки, 1983）等书。

在该书中，批评家从托氏与中国、印度、伊朗、土耳其和阿拉伯国家等五个维度，谈及托氏与这几个国家和地区文化的互动及作家的世界性意义。批评家表示，尽管托氏的世界意义这一问题在此前不乏研究者涉及，但对"托尔斯泰与东方的联系、他的艺术经验和人道思想对当代世界影响的研究远非充分"[1]。在批评家看来，东方人民之所以对托氏具有亲近感，乃在于他捍卫被奴役和被剥削人民的利益，反对压迫。"对于亚非国家人民而言，托尔斯泰言论的重大意义在于它反对帝国主义、殖民主义和种族歧视。在这一问题上，他的文章和呼吁触及了最尖锐和最迫切的问题，表达了被压迫人民的最大夙愿，因而获得了他人难以企及的成功。"而托尔斯泰的文学创作，它的清醒的现实主义、对人的内心世界以及社会关系机制的细腻揭示等对于东方也同样具有重大意义："东方国家的人民由于自己民族发展的特别条件，由于民族文学传统的重大影响，较之西方作家，他们或许在更小的程度上受到艺术家托尔斯泰的影响，较少运用其文学上的发现。但在更大层面上，他对东方文学的积极影响毋庸置疑，随着亚非文学中现实主义的发生和发展，这种影响得到了强化。"

撰写这样一部著作，需要对大量文献资料查索考稽，其困难程度可想而知；同时，对作家和东方这一双向互动、彼此影响的关系，也需要在相关事实基础上进行深入的学术论证，有的放矢才能获得成效。在书中，批评家对这两个方面的问题均给予了妥善解决。这部著作推出后，学界好评不断，有学者指出，"希夫曼这部专著的价值无可争议。通过具体展现托尔斯泰与东方世界的联系、后者的民族解放斗争、精神生活和文化，希夫曼阐明了关于这位伟大俄罗斯作家世界意义问题的一个非常迫切和重要的方面"[2]。

在60年代，文艺学家布尔索夫（Борис Иванович Бурсов，1905—1997）把大量的精力投入到对托氏思想与创作的研究中。

1　Шифман А. И. Лев Толстой и Восток. М.: Издательство «Наука», 1971. С. 6.下文两处引文均出自该书，不再注出页码。——本章作者注

2　Розанова С. «Вся земля смотрит на него…». Вопросы литературы, 1972 (6): 215.

1960年，他写出《列夫·托尔斯泰：思想探索与创作方法（1847—1862）》一书，考察创作《哥萨克》之前的托氏，试图通过对初入文坛的作家成长之路，为日后写出三大巨著的托氏寻根溯源。在书中，布氏认为，托氏在其每一部新问世的作品中，与他笔下的主人公一样，都以焕然一新的面貌呈现出来，但每次依然都是他本人，“他在任何地方都不重复自己，总是在延续和发展此前所做工作的基础上写作”[1]。在批评家看来，作家自1847年初入文坛后所做的一应工作都是为其后来创作出《战争与和平》所做的充分的准备，而且他在这一时期所写出的作品也都是“最伟大的艺术发现”[2]。批评家强调，这一时期的托氏，已经具有了日后伟大作家托尔斯泰的影子，但在此之后的托氏，则不再是此时的作家，而是焕发新思维、开掘艺术新样式的作家。布尔索夫的这部著作问世后，引起学界较多关注，先后有5位学者在短期内撰文评价，学者纳乌莫娃在其文章中认为，“布尔索夫的研究方法富有成效。……他令人信服地表明，对托尔斯泰来说，通常没有抽象的道德，他的所有探索都是由积极影响生活这种强烈愿望所决定的，因此对他来说，充满活力和热情的个人活动与文学创作息息相关。有鉴于此，我们就会明白为什么托尔斯泰对只从事文学的建议如此反感，认为这是不诚实的，对自己来说是羞耻的。另一方面，非常有趣并且具有方法论重要性的思想在于，托尔斯泰从‘人’并且借助人的角度看待世界，这必然使其走向艺术家之路，尽管他中断过写作，但他从未远离这条艺术家的道路。这种提出问题的思路散布在该书以思想性和艺术性分析相结合所写的每一章节中，使得作品充满鲜活思想”[3]。

在写出上述作品之后，布氏在1963年又出版《列夫·托尔斯泰与俄国长篇小说》一书，从作家写作长篇小说的缘起、小说中人物、小说

1 Бурсов Б. И. Лев Толстой: идейные искания и творческий метод. 1847 –1862. М.: Государственное издательство художественной литературы, 1960. С. 404.

2 Там же.

3 Наумова Н. Книга о молодом Толстом. Русская литература, 1962, (4): 226.

的民族性特征以及小说家托氏的嬗变四个方面谈及题目所示两者之间的关系。批评家认为，托氏从事文学活动的主要推动力在于个人的精神探索，这也是他小说中自传性因素比较浓郁的原因，特别是在涉及历史和人类生活的根本问题的地方，这种因素便会更突出。较之其他作家，托氏的长篇小说体现出一种新时期的史诗特征，“托尔斯泰长篇小说的史诗性在于其主要人物的史诗性”[1]，他们可以归结为一点，即都通过生活来检验和教育自己，并不会顾及某种理论，更不用说那种与生活相抵牾的理论。对于他们而言，最大的权威，便是个人的自我体验。批评家亦注意到一个现象，即托尔斯泰长篇小说中情势的戏剧性（драматизм ситуаций）首先是主人公体验的戏剧性，他与他人的冲突从不会呈现出进一步发展的状态；当然，他也会表现出与周围环境的不和谐，但在这种情况下更大程度上则是这种环境中的主人公与其自身的不和谐。此外，批评家指出，托氏总是对人充满信任，他把人自身的矛盾性看作人的本质，并且把人的生活看作对这一矛盾的克服。“在托尔斯泰看来，人本身并没有好坏之分，但是他应当成为一个好的人，应当不断地强化一个观念，他该做一个怎么样的人，并去践行这一观念，不断地纠正它。”[2]相对前述著作，布氏这部作品篇幅不长，但它在俄罗斯小说发展史中对托氏的长篇小说给予高屋建瓴的考察，为后世学者对相关问题的研究起到了方法论和诠释视角的启迪作用。

在19世纪和20世纪上半期的“托学”中，研究者们大多留意作家的艺术创作，鲜少对其美学思想给予全面考察和总结。苏联哲学家瓦连京·阿斯穆斯（Валентин Фердинандович Асмус, 1894—1975）撰写的长文《Л. Н. 托尔斯泰的世界观和艺术观》（1961）在这一方面做出了尝试性工作。在该文对作家美学思想考察的第一部分，即“从作为社会生活必要条件的艺术”一节中，批评家提及，托氏在《什么是艺

1 Бурсов Б. И. Лев Толстой и русский роман. Москва-Ленинград: Издательство Академии наук СССР, 1963. С. 67.

2 Там же., С. 151。

术？》一文中曾指出："我们惯于把'艺术'一词仅仅理解为我们读到的，在剧院里、音乐会上和展览会上听到和看到的东西，建筑、雕像、诗、小说……但是所有这些只不过是我们生活中用以互相交际的那种艺术的很小一部分。人类的整个生活充满了各种各样的艺术作品，从摇篮曲、笑话、怪相的模仿、住宅、服装和器皿的装饰，以至于教堂的礼拜式，凯旋的行列。所有这些都是艺术活动。"[1]据此，阿斯穆斯表示，艺术作为人类生活的一个必要条件，即人类交流的条件，在托氏看来，并不仅仅局限于那些通常被称为艺术的各种表现形式；托氏在这里"部分地预见了当今语言学和美学的一个结论，即艺术活动不是一个孤立的领域，它产生于那些为日常生活言语和日常思维所固有的表达和表现的手段和元素之中"[2]。与之同时，批评家也指出，托氏认为存在于艺术内部的某些活动的表现形式是从大量类似的事实中筛选而来，它们构成了一件之所以是艺术作品的东西，艺术作品的这种属性，使得作家提出一个思想，即艺术家应该向人们说出他对生活的最重要的思考。托氏在自己的很多作品中表达了这一观点，但最强烈和最鲜明地表现在他对莎士比亚的戏剧评价上。

批评家指出，"新（новое）"是托氏美学思想中极为重要的概念。作家认为主流美学理论低估了艺术的意义，即艺术家有通过其艺术手段展示人类生活现象向他揭示的新事物的能力。在托尔斯泰看来，是否具备发现新事物和未知事物的能力是区分真正艺术家和写作业余爱好者的一个特征。而且，托氏把艺术看作对人民生活的描绘，用批评家的话说，"从真正的人民生活及其各种表现形式中，托尔斯泰看到了以革新化手法和表达手段展现内容的不竭源泉"[3]。批评家也提及，托氏关于艺术的定义只强调其感染力一面有其不足，原因在于，"艺术不仅可以改变我们的情感，还可以改变我们的思维方式。艺术改变我们对生

1 列夫 · 托尔斯泰：《列夫 · 托尔斯泰文集》（第14卷），陈燊、丰陈宝等译，人民文学出版社，2000，第175页。

2 Асмус В. Вопросы теории и истории эстетики. М.: Искусство, 1968. С. 507–508.

3 Там же., С. 514。

活及其现象的认识程度和深度”[1]。但是，在身体力行的文学创作方面，批评家认为，托氏的艺术天赋表现得比其所提出的理性艺术公式更明智（умнее）。此外，批评家在后文也从艺术中创新的必要性、形式的本质和意义、文学作品中细节的作用、艺术应该具有全民性等几个方面谈及作家的艺术观。总体而言，阿氏对托氏美学思想的评价客观、务实，既不避短，也不人为拔高，朴素且明晰地对之进行了总结，这种总结，在很大程度上进一步丰满了艺术家托尔斯泰的形象。

1963年，知名学者赫拉普钦科（Михаил Борисович Храпченко, 1904—1986）出版了“托学”名著《艺术家托尔斯泰》，该书是苏联时期从历时维度全面解读作家创作的一部代表性作品。在这部书的前半部分（第1—7章），批评家主要考察了作家创作艺术的演进过程，他指出，托氏的创作与俄罗斯文学传统和俄罗斯社会历史和现实特征有着密切的联系，这种情形在作家早期创作中便体现出来。个人和历史相结合，即人物性格的发展与历史事件的描写结合在一起，在批评家看来，这是《战争与和平》的一个显著特征。“人与历史处于相互联系之中，同时历史又对人民的命运和某些个别人物的命运产生影响，这就是《战争与和平》内在的占优势的思想，这个思想决定了这部长篇史诗小说的许多组成部分，其中包括真实历史人物和虚构人物描写上的相互关系和性质。”[2]而这部小说在艺术上成功之处，则在于作家无论对历史事件还是人民生活的描写，都达到了“史诗般的宏大规模和力量”。至于《安娜·卡列尼娜》，批评家认为，它与《战争与和平》的不同之处在于后者主要描写历史事件，而前者则把“主人公的个人、‘家庭’生活中的事件”放在首要地位，突出了各种生活方式中妨碍人的个性发展的东西；不过，这两部小说之间也存在继承性，即在看待现实生活中不同现象的观点方面和艺术再现的原则上具有共同特征。关于托氏80年代末90年代初世界观的转变，批评家认为，它具有较长时期的酝酿过程，

1　Асмус В. Вопросы теории и истории эстетики. М.: Искусство, 1968. С. 519.

2　赫拉普钦科：《艺术家托尔斯泰》，刘逢祺、张捷译，上海译文出版社，1987，第90页。本节后文几处引文均出自该书处，不再注出具体页码。——本章作者注

甚至在其最早的作品中便存在这方面的萌芽，不过这种转变对作家的文学创作的影响意义重大，使得其后期创作明显加强了暴露和批判基调；在此之后，“他（即列夫·托尔斯泰。——本书作者注）被一种创作人民所理解的、揭示生活真正意义的作品的想法所吸引。因为作家把为善、为上帝效劳，把基督教的博爱和不用暴力抗恶都看作这种意义的体现，所以他常常把这种有益的内容同宣传他最喜欢的宗教道德思想等同起来”。在《复活》一书中，作家批判和揭露的基调得到深刻的体现，在批评家看来，“破除统治阶级的‘欺骗’和催眠术，揭露掌权者，揭示人民灾难的真正根源”便是这部小说所要表现的主题所在。

在该书的后半章节（第8至12章），批评家以专题的形式，对作家笔下的史诗性叙事艺术、心理分析技巧、讽刺手法、与域内外文学关系以及作家的文学创新等方面深入阐释，这些章节与该书前半部分相呼应，浑然一体，成为全书有机组成部分。批评家对托氏艺术个性的解读深具洞察力，他指出，“宏伟性”、“对无限丰富的生活现象描写”和“结构的完美”是作家史诗诗学的重要特征。批评家认为，与陀思妥耶夫斯基作品中思想辩证法具有举足轻重的地位不同，托氏把心灵辩证法放在了首要的位置，这种原因在于，“托尔斯泰希望展示人的天性中的真正的东西，所以他把重心转到了揭示心情、情感和愿望的辩证法上。在托尔斯泰主人公的精神生活中，对于现实和对于事物真正实质的理解占有重要的地位，但是这种理解也常常是借助感情来实现的。然而，这反过来又揭示了精神流的非偶然性，托尔斯泰认为这种非偶然性的描写具有头等重要的意义”。批评家对作家创作艺术中的其他问题同样给出有力、深刻的阐释。希夫曼指出，“作者试图在其中（即第8至12章。——本书作者注）不仅理解作家创作的最高成就，也意在把它们引入一个统一体系中，构建一种独具特色的托尔斯泰的现实主义理论（своеобразная теория толстовского реализма）。他在很大程度上做到了这一点”[1]。

这部著作对作家诗学特色的总结和理论阐发总是与文本分析相

1 Шифман А. Лев Толстой как художник. Русская литература, 1963 (3): 211.

结合，并且把作家的创作置于俄罗斯文学传统及与西方文学的联系中考察，这是其重要特征。希夫曼认为，“对作家复杂且不乏矛盾的创作道路的整体观照贯穿全书，透过俄罗斯和世界文学进程的共同的规律性思考艺术家的个体性特征，是这部书的创新和价值所在”[1]。

60年代，苏联“托学”出现一个引人注目的现象，有关《战争与和平》的研究成果接踵而出，短期内呈现出一种喷薄涌发、跃进发展的态势。这一时期，一众学者接力季姆罗特、萨布罗夫等学者在50年代后半期对《战争与和平》所做的研究工作，不足十年间，先后出版了多部专注于这一小说研究的著作，诸如叶尔米洛夫的《艺术家托尔斯泰与长篇小说〈战争与和平〉》(1961)、博恰罗夫的《Л. 托尔斯泰的〈战争与和平〉》(1963)、扎伊登什努尔的《Л. Н. 托尔斯泰的〈战争与和平〉：伟大作品问世记》(1966)、坎季耶夫的《Л. Н. 托尔斯泰的史诗小说〈战争与和平〉释读》(1967)等先后出版，共襄60年代“《战争与和平》研究热”这一盛举，成为“托学”史上针对一部作品研究鲜见的历史现象。

学者叶尔米洛夫(Владимир Владимирович Ермилов, 1904—1965)曾先后主持过多种大型文学期刊和报纸的编辑工作，他也是在苏联时期成长起来的托氏研究专家，他的《艺术家托尔斯泰与长篇小说〈战争与和平〉》为60年代第一部专门研究这部小说的专著。就体例而言，该作偏于随笔。批评家认为，与《安娜·卡列尼娜》是一部谈离心离德悲剧的小说不同，这部小说的主题在于倡导人们之间的交流与团结，是一部张扬团结的长诗(поэма единения)，它呼唤人与人之间兄弟般的情谊，反对彼此间的隔绝与分离。小说的这一主题与人物的刻画方式关系密切，在这部小说中，“根据人与人之间团结的理想而确定主要人物的性格、他们的命运、所有情节变化和冲突，是托尔斯泰思想和艺术创新的最典型的表现之一”[2]。通过人与人之间的交流刻画人物

1 Шифман А. Лев Толстой как художник. Русская литература, 1963 (3): 212.

2 Ермилов В. В. Толстой-художник и роман «Война и мир». М.: Государственное издательство художественной литературы, 1961. С. 53. 本节后文引文出自该书处，不再注出具体页码。——本章作者注

使作家能够在小说中创造一个庞大的、栩栩如生的人际关系的世界。批评家指出，娜塔莎形象在小说中作用重大，她就好似《安娜·卡列尼娜》中的圆拱结构，起到把小说中的主要人物联系起来的作用，在她身上，鲜明体现出了人与人之间团结的本质属性，小说中其他主要人物与娜塔莎在精神上接近的程度是对前者评价的"最可靠的标准"。而在作家笔下，尼古拉·罗斯托夫"在世界中"，即在"内心自由、自由选择行动、自由与人交往"的条件下，并不是一位出色的人物，他只是"在对所有场合都有严格规定的有条件世界里的有条件的出色人物"。批评家认为，作家在小说中对人物的刻画贯穿着一个指导思想，即每一个人都努力追求成为整体中的一个部分，罗斯托夫在这个追求中快乐地放弃了内心的自由。皮埃尔和安德烈公爵与之不同，他们两人都是内心自由的追求者，因而都成了优秀的人物。在作家看来，个中原因在于，要成为世界中的真正的人，需要进行复杂、大量的精神和思想的劳动。罗斯托夫的局限性在于他不愿意也没有能力去思考生命的本质、意义，人生目的，思考广袤世界，而安德烈和皮埃尔则持之不懈地思考这一问题，因此，"托尔斯泰实际上肯定并张扬了体现在一生都在不间断思考的安德烈·博尔孔斯基和皮埃尔两人身上的那种思想意识、智力和观念领域"。

有别于叶氏主要借助对《战争与和平》中人物的分析而解读这部作品，博恰罗夫（Сергей Георгиевич Бочаров, 1929—2017）采用语文学分析的方法，把研究重心放在对小说所阐发的事理或者说世界观的挖掘方面。在其所著《Л.托尔斯泰的〈战争与和平〉》一书中，给人印象深刻的是他就小说中"和平（мир）"一词的内涵所做的深入考察。小说中有一处情节，皮埃尔在博古恰罗沃拜访安德烈公爵，两人进行了深入交谈，谈话中，皮埃尔表示："您说，您看不见善和真的王国。我也看不见；如果把我们的生命看作一切的终结，就看不见这个王国。在这个世界（на этой земле），正是在这个世界（皮埃尔指了指田野，说），没有真理，只有虚伪和罪恶。可是在宇宙中（в мире），在整个宇宙中（во всем мире），有一个真理的王国，我们现在是尘世的儿女（дети земли），但从永恒来看，我们是整个宇宙的儿女（дети всего мира）。难道我在自己的灵魂中没有感觉到我是这个巨大而和谐的整体的一部分吗？"[1]批评家对这部分内容给予充分注意，他指出，"在整个宇宙中（во всем мире）"中的"мир"是与皮埃尔所说的"在这个世界（на этой земле）"的"земля"相对立的概念，后者与俄语的另一个表达方式"在世间（в миру）"意思相同。具体而言，皮埃尔言语中的"世界（земля）"和"宇宙（мир）"是对生命存在的两个不同层面的理解，"世界（земля或者六格形式为'миру'的'мир'）"中充溢着事物外在的、偶然性的联系，混乱和不谐；而"宇宙（六格为'мире'的'мир'）"则是与之相对立的一面。批评家表示，"'мир'不仅是人类生活（即世间的生活）的一应联系，而且也是特别的、内在的、理性的联系，是合乎目的的秩序"[2]。与之同时，批评家指出，"мир"尚有另外一层内涵，这一内涵在小说中以"миром"[3]的形式体现出来。小说中，娜塔莎在听教堂助祭祈祷时，从心底萌发出一种想法："让我们全体在一起（миром, все вместе）不分等级，没有仇恨，由于兄弟的友爱而联合起来。"[4]批评家指出，在这里，"миром"是一个聚合性概念（соборное понятие），作家在笔下多次对这一字眼赋以这一内涵，它与俄罗斯传统意义上的宗法制村社（община）具有相通之处，均内在包含着人们的普通生活、团结与和谐等的意义。批评家总结认为，"мир"这一字眼具有多义性，其中也隐含着对立的方面，作家通过皮埃尔、安德烈公爵、尼古拉·罗斯托夫和卡拉塔耶夫等形象从不同侧面演绎了这一字眼的内涵。对于博恰罗夫所写的这部书，有学者指出，"他找到了理解作家艺术个性的钥匙，给我们呈现出'小说的内在联系'所在，

1 列夫·托尔斯泰：《列夫·托尔斯泰文集》（第6卷），刘辽逸译，人民文学出版社，2000，第413—514页。

2 Бочаров С. Г. Роман Л. Толстого «Война и мир». М.: Художественная литература, 1978. С. 49.

3 "Миром"在俄语中为"мир"的五格形式。

4 列夫·托尔斯泰：《列夫·托尔斯泰文集》（第6卷），第879页。

而且拉近了小说与我们的距离，使小说走近我们同时代人的意识和世界观”[1]。

扎伊登什努尔（Эвелина Ефимовна Зайденшнур, 1902—1985）是著名的托氏研究专家，为作家创作的文本研究做出了大量的开拓性工作，她参与编辑了百年纪念版托氏全集，并为所校勘的《战争与和平》写出《〈战争与和平〉的写作和发表经过》长文，附于全集第16卷刊出。扎伊登什努尔于1966年写出的《Л. Н.托尔斯泰的〈战争与和平〉：伟大作品问世记》是其对《战争与和平》手稿所做长期研究工作基础上的总结性成果。托氏为了写《战争与和平》，留下了数千页手稿，研究这些手稿，有助于研究作家的创作过程；另一方面，由于托氏在写作过程中创作构思出现各种方案和变化，手稿难免会出现各种杂乱现象，研究者需要为它们确立时间线，以便为后续的研究和出版提供帮助。通过对作家手稿的整理和研究，作者在这部作品中对小说从构思到着手写作以及出版前不同的版本做了细致的考察，对主要人物如安德烈公爵、皮埃尔·别祖霍夫和娜塔莎等人的原型以及书中提及的历史事件提出见解。扎伊登什努尔指出，作家写作这本书的初衷是写一部名为《三个时期》（три поры）的三部曲，以1812年（卫国战争）、1825年（十二月党人起义）和1856年（十二月党人流放归来）为时间节点，把俄罗斯历史上的重大事件作为情节因素诉诸笔端，不过这一小说早期的构思最终并没有实现。作家为了写好这部小说，做出了常人难以想象的努力。举例来说，他曾先后为小说开头写出了15种不同的版本，该书作者对这些版本之间的复杂关系和彼此间的联系给予了分析。另外，通过研究，扎氏厘清了学界长期存在的一种把作品看作狄更斯式家庭纪事小说的争议，指出这种观点并不成立。凡此等等，扎氏通过潜心研究得出了许多为学界耳目一新且合乎理据的发现。显然，该书对把握作家创作心理、艺术构思机制是不可多得的参考文献，所以有学者指出，“扎伊登什努尔的工作对从事托尔斯泰的

1 Розанова С. Художественный мир Толстого. Новый мир, 1964, (6): 241.

艺术技巧和艺术方法问题的研究者也有很大帮助。创作过程(特别是《战争与和平》作者的创作过程)如此复杂,作家探索的曲折性有时难以想象,没有这类工作,便谈不上把手稿作为研究托尔斯泰艺术方法的材料"[1]。该语在很大程度上表明扎氏这类研究工作的意义非同寻常,这也是前述学者称该书"将成为进一步研究这部伟大小说道路上的一个重要阶段(существенный этап)"[2]的原因。

坎季耶夫(Багдан Иванович Кандиев, 1903—1974)教授一生的学术活动主要与托氏的创作有关,他于1967年出版了《Л. Н. 托尔斯泰的史诗小说〈战争与和平〉释读》一书。该书主要分为两部分,第一部分以较少篇幅介绍了有关小说的一些知识,比如作家本人对自己这部小说的认识,域内外作家和批评家对小说的评价,小说的体裁、题名和文本等。《战争与和平》的体裁是小说发表不久后以至多年内学界始终争议的问题,批评家在书中重拾这一话题,并对之进一步申说,他援引别林斯基有关史诗的定义指出,别氏认为新时期史诗的本质属性在于作家描写现实的现实主义立场:有别于古希腊时期的这类作品,新时期史诗中的人物应该生活在现世的、现实的环境中(в земной, реальной обстановке),艺术家应该塑造鲜活的人物性格,展现强大的、百折不挠的精神,在历史事件责任重大和决定性时刻揭示人物的内心体验;最后,史诗应当从人民那里诞生,因为他们能够充分影响世界历史的走向。根据这一观点,批评家表示,《战争与和平》为一部史诗作品,它不仅是一部史诗,而且也是一部史诗长篇小说(роман-эпопея),之所以是后者,是因为别氏亦曾谈及:"长篇小说的范围要比叙事长诗无可比拟地广阔得多。像它的名称本身所显示的,长篇小说是从基督教民族的新文明中产生出来的,那是人类的这样一个时代,在这个时代中,一切民族的、社会的、家庭的和一般人类的关系,都变得无限繁复,充满戏剧性,生活分裂成为无限多样的因素,向深里和广里发展开去。……此外,长篇小说还有一个巨大的好处,那就

1 Фортунатов Н. Создание великой книги. Вопросы литературы, 1967, (5): 219.

2 Там же., 221。

是，个人生活也可以充作它的内容。”[1]据此，批评家指出，别氏把具有史诗元素的历史长篇小说这一体裁放在比古希腊罗马时期英雄长诗（героические поэмы）更高的位置，认为前者就内容而言更广阔，就艺术再现现实而言更深刻。而托氏所写的《战争与和平》与前者相较毫不逊色，单就内容的广阔性而言，托尔斯泰这部巨著便把军事、历史、社会、家庭、心理和哲学等材料有机结合在一起，以追求“说出有关祖国历史英雄一页的真实”[2]。批评家认为，托氏善于在自己的作品中以令人惊讶的深广度展现俄国社会，反映国家、日常生活、心理和道德生活的特点，综合其中的各种因素，有充分根据称这部小说为“历史史诗长篇小说（исторический роман-эпопея）”。这样，批评家在这里从史诗到史诗长篇小说，再到历史史诗长篇小说，逐层厘定了对小说体裁的认识，这一认识在通常所认为的《战争与和平》是一部史诗小说这一体裁称名之外，增加了“历史”这一修饰语，反映了其对小说体裁的新定义和新观点。

第六节 20世纪70年代的作家研究的深入

苏联70年代的“托学”追随此前这一领域繁荣的势头，同样推出了多种有分量的成果。

1971年，文艺学家金兹堡（Лидия Яковлевна Гинзбург, 1902—1990）在其《论心理小说》一书中谈及托氏创作的心理描写艺术。在该书“心理小说的问题”（Проблемы психологического романа）一章中，通过对作家三部长篇小说的比较分析，批评家指出，把反常性（парадоксальность）与合理性（закономерность）相结合的这种心理

1 Кандиев Б. И. Роман-эпопея Л. Н. Толстого «Война и мир»: комментарий. М.: Просвещение, 1967. С. 45. 本处译文出自满涛、辛未艾译《别林斯基文学论文选》，上海译文出版社，2000，第350页。

2 Там же., С. 46. 本节后文引文出自该书处，不再给出具体页码。——本章作者注

小说在托氏笔下达到巅峰；在托氏之前，法国作家福楼拜（Gustave Flaubert, 1821—1880）也曾运用这一方法，但与后者不同，托氏拥有了未为他人所体会到的精神生活的体验，他“踏入到未来（вступил в будущее）”：“托尔斯泰的作品中充满了令人惊讶的艺术先声。在他创作的内部，可以发现那些20世纪文学正在积极运用并被认为是其特色的所有的方面：意识流（经典例子是安娜去车站路上的内心独白，她后来在车站扑向了火车下），潜意识，交谈潜流（подводные течения разговора），放大、凸显的细节。托尔斯泰在其大量创作中并没有把注意力放在这些发现中的任何一个方面。后来，它们中的每一个方面都被建构成体系。”[1]另外，彼时西方把托氏看作过时的经典（有别于陀思妥耶夫斯基），针对这种认识，批评家指出，这种情形就像忘记了我们呼吸的空气。“托尔斯泰发现了当代人普遍内心体验的基本原理（первооснова），当今的人们甚至没有注意到，他们是按照托尔斯泰的观念认识自己，离开这一点便行不通。”

在书中，批评家指出，托氏对人的描写摆脱了僵化的艺术窠臼，即那种不知变通的理想艺术模式（идеальная художественная модель）的刻板条框。一般而言，理想艺术模式，吸收了最富表现力和典型性的东西，排除了多余的和偶然的元素。批评家表示，曾几何时，人就是这样被描绘出来的。这是一种类型化的方法。选择性（избирательность）是艺术的法则和本质，托尔斯泰没有逃避它，但他改造了这一模式，使他所描绘的人更接近纪实文学的模式（модель документальной литературы），这种模式更自由，包含了——用赫尔岑的话说——“那种解剖学所不知道的东西”。

值得注意的是，在这本书中，批评家提出一个观念，认为托氏并没有写过自传和回忆录，或因为他的作品本身已经充满自传性（автобиографизм）。在她看来，作家早年写的自传体三部曲应该归诸“自我心理作品（произведения автопсихологические）”。因此，托氏

1　Гинзбург Л. Я. О психологической прозе. Ленинград: Советский писатель, 1971. С. 297-298. 本节后文引文出自该书处，不再给出具体页码。——本章作者注

笔下的“纪实性”不是一个外在性质的事实，“其真正的实质在于托尔斯泰所思考的道德问题和他的人物所思考的相关问题之间存在着直接和公开的联系”。批评家认为，对托氏来说，对生活目标和价值的理解从来不是一种抽象的精神性工作。这既是他生活实际的反映，也是他著作中的艺术体现。

在这部并不专门针对托氏创作写出的著作中，金兹堡不独对后者的心理写作艺术，而且对作家其他创作艺术的机制做出了极具洞察力的总结；她匡正了学界对作家创作存在的误解和偏见，也提出了一些新见解，对深入理解作家的创作起到了释疑和指点迷津的作用。

奥季诺科夫（Виктор Георгиевич Одиноков, 1924—2016）是在苏联时期成长起来的文艺学家，也是对托氏创作颇有研究的知名学者。70年代，他写出不少论文和著作，对托尔斯泰的创作进行深入解读。1971年，他出版专著《十九世纪俄罗斯长篇小说诗学和类型学问题》，在该书第二章中，批评家以“Л. Н. 托尔斯泰长篇小说的诗学”（Поэтика романов Л. Н. Толстого）为题专门论及作家的长篇小说，后他对第二章内容略加增补，1978年以专著的形式，仍旧题名为《Л. Н. 托尔斯泰长篇小说的诗学》付梓。

在书中，批评家从心理学视角看待《战争与和平》中人民性的问题。他指出，在这部史诗小说中，所有为数众多的外在行动流都与情节发展的心理基础紧密融合。“《战争与和平》最具高潮性时刻（博罗季诺战场的胜利）蕴含力量巨大的心理弹药（психологический заряд）。之所以能做到这一点，是因为历史冲突与基本的道德和心理冲突相关联，作者将其解释为对生命意义的错误理解和正确理解之间的冲突”[1]。托氏把俄国人的胜利解释为人民道德精神的胜利，这是为人们所熟知的事情，批评家认为，小说在诗学方面其实从整体上为这个思想和结构中心服务。他以博罗季诺战役举例说明，这场战役不仅

1 Одиноков В. Г. Поэтика романов Л. Н. Толстого. Новосибирск: Издательство «наука», Сибирское отделение, 1978. С. 55. 本节后文引文出自该书处，不再注出具体页码。——本章作者注

是一幅战斗画面，以其鲜艳的色彩、动态的节奏、准确的观察等让人惊讶，它还是一个戏剧性高潮，是小说心理多声部中的一个最高潮。

对于《安娜·卡列尼娜》，批评家把小说中历史时代与作家创作个体性特征纳入研究视野。在他看来，历史元素在《安娜·卡列尼娜》中出现，就像在《战争与和平》中一样，是一种结构性、组织性因素，但“充满生活气息的‘历史要素（историческое）’、其艺术呈现的说服力直接取决于托尔斯泰的天才般的心理艺术”。批评家指出，这部小说采取的是“对话式”结构（«диалогическая» структура），在这种结构中，《战争与和平》广泛采用的“综合化（генерализация）”特征不再存在，而这种对话结构则反映了“人们的分离，他们意见的自主化，他们见解的个人性和局限性特征”。而小说人物的刻画和描写亦与一定的社会历史背景密切相关，即作家通过小说中贵族阶层展现了这一在历史上曾经鲜活的力量不可避免的历史性消亡的过程。总体上，在批评家看来，小说的形式、内容和人物塑造，都是在为“在我们这里，当一切都已颠倒过来，而且刚刚开始形成的时候”[1]这一小说的核心基调服务。

批评家在这部书中对《复活》的艺术结构提出见解。他指出，作家的三部长篇小说是对社会状态描绘的三幅巨型图画，是其思考历史现实的三个阶段，他在其中表现了人性与反人性的比例逐渐变化的“两个世界”。在《复活》中，“两个世界”已经完全分离。它们作为两个敌对阵营相互对立。它们之间的联系已经完全中断，“交汇点”已经消失。在小说中，统治者的世界已经自成一体，成为“所被反映的”生活规则的忠实守护者。此外，批评家留意到，小说所提出的问题的尖锐性和敏锐性，改变了小说的结构和人物类型特征。“依靠明晰的，具有研究、‘论著’特点的理论‘骨架’，小说的艺术结构发生了一定的‘简化’”。

在很大程度上，批评家写作这部著作也是对一种声音的回应，当时国外有声音认为托氏的艺术手法已经过时。但在批评家看来，艺术家所反映的生活观念陈旧，艺术手法才会不合时宜。但是“全世界对

1 列夫·托尔斯泰：《列夫·托尔斯泰文集》（第9卷），周扬译，人民文学出版社，2000，第427页。

托尔斯泰的世界观和作品方方面面的浓厚兴趣与这种观点相矛盾。托尔斯泰像生活一样无法穷尽。这是他不朽的保证”。

第七节 20世纪80年代：别开生面的十年

苏联最后的十年，由于各种因素交织，学界各种思想渐趋活跃，特别是在这一阶段的后期，域外“托学”开始涌入，给这一时期的托氏研究带来一定影响，至少在研究方法上，“言必称希腊”的多年研究定式渐渐被打破。与此同时，这一时期的“托学”在很大程度上仍旧保持其特有的历史惯性，研究者队伍相对固定，托氏研究依然保持积极的发展态势。

巴巴耶夫（Эдуард Григорьевич Бабаев, 1927—1995）是苏联杰出的“托学”专家，与扎伊登什努尔一起，两位伉俪为研究托氏的文学遗产付出了一生的努力，做出了杰出贡献。80年代之初，他出版了随笔体作品《美学卮言与Л. Н. 托尔斯泰的创作》(1981)，以漫谈的方式谈及作家笔下的《识字课本》《什么是艺术？》《复活》《安娜·卡列尼娜》等作品。批评家指出，《识字课本》是托氏为儿童写的故事，而不是关于儿童的故事。托氏从小主人公生活中撷取情节，在行为、动作和司空见惯同时又不常见的情景中揭示他的性格。“这种情景的寻常性和看待这种情景的不寻常性的结合是他的儿童故事的情节结构的主要特点。”[1]

《什么是艺术？》(1889—1898)是托氏耗时九年写成的一本书，在作家整个创作中仅次于写作《复活》(1898—1899)所花费时间。批评家指出，该书与作家所写的《论莎士比亚及戏剧》(О Шекспире и о драме, 1903—1904)关系密切，“一为普遍原理，一为部分结论”。在

1 Бабаев Э. Г. Очерки эстетики и творчества Толстого. М.: Издательство Московского университета, 1981. С. 6. 本节下文几处引文均出自该书，不再给出具体页码。——本章作者注

他看来，托氏的美学与他的创作经历关系密切，后者充满了矛盾，但这就是托氏的艺术和理论思维的本质。通过对作家创作史细致钩沉，批评家表示，美学论文是晚年托氏创作中的一个戏剧性插曲。在他的论文的每一行背后都隐藏着伟大艺术家的巨大激情，也包括他对艺术"放弃"和对艺术挚爱之间的怀疑和动摇。对于《什么是艺术？》这部作品，批评家表示，"什么是审美理想（что есть эстетический идеал）"是其中自始至终关注的重心，在这方面，托氏不单单把美的概念置之一旁，而且重新排了座次，最前面是善，其次是真。至于美，它被放在最后，并且身份待定。因此，托氏的美学思想与普希金的艺术哲学有很大区别，后者把美放在最重要位置，但与伏尔泰的观点相接近。批评家也指出，托氏美学观念的矛盾不仅是他思想上的矛盾，也是第一次俄国革命前夕俄国生活的一定历史和社会矛盾的反映。托氏在许多方面为艺术和文学的民主性和人民性的要求做了准备和基础性工作，他毫不怀疑之前的"统治阶级的艺术"正在失去意义，他怀疑的只是，在新的历史条件下，几个世纪以来创造的艺术价值是否会失去其此前的意义。托氏担心，在人民被奴役情况下发展起来的艺术，在人民达到自由时，会不会成为对他们而言不必要的和无法理解的东西。

对于作家笔下的《复活》，批评家指出，小说在塑造涅赫柳多夫的方法上，借鉴了一种环境考验说，但这种理论往往会使人物性格的发展得到预先判断；小说中托氏为这一理论引入"偶然性因素（случайность）"，通过揭示出现在涅赫柳多夫身上性格的可能性，使小说艺术获得了更为深层的形式。为此，批评家强调："没有作为必然的偶然性，也就没有真实的世界图景。这也是为什么在小说《复活》中偶然性本身并没有破坏情节，而是作为主人公性格和命运发展的基础。故事本身似乎'偶然地'介入了涅赫柳多夫的生活，把他的社会经历的始、终联结在一起。"

批评家从俄罗斯与西欧文学交流的视野谈及《安娜·卡列尼娜》。他表示，作家创作、出版这部小说的时候，正是自然主义在西欧盛行的一段时期，左拉的创作活动几乎与作家同时，并且在俄罗斯具有广泛影响。托氏认为自然主义有极端倾向，在他看来，自然主义的小说并不真实。批评家指出，彼时包括托氏创作在内的俄罗斯小说的成功在很大程度上帮法国文学克服了自然主义，另一方面，托氏在西方的影响引起了后者对小说体裁的反思，使之重新感受到了史诗小说的宏大力量，同时，托氏在艺术上的成就提高了俄罗斯文学的知名度。

加林娜·雅科夫列芙娜·加拉甘（Галина Яковлевна Галаган, 1935—2014）同样是苏联时期“托学”界负有盛名的专家，她是80年代科学院版四卷本《俄罗斯文学史》（1980—1983）中“Л. Н. 托尔斯泰”和“晚年托尔斯泰”章节的作者。

1981年，加氏写出《Л. Н. 托尔斯泰：艺术和伦理探索》一书。批评家指出，托氏的艺术和伦理体系并不是始终如一的，而是处在变动不居之中。19世纪50年代初，托氏对“善（добродетель）”的概念的思考伴随着对“上帝”的密切关注，这一点可从小说《童年》中人物萨维什娜和《伐林》中韦连丘克的死亡以及其他一些小说情节看得出来。尚在50年代，托氏把现存世界改造为应然世界（мир должный）的问题与由破除被歪曲的善的观念走向共同福祉（общее благо）之路的观念联系在一起。60年代，在《战争与和平》中，作家借助其中不同人物如皮埃尔、博尔孔斯基公爵、拿破仑、拉斯托普钦等人对共同福祉的观念给予阐释，在小说中，他们每人对这一观念的认识各各不同[1]。在《战争与和平》的艺术体系中，批评家指出，“这一共同福祉思想所存在的多面性同时从属于作家写作这部作品时在意识中所形成的有关它的统一的观念，并且直至生命结束一直处在其关注的中心”[2]。

1 批评家指出，作家对“共同福祉”这一问题的思考在其晚年所编辑的《人生之道》（Путь жизни, 1910）中可以找到答案，在该书中，作家表示，“我们不知道，也无法知道，共同福祉到底是什么，不过确凿地知道，达到这个福祉并不是遵从人们所制定的法则，而是遵从永恒的善的法则，这个永恒的善的法则在人们的智慧中和在他内心中给每一个人开示出来”。См.: Галаган Г. Я. Л. Н. Толстой. Художественно-этические искания. Ленинград: Наука (Ленинградское отделение), 1981. С.78.

2 Галаган Г. Я. Л. Н. Толстой. Художественно-этические искания. Ленинград: Наука (Ленинградское отделение), 1981. С. 78.

70年代至90年代，亦即作家写出《安娜·卡列尼娜》《忏悔录》《论生命》《天国在你心中》《复活》这一时期，是其揭示道德观和社会观念之间关系的一段时期。一个人世界观的演进变化过程，在作家看来，要渐次经历各种阶段。首先是在个人内驱意识下的觉醒，从“生活的梦中（сон жизни）”醒来；其次则是打开“生命之门（дверь жизни）”阶段，表现为理性意识的出现和提升；再则是两分化（двоение）阶段，即在一个人身上呈现出动物性生命（животная жизнь）和神性生命（божеская жизнь）之间的矛盾和困惑；最后是内心中涌现出“深渊（пропасть, бездна）”意象，促使其达到前所未有的精神高度，使之看到生命的虚幻、无意义和其中的恶，同时理性意识得到升华。批评家指出，“所有这些主题，与托尔斯泰对道德认识的变化观念直接相关，它们作为一个整体，反映在小说《安娜·卡列尼娜》的艺术结构中，首先是对安娜形象的艺术处理中”[1]。批评家认为，对于真理，人处在变化中的思想在很多方面被作家用来克服扭曲的道德观，这一思想在其后期创作的民间故事、戏剧《黑暗的势力》以及中短篇小说中有着鲜明的反映，而且这一思想也决定了作家对人和文化“复活”的信念。在《复活》中，作家提出了“一般水平或中等水平伦理（этика «общего» или «среднего уровня»）”观念，无论涅赫柳多夫还是马斯洛娃，在各自的生活道路上，两人都成了“一般水平伦理”的俘虏，都受到扭曲的道德观的影响，前者阅读“登山训众”的情节其实是用以消弭主人公关于真正的道德观念和其生命存在中这些道德的实际呈现之间的差别；后者的“复活”则是在政治流放犯们的道德观和共同福祉观直接影响下的结果。

该书是借助托氏的文学创作深入研究其伦理思想的一部著作，亦即一部由研究文学家托氏进而研究思想家托氏的专著。在其时，思想家托氏依然是苏联学界的一个禁忌话题，书中所大量引用的作家哲学、社会思想著作尚属禁书，该书的写作在很大程度上表现出加氏作

1　Галаган Г. Я. Л. Н. Толстой. Художественно-этические искания. Ленинград: Наука (Ленинградское отделение), 1981. С. 134.

为一位学者学术开拓的勇气和先于时代的前瞻性眼界。

自洛姆诺夫在50年代下半期写出《托尔斯泰剧作研究》一书后，时隔多年，奥斯诺温（Владимир Васильевич Основин, 1930—1990）于1982年推出了其对作家戏剧创作研究的专著，同样题名为《托尔斯泰剧作研究》。与前书内容不同，该书主要从戏剧诗学的角度对作家的创作予以解读。批评家认为，19世纪俄罗斯的戏剧，从普希金到契诃夫的相关作品，它们当中占主导性地位的基调是心理分析倾向，而托氏的戏剧创作为俄罗斯心理戏剧形成过程中的重要阶段，在其笔下，人物个体的内在心理体验成为所有复杂的、关乎存在的社会和哲学问题的焦点，获得了整体性的意义。批评家提及，就结构而言，传统的俄罗斯戏剧中众多的细节往往完全服务于一个统一的中心，但托氏笔下的戏剧与之不同，在它们那里具有多个独立的中心，这些中心相互勾连，对戏剧情节的发展总是起到影响作用。在书中，批评家对托氏戏剧创作所做的分析，均是基于俄罗斯古典文学和作家的整个创作这一背景，有学者指出，“无可争辩，这是这一新近研究成果最有趣味的一面”[1]。

不过，该书引人注意之处，是批评家在行文中不时引入与契诃夫戏剧创作的比较，指出两人创作艺术的异同。奥氏把托氏与契诃夫并列，认为他们二人与高尔基的戏剧创作一起，奠定了莫斯科艺术剧院舞台体系的基础。他指出，对契诃夫笔下的主要人物而言，他们真正的存在只处于当下生活之外、在遥远未来的某个地方，一个人仅凭精神上的努力无法获救。他笔下的存在与生活（бытие и быт），与托氏作品中一样，在同一时间内无法相容。这一观念其实揭示出两人创作中时代性和现代性兼具的特征。此外，批评家表示，托氏和契诃夫一样，创立了描述“人的个性”和揭示其精神本质的新手法，其中语言以外的手段（手势、面部表情、姿势等）获得了与语言形式本身同等甚至更高的地位。两人在创作中都表现出悲剧作品在结

1 Дзюбинская Н. Толстой-драматург. Вопросы литературы, 1983, (11). С: 238.

构上的实质性的特征，即戏剧中的时空都具有不受地域限制的特点（нелокализованный）；结构上也都具有多声部现象（полифонизм）。

除了前述这些创作中的共同之处，批评家亦指出，两位伟大作家同时也表现出各自的创作特色，比如，该书中提及，契诃夫并不注重表现危机状态，日常的生活事实在他的笔下被转化为深思熟虑的哲学符号；而作为一个史诗型艺术家，托氏认为，剧作家不应该展示（更不用说讲述）人物的整个生活，他应该只给出"准备好的时刻（готовые моменты）"，表现业已形成的心理状态。因此，他的戏剧作品通常是建立在这种"准备好的时刻"之上。同时，在人物的个别生活情节和心理状态背后，人们可以感受到生命的史诗般的气息。除此之外，在契诃夫的戏剧中，人们常常会看到标注为"停顿（пауза）"的情景说明，托氏在自己的戏剧中没有这类说明，停顿在他那里以更传统的形式即省略号的方式体现出来，托氏所表示的情景说明通常是"沉默、不言语（молчание, молча）"这类的词汇。就语言基调而言，托氏的戏剧以叙述性见长，并且带有鲜明的史诗性特征及音乐抒情性色彩，构成了其创作的合成性特点（синтетичность），而契诃夫的戏剧则以抒情性（лиризм）为特色，但同样不缺乏描述性因素。在人物塑造方面，契诃夫在笔下则无意于刻画人物的心理个性，而托氏对笔下人物的性格刻画具有准确性特征，它们是真正的"心理身份证明"。

批评家总结指出，"在心理戏剧中，作品整体冲突中的人物关系至关重要。心理戏剧中通常没有中心人物。所有人物都在同等程度上力图（或可以力图）扮演主要角色。由之，戏剧的总体结构发生了变化：心理戏剧成为复调性作品，其中的人物所发出的声音就其重要性而言彼此不遑多让。在这个意义上，托尔斯泰和契诃夫是'精神上的孪生兄弟'，这为对他们的戏剧作品进行历史比较和类型学研究提供了重要的依据"[1]。该语一方面表明了托氏与契诃夫的创作在戏剧创作的内在层面具有相当程度的共性，另一方面也表明了对两位戏剧家给

1 Основин В. В. Драматургия Л. Н. Толстого. М.: «Высшая школа», 1982. С. 170.

予比较研究的理据所在。

1983年，曾为作家秘书的谢尔盖延科（Алексей Петрович Сергеенко, 1886—1961）出版了专著《列夫·托尔斯泰的〈哈吉·穆拉特〉创作经过》。该书由内容相当的两部分构成。在第一部分，借助作家日记、札记和往来书信，作者详细考察了小说的创作经历。他指出，为了写作这部小说，作家曾写出了10种不同的版本，仅小说开头便写了23种不同的方案，整部小说草稿有2 152页之多，完成稿计有250页。对于这部原本只写给自己、并不打算出版的小说，作家所付心力可见一斑。因此，作者提及，托氏对自己作为艺术家持异乎寻常的严苛态度，他始终以高度认真负责的态度对待自己所从事的写作事业，赋予其无与伦比的崇高色彩。从这一意义上，可以说，这部小说的写作史，"见证了托尔斯泰为写作所付出的持之以恒的努力及其强度，也是对其创作中所做不懈探索和工作方法的现身说法"[1]。该书第二部分则对小说文本和小说故事的源头材料进行对比，具体研究了作家对后者的加工和改造。这部书为读者全面了解作家对《哈吉·穆拉特》所做的写作试验提供了可能。对于这一著作的特色，有研究者指出，"与托尔斯泰彼此相熟、关系亲近、长年协助作家工作，所有这些能够使谢尔盖延科从心理层面阐释《哈吉·穆拉特》的作者的创作手法和取舍：小说情节的起源、中心思想（斗争的思想）的形成等，在该书作者笔下被由内及外地呈现出来，作者表明，它们不仅是对所描绘的现实的反映，也呈现了这位伟大作家内心世界"[2]。

与前书同年，文艺学家哈利泽夫（Валентин Евгеньевич Хализев, 1930—2016）与同事科尔米洛夫（Сергей Иванович Кормилов, 1951—2020）合作写出《Л. Н. 托尔斯泰的长篇小说〈战争与和平〉》一书，两人主要从思想意蕴的角度解读这部小说。他们认为，"内心生活的持续

1 Сергеенко А. П. «Хаджи-Мурат» Льва Толстого. История создания повести. М.: Современник, 1983. С.8.

2 Там же., С. 5。

流动性，不受约束和精神开放的能力”[1]，在《战争与和平》的作者看来，都是人的无可置疑的价值。托氏注重表现人物的真诚，他们通常不热衷于自我标榜，热爱自由。批评家指出，托氏笔下的这类人物，仿佛是在质疑一些作家对那些努力展示自己的生活立场，同时对周围隐藏自己情感的人的同情和诗意的描写。因此，该书作者认为，托氏笔下人物的道德力量，“不是体现在立志成就一番事业上（这就是传统史诗英雄的特点），而是体现在不让人为的、不真实的、虚假的东西进入他们的生活中”。托氏的史诗小说，如果放在19世纪和20世纪的艺术文化背景下审视，似乎是一种对那些具有高尚道德价值的人完美呈现的巅峰。陀思妥耶夫斯基笔下以及诸如像契诃夫那样的作家（他们通常把其所同情的主要人物与叙述者之间的距离拉近）的笔下都没有这类人物。《战争与和平》中可见现实的中心（центр видимой реальности）不是自然本身或果戈理、冈察洛夫和屠格涅夫都非常关注的物的世界（мир вещей）。“托尔斯泰笔下可见画面的主要部分是人。”

批评家提及，从艺术角度而言，作家在《战争与和平》中以不同寻常的方式把俄国文化中更多具有西欧渊源的个性因素与东方传统（主要是农村的、宗法制的、远离国家性的这些在俄国生活中自古存在的因素）结合在一起。托氏从19世纪俄国生活的深层看到了使这种民族生活与西欧及东方文化中优秀表现相接近的东西。综合这种因素，60年代，作家在意识和创作中形成了“人民的思想”，使之成为《战争与和平》的思想中心。而“人民的思想”和“家庭的思想”在《战争与和平》中构成了一个不可分割的统一体。在托氏看来，全身心地信守自己的宗族和社会生活方式是人们植根于自己民族文化的前提条件，他认为，小说中的人物对家庭和国家的深刻归属感，正如他们在尾声中所表现出的那样，使他们的生活变得幸福而和谐。不过，在本书中，批评家们敏锐地留意到，这种和谐似乎是相对的，它并不牢靠，原因在于，《战争与和平》的最后几页，不经意地跃出一个深具戏剧性的

1 Хализев В. Е., Кормилов С. И. Роман Л. Н. Толстого «Война и мир». М.: Высшая школа, 1983. С.21. 本节后文引文出自该书处，不再给出具体页码。——本章作者注

音符：尼古拉·罗斯托夫和皮埃尔·别祖霍夫之间的关系意味着牢固而完整的托尔斯泰的世界，在这时出现了裂隙。皮埃尔的公民经验（гражданский опыт）和尼古拉的生活实践经验彼此不相协调，将导致他们互不理解，甚至产生敌意。

在该书中，批评家也谈道，作家在哲学层面上不接受“与人的本性背道而驰”的战争，不过这种观念并没有妨碍其积极评价1812年卫国战争中人民的功绩。在作家看来，1812年其实同时进行了两场战争，一场是由亚历山大领导的旨在与拿破仑对抗并获取在欧洲政治利益的战争，一场是由库图佐夫领导的获得胜利的人民的战争，只有后者才是“真正的正义战争和为俄国带来诸多荣耀的战争”。在这部小说中，批评家提及，作家所表现出的人道主义意识和观念有其复杂性，不能一概而论。作家承认，战争的残酷性在人们头脑里根深蒂固，有时这一观念的力量要比人身上真正的善强大得多，但作家这一时期并没有如陀思妥耶夫斯基在那时所追求的那样，把“不要杀人”的原则绝对化，不过他非常认同在可能的情况下也要保护敌人的生命，认为法国人“不仅仅是敌人，而且也是应予同情和怜悯的人”。

对于小说中的历史观，批评家谈及，在变动不居的、流动的历史生活中，托氏试图看到某种必然的、稳定的东西，从而意识到人民的存在这种“普遍的生活”的价值。在19世纪60年代，托氏并不否定“活跃的生命（живая жизнь）”在历史中的作用，然而这类“活跃的生命”只不过是贵族中的杰出人士，但这并不是历史发展的全部。借助普拉东·卡拉塔耶夫、库图佐夫和吉洪·谢尔巴特等形象，作家认识到，人民的生活和情感，原则上具有自足的（самодостаточный）价值，这也正是其可贵之处。在书中，批评家指出，托氏在强调俄国人民的生活及意识的稳定性的同时，对于其所描写的时代在很多方面是正确的。在托氏那里，当普遍的事理较之历史、具体的事理占上风时，他更倾向于认同历史宿命论的观念（仅是历史宿命论，而对于生活中的人，在托氏看来，则是完全自由的，并且应为自己的行为负责），重视在他看来重要但被低估的社会合理性。托氏把人民看作具有崇高道德情感的载体，他们启示作家争取捍卫人和社会的永恒精神完善。人民作为一个群体，以稳定性为特色，他们鲜少变动性（малоподвижный），托氏从他们身上看到自己理想的落脚点，借助他们表达了生活原则上并不多变的思想。批评家进一步指出，“在《战争与和平》中所隐含的与既定历史结论相悖的因素，也出现在《民间故事集》、《安娜·卡列尼娜》（列文这条线索）的宗教宗法制观念中以及《复活》中”。

相较此前有关《战争与和平》的研究著作，这一学术作品篇幅并不大，亦不以内容全面见长，但把作家的创作与俄罗斯的民族文化心理结合起来，同时深入挖掘作家的精神嬗变和思想探索，对小说的阐释见微知著，深刻且中肯，是一部值得深入阅读的学术著作。

学者列米佐夫（Виталий Борисович Ремизов, 1949—2022），曾长期任职国立托尔斯泰博物馆馆长（2001—2012），一生的主要学术与社会活动均与托氏密切联系在一起。1986年，他写出了一部专门研究《复活》的专著《Л. Н. 托尔斯泰的长篇小说〈复活〉：生命观念及其体现形式》。该书主要从作家的思想立场及其文学表现的角度考察这部小说。他认为，在《复活》中，作家表达其立场的形式和原则具有多样性特点，“只有把形式理解为内容的范畴，从这一点出发，才能深刻洞察作品的艺术世界”[1]。批评家指出，托氏从多重角度看待生活，认识到其中交织着各种对立性因素，他在小说中亦从多维层面展现生活。在托尔斯泰看来，生活中的消极和积极因素并不是相互隔绝的，往往是相互关联的。在小说中，它们仿佛由艺术家纳入了一个复杂的“排斥”和“吸引”系统。同时，托氏对善恶相互关系的理解也有其鲜明的合理性：前者比后者强大得多，善迟早会战胜恶。批评家指出，《复活》探讨了存在观念下积极力量和消极力量对抗的主要倾向，在诸如人的本质、人与自然、个性与社会等一些哲学和美学问题的范畴上考察了前述对立倾向的各种互动形式。

1　Ремизов В. Б. Роман Л. Н. Толстого «Воскресение»: концепции жизни и форма ее воплощения. Воронеж: Издательство Воронежского университета, 1986. С. 9. 本节后文引文出自该书处，不再给出具体页码。——本章作者注

在人物与现实关系层面，批评家指出，托氏笔下展现了个性在消极力量影响下的毁灭过程，呈现了它的“复活”，它由内在和外在积极因素促使下的觉醒，它获取人道主义观念的过程，它对环境的抵抗，以及它即便在力量悬殊的情况下依然对永恒生命价值的追求，对做人权利的争取。作者倾向于把社会发展看作善的力量对恶的力量不断占上风的过程。他始终坚持认为，历史进程是渐进的，社会进步尽管有其矛盾性和自发性，但仍是可以实现的。而且，作家的乐观主义整体上与人的个体命运、社会生活和社会规则相关。在其笔下主人公的内心中，有时微不足道、真正的道德探索转化为对生命永恒的坚定信念，对所有人向善的要求。批评家指出，“‘复活’的思想被理解为一种发展的趋势，理解为人和人类走向更好的世界体系的运动，它赋予小说艺术体系的完整性和统一性”。

在批评家看来，作家在小说中对“自由”和“必然”这类哲学问题给予了深入思考。托氏认为，一个人有能力将他自身优秀的方面与那些现实本身固有的积极因素联系在一起，这是他思考这一问题的出发点。人并不是一下子就能在自身意识到自由的存在，而是要经过对真理的长期探索。他对自己存在的奥秘了解得越深入，对周围现实的意义领会得越深刻，他就会越在自身确切地感受到自由；他对历史事件进程的影响也就越大。批评家表示，如果说在写作《战争与和平》时，托氏倾向于认为自由意志是一种“瞬时的行为（сиюминутный акт）”，看重自发力量所获取的胜利，那么写作《复活》时的托氏则认为人类对自由的认识是一个渐进的过程，世界和人的发展有其客观规律，这个规律可以被认识并且受人的意志支配。不过，批评家也提及，托氏对人和人类“复活”的看法有其矛盾之处。一方面，个性自由和道德自我完善的理念被他宣扬为获得真理和拯救一切社会困境的唯一途径；另一方面，作家在考虑环境对人的影响时，依靠的是生活本身的“流动性”及现实发展的客观逻辑。批评家表示，“在我们看来，托尔斯泰在《复活》中也没有提供最终解决方案。他在这部作品中提出的许多问题具有开放性的特点”。

对于这部小说，批评家强调，托氏在《复活》中的立场不能简化为小说叙述者或其中任何人物的观点。只有通过比较不同言语发出者的“视野”，这一立场的本质才会变得清晰。作家在小说中的立场并不具有单一指向性，也不具有僵化和形而上学的特点，而是表现为“运动物（движущаяся субстанция）”；换句话说，作者的世界观在艺术上是多维的，因为在托氏看来，人和人类的“复活”是一个合乎规律的进程，但在形式上，它具有多样性，不能只呈现为一种可能的途径。在这种情况下，作家在小说建构艺术上并没有放弃叙事倾向，不过基督教“复活”的道路并没有成为小说文本中唯一正确和绝对的道路。就小说艺术体系而言，相较有意确立一种观点具有唯一真理性，力求在现实矛盾中反映时代这种倾向更占据上风。批评家指出，“小说探讨的个人和人类的复活，是许多人都在努力解决的问题，每个人都可以自由选择这样或那样的复新道路，选择与社会的恶进行斗争的某种形式”。

批评家认为，托氏始终关注个性的完整性问题（целость личности）。作家把对这一问题的思考与人自身独特的个体性因素、人民的因素和全人类因素联系在一起，不过由于社会现象发展条件限制和作家哲学、历史观念的成熟的程度不同，托氏在不同的作品中对其艺术呈现有所区别。在《战争与和平》中，历史的特点，即1812年自由解放战争和其中一些主要人物接近人民世界观、接近普通人民的生活的方式等决定了个体因素和人民因素的统一，不过在这部小说中，社会和谐问题没有成为作家描述的主要问题。在《安娜·卡列尼娜》中，列文在福卡内奇的言语中认识到了人之存在的共同理念及其超越时代的意义。不过，小说中列文所感受到的内在和外在的和谐并没有在具体的社会现实层面铺展开，这也导致列文所获得的这种和谐并不牢固、持久。在《复活》中，托氏对这三种因素的协调统一进行了探索。作家指出，农民身上保存着无可争议的道德价值的基础，在这一基础之外，没有也不可能有人的完整性。每一种真正存在的因素在小说中获得了具体的历史内容并与作品的基本问题即人和人类的“复活”密切地联系在一起。

在该书最后一章，批评家指出，作家的立场及其表达的情节结构形式特征在小说临近尾声的章节中得到了明晰的阐释。他特别提及小说第三部分中第25章，即涅赫柳多夫和马斯洛娃最后一次会见的情节，认为这部分内容具体而微地折射了小说的思想、艺术观念。由于这部分内容主要以对话的形式写成，批评家称之为“重大对话”，指出在此处作家不再复现持对立伦理立场人物之间的争论，同时也不站在明了一切真理之人的角度，其立场表现出一种特别的对话性，不过与陀思妥耶夫斯基不同，这一对话并不是展开的哲学争论，托氏只是在其中做了必要的强调，其他方面还需要寄希望于主要人物和读者的内在积极性。批评家指出，“小说中的‘重大对话’是作者对待‘复活’问题多维态度的艺术反映。该对话在自身体现了同一思想的不同身份（разные ипостаси одной идеи）。托尔斯泰没有把人获得幸福的道路归诸小说中所出现的任一种观点。每个主要人物都有其活动的范围，都被赋予独特的世界观”。

相对于有关《战争与和平》与《安娜·卡列尼娜》而问世的大量阐释文本，俄罗斯学界有关《复活》的研究性专著在数量上要少很多。显而易见，这一著作是对该小说进行具体剖析和深入解读的出色作品。其特点在于，批评家独辟蹊径，把作品中的思想与作品的艺术结构联系起来，探讨了小说内容与形式之间互为表里、相互融合的关系。

作为知名的托氏研究专家，格罗莫娃-奥普利斯卡娅（Лидия Дмитриевна Громова-Опульская, 1925—2003）同样把自己一生的志业付诸托氏精神遗产的继承和研究方面。作为俄罗斯科学院通讯院士（2000），格罗莫娃-奥普利斯卡娅曾长期在世界文学研究所工作，先后出版了托氏传记资料两种（1979；1998）和200余篇学术文章，生前为托氏学术版全集（即最新版100卷集）主编。

1987年，她出版了专著《Л. Н. 托尔斯泰的史诗长篇小说〈战争与和平〉》，这是一本写给中小学教师的书，内容相对通俗。批评家首先考察了小说创作的前史，即作家创作《战争与和平》之前所写出的一些作品。她认为，无论自传体三部曲、早期的战争小说，还是高加索题材小说，以及有关人民教育的作品，它们都为作家从写作方法、创作思想和世界观、价值观立场方面创作出这部伟大小说做了充分准备，比如作家在军事小说中对战争恐怖和残酷的揭露和对世上“快乐、爱和幸福”的呼吁，便成为《战争与和平》这部小说主题的先声。批评家与苏联时期的学者一样，同样认为，《战争与和平》这一题名具有多重内涵。在她看来，“战争”一词不只意味着“敌对、不理解、自私的算计和分离”，而且还有其另外一层意义，即战争不仅仅存在于战争中，由于社会和道德的藩篱，人与人之间彼此疏离，在他们的日常生活中，冲突和碰撞亦不可避免。而“和平”这一概念的含义相对丰赡，批评家指出，在小说中，“和平是一个没有战争状态的民族的生活。和平是农民在博古恰罗沃所发起的聚众暴动。和平是‘生活的旋涡’……和平是为备受欺凌的祖国而心怀痛苦这一致情感所鼓舞的没有阶层之分的全体人民。和平是身边的环境，无论在战争或和平中，人们总与它在一起，就像图申的特殊‘世界’，娜塔莎的诗意爱情世界或玛丽亚公爵小姐的忧伤和专注的精神世界。但是，和平也是整个世间，是天下；皮埃尔在向安德烈公爵证明‘真理的王国’存在时谈到了这一点。和平是不分民族和阶级差异的人与人之间的兄弟情谊，尼古拉·罗斯托夫在遇到奥地利人时，向他发去问候。和平就是生活”[1]。也就是说，在批评家看来，作家笔下的“和平”就是指非战争状态下的世俗、日常生活，虽然其中存在矛盾，但没有敌我之分，是让每一个人安宁栖居地生活。

另外，批评家指出，史诗广度（эпическая широта）是这部小说的主要特征之一。她认为，在这部小说中，主人公不是个体的人，而是一个群体，“不是‘我’，而是‘我们’，那个我们历史上英雄时代中曾经的我们”。批评家注意到，作家塑造人物的特色在于，安德烈·博尔孔斯基公爵、皮埃尔·别祖霍夫和娜塔莎·罗斯托娃复杂的精神世界是在士兵、农民和仆役等的生活环境中被揭示和呈现出来的，这是一个

1　Опульская Л. Д. Роман-эпопея Л. Н. Толстого «Война и мир». М.: Просвещение, 1987. С. 60. 下文两处引文均出自该书，不再给出页码。——本章作者注

对他们而言似乎无限遥远和陌生的环境，因为在此之前，他们由于教养、财富和贵族身份脱离了人民，这个由众多个体性格、肖像和类型构成的人民史诗形象（эпический образ народа），是托尔斯泰的一个艺术发现。

在书中，批评家总结指出，托尔斯泰之前，俄罗斯文学便已经拥有了自己的现实主义艺术的典范，但托氏在笔下第一次对人类灵魂运动的隐秘动机、人民历史活动给予了研究，个人和大家的联系、纽结亦通过叙事展现出来。这部小说中的艺术和伦理发现对后世苏维埃文学影响深远，它在很大程度上奠定了后者人民性和真正的民主主义特色的基础。而且，“托尔斯泰的艺术发现为苏联文学在其发展的各个阶段，包括今天，提供了丰富的材料，供人们思考描写战争中的人的途径、方法”。

斯利维茨卡娅（Ольга Владимировна Сливицкая, 1931—　）是当代“托学”中一位知名学者。1988年，她出版了《Л. Н.托尔斯泰的〈战争与和平〉：人的交流问题》一书。该书视角独到，认为小说是一部独具特色的“社交史诗（эпопея коммуникабельности）”，它把小说中人与世界联系的心理机制作为研究对象（内容分为人对客观现实的接受、自我认知、对他人的认知以及人与人之间的沟通四个部分）。批评家指出，在作家看来，人拥有无限的潜能，同时亦具有各自的个体性，在人对外在世界的接受方面（восприятие мира），人应受道德的评价，因为人与世界关系的特殊性中存在的善恶概念，在这种情况下，一个人是否有能力向善而行则是衡量其价值的实质性标准。作为一个具有分析精神的作家，托氏认为交流是行得通的，并且能够带来人与人之间的团结。他认识到导致彼此理解困难有其固有原因，它们存在于一个人个性的最深处，在他看来，它们并不是无法克服的障碍，一个人向善的运动，外在世界对他的影响以及人与人之间的相互理解都可以使人做到对外在世界的接受。

对于自我认知（познание себя），批评家认为，托氏通过其笔下人物如皮埃尔·别祖霍夫及安德烈·博尔孔斯基公爵表明，人的自我认知是一个过程，人一旦对自我有所思考，就不会被固定在一个方向上，而是被内心无措的意识流所包围，以复杂的联想方式进行。然而，在其自由运动中存在一个规律性。意识的焦点首先集中在“鲜活地被意识到的我”，然后滑向其他问题，在变换方向的同时，经由狭隘思绪到宽广思绪转换，最后停留在“现实的我”上面。批评家指出，“在自我认知的时刻，会出现一种内在能量集聚的情形，使人可以摆脱精神僵局，进入生活的新阶段。这就是它们对个性运动的意义。对于托尔斯泰笔下的主人公来说，它们开辟了前进的道路，但对于多余人而言，它们则关闭了这条道路”[1]。

至于对他人的理解（понимание других），批评家敏锐地把握到，在作家笔下，处在低阶层次的人（люди низшего разряда），假若聪明或狡猾，尚不致缺乏认知处在高阶层次人的能力，但这种认知首先为其本性中庸常的知识所局限，其次被用来达到对他而言必要的结果。比如在小说中，瓦西里公爵利用了皮埃尔的感性和意志薄弱，海伦则利用了娜塔莎的女性虚荣心，鲍里斯设法奉承安德烈公爵，等等。但这种知识有其限度，他人身上优秀的方面则是他们无法领会到的。但是，处在认知高阶层次的人（люди высшего разряда）不会寻求玩弄手腕，以达到自己目的。他们不会猜度别人的心理以操纵对方。他们的认知是一种善良和无私的认知。

在人与人之间的交流（общение между людьми）层面，批评家认为，托氏在他的作品中表明，对一个人而言最重要的一切都发生在交流的过程中：原来经验的东西变成了精神财富，原来模糊闪烁的东西变成了现实。由之，出现了前所未有的情感、想法，形成了新的性格特征。在托尔斯泰笔下，“交流并不总是字面意义上的对话。常常，它是与另一个人的接触：为其所吸引，人就会被其气氛所影响。这种气氛既是由针对对话者所发出的东西——爱、关注、同情倾向——营造的；也是由人身上普遍存在的、与交流无关的东西如精神价值、高尚、生命

1 Сливицкая О. В. «Война и мир» Л. Н. Толстого: Проблемы человеческого общения. Л.: Издательство Ленинградского университета, 1988. С. 89.

活力等所营造的。在对方气氛的影响下，精神状态发生了转变，对一切的接受便有了另外一种方式”[1]。

苏联最后的三十年，俄罗斯赓续凡一百七十年的“托学”（仅就对文学家托尔斯泰的研究而言）达到其真正的繁荣。当然，这三十年间，也是苏联文艺学和文学批评得到极大发展和繁荣的一段时期。虽然这一时期社会历史批评仍然是文学批评思潮中的主要批评方法，阶级斗争的思维仍不时作祟，相关研究话语仍然存在禁忌，但学界对文艺发展规律的探索一如既往保持着不懈的努力，文学批评和艺术发展的真理始终在矫正着知识界的僵化观念和认知，在这种情况下，托氏的学术批评走到了其发展的高峰。在这一时期，俄罗斯的“托学”在保持优良传承的基础上，对作家的创作研究无论宏观还是微观、深度还是广度以及研究方法和范式创新都取得了前所未有的成就，为普及作家的创作和文学思想做出了卓越的贡献，为后世对作家精神遗产的接受和传播奠定了基础。

1 Сливицкая О. В. «Война и мир» Л. Н. Толстого: Проблемы человеческого общения. Л.: Издательство Ленинградского университета, 1988. С. 189.

第三章

后苏联的托尔斯泰研究

20世纪末，特别是进入21世纪，随着侨民文学的回归、学界对苏联文学的重新审视以及俄罗斯当代优秀作家的崛起及其创作的繁荣，当下“托学（толстоведение）”已非苏联时期的“显学”，虽然如此，这一时期俄罗斯学界对作为经典作家及思想家的托氏的关注程度并没有减弱，当代俄罗斯的“托学”仍旧保持着相当的活跃度。世纪之初也是托氏研究学者新老交替的年代。在这一时期，老一辈著名的托氏研究专家洛姆诺夫、格罗莫娃-奥普利斯卡娅、博恰罗夫、加拉甘等人相继离世，古林、谢尔巴科娃、布尔纳舍娃、格罗杰茨卡娅、斯利维茨卡娅等人则是在这一领域活跃的知名学者，是这一时期“托学”的中坚力量，他们与专事托氏研究的新生力量以及其他研究者一起谱写了这一时期“托学”的主要基调。

后苏联时期，社会文化语境变化带来了批评话语的多样性和包容性，在此背景下，当代俄罗斯的“托学”继续向前推进。经典重读考验着每一个研究者的审美敏感性和创新性，相较苏联后三十余年“托学”的进步，当前阶段俄罗斯批评界对作家文学作品诠释的视角、方法更为灵活、多元。这一时期，开辟了对作家宗教文化批评的新路向，作家传记写作达到了高度繁荣。

第一节 作家创作整体研究的推进

通常而言，学界对于托氏文学创作的研究，从形式上大致可以分为整体观照和个体考察两种范畴，前者是基于作家创作阶段或者类型特征，借助综合方法对多个作品进行历时研究及归纳剖析；后者则常常表现为对某个具体作品的诠释与解读。

就对作家的创作整体考察而言，《"真理处于运动中"：论列夫·托尔斯泰世界中的人》是这一时期重要的著作，作者斯利维茨卡娅有感于托氏学术批评史上"道德情感的纯洁性""活跃的生命""肉体的洞察者"等论断，认为可以借助科学上的"运动原理"思想把这些观点统括起来。总览托氏的文学创作，"人是整体和整体的一部分"便可作这一原理观，其要义在于，"人处在不断运动之中，运动的方向是从'整体的部分'走向'整体'，意识的扩展是这一运动的本质"。[1]作家对人本质的思考是托氏研究专家关注的重心，此前众多学者在这一方面做出过深入的研究，第聂伯罗夫（Владимир Давидович Днепров, 1903—1992）所著《列夫·托尔斯泰文学创作中的人学艺术》（1985）便是一部较为知名的专著，斯氏的近著则反映了"托学"在这一领域的新进展。这一时期，尼古拉耶娃（Елена Владиславовна Николаева, 1955— ）写出《列夫·托尔斯泰的艺术世界》一书。在这部作品中，批评家以托氏1880年至1890年的创作作为研究对象，把作家晚年的思想变化与作家创作结合起来，认为作家宗教观的变化使得创作体裁也发生了相应的变化，以《忏悔录》为代表的政论类作品在这一时期已经处在首要的地位，作家笔下亦出现了寓言故事、名言警句这类体裁及其先前创作中不常见的象征性形象。该著所考察的作品及作家

1 Сливицкая О. В. «Истина в движеньи»: О человеке в мире Л. Толстого. СПб.: Амфора, 2009. С. 11.

艺术世界中的思想此前“并未引起研究者充分的关注”[1]。

在这一时期，格罗杰茨卡娅（Анна Глебовна Гродецкая, 1956—　）、杜纳耶夫（Михаил Михайлович Дунаев, 1945—2008）等学者把研究视角转向苏联时期托氏研究中鲜少触及的话题：文学与宗教。前者在其《回应传说：列夫·托尔斯泰宗教探索中的圣徒传》一书中以《识字课本》、《安娜·卡列宁娜》、《魔鬼》和《谢尔盖神父》等作品为例，借助作家的日记和札记等材料，考察其创作与中世纪的圣徒传的渊源，试图挖掘作家创作中的基督教因素。批评家指出，“托尔斯泰在使徒传中寻找的不是使徒传的特征，而是民间的特征，他选择合乎民间文学的情节，更喜欢使徒传的传说，喜欢教父传记，……在教父传情节中，作家感兴趣的是那些与构建“神性”形象的官方经典格格不入的作品，对未皈依教门但虔信宗教之人的内容以及违背教规者而非圣者故事表现出兴趣”[2]。这部著作是对作家关注圣徒传情况的第一次系统性考察，揭示了托氏对这些中世纪文本接受的特点。与格罗杰茨卡娅不同，杜纳耶夫从东正教文化的角度考察作家的创作。在其所著《东正教与俄罗斯文学》[3]的“列夫·托尔斯泰”一章中，作者指出托氏在《战争与和平》中强调服从在社会中起作用的未知法则，在这种服从中具有统一和耦合的必要性。由于学者叶萨乌洛夫（Иван Андреевич Есаулов, 1960—　）曾从聚合性的角度阐释《战争与和平》，所以杜纳耶夫提出“聚合性和耦合是不是同一个概念”[4]的问题。杜纳耶夫指出，在托氏看来，耦合是无意识地把社会联结为一个高度融合的统一，

1　Николаева Е. В. Художественный мир Льва Толстого: 1880—1890-е годы. М.: Флинта, 2000. С. 269.

2　Гродецкая А. Г. Ответы предания: жития святых в духовном поиске Льва Толстого. СПБ.: Наука, 2000. С. 259.

3　杜纳耶夫另外亦出版了专著«Вера в горниле сомнений: Православие и русская литература в XVII－XX веках» (2003)，其中有关托尔斯泰专章的内容与其在《东正教与俄罗斯文学》书中相关内容基本相同。

4　Дунаев М. М. Православие и русская литература. Ч. IV. М.: Христианская литература, 2003. С. 158. 下文两处引文均出自该书，不再给出页码。——本章作者注

在这样的统一中，张扬个人因素的成分越少，这种联结便会更充分。而“聚合性则是独立的个体在对造物主的爱，在彼此（即对带有造物主形象的受造物的爱）之爱中非融合的统一。这种爱基于神恩起作用，并只有在教堂即基督神秘肉身中才能实现”。托氏虽然也谈上帝，但他避而不谈基督。作家常常在基督教和自然神论之间摇摆。托氏确实也谈统一，谈爱和爱上帝，但避而不谈神恩，就如不谈教堂一样，但教堂正是统一的必要条件。所以，在杜纳耶夫看来，耦合和聚合性不是一回事。该书在后文亦谈及《安娜·卡列尼娜》和部分中短篇小说，所取视角和观点多能给人耳目一新之感。《东正教与俄罗斯文学》是俄罗斯学界从文艺学角度对本国文学的宗教特征进行系统论述的第一部著作。

作为19世纪俄罗斯文坛的两位巨擘，托氏和陀氏为历代批评者所关注，有关两人思想和创作的比较是历代研究者所热衷讨论的话题。当代学者叶甫盖尼·科斯京（Евгений Александрович Костин, 1950—　）的近著《陀思妥耶夫斯基反对托尔斯泰》亦属于这一类型的学术专著。就写作方式而言，这部作品类似于此前魏烈萨耶夫（Викентий Викентьевич Вересаев, 1867—1945）所著《活跃的生命》（1910）一书。科斯京基于作家作品中人物与现实的关系来审视作家的立场，认为对托氏和陀氏的取舍，同时也是对作家笔下的人物及其“理论”的取舍。就两人在俄罗斯乃至世界文化中的作用而言，基于宗教因素的两千年文化史到了陀氏这里实质上是一种终结[1]，而“俄罗斯文化从托尔斯泰起才开始汇入世界的洪流”[2]。

斯利维茨卡娅在其论文《合理世界中的出其不意》中指出，“突然（вдруг）”是陀氏作品中的特权，而在托氏的作品中占统治地位的通常是普遍的法则。虽然如此，在《战争与和平》中“突然”字眼使用了500次。批评家考察了作家作品中“突然”一词的使用情形，指出如任何作

1　Костин Е. А. Достоевский против Толстого: русская литература и судьба России. СПб.: Алетейя. 2016. С.143.

2　Там же., С.241。

家笔下一样，托氏的世界也会发生令人震惊的未预知的行为和事件，但“这一切并没有否定在其世界中占统治地位的普遍法则的精神：真理。托尔斯泰气象万千的史诗叙事艺术反映了世界的法则，基于这一法则，突然性深居在事件中，也是固有的状态”[1]。据此，批评家指出，“突然”并不与作家笔下习惯用语“这如常见的那样（как это обычно бывает）”相矛盾。除了此文，批评家亦写出《理想的邂逅》（“Идеальная встреча”: Лермонтов и Толстой, «Русская литература», 2011, №3）一文，从文学关系的角度解读托氏对莱蒙托夫的接受。她发表在《俄罗斯文学》2010年第4期上的文章《变动不居的同一：托尔斯泰作品中的人》则是此前其对托氏创作中的人物形象上探索的延续。这一时期，戈列洛夫（Александр Александрович Горелов, 1931—2016）的《列夫·托尔斯泰与民间词汇》从语文学的角度考察作家笔下的语言特征。作者认为，作家从一个特权阶层一员到逐渐背离这一阶层走向人民，在很大程度上也促进了其作品中语言面貌的变化。“在每一个为我们所知的列夫·托尔斯泰生活中的阶段和事件里面，都可以留意到他常常做大量工作去深入生活，熟悉民间用语，以之不间断地、有针对性了解自己的人民，而借用民间语言也是他文学开拓所遵循的方面。”[2]

第二节　作家具体作品研究的新路径

在上述之外，这一时期，批评界对托氏具体作品的研究亦有不少进展。

拉祖米欣（Александр Михайлович Разумихин, 1946—　）的专著《俄罗斯幸福生活的快乐与悲伤》从现代性的立场对《战争与和平》中的皮埃尔、安德烈和娜塔莎三位人物进行审视，指出皮埃尔与

1　Сливицкая О. В. Неожиданное в мире закономерного: «вдруг» у Льва Толстого. Русская литература, 2012, №3, С.14.

2　Горелов А. А. Лев Толстой и народное слово. Русская литература, 2008, №3, С.6.

安德烈所走的是两条不同的生活路线，前者精神的成长与道德性息息相关，而在后者身上更多地呈现出了纯粹理性、战争艺术和政治等与人的才智相关的方面。那么，善良和聪明对于人而言哪个更重要？托氏不止一次表示才华也是恶，“在任何情况下也不能容许让聪明的行为主导人的行动”[1]，安德烈的经历表明，在俄罗斯仅凭才智带来的只有痛苦。批评家尼古拉耶娃则对《战争与和平》中的斯多葛思想予以关注，她详细考察了作家对斯多葛主义的接受史，认为小说中所阐释的自由与必然的关系以及库图佐夫等形象反映了历史中的这一思想，“库图佐夫对生活的独特理解决定了其为斯多葛派智者的形象”[2]。批评家维尼茨基（Илья Юрьевич Виницкий）着眼于《战争与和平》中情节细微之处解读作家笔下的安德烈公爵形象。他指出，小说中的“门”是一种隐喻，对于安德烈公爵而言意义重大，门内门外是其生与死的交叉口，也是其最终获得宗教信仰的标志，“小说中门的基调在其一旦出现后，便渐渐被赋予了心理和象征意义。艺术思想也由主人公的寻常体验走向存在性感受（экзистенциальное переживание）”[3]。

斯利维茨卡娅的专著《论〈安娜·卡列尼娜〉中类生命的效果》（2004）研究小说中的生命问题。批评家通过考察小说结构的协调性，指出安娜和列文两条情节线索难分主次，在世界图景中两种存在类型取得了平衡，但它们仅仅是动态的平衡，其中不乏震荡，但是借助无所不能的语言手段使两者达到了“协调的非协调性”。在作品的其他部分，批评家亦研究了小说中人物及其性格特征。学者斯米连斯基（Вадим Борисович Смиренский, 1939—2017）从比较文学的角度研究《安娜·卡列尼娜》。他指出，该书与《红与黑》出版年代相近（前

---

1 Разумихин А. М. Радости и горести счастливой жизни в России: Новый взгляд на «Войну и мир». М.: ОАО «Московские учебники и Картолитография», 2009. С. 172.

2 Николаева Н. А. Стоические идеи в романе Л. Толстого «Война и мир». Русская литература, 2007, №3, С. 130.

3 Виницкий И. “Вопрос о двери”, или куда сморит князь Андрей в “Войне и мире” Толстого. Вопросы литературы, 2005, №1, С. 319.

者为1876—1877年，后者的俄文译本首次出现于1874年），因此可以考察两者在一系列情景、场景乃至人物“相关、相似和相符”[1]的方面。批评家认为，“托尔斯泰构思因写作目的变动而变化，并不受约束，在这种情况下，他利用了司汤达小说中的原型，改变并改善了心理和形象的材料，按照蒂尼亚诺夫的说法，也包括‘事物意义的氛围’。实际上，两部小说基本的主题和‘文化符号’在很多方面彼此相距甚远”[2]。

对托氏中短篇小说的研究也值得关注。卡萨特金娜（Татьяна Александровна Касаткина, 1963— ）从妇女解放和性别哲学视角对《克莱采奏鸣曲》予以解读，认为妇女解放问题与作家的世界观息息相关，是其核心组成，不应脱离作家的认识来看待它，作家“向读者表达了他对人及其自由的观念”[3]。同是《克莱采奏鸣曲》，学者马尔多夫（Игорь Борисович Мардов）对小说中的人物文化特征给予综合分析，提出了“伪精神性（минмодушевность）”概念，他指出，伪精神性是作家作品中常见的主题，是其笔下许多人物的重要心理特征，如《安娜·卡列尼娜》中的卡列宁和波兹内舍夫便是这类人物，他们平时以虚假的面孔示人，而且深信不疑自己就是所假装的那种人。他们在自欺欺人的同时，也以虚假的情感欺骗他人，具有精神催眠的危害，反对“伪精神性”仍旧具有现实意义[4]。

在这一时期，就托氏的文学创作而言，古林（Александр Вадимович Гулин, 1958— ）考察作家的高加索小说、塞瓦斯托波尔故事集和《战争与和平》而写出的《列夫·托尔斯泰与俄罗斯的历史之路》（Лев Толстой и пути русской истории, 2004）、若尔科夫斯

1 Смиренский В. “Анна Каренина” и “Красное и черное” : История борьбы с традицией. Вопросы литературы, 2013, №5, С. 440.

2 Там же., С. 449.

3 Касаткина Т. Философия пола и проблема женской эмансипации в «Крейцеровой сонате» Л. Н. Толстого. Вопросы литературы, 2001, №4, С. 222.

4 Мардов И. Лев толстой: Прозрение в мнимодушевность. Вопросы литературы, 2000, №1, С. 172.

基（Александр Константинович Жолковский, 1937— ）与谢格洛夫（Юрий Константинович Щеглов, 1937—2009）借助结构诗学撰写的《列夫·托尔斯泰的儿童短篇小说和表现诗学》（Ex ungue leonem. Детские рассказы Л. Толстого и поэтика выразительности, 2016）等著作，亦是值得关注的有价值的成果。

第三节 传记写作与百卷集编撰

在这一时期，特别21世纪以来，相对于作家创作的研究，托氏的传记写作异军突起，与对作家的文学文本和政论作品的研究相比，呈现出了繁荣态势。《永远的托尔斯泰》（«Живой Толстой: Жизнь Л. Н. Толстого в воспоминаниях и переписке» Н. Н. Апостолова, 2001），《托尔斯泰的心灵》（«Душа Толстого. Неопалимая купина» И. Ф. Наживина, 2003），《列夫·托尔斯泰：爱的悲剧与爱的伟大》（«Лев Толстой: драма и величие любви» И. Б. Мардова, 2005），《列夫·托尔斯泰生活中的契尔特科夫》（«Жестокий суд России: В. Г. Чертков в жизни Л. Н. Толстого» Г. Ореханова, 2009），《向在而生》（«Бытие к бессмертию: Книга о Льве Толстом» В. Я. Линков, 2016），《托尔斯泰的出走》（«Уход Толстого. Как это было» В. Б. Ремизова, 2017）等便是这一时期集中问世的托氏的传记文献。它们或借助书信、回忆录材料，或通过作家生活中的重要观念或典型事件，或把作家的创作与生平结合起来，或讲述作家与他人的关系，视角各异地为广大读者和学界展现了一个立体的、丰满的作家形象。

除了前述作家传记文献之外，这一时期，巴辛斯基（Павел Валерьевич Басинский, 1961— ）及兹维列夫（Алексей Матвеевич Зверев, 1939—2003）与图尼曼诺夫（Владимир Артемович Туниманов, 1937—2006）所著传记反响颇大。巴辛斯基先后推出四部有关托尔斯泰的作品，成为当下“托学”中的轰动事件。《逃离天堂》（Лев Толстой:

Бегство из рая, 2010）并不是以时序，而是以各种专题的形式在家庭悲剧的背景下考察作家的生平，该书后获得了“大书奖（премия «Большая книга»）”;《圣者反对列夫》（Святой против Льва. Иоанн Кронштадтский и Лев Толстой: история одной вражды, 2015）借助作家与同时代俄罗斯著名的神父约安·克龙什塔德斯基的关系，讲述了作家的宗教生活史;《处在列夫影子下的列夫》（Лев в тени Льва）则是以作家同名儿子与作家关系为视角的生活叙事;《自由的人》（Лев Толстой — свободный человек, 2016）以传统传记形式（即以历时的方法）记述了作家的生平。2017年，该书列入知名的“杰出人物传记”系列。对于巴辛斯基关于托氏的一系列传记作品，学界评价不一，褒贬互见。有人认为，“对于努力向托尔斯泰寻得时代答案的我们来说，是幸运的，因为我们有巴辛斯基。而我也相信托尔斯泰也是幸运的”[1]。也有学者认为，作者成功地组织了引人入胜的叙述，这是这一系列作品的优点；不过，“尽管作品在人物、主题和文献叙事基础方面做到了统一，但在质量和观念上差别较大，无法兼容”[2]。兹维列夫与图尼曼诺夫合著的《托尔斯泰传》采取历时的写作方法，以作家生平中的代表性事件作为叙事节点，力图全景展现作家的精神历程。作者在书中表示，在今天的俄罗斯，人们已经很少阅读托尔斯泰，国内学者对其关注渐少。20世纪初，托尔斯泰在俄罗斯被膜拜，但在世纪末却遭到了冷遇，这种反差并不正常。“我们期待，这种奇怪的冷漠将一定很快地过去，而托尔斯泰也一定会重新在俄罗斯的精神和文化生活中占据应有的地位。”[3]因此，这本传记也可以看作两位作者为重振托氏研究所做出的身体力行的努力。俄罗斯学界对这一传记给予了较高评价。有学者表示，两位作者“以精彩的文学形式，使读者了解了托尔斯泰创作生平中并非以先入为主立场所选择的事实，最主要的是，塑造了与作家个性相符的鲜

1 Фекла Толстая Льву Толстому повезло с Басинским. Российская газета, №125, 2019-06-11: 10.

2 Рабель Г. Толстой сегодня. Вопросы литературы, 2016, №5, С. 311.

3 Зверев А. М., Туниманов В. А. Лев Толстой. М.: Молодая гвардия, 2007. С. 774.

明形象。摆在我们面前的是一本在'后现代'时代难得一见的高度专业性和充满才华的一本书，也是一本诚实的书。关于托尔斯泰的书就应该是这种样子"[1]。

为了纪念托氏诞辰180周年和逝世100周年，俄罗斯第一部《列夫·托尔斯泰：百科全书》(Лев Толстой: энциклопедия, 2009)编辑出版，该书由布尔纳舍娃(Нина Ильдаровна Бурнашёва, 1944—2020)任主编，共计1 200词条，涉及作家作品、生平、教育家托氏、作家世界观等9个方面的内容。

这一时期，新版托氏全集(100卷)编辑出版工作启动，这是为"托学"界所瞩目的盛事。相对此前历时30年编纂完成的百年纪念版90卷集，作家百卷集习称科学院版，由俄罗斯科学院世界文学研究所主持(现任主编、副主编分别为A. B. 古林和M. И. 谢尔巴科娃)，计划出书120册。与此前90卷集相比，该文集在编辑体例上有所改动，按照作家文学作品(18卷)、文学作品的编校和异文(17卷)、政论(20卷)、日记和札记(13卷)、书信(32卷)5个系列编排。文集在2000年出版发行了第一册，由于各种原因，其后续出版工作进展缓慢，迄今问世仅8册。

当代俄罗斯对托氏的研究，尽管还存在许多问题，但就总体而言，视野更为开阔，学术话语更为多元，研究手法更为丰富。许多著述立足于文本分析，以小见大，深入挖掘托氏文学和思想的内蕴，别具特色。学界对文学家和思想家托氏的认识，正在把当代俄罗斯的"托学"推向新的境界和新的高度。

1 Тамарченко Н. Алексей Зверев, Владимир Туниманов. Лев Толстой. Вопросы литературы, 2008, №6, С. 355.

第四章 法国的托尔斯泰研究

1856年，凭借系列纪事写作的独到之处，尚为青年作家的托尔斯泰首次进入法国专业学者的视野。1882年至1888年，在德·沃盖的全力引介下，托氏在法国进入经典作家的行列，被认为是俄罗斯文学现实主义流派的开创者。1888年至1909年，法国对托氏的接受与研究趋于稳定，初步形成多样化、学术化与国际化的局面。进入20世纪，在罗曼·罗兰与米歇尔·奥库丘里耶等作家与学者的努力下，法国的托氏研究进一步加强了多样化、学术化与国际化，并在1978年完成了机制化。以下为法国160余年托氏研究史的几个重要阶段。

第一节　从初登法国文坛到扬名法兰西（1856—1888）

据笔者掌握的文献，托尔斯泰进入法国的第一个身份，是青年军旅作家。翻译家亨利-希波吕特·德拉沃是法国最早关注到托氏的学者。1856年，为使法国公众形成关于俄罗斯军队和士兵的准确认识，他在《文学与俄罗斯军旅生活——俄罗斯作家笔下的1812、高加索与克里米亚战争》中首次提及“青年军官托尔斯泰伯爵”的作品，认为后者发表的系列叙事作品《童年》、《少年》、《袭击》及《伐林》，在士兵性格塑造上首次融入了男性特有的朴素成分，士兵与军官的描写是对立的，这与马尔林斯基笔下夸张的军人形象大相径庭。军士行进时的骚动不安、露天营地中令人疲惫不堪的气氛和战斗的细枝末节足以令短小的叙述充满活力。他认为，《十二月的塞瓦斯托波尔》和《八月的塞瓦斯托波尔》历史性与故事性兼备，简约、细腻的叙事，如日记般充分展示了被围驻军令人心碎的悲惨状态与勇毅气概。他最后指出，托尔斯泰之前的俄罗斯作家，如罗蒙诺索夫、马尔林斯基和莱蒙托夫等，对军士的个性了解不足，或简单模仿古希腊罗马史诗，仅将军旅生活看作创作主题；或对士兵的观察止于战斗场面，将其理想化，以突出爱国激情；或将拜伦笔下军士的野蛮做派挪用到自己作品人物身上。托氏的军旅创作摆脱了往日的夸张成分，同时又保留了一定的文学趣味。[1]由于当时俄国文学在法国影响不大，这篇文学评论并未引起创作界、评论界和公众的反响。

1879年，《战争与和平》第一个外文全译本法译本出版，旅居法国的屠格涅夫将其送给包括福楼拜在内的法国文学名家与批评家。次年，在致屠格涅夫的信中，福楼拜表示，托尔斯泰是杰出的“画家”与“心理学家”，欣赏其描绘与刻画能力，认为其有莎士比亚的文风。《战争与和平》是一流作品，前两卷精妙无比，但第三卷逊色不少，一再重复且说理泛滥[2]，福楼拜此番“七分精彩三分缺点”的评价，为法国后世方家开了先河。此信虽是名家关于托氏最早的评论，但当时未见诸报刊，对增强托氏在法国的吸引力与影响力收效甚微。

文学家、外交家与东方学家欧也妮-梅尔基奥尔 · 德 · 沃盖伯爵第一次在法国较为全面和精彩地评介托氏其人其作，准确概括了他在俄罗斯文学史上的地位，从而激起了大众强烈的好奇心与浓厚的兴

1 Henri-Hippolyte Delaveau, «La Littérature et la vie militaire en Russie–1812, le Caucase, la Guerre de Crimée d'après les écrivains russes », *Revue des Deux Mondes,* juillet-août 1856, pp. 775–810.

2 Gustave Flaubert, « Lettre à Ivan Tourgueniev du 21 janvier 1880 », *Gustave Flaubert - Ivan Tourgueniev, Correspondance* (Paris: Flammarion, 1989).

趣。德·沃盖做过驻圣彼得堡的外交官，对俄罗斯文化与文学有着深入的了解。1882年，在《三死》法译版开篇简短引言中，德·沃盖对托氏做了介绍。他指出，远在法国作家发明并将文学局限于自然主义和印象主义之前，托氏在实践上已经将生活中最残酷的真相和转瞬即逝的细微差别"影印"到了自己的文学作品之中。在托氏笔下，令人生厌的细节只是一种偶然，不是目的，对事物细微观察的背后，是解剖学研究一样无情的观测。他称赞道，论及对人类在自身所处自然环境中的生活的观察能力，和用准确、简单的笔触描绘这种生活的天赋，只有福楼拜能与之匹敌。他评价《三死》是一部交响曲，笔调毫厘不差，证明用细腻的艺术也可以处理生活中的平庸片段。在这一点上，托氏与巴尔扎克相似，不刻意追求严格意义上的风格，不回避同一词语的重复频率，从总体价值上突出效果。[1]

1884年，在长文《当代俄罗斯作家托尔斯泰伯爵》中，德·沃盖对托氏的作品及其哲学思想和宗教观念进行了评价。他认为：《哥萨克》最好表现了托氏精神中初具雏形的原创性以及观察和描绘真实的天赋；自传体三部曲揭示了托氏道德观念成形的所有秘密，写作风格与狄更斯相似，从中可读出俄罗斯人的精神状态，即一种绝望、宿命论、野蛮与苦行主义的综合体；《三死》表明其早期精神在泛神论和悲观主义之间游移，还未清晰意识到灵魂已经被虚无主义完全吞噬；《家庭幸福》是情感堕落的研究，开篇稍显冗长、拖沓，但结尾依靠生活原本的力量，仍给读者留下令人心碎的印象；《战争与和平》是1805年至1815年俄罗斯社会的画卷，是史诗级作品，雨果、狄更斯和司汤达的风格兼而有之。托氏追寻的是关于人的真实。在宫廷生活描绘上，他创造的不仅是俄罗斯典型，更是人类永恒的普世典型，给人身临其境的感觉。对拿破仑的肖像描绘毫无敌意和不敬词汇，但后者传奇与天才形象已荡然无存，这是托尔斯泰典型虚无主义的表现；《安娜·卡列尼娜》是登峰造极的作品，描绘了当代社会的形象，没有《战争与和平》的史诗

1 Léon Tolstoï, « Trois morts », *Revue des Deux Mondes,* juillet-août 1882, tra. Eugène-Melchior de Vogüé, pp. 913–925.

气象、压迫感和复杂感，主题唯一、情节连贯，更符合法国读者的趣味，但冗长的情节始终存在，如持续33页的打猎描写，家庭生活和乡村劳作的描绘也难免乏味；托氏或许受司汤达影响，但不明显，与巴尔扎克的精神风貌也不同，后者的魅力与才华，在于善用真实的材料营造虚幻的建筑，而卡列尼娜本身即真实、悲惨的生活。托氏的才情与手法与福楼拜有颇多神似，虚无主义与悲观主义是灵感来源，自然主义、印象主义与不可能性是创作手段。他没有屠格涅夫令人叹服的语言，他的长处在于思想的深厚、表达的清晰与确切；《我的信仰是什么》《忏悔录》等作品中的部分哲学与宗教思想在自传体三部曲中能找到萌芽。俄罗斯底层民众受雅利安古老精神影响，精英阶层受叔本华哲学影响，佛教在俄罗斯的复兴带来了印度虚无主义或泛神论形而上学与崇高道德之间悬而未决的矛盾，引起了俄罗斯民族文学对自然、底层民众、苦难与不幸的关注，导致理性让步于野蛮，怜悯之心泛滥，这也是俄罗斯文学极其感人的一面，而托氏无疑是此类文学运动的发起者之一。[1]

1886年，在《俄罗斯文学在法国》一文中，德 · 沃盖再次提到了托氏及其多部作品。他指出，在众多俄罗斯文豪当中，托氏无疑最受法国大众青睐，其作品展现了人性的宽广；自传体三部曲读起来稍显乏味，但仍值得坚持下去，每个人都能从中找到部分自己，他之后的作品皆发端于此；《伊万 · 伊里奇之死》在彼得堡和巴黎都引起极大关注，但写作风格已不同以往，过分拘泥于纯粹的自然主义美学，未达到创作目的。将现实主义发挥到极端会面临巨大风险，过于逼真和细腻描绘仍会造成漫画式的滑稽效果，显然违背了他的本意。主人公临终前的描写也让法国读者感到恐惧和不适，与《安娜 · 卡列尼娜》中列文面对哥哥之死的经典场景相比，后者逊色不少，因为作者代替了濒死的主人公，撇开了传递人物感受的中介，将死亡体验赤裸裸地呈现在读者眼前，使之难以接受。相反，列文关于临终前的感受由他的兄弟通过推测来讲述，来建立主人公与读

1 Eugène-Melchior de Vogüé, « Les Écrivains russes contemporains: le comte Léon Tolstoï », *Revue des Deux Mondes*, Vol. 64, N°. 2,1884, pp. 264–301.

者之间的联结，降低了读者情绪波动的力度。[1]同年，德·沃盖将之前评介屠格涅夫、果戈理、托尔斯泰等俄罗斯当代作家的文章结集出版，取名《俄罗斯小说》，使法国公众进一步了解俄罗斯丰富的精神财富。

1888年，针对评论界对托氏的两极分化态度，德·沃盖发表《〈黑暗的势力〉——一名观众的思考》为托氏辩护。他指出：托氏完全摆脱了作家特有的束缚，不放过任何机会表达对文学的轻蔑，其思想已经完全被新基督教和原始社会主义的理想浪潮占据。戏剧的意图是显而易见的，灰暗的描绘向俄罗斯人民展示了无知和恶的本能给他们带来的生活腐化，使他们明白建立道德规则的必要性，剧本追求的并不是纯粹艺术，而是道德说教。法译本语言问题导致了观众的悲喜反应与原文观众不同甚至相反，也导致某些评论家对托氏戏剧效果和手法的误读。该剧是托氏对戏剧情节突变的手法革新。[2]

德·沃盖无疑是法国19世纪下半叶评介托氏的最重要的学者，他的系列文章帮助法国学界和公众及时了解托氏的文学作品以及哲学思想和宗教态度的特点，增加了其在法国的接受度与知名度，为法国文坛注入了一股清新的活力，也使托氏在法国一跃成为与普希金、屠格涅夫等齐名的俄罗斯当代经典作家。他的研究视野和评论视角，如虚无主义与神秘主义等虽有争议，却也奠定了法国“托学”的基础和基调。

第二节　逐步深入、全面的解读（1888—1909）

德·沃盖之后，法国学界对托氏的评论和研究逐步深入、饱满，关注角度涵盖了历史哲学、宗教研究、文学影响、军事理论、艺术观、作品评论、史料钩沉等，相关演讲、文章、随笔、访谈等不断涌现，域外部分研究也被

1　Eugène-Melchior de Vogüé, « Les Livres russes en France », *Revue des Deux Mondes*, Vol. 78, N°. 4, 1886, pp. 823–841.

2　Eugène-Melchior de Vogüé, « *La Puissance des ténèbres*: réflexions d'un spectateur », *Revue des Deux Mondes*, Vol. 86, N°. 2, 1888, pp. 426–450.

译为法语,公众对托氏的了解更为深入、立体,其在法国的影响有所加深。

1888年,阿尔贝·索雷尔(Albert Sorel)在巴黎政治学院发表题为《历史学家托尔斯泰》的演讲,以历史学为主,文学批评为辅,批判性剖析了后者的历史哲学。他指出:托氏与约瑟夫·德·迈斯特的观点有相似之处,都是神秘主义者,在思考事物本质的方式、人类命运的神秘莫测与人类意志的虚无等方面是一致的。在托氏眼中,在叙事中引入上帝属于迷信和亵渎宗教,如布封所言,不过是借上帝之口言说作家自己的想法而已。未知事件、天才、个人意志、伟人等,皆不能决定历史潮流和帝国的走势,不过是历史汪洋大海上漂浮的瓶塞。解释或理解历史应放弃孤立看待某些特殊事件,应从普罗大众的内心活动入手,无数小人物的意识活动默默影响着历史的趋势;托氏对战争中人物群体的描写,充满细节、立体感和动感,与之相比,梅里美《攻克谢瓦尔迪诺要塞》场面描写干枯、生硬、粗暴,缺乏对人类和底层民众的怜悯。将托氏奥斯特里茨战役中的罗斯托夫与司汤达《帕尔马修道院》滑铁卢战役中的法布利斯相比,二者情感、伦理状态与战争观迥异,后者眼里只有骁勇与荣誉,前者眼中则是举国哀伤的失望之情;从手法上讲,托氏参考了法国史学家,尤其是梯也尔的著作,只做单纯的叙述者,将历史叙事切分为不同的场景,让历史人物自行流动、言说和思考。托氏的历史主张披着新颖、诱人、细致、时尚、充满俄罗斯特色的外衣,但并不是原创,是孟德斯鸠历史主张的夸张发展。[1]

阿纳托尔·勒罗伊·博利厄从宗教学与俄罗斯宗教史出发,厘清了托尔斯泰主义的源头。他在《俄罗斯的宗教(五):改革家——列夫·托尔斯泰伯爵、其先驱与竞争者》中指出:欧洲对托氏宗教改革家的一面了解不足,而文学家与宗教改革家这两面是相辅相成的;从小说到神秘的神智学的转变之路,果戈理和陀思妥耶夫斯基走完了半程,托氏则走完了全程,这种从绅士作家到充满幻觉的农奴的蜕变,令法国读者感到惊奇;托氏的宗教观与杜科波尔派和莫洛坎派有诸多相

1 Albert Sorel, « Tolstoï historien », *Revue bleue*, t. XV, 1888.

似之处，但并无直接借用关系，当代宗教信徒——特维尔州的农奴索达耶夫（Soutaïef），是托氏真正的启示者，从诸多方面来讲，索达耶夫主义是托尔斯泰主义的源泉，后者是前者的引申和完善。[1]

1889年，埃米尔·汉娜昆从文学影响的角度出发，阐明了托氏等域外作家在法国受到欢迎的深层原因。她在《法国化的作家：狄更斯、海涅、屠格涅夫、爱伦·坡、陀思妥耶夫斯基和托尔斯泰》中表示，几位俄罗斯作家作品的法译本近来有了可观的印数，原因在于他们引发的文学革命，他们比本土文学更能迎合读者大众的品味，更能识别和讨好社会的主流情感，与读者还保有一种精神深处的联系。[2]

费迪南·布吕内蒂埃从文学史与文学思潮演进的角度出发，在《十九世纪的文学演变》中指出，《安娜·卡列尼娜》的作者托氏为法国文学界带来了最新影响：朴素风格、深厚思想和普世的同情，对模仿的忠实追求也更值得法国作家的借鉴，但要警惕陷入温情主义和神秘主义而难以自拔。[3]

1895年，在《消极无政府主义与列夫·托尔斯泰伯爵——兼评〈天国在你心中〉》中，玛利亚·米哈伊洛夫娜·马纳塞纳站在自然科学的角度，批判托氏《天国在你心中》的无政府主义，认为其属于个人知觉材料，不具有普遍性。她也通过分析《马太福音》进一步指出后者的解读是完全违背基督精神的，是一种狭隘的理解，托尔斯泰主义不应与基督的教义相混淆。她也用生物学和进化理论的原则检视托尔斯泰主义，从科学角度将这部著作归为人类的病理现象和退化症状。[4]

1 Anatole Leroy-Beaulieu, « La Religion en Russie: V. Les réformateurs. - Le comte Léon Tolstoï, ses précurseurs et ses émules », *Revue des Deux Mondes*, Vol. 89, N°.2, 1888, pp. 414–443.

2 Émile Hennequin, *Écrivains francisés: Dickens, Heine, Tourgueneff, Poe, Dostoïewski, Tolstoï* (Paris: LEN, 1889).

3 Ferdinand Brunetière, « Le Mouvement littéraire au XIXe siècle », *Revue des Deux Mondes*, Vol. 95, N°. 4, 1889, pp. 867–913.

4 Marie de Manacéïne, *L'Anarchie passive et le comte Léon Tolstoï (Le Salut est en vous)* (Paris: LEN, 1895).

1898年，奥西普·卢里耶在《俄语文本中的托尔斯泰思想》中，从托氏原著、原创手稿和俄罗斯境外出版的未删减版著作出发，凭借对托氏文学和哲学追求的深刻了解，以严谨的学术法语，精准翻译和概括了托尔斯泰主义的概念。作者以概念为中心，描述了托氏关于生命、人、社会、宗教、权力、爱国主义、黩武主义、财富、劳动、幸福、科学、艺术、教育、女权主义、爱情、婚姻、善恶、真理、理想和死亡的思想。[1]

勒内·杜米克的《论托尔斯泰伯爵的艺术思想》对《艺术论》进行了评介。文章称：在过去的十年中，托氏批判艺术的外在表现与内在实质，被大多批评家归为狂热的圣像破坏者和乌托邦主义艺术法则制定者，实际上他不是要取消或杀死艺术，而是要改良和复活艺术，把信仰寄托于艺术，艺术是他实现最高目的的最有效手段；托氏探寻的美，与真、善相连，文学界对后两者的概念高度一致，对前者的概念则莫衷一是，于是他陷入了失望，美也成了众人膜拜的空神龛；在将艺术的抽象维度一扫而空之后，他放入了人间烟火，使其成为人与人之间交流、团结、通过语言传播情感与感情的工具。[2]

安德烈·苏亚雷斯的随笔集《托尔斯泰》将托氏誉为无人超越的时代英雄，在欲望与道德之间游走，其生活意义与艺术意义是一体的，其所有作品也是一个有机整体，是关于整个时代和社会的宏伟画卷，每部作品主人公的生命只有与普世生命紧紧结合起来才有意义。宜用托氏的标准评价托氏，不能忽视其秉性与自身理论的关系以及其神秘主义与理性的纠缠。与暴力相比，其温和的一面更加伟大，其信仰和整个一生都充满了艺术性。[3]

1900年，勒内·杜米克的《论托尔斯泰伯爵的新小说》评介《复活》，认为托氏的虔诚、信仰和理念始终未变，只是表达理念的小说形式发生了变化。他指出了《复活》中的瑕疵，如冗长的叙述、重述、离

---

1 Ossip Lourié, *Pensées de Tolstoï d'après les textes russes* (Paris: LEN, 1895).

2 René Doumic, « Les Idées du comte Tolstoï sur l'Art », *Revue des Deux Mondes*, Vol. 147, N°. 2, 1898, pp. 447–458.

3 André Suarès, *Tolstoï* (Paris: Union pour la morale, 1899).

题、人物的分散、情节的杂乱等，认为这会导致注意力的分散和理解上的困惑。但瑕不掩瑜，《复活》的美，在于其高贵的精神。托氏是罕见的描绘社会的大师，因其出身和生活经历，常常能够恰如其分地描绘出笔下人物的种种形态。[1]

1902年，泰勒斯·本特松的《托尔斯泰周边》，除了描绘托氏音容笑貌、庄园日常生活外，还再现了其对外国文学的看法。法国文学方面，托氏尤其推崇卢梭，认为百科全书派的时代是法国文学的美好时代；他赞赏巴尔扎克，轻视左拉；他对都德的才华不置可否，对于伊斯芒斯颇感兴趣；对莫泊桑有一定的赞赏，但对其题材的选择持保留态度，认为对女性的痴迷是当代法国文学的毒瘤。英国文学方面，他最喜欢狄更斯，理念相近；他也喜欢乔治·艾略特的社会主义，厌恶吉卜林并否认其文学才华。[2]

1903年，让·利奥内在《当代主要作家的思想演变》中谈及托氏，认为：其人其作以皈依新基督教为界，分为截然不同的两个阶段；《战争与和平》和《安娜·卡列尼娜》是第一阶段最好的作品，《复活》是第二阶段最好的作品，从中可以看出皈依新宗教留给他的印记；《战争与和平》开篇没有人物肖像描写，与《克莱芙王妃》以来的法国文学传统不同，对人物性格的了解需要逐章深入。《安娜·卡列尼娜》的情节推进与真实生活类似，托氏的创作模式毫无矫揉造作之感，虽然几条叙事线索时而并行时而交错，但与《阿道夫》相比，作者并不缺乏构思的巧妙，只是二者的写作目的不同。作者同时指出：评论界批评托氏作品人物群像“漫无边际”，完全是误解，因为他从来不写个体小说，着眼的是社会小说，引人之处不全在文学的优雅、逼真的场景和故事情节，而在实实在在的人物。在分析作品中主人公的几段对话后，作者认为托氏不是宗教虚无主义者，是“成长中的基督徒”，从而反驳

1 René Doumic, « Le Nouveau roman du comte Tolstoï », *Revue des Deux Mondes*, Vol. 157, N°. 4, 1900, pp. 923–934.

2 Thérèse Bentzon, « Autour de Tolstoï », *Revue des Deux Mondes*, Vol. 10, N°. 4, 1902, pp. 872–907.

了德·沃盖的观点，指出如果依照后者的看法，福楼拜的《包法利夫人》、左拉的《梦》、莫泊桑的《皮埃尔与让》等更能表现出法国作家的虚无主义。[1]

1904年，乔治·波登的《托尔斯泰访谈录》再现了托氏对德雷福斯事件、日俄战争及各国的看法。托氏对中国人和印度人表示赞赏，认为两国人民不好战，不好杀生，重信誉，不撒谎，还认为孔子和释迦牟尼是罕见的思想家和伦理家，而俄罗斯、英格兰、法国、德国、意大利、日本都一样，都有过暴行。[2]

1909年，塞尔日·贝斯基的《托尔斯泰秘闻：回忆、讲述与家人谈话》展示了托氏的私人生活与家庭活动。托氏坦率、慷慨，常以憨厚的口吻讲述高深、优美的思想。托氏的谈话与其作品的哲学宗教思考息息相关。[3]

到19世纪末20世纪前夕，法国的托尔斯泰研究已形成了多样化、学术化与国际化的局面。

第三节　第一次评价小热潮（1910—1911）

1910年11月20日，托尔斯泰逝世，对于当时的欧洲文坛来说，无疑是一件大事。出于特殊的法俄关系与情感联结，法国作家、批评家和社会活动家在巴黎和图卢兹等地举行悼念活动，并在多家报刊上发表了评论文章。其中：

保罗·布尔热对托氏有褒贬。他认为其哲学观没有任何价值，其

1　Jean Lionnet, *L'Évolution des idées chez quelques-uns de nos contemporains* (Paris: Librairie académique Didier, 1903).

2　Georges Bourdon, *En Écoutant Tolstoï: Entretiens sur la guerre et autres sujets* (Paris: Charpentier et Fasquelle, 1904).

3　Serge Persky, *Tolstoï intime: Souvenirs, récits, propos familiers* (Paris: Librairie des annales, 1909).

哲学概念缺乏严密性。[1]他指出，托氏的文学才华与手法特性是描写的高度个性化。从自然景致，到人物面部表情、姿态和内心情感，再到重要的细节，描绘各具特色，纷繁多彩。如果仅停留在“描绘”层面，托氏举世无双，但同巴尔扎克、莫里哀和莎士比亚相比，他缺乏另一种才能，即古典修辞学中的“结构”，少此，一部作品便称不上“大作”。反观《战争与和平》以及《安娜·卡列尼娜》，纷乱的叙事可无限延伸，如电影画面一般，缺乏渐进、视角、轻重之分和总纲。所以，托氏是未定型、未成熟的天才，是米开朗琪罗的草图。[2]

埃米尔·法盖认为，在19世纪欧洲文学史上，托氏的地位仅次于歌德、雨果、拉马丁、拜伦、丁尼生、狄更斯和巴尔扎克，是俄罗斯的卢梭。自传体三部曲风格稚嫩，但蕴含着深刻的思考和处于萌芽状态的伟大思想。塞瓦斯托波尔系列叙事标志着文学写作的正式开端。《战争与和平》是散文体史诗，但细节的堆砌和人物生活描写得过于细腻，令人遗憾。《安娜·卡列尼娜》中的人物充满俄罗斯色彩，但整体风格与西方神似，有法国小说的影子。其哲学、宗教、道德思考与实践不无争议，但仍是人类伟大的榜样，是地球上一座高大的灯塔。[3]

儒勒·勒梅特指出，与之前的名作相比，《复活》感人心弦、光彩夺目，表现力更为朴素，更容易被大众理解。作为小说，它达到了现实主义的极致，事物描绘简洁有力，次要人物也具备显著特征，可耻、腐朽不堪的习俗被无情揭露。由爱而生的激情描写罕见地细腻、有力，托氏凭借真实而深刻的观察力和富有地方色彩的魅力与趣味，令评论家耳目一新。[4]

1 Jean d’Orsay, « La Philosophie de Léon Tolstoï à travers ses lettres inédites à son médecin », *Le Matin*, le 21 novembre 1910, p. 1.

2 Paul Bourget, « Tolstoï », *l’Écho de Paris*, le 21 novembre 1910, p. 1.

3 Émile Faguet, « L’Homme et l’oeuvre », *Les Annales politiques et littéraires*, N°. 1431, le 21 novembre 1910, pp. 517–518.

4 Jules Lemaître, « Résurrection», *Les Annales politiques et littéraires*, N°. 1431, le 21 novembre 1910, pp. 517–518.

莫里斯·巴雷斯指出，托氏认为“祖国”一词常常与战争和仇恨相连，他不愿看到各民族兵戎相见，人类应回归内心深处的情感与本能：和平与博爱。[1]

安纳托尔·法朗士（Anatole France）认为，托氏是史诗小说家，是观察生命外部特征与内部本质的大师，作品中人物繁多且充满力量，有效的细节选择带给读者关于生命无限复杂的感想；值得称赞的，还有他高尚的思想、勇气和慷慨。古希腊经过数百年的城邦演化才孕育出一位荷马，而俄罗斯在极短时间内就拥有了托尔斯泰这条象征一国声音与灵魂的大河，为后世子孙留下了源源不竭的精神之水。[2]

莫里斯·梅特林克认为，在当今文明世界，托氏对道德的影响最为真实与深刻，它以弥散的方式直抵每个生命内心中央的神秘地带，为处于懵懂状态的精神与情感萌芽注入了新的成分。其道德思考初期模棱两可，继而融合仁慈与人性，晚年逐步清晰，最后与当代思想中最崇高的理想汇合在一起。[3]

阿纳托尔·勒罗伊·博利厄从托氏的成长环境、民族氛围、种族特征入手，分析他的美学与宗教观念的演化，认为从外貌、道德、对土地和自然的热爱等角度来讲，他是俄罗斯人中最具代表性的一位，是俄罗斯精神与特性的优美象征。在19世纪俄罗斯、法国和英国的现实主义文学巨匠之中，他无疑最为有力，但与西方的现实主义和自然主义流派又有着巨大的区别。他描写人的外在，还有心理，内外并重，让人物及其生活栩栩如生地立在读者眼前。反观法国自然主义作家，笔下人物形象粗枝大叶，外在与物质生活吞噬了道德思考。托氏再现了

1 Maurice Barrès, « Tolstoï et la guerre », *Les Annales politiques et littéraires*, No. 1431, le 21 novembre 1910, pp. 519–520.

2 Anatole France, « Hommages à Tolstoï », *Les Annales politiques et littéraires*, No. 1431, le 21 novembre 1910, p. 520.

3 Maurice Maeterlinck, « Léon Tolstoï », *Les Annales politiques et littéraires*, No. 1431, le 21 novembre 1910, p. 520.

生活本身具有的复杂性和纷繁无序的多样性。[1]

1911年，法国20世纪上半叶托氏研究领域最重要的人物——罗曼·罗兰的《托尔斯泰传》出版，此作增强了托氏在新一代法国公众中的影响力。传记开篇称托氏为“俄罗斯的伟大的心魂”和19世纪末“一颗抚慰人间的巨星”，认为其凭借思想的独特性与对俄罗斯历史画卷的细腻描绘，深刻影响了法国青年一代的知识分子。作者批评布尔热对托氏的“盖棺之论”有党争之嫌，否认了其他评论家的“两个托尔斯泰”说。作者认为：自传体三部曲中内心私密的忏悔材料丰富；《哥萨克》是作家初期创作阶段的最佳作品；《塞瓦斯托波尔纪事》三部作品在情操、艺术和爱国主义渲染力度上有所不同；《三死》肖像刻画逼真，形象描绘动人，但结构松散，诗意不足；《家庭幸福》是爱情的奇迹；《战争与和平》是当代最伟大的史诗，透露出宏伟的气势、青春的朝气与激情，但统摄中心的灵魂阙如，情节踌躇不前；《安娜·卡列尼娜》艺术手法更纯熟，更能读出作家自身的影子，但次要人物故事的衔接太过急躁与造作，若干写实的场景描写也略显多余；《忏悔录》叙述了作家宗教上感到狂乱的岁月；《那么我们应当怎么办？》是作家首次对科学与艺术的攻击，是对穷人不幸根源的层层挖掘与剖析，也是对抗文明的罪恶与谎言的肇始；《艺术论》描绘了真正的艺术家形象，充满了痛苦、神秘的激情，表现了作家心中科学与艺术是现代社会所有不平等与伪善的共犯的信念；《黑暗的势力》采用乡间语言，人物形象完全脱胎于俄罗斯底层民众讽刺与抒情的灵魂特征，突兀、鲜明；《伊万·伊里奇之死》描写了19世纪80年代欧洲中产阶级的典型，是对人世与婚姻的暴力攻击；《克莱采奏鸣曲》是对社会狰狞可怖的无情批判，但题目暗示的音乐有副作用；《复活》是作家创作暮年的一座高峰，在固有的骚动精神与阴沉讥讽之上，融入了其宗教意义上的静谧之思，叙事更为集中，前后惊人地一致，情节紧凑、唯一，展开舒缓，人物描绘淋漓尽致，抒情成分极少，与作家的个人生活拉开了距离，但主

1 Anatole Leroy-Beaulieu, « Léon Tolstoï », *Revue des Deux Mondes*, Vol. 60, N°. 4, 1910, pp. 804–834.

人公聂赫留朵夫因寄托着作家的思想而丧失了性格上的客观与真实，结尾写实部分也掺杂了宗教意义上的结论，全书没有了早期作品的和谐与饱满，但不失为歌颂人类同情的最美、最真实的诗歌。最后，作者论及了托氏的社会思想，认为其遵循着理智的逻辑与坚强的信仰，把人生最后十年耗费在了社会问题的论战之中。[1]在文学、道德与智识三个领域当中，对罗曼·罗兰影响最深、最持久的是文学，他的文学理想、理论与手法，都透露着托氏的影子。

同年，安纳托尔·法朗士和让·饶勒斯《关于托尔斯泰的两篇讲话》出版。前者着重指出了托氏作品与人生的意义，认为他的作品告诉世人，美就像阿芙洛狄忒一样，其生动与成熟源于真实，他的人生则展现了何为真诚、正直、毅力、恒心与勇气。后者回顾了托氏的信仰危机、对必要性服从的认可、生活激情、文学中的神秘主义、基督教思想与人生理想等，重点阐释了其革命性的一面。

此次小热潮的评论主体以法国左翼作家为主，内容主要涉及托氏的哲学思想、创作特征、作品得失、文坛地位和道德思考，学术研究性质偏少，多属溢美之词。莫里斯·巴雷斯和让·饶勒斯的观点更是着眼于法国国内政治局势，有宣扬和平主义和社会主义运动的动机。

第四节 第二次评价小热潮（1928）

1928年，为纪念托氏诞辰100周年，《欧罗巴》(*Europe*)杂志推出专刊，几大主题可归纳为历史再现或揭秘、作品评论、思想解读、亚洲回响四个版块。其中：

在历史再现或揭秘版块，塔·库兹明斯卡娅的《回忆录》描绘了托氏1862年婚礼之前的约会场景；塔·苏霍津娜·托尔斯塔娅纪念长文《关于家父出走与死亡的深层原因》重现了其父的成长经历、家

1 罗曼·罗兰：《托尔斯泰传》，傅雷译，华文出版社，2013，第3—6页，第137页。

庭生活与夫妻关系，追忆了其父临终之前不为人知的经历，回击了某些传记作品中的不实内容，维护了其母索菲娅的正面形象；托尔斯泰1871年至1910年间写给其女塔蒂亚娜的二十余封短信，清晰展示了托氏关于作息习惯、金钱、劳动、爱情、家庭关系与宗教的看法；塞尔日·托尔斯泰《母亲临终前的日子》以日记的形式描绘了其母索菲娅逝世前莫斯科官方及当地政府的态度、病重时家庭成员的言行以及葬礼上庄园附近民众的表现等细节。

在作品评论版块，阿兰（Alain）的《〈安娜·卡列尼娜〉》分析了主要人物列文与安娜等的性格特征，挖掘了背后所蕴含的关于浪漫主义、存在、爱与信仰的意义与本质。皮埃尔·亚伯拉罕（Pierre Abraham）《〈战争与和平〉中的人物类型》将人物分为"无名人物"、"历史人物"与"小说人物"三类。埃蒂安·布奈（Étienne Burnet）《托尔斯泰与死亡》指出，死亡是托氏作品中的常见主题，描写的生动性也世所罕见，如妇人、老马、农奴、树、安德烈、列文、伊万·伊里奇等，表面解读是其关于无底深渊、虚无、神秘、赎罪与复活的见解，实质则暗含了其超越世俗与基督信仰之外的朦胧意识，即"死亡无非是一种结束而已"。

在思想解读版块，让-理查德·布洛克（Jean-Richard Bloch）的《托尔斯泰与"自愿服务"》"鲜明生动地描绘了托尔斯泰对19世纪末和20世纪初法国进步知识分子的影响"。[1]让·普雷沃斯特（Jean Prévost）的《教育家托尔斯泰》指出在法国初等教育中存在的问题，希望从托氏《启蒙读本》中吸取有益的经验。莫里斯·唐泽尔（Maurice Donzel）的《列夫·托尔斯泰的统一性》认为托氏一生是多重危机的累积，但其乐观心态始终未变，坚信充满爱、公正与和谐的世界会到来，其哲学与宗教是实际的、可行的、有用的，其作品是广阔、普世的，其人是逐渐发展的有机统一，有独特的演进路径。保罗·别鲁科夫（Paul Birukoff）的《杜科波尔教派》揭示了托氏"勿以暴力抗恶"思想

1 陈燊编选《欧美作家论列夫·托尔斯泰》，第109页。

与杜科波尔教面对迫害时所坚持的耐心与克己理念之间的相似之处。

在亚洲回响版块，罗曼 · 罗兰的《托尔斯泰的亚洲回响》概括了托氏与亚洲的关系，认为托氏感到最亲切的是中国，他研究孔子与老子，与辜鸿铭通信，钦佩中国人民高贵的温厚态度与清明的忍耐，相信中国的“道”是人类通向真正自由的正途。对于日本人，托氏对他们的民族主义与好战天性保持警惕，对他们不辨利害融入欧洲文明感到疑惑，但托氏的宗教作品深刻影响了部分日本民众的心灵生活。他与几位埃及教士的通信，温暖了宗教真理的探求者。印度部分民众将他敬如“圣者”与再生古哲，而他驳斥达斯（C. R. Das）的长信《致一位印度人书》影响到了年轻的甘地，后者用无抵抗主义鲜明的火焰照亮了整个印度。这些均标志着法国的托氏研究进一步走向了多样化、学术化和国际化。

从1934年到1959年，关于托氏的相关著作继续出现。其中，作品解读较少，大部属于传记作品和翻译作品，重点在于托氏与家人及周边人物的关系、成长经历、临终之前的多重秘闻、思想演变过程和域外名家的独特看法。1934年，安德烈 · 皮埃尔（André Pierre）与莫杰斯特 · 霍普曼（Modeste Hopmann）合著《托尔斯泰传》出版，内容涉及人生经历、《战争与和平》与阿尔扎马斯之夜、《安娜 · 卡列尼娜》与哀伤及宗教危机、与屠格涅夫修复关系、《克莱采奏鸣曲》与夫妻争论、1891年大饥荒、革除教籍、疾病与克里米亚之旅、阿斯塔波沃小站与逝世时刻等，旨在通过再现托尔斯泰从出生到死亡逐步蜕变的物理和伦理氛围与环境，向读者展示其生动鲜活的形象。他们认为，托氏的每部文学作品都是真实的创造，超越了生活本身，是其人生某些阶段情感与思想的珍贵见证，众多虚构人物是其自身或家族存在中不同时刻的艺术化身。

1935年，弗拉基米尔 · 波兹涅尔（Vladimir Pozner）《托尔斯泰去世》出版，作者以托氏逝世前后记者、家人、警局及教会发送的电报、评论及信件等材料为基础，以朴实、敏锐的笔触，以泥浆、铁轨、火车及阴暗的广袤农田为背景，以小时为单位，以多声部的叙事，勾勒了托氏逝世前六天几位关键人物的外在表现和复杂心理。[1]

1939年，斯蒂芬·茨威格法译本《托尔斯泰》出版，作者既表达了对俄罗斯伟大作家的推崇，也间接完成了自己这位绝望之人的自画像。同年，伊凡·布宁(Ivan Bounine)《托尔斯泰的解脱》法译本出版，法国评论界认为其描写了托氏经历的漫长的"存在"苦难，再现了其精神蜕变的过程。1947年，托马斯·曼(Thomas Mann)《歌德与托尔斯泰》法译本出版。作者对歌德与托氏的部分作品、思想及生活片段进行了平行解读，指出两者表面的差异与深层的相似。[2]1959年，丹尼尔·吉尔斯(Daniel Gillès)《托尔斯泰》出版，作者参考了所有关于托尔斯泰的传记材料，未回避其缺点和"罪过"，将其评价为出色的信徒、普罗米修斯式的罕见作家、文学界的雨果和音乐界的贝多芬，是巨人和指路明灯，影响长远。

第五节　第三次评价小热潮(1960)

1960年，托氏逝世50周年，法国国家图书馆成立了纪念委员会，在巴黎芒萨尔博物馆举办了"列夫·托尔斯泰艺术展"，陈列了其重要作品手稿原件、与罗曼·罗兰往来部分信件、福楼拜致屠格涅夫信件及其后人私有藏品。《欧罗巴》杂志再次推出托氏专刊，主题分为五个版块，法国的托氏研究多样化、学术化和国际化的程度进一步加深。

在历史解密版块，罗曼·罗兰1887年写给托氏的两封信表现了《伊万·伊里奇之死》中的死亡主题对青年作者的影响，令其开始追问艺术的真谛、道德的内核与人生的正确意义；维克多·勒布伦(Victor Lebrun)《身边人眼中的托尔斯泰》从自身见闻与经历出发，描写了托氏晚年的音容笑貌、日常生活、家庭琐事与文学创作场景，给大众带来

1　Danièle Sallenave, « *Tolstoï est mort* par Vladimir Pozner: récit d'une agonie mythique », *Le Monde*, le 4 février 2010.

2　René Lauret, « *Goethe et Tolstoï* par Thomas Mann », *Le Monde*, le 31 août 1948.

身临其境的感觉。

在域外研究版块，拉迪斯拉夫·拉德拉日尔（Ladislav Zadrazil）《托尔斯泰与捷克斯洛伐克》认为，自1858年《波希米亚王国博物馆杂志》首次提及托尔斯泰以来，捷克斯洛伐克先后出现了四次译介与评论的热潮，托氏作品在捷克的译介数量仅次于德国与法国，在知识分子群体中的影响越来越大，对当地文学发展的影响越来越深，评论界的关注重点逐渐从宗教哲学转移到文学创作。尼古拉·唐切夫（Nicolaï Dontchev）《托尔斯泰在保加利亚》将托氏的接受与研究分为6个时段，总结了先道德与思想，后纪事、小说与剧作的接受路径，概述了早期文章、专门期刊与学会，对比了不同党派对其作品与思想的不同解读。

在作品评论版块，艾德梅·德·拉·罗什福卡德（Edmée de La Rochefoucauld）《托尔斯泰与瓦雷里》比较了两者日记风格的异同，认为相同点是皆见证了作者改善自身行为的强烈愿望和对“自我”问题的浓厚兴趣。斯特雷穆科夫（Stremooukoff）《重读托尔斯泰》指出，其所有作品都有自传的特征，合起来堪称一部宏伟的忏悔录。让-理查德·布洛克1916年读书笔记《论〈伊万·伊里奇之死〉》直言当时掩卷之后的沉重感，托氏的“恶意”扑面而来；1941年读书笔记《论〈战争与和平〉》认为该著随着情节的推进，作者自身成分越来越大，挤压了小说人物的空间，直至吞噬一切。妮娜·戈芬克尔（Nina Gourfinkel）《托尔斯泰的语言艺术》认为，托氏对简洁、直接的语言表达的追求，并非主动转变的结果，而是自身风格的根本特征，在某种意义上讲，也是其民粹主义思想的根源。艾梅·迪皮伊（Aimé Dupuy）《托尔斯泰与铁路》指出了铁路对托氏感官和精神的影响，以及在《安娜·卡列尼娜》、《克莱采奏鸣曲》和《复活》的构思与情节发展中的不同作用。

在思想解读版块，埃米尔·特尔森（Émile Tersen）《托尔斯泰笔下的俄罗斯》简短回顾了托氏生活的世界，指出了其中一些影响其思想与作品的因素。如官僚专制对其虚无主义思想状态与教育思想的影响，农奴制废除以后的俄罗斯社会与政治现实对其神秘主义思想状态的影响。乔治·杜贝隆（Georges Dupeyron）《爱情与托尔斯泰》结合女性形象分析，总结了托氏爱情与婚姻主张的演变，认为其一生都在为爱情寻找合适的位置，但自身受哲学宿命论与宗教传统的双重影响，未能在个人禁欲主义之外找到其他道路。法朗士之子吕西安·普世沙里（Lucien Psichari）《俄罗斯的歌德——安纳托尔·法朗士与饶勒斯眼中的托尔斯泰》指出了其父与托氏的相同点以及饶勒斯对托尔斯泰弱点的评价。尼古拉·卫斯班（Nicolas Weisbein）《本质问题：死亡与爱情》指出，西方读者常常将托氏一生分为截然不同的两个阶段，前期注重纯文学创作，后期抨击文艺，宣传其不抵抗教义。其实，在托尔斯泰不同的创作阶段之间，存在着一条主线，即天性（本能）与（知识）经验的内在冲突，其所有作品都是这种冲突的封闭场域，不停上演着精神代替道德、实质代替造作、内部视角的主观与可能性代替外部视角的真实与客观的缠斗。安德烈·莫洛亚（André Maurois）《我的英雄，就是真实》认为，由于早年经历，托氏不停剖析、反省自我，加之潜在的神秘主义的影响，其现实主义手法最终达到了极致，观察人与物的视野清晰无比，超过了自成一体的巴尔扎克。

在与同时代法国作家关系版块，苏菲·拉斐特（Sophie Laffitte）《托尔斯泰与法国作家》研究了法国作家对托氏思想与创作的影响以及后者对前者的不同评价。例如，托氏喜好体力劳动，坚信其有益于人类心魂，显然受卢梭影响。他欣赏帕斯卡尔，因为后者放弃了科学研究这种“琐事”。他欣赏司汤达的《帕尔玛修道院》，赞誉其为“最美作品”。他与雨果意气相投，将巴尔扎克视为自己的反面，但又长期研究《人间喜剧》的美学。

从1961年到1971年，有关托氏的相关研究主要围绕宗教与道德思考、文学影响、作家对比、身份矛盾与精神遗产展开，不乏大部头的传记作品与冷战时代背景下的特殊解读。

1961年，尼古拉·卫斯班在《托尔斯泰的宗教问题》中指出，无论是日记、纯文学作品还是通信集，都可以看到托氏终其一生都在为宗教与道德生活的本质问题上下求索。[1]1962年，雅克·鲁斯《罗曼·罗兰与托尔斯泰》指出，在文学方面，两人都执迷于"真实"，理论上，后者为前者解决了艺术功能的难题，即建设上帝的国度和对人的关爱；实践上，后者的泛神论与现实主义为前者提供了新的活力与自信。在对待科学与音乐的态度上，两者的差异源于个人性情和本民族的特征。[2]1963年，乔治·斯坦纳(George Steiner)《托尔斯泰或陀思妥耶夫斯基》法译本出版，研究了《安娜·卡列尼娜》和《卡拉马佐夫兄弟》两个文学世界的不同之处，认为是对人的命运、历史的未来和上帝的奥义的两种解读。

1965年，亨利·特罗亚(Henri Troyat)《列夫·托尔斯泰》出版，此书可称为法国当时篇幅最为宏大、描写最为细致的传记作品。作者没有美化主人公，描写了主人公身上所有的矛盾之处与人性和神圣性之间的摇摆不定：厌恶私产却扩大庄园，为贫穷辩护却生活优渥，贬低婚姻与肉欲却与妻子养育了十三名子女，对爱的狂热与对身边人的冷漠，是一位十足的双面人。在作者眼中，托氏不是当代先知、宗教改革家、农奴教育家、专制反对者，而是小说家和艺术家，其力量、深度和不竭的财富来自自身魔鬼般的复杂性。作者认为托氏在教育、反农奴制和宗教方面的思考和作为损害了文学创作的天赋。[3]

1971年，玛丽-泰瑞丝·博达尔(Marie-Thérèse Bodart)随笔集《托尔斯泰》出版。作者从《哥萨克》《战争与和平》《安娜·卡列尼娜》《复活》等作品出发，探讨了托氏的宗教思想，认为其受俄罗斯远古民族传统宗教的影响过深，只是表面上的"东方基督徒"，与基督教的精神无紧密联系，宗教冲动更多地受到了一种"典雅野蛮"的影响，

1 Nicolas Weisbein, « Le Problème religieux de Tolstoï », *Revue de l'histoire des religions*, Vol. 159, N°. 2, 1961, pp. 205-224.

2 Jacques Roos, « Romain Rolland et Tolstoï », *Revue de Littérature Comparée*, Vol. 36, N°. 1, jan. 1962, pp. 5-31.

3 Jacqueline Piatier, « La Biographie de Tolstoï racontée par Henri Troyat », *Le Monde*, le 16 janvier 1965.

更容易使自己成为圣像破坏者。作者认为其对女性的看法在放荡和纯洁之间游走，没有构思合适的界限，女性始终处于天使或妓女的两个极端，无疑受到了当时宗教、社会和文化背景的制约。

第六节 第四次评价小热潮（1978）

1978年，托氏诞辰150周年，索邦大学与大皇宫国家展览馆联合举办"托尔斯泰诞辰150周年暨'今日托尔斯泰'国际研讨会"，法国及苏德英美意等国不少重要的托氏研究家与会，围绕"不朽的托尔斯泰""托尔斯泰的人道主义""托尔斯泰的宗教思想""宏大主题""托尔斯泰的艺术""托尔斯泰与俄罗斯作家"以及"托尔斯泰作品的影响"等主题展开了学术交流。塞尔日·托尔斯泰在巴黎成立"列夫·托尔斯泰之友"协会（L'Association « Les Amis de Léon Tolstoï »），由米歇尔·奥库丘里耶担任秘书长，并决定自1978年起，每年举办"国际托尔斯泰研究日"活动，邀请法国及海外相关学者就托氏思想和作品展开研讨，成果定期发表在会刊《列夫·托尔斯泰研究手册》（*Cahiers Léon Tolstoï*）上，该刊由米歇尔·奥库丘里耶担任主编，是法国托氏研究机制化与国际化的平台与标志，截止到2022年共发行了27期，每期主题如下表所示[1]：

期 数	出版年份	主 题
第1期	1984	《安娜·卡列尼娜》研究
第2期	1985	作为哲学家与宗教思想家的托尔斯泰
第3期	1986	托尔斯泰的死亡观
第4期	1990	托尔斯泰的戏剧观
第5期	1991	《战争与和平》:"交响曲"诗学

1 郝运丰:《当代法国的托尔斯泰研究》,《俄罗斯文艺》,2020年第4期,第51—58页。

续 表

期 数	出版年份	主 题
第6期	1992	《克莱采奏鸣曲》研究
第7期	1993	托尔斯泰的苦行主义
第8期	1994	俄罗斯文学中的托尔斯泰继承者
第9期	1995	托尔斯泰在西方的影响
第10期	1996	《复活》研究
第11期	1997	俄罗斯文化中的高加索
第12期	1998	托尔斯泰的宗教叙事
第13期	1998	俄罗斯作家论托尔斯泰
第14期	2003	托尔斯泰的艺术观
第15期	2004	《战争与和平》:作为历史书写的小说
第16期	2006	电影与托尔斯泰作品的经典化
第17期	2007	托尔斯泰笔下的农民形象
第18期	2008	托尔斯泰的“反对者”
第19期	2008	作家托尔斯泰与文学批评
第20期	2009	托尔斯泰与音乐
第21期	2010	托尔斯泰与俄罗斯
第22期	2011	百年之后的托尔斯泰
第23期	2013	托尔斯泰笔下的权力与社会
第24期	2013	《战争与和平》中的俄法战争
第25期	2014	托尔斯泰作品中的自然描写
第26期	2015	托尔斯泰时代的文化生活
第27期	2019	托尔斯泰作品中的物件描写

《罗曼·罗兰手册》第二十四期刊登了罗曼·罗兰与托氏的往来书信，罗曼·罗兰认为，《战争与和平》的创作艺术在法国尚未获得精确的评价，这部巨著像翱翔长空的飞鹰，俯视着俄罗斯的人民，为他们

带来了永恒的精神力量，也为自己内心最深处注入了创作的源泉，提供了第一个无可比拟的新史诗的模型。虽然他也表示自己与托氏的道路和力量各异，但托氏是自己笔下人物尤其是克里斯朵夫为人处世的“推动力”，也提醒他时刻牢记艺术对于人类的义务和责任。

在20世纪下半叶至今的当代法国，对托氏研究与评介做出最大贡献的是米歇尔·奥库丘里耶。自任“列夫·托尔斯泰之友”协会首任秘书长及《列夫·托尔斯泰研究手册》首任主编以来，他定期举办“国际托尔斯泰研究日”活动，有力推动了法国托氏研究者与海外同行的交流，扩大了法国相关研究的视野与影响力。由于主编《手册》及多次主持《斯拉夫研究》杂志《托尔斯泰研究》专栏，他在很大程度上塑造了当代法国托氏研究的面貌和方向。他本人撰写了2部学术性颇高、文学史色彩浓厚的托氏传记，发表了40余篇相关学术论文，极大丰富了法国托氏研究的主题与方法，为同行带来了新的研究视角。他还常常参加法国电视台和国家图书馆组织的准学术活动，为托氏的多部传记和译著作序，为《世界报每周书评》撰写评论，为当代公众全面了解托氏发挥了重要作用。在四十多年的学术生涯当中，他主要从以下四个视角对托氏及其作品进行了分析和阐释。

第一，心理分析。他在《列夫·托尔斯泰的内心语言与心理分析》中指出，《战争与和平》、《安娜·卡列尼娜》和《复活》中人物内心独白表明托氏创作属于心理小说从古典到现代的过渡，是其表现艺术观念的物质材料，也为其感性世界带来了一定的清晰度和可触摸的质感。[1]

第二，历史哲学。《拿破仑面前的托尔斯泰》一文指出，托氏坚信“历史决定论”，上至皇帝下至庶人，皆为历史的奴隶，在历史事件中，“伟人”不过是历史用来标注事件的标签，虽可自主决定自身行为，但改变不了历史走势。以《战争与和平》中拿破仑形象刻画为例，托氏摆脱了梯也尔等史学家的束缚，根据内心直觉，通过笔下人物的“客观”观察以及奥斯特里茨和博罗季诺等战争场面的描绘，将拿破仑拉

1 Michel Aucouturier, « Langage interieur et analyse psychologique chez Léon Tolstoï», *Revue des études slaves*, XXXIV-1, 1957, p. 11.

下神坛，使其变成一个有血有肉的普通人物。[1]

第三，俄罗斯思想史。在托氏“七星文库”版《日记》引言中，作者指出，托尔斯泰主义有内外两层，外层是道德伦理和社会意义上的说教，内层则是《日记》所蕴含的内心向往，即追求宗教意义上的心灵完善，最终实现精神上的一种不朽存在。此外，对死亡的拒绝态度也与俄罗斯宗教思想中的末世学传统一脉相承，因此，这部《日记》不仅在19世纪俄罗斯民族性格的形成过程中举足轻重，还在20世纪初为西方文明注入了一股强大的力量。[2]

第四，马克思主义文学批评。在《1917革命前夕俄罗斯马克思主义批评与托尔斯泰及其主义》一文中，他将俄罗斯马克思主义批评家和政论家有关托氏的主要观点分为前后相连的四类。第一类以特拉佩兹尼科夫为主，以社会学的语言，阐释托氏文学行为与艺术，认为其作品中的“爱”与“宽恕”等主题本质上反映了原始的“平等”观念；第二类以波瑟为主，以德国社民党对无产阶级精神成长的重视和英国工人生活条件的进步为例，温和回击其反对暴力革命和社会主义的主张；第三类以巴扎罗夫为主，意图缩短托尔斯泰主义与社会主义之间的差距，一方面承认其社会理想及文明批判带有乌托邦和保守主义色彩，另一方面也认为其道德观念提倡节制，可以丰富社会主义的内涵；第四类以列宁为主，认为虽出身贵族，但其仍然是农民的代言人，其作品反映了革命的主要方面，其艺术也为读者带来了一种客观认识，在一定程度上避免了自身的阶级局限。[3]

从1982年到1999年，法国的托氏相关研究主要围绕女性人物分析、俄日文化关系、人生阶段与创作阶段的联系、生命的意义与爱恨纠

1 Michel Aucouturier, «Tolstoï devant Napoléon », *Europe*, avril-mai 1969, pp. 191–199.

2 Michel Aucouturier, « Pour une Centenaire *En quoi consiste ma foi ?* », *Cahiers Léon Tolstoï*, No. 2, 1985, p. 11.

3 Michel Aucouturier, « Tolstoï et le tolstoïsme devant la critique marxiste russe à la veille de la révolution de 1917 », *Revue des études slaves*, L–3, 1977, pp. 429–443.

葛等展开，部分研究借助了文化比较与心理学的观点。

1982年，玛丽·塞蒙（Marie Sémon）《托尔斯泰小说中女主人公的精神世界》通过《战争与和平》以及《安娜·卡列尼娜》中女性人物的分析，研究了托氏在日常生活与人际关系中对女性精神品质的发现，指出其人际关系受本身特殊宗教态度制约。

1990年，布里吉特·科亚马-理查德（Brigitte Koyama-Richard）出版《托尔斯泰与日本：明治时代的托尔斯泰》，认为19世纪末期俄罗斯文学进入日本，1886年首次出版《战争与和平》日译本。明治时代，托氏和莎士比亚是最为重要的两位西方文学大家。前者的理念与当时日本的主流价值（民族主义、现代主义等）相悖，但仍然吸引了一定的读者，介绍托氏的报纸和杂志书目增多，引起了赞扬和贬低的两极分化的批评。作者最后从俄日文献出发，对媒体和抗议群体在托氏传播中的作用进行了研究，角度新颖，吸引了学界的关注。

同年，卢多维奇·马斯（Ludovic Massé）演讲稿《追求真实的托尔斯泰》出版，此作透过其军旅、婚姻和教育生活，阐述了其在追求真实之路上的榜样性和勇于表达真相的重要性。

1996年，米歇尔·奥库丘里耶（Michel Aucouturier）《托尔斯泰》出版，作者以珍贵的照片与图画为佐证，以学者的敏感度和文学史家的学识将托氏的人生与作品置于俄罗斯百年历史背景之中，真实、客观、动态地勾勒出托氏的生活剖面，文学随笔与传记风格兼具。

1998年，卢巴·尤根森（Luba Jurgenson）《托尔斯泰：永恒之路》出版。某些评论家认为，1870年代末经历精神危机之后，折磨托氏的各种迷惑慢慢消失，托氏重获自己的宗教信仰。作者认为，在托氏的一生当中，并不存在这样的分水岭，他始终为生命的意义感到困惑。

1999年，安妮·阿纳吉罗斯-克林格（Annie Anargyros-Klinger）《托尔斯泰：撕裂》出版。作者从作品出发对托氏进行解读，认为《主人与仆人》表现了其追寻死亡与摆脱死亡的双重自我，《克莱采奏鸣曲》、《谢尔盖神父》和《魔鬼》揭示了作者强烈的厌女情结。作者对托氏忧郁与消沉情绪的根源进行了分析，认为母亲的去世在其幼小心灵中种下了哀伤的种子，造成了吸收和甄别系统对悲伤事件的异常反应，亲人的相继离去又逐步加剧了这一症状，其文学作品不过是一部连贯的长篇日记，记录了其四十年的存在与永不停歇的忏悔。

第七节 第五次评价小热潮（2010年前后）

2009年，多米尼克·费尔南德斯（Dominique Fernandez）随笔集《与托尔斯泰一起》针对法国读者对托氏存在的偏见或误解提出反驳意见。他指出：托氏未能践行自身理论主张，是现实条件不允许；某些作品篇幅过长，与俄罗斯国土辽阔的特征相吻合；同巴尔扎克与司汤达相比，托氏阅历更为丰富，更能准确切入人物外在与内心世界。

2010年托氏逝世100周年，法国国家图书馆、索邦大学与“列夫·托尔斯泰之友”协会联合举办“列夫·托尔斯泰的作品——19世纪欧洲的概貌”国际研讨会，来自法国、俄罗斯，以及美英德日意等国的二十多位专家与会，会议论文由《斯拉夫研究》杂志和《列夫·托尔斯泰研究手册》分别以专刊形式出版，主题包含了“列夫·托尔斯泰逝世百年”、“纪念与继承”、“现代解读”、“共鸣与阐释”、“百年之后”以及“托尔斯泰世纪的文化与文学背景”六部分。

同一年，三部传记作品出版。克里斯蒂娜·兰斯（Christiane Rancé）传记《托尔斯泰：巨人的脚步》通过对托氏作品独到和深入的解读，探究其精神危机以及对意义的追寻。作者认为，这位巨人穷尽一生的追求，始终是形而上的，是一种寻求超越自身的永恒的张力。[1] 弗拉基米尔·费多洛夫斯基（Vladimir Fédorovski）传记《托尔斯泰传奇》从档案与罕见的材料出发，描绘了托氏的少年时代、喀山求学、与茨冈及哥萨克女子的放荡岁月、战争经历、海外游历、爱情与婚姻生活、与同时代名家关系、名作创作经历与信仰危机，塑造了俄罗斯文学

1 Lila Azam Zanganeh, « *Tolstoï, le pas de l'ogre*, de Christiane Rancé: Tolstoï, le dépassement de soi jusqu'à la rage », *Le Monde*, le 18 novembre 2010.

巨匠被肉欲与精神追求不断撕扯的矛盾形象。米歇尔·奥库丘里耶文学史传记《列夫·托尔斯泰：俄罗斯的伟大心魂》(2010)凭借丰富的手稿、图片、早期评论和往来信件，将托氏的创作生涯划分为五个阶段，细腻点评了每个阶段作品的艺术特征和影响，被视为法国托氏专业研究者的必读之作。

2011年，弗雷德里克-盖尔·德里奥(Frédéric-Gaël Theuriau)《托尔斯泰在法国的接受历程与俄罗斯幻象》出版。作者简短回顾了法国19世纪文学批评界对托氏的接受，再现了托氏作品在法国文学教育中的悠久历程，强调了托氏在法国公众中的特殊印记。

乔恩·穆思(Jon J. Muth)改编自《主人与仆人》的《三个问题》法译本出版，作者在书中提出了三个问题：何为最佳的行动时刻？谁是最重要的人？何为最美好的该行之事？通过关于同情心和领悟智慧的成长故事，叩问人生的深层意义，为托氏思想蒙上了一层新意。

2013年，雷诺·加西亚(Renaud Garcia)《列夫·托尔斯泰：反对万能幻想》出版，作者从《战争与和平》、《安娜·卡列尼娜》、《我们应当做什么？》和《天国在你们心中》等作品出发，阐释了托氏的“不以暴力抗恶”的理念、政治经济学的思考，以及对农民行为与价值的观察，他将托氏誉为“去增长”(décroissance)经济理论的先驱。他指出，在诸如劳动的意义、生产的目的、需求的满足、公共财产尤其是土地的商品化、技术创新在社会中的地位、文化的定义、城市与乡村的关系，以及进步的概念等方面，托氏有自己一套可以自洽的见解。

雷蒙·莱格瓦(Raymond Legeais)专著《托尔斯泰与法律》出版，研究了法律在托氏的大学、家庭、经济生活、社会运动、文学创作等方面的地位和作用，认为《伊万·伊里奇之死》中人物特点的构建和《复活》中部分场景的营造都透视着法律的思想或影响。从法律这个新的角度，作者描绘了托氏的人格特点，并勾勒了俄罗斯当年的法律和社会状态。

2014年，维克多·勒布伦的回忆录《在托尔斯泰身边的十年》从自己与后者的往来信件出发，以自身亲历事件为基础，以托氏晚年友人与秘书的口吻，描绘了托氏与其虔诚追随者在1900年至1910年间的生活。

在这一阶段，学界既有对托氏言行和作品的评说，有逝世百年以来的文学遗产总结，有与托氏相关的文学创作，又有经济和法律理论视角下的新阐释，这都证明托氏在21世纪的法国仍然保持着强大吸引力。

从2020年到2022年，有三部作品吸引了我们的注意。

2020年，格奥尔格 · 卢卡契（György Lukàcs）《托尔斯泰》法译本出版。作者认为，1848年革命失败以后，欧洲陷入了单调的资本主义社会，扬扬自得，拒绝任何社会进步，而托氏所在的沙皇俄国则进入一个深度震荡的阶段，从而不可避免地迎来1905年和1917年的革命。以此为背景，卢卡契对托氏创作的世界文学珍品进行了独特的解读和思考。

香黛尔 · 霍伊维尔（Chantal Van Den Heuvel）以深受法国青少年喜爱的连环画的形式，出版了《列夫 · 托尔斯泰与索菲娅 · 托尔斯泰娅》，以生动的笔触描绘了这对传奇夫妇的生活画卷，给儿童读者留下了深刻的印象。

2022年1月，致力于心理分析研讨的巴黎俄狄浦斯沙龙协会（L'association Œdipe le salon）出版《巴黎的俄狄浦斯：托尔斯泰〈安娜 · 卡列尼娜〉中的忧郁与无知的激情》，此作从小说本身的曲折情节入手，探寻人类心灵深处有关情爱的激情，揭露小说秘藏的丰富的无知元素，通过生动的分析，逐层显示与无知有关的秘密、神秘和忧虑。安德烈 · 纪德在评价自己与玛德莱娜的爱恨纠缠时，用了"空洞芳香的爱情（amour embaumé）"一词，而托氏显然将这种爱情描写到了极致，让安娜 · 卡列尼娜从头至尾充当了一条代表欲望的主线。

这些著述充分说明，托尔斯泰的生活细节、域外名家的相关阐释、他与法国本土哲学家如拉康的吻合之处等，仍然受到了当下法国各界的欢迎。

从上文列举的几个阶段，我们可以发现法国对托尔斯泰的接受与研究具有以下特点：

第一，接受与研究和国内的社会需要紧密相连。从德·沃盖、乔治·波登到莫里斯·巴雷斯、让·饶勒斯，从罗曼·罗兰、让-理查德·布洛克到雷诺·加西亚，或为解决精神与文学危机，或为解决德雷福斯事件在知识分子中造成的撕裂，或为宣扬和平主义和社会主义运动，或为主张文学应坚持人道主义，或为反思一战中青年过分顺从的表现，或为环保而主张放弃一味追求经济增长，都视托氏为一剂“良药”。

第二，研究角度的多重性。从托氏的创作特点、与法国各文学流派与大家的异同点，到他在俄法及欧洲文坛的影响；从托氏宗教思想的来源与演变，到精神创伤与写作原则的关系；从精神力量在战争中的角色，到个人知觉材料与群体知觉材料的差异；从俄罗斯法律和社会状态，到对物质文明的思考，研究角度涉及了文学、历史、哲学、宗教学、心理学、军事学、自然科学、法学和经济学等。

第三，研究主体的丰富性。托氏研究者众多，其中有翻译家、外交家、文学家、历史学家、科学家、新闻学家、法学家、高中教师和专业学者等，研究成果也具有多样性，如评论文章、报刊文章、序言、演讲、访谈、专著、传记、随笔、小说、回忆录、连环画等。

第四，研究平台的稳定性与连贯性。从19世纪下半叶的《两大陆评论》杂志文学专栏、20世纪上半叶的《欧罗巴》杂志托尔斯泰专号与《斯拉夫研究》杂志，到20世纪下半叶的“列夫·托尔斯泰之友”协会与《列夫·托尔斯泰研究手册》，始终有学术性很强的杂志或专门的平台对托氏保有浓厚、持久的兴趣，保证了研究活动的连续与繁荣。

第五，对域外相关研究的浓厚兴趣。从19世纪末期开始，法国学者就开始关注俄罗斯、德国、奥地利、捷克斯洛伐克、保加利亚、英国、意大利、瑞士、日本以及美国等同行的代表性研究成果，不断地丰富自身的研究视野，大众对托尔斯泰的认识也更为全面、立体。

第五章 英国的托尔斯泰研究

英国的托尔斯泰研究肇始于19世纪五六十年代，至今已跨越了两个世纪。历经一百七十余年的英国托氏研究史，从一个侧面反映了英国文化与俄国文化之间的相互影响和相互交织。同时，从19世纪60年代、80年代英国学界对现实主义作家托氏的一致推崇，到19世纪末至20世纪初学界对托氏毁誉参半的评论态势，再到新世纪出现的英国“托学”的多元化、纵深化的新批评模式，百余年间托氏研究的遭遇也反映了英国文学思潮的变迁。

第一节 19世纪60年代至80年代：域外的现实主义大师

19世纪五六十年代之后，托氏开始被引介入英国，至80年代末，陆续有片段式评论出现，但尚未有系统性的研究。英国早期的托氏研究进展缓慢，多是短小精悍的片段性式评论，主要集中刊发于《星期六评论》(*Saturday Review*)、《雅典娜评论》(*Athenaeum*)、《观察家》(*Spectator*)、《当代评论》(*Contemporary Review*)、《威斯敏斯特评论》(*Westminster Review*)和《双周评论》(*Fortnightly Review*)等。这一时期最具代表性的人物，是文坛批评大家马修·阿诺德(Matthew Arnold,

1822—1888）和唯美主义的代表人物奥斯卡·王尔德（Oscar Wilde, 1854—1900），尤其是阿诺德的评论，为英国的托氏研究奠定了基础。

早期英国托氏研究进展缓慢主要受到三大因素制约：法语的流行、学习俄语的难度以及俄译英作品质量的低劣。法国理论家卡萨诺瓦认为，法语在经历长期的斗争和特殊资源的积累后，颠覆了其他欧洲国家与拉丁语之间的关系，几乎成了德国或俄罗斯贵族阶层的第二母语。在路易十四统治时期，法语传播到整个欧洲，成为让人进入所有城市的通行证。这种流行状况一直持续到19世纪中后期，法语的流行自然抑制了英语和俄语等语种的流行。俄语并非一门容易掌握的语言，在诺尔斯看来，托氏在俄国以外被接受的过程缓慢的原因之一是："很少有人能看懂俄语，这门语言很难掌握。"[1]俄译英作品的质量同样是一个严重的问题，英译作品质量要比法译或德译作品的低劣得多。阿诺德就曾这样抱怨过英译的法语作品："我读的是法语译本，因为我很久以前就曾说过，像这种工作，法国一般要比英国做得更好，而《安娜》这部小说，可能法译本比英译本要好……这些论著，但凡有法译本的，我用的也是法译本。"

托氏首次出现在英国的报刊上是1862年的《星期六评论》，报刊报道了托氏自传体小说《童年》的首部英译本在伦敦出版，译者是马尔维达·冯·梅森巴格（Malwida von Meysenbug）。译者在前言中谈到了《童年》的主旨是一个年轻的灵魂充满了高尚的理想和诚挚的愿望。[2]同年，《雅典娜评论》也谈到了托氏的《童年》："非常聪明、充满生活气息的童年和少年的故事。俄罗斯服装并没有掩盖人性的真相，很好地描绘了俄罗斯人的日常生活。"[3]

19世纪80年代出现了第一次托氏研究的浪潮。1886年，《雅典娜评论》刊登俄国批评家对托氏的长篇小说《战争与和平》的评论，认为当代俄国文学，至少是散文小说，迄今为止达到了最高境界，但惋惜托

1 A. V. Knowles, *Leo Tolstoy: The Critical Heritage* (London: Toutledge, 1978), pp.36–37.

2 Ibid. p.76.

3 Ibid. p.202.

氏放弃了艺术领域，投身于宗教和慈善事业。[1]这与下文我们即将讨论的阿诺德对托氏的评价形成了呼应。1887年，《星期六评论》、《观察家》、《当代评论》、《雅典娜评论》、《新英格兰人和耶鲁评论》和《双周评论》相继对托氏进行了一定程度的推介。《星期六评论》发表的匿名评论称，《战争与和平》无与伦比，是最伟大的著作，应被称为俄国史诗。它涉及的范围宽广，故事情节完整，真正做到了名副其实。但也指出《战争与和平》过度关注了宗教伦理方面，神秘主义者的风头压过了艺术家的风头。[2]《观察家》杂志发表的匿名评论指出，人们很难给《战争与和平》这样的作品命名，它并不只是一部小说，因为它主要讲述是真实的事件，另一方面，托氏的现实主义是独特的，善于将人性中可耻的一面暴露在阳光之下。[3]1888年，《威斯敏斯特评论》发表评论文章《历史与小说的神奇结合》，这是最早试图解释为何托氏在英美备受关注的篇章之一。文章既肯定了托氏的才华，又抱怨小说中出现的"问题"。《战争与和平》虽然没有像《安娜 · 卡列尼娜》那样经久不衰，但这部作品实现了小说与历史的巧妙结合，托氏的才华在此达到了顶峰。但文章认为，这部小说的篇幅过于冗长，让人想起理查德森的史诗，而不是那些短小精悍、简洁灵巧的故事。[4]

王尔德和阿诺德是这一时期托氏研究的代表性人物，由于在文坛享有很高的声誉，他们的评论引起了较大的关注。王尔德是唯美主义运动的领袖和代表人物，1887年，他在《蓓尔美尔报》(*Pall Mall Gazette*)上发表题为《一批小说》(A Batch of Novels)的文章，对当时三位伟大的俄国小说家屠格涅夫、托尔斯泰和陀思妥耶夫斯基进行了比较。他认为，屠格涅夫是最精致的艺术家，善于精选材料，选用细节，他的创作从生活中攫取色彩特别强烈的瞬间，把众多人物的情绪和感情提炼成寥寥数页可称完美的散文。而托氏的方法更为博大，视

1 A. V. Knowles, *Leo Tolstoy: The Critical Heritage* (London: Toutledge, 1978), p.202.

2 Knowles, *Leo Tolstoy: The Critical Heritage*, pp.202−206.

3 Ibid. pp.206−207.

4 Ibid. pp.215−216.

野更加宽阔，令人想到意大利威尼斯画派画家保罗·维罗纳斯（Paul Veronese, 1528—1588），能在他所创造的巨大画幅上画满群像而不显得拥挤。一开始我们或许不能从托氏的创作中获得像屠格涅夫那样的艺术和谐的印象，但人们一旦把握了细节，整个作品就呈现了史诗般的庄严和朴素。陀思妥耶夫斯基和屠格涅夫及托氏大相径庭，他不如屠格涅夫精致，也没有托氏宽阔的视野和史诗般的庄严，他的独特之处在于善于处理感情的强烈、人物心理上最深沉的奥秘和人生最隐蔽的动机。[1]可以看出，王尔德基本延续了自己的唯美主义批评风格，屠格涅夫的"色彩特别强烈的瞬间"以及"完美的散文"，托尔斯泰的"巨大画幅"以及"史诗般的庄严"，既是美的评论，又是美的表达。

在对托氏的研究和评论中，影响更大的是阿诺德。他与托氏的交集始于19世纪60年代初期。1861年，托氏前往伦敦，考察英国的教育制度，并拜访了阿诺德，随后成为后者"散文的忠实崇拜者"[2]。他们曾有交换宗教书籍的经历，1885年，托氏曾称，阿诺德"作品中有一半可以说是我的思想"。他曾托人将《我的信仰是什么》寄给阿诺德，其宗教思想在异国他乡遇到知音。1887年，阿诺德曾称托氏的宗教书籍"译得不错，在这里（英国）也引起了很大反响"[3]。梅恩沃宁在论及阿诺德的影响时认为，托氏对"阿诺德的作品尤其关注，部分原因是，英国思想对他的激励，正如法国思想对阿诺德的激励一样；部分原因是，阿诺德认为，批评的任务是去伪存真，这是毫无疑问的"[4]。阿诺德是19世纪英国文坛的批评巨擘，对英美学界产生了深远的影响，托氏对阿诺德的批评产生兴趣，是基于后者的批评论文成为针砭时弊的武器，并

1 陈燊编选《欧美作家论列夫·托尔斯泰》，第153页。

2 Douglas Bush, *Matthew Arnold: A Study of His Poetry and prose* (New York: The Macmillan Company, 1971), p.123.

3 Matthew Arnold, *The Letters of Matthew Arnold (1885 — 1888)*, ed. Cecil Y. Lang (Charlottesville: The University Press of Virginia, 2001), p.311.

4 Marion Mainwaring, "Arnold and Tolstoi," in *Nineteenth-Century Fiction* (Berkeley: University of California Press, 1952), pp.269 - 274.

在托氏那里产生了共鸣。

1887年，阿诺德在《双周评论》上刊登文章《列夫·托尔斯泰伯爵》(Count Leo Tolstoy)，对《安娜·卡列尼娜》进行了评述。主要涉及以下主题：

1. 俄国现实主义小说同法国现实主义小说的对比。阿诺德首先将俄国小说与以《包法利夫人》为代表的法国现实主义小说进行了比较，认为福楼拜的小说是另一种格调，另一种灵感，避免了理想和抒情的毛病，将严酷无情的真理作为经验的最终论断，并融进了作品。同法国小说相比，俄国小说具有斯拉夫气质，或者俄罗斯气质，其特点是极度敏感，对那些和自己保持接触的人的思想感情有着迅速而深刻的体会。俄国作家让各种知觉充分自由地发挥作用，并完全忠实地记录下它们的报告。《安娜·卡列尼娜》便是这样的作品，它没有一点内容是为了美化俄国或者满足某种虚荣心而写作的。事件和人物的发展井然有序，作者只是致力于观察它们如何自然而然地发展，并加以叙述。俄国小说家是拥有魔力的巨匠，他们完全用无私和质朴的态度来描写生活，用这种魔力去审视人性的秘密，然后将其表现出来。同法国的畅销小说相比，俄国小说，至少是托氏的小说，有两大优点：一是俄国小说没有那种矫揉造作、令人生厌的纤细情感；二是托氏虽然描述了大量激情和私通的场景，但他并不为淫荡女神服务，或遵其指令，再添上几笔。相较之下，《包法利夫人》是一部情感僵化的作品，全书笼罩着一种怨愤、嘲讽、无可奈何的气氛，没有一个人物让人感到欣慰，创造这种人物所需要的清新和感情的源泉并不存在。艾玛·包法利所走的道路，虽然与安娜的有些相似，但在包法利身上，看不到安娜具有的那种魅力。[1]在阿诺德看来，福楼拜缺乏恻隐之心、柔情和洞察力等珍宝，而这些珍宝只有在那种罪愆和磨难之中，才能散发出魅力的光芒。可以看出，正如阿诺德对维多利亚社会做出的诊断一样，作为一名高明的“医生”，他对《安娜·卡列尼娜》和《包法利夫人》的分析可谓入木三分、一针见血。他得出的结论

1 Matthew Arnold, *The Last Word*, ed. R. H. Super (Ann Arbor: University of Michigan Press, 1977), pp.282－304.

和开出的处方，即便对于当下的文学创作，仍有一定的参考价值。

2. 托氏小说的"断片性"。阿诺德并不主张将《安娜·卡列尼娜》视为一件艺术品，因为那样情节必须紧凑单一，一切都必须归结到这一个情节上来。他将其看作生活的断片。阿诺德之所以这样说，这是由于他从德国浪漫派借鉴的自身的反理论、反体系的意愿的表达。他在自己的文化批评名作《文化与无政府状态》(*Culture and Anarchy*)中，不止一次声称自己并非体系的建构者，不是建构一个整体，而是实现对整体的绝对把握。

3. 托氏的宗教思想。阿诺德认为托氏的神学思想的全部精髓和根据是：赐予生命的圣灵的律法，通过基督耶稣，使托氏摆脱了罪和死的律法。这种教义表现在《安娜·卡列尼娜》中。托氏提出了和平五条戒律：与一切人友好相处，不可奸淫，不可赌神起誓，对行恶者不可用强，抛弃民族界限。他声称只要遵守它们，所有的人将成为兄弟，社会现实将会改变，军队、战争、法庭、警察和财产将会废除。但是，阿诺德并不赞成托氏的宗教神学理论。他从一个较为开明的基督徒的立场出发，对托氏提出了"委婉"的批评，认为基督教义不能拘囿于任何一套戒律，它是一个源泉，溢出的任何部分和给予人的清凉享受，都不能成为基督教义的总体。开列一批箴规，并以此对基督教义进行终结性概括，会造成许多谬误。在阿诺德那里，耶稣的真正秘密是：谁爱自己的生命，就要失去生命，谁不惜失去生命，就会保全生命。但这并非按照字面意义来执行的诫命，它是一种思想，人们要做的，是让这种思想在头脑和灵魂中发挥作用。由此可见，阿诺德与托氏在宗教思想上不同：前者对宗教持有一种较为开明的立场，将其视为一种精神，一种力量的源泉，而非一套清规戒律；后者则相反，认为宗教是某种可以执行的戒律条文。托氏放弃了诗人和艺术家的工作，阿诺德认为，这种做法并不妥当。他并未因此否定托氏曾经做过的工作，认为他的宗教著作和文学作品，足以证明他是那个时代中最卓尔不群、最有趣味、最值得让人同情的人物之一。

在阿诺德之前，英国媒体虽已经开始关注这位俄国作家，但他们的评介并未产生实质性的影响。正是由于阿诺德的评论文章《列夫 · 托尔斯泰伯爵》的影响，人们开始对托氏感兴趣。[1]托氏本人读了这篇文章后，称阿诺德的评论“有理有据，公正合理”[2]。这对英国的托氏研究，甚至美国的托氏研究，起到了积极的作用。阿诺德也因此成为托氏思想进入英国的引领者。

在这一时期，英国的评论家们主要关注了托尔斯泰作为现实主义大师的地位，这也体现了19世纪欧美文学的主要思潮。而至下一个阶段，随着英美学界对托氏的理解日渐深入，对托氏的评价也开始逐渐呈现分化的态势。

第二节 19世纪末至1910年：逐渐分化的评论态势

自19世纪末至1910年托尔斯泰去世，英国的托氏评论在数量和质量上日益达到高峰。从研究内容上看，这一时期的评论的主要特色是：从单一对其现实主义特性的关注转为更为复杂的分化倾向。这一时期具有代表性的评论家主要有高斯（Edmund Gosse, 1849—1928）和莫德（Aylmer Maude, 1858—1938）。

1900年左右，英国报刊上对托氏的短篇评论达到了第一次高峰，对托氏的作品进行了较为集中的评论，然而相关评论还不够系统和深入。1890年，英国心理学家、随笔作家和评论家哈维洛克 · 艾利斯（Havelock Ellis, 1859—1939）在《新精神》一书中，论及了“托尔斯泰论人类幸福的条件（Tolstoy’s Conditions for Human Happiness）”。作者在书中试图追溯真理与探究的科学精神的发展、生活的普遍社会化和民主的传播，并以艺术尤其是以文学为表现对象，研究了狄德罗、海涅、惠特曼、易卜生和托尔斯泰的社会语境。艾利斯还讨论了托氏有

1 Marion Mainwaring, “Arnold and Tolstoi,” in *Nineteenth-Century Fiction*, pp.269-274.

2 Knowles, *Leo Tolstoy: The Critical Heritage*, p.352.

关幸福的五大条件：人与自然的联系、劳动、爱、男人女人之间无拘无束的交往、健康。[1]1900年，《学院杂志》（*Academy*）刊登的匿名文章评论了《复活》，认为其开头写得很好，但结尾乏善可陈。[2]同年，《学者杂志》（*Bookman*）刊登的匿名评论文章评论了托氏后期的宗教转向（*The Critical Heritage* 410—411）。《雅典娜评论》的匿名评论文章认为，在《复活》中，托氏展现了他早期的全部活力，措辞同样尖锐，力量同样独特。每个出场的人无不充满活力，个性鲜明，让我们想起莎士比亚戏剧中的次要角色，例如《约翰国王》（*King John*）中的詹姆斯·格尼（James Gurney）。对肥胖、脖子又爱出汗的女房东的描写颇具狄更斯的风格，就像狄更斯在《尼古拉斯·尼克比》（*Nicholas Nickleby*）提到的黑脸绅士[3]。《文学杂志》（*Literature*）对《复活》这样评论：它在技术上的缺失是显而易见的——没有明暗，没有有效的对比，没有平衡或保留。读者在途中跋涉，就像他为了真诚而要忍受一个乏味的朋友一样。但同时，该文也承认这部小说是一本革命性的论著[4]。

除了短篇评论，也有一些较长篇幅，较为深入的评论文章。如：1901年，作家和评论家查尔斯·惠布利（Charles Whibley, 1859—1930）在《布莱克伍德的爱丁堡杂志》（*Blackwood's Edinburgh Magazine*）上发表评论文章，认为托氏的生活和作品都具有双面性，他一方面是个艺术家，另一方面是个宗教狂热分子。虽然他所宣扬的教条不可能实现。人们在阅读《安娜·卡列尼娜》与《战争与和平》时，面对的似乎并不是小说，而是托氏的生活本身。[5]又如：英国批评家、传记作家和随笔作家爱德华·加内特[6]（Edward Garnett, 1868—1937）深入探讨了托氏

1 Knowles, *Leo Tolstoy: The Critical Heritage*, pp.382-384.

2 Ibid. pp. 409-410.

3 Ibid. p. 412.

4 Ibid. pp. 413-414.

5 Ibid. pp.363-364.

6 加内特为托尔斯泰在英国和美国的早期译介做出了很大的贡献。其妻康斯坦丝（Constance）将屠格涅夫、陀思妥耶夫斯基和托尔斯泰的作品译成英语，使更多的英语读者熟悉他们的作品。

作为一位伟大的作家对俄国、欧洲的主要作用。加内特认为，托氏是现代世界精神动荡的象征，他不仅是俄语世界的良知，以此来反抗俄国人民在迈向建立伟大的亚洲帝国的过程中所承受的沉重负担，而且还作为现代世界的灵魂，寻求人类的真爱，并以此取代那些被科学日益摧毁的古老的宗教。加内特认为托氏在19世纪文学中的地位和伏尔泰在18世纪的地位一样，是牢不可变的。托氏和伏尔泰，都以一种极其完整的方式，展现了分析生活的方法——17、18世纪的理性主义和19世纪的科学与人道主义，并为我们塑造了现代世界。所有的运动、所有的问题、所有的猜测以及当今世界的所有纷乱，同科学在短期内为我们三代或四代人所创造的巨大的物质文明相比，所有现代生活的精神都凝聚在托氏的作品中。这是因为，托氏将现代人的灵魂典型化了。[1]1903年，《里品考特杂志》(*Lippincott's Magazine*)刊登了乔治·莫尔(George Moore)的评论文章。该文认为，托氏自始至终都是一个唯物主义者，对达尔文和斯宾塞的作品颇感兴趣。托氏的现实主义是这个时代的精神，是自然科学研究的结果。他的现实主义是一种原始民族的现实主义，可以与15世纪画家的暗中现实主义比肩。莫尔还点明了托氏作品中的“民间”的元素。[2]同年，作家、批评家切斯特顿(G. K. Chesterton, 1874—1936)探讨了托氏的宗教思想。切斯特顿是一位基督教的宣传者，这也是他对托氏的宗教观点产生兴趣的原因。他认为在《克莱采奏鸣曲》和《复活》中，托氏分别以虚构的形式，表达了他对性道德和宗教的看法。[3]1907年，资深学术批评家和文学历史学家圣茨波利(George Saintsbury, 1845—1933)为《十九世纪后期》(*The Later Nineteenth Century*)杂志撰写评论文章《欧洲文学阶段论》(*Periods of European Literature*)。他指出：托氏的小说处于一种并不完整、尚未完成的状态，具有印象主义的风格。1910年，英国小说家、散文家、诗人和剧作家巴凌(Maurice

1 Knowles, *Leo Tolstoy: The Critical Heritage*, pp.397－401.

2 Ibid. p.225.

3 Ibid. pp. 418－419.

Baring, 1874—1945）在《俄国文学的里程碑》（*Landmarks in Russian Literature*）中讨论了托氏的《安娜·卡列尼娜》。他认为《安娜·卡列尼娜》中展现了面对生活的时代特点，展现了俄国、圣彼得堡和乡间上流社会的当代生活，这种目光抓住了每一个外在的细节，揭示了内心和思想的每一个角落。[1]

在这一时期，具有代表性的评论家非高斯和莫德莫属，前者为托氏的传播起到了催化的作用，后者则为英国学界带来了一个更加全面的托氏。

高斯比阿诺德稍晚，是一位英语翻译家和文学批评家，曾将欧洲大陆有影响力的作家介绍给英国读者，托氏就是其中的一位。在《托尔斯泰伯爵》一文中，他向英国读者推介了《童年·少年·青年》《波利库什卡》《卡蒂娅》《塞瓦斯托波尔故事》《三死》《战争与和平》《安娜·卡列尼娜》和《伊万·伊里奇之死》。该文于1890年首次发表，1896年被收入《批评画像集》（*Critical Kit-Kats*）。本文相当系统地介绍了托氏各个时期的作品，使英语读者系统性了解了托氏的创作历程。以下按照作品顺序概括整理高斯的评论的主要论点：

《童年·少年·青年》的真实性给高斯留下了深刻的印象，高斯认为本书体现了半神话、极度个人化、奇怪的儿童心灵的作家生涯的起点。高加索地区的浪漫情调最早唤醒了托氏的想象力。在这里托氏成为一名作家，对种族与本能的区别，尤其是对呈现在外表之下的内在意义产生了兴趣。《波利库什卡》虽并未获取多大成功，但在高斯看来，它应该受到密切的关注，因为其凸显了托氏独特的个人风格和写作技巧，这些技巧在后续作品得到更充分的体现和运用。如这部小说中体现的托氏对人物类型的描绘，小说中的人物类型数量惊人，并且每一种人物类型都有明确界定。托氏擅长对复杂的性格现象进行持续地分析，当波利库什卡驱车去取钱时，在他的大脑里，虚荣、贪婪、荣誉和愚蠢交织在一起，这种描写手法收到了精湛的效果，是托

1 Knowles, *Leo Tolstoy: The Critical Heritage*, pp.368–369.

氏特有的表达方式。他的这种表达习惯，即以一种有趣的自然场景去展开一个故事，并延续到了后来的《克莱采奏鸣曲》。《卡蒂娅》和《塞瓦斯托波尔故事》截然不同，前者是对俄国庄园上流社会平静生活的研究，后者反映了活跃的战争所引发的激荡和困惑。托氏想象力的特质在于，他要求把有意和无意结合起来。他在分析方面成就惊人，不再是严格的实验，而是推测。米哈伊洛夫在炸弹爆炸时受伤了，他的感受可能是经验的，而被炸死的普拉斯库奇的感受则可能是被创造出来的。很少有读者不承认这篇文章最后提到的那种惊人的力量，但在普通意义上，将其称为现实主义，就是剥夺了它作为一种奇特的、崇高的想象的一般价值。《三死》是托尔斯泰另一部重要的著作，托氏在书中不动声色地讲述着所有的细节，并进行认真细致的观察。该书的缺点是：三个选定的案例，不应出自同一个阶级、同一个性别。最后车夫受到良心的谴责，去砍十字架的画面，存在一定的含糊之处。

《战争与和平》和《安娜·卡列尼娜》是高斯极力推崇的小说。高斯重点论述了托氏在这两部作品中塑造的人物形象特点：一个是别祖霍夫，另一个是列文。他们都充满活力，寄托了作者本人的激情。托氏的人物为宏大的叙事提供了某种稳定性和连续性。同时，高斯认为托氏人物的不完美性也是其重要特征之一，他认为没有任何小说家像托氏那样，喜欢塑造并不完美的人物，如《战争与和平》中的安德烈，或者《安娜·卡列尼娜》中的谢尔巴茨基；托氏耐心地描绘其进步和令人生厌之处，以及他们的矛盾性和过渡性，直到他们完成整个蜕变过程。《伊万·伊里奇之死》是托氏将目光聚焦于宗教、教育和社会学创作后，重新发挥自己才能的产物。高斯认为，托氏的这种行为在某种程度上回应了屠格涅夫临终前的要求，后者曾称，很高兴能够成为托氏同时代的人，并恳求他重新回到文学创作中。屠格涅夫提出的要求，与阿诺德对托氏的评价不谋而合，都不希望他放弃文学创作方面的工作。在高斯看来，如果想要直接了解托氏的作品，没有比《伊万·伊里奇之死》更好的书籍了。对托氏的自然主义而言，这是一个无与伦比的案例，它富有想象地诠释了灵魂中最隐秘的情感。这是人类的可悲之处，这一切的结果，再到它的逻辑结构，都令人心碎。但这不是病态的，因为作者观察得当；也不是愤世嫉俗的，因为它与怜悯、与爱交织在一起。高斯还指出了托氏的自然主义与左拉和豪威尔斯的自然主义的区别。左拉和豪威尔斯的习惯是，竭尽全力将一切可以观察到的细节全部记录下来，给人留下一种印象，而托氏没有这种习惯。如果将左拉和豪威尔斯称为现实主义者，那么托氏则应被称为印象派画家，虽然并非艺术家所采用的那种意义上的印象派。如果说左拉和豪威尔斯在画布最远的角落上都画满了细节，托氏则把注意力集中到一个人或一群人身上，并能精确地表现单一物体的效果，这的确令人感到惊奇。当然，如果采用了左拉的方法，像《战争与和平》这样的大部头作品根本无法完成。但是如果审视托氏的短篇小说，就会发现，即便他不需要占用多少空间，他同样会采用印象派的手法。对他而言，虽然观察是生动的，但想象力更具活力，他不能被束缚住，去描写一些东西，而不是去选择创造更多的东西。

同时，高斯也辩证地看待托氏本人及其作品，指出了托氏作品的缺点。他认为，托氏的风格有时显得非常随便，有些情节显得过于冗长，甚至令人困惑，有的故事总是出现空白和疏漏，忽略一系列的事件。安娜思想的发展，从第一次见到渥伦斯基，到初步迷恋上他，就是一种间断。此外，令高斯扼腕的是，托氏放弃文学创作，转向宗教研究。如果他的这种转变早点发生，或者晚点发生，都会更加令人愉快，对他而言，也更加公平。如果人们能看得懂他写作的语言，就能理解他文学天才的本质，不至于被他的道德转变吓到。如果他晚点被介绍到欧洲，那么他和他的作品本该被作为一个整体来看待。所有这些，只是一个高贵的天才的局限性。

高斯在英国文坛的地位极其特殊，作为《父与子》的作者，在他周围，聚集了一批最有名望的英国人。由于高斯与英美文坛的密切联系，他的评论文章对托氏的研究定然起到强劲的推动作用。如果说，阿诺德将一个俄国作家(托尔斯泰)的一部作品(《安娜·卡列尼娜》)推荐给英国读者,那么高斯则为他们带来了托氏更多的作品,给他们提供了更加全面、更加深入地了解托氏的机会。从这一层意义说,高斯不仅是英国托氏研究的推动者,还是托氏思想的普及者。

除了高斯,这一时期另一位托氏的重要推介者是艾尔默·莫德(Aylmer Maude)。莫德是作家和翻译家,是真正让英国人接触到托氏的人。1874年,16岁的莫德前往俄国,在莫斯科高等中学就读。他前后在俄国居住了23年,精通俄语,其夫人路易斯·香克斯(Louise Shanks),同样精通英俄两种语言,在婚后成为莫德翻译托氏作品最好的合作者和助手。从托氏的日记、书信和年谱等文献资料来看,莫德是从1897年开始与托氏交往的,并与后者在不少问题上观点比较接近。莫德及其夫人用英文译出了几乎全部托氏著作,他是研究托氏的艺术和思想的著名学者。托氏的不少著作,是莫德夫妇合译的,包括《战争与和平》、《安娜·卡列尼娜》、《二十三个故事》、《童年·少年·青年》、《哥萨克人和高加索的小说》、《克莱采奏鸣曲》、《九篇小说》、《伊万·伊里奇之死》、《哈吉·穆拉特》、戏剧全集以及《托尔斯泰一八五三年至一八五七年的私人日记》等。更多的论著,是莫德亲自翻译的,主要有《艺术论》、《忏悔录》、《我的信仰是什么》、《那么我们应当怎么办?》、《论生活和关于宗教的论文》、《论文与书信集》、《回忆录》和《关于上帝的国度及和平论文集》等。莫德夫人单独翻译的作品是《复活》。莫德的《托尔斯泰传》成为当时英国人了解托氏的重要途径,该传记于1908年至1910年出版,1930年首次由《世界文学经典丛书》出版,改写并修订,1953年以两卷本再版。第一卷主要包括祖先与家世、童年和早期成年时代、高加索状况、克里米亚战争、彼得堡乡间的恋爱、国外旅行、回到亚斯纳亚的情况、屠格涅夫、和平调解人、杂志、学校、结婚、危机的临近、《忏悔录》以及1852年至1878年间的作品总评。其中,在"1852年至1878年间的作品总评"中,作者将托氏作品分为六组:第一组是17篇故事和特写,从《童年》开始,到《家庭幸福》为止;第二组是托氏发表在《亚斯纳亚·波利亚纳》杂志上的教育论文；第三组是《哥萨克》和《波利库什卡》，其中，前者是托氏写得最好的一篇故事；第四组是《战争与和平》；第五组是《初级课本》《读本》和另一篇教育论文；第六组是《安娜·卡列尼娜》。除了教育著作外，托氏的作品目录可以缩减为19篇小说和特写，以及随后产生的两部伟大的长篇小说。第二卷主要包括转变时期、神学与福音书、致沙皇书、财富与贫穷、自我克制、新生活、那么我们该做什么、紧张的一年、学说的影响、不抵抗主义、两性问题、饥馑、爱国主义、杜霍鲍尔派教徒、革除教籍、临近终点、冲突、离家出走和逝世等内容。

在莫德看来，托氏的《战争与和平》以无与伦比的现实主义方式，向我们展现了一幅完整的人类生活画卷，一幅完整的俄国各民族斗争的历史画卷，描绘了人们寄托于其中的幸福与伟大、悲伤与耻辱。其中，托氏涉及了生命与死亡、历史的意义、民族的力量、死亡的神秘，爱情和家庭生活的现实等主题。莫德继而提出了这样的问题：人们应该如何评价这部伟大的小说呢？莫德认为，这本书的意义最好用托氏自己的话来概括："没有简单、善良和真实，就没有伟大。"在论及托氏作品中呈现的状态时，莫德指出，托氏并非用传统的俄国人的观点，来审视作品中的民族，而是一种自然而然的呈现。[1]

可以看出，自19世纪末期至20世纪初期，英国文坛对托氏的评论，虽然大部分持肯定的态度，莫德和高斯的评论无不如此，但已有逐渐分化的趋势。比如，赫福德在论述托氏的教义时，认为其每一点几乎都是有益的。切斯特顿认为，托氏在诗歌方面有所欠缺。惠布利则认为，像托氏那样的双重性格（一方面是艺术家，一方面是狂热分子）令人觉得非常奇怪。《文学杂志》认为《复活》在技术上是有缺失的，没有明暗的对比，没有有效的对比，也没有平衡或保留。《学院杂志》则认为，《复活》虽然开头写得不错，却是一本枯燥乏味的册子。由是观之，针对托氏及其作品的评价，已经开始分化。

1 Knowles, *Leo Tolstoy: The Critical Heritage*, pp.228–232.

第三节 1911年至2020年：在对立中趋向多样

进入现代主义文学时期之后，英国评论界对托氏的评价从对立逐步走向多样化。一方面，上个世纪的许多评论家仍旧在发挥重要作用，对托尔斯泰的研究与评论仍旧承袭了上一阶段，但也有了新的发展，如莫德、萧伯纳等；另一方面，随着现代主义、后现代主义等流派开始登上历史舞台，托氏评论也进入了更加多姿多彩、标准多样化的时代。对这一时期的评论、批评，我们将分为两大阶段进行探讨：一是现代主义时期及其余波下的托氏批评，即1910年代至1980年代；二是后现代主义时期的比较文学语境下的托氏批评，即1980年代至今。

进入1910年代之后，英国各评论家结合自身审美偏好和学术倾向，对托氏的批评从较为单一的现实主义评价转向对立的倾向。

一方面，托氏作品中所展现的非同凡响的现实性及其小说的技巧性仍旧赢得广泛赞誉。例如英国著名小说家毛姆在他的专著《十部小说及其作者》中盛赞了托氏小说结尾的艺术，"老一辈的小说家都有一种习惯，就是告诉读者，他要讲的故事讲完以后，书中的主要人物结局如何。……这些都是用一两页草草交代完事，给读者一个印象，仿佛这是作者轻蔑地扔给他的一口剩食。论到托尔斯泰时，他却要把他的尾声写成一篇真正重要的东西"[1]。又如，1960年，爱尔兰著名作家奥凯西（S. O'Casey, 1880—1964）也盛赞了托氏的广阔视野、罕见的深邃才智和勇气，赞扬他的思维兼具智力和诗情，并认为托氏在小说中所阐述的社会问题至今仍然具有现实意义，如战争与和平的问题、人民大众的贫困化问题等。[2]又如，1960年11月14日至15日在苏联科学院文学与语言学部和高尔基世界文学研究所为纪念托氏逝世50周年而举行的学术研讨会上，英国批评家阿·凯特尔（A. Kettle）认可托氏的现实主义

1 陈燊编选《欧美作家论列夫·托尔斯泰》，第265页。

2 同上，第269页。

艺术风格及其在欧洲文学发展中的意义。他将托氏称为“小说家中的莎士比亚”，他的艺术“广阔、健康、稳健”，“全世界文学中没有一部小说在史诗的规模上堪与《战争与和平》媲美。这个时代没有一部小说像《安娜》那样，无情的分析同深厚的怜悯心是这样融合无间，既激动人心，又十分高尚”。[1]

但另一方面，许多作家也指出了托氏艺术的某些弱点，例如作品的说教性。很典型的代表有著名剧作家萧伯纳。萧伯纳很欣赏托氏的作品，他在评论文章中多次谈到托氏，并肯定托氏的艺术造诣，例如，他在1920年《托尔斯泰究竟是悲剧作家还是喜剧作家？》中便颇为欣赏托氏的悲喜剧风格：“在悲剧中滑稽与恐怖并列，在喜剧中严肃与轻佻并列”[2]；甚至将自己的剧作《伤心之家》比拟为“俄国风格英格兰主题的幻想曲”，并表现了与托氏的《教育的果实》类似的主旨。然而，萧伯纳对托氏作品的说教性持怀疑态度。在1898年9月10日的《每日记事报》上萧伯纳发表了为《什么是艺术？》英译本所写的书评。在文中，萧伯纳探讨了托氏的艺术作品和艺术理念，他认为托氏的艺术作品是一种“劝世作品”，是“一枚经过伪装的爆破性地雷”，他虽认可托氏将艺术定义为传递情感的人类活动这一观念，但一定程度上认为这种艺术观念和艺术趣味偏保守。他虽肯定托氏批判颓废派和承认艺术的社会功能的巨大意义，但不能理解托氏要求艺术必须为人民理解的主张。[3]萧伯纳的这一思想在1911年他为莫德的《托尔斯泰传》撰写序言中得到进一步阐发。在这篇序言中，萧伯纳继续讨论了托氏的思想上难以解释的弱点和矛盾。同样身为现实主义作家的高尔斯华绥（J. Galsworthy, 1867—1933）在1928年为《安娜·卡列尼娜》所作的序中也突出反思了托氏作品的说教性。首先，他认为托氏作品不同于屠格涅夫、莎士比亚、莫泊桑，托氏的艺术创作“是完全

1 陈燊编选《欧美作家论列夫·托尔斯泰》，第271—272页。

2 同上，第177页。

3 同上，第157—161页。

全新的东西。那是无可比拟的，是崭新的"[1]；然而从《安娜·卡列尼娜》开始，他的"世界观不知不觉起了变化，结果是说教者压倒了艺术家"[2]，这种说教性质降低了他作品的艺术性。

进入20世纪80年代之后，英国托氏研究逐渐走向多元化。其中一个很重要的倾向是，在比较文学语境下，开始注重比较文学的跨文化研究、跨学科研究。我们可称之为"比较文学语境"下的托氏批评。

首先是跨文化研究，主要研究了托氏与其他文学场域之间的联系，如托氏同法国文学及其他欧洲文学经典之间的关系、同莎士比亚之间的对比研究等。例如，保罗·弗里德里希从生平背景、作品的主旨和主要内容、语言风格等方面，探究荷马对托氏的深刻影响；着重突出了荷马诗学中的叠加形容词程式、交错配列等语言修辞手法对托氏早期作品的影响。[3]傅尔茨奇的《托尔斯泰与希腊：基于〈安娜·卡列尼娜〉的思考》也探讨了希腊文学对托氏的影响。[4]盖瑞·琼斯从比较文学接受史的角度探讨了托氏《黑暗的势力》等剧作在巴黎、柏林和伦敦的演出和接受情况，并以此作为切入点，探讨了托氏戏剧作品对欧洲戏剧发展的作用。[5]克鲁斯的《追踪〈安娜·卡列尼娜〉中的英文小说：谁写了安娜读的英文小说？》从小说史的角度探究了托氏与英美小说的相互影响。[6]

其次，跨学科的托氏研究也成为重点。一方面，这是由当代文学

1 陈燊编选《欧美作家论列夫·托尔斯泰》，第187页。

2 同上，第184页。

3 Paul Friedrich, "Tolstoy, Homer, and Genotypical Influence," *Comparative Literature* 56, no. 4 (2004): 283－99.

4 Mary Foertsch, "Tolstoy and Greek: A Speculation about *Anna Karenina*," *The Cambridge Quarterly* 23, Issue 1 (1994): 20－31.

5 W. Jones, "Tolstoy staged in Paris, Berlin, and London," in *The Cambridge Companion to Tolstoy*, ed. Donna Tussing Orwin (Cambridge: Cambridge University Press, 2002), pp.142－158.

6 Edwina Cruise, "Tracking the English Novel in *Anna Karenina*: Who Wrote the English Novel That Anna Reads?," in *Anniversary Essays on Tolstoy*, ed. Donna Tussing Orwin (Cambridge: Cambridge University Press, 2010), pp.159－182.

研究的跨学科研究总倾向所决定的；另一方面，也是由于托氏的作品独特的广泛覆盖面，诸多跨学科研究角度都能在其中找到着力点。跨学科的托氏研究在文学学科之外，还从政治、哲学、神学、伦理学、艺术学等学科的理念出发，重新阐释和建构托氏的文学世界。

政治学、社会学和伦理学问题也是托氏研究的一个传统热点。2019年英国牛津大学的伊丽莎白·弗雷泽和伦敦大学的金伯利·哈钦斯从无政府主义思想与暴力的关系为切入点，比较了托氏与俄国无政府主义代表人物巴枯宁、克鲁泡特金的无政府主义思想的异同，认为托氏同巴枯宁、克鲁泡特金一样，都对与政治权力有关的暴力表达了矛盾的态度。克鲁泡特金和巴枯宁寻求一种合作的集体政治，但被个人暴力行为所否定。而托氏则在承认政治权力的有组织暴力时，从政治转向道德，从组织转向个人救赎。托氏的非暴力与克鲁泡特金的互助相反。然而，托氏的非暴力观点也存在矛盾，即这种个人救赎只有在以暴力为基础时才有效果。[1]2008年，英国拉夫堡大学的克里斯托扬诺普洛斯也探讨了托氏的无政府主义。他认为托氏的无政府主义的核心是对国家的批评。托氏不仅谴责战争，还谴责法律和经济的暴力和奴役，以及无情的国家机器。[2]同时，托氏对战争、暴力、自由意志的思考也成为研究者们的关注点。这方面研究包括：2010年欧文的《列夫·托尔斯泰：和平主义者、爱国者和莫洛坚斯基理论支持者》[3]、2009年埃莫森的《托尔斯泰论和平与战争》[4]、1995年巴姆哈特的《托尔斯泰的自由意

1 Elizabeth Frazer, Kimberly Hutchings, “Anarchist ambivalence: Politics and violence in the thought of Bakunin, Tolstoy and Kropotkin,” *European Journal of Political Theory* 18, Issue 2: 259−280.

2 Alexandre Christoyannopoulos, “Leo Tolstoy on the State: A Detailed Picture of Tolstoy’s Denunciation of State Violence and Deception,” *Anarchist Studies*, 2008: 20−47.

3 Donna Tussing Orwin, “Leo Tolstoy: Pacifist, Patriot, and Molodets,” *Anniversary Essays on Tolstoy*, ed. Donna Tussing Orwin (Cambridge: Cambridge University Press, 2010), pp.76−95.

4 Caryl Emerson, “Leo Tolstoy on Peace and War,” *PMLA* 124, no. 5 (2009): 1855−1858.

志》[1]等。值得注意的是，对托氏政治思想的思考往往也深刻地联系着他的伦理学、哲学、宗教学等相关的思想，这也体现了当代跨学科研究的普遍倾向。

另一个传统的研究热点是托氏的宗教问题。当代对托氏宗教问题的探讨有两大特色。一是突出对托氏具体宗教理念的探讨，如2006年利兹大学的赫德史密斯探讨了托氏的基督教概念——不朽。她认为托氏不接受将来世的永恒幸福或痛苦作为对今生行为的奖励或惩罚的前提。托氏要求今生从时间的暴政和死亡的恐怖中解脱出来：当下的永恒。[2]二是从比较宗教学角度出发，探究托氏的宗教理念与同时代其他学者宗教理念之间的异同以及相互影响。如皮托可的《欧文、泰亚德和托尔斯泰的和平主义》探讨了欧文、泰亚德和托氏的和平主义来源——基督教哲学。[3]特纳的《兄弟之爱的宗教：列夫·托尔斯泰和马克斯·韦伯》通过马克斯·韦伯的宗教社会学的视角来看待《战争与和平》，并探讨托氏的和平主义与宗教社会学的关系，提出了"世界宗教"的概念。[4]莫林的《托尔斯泰、普世主义和世界宗教》探究托氏的宗教立场与19世纪宗教运动的关系，揭露了托氏与英国一神论者的联系，及其对英国第一个跨宗教组织"世界信仰大会"的影响。[5]此外，麦克林的《托尔斯泰与耶稣》[6]、库克波波的《创作耶稣——托尔斯泰对四

1 Joe Barnhart, "Tolstoy on Free Will," *The Personalist Forum* 11, no. 1 (1995): 33–54.

2 Sarah Hudspith, "Life in the Present: Time and Immortality in the Works of Tolstoy," *The Modern Language Review* 101, no. 4, (2006): 1065–1067.

3 Malcolm Pittock, "Wilfred Owen, Tailhade, Tolstoy, And Pacifism," *The Review of English Studies* 49, Issue 194 (May 1998): 154–166.

4 Bryan S. Turner, "The Religion of Brotherly Love: Leo Tolstoy and Max Weber," in War and Peace: *Essays on Religion and Violence*, ed. Bryan S. Turner (New York: Anthem Press, 2013), pp.185–204.

5 Daniel Moulin, "Tolstoy, Universalism and the World Religions," *The Journal of Ecclesiastical History* 68, no. 3 (2017): 570–587.

6 Hugh McLean, "Tolstoy and Jesus," in *In Quest of Tolstoy* (Academic Studies Press, 2008), pp.117–142.

部福音书的调和与翻译中的小说性回声》[1]和基维斯的《俄国文学中的基督形象：陀思妥耶夫斯基、托尔斯泰、布尔加科夫、帕斯捷尔纳克》[2]等研究也从宗教学和文学的交叉角度探究了托氏的文学世界。

托氏独特的艺术观点也使得艺术学成为托氏跨学科研究的一个可能途径。欧文的《列夫·托尔斯泰（1828—1910)：艺术与真相》一文承接了俄罗斯形式主义批评家维克多·什克洛夫斯基（Viktor Shklovsky）对托氏艺术观的讨论，将托氏对小说形式的抵制归结为逆向思维。她认为这是因为托氏独特的艺术观——“求真”，他喜欢揭露虚假的伪装，破坏传统；艺术的主要目的之一是撼动自动感知。[3]同样讨论托氏艺术观的还有艾梅瑞的《艺术是接种：列夫·托尔斯泰的感染性想象力》、贾恩的《列夫·托尔斯泰的艺术理论：什么是艺术？》[4]等。同时也有研究者探究了托氏的艺术观与其他艺术门类之间的联系，如埃莫森的《托尔斯泰与音乐》指出，托尔斯泰对音乐的力量非常着迷，就像他对性、美和战争的力量一样。托氏所说的“力量”不是指暴力或破坏，而是指突然和不可抗拒地将我们所有分散的行动和感觉组织成一个连贯的有意义的整体。[5]

除了政治学、伦理学、宗教学、艺术学之外，也有学者从教育学的角度切入托氏研究。益格里斯的《优质的灵魂：罗斯金，托尔斯泰和教育》探究了托氏的教育思想及课堂实践，将他对教育问题的处理方

1 Ani Kokobobo, “Authoring Jesus: Novelistic Echoes in Tolstoy’s Harmonization and Translation of the Four Gospels,” *Tolstoy Studies Journal* 20 (2008): 1–13.

2 John Givens, *The Image of Christ in Russian Literature: Dostoevsky, Tolstoy, Bulgakov, Pasternak* (Dekalb: Northern Illinois University Press, 2018).

3 Donna Tussing Orwin, “Leo Tolstoy (1828–1910): Art and Truth,” in *The Cambridge Companion to European Novelists*, ed. Michael Bell (Cambridge: Cambridge University Press, 2012), pp.277–293.

4 Gary R. Jahn, “The Aesthetic Theory of Leo Tolstoy’s *What Is Art?*” *The Journal of Aesthetics and Art Criticism* 34, no. 1 (1975): 59–65.

5 Caryl Emerson, “Tolstoy and Music,” in *Anniversary Essays on Tolstoy*, ed. Donna Tussing Orwin (Cambridge: Cambridge University Press, 2010), pp.8–32.

法与罗斯金的方法进行比较；分析了托氏钦佩罗斯金的原因，展示了两位不同国家的独立思想家对教育正统的挑战：拒绝普遍宣称的目的和广泛接受的方法，无视传统的课堂实践，而在他们计划或教授的学校中接受创新和实验性的教学方法。他们认为，教育是关于个人的，是关于内在生活的。他们寻求的不是让“木匠成为艺术家”或是“地主”，而是让他作为木匠或农民更快乐：培养“灵魂”，换句话说，“有好的品质”[1]。

除了从跨文化和跨学科两大角度切入，新世纪的英国托氏研究在传统的纯文学角度也呈现了向纵深发展的倾向，研究者们开辟了之前托氏研究未曾涉猎的新领域，如流行文学、戏剧创作、女性主义、动物形象等。贾恩的《作为大众文学作家的托尔斯泰》探究了托氏对俄国大众文学的贡献。他认为，在托氏的时代，“大众文学”包含了民间文学的叙事形式：史诗、童话故事、宗教传说等。这类大众文学由老百姓自己制作，口头流传，通常由准专业表演者表演，通过民俗学家和其他口头表演者的抄写而形成书面或印刷形式。在19世纪的俄罗斯文学中，著名的例子有普希金的《渔夫和鱼的故事》等；托氏的《人民的故事》，可归入大众文学，但并非完全属于这一类别。[2]贾斯汀的《黑暗的势力：暴力和戏剧之于托尔斯泰的晚年》探讨了托氏最成功的戏剧之一《黑暗的势力》的暴力美学背景。作者认为，与托氏的小说不同，他的戏剧没有彻底的心理分析和反省，有时无法用理性来解释一个角色罪恶的暴力行为。这部作品体现了托氏后期艺术目标的转变。[3]克瑞

1 Stuart Eagles, "'Souls of Good Quality': Ruskin, Tolstoy and Education," in *John Ruskin and Nineteenth-Century Education*, ed. Valerie Purton (New York: Anthem Press, 2018), pp.31–48.

2 Gary R. Jahn, "Tolstoy as a Writer of Popular Literature," in *The Cambridge Companion to Tolstoy*, ed. Donna Tussing Orwin (Cambridge: Cambridge University Press, 2002), pp.111–126.

3 Weir Justin, "Violence and the Role of Drama in the Late Tolstoy: The Realm of Darkness," in *Anniversary Essays on Tolstoy*, ed. Donna Tussing Orwin (Cambridge: Cambridge University Press, 2010), pp.183–198.

斯的《托尔斯泰作品中的女性、性爱和家庭》从女性主义角度抨击了托氏偏激的女性观。在托氏的作品中有两种女性形象：一是为爱情产生强烈而动荡的情感的女性形象，不论是作为个体还是作为一个按时间顺序排列的集合体来研究，这些女主人公随着时间的推移不断排练和完善对"真爱"这一难以捉摸的概念的追求，几乎无一例外地假定了越轨行为。二是托氏理想中的贤惠母亲形象，展现了托氏对妇女解放的蔑视，如安娜，尽管她可能拥有任何令人同情的特征，但因为她颠覆了她在生物学上决定的母亲角色，破坏了家庭的神圣性，托氏认为她的悲剧是注定的。[1]米勒的《托尔斯泰的和平王国》探讨了托氏关于动物的意识形态观点。生物圈中的其他动物对托氏的视野也是至关重要的，人只不过是存在的巨大链条中的一个环节。动物王国渗透到托氏的书面世界中，动物帮助塑造了他对艺术、死亡、幸福、生命、历史、因果关系、秩序和混乱、友谊、男女关系、道德和哲学的看法。[2]

总的来说，当代英国的托氏研究在研究方法、研究角度、研究内容上呈现了多元化的倾向。作为后现代主义时期比较文学语境下的托氏批评，在传统文学批评范畴之外，还加入了伦理学、哲学、宗教学等学科的理论探讨，体现了当代跨学科研究的普遍影响。

---

1 Edwina Cruise, "Women, Sexuality, and the Family in Tolstoy," in *The Cambridge Companion to Tolstoy*, ed. Donna Tussing Orwin (Cambridge: Cambridge University Press, 2002), pp.191–205.

2 Robin Feuer Miller, "Tolstoy's Peaceable Kingdom," in *Anniversary Essays on Tolstoy*, ed. Donna Tussing Orwin (Cambridge: Cambridge University Press, 2010), pp.52–75.

第六章

美国的托尔斯泰研究

俄国大文豪列夫·托尔斯泰一生涉猎广泛。他不仅是一位伟大文学家，同时在哲学、神学、社会学和政治学等领域也都做出了非凡贡献。美国人对托氏的兴趣是全方位的。尚在作者生前，他的著作和思想就已传至美国。随着时间推移，他获得了普通读者的广泛热爱和专业学者的持久关注。从世界范围看，北美是托氏研究的主阵地之一。随着20世纪初托学的兴起，美国的托氏研究形成了独有的批评特色和学术传统，始终在英语国家里保持领先地位，并一度在世界范围内引领托氏的研究潮流。本文将勾勒19世纪末至21世纪前二十年美国托氏批评和研究的基本面貌，并对这一百多年学术发展的演进脉络和贡献进行梳理和评价。

第一节　1880年至1885年：从艺术到义理

一、最初的接触

比起欧洲，美国评论界对托氏的关注姗姗来迟。1878年，《哥萨克》的英译本由斯克布里纳出版社出版，这是托氏第一本美版小说。又过去七年，美国出版物上才首次出现有关他的文学评论。那是1885年1月政论杂志《国家》刊载的一篇介绍《战争与和平》艺术特色的未署名文章。作者惊叹于小说生动的人物刻画和对历史的全景呈现方式，把它与巴尔扎克的《人间喜剧》相提并论。尽管该文对托氏给予了极高评价，但作者实际上对这位俄罗斯文豪知之甚少。全篇充满溢美之词，读来更像是推介广告，而非严肃的文学评论。

1886年，《战争与和平》与《安娜·卡列尼娜》的英译本相继在美出版。评论家佩恩（W. M. Payne）就两部小说分别写了评论，发表在人文类杂志《日晷》上。文中观点有褒有贬。在第一篇对《战争与和平》的评论中，他认为两大主题交替发展的结构干扰了叙事节奏，会给读者带来一种不适的混乱感。在表现手法上，他十分欣赏托氏运用微观视角展现宏大历史，以至于读者能"像亲临者那样将自己置于逼真场景中"[1]。对于《安娜·卡列尼娜》，佩恩的看法可谓大同小异。文章一方面肯定了小说营造的"强烈现实感"，另一方面又指出作者太过注重细节，尚未达到收放自如的笔力。他甚至拿屠格涅夫为参照，认为托翁不如后者那样能做到"在作品最后完成思想和想象升华"[2]。由此推测，两部巨著并未被当时美国学界奉为经典，作者口碑也远没有达到如今的高度。当年刊登于《国家》上的一篇未署名评论佐证了这点，此文认为托尔斯泰与屠格涅夫的创作水平不分伯仲，"理应受到更为公正的对待"[3]。

总体上，这一时期美国学界的评论眼光保守，艺术格调不高。即便在那些赞许者给出的评论里，大部分也流于肤浅或不得要领。例如谈及《安娜·卡列尼娜》的谋篇布局，泰勒只看到小说形式上的规整："它有一个开局，有一个能将关注点统一到一条完整明确的行动和事件链条上的艺术进程。它还有一个清晰的结局和一条收放有度的副线。总之，它读来就像是一部西方小说。"[4]拘泥于《安娜·卡列尼娜》现实主义标签的缘故，有不少评论者例如道森（W. J. Dawson）、豪威尔斯（W. D. Howells）等人在撰文中对小说贴近生活的描绘和栩栩如生

1 W. M. Payne, "Recent Fiction," *Dial*. 3(1886), p.299.

2 W. M. Payne, "Recent Fiction," p.13.

3 Anon, "Tolstoi and Turgeneff," *The Nation*. 42(1886), p.389.

4 M. F. Tyler, "Tolstoi's Novels," *New England and Yale Review*. 46(1887), p.197.

的人物刻画进行了反复强调。

在整个19世纪80年代，美国文坛和出版界对托氏的关注显著增加。然而，高质量研究成果却不多见。数量占比最大的还是发表在报刊上的未署名文章。它们大多属于普及性短文，无论信息量、评论角度，还是学术深度都存在明显不足。当然，需要指出的是，1886年或可视为美国托尔斯泰学术史和传播史的开启之年。这样说有三条理由：第一，《战争与和平》和《安娜 · 卡列尼娜》的美版都在当年出版；第二，当年出现的评论文章超过历年总和，其中不乏豪威尔斯这样文坛权威人士的文章；第三，托氏作品的翻译和出版从此步入井喷阶段。从1886年至1890年间，有多达34种托氏著作的英译本问世。此外，美国学者更有意识地引进了一些别国最新成果。同样是在1886年，法国学者迪皮伊（Ernest Dupuy）的名著《19世纪俄国文学大师》在美出版。此书由《战争与和平》和《安娜 · 卡列尼娜》的译者多尔（N. H. Dole）翻译，书中辟出专章详细介绍托氏的生平和创作，为有兴趣的读者提供了一个绝佳入门指引。得益于翻译的传播效应，托氏逐渐进入美国公众视野。

1890年，《克莱采奏鸣曲》因情节太过灰暗在美国社会引发不小争议。著名翻译家哈普古德（Isabell Hapgood）曾撰文解释了她为何拒绝托氏的译书邀约，她的观点代表了评论界主流声音。在她看来，小说主要存在三个问题：第一，语言过于直白露骨；第二，内容有不必要重复；第三，小说伤风败俗的情节可能对心地纯良的读者造成不良影响。此外，她还探讨了现实主义文学的伦理边界，指出一个作者不能只为追求真实而无节制暴露生活阴暗面。结合《纽约时报》上的一些评论来看，美国读者因受维多利亚文学风气的熏陶，更乐意接受扬善惩恶式的作品。总之，大部分评论声音认为《克莱采奏鸣曲》太过离经叛道。当然，力挺之声也不是没有，豪威尔斯就是少数中的一位。他在发文中谈到了一种有别于世俗伦理的艺术观念："真实是一切优秀艺术共同追求的最高道德准则。"[1]

1 W. D. Howells, "Editor's Study," *Harper's Magazine*, 81(1890), p.802.

应当指出，分歧的背后是当时美国文坛有关现实主义文学本质的争论。当年，美国司法部门将小说判为禁书，给这场争论画了一个法律意义上的休止符，却也意外地让托氏卷入舆论的旋涡中。吊诡的是，即便作者在美国民众中曝光度陡然增高，他的小说却如评论家佩恩评论的那样“不太合我们清教徒的胃口”[1]。

二、豪威尔斯的贡献

豪威尔斯是美国现实主义文学奠基人，享有“美国文学泰斗”的美誉。他利用自身影响力，不遗余力推广和宣传托尔斯泰，为“托学”在美国的萌发奠定基础。豪威尔斯的“托学”事业经历了推广、吸收和批评三个阶段。刚在托氏小说引入之初，他就开始在杂志上发表散论。从1885年至1892年，豪氏在《哈泼斯》杂志上开设《编辑研究》专栏，追踪世界文学热点。专栏同时也是托氏作品的评论阵地。专栏前期文章以小说评论为主，豪氏经常会拿托氏和其他作家一同比较，并以此为铺陈提出自己的现实主义文学理论。1888年前后，专栏中增加了一些介绍托氏社会学理论和宗教思想的文章。豪氏关注转移的直接原因是托氏在他眼里逐渐从文学大师转变为自己的精神导师。在《文学的激情》一文中，他写道：“他不仅在审美上，而且也在道德上影响了我。在认识他之前，我从未像如今这样看待过生活。托尔斯泰用他不造作、不浮夸的质朴文字唤醒了读者心中的人道理想。”[2]当然，最根本的原因还在于越来越物质化的社会让心怀人文主义信仰的知识分子感到迷惘和焦虑，他们急需一种外来的、可实践的理论来帮助自己克服精神危机。

19世纪末，资本主义制度大行其道给美国社会带来经济繁荣，同时也让享乐主义和拜金思想成为主流价值观。随之而来的是个人道德的滑坡、人际关系变质和社会风气的败坏。豪氏曾在小说中借人物之口表达过这样的困惑：“我本以为你是完美民主制度的代表，但发生

1 W. M. Payne, “Recent Fiction,” *Dial*, 3(1886), p.13.

2 W. D. Howells, *My Literary Passions* (2004), kindle edition.

的事实让我看到你和欧洲的那些贵族体制估计没任何区别。”[1]最终，豪氏在托氏的人格魅力和思想财富中找到解药，于是干脆在研究中跳脱了文学批评的框架。在1895年发表的《堕落》一文中，托氏的形象与其说是作家，不如说更接近于一位心怀基督教博爱理想的社会改良者。在他看来，托氏人人平等的理念比本土那套话语更具实操性，因为前者建立在躬身自省和亲力亲为救助身边人的基础上。然而，紧接着的问题是：对个人而言，利他的内在动力是什么？沿着这条逻辑线索，豪氏探究起了幸福的本源问题，并在托氏小说《主人与仆人》中找到了答案。在此书美国版的序言里，豪氏敏锐地发现小说意在构建利他主义幸福观，并指出真正的利他“不是盲目乐善好施，而是雪中送炭，如同穷人之间的互助行为，就是那种来自天堂的神圣感是富人难以体察的”[2]。在此，豪氏相当于把幸福感类比为一种原始宗教情感，这等于暗示了对基督的信仰是打开幸福之门的钥匙。托氏亦曾断言：“基督为人类制定的教义符合人类对自身的规定，无论利他原则还是自由意志都不过是对福音精神的肤浅总结。”[3]经此番演绎，豪氏进一步明确了托氏的道德哲学与其福音理论之间的因果关联。同时，他在论述中一再突出个体能动作用，用意是为托尔斯泰主义的本土化铺路。尽管美国新教门派众多，但各自教义基本都遵循个人主义原则，尊重独立个体寻求上帝救赎的平等权利。从此点看，美国人与托氏在某些宗教观念上有着异曲同工之处。所以，豪氏在托氏小说遭冷遇的情况下还能成功传播其学说是有一定社会基础作为前提的。

1895年后，豪威尔斯对托尔斯泰有了更为全面、理性的认识，具体表现在他的评论开始出现反思和质疑论调。在创作方面，豪氏认为托氏对自己的作者身份产生了认识偏差，直言他“太好为人师，白白浪费

1 W. D. Howells, “A Traveler from Altruria,” *Cosmopolitan*, 14(1892), p.635.

2 Andrea Hofer (ed), *Kindergarten Magazine: Monthly Textbook of the New Education*, (Chicago: Kindgergarten Literature Co., 1896), p.80.

3 Leo Tolstoy, *What I Believe*, trans. Aylmer Maude (Christchurch: The Free Age Press, 1902), p.205.

了自己的艺术天赋"[1]。豪氏对那些说教小说评价很低，甚至还指摘了他曾给予过肯定的《克莱采奏鸣曲》。他认为托氏在结尾处为了彰显小说的道德主题，牺牲了原有的戏剧张力。在思想方面，豪氏的质疑集中于两点：第一，他不认同托氏对社群组织的悲观态度。作为隐士，托氏将改良社会的希望寄托在个人道德境界的跃升上。但是，豪氏也认为个人的道德力量唯有对群体发挥积极影响才能切实推动社会进步。在《谁是我们兄弟》一文中，豪氏一方面"批评了社会关系及其衍生出的繁重职责和各种伪善"；另一方面，作为对托氏学说的补充，他设想人与人之间能"构建出一种以友爱和亲情为原则，以精神世界为聚焦的手足情谊"[2]。第二，豪氏无法接受托氏对婚姻制度的抗拒，这一点也是他对《克莱采奏鸣曲》的看法出现反转的关键原因。在他的《作为良好社会基础的平等》一文中，家庭被当作平等观念的孵化器。显然，如果废除婚姻制度，家庭的组织形式就不复存在了。

在1897年，豪氏发表《托尔斯泰的哲学》一文，对托氏的思想贡献和文学成就进行盘点，逐一解读了他的平等观念、利他主张、基督救世信仰和艺术思想。通过穿插托氏的人生经历，文章充分交代了产生上述学说的生活环境。作为一篇人物思想传记，此文在某种意义上标志着托尔斯泰主义在美国思想界的正式亮相。据美国学者沃什的总结，托尔斯泰主义大致由以下几大分支的议题构成："不抵抗和平主义、农业公社制、理性的去三位一体说的基督教、贞操观念、素食主义和禁酒。"[3]豪氏的文章涉及其中一半议题，其前瞻意识为之后美国学者研究托氏指明了方向。经过豪氏不懈的努力，托尔斯泰这个名字在19世纪的最后几年引起了越来越多，尤其是文学圈外的美国人关注。随着更多视角、更多领域的介入，托尔斯泰研究已成一门综合性学问，而正

1 W. D. Howells, *My Literary Passions*.

2 W. D. Howells, "An American Reaction to Tolstoy," *Comparative Literature Studies*, 8(1971), p.328.

3 Harry Walsh, "The Tolstoyan Episode in American Social Thought," *American Studies*, 17(1976), p.51.

因为这些铺垫,美国人才能在后一世纪初开创出具有本国特色的“托学”传统。

三、“托学”的崛起

美国的“托学”在19世纪末开始酝酿,形成于20世纪前十年。我们之所以将它单独列为一门学问,是因为它与一般作家研究有着很大差别。第一,非虚构作品代替虚构作品成为关注重点。第二,相关研究成果很难归到某个学科门类下。第三,涌现出一批以托尔斯泰主义为信仰的知识分子,他们不仅发展了托氏的学说,更试图用它来影响美国的社会现实和政治走向。这些人来自不同领域,因而能从各自专业视角探讨托氏的学说。其中,几位代表人物分别是来自文学界的豪威尔斯和伊莎贝尔·哈普古德,宗教人士爱德华·黑尔(Edward Hale),政治家威廉·布莱恩(William Bryan),律师克莱伦斯·达劳(Clarence Darrow),社会学家简·亚当斯(Jane Addams),社会改革者厄内斯特·克罗斯(Ernest Crosby)等。作为同代人,他们与托氏都有过直接或间接的接触,因而掌握大量一手资料。在如此天时地利人和的大好局面下,美国“托学”迎来发展黄金期。

上述人物中,若论及社会影响力当属曾担任过美国国务卿的布莱恩。在外交实践中,他致力于在国际关系上推行和平主义政策,而作为托氏挚友,他利用书信、访谈和阅读相结合的方式,积极探索“托学”研究范式的创新。1901年起,布莱恩在自己办的周报《平民》上相继发表《托尔斯泰论帝国主义》《托尔斯泰的崇高呼吁》等评论文章。其中1904年写的《托尔斯泰,爱的使徒》一文尤为引人瞩目。该文主要论点指出对爱的信仰和追随是托氏一切思考的出发点,作者丝丝入扣的分析揭示出托氏宗教信仰背后的博爱意识,不抵抗原则中的正义之爱,以及劳动启示论中所隐含的同理心原则。此外,布莱恩还详述了1903年和托氏会面的情况,节录了他关于不抵抗原则的谈话,为后世读者留下了宝贵一手文献。通过此文,布莱恩旨在向读者表明托氏的哲学是一套实践哲学,宗旨在于身体力行而非坐而论道。上述观点或许也为托氏退出文坛之谜提供了一个解答方向。

无独有偶，当布莱恩高举托尔斯泰主义的大旗时，美国政坛另一位重量级人物，时任总统的西奥多·罗斯福却以反对者姿态加入评论队伍。1909年，他在《展望》杂志发文批评托氏的说教方式不合时宜，以及他的无政府主义主张异想天开，理由是“没有权力运行作为保障，一切日常工作就无法按常理切实推进”[1]。此外，罗斯福对《克莱采奏鸣曲》的道德观也颇有微词，指责小说“通过宣扬戒婚提出了一个让人类陷入灭绝之灾的完美理论”[2]。值得一提的是，罗斯福同他的两位好友众议员贝弗利奇（Albert Beveridge）和思想领袖克洛依（Herbert Croly）一起构成了反托联盟。在《美国人的人生应许》一书中，克洛依提出“托尔斯泰式的民主”[3]这一概念，并拿它同“杰斐逊式的民主”进行比较，最后得出的结论是前者只可在小范围中适用，而无法维系一个大社会的稳定。贝弗利奇更是火力全开，在1903年出版的《俄国向前进》一书中，他从法律、税赋、行政和外交四个方面批判了托氏无政府主义论的失德和失策。在他看来，托氏把陶冶山水中获得的启示套用在对人世的思考上，不是出于傲慢，就是出于天真。总之，托氏在贝氏笔下就是一个何不食肉糜的空想家。

不过，令罗斯福等人始料未及的是，他们的批评不但让“托学”讨论从学界跨入政界，而且争议本身也有利于人们认清托尔斯泰主义的优势和弊端。即便罗斯福本人，也不得不承认托氏思想的重要性和影响力，这是因为他身边还有克罗斯比这样的好友。克罗斯比是美国“托学”领军人物之一，他原在国际法庭当法官，辞职后致力于社会改良和托尔斯泰主义研究。《教导者托尔斯泰》和《托尔斯泰及其思想》两本著作是他“托学”成果的集中体现。《教导者托尔斯泰》是一本探讨感化的书，作者虚构场景和人物，让托氏化身学校教师，在课堂上以

1 Theodore Roosevelt, “Tolstoy,” *The Outlook* 5(1909), p.105.

2 Theodore Roosevelt, “Tolstoy,” p.105.

3 Herbert Croly, *The Promise of American Life* (New York: The Macmillan Company, 1911), p.282.

言传身教的方式把自由、仁爱、守信等观念传输给学生。通过一个个生动案例，作者展示了托氏道德思想的育人功能，填补了托尔斯泰主义运用于教育领域的空白。《托尔斯泰及其思想》一书在内容上更为丰富，书的前一半为人物传记，后一半论述哲学思想。几个章节围绕托氏提出的几条道德准则，重点阐述了准则的现实应用及其背后的神学原理。鉴于作者与托氏在思想上互通有无，此书能精准把握后者哲学思想的发展脉络，而书中对无政府主义与基督教关系的探究也成为西方“托学”史上的经典课题。当然，罗斯福等人的看法还是对他产生了影响。例如，他对托氏的思想局限性有着清醒认识：“如果托尔斯泰和威廉·莫里斯能够合二为一，那我们就见识了一个真正的全才。托尔斯泰欠缺经世之能，而莫里斯精神修炼不足。”[1]

克罗斯比去世后，美国社会学家简·亚当斯出资举办悼念活动，这一时刻标志着她从克罗斯比那里接过接力棒成为美国“托学”界的执牛耳者。亚当斯的主要贡献在于对托氏和平主义理论的拓展。她把和平主义细分为三个等级，其中唯一值得推崇的是以天下一家为旨归的积极和平主义。此提法显然受到托氏博爱论启发，而博爱论则进一步被亚当斯升级为提倡所有族类平等相处的世界主义观念。在代表作《较新的和平主义理念》一书中，亚当斯的分析认为，消极和平主义是资本主义为实现利润最大化而妥协的产物，非但换不来持久和平，反而纵容了那些隐形暴力。亚当斯写此书可谓野心勃勃，自由资本主义、军国主义和美式和平都成为她笔下的痛斥对象。尽管基本观点还在托尔斯泰主义框架下，但眼界和锋芒已远超后者。20世纪前十年，美国社会形成了和平主义、无政府主义和托尔斯泰主义三股思潮合流局面，为“托学”创造了难得的发展良机。但一战爆发后，舆论风向大变，反战声音开始式微，“托学”在美国随之跌入低谷。

总体而言，美国早期托氏批评经历了从艺术到义理的焦点转移。大体上，托氏的文学创作不太符合美国评论界主流审美趣味，起步时

1 Peter Sekirin, *Americans in Conversation with Tolstoy: Selected Accounts, 1887–1923* (Jefferson: McFarland & Company, Inc., 2006), p.80.

研究成果从数量到质量都不算突出。毫不夸张地说，是豪威尔斯以一己之力扭转颓势。从作品内涵到作者生平，他都做出了全面而细致的梳理评价。在此期间，以非虚构类作品为聚焦的“托学”在美国异军突起，在催生出了一些新的批评方向和研究范式的同时，还网罗了一批学者，制造了诸多争论。最后，这股热潮从学术界扩散至公共政治领域，不仅影响了当时政府的政策，而且为日后托氏的跨界研究和文化批评埋下伏笔。

第二节　1910年至1950年：走向经典

20世纪上半叶，美国的托氏研究处于一个相对平稳的发展期。研究成果在数量上未出现显著增长，但在质量上却取得了质的飞跃。随着文学评论日益专业化的趋势，一般介绍性短文逐渐被学术论文、研究专著和有深度的评论文章取代。在这一时期，作家群体依然是评论主力军，但评论话题的多样性比之前要增色不少。从作家到作品，从哲学思想到美学理念，从纵向的历史考察到横向的作家比较，可谓无所不包。也许是受战争和现代主义文学思潮双重冲击的影响，出版的成果数量在1940年左右出现大幅回落，直至二战结束才有所好转。

1910年，美国的托氏研究来到一个重要分水岭。这之前，美国的知识分子主要把托氏当精神领袖来看待，他的宗教思想和道德哲学占据了研究的半壁江山。1910年11月，托尔斯泰逝世，意味着对这位伟大作家盖棺论定的时刻已经来临。因此，对其创作生涯做出一个全面、公允的评价也就成了之后十年研究的重点。首先是《纽约时报》刊载了好几篇关于托氏传记的匿名书评，把研究者们的眼光从局部拉回到整体。有别于托尔斯泰主义者对自身立场的强调，许多学者开始采用客观视角全面系统梳理托氏的生平经历、创作主题、思想轨迹与艺术造诣。

1911年，著名学者乔治·诺耶斯（George Noyes）在《加州大学编年史》上发表的《文人托尔斯泰》就是其中典型。该文对托氏小说的主题特征与艺术风格进行了细致分析和评价，并将其所有作品都贴上了伦理小说的标签。诺耶斯认为托氏伦理思想的变迁可以反映在他不同创作阶段中。例如，早期创作中可以发现他对“慈善、自我牺牲和兄弟情谊”等观念的推崇[1]。到了中期阶段，例如在《战争与和平》和《安娜·卡列尼娜》中，托氏开始强调真实性在审美和伦理实践中的双重价值。而在《克莱采奏鸣曲》和《复活》等晚期作品中则隐藏着一种“近乎狂热的宗教热忱”[2]。诺耶斯发现托氏伟大的艺术造诣在于他对文学的模仿功能和教诲功能的完美糅合。他甚至把托氏的文学地位列于莎士比亚与歌德之上。这也许是有史以来托氏的文学创作首次在英美批评界获得如此之高的评价。1918年，著名学者厄本（Wilbur M. Urban）发表《托尔斯泰与俄罗斯的斯芬克斯》一文，它以俄罗斯的民族性为线索对托氏文学创作的价值进行重估，体现了一定的开创性意义。厄本认为俄罗斯的民族性具有一种斯芬克斯式的含混特征，即它既非东方也非西方，既透着自然的原始粗犷，又具备发达文明才有的深邃复杂。而这种斯芬克斯属性也贯穿托氏的文学创作和美学思想中，帮助其作品达到了民族性与世界性、地方性与普世性的统一。当时，托氏作为世界作家的声誉正逐渐得到确立，而厄本的阐释无疑为这一进程提供了学理支撑。同年，诺耶斯出版专著《托尔斯泰》，该书很快被学界定性为一部里程碑式的作品，并一举奠定作者在学界的重要地位。书中，诺耶斯对之前论文中的观点做了拓展，指出托氏对现实生活的用心观察和细腻描摹形成了作者艺术上的两难局面。这些本领一方面造就了一个伟大的现实主义大师，另一方面也导致了他晚期创作的视野局限。此外，作者还考察了卢梭在教育、艺术和宗教观念上施与托氏的重要影响。诺耶斯的研究中立而客观，毫不避讳托氏的思想缺陷，改变了以往托尔斯泰主义者惯用溢美之词的

1 G. R. Noyes, “Tolstoy as a Man of Letters,” *California University Chronicle*, 13(1911), p.155.

2 G. R. Noyes, “Tolstoy as a Man of Letters,” p.155.

评价传统。

随着盖棺论定工作的完成，托氏经典作家的地位在美国评论界和普通读者心中都已确立。托氏研究在当时业已成为斯拉夫文学研究的主阵地。在20世纪上半叶，《战争与和平》的研究热度一直高居首位，排在第二的是《安娜·卡列尼娜》。其中不得不提的一个重要因素是《战争与和平》从标题到主题恰巧暗合了这一时期世界历史的发展进程，研究这部小说也就成了一种迫切的现实需要。尤其在二战后期，整个欧洲都陷入重重战火包围，苏德战场的战况同小说描写的那段历史高度相似。在《拿破仑的鬼魂：〈战争与和平〉的读书思考》一文中，费迪曼（Clifton Fadiman）把希特勒对苏联的入侵类比为托氏笔下拿破仑的征俄战争，给出了侵略者的溃败将再次重演的原因。从1945年至1946年间，作家法雷尔（James T. Farrell）发表多篇有关《战争与和平》的评论文章，从道德、历史等各种角度控诉战争的罪恶与荒谬。这些研究在特殊历史时期肩负起重要使命，让文学在人类文明的至暗时刻走出书斋，回应时代关切，给予世人信心。

在《安娜·卡列尼娜》的研究上，哥伦比亚大学斯拉夫文学教授曼宁（Clarence A. Manning）可谓独树一帜。1926年，他完成论文《安娜·卡列尼娜的悲剧》，并在美国现代语言学协会召开的斯拉夫语专场研讨会上进行宣读。曼宁挑战了一直以来人们把安娜的悲剧简单归结为道德失范的结论，他认为安娜“的错误与其说违反了道德规范，不如说是破坏了生命法则”[1]，而作者在塑造女主人公时怀着一种矛盾心理，折射出他内心的道德焦虑与精神困惑。两年后，曼宁发表论文《托尔斯泰与〈安娜·卡列尼娜〉》，对先前研究做了深化和拓展。论文开篇指出，在已有研究文献中基本可勾勒出作者的两种形象：作为艺术家的托氏和作为道德哲学家的托氏。两个形象经常冲突，内心深处的困惑可见一斑，而对安娜悲剧命运的解读折射了托氏当时复杂而矛盾的内心世界。在曼宁看来，安娜与弗龙斯基的通奸行为虽有违伦理，却

1 Clarence A. Manning, “The Slavonic Session of the Modern Language Association of America,” *The Slavonic Review*, 4.12 (1926), p.x.

顺应生命法则。同时，生命法则也赋予了她母爱的本能，但通奸必然会影响母爱的继续履行，导致生命法则内部发生错乱。曼宁认为以上便是引发安娜悲剧命运的根本原因，而托氏的困惑在于他无法通过逻辑上的合理解释消除错乱，他晚年倒向怀疑主义也与此有着密切关联。对《安娜·卡列尼娜》的解读，评论界的看法一度较为混乱，曼宁的这篇论文有力平息了不必要的争论，主要观点至今都为学界认可。

除了小说，托氏的戏剧创作也开始受到人们关注。剧作家汉密尔顿（Clayton Hamilton）1920年出版的《眼见舞台》一书部分章节中就有对《黑暗的势力》与《活尸》的评论文章。作者认为托氏的现实主义笔法在两部剧中都有淋漓尽致的体现，戏剧对白延续了他沉郁悲怆的风格。相较之下，《黑暗的势力》写得中规中矩，而《活尸》在结构、技巧和主题设置上都突破了欧洲戏剧的常规写法。

在托氏逝世后的几十年间，还出现了许多围绕其文学地位与影响展开的研究。研究者的切入角度基本可分为两类：第一类从作家比较入手，第二类聚焦作家与他国文学的互动关系。前一类的研究成果多出自作家之手，他们大多秉承传统写实风格，面临现代主义文学的崛起，试图通过托氏与不同作家的对比来发掘传统写法的艺术潜力。小说家海里克（Robert Herrick）1922年发表的《托尔斯泰与亨利·詹姆斯》一文继承了豪威尔斯的现实主义立场。文中海里克反驳了詹姆斯发表的对托氏长篇小说的负面评价，同时也对两位作家在人物心理描写上的异同进行了细致分析。

在此方面，另一项值得一提的成果是犹太裔作家卡汉（Abraham Cahan）发表于《读书人》期刊上的《托尔斯泰的斗篷》一文。该文以托氏和高尔基为例比较了俄国新老两代作家。作者发现俄国文学的突出特征体现在对社会弱势群体的特殊关注，而这种关注源自托氏等老一辈作家形成的一种悲天悯人的道德传统。在《戏剧性的当下：萨克雷与托尔斯泰》一文中，诗人兼小说家比奇（Joseph W. Beach）比较了《安娜·卡列尼娜》与《名利场》两部小说在章节切分、材料分布和时间设置上的异同。比奇指出《安娜·卡列尼娜》在叙事跨度上比

《名利场》大了很多,且在叙事细节的呈现上依然不输给后者。经他分析,其中的重要原因是托氏在叙事上掌握了一石二鸟的本领,即他能“一边描绘着戏剧性场面,一边处理着大量事实的报道”[1]。比奇的发现证明了现实主义文学本身具有不可替代的艺术价值,不会因为其他流派的崛起而被掩盖光芒,更不会被取而代之。

在第二类角度的研究中,最具影响力的成果当数海勒(Otto Heller)的《持异议的预言家们:论梅特林克、斯特林堡、尼采和托尔斯泰》一书。书中海勒对富有乌托邦色彩的托尔斯泰主义进行了尖锐批评,在当时引起不小争议。他认为托尔斯泰主义给世界开出的药方不切实际,如果将其大规模付诸实践,人类的文明成果将有可能毁于一旦。但在文章结尾处,海勒对托氏的思想贡献予以了积极评价:“托尔斯泰主义尽管无法用来解决社会问题,却能帮助人们更好地批评社会。”[2]大体上,海伦的批评能做到有理有据,客观公允,它标志着“托学”领域里一股反思力量的崛起。

当然,这一时期的评论走向依然围绕着托氏在世界文学史上的定位。1937年,戴克(Clarence Decker)在《现代语言学会刊》上发表论文《维多利亚人对俄国现实主义的评价》,该文有相当篇幅描述托氏小说在英国的经典化过程。鉴于19世纪俄国文学与法国文学对英国现实主义创作都产生过重要影响,戴克特地以托氏为例比较了两国现实主义流派在艺术特征上的异同。随着研究范围的扩大,不少学者还把目光移向了托氏与非西方世界的联系。1950年,著名汉学家卜德(D. Bodde)教授出版《托尔斯泰与中国》,该书是同类研究中首部专著,其开创意义不言而喻。书中呈现了许多珍贵一手史料,包括托氏阅读中国古典典籍的书目清单和记录。从中我们发现“儒释道”的经典都在他阅读范围内。该书另一个贡献是系统整理了托氏与中国

1 Joseph W. Beach, *The Twentieth Century Novel: Studies in Technique* (New York: Century Co., 1932), p.169.

2 Otto Heller, *Prophets of Dissent: Essays on Maeterlinck, Strindberg, Nietzsche and Tolstoy* (New York: Alfred A. Knopf, 1918), p.215.

知识界人士的书信往来，展现了他晚年思想受中国文化影响的蛛丝马迹。经过一系列考证和分析，作者的结论认为中国文化和中国哲学对托氏思想的影响主要体现在三个领域，分别是“他对音乐的挑剔态度，无政府主义和不抵抗信条，以及关于永生的非宗教阐释”[1]。无独有偶，著名印裔学者达斯（Tarak Nath Das）在同一年出版《托尔斯泰与印度》。达斯与托氏曾有书信往来，一起探讨印度民族独立运动的前景。书中作者详细记录了托氏对独立运动发表的政治观点，论述了托氏的和平主义信条如何对甘地在印度的政治实践产生影响。达斯对托氏的不抵抗策略有诸多否定，他在书中坚持自己立场，委婉批评了后者过于理想化的政治主张。

1910年至1950年是美国托氏研究史上的“发展期”。这一时期的研究成果完成了对托氏的盖棺定论，确立了他作为斯拉夫文学领军人物和世界文学史上的不朽地位。在美国评论界和读者心目中，托氏已成为同但丁、莎士比亚比肩的人物。正是基于此点，越来越多非斯拉夫文学领域的评论家开始涉足托氏研究，带动了研究质量的飞升。这种提高主要体现在话题的宽泛、视角的新颖和深度的到位。在这一时期，托氏的文学研究、宗教思想研究、政治思想研究和道德哲学研究开始慢慢合流，比较文学的方法被越来越多地运用。到20世纪50年代，“托学”研究的基本框架已雏形毕现，为下一阶段多维发展格局的形成打好了基础。

第三节　1950年至1980年：多元发展

20世纪50年代，比较文学视角的广泛运用给托氏研究带来了不少新变化。这些变化体现在以下几方面：第一，比较文学领域内一批顶尖学者的加入给该领域注入了全新活力。第二，由于托氏在英美批

1　D. Bodde, *Tolstoy and China* (Princeton: Princeton University Press, 2016)。

评圈声名鹊起，他已成为不同理论派别争相引用和争辩的焦点。第三，托氏研究的影响力在这一时期迅速提升。它从一个封闭的小圈子走向开放与包容，并逐渐汇入世界文学的研究主流。新的变化推动了托氏研究的多元化发展，研究者们尝试从不同视角进行阐释或评价，涉及美学、哲学、宗教、政治学、社会学和教育学等学科。他们关注的问题已远超斯拉夫文学研究的范畴。托氏的文本成了新理论的试验场，他的生平被当作历史叙述的佐证材料，他的思想演化为各种社会思潮争辩的焦点。多元化的发展之路最终把一个小众圈子改造成了一个独立的、多学科交叉的研究领域。

托尔斯泰与陀思妥耶夫斯基之间比较研究的兴起是美国斯拉夫文学研究走向繁荣的标志。俄裔学者卡波维奇（Michael Karpovich）是美国斯拉夫研究的奠基者。他在1956年跨界发表了名为《托尔斯泰与陀思妥耶夫斯基：俄国的代言人》的论文。卡波维奇比较了两人的身世经历、秉性气质和宗教观念，指出两位文坛巨人都是人类心灵的伟大探索者，差别在于他们对待生命抱着完全不同的观念和信仰。1959年，美国兰登书屋出版了著名学者斯坦纳（George Steiner）的里程碑著作《托尔斯泰或陀思妥耶夫斯基：基于旧批评之论述》，可谓学界盛事。斯坦纳写这本书的一大目的在于挑战了20世纪50年代在美盛行的新批评和形式主义话语。所谓"旧批评"的方法就是回归文学作为审美对象的认识，同时兼顾历史语境的观察视角。这种看似传统的方法乃是一种"兼收并蓄式的文学批评"[1]，淋漓尽致地展现了斯坦纳深厚的细读功力和广博知识。通过几组类比，他清晰地勾勒出两位作家创作上的差异。他认为托氏小说如同史诗，风格上与荷马接近，而陀氏小说更像戏剧，可跟莎士比亚比肩。在他看来，托氏与荷马的创作都散发出浓厚的人文主义气息，两者创作时对命运主题的不同处理构成了一场跨时空的文学对话。此外，斯坦纳还发现托氏与陀氏宗教观上的差异。托氏主张人类应当用道德代替对神的信仰，而陀氏则担忧宗教衰败会

1 Maria Rubins, "Reviewed Work: *Tolstoy or Dostoevsky: An Essay in the Old Criticism by George Steiner*," *The Slavic and East European Journal*, 42.2 (1998), p.313.

导致人类文明重返野蛮。在结论部分，斯坦纳指出托氏与陀氏无论在思想还是艺术风格上都是互补的。在两人共同勾勒下，俄罗斯民族丰富、矛盾的精神世界得到了完整呈现。斯坦纳的这本著作内容广博，文笔流畅，论述精彩，在批评界和普通读者中产生了巨大反响，为两位俄国作家在英语世界的推广发挥了很好的宣传作用。

如果说斯坦纳的比较视角是基于西方人文主义传统，那么舒特（William Schutte）主编的《六位小说家：司汤达、陀思妥耶夫斯基、德莱塞、托尔斯泰、哈代和普鲁斯特》一书把比较视角拉回了“托学”的起点——道德哲学话题。书中“托尔斯泰：小说家与道学家”一章的作者特雷纳（Edward Trainor）认为托氏的道德哲学有不少幼稚之处，颇受后人诟病，但这一劣势挪到创作上却化为独特财富，培育了一个伟大作家所必备的对现实的敏锐观察力，对人心的透彻了解，以及把真知转化为文字的能力。应当指出，舒特等学者完成了一个宏伟的研究课题。书中聚焦的小说家横跨欧美，个性鲜明，风格上更是囊括现实主义、自然主义与现代主义等各流派。这些学者以道德主题为线索将他们串联起来，不仅揭示出伟大作家创作上的某些共性，更突显了托氏在比较文学研究中的话题价值。

上文曾提及斯坦纳在《托尔斯泰或陀思妥耶夫斯基：基于旧批评之论述》一书中针对“新批评”发起挑战。事实上，“新批评”学派的两位主将布鲁克斯（Cleanth Brooks）与维姆赛特（William K. Wimsatt）也曾站在自己学派的立场评价过他。在托氏看来，不具教化功能的艺术就是享乐主义艺术，所以他相当看低现代艺术。在《文学批评：一部简史》中，两位学者批评这种观点过于极端，认为托氏错误地把艺术等同于社会进步的监督和宣传工具。“新批评”的理论本质上割裂了文学内部与外部研究，文本成了文学阐释唯一的材料。他们把托氏当作靶子，其实是针对一切以社会和经济考察为旨归的文学研究。

美苏冷战中，两国一直处于竞争状态，反而加深了彼此相互了解的兴趣。在1963年，两国共同启动了一个文化互访项目，无疑推动了美国托氏研究的兴盛与繁荣。作为该项目的受益者，著名斯拉夫文学专家福伊尔(Kathryn B. Feuer)是近五十年来第一批来苏联考察学习的美国学者。她在苏联有机会接触大量一手资料,并在洛姆诺夫等苏联学者的帮助下完成博士论文,其成名作《托尔斯泰与〈战争与和平〉的诞生》便是在该论文的基础上扩展而成的。福伊尔的研究反映了《战争与和平》前后成书的过程,她认为作者最初只打算写一部政治小说,却中途转向写成了道德小说。早在1856年,托氏便开始构思这部宏大作品,而该年恰好处于其思想的关键发展期。不少学者据此认为小说宣扬了托氏的民主思想,但福伊尔毫不客气地反驳了这种流行观点。她认为托氏对贵族阶层的肯定可以在小说中找到很多证据,更重要的一点是他在1857年读完托克维尔的《旧制度与大革命》后深受该书影响,因此不可能完全接受民主观念。福伊尔的这本书虽说是一本严肃的学术专著,文笔却引人入胜,因此几十年来在普通读者中也十分出名,是托氏研究领域不可多得的一部佳作。

20世纪六七十年代是美国托氏研究飞速发展期。文献出版的数量与质量与以往相比有显著提升,这既得益于美苏两国文化交流的深入,也同斯拉夫研究在美国大学人文学科领域的扩张分不开。例如,在评论的阵营里加入了像穆尼(Harry J. Mooney)这样来自英语系的学者。在《托尔斯泰的史诗视角:〈战争与和平〉与〈安娜·卡列尼娜〉研究》一书中,穆尼继承了斯坦纳的观点,对托氏小说的史诗性进行了二度挖掘,这样做的主要目的是要“把这两部小说置于一种更有活力的文学道统中,以拉近欧美现代读者与托翁之间的距离”[1]。该书出版后,业内人士诟病颇多,除了观点陈旧,另一个被指摘的问题就是为迎合英美读者而屡次出现的误读。

围绕穆尼的争议折射出当时盛行的两条不同研究路径:第一条路径是以返本为目的,即通过托氏回到斯拉夫的文化传统中;第二条是采用比较文学视角,但本质是让托氏脱离原有语境并植入英美学者所熟悉的那套话语体系。而随着比较文学专业在美国大学的强势崛起,后

1 Harry J. Mooney, *Tolstoy's Epic Vision: A Study of War and Peace and Anna Karenina* (Tulsa: University of Tulsa Press, 1968), p.1.

一条路径渐渐掌握了话语主动权。一个有趣对比是在20世纪60年代前，比较研究的通常做法是把托氏和另一位作家放在一个天平上衡量。除了比较异同，研究者还顺带考察流派间的传承与影响。例如，阿内布林克（Lars Ahnebrink）在托氏与美国作家斯蒂芬·克莱恩的比较研究中不仅揭示了《战争与和平》与《红色英勇勋章》之间的关联，而且探讨了托氏对19世纪末一代作家的影响。到了60年代后，第二种模式慢慢开始流行，即把托氏的作品置于某位作家或某种流派的框架内评判。在此模式下，托氏从研究的主体被贬谪到陪衬位置，一定程度上造成了研究资源的浪费。例如，美国哲学家比尔德斯莱（Monroe C. Beardsley）对托氏艺术观的考察是在西方古典美学框架下进行的，结果就草率地给作家贴上了"西方文化攻击者"的标签。对托氏的这种"他者"化解读在业内还颇有市场，像哲学家韦茨（Morris Weitz）的专著《文学中的哲学：莎士比亚、伏尔泰、托尔斯泰和普鲁斯特》和著名文学评论家韦勒克（Rene Wellek）的论文《俄国保守批评家：列夫·托尔斯泰》里都可以发现类似情况。实际上，上述诸位作者都无意进入托翁的精神世界，他们不过是想利用他巨大的影响力来为自己的观点和声音制造声势。

当然，有不少学者坚持作家本位的研究方法。瓦西奥莱克（Edmund Wasiolek）在《托尔斯泰的〈伊万·伊里奇之死〉与詹姆斯的小说要义》一文中就对文学评论中搭托尔斯泰便车的现象发起了挑战。美国作家亨利·詹姆斯（Henry James）的观点认为作者不应在文本中暴露自己主观看法，更不应对情节走向指手画脚。但在托氏作品中，读者明显能觉察出作者对文本的道德把控和情感指引，这一点无疑违背了詹姆斯提倡的美学原则。瓦西奥莱克批评詹姆斯所谓的客观化原则本身就建立在自己主观的审美趣味上，他认为评判文学作品的好坏没有固定标准，关键要看它能否在艺术上自圆其说。以《伊万·伊里奇之死》为例，尽管小说不符合詹姆斯的标准，但忠实再现了作者对生命和艺术本质的设想，那就有资格被称为优秀。在当时解构主义、后现代主义理论占主导的批评界需要瓦西奥莱克这样的传统复兴者，因为它确保了托尔斯泰那些不朽作品在任何时代都释放出熠熠光芒。瓦西奥莱克的观点也得到了美国著名批评家欧文·豪(Irving Howe)的回应。他在《托尔斯泰:〈伊万·伊里奇之死〉》一文中指出托氏对死亡经验的描绘在任何时代都具备普遍性,他刻画的伊万放在当时美国社会中就属于典型的"组织人"。

值得注意的是,尽管研究模式日新月异,但许多学者依然坚守传统。的确,围绕作家和作品本身仍有许多疑问值得探索,许多空白值得填补。其中,对作者历史观的考察是一个值得重视却又未被充分探讨的话题。《托尔斯泰与历史的途径》一书的作者拉雷(John H. Raleigh)是来自加州伯克莱大学英语系的著名教授。在该书中,他提出了《战争与和平》中历史建构的三种方式,分别为纵向建构、横向建构和形而上建构。学界一般讨论较多的是纵向建构,而另外两种方式则源自拉雷的洞见。所谓横向建构是指人物相互影响所产生的合力构成了历史发展的动力,形而上建构则类似于黑格尔所谓的隐藏在历史进程背后的理性推动力。这三种建构方式对接了《战争与和平》诗学结构的三个维度:历史维度、戏剧维度与哲学维度。托氏相信人类很难把握历史全貌,因为"作为认识工具的理性其运行方式还未被人们所参透"[1]。因此在拉雷看来,横向建构与形而上建构对摸索历史的真相与规律正变得越来越重要,所以小说也成了叙述历史必不可少的工具。

对历史语境下创作心理的考察同样是作家研究的核心课题,之前曼宁教授曾在此方向上有所突破。将近三十年后,著名学者、哈佛大学教授波乔利(Renato Poggioli)在曼宁的基础上对托氏的创作心理进行了更深入探究。在《凤凰与蜘蛛:论俄国作家及其自我观念》一书中,他辟出专章阐述其创作中的"自我"问题。波乔利认为托氏终其一生都在两个自我之间挣扎。这两个自我分别代表着他的思维和心灵,此二者未能达到精神层面的统一。波乔利把托氏类比为莫里哀笔下的阿尔切斯特,两者之间相似之处颇多:他们都痴迷于对真理和真挚情感的追求;都是厌世主义者,以及都受到了感性与理性两种声音在内心

1 John Henry Raleigh, "Tolstoy and the Ways of History," *Novel: A Forum on Fiction*, 2. 1 (1968), p55.

撞击的影响。很明显，波乔利与曼宁在论点上有着异曲同工之处，只是前者更为极端，直接把焦虑解读为两个自我之间对抗的表征。

应当指出，旧的话题能做出新意，批评语境的与时俱进是一个重要原因。在70年代，文化批评的兴起很快就给“托学”注入了新鲜血液。本森（Ruth C. Benson）的《托尔斯泰中的女性：理念与色情》是第一本以女性人物为聚焦的专著。该书观点认为托氏对女性的态度十分模糊与分化，女性人物在他笔下往往呈现为“天使”与“魔鬼”两种形象的结合体。在对娜塔莎、安娜等经典形象做出分析后，本森指出托氏在创作中对性表现出愈来愈强的仇视态度，女性作为性的象征物自然也受到牵连而被视为“男性堕落的源头”[1]。受当时女性主义思潮影响，本森的研究只关注微观层面问题，即托氏的性别偏见，而没有从宏观层面探究托氏的历史局限。持类似看法的还有冈恩（Elizabeth Gunn），她在《勇敢理发师：关于〈战争与和平〉与〈安娜 · 卡列尼娜〉的反思》一书中重点探讨了托氏的性别观。她指出光辉照人的娜塔莎最后以家庭主妇形象示人，足以显现托氏对女性的仇视。关于《安娜 · 卡列尼娜》，书中观点认为作者无意在道德上批判通奸，而是旨在表现“人类的隔膜感，那种纠缠关系中产生的隔膜感”[2]。总体上，冈恩对托氏的立场相当纠结。一方面，她折服于他作品高超的艺术表现力；另一方面，她又很反感他对性话题的无端恐惧和诋毁。针对托氏的性别观念，传记作家迈尔（Jeffery Meyers）试图从作者个人经历入手寻找合理解释。在《列夫与索菲娅 · 托尔斯泰娅：爱的枷锁》一文中，迈尔发现夫妇俩在性爱、财产和艺术等问题上都存在尖锐矛盾，而这段不如意的婚姻经历使托氏对世界的看法产生了变化，其中就包括对女性的态度。

在美国的托氏研究不断壮大时，托尔斯泰主义却受到了越来越多质疑。阿特金斯（Gaius G. Atkins）神父在《孤独的朝圣之路》一书中

1 Ruth C. Benson, *Women in Tolstoy: The Ideal and the Erotic* (Champaign: University of Illinois Press, 1973), p.137.

2 Kathryn Feuer, “Reviewed Work: *A Daring Coiffeur: Reflections on War and Peace and Anna Karenina* by Elizabeth Gunn,” *Slavic Review*, 32. 2 (1973), p.425.

指出托氏最令人敬仰的不是他所坚持的信念，而是他追求信念的过程。尽管书中没有专门批判他的思想，但话里话外的态度十分清楚。在《俄国的伟大书籍》一书中，戴维斯（Ruth Davies）对托氏和平主义思想的批判要不留情面得多。他指出托氏所谓的不抵抗原则运用于现实只会引发更多暴力冲突。当然，这不代表说托尔斯泰主义已全然过时，只不过当时那一代学者多多少少都受到过解构主义思潮的洗礼，而带有乌托邦色彩的托尔斯泰主义很难在这样的思想土壤里扎根。

20世纪50年代至70年代是美苏冷战对峙最激烈的时期，两国紧张关系丝毫未影响斯拉夫文学研究在北美的迅速崛起。多学科、多视角和多维度的介入业已成为托氏研究未来的发展趋势。应当指出，学界对托氏的文学成就有着一致好评，但对他的思想尤其宗教观和政治理念却褒贬不一。在此三十年间，一个显著变化是批评界对托氏的定位已从民族性作家转为世界性作家。而托氏的文化归属问题依然存有争议，不少学者把他视为一名非典型的西方作家，这一点同荷马、莎士比亚等其他同级别西方作家有着很大不同。

第四节　1980年至2000年：空前繁荣

从20世纪80年代到21世纪初是美国托尔斯泰研究的黄金二十年。随着美苏关系缓和，特别是冷战结束，两国学者的交流要比以往频繁许多，他们或联合举办学术研讨会或启动文化互访项目。对美国学者而言，学术交流和获取资料的便利程度都是之前无法想象的。作为结果，这一时期的产出基本达到了过去五十年的总和。研究深度和广度也是过去无法比拟的，形成了生平研究、作品批评、思想研究、学科交叉研究和批评史研究等多个分支领域。在这一背景下，托氏成了美国学界炙手可热的研究对象，关注者来自文学批评、哲学、历史学和政治学等多个学科领域。同时，北美业已成为世界范围内托氏研究水平最高的地区之一，像布鲁姆、麦克莱恩这些享誉世界的顶尖批评家都对托氏发表过专门的论述。这样的关注可以吸引更多优秀学者关注,使托氏研究在美国的影响力不断扩大。

1987年12月托尔斯泰协会的成立是迈向繁荣的一大标志性事件。至此,美国的广大研究者有了自己的学术组织。成立之初,协会为今后工作确立的宗旨是"推动托尔斯泰研究的发展,促进学者、学生间的学术交流"[1]。为此,协会每年举行国际性研讨会,并于次年筹划推出会刊《托尔斯泰研究期刊》(*Tolstoy Studies Journal*)。该刊物可能是迄今为止最具影响力的托氏研究专刊,它为各国学者和读者搭建起一个平等交流的平台,同时也向全世界推广英语国家学者的研究成果。期刊常设栏目包括"批评"、"书评"、"新闻"、"圆桌"和"书目"。其中,特色栏目"圆桌"聚焦前沿成果,采用新颖的组稿形式,既促进了同行之间的交流,又让新话题在业内迅速传播,不断地掀起新的学术热潮。经过近三十年发展,刊物现已发表论文300余篇,各种书评、文献汇编以及在线开放资源更造福了无数读者。

如果说视角和方法创新是前一阶段研究的主流,那么80年代后的主流则转向了对过往研究的梳理、补充和再评价。这背后的原因主要有三个。第一,前一阶段粗放式发展所形成的泥沙俱下的状况亟待改善,持续健康的发展需要更多正本清源的工作。第二,随着美苏之间学术交流日益频繁,一些因资料匮乏而产生的错误观点需要得到纠正。第三,随着文学研究专业化程度的提高,之前占主导的作家群体基本已退出评论阵地,取而代之的是大量专业学者。面对同一部作品,后者自然会发表不同见解,于是涌现了不少经典重读的研究。

一、生平研究

上述变化首先从生平研究酝酿。从80年代末开始,随着一批新史料重见天日,这一古老领域再次进入研究者视野。首先,有关托氏婚姻生活的著作就有两本先后问世,它们分别是著名传记作家夏勒

1 Kathleen Parthé, "From the Editor," *Tolstoy Studies Journal*, 1.1 (1998), p.1.

（William L. Shirer）的《爱与恨：列夫与索菲娅·托尔斯泰娅的风雨婚姻路》与斯莫卢乔斯基（Louis Smoluchowski）的《列夫和索菲娅：他们的婚姻故事》。两本著作依据私人书信、日记与回忆录撰写而成，确保了事实的真实可靠。两位作者都注意到托氏的婚姻转折所折射的中年危机。夏勒认为托氏的信徒契尔特科夫在其中起着十分恶劣的作用，前者晚年离家出走正是后者挑唆的结果。如果说夏勒的立场偏向于索菲娅，那么斯莫卢乔斯基则是站在对双方都有同情的立场来看待这场婚姻的。据他考证发现，1881年后两人虽有不和，但关系并未像业内流传的那样急转直下。其分析还指出破坏两人婚姻关系的元凶除了公认的契尔特科夫，还有儿子亚历山大。由于两本著作都参考了一手材料，它们的共通之处就在于把托氏生动还原为有血有肉之人。唯有此，世人才能切身理解他的精神苦痛和思想突变。在批评界倡导性别平等的大环境下，大部分学者都认为托氏对他晚年的婚姻危机负有不可推卸的责任。在《文学的寡妇》一文中，里夫金德（Donna Rifkind）把索菲娅刻画成悲剧人物。愤世嫉俗的托氏将她视为物化世界的代言人，但大量事实表明她为家庭和他的事业倾注大量心血，后者取得的辉煌成就离不开前者的默默付出。斯切夫斯基（Harold K. Schefski）的论文《托尔斯泰与嫉妒》探讨了婚姻生活对创作的影响。作者认为不幸婚姻激起了托氏的嫉妒情绪，影响了创作中人物的塑造，从《童年》到《谢尔盖神父》都可以找到不少嫉妒者的身影。

其次，围绕书信、日记和回忆录等私人写作展开的研究也取得了不少新进展。加州伯克莱大学教授帕帕诺（Irina Paperno）的论文《我是谁，我是什么？日记里的托尔斯泰》通过对日记挖掘考察了托氏探索自我的心路历程。帕帕诺指出，托翁作为小说家能成功表现人性的复杂和微妙，却在日记写作中深陷自我表达的困境。最后，他发现托氏是在对死亡的反思中才寻找到了那个本真、永恒的自我。传记作家梅耶斯的论文《托尔斯泰的后代回忆录》透过五个子女在1914年至1975年间写的回忆录来还原其家庭生活。文章主要涉及四条主线，分别为父子关系、夫妻关系、对待契尔特科夫的态度以及有关托氏出走和逝世的背景信息。梅耶斯用“俄狄浦斯情结”来解释这一家两代人关系，因为在日记中能明显发现儿子偏向母亲，女儿偏向父亲的事实。他还把托翁描绘成一个孤独者，断言儿女中找不到一个真正理解他的人。

此外，纽约城市大学的维泰克教授（Robert Whittaker）一直致力于美国学者与托氏的交往史研究，包括往来书信和会面记载的考证。据他考证发现，托氏对美国来信者的反馈并没有当事人回忆的那么积极，回信次数一般不超过一次。维泰克还发现托氏与其作品译者哈普古德之间常年保持着良好私人关系。至于后者为何退出前者作品的翻译工作，原因据他推测乃是两人在宗教观念上的分歧。

二、小说研究

在小说研究方面，这一阶段的发展大致呈现出以下趋势：第一，经过多年积累，美国学界已确立起托氏小说批评的独有框架。该框架吸收当代文论的前沿成果，突破国别藩篱，构建了一套以西方美学、伦理、宗教和政治话语为立足的评判体系。一方面，该框架将托氏纳入了西方文学的经典版图中；另一方面，托氏小说中来自东正教的文化影响却被有意或无意地忽略了。第二，在托氏所有小说中，最受研究者青睐的当数《安娜·卡列尼娜》，这可能与女性主义批评的流行有一定关系。第三，反思和重估是这一阶段小说批评的主旋律，这也就是为何之前不受重视的晚期小说开始得到关注，而新领域的开辟又带来了更多观察和思考，让这一时期的研究进入一个良性循环的轨道。

80年代初兴起的一股反思热潮推动了托氏研究领域的除弊创新。学者们在开辟新疆域的同时更试图改善过往研究模式。在此过程中，一批学者开始崭露头角，并在世纪之交成长为业界中坚。多伦多大学的多纳·欧文（Donna T. Orwin）教授或许是其中最杰出的代表。她的研究涉猎范围相当之广，早年论文《自由、责任和灵魂：柏拉图对托尔斯泰心理的影响》展示了托氏对柏拉图哲学从接受到警惕的转变过程。1993年出版的成名作《托尔斯泰的艺术与思想：1847—1880》考察了“托尔斯泰本人对自己作品的看法和态度”[1]。为接近历史真相并还原作者心理，多纳·欧文细致描绘了19世纪中叶俄国的文学和文化语境，探讨了卢梭、叔本华、歌德和车尔尼雪夫斯基等人的思想影响。当然，欧文同时也对托氏个体精神的演化做了回顾，进而模拟出一个能观察其创作道路的内在视角。迄今为止，欧文最具影响力的成果或许是她主编的《剑桥托尔斯泰指南》。该书由多位国际知名学者共同参与完成，共计12篇文章，涉及话题涵盖托氏的生平、创作和思想。作为英美托氏研究水平的最高体现，该书面面俱到又不失深入，既为普通读者提供了详细可靠的指引，对专业研究者而言也具有较高参考价值。

美国的托氏研究由文学研究和思想研究构成。文学研究仅以文学创作为对象，思想研究聚焦以托尔斯泰主义为核心的宗教、伦理、经济和政治思想。两个领域一直以来都各行其是，互不交叉。这背后当然有历史原因，但长期割裂的局面引起了不少学者质疑。加斯塔夫森（Richard Gustafson）就是其中一个。在专著《列夫·托尔斯泰：定居者与陌生人》中，他驳斥了一种传统二分法，即把托氏的一生割裂为两个互不相关的阶段，即作为艺术家的阶段和作为神学家的阶段。加斯塔夫森指出托氏一生的世界观纵然有不少曲折变迁，但依然有迹可循。他断言托氏晚年对神学问题的兴趣在其小说创作初期就已孕育。整部专著围绕上述观点论证展开：第一部分探讨小说中人物塑造和情节设置与作者伦理观念之间内在的联系；第二部分考察托氏的美学观、政治观和宗教观如何影响人物精神世界的构建。在结论部分，作者指出托氏的思想根植于俄国东正教的文化传统，但他始终坚持对本土文化的批判立场，因此被赋予了“定居者”与“陌生人”双重文化身份。

由迈克莱恩（Hugh McLean）主编的《在巨人的阴影下：托尔斯泰评论集》是80年代另一部较为突出的新作。参与撰写的7位作者都非托氏研究专家，他们受传统声音影响较少，能发前人所未发。例如，利斯金（Ruth Rischin）的论文别出心裁地探讨了贝多芬音乐对托氏小说

1 Donna T. Orwin, *Tolstoy's Art and Thought, 1847 — 1880* (Princeton: Princeton University Press, 1993), p.5.

创作和艺术理论的影响。在文中，他着重分析了《童年》、《战争与和平》和《克莱采奏鸣曲》中作者对贝多芬音乐元素的运用。在利斯金看来，托氏被贝多芬音乐强大的艺术感染力所征服，他借助隐喻手段在文本中巧妙模拟贝多芬音乐的艺术特质，实现了语言之外的审美表达和情感传递。

还有学者试图从批评史源头开展反思，俄裔美籍学者伯里斯·索罗金（Boris Sorokin）的著作《前革命时代俄国托尔斯泰批评》考察了托氏在俄国早期的接受状况，他聚焦当时六种主流思潮下的批评，分别为激进派、斯拉夫派、唯美派、民粹派、象征主义派和马克思主义派。在作者看来，大部分早期俄国评论家对"主义"问题着墨过多，以至于对托氏艺术成就的关注不够充分，导致误读时有发生。索罗金的研究表明托氏研究的分化状况并非美国独有，问题根源可上溯至托氏同时代人对他的误解。

人物塑造一直是托氏研究的热点话题，几十年来聚焦的重点很少离开过主要作品中有限几位角色。实际上，农民群体一直是托氏关注的社会阶层。在他憧憬的理想社会中，农民是重要参与者和构建者。与此有关的研究在业内不多见，而邓斯科夫（Andrew Donskov）的论文《托尔斯泰思想与作品中的农民形象》填补了这一空白，一定程度带动了人物研究的转向。论文追溯了托氏在不同阶段对农民阶层看法的演变。在最初阶段，托氏只看重农民身上的质朴品质，认为这对小说主人公的精神觉醒有催化作用。邓斯科夫发现在托氏成熟期作品里，农民群体逐渐从边缘走向中心，他们不再是叙事中的功能性人物，而是一种先进价值观的代表。

学界通常把托氏视为19世纪欧洲现实主义文学的杰出代表，但乔治·贝克（George J. Becker）却在《列夫·托尔斯泰》一文里提出了不同看法。按严格判定标准，他认为托氏并非典型的现实主义作家。多年来的错误标签使不少研究者对其创作意图的判断产生各种误读。在贝克看来，托氏与同时代其他现实主义作家的区别在于以下三点：其一，如实反映时代状况是现实主义文学旨归，但作品中几乎不见资产阶级者身影，这显然有悖时代属性。其二，他一味突出道德力量，忽视经济社会因素描写，不符合现实主义认识论。其三，他逆时代的思想观念有损小说本身表现力，不时的说教影响了小说叙事的连贯性。或许受解构主义思潮影响，这些研究结论完全颠覆传统观点，激起了更多学者讨论的兴趣。

应当指出，托氏研究从小众走向主流离不开美国批评界标志人物布鲁姆（Harold Bloom）的大力推广。他在20世纪末结集出版了一批评论文集，在英美两国掀起一股托尔斯泰的研究热潮。这些成果兼具学术性与普及性，既有对《哈吉·穆拉特》等小众作品的评论，也有对主要长篇小说的介绍。布鲁姆的深厚学养和敏锐洞见主要体现在美学研究方面，他所著的《史诗》一书是比较文学和托氏研究领域的经典之作。作为著名保守派学者，布鲁姆在评价托氏时坚持将他纳入西方经典文学谱系。他发现托氏的小说美学兼具《伊利亚特》与《摩西五经》的特征。有趣的是，西方叙事传统中的另一个代表人物莎士比亚却遭他排斥。布鲁姆企图在书中解答这一问题：为何托氏能接受荷马对伊利亚特的塑造，却接受不了莎士比亚对哈姆雷特的塑造？据作者考察，托氏对莎士比亚的借鉴有迹可循，例如在安德烈或皮埃尔身上都找得到后者笔下人物的影子。在布鲁姆看来，如果人物的转变更多是由内因而非外因驱动，那么这就已经继承了莎氏塑造人物的精髓。因此，无论托氏本人承认与否，他与莎氏实属同一个艺术阵营。

随着对作家总体看法的调整，学界对个别作品的阐释也发生了微妙变化。例如，阿德尔曼（Gary Adelman）把《安娜·卡列尼娜》视为作者的精神自传，认为小说抒发了他的精神苦痛。作者通过塑造列文来完成对道德价值的探索，而安娜则是托氏宣扬生命价值的载体。两位人物之间的反差反映了两种价值观的冲突，是作者内心困惑的表征。阿德尔曼指出这种纠结与挣扎表现在叙事上产生了文本内涵的暧昧与混杂，有助于提升小说艺术张力。此观点得到业内不少学者响应。在《"安娜·卡列尼娜"的未尽之言》一书中，阿姆斯特朗（Judith M. Armstrong）指出托氏对安娜抱有盲目之爱，在后者身上集结了前者的爱欲和艺术创造的冲动。在现代评论者眼里，安娜自身的一些缺陷不再被视为道德瑕疵，而成了女性颠覆男权社会的有力武器。

除了女性主义视角，对小说中农民形象的塑造也引起了不少学者关注。福特雷尔（Michael Futrell）的论文《列文、土地和农民》从列文的观念转变谈起引申出土地和农民问题。作者认为列文对农民态度的转变缘于他深刻认识到农民之于农业和土地的价值。托氏对农民群体的关注不完全出于同情心理，而是基于对经济社会的观察。布朗宁（Gary L. Browning）的论文《〈安娜·卡列尼娜〉中的农民之梦》则完全持相左观点。他认为小说中描写的农民是卡列宁和弗龙斯基形象在另一阶层的写照，他们集结起来在安娜潜意识里形成了对男性形象的可鄙印象，导致安娜对两性关系产生幻灭感。布朗宁的观点似乎有些背离实际，农民形象毕竟代表着一种劳作精神，是托氏意在创作中宣扬的美德。在《割草者列文与生命的任务》一文中，加斯塔夫森指出小说中割草情节的设置有着极强教化意义，它向读者展示了列文如何以劳作为手段完成对自我的重新发现和改造。不难发现，作为割草者的列文相当于暂时进入到农民形象的设定中，而身份的切换带来了灵魂的蜕变。应当指出，两派观点基于不同立场，但总体而论，突出农民形象的正面意义有助于在托氏早期创作与晚期思想之间建立关联。著名斯拉夫文学评论家莫森（Gary S. Morson）在这方面做出了不少贡献。他在1996年发表的《什么是农业》一文里从小说中的农业改革谈到思想革命，又在1997年发表的《托尔斯泰笔下的劳作与真实生活》中将“本真”劳作与“非本真”劳作加以区分，提出了生命意义源自“本真”劳作的观点，再次为托氏笔下的农民形象进行了辩护。

晚期作品方面，排名前三的研究热门依次为《伊万·伊里奇之死》、《克莱采奏鸣曲》和《主人与仆人》。《伊万·伊里奇之死》讲述了原本生活平淡的主人公伊万突遭病灾后的经历与感悟，是业内公认的一部艺术上臻于完美的中篇小说。随着20世纪八九十年代跨学科研究的兴起，小说被当作一份详细病例记录，经常会有学者运用医学话语予以分析。早在1982年，安杰尔（Jeanine Angell）曾借此文本阐发开去，论述医疗实践中的同理心问题。之后，又有多名学者在《文学与医学》《医学人文期刊》等刊物上发文探讨小说中的医学话题。例如，1990年发表的《完整的故事》一文中，作者康纳利（Julia E. Connelly）声称小说中关于病人肉体和心理状态的陈述对临床医师具有重要参考价值，能帮助他们更好理解治疗过程中病人的身体、精神和情感需求。赫勒曼（Wallen E. Holleman）甚至提议美国医学院把这部小说引入教学大纲，以促进医学院里的死亡教育。当然，关于小说死亡叙事的探讨也是一大研究热点，相关文章涵盖美学、心理学、哲学等多个维度。代表成果有哈斯蒂斯（Harriet Hustis）从读者批评角度对死亡叙事所做的美学分析，心理学家弗里曼（Mark Freeman）对死亡与个人自我认识之间关系的探讨，以及哲学家盖文（William J. Gavin）教授基于三个文本（柏拉图的《裴多》、托氏的《伊万·伊里奇之死》和贝克特的《等待戈多》）对个体坦然接受死亡的不可能性进行的论证。此外，一些研究发现这篇小说曾对不少美国作家的创作有过重要影响。例如，梅耶斯认为海明威的《乞力马扎罗的雪》在形式、主题和象征手法上对托氏的小说有诸多借鉴。哈德（Worth Harder）认为波特在《被抛弃的韦瑟罗尔奶奶》的写法上处处与托氏反其道而行之，与《伊万·伊里奇之死》形成了巧妙的镜像对照。

三、思想研究

在思想研究领域，学界对托氏美学思想的探讨最为深入，大部分论述围绕他的名作《什么是艺术？》展开。在许多当代学者看来，托氏的美学理论闪耀着乌托邦色彩，却又不失实用主义一面。即使放在当代艺术的语境里，那些思想依旧具有参考价值和启示意义。美国学界素有研究托氏哲学思想的传统，“托学”的形成离不开早期一批学者的倡导和宣传。在20世纪末，这一传统依然走势强劲。一些学者热衷于思想之间的比较研究，比较对象多为西方主流哲学家，有维特根斯坦、尼采、杜威、康德和叔本华等。研究结果表明托氏对成体系的思想建构并不感兴趣，也不偏向某个流派。他集百家之长，着眼于为现实困境寻找出路。

托氏的宗教思想是“托学”研究的重要领域,学者们的关注点从义理阐释转至文化研究。他们对宗教精神的时代价值最感兴趣。例如,罗伯茨(Robert C. Roberts)的文章《托尔斯泰与弗洛伊德论我们对上帝的需求》从托氏与弗洛伊德针锋相对的观点出发辨析了现代性危机下宗教对人心的影响。马特尤尔(David Matual)教授是20世纪八九十年代宗教思想研究领域最为活跃的学者。他在短短几年里连续发表多篇论文,聚焦托氏对《福音书》的阐释和解读。这些研究涉及考证、梳理、评论和比较,做到了面面俱到,是这一时期该领域最成体系的学术成果。此外,米利沃耶维奇(Dragan Milivojevic)另辟蹊径考察了托氏对印度教和佛教的看法。托氏的观点前后发生了较大转变,从早期的否定到晚期的接受,米利沃耶维奇的研究重点是对转变背后思想轨迹的勾勒。斯坦福大学的斯切夫斯基(Harold K. Schefski)教授的文章《托尔斯泰与犹太人》揭示了托氏对待犹太教态度经历的一波三折过程。从早年排斥到之后同情,再到晚年批判,斯切夫斯基认为这一系列反转是由其贵族观念和基督教博爱观之间的冲突引发的。

20世纪最后二十年见证了美国托氏研究的空前繁荣。众多成果分布于斯拉夫研究、比较文学、哲学、经济学、政治学、教育学等各领域,形成了多领域、跨学科协同发展的态势。作为研究对象,托氏在美国学界早已成为一种文化现象,人们不仅时常拿他同其他文学或思想巨人进行类比,更在各类问题上把他视为时代精神的标杆和典范。尤其在20世纪末,学者们更加普遍意识到加强托氏研究对缓解现代资本主义危机所具有的价值。这也解答了为何一位创作理念保守的19世纪作家能长期保持魅力不减。

第五节 21世纪:世界文学语境下的批评重构

在每年8月,“托尔斯泰与世界文学”国际研讨会都会在托氏故乡亚斯纳亚·波利亚纳举行。该研讨会从1998年举办至今，是业内影响范围最广的学术盛事。这项在俄罗斯举办的会议几乎每年都由美国学者唱主角，北美俄罗斯文学研究领军人物欧文教授更是会议发起人之一。以上事实不仅说明美国学者对托氏保持着强烈的研究兴趣，而且也从一个侧面折射出近二十年来美国托氏研究的发展趋势和热点所在。

应当指出，美国的托氏研究早在20世纪初就已具备世界意识。20世纪初，托尔斯泰主义在美盛行，起因就是人们在他的思想宝库里找到了诊治美国社会痼疾的药方。此后，因美苏冷战爆发，斯拉夫研究大热，学者们也逐渐把研究兴趣转向托氏的民族性问题。苏联解体后，全球化浪潮袭来，美国社会对俄罗斯的关注程度持续走低，但托氏的世界作家身份及其思想的世界主义特征却得到了美国学者越来越多的关注。自20世纪末以来，大量学术成果都出自美国大学的世界文学和比较文学专业的学者之手，他们引入了比较诗学的方法，以跨文化和跨学科的视角系统考察托氏作品及其思想的源流、内涵和影响。这股转变潮流不仅让托氏重回世界文学的舞台中央，而且在一定程度上奠定了该领域在21世纪的发展格局。

托尔斯泰是斯拉夫文学的名片，也是19世纪现实主义文学的标杆人物，其作品在全世界拥有广泛读者基础。若要对某种普遍的文学现象进行梳理和归纳，人们往往可以从托氏的创作成就中找到丰富的分析材料和支撑例证。无独有偶，21世纪的世界文学理论又特别强调共同诗学问题的探讨，也由此“将世界文学的研究上升到了比较文学层面”[1]。比较文学研究始于不同国家间作者和作品的分析比较，在比较中把握文学的艺术规律和发展大势。因此，比较文学的方法为共同诗学的构建提供了路径。通过对近二十年相关文献的检索，笔者发现美国学界围绕托氏进行的比较文学研究主要侧重于以下两大方面：（一）现实主义文学的总体诗学构建；（二）世界文学的比较诗学构建。

1 查明建：《比较文学视野中的世界文学：问题与启迪》，《中国比较文学》2013年第4期，第8页。

一、托尔斯泰与别国作家的比较研究

总体诗学采取归纳方法，通过作家作品之间的比较，勾勒出某个文学范式的轮廓。迄今为止。托氏的小说创作依然代表着现实主义文学的最高成就。因此，研究现实主义文学的范式，尤其当涉及诗学机制和历史沿革的探讨时，托氏是一个无法绕开的作者。美国文学批评家乔治·克雷(George Clay)的论文《为扁平人物辩护及其对狄更斯、奥斯丁和托尔斯泰的价值讨论》当属此类研究中的典范。在这篇论文里，三位现实主义作家都充当着研究的例证，而非研究的对象。克雷所聚焦的"扁平人物"(flat character)现象在19世纪西方各国现实主义小说中十分常见。对此有褒有贬的根本原因是评论者经营的诗学范式不同。克雷把托氏、狄更斯等人凑到一块儿，就是要以现实主义小说的人物诗学来驳斥福斯特对"扁平人物"的偏见。除了提取共性，学者们还通过在托氏和其他流派作家之间寻找差异的方式来探寻现实主义文学的创作特征。宾汉姆顿大学教授菲利普·罗杰(Philip Rogers)的论文《少年奥列宁的烦恼：托尔斯泰的维特》走的就是这条路子。他首先肯定了两部小说主人公在处境和心境上的共通之处，随后便指出两人不同的人生抉择表明托氏与歌德在价值观上存在根本分歧。后者精心营造的神圣自我恰好是前者旨在驱除的幻象。众所周知，《少年维特的烦恼》是欧洲浪漫派奠基之作，所以菲利普·罗杰的这一发现凸显了现实主义文学的反思基调，以及较之于浪漫主义的进步性所在。这种通过控制变量来揭示各自流派特征的做法极有可能存在归纳谬误的问题。不过，好在托氏作品所具有的典型性和代表性有效降低了这一谬误发生的概率。

2016年，美国学者库兹米克(Tatina Kuzmic)推出专著《通奸的民族：欧洲小说中的家庭政治和民族焦虑》，乃此类研究的最新成果。库兹米克把《安娜·卡列尼娜》与乔治·艾略特(George Eliot)、冯塔纳(Theodor Fontane)、舍诺阿(August Šenoa)，以及显克微支(Henryk Sienkiewicz)的作品进行并列比较。这五位小说家来自不同欧洲国家，而被比较的小说都属于现实主义作品，且都含有通奸的主题书写。在库兹米克看来，通奸小说“在19世纪后半叶已演变为现实主义流派下辖的次文类”[1]。她认为19世纪欧洲的政治现实反映了欧洲人内心的民族焦虑感，而通奸小说以家庭隐喻国家的方式对这种情绪进行了宣泄。应当指出，库兹米克的考察范围仅五部作品，就数量而言无法反映19世纪现实主义文学的全貌，也支撑不了书中那些惊世骇俗的论点。然而，探讨《安娜·卡列尼娜》的一章起到了关键的压舱石作用。在托氏逝世后的一百年间，人们形成普遍共识，认为他是现实主义文学的集大成者。相较于书中涉及的其他作家，这种以一当十的影响力让整部专著变得厚重起来，并极大提升了库兹米克论证的说服力。

如果说总体诗学的研究方法是把托氏当作一面镜子来反映某一文类的特性，那么比较诗学则偏重托氏与其他作者之间的历史对话。两者不同之处在于前者着眼于共性，而后者较突出旨趣、风格和评价方式的多元。近二十年来，托氏的比较诗学研究取得长足进步。此方面的代表作有加州大学伯克利分校教授麦克里恩（Hugh McLean）2008年出版的专著《追寻托尔斯泰》。书中的比较研究可分为两类：思想比较和创作比较。就前一类而言，作者开列的比较对象有耶稣、达尔文、卢梭和伯林等人。这里着重谈一下第二类情况。作者选定海明威为比较对象，聚焦两人的创作主题和艺术风格。海明威曾以拳击作比，设想自己如果同托氏打一场文学擂台一定很激烈。这勾起了麦克里恩的兴趣，于是将海明威的玩笑话付诸实践。较量共分六轮，每一轮主题分别为：生死、战争、爱情、自然、文化和社会人。评判指标是广度和深度。结果，他裁定托氏取得压倒性胜利。这场比拼看似异想天开，其真正意义在于衬托托氏作品“超民族的身份属性”[2]。首先，上述用于比较的主题都具有普世性，而书写这些主题是托氏的强项。更重要的是，尽管海明威表面看更像是一位世界性作家，作品场景富有

1 Tatiana Kuzmic, *Adulterous Nations: Family Politics and National Anxiety in the European Novel* (Evanston: Northwestern University Press, 2016), p.3.

2 江宁康:《世界文学：经典与超民族认同》,《中国比较文学》,2011年第2期,第13页。

异域特色，但麦克里恩的比较显示托氏小说无论在格局和眼界上都力压海明威一筹。前者属于在所有时代都能闪耀的作者，而后者的魅力似乎只有放在“迷惘一代”的精神语境里才能完全地绽放。

托氏小说广博的内容使他在比较诗学研究上拥有巨大可比性。因此，只需不断扩充比较对象，创新成果就会源源不断产出。近年来，仅在美国就有邦德（Nina Bond）的论文《托尔斯泰与左拉：火车与断联》，约翰·福斯特（John Burt Foster）的专著《跨越国度的托尔斯泰：西方和世界之间》，以及卡特（Steven Carter）的论文《海明威的〈一个干净明亮的地方〉和托尔斯泰的〈伊万·伊里奇之死〉》等佳作问世。这些研究探讨的问题不同，切入的视角各异，却共同巩固了托氏在世界文学大家庭中的地位。即便如此，他的世界性影响恐怕也只显露出冰山一角，亟待学界运用新的方法做进一步挖掘。

二、托尔斯泰的跨文化研究

全球化时代的到来让世界各民族彼此走近，让不同国家间的人文交流异常频繁。在此大环境下，作家与其作品的跨文化影响自然成了世界文学的研究重点。正如有学者指出的那样，“世界文学不再是具体形态的文本，而是文学作品通过翻译，进入新的文化空间的实践形态”[1]。世界文学的这一观念革新体现在托氏研究上就是有关他的跨文化研究正不断得到拓展。在美国学界，越来越多研究者开始从单一关注文本转向文本在不同文化语境下的阅读和被阅读影响。具体到托氏研究，现已衍生出两个分支：(一) 托氏的跨文化实践；(二) 他的跨文化接受及其影响。

托氏一生博览群书，他的思想构成具有跨文化高度的杂糅性，其主要来源有基督教的《新约》，19世纪美国的哲学、宗教思想，法国启蒙思想，印度佛教，甚至还有中国的老庄哲学。由此不难发现，美国在研究托氏的跨文化实践上拥有得天独厚的优势，且早在20世纪七八十

1 查明建：《比较文学视野中的世界文学：问题与启迪》，《中国比较文学》，2013年第4期，第3页。

年代就积累下丰厚的研究成果。21世纪后，学者们纷纷挖掘新的研究方向，一些未对托氏产生直接影响却曾被他关注过的作者都出现在了他们的视野里。这其中最具代表性的一位当数莎士比亚。但凡涉及托氏的戏剧美学思想，莎氏就是绕不开的话题。由于后者在英美读者中享有崇高地位，不少美国学者并不认同托氏对莎氏的批评。在《〈安娜·卡列尼娜〉与〈什么是艺术？〉》[1]一文中，美国学者贝雷（John Bayley）还原了托氏的戏剧观念，并通过对莎氏作品的二度阐释发现了前者的认识偏差。托氏认为莎氏在人物塑造中注入过多戏剧张力而损害了人物的真实性。例如，他觉得李尔王那极具视觉冲击力的咆哮有失尊严，而且略显做作。在贝雷看来，托氏的批评恰恰反映了他在人性问题上以偏概全的认识错误，因为当人们惨遭非人折磨时，我们不应奢望他们还坚守爱和善的底线，人物的种种冲动行为才符合人性本真的表现。埃莫森（Caryl Emerson）的《旧批评的诱惑》一文则就同一问题给出了一个另类的解读视角。依照托氏的审美观点，莎氏的戏剧属于末流艺术，但埃莫森认为托氏真正需要探究的是，既然是伪劣之作，为何能流芳百世。最后，他发现托氏在《什么是艺术？》一书中提出所谓作品的"催眠"效应一说就是他对此问题的解答。

法国作家对托氏的影响不言而喻，这种影响潜移默化地体现在他的创作中。研究者需要深入作品去寻找蛛丝马迹并发现其中规律，因而相当考验功力。近年来，美国卫斯理安大学普丽西拉·梅耶（Priscilla Meyer）教授已成为这一分支领域的佼佼者。她的代表作包括论文《〈安娜·卡列尼娜〉，卢梭和福音书》和2008年版的专著《俄国人如何阅读法国人：莱蒙托夫，陀思妥耶夫斯基和托尔斯泰》。她研究的对象主要是法国文学与《安娜·卡列尼娜》在通奸主题上的互文关系。上述论文考察了对《爱弥儿》的阅读如何影响了托氏塑造安娜这一通奸者形象。作者认为在卢梭浪漫主义情怀的感召下，托氏对人物通奸的失德行为采取了较为宽容和理解的态度。小说中，他试图

1 John Bayley, "*Anna Karenina* and *What is Art?*," in *Bloom's Modern Critical View: Leo Tolstoy*, ed. Harold Bloom (Philadelphia: Chelsea House Publishers, 2003), pp.53－64.

调和浪漫理想和世俗伦理之间的矛盾，将“有关爱情的神圣浪漫理想一点一滴地艰难注入一个已婚妇女的形象里”[1]。在之后的专著中，普丽西拉·梅耶又盘点了大仲马、左拉、福楼拜等人作品和《安娜·卡列尼娜》在主题和人物上的关联性，从历史谱系角度对原先研究做了拓展和扩充。

荷马史诗是西方文学的滥觞，其中的《伊利亚特》和托氏的《战争与和平》都以表现战争著称，美国知名学者布鲁姆称托氏小说具有“荷马式”[2]的史诗品质。近年来，荷马对托氏的影响研究成了美国比较文学界的热点。2004年，著名人类学家保罗·弗里德里希（Paul Friedrich）在《比较文学》上发表的《托尔斯泰，荷马和基因型的影响》无疑是相关论文中极具创新意识的一篇。该文先从托氏的经历和价值观入手盘点荷马史诗对托氏创作的影响。然而，作者认为以上因素都比不上诗学形态的影响，他以《哥萨克》为例说明托氏如何将《伊利亚特》的艺术神韵融入创作中。在结论部分，他提出“基因型影响”（genotypical influence）这一概念来描述两部作品间的艺术传承关系。托氏研究权威欧文的论文《重访托尔斯泰与荷马》则属于面面俱到的系统研究，论题涵盖了托氏阅读荷马过程的梳理，对其艺术思想影响的阐述，以及《伊利亚特》和《哥萨克》、《战争与和平》之间的分析比较。2015年，《托尔斯泰研究期刊》推出“托尔斯泰与古典世界”专辑，有多位美国作者供稿，选题除了荷马，还涉及苏格拉底、希罗多德等人。这股学术合力表明学者们正试图把研究范围从一个作家扩展至整个古希腊文化圈。

鉴于托尔斯泰主义对20世纪美国社会思潮的重要影响，美国学者在其跨文化的影响研究上基本立足本土学术资源，经过几十年的发展取得了累累硕果。近二十年来，学者们的工作重心逐渐放在对过去

1 Priscilla Meyer, “*Anna Karenina*, Rousseau and the Gospels,” *Russian Reviews*, 66.2 (2007), p.219.

2 Paul Friedrich, “Tolstoy, Homer, and Genotypical Influence,” *Comparative Literature*, 56.4 (2004), p.284.

成果的整理和总结上。作为先行者，纽约市立大学的维泰克(Robert Whittaker)教授在20世纪90年代末建立了一个囊括1 700多封托氏与美国友人间来往信函的档案库。他将档案整理过程中的发现写成论文，共计5篇，发表在《三季刊》(*TriQuarterly*)上。这些论文分别从文学、政治、伦理和宗教等领域出发，全面回顾了从19世纪末到20世纪初美国知识分子对托尔斯泰主义的思考和接受。维泰克的成果虽然少有观点上的创新，但文献的发现和整理也具有极高的学术价值。2006年，由塞基林(Peter Sekirin)辑录的《美国人与托尔斯泰谈话录》是文献研究领域的另一个里程碑。书中出现的二十多位访问者均是上世纪初笃信托尔斯泰主义的美国知识文化界名流。该著既是一本珍贵的关于托氏思想的一手资料汇编，同时也给美国托尔斯泰主义的传播史研究提供了绝佳指南。2012年，伊利诺伊大学历史学教授克拉克拉夫特(James Cracraft)推出专著《两个闪耀的灵魂：亚当斯、托尔斯泰与世界和平的求索》。该书借助大量史料复盘托氏与美国著名社会学家亚当斯的交往经历，并"以亚当斯为支点追溯了托氏在美国的早期接受史，以及对美国文化的影响情况"[1]。显然，维泰克等人所做的基础性工作已收到成效，对实证方法的青睐很可能会在不久的未来形成一股潮流。

总体而言，在他国文化对托氏的影响研究上，美国学者更偏重文学和创作方面的话题探讨。而在反方向研究上，他们则更多地聚焦于哲学和社会学领域。这种不均衡的局面为未来的研究预留了足够空间。而无论哪个方向，基于一手文献的实证分析都将得到广泛应用。

三、托尔斯泰的跨学科研究

进入新世纪以来，不仅各民族和国家间的交流日益频繁，不同学科间的壁垒也不断被打破。学科融合和跨学科研究已成为各领域学术创新的重要源泉。跨文化是世界文学的基本属性。这里所谓的跨

1 James Cracraft, *Two Shining Souls: Jane Addams, Leo Tolstoy and the Quest for Global Peace* (Lanham: Lexington Books, 2012), p.x.

文化是一个广义概念，不仅指不同民族文化间的往来互动，也可用来指不同领域、不同学科话语间的合作交流。因此，“新型世界文学的研究范式具有很强的跨学科特征”[1]。纵览目前美国各大学的世界文学或比较文学专业，跨学科研究几乎都被列为主要分支。受此影响，跨学科的研究方法也在托氏研究中获得推广。笔者翻阅了近十多年来《托尔斯泰研究期刊》的目录，发现几乎每期都会刊载与跨学科有关的学术论文。应当指出，这些论文都不是为跨而跨，学者们争相引入跨学科手段是基于托氏研究本身的特点：其一，托氏本人就是杂家，在众多领域都有所成就，引入跨学科手段是研究其思想的不二法门；其二，托氏小说包罗万象，即使单纯的作品研究也必须具备跨学科意识。

托氏学说始于他对基督教教义的道德思考，而他本人又极看重思想的实践功能，导致他的涉猎领域不断扩大，这也让经济学、政治学和社会学的多学科交叉成为近几年来其思想研究的风向标。在这点上，美国学界先知先觉，所以学术产出颇为丰富。受篇幅限制，这里只能在三个方向上各列出一部代表作。第一是经济学与伦理学交叉，代表作为斯塔维斯（Jesse Stavis）的论文《对单一税的两种思考：托尔斯泰、亨利·乔治和进步的意义》。该文评价了美国经济学家乔治（Henry George）提出的“单一税”理论。鉴于乔治与托氏之间的传承关系，斯塔维斯将后者的观点拿来作为对前者学说的补充和完善。面对新古典主义经济学家对乔治的批评，他在论文中搬出托氏，目的就是为了从伦理立场出发为单一税的正当性提供辩护，并以此表明进步的意义是多维度的，而不能仅以经济指标来衡量。第二是宗教学与政治学交叉，代表作为霍洛维茨（Irving Horowitz）的专著《战争与和平的观念：西方文明的经验》。在相关章节里，霍洛维茨考察了托氏和平主义学说背后的宗教根基和政治学渊源，并论述了他如何在调和两者的过程中形成独特的思想体系。在作者看来，托氏一方面运用政治

1 查明建：《比较文学视野中的世界文学：问题与启迪》，《中国比较文学》，2013年第4期，第8页。

学理论为其和平主义主张构建起学理上的支撑,另一方面又通过对教义的诠释,为主张的贯彻提供了行动指南。第三是社会学和伦理学交叉,代表作为欧克斯(Guy Oakes)的论文《价值的二律背反:韦伯、托尔斯泰和科学理性的限度》。在文中,作者从《学术作为一种志业》中韦伯对科学的定义谈起,探讨了科学,现代文化和生命价值之间的关联。他以托氏的伦理思想为批评武器,指出了韦伯科学认识论中存在的谬误。此外,作者还就韦伯受托氏思想的影响情况做了评价。以上举例表明托氏研究正形成一张多学科的交叉联动网络,这既符合研究本身的需要,也反映出当前人文学科范式革新的趋势。

至于以文学文本为对象的跨学科研究更是五花八门。除常规的人文社科话题,托氏小说中的科技类话题也引起了学者们关注。2000年,美国著名生物学家艾伦费尔德(David Ehrenfeld)教授发表论文《〈战争与和平〉保育生物学》,这或许是科学界人士首次涉足托氏研究领域。此文刊载于生物学专业期刊,说明科技人文携手在当时美国文理两界已达成共识。文章指出保育生物学是一门科学,但光有科学思维却会让这门学科偏离其使命。作者从《战争与和平》中托氏对拿破仑战败原因的分析中得到启发,极力推崇小说所体现的全景式思维,呼吁对生物多样性保护的思考应结合社会大环境。此文一经发表在美国学界引起不小反响,不仅在人文研究领域被广泛引用,而且还被收录在由埃根(David R. Egan)编著的《列夫·托尔斯泰:英语文献资源选注,1978—2003》一书中。2006年,《托尔斯泰研究期刊》发表的三篇论文都是医学或生物学的跨学科研究,分别为库兹米克的《〈安娜·卡列尼娜〉中的心灵、身体和三角恋》、麦克里恩的《身后的爪子:托尔斯泰与达尔文》和罗宾逊(Douglas Robinson)的《托尔斯泰的感染理论与去个体化/再个体化美学》。值得注意的是,罗宾逊教授的研究模式颇为新颖。他运用感染学视角对托氏的艺术思想进行了解剖和考察,揭示出他所践行的道德美学观背后的传播机制。在之后的专著中,罗宾逊又就托氏的艺术思想内涵构建了以“伪感染模式”(fake-infectious model)和“变态感染模式”(perverse-infectious model)

为主干的"感染美学"(infectious aesthetics)理论[1]。应当指出,加强托氏的跨学科研究将推动不同学科间互启互补的共赢局面,艾伦费尔德等人的研究表明托氏作品中蕴含的思想财富既是全人类共有的精神遗产,也是所有学科共享的学术资源。

一百多年来,美国托氏研究经历了以"托学"研究、斯拉夫研究和世界文学研究为框架的三个历史发展阶段。研究阵地的扩大一半靠托氏自带的丰富学术资源,另一半源于新视角和新方法的不断涌现。前两个阶段的出现是不断变化的时局,新思潮的涌动和文艺理论的繁荣等多项因素综合在一起的结果。而第三个阶段之所以能在20世纪末成形,一方面是因为全球化的时代格局,另一方面也是受到了达姆罗什(David Damrosch)、莫莱蒂(Franco Moretti)等人的理论影响。学界在当时出现了一大批致力于把托氏纳入世界文学研究版图的学者。经过近二十年发展,他们不仅累积了丰硕成果,而且还取得了研究思路的多点突破。首先,比较诗学的方法在业内获得广泛实践,这显然有助于研究者厘清托氏对各种文学流派的贡献,并明确他在世界文学史上的地位。其次,方兴未艾的跨文化和跨学科考察极大丰富了托氏横向的文化关联研究和纵向的历史影响研究。但必须指出的是,世界文学的开放视野并没有从根本上转变学界西方中心主义的立场,托氏与西方之外的跨文化联系蕴藏着巨大的研究潜力。展望未来,只有越来越多的美国学者走出西方话语的桎梏,以去中心化的心态放眼全球,世界文学语境下的托尔斯泰研究才会迎来一个大有可为的时代。

1 Douglas Robinson, *Estrangement and the Somatic of Literature: Tolstoy, Shklovsky and Brecht* (Baltimore: The John Hopkins University Press, 2008).

第七章

德国的托尔斯泰研究

德国在不同历史时期对托尔斯泰的接受与阐发各有侧重，既有立足于作品形式、审美与思想的传统文学批评，也有基于德国甚至广义德语国家哲学、社会学、心理学与出版机制等方向的研究，二者并行不悖，很难将这些领域截然分开考察。这一方面说明托氏作为世界经典作家本身拥有宏阔的阐释空间，另一方面也体现德国作为接受主体对于托氏研究在译介、路径与观念上的再次创新，甚至后者随着时间的推移逐渐上升至更为重要的地位。研读托氏是德语文学[1]批评范式的重要组成部分，同时也与德国的人文知识谱系融为一体。巴赫金认为，没有对话就没有意义，关于托氏在德国的影响与接受并非只是单向度的嵌入式引介，而是一个多元的对话空间，对于托氏的接受激发了德语文学的另一种基质，这一点在20世纪60年代之后随着文化批评等理论的传播而得到加强，它着眼于一种文学引介到异文化中发生的重大改变，强调它和属地文化语境的结构性互动。其间文学划分阶段论或者主题论虽然仍是主要的研读逻辑，但是学术史视域已经发生转变。基于此，这部分内容不以穷尽所有目标为己任，而是再次将

1 这里的"德语文学"并非只限于今天的德国或者是第二次世界大战之后的东西德国对托尔斯泰的研究，也包含广义的作家斯蒂芬·茨威格、哲学家维特根斯坦甚至社会学家马克斯·韦伯在不同阶段、不同路径对托尔斯泰的研究。

托氏在德国的影响与接受这一话题做陌生化处理，突显其接受时空之变，接受机制之变，大体以“时间、话题、语境”这一脉络呈现托氏在德国的影响与接受过程。

首先应该注意的是，德国文学自身的发展在一定程度上也中和、加强或者削弱他国作家的影响。相对于英、法、意大利或者西班牙等欧洲国家，德国文学作为过境之旅与“漫游之旅”的文化包容，也在形塑着托尔斯泰作品在整个德意志文化区域的流转形态。具体来讲，在18世纪之前，德意志文学的概念还值得怀疑[1]。这一点也同样适合说明“俄罗斯文学”。德国文学与俄罗斯文学都属欧洲文学年轻的后来者，德国在19世纪致力于建构本民族从莱辛到歌德的“古典文学”(Klassik)：作为德意志文学史阶段的古典文学的概念首先出现在19世纪的出版的一些文学史中，为的是与其他民族文学抗衡，18世纪末19世纪初期德国文学运动达到顶峰，形成了后来我们体认的德国经典。但是19世纪下半叶德国文学并没有出现如巴尔扎克、福楼拜、狄更斯或者托尔斯泰这样具有世界意义的作家，所以托尔斯泰的作品作为“异质成分”如何参与了德意志文学民族性的讨论，又如何在德语世界实现了对于“欧洲文学”的总体理解是首先面临的任务，以托尔斯泰在德国的影响与接受为例证，可以看出一种从德国文学意识到欧洲文学意识，进而思考托氏在整个欧洲乃至世界接受谱系的嬗变过程。

同样，托尔斯泰很早就开始在思想层面将德国从欧洲文化剥离出来，主动搭建了另一条隐秘的精神纽带。他喜欢贝多芬与巴赫、歌德与席勒，叔本华的哲学著作正是在托氏的敦促之下才有了俄译本。在《安娜·卡列尼娜》中，托氏将德国作为一个片段内置于情节之中。小说中吉蒂·谢尔巴茨基到德国去恢复身体健康，这一不经意的隐匿交代和安娜与沃伦斯基到达意大利的情形正好相反，德国在这里是迥然于欧洲其他文化的所在。托氏在1855年到1885年的所有作品和思想似乎都有德国的影子，1860年到1861年托氏的德国旅行适逢德国俾

1 海因茨·史腊斐：《德意志文学简史》，胡蔚译，北京大学出版社，2013，第100页。

斯麦改革前夕，德国政治、社会以及伦理都在发生着巨变，这一思考直接影响了托氏后期的教育实践。对照来看，俄国亦正处于1861年农奴制改革时期，对于德国乡村教育和生活的考察都以不同形象进入作家文本当中。在两个国家的文化对话进程中，文学的民族化是二者共同面临的问题，托氏的作品起初是作为“邻国文学”被接受的，后续直接参与了德国文学出版、艺术审美、社会思想变迁的所有过程。应该说，在欧洲还没有哪一个国家像德国一样，在如此的广度与深度全面接受托尔斯泰的影响。

从总体框架来看，托氏在德国首先是以一位叙事天才被认识的，在1880年之后，直到1910年作家去世，托氏成为德国自然主义文学、世纪之交开始的表现主义文学争相讨论的对象，这一时期也成为托氏研究在德国的第一个高峰。此后，德国对于托氏的研究始终保持本国特色，虽然强调其与德国哲学小说、教育小说的对话关系，但是并没有忽略托氏首先是一位具有鲜明艺术特征的俄国经典作家。到1960年代，托氏逐渐被作为艺术家和思想家进行对比研究。这一研究范式在二战后期直到冷战结束保持了一种强劲势头，而在1990年两德统一之后，托氏在德国的影响与接受甚至出现在管理学等学科领域。但是值得注意的是，此时对于德国早期托氏的艺术研究亦有反拨与重构趋势，比如再次将托氏与德国自然主义文学对照考察，强调回归托氏的文学研究。

总之，德国的托尔斯泰研究在视角、方法与理论上都与其他欧洲国家有着明显的区别。

第一节　1855年至1890年：小说家的黄金时代

1855年至1890年可以视作德国对托氏的早期认识阶段。学界一般认为，世界各地对于托氏的接受存在时间差，比如1880年之后，多数国家是先从接受托氏的思想与哲学观，从关于土地、国家与人类文明福祉的政论文开始关注作为思想家的托氏，进而关注、引介其文学作品。这主要是因为19世纪末20世纪初期，世界各地频仍的战争为托氏"反抗一切暴力"的思想传播提供了历史语境，同时关于文学现代性的讨论也经常以托氏的作品为参照系统。这一时期对托氏作品的翻译首先是长篇小说，渐次过渡到中篇小说和戏剧研究。这一发展脉络，基本符合欧洲以外地区对托尔斯泰接受与研究的历程，已成为学术界共识。

但是这一时间的跳跃与延宕对于言说德国的托氏影响与接受并非全然契合。始自18世纪，德国作为"欧洲的东方国家"就与俄国启动了文化地理意义上的对话空间，之后俄国19世纪黄金时代的文学与德国文学、哲学与社会生活全面互动。托氏在德国的影响与接受参与了这一过程的所有阶段。从1855年到1890年的三十五年是托氏小说创作的黄金时代，德国从一开始就将托氏研究纳入德国民族文化本身范畴内加以考察。1856年3月在《外国文学期刊》(*Magazin für die Literatur des Auslandes*)出现一篇署名为查别尔(E. Zabel)的简讯《1855年的俄国文学》(Die russische Literatur in Jahre 1855)，提到了托氏的小说《一八五五年八月的塞瓦斯托波尔》(*Севастополь в августе 1855 года*)[1]，这也被认为是欧洲较早介绍托氏作品的史料。1863年威廉 · 沃尔夫索恩(Wilhelm Wolfsohn)翻译出版托氏短篇小说《波利库什卡》，发表在《俄国评论》(*Russische Revue*)上[2]，后被收入1885年的首部德文版托氏选集。德国书评家哈梅尔(E. Hammer)曾经评论道，这是一部很令人伤心的中篇小说，是关于穷人和弱势阶层的作品，不是我们这些沙龙小说家能够达到的层次，而托氏将这些可怜的人放在他的心里，他将自己的才华、自己的作品献给他们，他确实是一位伟大的

1 «Die russische Literatur in Jahre 1855». — «Magazin für die Literatur des Auslandes», 1856, Nr. 36, 20. Ⅲ, S. 137–138.

2 «Paul ». Erählung vom Grafen Leon Tolstoy.— «Russische Revue», 1863, Nr. 7, S. 28–50, Nr. 8, S. 105–146.

作家[1]。《波利库什卡》呈现的是年轻的托氏对于俄国农奴制度的直接批判，这一鲜明立场在作家后来的成熟作品中很难发现。就在这部中篇小说有了德译本的时候，33岁的托氏正在游历欧洲，寻找着拥有正确教育理念的国家，包括法国、英国、比利时，南北德意志，年轻的托氏甚至希望可以带走魏玛一所学校的学生作文，这些都与此时作家致力于俄国乡村教育相关。彼时鲜有欧洲其他国家注意《波利库什卡》这个故事，甚至到今天也少有学者提及。比如几乎就在同一时期，英国选择翻译出版《童年》与《少年》作为叩开初识托氏之门，显然这一选择与维多利亚文学传统契合。欧洲两个国家选择托氏的不同作品引介到本国，恰好也可佐证作为接受者的个体选择。此时德国同样面临乡村制度改革的趋势，伦理选择和社会阶层结构等问题，某种意义上来说，正是因为对托氏乡村书写作品的译介，德国与俄国率先在欧洲范围内实现了艺术与思想对话，而不仅仅只是文本旅行。

真正具有今天文学批评意义的文章而非简讯出现在1870年4月的《外国文学期刊》，书评《〈战争与和平〉一部俄国小说》从文学角度评介了这部作品。虽然一般认为1879年法语版《战争与和平》是首部完整的欧洲语言译本，但是从1870年开始，德国报纸《莫斯科的德国时间》（*Moskauer Deutsche Zeitung*）已经陆续连载《战争与和平》的片段[2]。由于早期的德文节选译本出现在发行量较大的报纸而非针对专业批评家的文学刊物，所以也使得《战争与和平》作为一个有趣的“故事”吸引了众多读者；1812年战争作为历史故事、小说中的俄国日常生活与人物情感世界都成为普通读者争相阅读《战争与和平》的原因。1870年到1871年连续两年的报章连载推动了这部巨著在欧洲的传播。这一传播机制也在一定程度上和1879年完整版法译本《战争与和平》形成对比，后者因为屠格涅夫与福楼拜的举荐成为一种“高雅文学”类型而进入文学史，这里需要关注的是，德国发达的出版业后来继续成为

1 E. Hammer, «Polikuschka». — «Gesellschaft», 1889, Nr. 1, S. 112.

2 «Moskauer Deutsche Zeitung», 15.1–24. XII 1870, Nr. 1–140, 143–144, 147–148. 5. 1–9, Nr. 2–4, 8–9, 16–17, 19–20, 22, 26, 28.

推动托氏研究的中坚力量，在获得广泛读者群这方面具有其他欧洲国家无法比拟的优势。1875年，托氏的中篇小说《家庭幸福》德文译本在慕尼黑与读者见面[1]，这些在大众领域的传播与阅读直接使得托氏成为最受欢迎的“欧洲名人”，1878年，迈尔（Myer）编写的《当代百科全书》也首次将托氏作为最有影响的小说家编入，1880年编写的类似于文学史指南书目也将托氏写入，这一时期的托氏介绍虽然未必隶属于严肃的文学批评，但是德国知识界和受众似乎从一开始就决定了对于托氏研究的不同路径。真正系统的德文版托氏选集出现在1882年，包括《卢塞恩》与《家庭幸福》的集子在莱比锡出版[2]。

1885年可以作为考察托氏在德国的影响与接受的第一个时间节点。这一年《安娜·卡列尼娜》的德文译本由R.威廉（R. Wilhelmi）出版社发行，年底完整的德译本《战争与和平》也在原报章连载的基础上由勒文菲尔德（Raphael Löwenfeld, 1854—1910）全本译出。1885年标志着托氏作为小说家在德国的接受机制初创成功[3]。特别需要指出的是查别尔的研究，1885年，查别尔编写了《文学俄国纲要》，而非《俄国文学纲要》，在书中通过对于托氏的介绍，查别尔给俄国冠以“文学的”（literarisch）这一形容词，这一识见也说明德国在托氏研究的初期就已经具备一种独特的学术史和知识史视角，也可以认为正是托氏小说在德国的流转，最终使得标识俄国文化的第一个形容词是“文学的”而非其他。在这部纲要性质的专著中，查别尔在强调俄国作家果戈理、屠格涅夫、陀思妥耶夫斯基之后认为，德国读者还不太能够深刻地了解托氏，而《战争与和平》将不仅仅是一种俄国文学现象，“也将是我们这个时代近百年来的最重要的长篇小说”[4]。客观地说，在托氏的欧洲传播领域，德国较早意识到了托氏作为伟大的史诗作家的

1 «Novellenschatz des Auslandes». Bd. 10, Miinchen, 1875.

2 «Luzern». «Familienglück». Zwei Erzahlungen. Übers. v. W. Lange. Leipzig, «Reclam», UB Nr. 1657/58, 1882.

3 L. Tolstoy, *Anna Karenina: Roman in 6 Büchern*. Berlin: R. Wilhelmi, 1885.

4 E. Zabel, *Literarische Streifzüge durch Russland*. Berlin, 1885, S. 128.

世界地位，而且值得记录的是，托氏的小说并非只针对特殊群体，而是在德国广大民众中间也拥有了稳定的读者。

1885年到1890年托氏重要的中篇和长篇小说都被引进到德国，很多读者不仅阅读德文版《战争与和平》，同时也会阅读法文版或者英文版关于托氏的任何讯息，比如阅读法国的托氏研究者德·沃盖（B. W. de Vogüe）[1]的评论文章。在这几年当中，德国年轻一代作家都以托氏为自己的艺术参照，同时广为传颂与评介托氏的道德伦理以及哲学篇什。这方面的代表作家有A.霍尔茨（A. Holtz），M.雷泽（M. Retzer）、G.豪普特曼（G. Hauptmann）、冯塔纳等，对于德国自然主义文学与托尔斯泰的关联，我国学界早已关注并且翻译成中文。特别是1890年1月26日托氏的戏剧《黑暗的势力》在德国自由剧场对“有限观众”演出之后，更是引发了文学批评界的热议。这部以一种道德的绝对力量被冯塔纳评论为“剧本在内容上缺乏新奇的魅力，要到最后，我们才发现自己已经置身于那种富有吸引力的戏剧力量的电流之中”[2]。1900年，这部剧作在德国公演之后引发了更大的热议，作家弗朗茨·梅林撰文强调正是道德与忏悔的力量才使得这部剧作被认为是成功的，演员们精湛的表现“体现了托尔斯泰剧本内蕴的精义，从而也就成了向伟大作家的天才表示应有的敬意”[3]。

综上，虽然德国对于托氏的研究在一定的文学阶段划分上与欧洲其他国家有重合之处，但是总体上来看，德国一直是在托氏艺术结构、思想探索以及出版机制等方面致力于另一路径的接受。截至托氏去世，德国已经在大众传媒、作品引介、文集甄选、文学批评、史料留存及作家传记书写等领域全面完成了托尔斯泰研究机制的构建。

1 德·沃盖（1848—1910）：法国文学批评家，与屠格涅夫、福楼拜一起将托尔斯泰的文学作品引介到法国，并且进一步影响托尔斯泰在欧洲的研究走向。参见陈燊编选《欧美作家论列夫·托尔斯泰》，北京：中国社会科学出版社，1983，第3—29页。

2 冯塔纳（1819—1898），托尔斯泰：《黑暗的势力》（1890），李士勋译，参见陈燊编选《欧美作家论列夫·托尔斯泰》，第356页。

3 同上，第361页。

第二节　1890年至1910年：文学与媒介

以两次世界大战为时间节点，可以将德国的托氏研究区分为1890年到1918年、1939年到1945年两个重要时段。这两个时期的德国作家对于托氏的评价在我国已经有了一些中文译本，它在主要的方向上认为德国此时的托氏研究在很大程度上呈现出与欧洲所有国家的趋同性。比如它始终伴随着德国现代文学的结构变化，同时也不可避免地参与同时代人社会政治革命、战争、民族解放运动，科学与技术的进步，以及德国人文生活的变迁。比如在第一次世界大战的紧要关头，德国表现主义者将托氏的"勿抗恶"的思想当作箴言来信奉。这一兴起于20世纪初期的德国表现主义运动，虽然持续时间不长，但对当时的文学艺术产生了巨大的影响。不同于早期受到托氏艺术影响的德国自然主义和象征主义文学，德国表现主义立意在于反抗：反抗社会的落后腐朽，反抗统治阶级的封建保守；反对异化，反对不义战争，高扬人性、爱、和平、理想的旗帜，幻想建立理想的社会。这一将托氏思想资源作为社会与文化战斗的武器的研究已经成为学界常识，比如托马斯·曼撰写的《歌德与托尔斯泰》(*Goethe und Tolstoi*)就是19世纪末以降的有意识地吸收托氏的道德、社会、人性和艺术要旨的代表。《歌德与托尔斯泰》的灵感来自一次演讲，正式发表是在1923年，1932年经过修改之后又在柏林发表。根据托马斯·曼的观点，这是通过文学叙事的方法讨论托氏关于秩序、教育与美德的文章，它在很大程度上可以代表这一时期德国作家以及研究者对于托尔斯泰的思考倾向，即将其作为精神上的伟大先驱而景仰。[1]而托氏作为作家的艺术阐发似乎被淹没在思想研究领域，比如同样是德语文化圈的奥地利作家茨威格就认为

1　参见托马斯·曼:《歌德与托尔斯泰》,朱雁冰译.浙江大学出版社,2013。

托氏的世界是一个没有梦、没有幻想、没有幻觉——一个可怕的空虚世界，除去无情的真实之外没有别的光彩，除去无情的明晰之外一无所有。因此他得出结论，托尔斯泰的艺术发人深省，它同科学一样，闪耀着冷酷无情的光芒并具有锐利的客观性，但永不能使我们感到快乐。[1]

与上述学术史观念并行不悖的是，1890年以降，德国在托氏的影响与接受方面呈现出了不同趋势。这首先得益于自18世纪勃兴的德国古典语文学的影响，这一学术传统也直接影响了托氏在德国接受的视角转向。到19世纪80年代末期，德国柏林、慕尼黑与莱比锡作为托氏研究与出版的三大重镇已经初具规模。仅仅从1890年到1903年，德国就出版了248部托氏的译本、260篇评介文章和30部专著。特别是莱比锡，在18世纪就已经是德国的出版重镇，同时也是大学城和学术交流中心，托氏的作品从莱比锡流转到德国各地，使其成为德国最受欢迎的欧洲作家之一。1885年《战争与和平》和《安娜·卡列尼娜》出版，早在1882年莱比锡已经结集出版了《童年》《少年》《波利库什卡》。1884年莱比锡敦克尔及古姆布莱特出版社（der Leipziger Verlag Dunker und Gumblet）推出托氏的德文译本《我的信仰是什么》，这是托氏政论文章和思想文章在德国的首发，同时也可以被视为打开了以德国出版为中介的、在欧洲的传播路径。除了德文译本之外，这一时期还直接出版了托氏的俄文原著，这一将译文与原版叠加引介的机制一直延续至今。至今仍然可查询的1861年4月12日的《魏玛日报》（*Weimarmer Zeitung*）报道了托氏抵达的消息，戈夫里耶的萨克森–魏玛–艾森纳赫公国日常记录里记载着1861年4月13日托氏出席晚宴，同一年托氏抵达魏玛一家学校旁听了一节历史课和写作课程，这一记载中有较为翔实的记录证实托氏走进了怎样的教室，和教师施托泽交谈[2]。这里可以看出托氏在德国的影响与接受也有赖

1 参见陈燊编选《欧美作家论列夫·托尔斯泰》，第651页。

2 参见托马斯·曼：《歌德与托尔斯泰》，第16—17页。

于德国语文学传统的贡献，兴起于18世纪中叶的德意志文学与语文学合力将托氏研究并置在一起，今天关于托氏在世界的影响与接受，德国存有的文献具有“抢救史料”的价值。德国在这里的突出贡献指向较早推出德文托氏传记、托氏研究的文学期刊、《克莱采奏鸣曲》首发于德国等。

一、《复活》的出版

19世纪80年代托氏在德国的研究适逢自然主义文学在德国占据主流，《复活》在1899到1900年出现了12个不同的德文译本，打破了所有的纪录[1]。1899年《复活》在德国正式出版，作家的最后一部长篇小说受到了一定的质疑，甚至招致敌意。批评家弗莱巴克（H. Freibark）认为，一个社会需要新的、符合时代特点的道德标准，但是它不应该是由狂热的、片面的托氏提供，而可以由尼采提供，比如他的超人理论等[2]。后来著名的托氏评论家茨威格则认为，托氏的极端道德思想在《一个地主的早晨》《安娜·卡列尼娜》等作品中已经有所体现，而在《克莱采奏鸣曲》和《复活》中达到了极致。

二、勒文菲尔德的独特贡献

19世纪末期到20世纪初，能够充分彰显德语语文学与出版业的有效结合在托氏研究领域表现的，就是由德国学者撰写的不同版本的托氏传记的出现。除了上文提到的托马斯·曼撰写的《歌德与托尔斯泰》之外，还有众多版本。可以认为，这一时期德国斯拉夫学界纷纷致力于在一般意义上让读者参与对托氏文学、生活和世界观的认识与了解中。这一点也从侧面呼应了此时欧洲范围内此起彼伏的托氏阅读热潮和研究热潮。在俄罗斯，梅列日科夫斯基撰写了《托尔斯泰与陀思妥耶夫斯基》，高尔基撰写了《回忆托尔斯泰》，而在英

1 C. Stulz, *L. N. Tolstoj* (1958), S. 147, 269–271.

2 H. Freibark, *Tolstoi als Charaster*, Wiesbaden, 1909.

国，由契尔特科夫主持的“自由语词”出版社也积极致力于托氏在英国的翻译与研究。三者放在一起比较，可以发现德国较早利用了世纪末发达的出版业资源。1901年，在勒文菲尔德及其同时代斯拉夫学者的努力下，33卷本的托尔斯泰文集在耶拿获得出版，内容涵盖作家作品，关于政治、宗教以及经济生活的政论文，德国大众读者第一次对于托氏的整体创作与思想有了清晰的认识。而勒文菲尔德本人也被认为是德国19世纪后半叶最好的托氏译者与研究者，甚而也是最好的传记作者。1890年，勒文菲尔德成为众多前往图拉庄园拜访托氏的德国人之一，返回德国之后立即完成了一篇有趣的文章《与托尔斯泰对话托尔斯泰》，副标题为“我的第一次亚斯纳亚·波利亚纳之旅”（Meine erste Fahrt durch Jasnja Poljanna），发表于1890年的《时代精神》（*Zeitgeist*）。他于1892年出版的《列夫·托尔斯泰：他的生活、作品和世界观》（*Leo N. Tolstoj, Sein Leben, Seine Werke, Seine Weitanschauung*），可以被视作广义上的托氏传记。文中勒文菲尔德首次征引了托氏的日记、政论文以及出版的宣传小册子等，也包括与托氏本人的谈话；无论是体例还是内容，勒文菲尔德都为后来学者为托氏立传提供了一个生动的范例。1901年，《托尔斯泰伯爵》由博内克（E. Berneker）完成，在莱比锡出版；同一年，柏林出版了查别尔完成的《托尔斯泰传》（*L. N. Tolstoi*），书中查别尔坦言将呈现托氏的全部精神，尽管此时在作家研究中还存在着巨大的不足，但因为是第一次尝试，“那么对第一次尝试的判断就不会那么严格了，文化是一个无情的‘均衡器’。它越是古老，越是有力地摧毁自己的一切”[1]。弗里德里希·舒尔茨（Friedrich W. Schulz）在他完成于1912年的专著《托尔斯泰：两个面孔》（*Tolstoi: Mit zwei Bildbeigaben*）中认为，托氏相信，只有当他重新展现自己时，才能完全相信上帝。[2]这

1 E. Zabel, *L. N. Tolstoi*.

2 Friedrich Wilhelm Schulz, *Tolstoi: Mit zwei Bildbeigaben* (Leipzig: Xenien-Verlag, 1912).

里已经开始指向托尔斯泰道德与艺术的不同领域。可以认为，在1900年前后，德国的托尔斯泰传记类型的出版丝毫不逊于作家的祖国俄罗斯。

1900年之后，欧洲帝国意识基本处于混乱与瓦解状态，托氏此时加入的是德国关于现代性的讨论，托氏是作为“健康的文学”与德国文学展开对话的。这一对话空间就在于关于德国自然主义的讨论，其中柏林自然主义作家对于托氏的引介与评价特别值得关注，托氏的思想以及创作美学这一时期都得到了最大化的发展，并且与俄国托氏研究在这方面构成对话。托氏被视作回答世纪末关键问题的作家。霍普特曼的自然主义与霍氏的第一个剧本《日出之前》就是以《黑暗的势力》为蓝本的，当然这只是就托氏对社会的黑暗进行坚定无情地揭露与批判的一面。霍氏自己已经意识到托氏具有某些使自己有别于易卜生，尤其是左拉的不同特点，霍氏对黑暗赤裸裸的揭露以及对现代生活的反叛既不同于左拉在修辞上的极端雕饰，也不曾流入那些低级的性欲描写，像后来一些左拉的模仿者那样。霍氏的自然主义地对现实的再现已远远摆脱了那种冷漠、无动于衷的痕迹，充满了对社会受难者的同情。[1]

三、托尔斯泰研究与19世纪末期的德国出版

柏林自然主义戏剧的刊物《现代生活的自由舞台》(*Freie Bühne für modernes Leben*)，在1890年到1891年刊登了大量托氏的政论文与戏剧作品，这在以往的学术史梳理中并未得到足够的关注。这一期刊的目的是希望通过托氏后期作品提供唤醒心灵与分析社会现象的力量。这一目的首先表现在对《黑暗的力量》与《克莱采奏鸣曲》两部作品的引介。1880年到1890年这十年间托氏完成的文学作品关涉两性关系，其中又以完成于1889年12月的《克莱采奏鸣曲》影响最大，作家写作期间即开始将手稿藏于彼得堡，其俄文版在彼得堡

1　参见陈燊编选《欧美作家论列夫·托尔斯泰》，第642页。

最初出版之际印刷量并不大，随即被禁止出版，这导致小说在德国的完整出版要早于俄罗斯，并且德文版首次呈现作家手稿全貌，而这部小说的翻译也适逢德国讨论女性在家庭与社会中的地位，最终形成了六个译本，而在俄罗斯只有两个版本。这一出版事件在某种意义上可以证明，19世纪末期，德国出版与图书市场成为托氏文学与思想的巨大集散地。托氏后期的很多思想著作因为受制于国内的出版检查制度而首先在德国出版，《我的信仰是什么》（1885）和《论生命》（1889）等都是在柏林和莱比锡完成了首次出版。

对于托氏在德国翻译和研究的第一个阶段，还需要关注德国本身的思想语境。托氏是一位德国文学特别是德国思想的阅读者与研究者，黑格尔、叔本华直到尼采，都是托氏在文学创作的同时着力研究的德国哲学家，当然这是另外一个层次的研究，但是究其本质，很难与此时德国国内对于“好的文学”的认知相符。托氏的作品自然是隶属于“好的文学”，这一点与同一时期对法国文学的评价有些不同。海因茨·史腊菲认为，“没有‘他者’就不会有德意志文学的产生”[1]。19世纪下半叶托氏在德国的“他者”形象主要诉诸此时德国国内对于文学的期待，依然无法舍弃伦理标准和审美理想，无法在写作中摆脱美化、神化与教化的愿望，这也就决定了德国此时将托氏视作这一领域的最佳“他者”，远离了同一时期来自法国波德莱尔或者兰波的探索丑陋城市的“荒芜之美”[2]。根据德国的托氏研究文献史料，可以得出另一路径的托氏接受与影响语境，即尽管在思想与道德研究作为主流的体系内，德国从一开始就建构了不一样的托氏研究路径，这一路径对应着不同的问题意识和史料甄选。与此同时，进入20世纪之后由于德国历史的激变，托氏研究也就呈现出相应的变化。

1　海因茨·史腊菲：《德意志文学简史》，第103页。

2　同上，第107页。

第三节 现代德国托尔斯泰研究：新观念与新路径

托氏依然是20世纪德语世界的重要研究对象。首先是作为比较文学的最佳选择，每当德国文学发生巨大变化的时候，托氏都是一个比对的对象。托氏与德国现代主义小说的联系，二战危机，20世纪初的欧洲文化剧烈动荡，深刻变化的时代，文学观念、艺术形式以及他国文学的接受方式等，都影响了德语世界在20世纪下半叶对于托氏的研究。换言之，托氏是欧洲在时代巨变和个体思想变迁时可以对话的俄国作家。从里尔克、托马斯·曼到黑塞无不受益于托氏的启发，托氏作品是德国民族文学与世界文学考量的标准之一。上述三位作家本身也是20世纪伟大的德语世界作家，这个研究视角值得关注，即三位作家不仅是托氏的阅读者，也是整个俄语文学在德国的推动者。将托氏放置于19世纪到20世纪的所有欧洲国家中进行比较研究成为一种自觉，这一类对比包括将托氏与陀思妥耶夫斯基或者契诃夫进行对比等，也包括将之与法国文学或者德国文学进行对比研究。1831年黑格尔去世，1832年歌德去世，在接下来的一百年当中，德语作家孜孜以求新的民族文学发展。1920年到1930年的十年间，德语文学再次迎来了自己的高峰，此时亦是托氏在德语世界研究的新的文化转向时期，多数德语作家撰写过散文随笔讨论托氏的作品与思想。

一、20世纪德语作家对托尔斯泰的研究

斯蒂芬·茨威格（Stefan Zweig, 1881—1942）是德语世界中一位特殊的托氏研究者，无论是19世纪的俄国作家还是20世纪苏联作家都在茨威格的研究范畴，在不同作家对比研究中，可以发现茨威格对于托氏的特殊评价。茨威格的第一个创作高峰是1920年到1930年，这十年也是他密切研究托氏的时期。茨威格在1928年访问苏联，参加

托氏诞辰100周年纪念活动，公开演讲的题目是“托尔斯泰在国外的影响”。在返回祖国之后茨威格完成了著名的系列随笔《俄国游记》（*Reise nach Russland*），同年发表在《新自由报》（*Neue Freie Presse*），其中也包括后来被普通读者广为阅读的《世间最美的坟墓》。就20世纪20年代年轻的苏俄国家，茨威格后来又撰写了很多随笔，行文之间总是能看到他自青年时代就热爱的作家托氏的影子。如1927年完成的《人类群星闪耀时》（*Sternstunden der Menschheit*），1928年的《三作家：卡萨诺瓦，司汤达，托尔斯泰》（*Drei Dichter ihres Lebens. Casanova - Stendhal - Tolstoi*），1937年完成的《作为宗教思想者与社会活动者的托尔斯泰》（*Tolstoi als religiöser und sozialer Denker*），1939年到1941年完成的回忆录《昨日世界》（*Die Welt von gestern*）等。直到去世之前，茨威格在与友人的通信或者随笔中无不直接宣告了来自托氏的精神影响，这在一定程度上虽然也与茨威格本人的写作倾向不无契合之处，但是更为重要的是，茨威格是将托氏作为20世纪最初30年欧洲文化或者文明的一种可能性来标举与探索的。

如同斯蒂芬·茨威格一样，另一位伟大的德语作家赫尔曼·黑塞（Hermann Hesse, 1877—1962）亦将托氏研究视作自己个体生命中最重要的精神现象。1915年9月，赫尔曼·黑塞在《时代》（*Zeit*）期刊上发表了《托尔斯泰与俄罗斯》（Über Tolstoi und Russland），将托氏作品中关于苦难与同情，关于持久与爱的主题融入第一次世界大战时期的欧洲文化界。显然在这个时期的德国文化界，托氏作为一个思想者的地位更加重要。黑塞在不同类型的研究文章或者报刊随笔中，一方面将托氏作为自己在生活中模仿的对象，比如亲近自然，远离城市的生活；另一方面也将托氏作为一个矛盾的思想者来关注，这是作家在充分研究19世纪到20世纪的所有俄苏作家之后更为坚定的一点。

综合来看，19世纪末到20世纪初开始文学创作的德语作家，无不受到托氏与陀思妥耶夫斯基的影响，但是在影响路径上还是非常不同的，这其中除了托马斯·曼之外，其他德语作家的贡献也值得关注，包括我国学界不是十分了解的作家如阿尔弗雷德·德布林（Alfred

Döblin, 1878—1957),他对托氏的接受更多是从文学创作的理论来着眼,这也就在某种程度上决定了作家在后来转向了更具现代性特征的陀思妥耶夫斯基,而将托氏看作一位思想家,类似的转向在二战前的德语世界里比较普遍。另外,在研究20世纪德语作家对于托氏的接受情况时还需要考虑到一个特殊的地带,即以俄国北部城市大诺夫哥罗德为中心的地区。自公元9世纪到12世纪,该地区加入了德国的“汉萨同盟”,在后来的历史中可以发现,总是存在着一个德语区的“俄国”或者俄语区的“德国”这一现象。所以就托氏在德语世界的接受问题,还应该考虑到比如出生在里加的德语作家维尔纳・卑尔根格林(Werner Bergengruen, 1892—1964)的贡献,从今天的民族国家来说,很难将其归为德国作家,但是在1924年翻译托氏的《哥萨克》与《哈吉・穆拉特》的时候则需另外考察。20世纪德语世界著名的戏剧家、诗人布莱希特(Bertolt Brecht, 1898—1956)一生不仅对俄苏文学有着深刻的研究,并且多次访问苏联,获得文学奖章。他作为德语世界作家,怀抱共产主义理想,参加左翼工人运动,其对于托氏的研究更多来自舞台实践,比如在1955年将托氏的剧作《活尸》搬上柏林舞台。不过,布莱希特对于高尔基的关注度远超过对于托氏的关注,但是从反方向的路径来看,托氏后期的戏剧多数都在柏林剧院得到关注,当布莱希特研究新的戏剧理论时,托氏的创作依然被视为世纪之交戏剧转型的最佳案例之一。类似的基于历史地理空间或者基于不同文类与体裁的德语世界的托氏研究,在20世纪末终于纳入了一种跨越学科壁垒的研究,这里不再做详尽展开。

二、二战历史语境与托尔斯泰研究

在20世纪德语世界的托尔斯泰研究中,一个不可回避的历史语境是1945年二战结束至1990年两德统一期间的学术分野。尽管学界惯称的“东德”与“西德”在这一时期对托氏研究呈现出不同趋势,但整体上都体现出历史哲学与文化研究的倾向。这种倾向尤其体现在对《战争与和平》《安娜・卡列尼娜》《忏悔录》等作品的哲学阐释与历史解读中。发达的德国出版业深刻影响着柏林两端的托尔斯泰研究。例如，二战结束后的第二年（1946年），民主德国就出现了以托氏小说《复活》命名的文学刊物。托尔斯泰与高尔基共同成为民主德国最早系统翻译、研究并出版的作家。值得注意的是，当我们深入考察历史语境与文学研究的互动关系时，会发现东西德作家对托尔斯泰的接受差异其实并不显著。

在民主德国时期的托氏研究中，值得一提的是著名作家安娜·西格斯（Anna Zagers, 1900—1983），其在1950年移居东德，而在自己的创作过程中始终将二战道德体验视作艺术宗旨。西格斯将托氏与陀思妥耶夫斯基的创作思想共同融入自己的小说《过境》（*Transit*），1947年这部小说在柏林出版，根据这部小说改编的戏剧和电影一直到21世纪的今天仍然吸引着德国观众。小说中倾力描写的战争年代长期处于危险之中的人的生活，充满了托尔斯泰式对于暴力的隐喻与追问。1949年柏林出版了西格斯的社会小说《死者青春常在》，作品被批评界认为是以1918年到1945年的时代书写致敬托氏的史诗巨作《战争与和平》。

同一时期观察柏林另一侧的"联邦德国"，作家所接受的来自俄国文学，来自托氏的影响可以观察作家海因里希·伯尔（Heinrich Theodor Böll, 1917—1985）。二战之后，伯尔作为著名的翻译家和作家，于1972年获得诺贝尔文学奖。1970年伯尔将托氏的戏剧《光在黑暗中发亮》搬上科隆剧院，就这一例证而言，二战之后，柏林两侧不同的历史空间之内，托氏始终是作为"唤起人的神圣之心"的作家而存在的。

三、当代德语世界托尔斯泰研究的新路径

纵观1990年两德统一之后的托尔斯泰研究，一个最明显的特点是对于某些观点的反拨，使用的文献不仅来自文本或者历史文献，也涵盖大量的作家日记研究，而在世纪末跨学科视野下，来自哲学、社会学与历史学领域的托氏研究达到了前所未有的规模。对于已经熟知的

观点的反思，比如学界已经达成共识的托氏对德国自然主义的影响，也出现了视角研究上的变化。当代学者迪特尔·马丁（Dieter Martin）重新撰写了长篇论文《德国自然主义文学中的托尔斯泰》（Tolstoi im deutschen Naturalismus）[1]，旨在突显托氏的叙事视角对于德国文学的影响。这一时期的研究不再完全聚焦于文本的固定阐释模式，比如对于宏大叙事与人的无限美德的讨论，而是再次回到作为作家的托氏的艺术性，关注以新的视角研究托氏作品的强大艺术性。马丁从2012年上映的电影《安娜·卡列尼娜》开始自己的论述，他首先批评德语研究界长期以来只是偶尔谈论托氏的直接文学影响，例如在托氏的某部作品有新译本或在他2010年的去世周年纪念日的时候。相比之下，他的小说的视觉转述影响如此广泛却没有引起文学研究的注意。今天，人们首先将这位俄罗斯作家与他伟大的历史现实主义小说及其在电影中的主题还原、外在壮观的实现联系起来，例如2007年奢华的《战争与和平》电视四部曲。这部电视剧涉及15 000名临时演员和1 500匹马，但是没有摆脱窠臼，比如只是强调富丽堂皇的场景和华丽的礼服、美丽的女人和伟大的情感。马丁强调，应该重新回到自然主义作家霍普特曼时代的接受语境，思考托氏戏剧与早期小说的艺术关系，而不是仅仅做一种精神和道德考量。

而作为20世纪的思想人物，托氏文本因为哲学家维特根斯坦的解读再次引发热潮，同时，托氏作为思想家的号召力已经在文化以及历史实践层面得到证明，德语哲学家维特根斯坦与托氏实现了思想对话。维特根斯坦对于托氏去世后才被发现的小说《哈吉·穆拉特》特别赞赏，直接将这部作品推至超过莎士比亚的高度。这一评价甚至引发了世界各国的跨文化研究。《哈吉·穆拉特》是托氏去世两年之后出版的作品，不仅具备托氏早期小说的历史风貌和大量角色之间的微妙关系，甚至在社会广度上超过了前期作品。它在获得了维特根斯坦的重新思考之后，也直接赢得了20世纪北美最重要的批评家哈

1 *Das Wort. Germanistisches Jahrbuch Russland* (2012/2013), S. 83–93.

罗德·布鲁姆的新一轮关注。通过将《哈吉·穆拉特》重新纳入彼时代托氏的系列作品，如《什么是艺术？》(1898年)、《高加索的俘虏》(1872)、《伊万·伊里奇之死》(1886)和《大师与人》(1895)等，德国学者试图说明托氏后期创作中的几部中篇作品阐明的是作家对世界文学的想法，以及如何将这一想法付诸实践，并非只限于思想与道德层面。

与文学视角研究相对的是，自二战以来的德国托氏研究也经历了从文学、思想到文化研究的历程，这里可以通过几部重要的文化研究领域的成果来呈现。如2012年出版的《不要用暴力抵抗邪恶：斯蒂芬·茨威格对托尔斯泰和平主义的接受》(Widerstrebet nicht dem Bösen mit Gewalt: Die Rezeption des Tolstoischen Pazifismus bei Stefan Zweig)[1]，作者在这篇论文中再次针对作家茨威格对于托氏的研究提出不同见解；2015年汉克·伊迪丝在柏林与波士顿出版《非现代的先知：列夫·托尔斯泰在世纪之交的德国讨论中担任文化评论家》[2]。论文论证了斯蒂芬·茨威格从默默支持奥地利民族主义到积极致力于和平事业的文学发展的转变，并在很大程度上将这一转变归功于托氏关于和平和非暴力不抵抗思想的影响。论文还通过分析茨威格在一战和20世纪20年代末时期的小说作品、散文和自传文件，说明茨威格是如何密切研究托氏作品的，以及他在多大程度上发展了本质上的宗教思想，为人文主义的和平主义话语作出贡献。同时，论文还分析了茨威格对托氏和平主义的世俗化版本的接受情况，证明茨威格对政治和社会变革的承诺的局限性。类似的在新时期回溯百年前的成熟话题还包括桑德拉·纳洛克(Sandra Narloch)在《在世界公民与新世界主义之间：流亡文学中的超国家共同体和归属感的谈判》(*Zwischen Weltbürgertum und Neuem Kosmopolitismus: Verhandlungen übernationaler Gemeinschaft und Zugehörigkeit in der*

1 Stephan Resch, *Neophilologus*, vol. 96, (2011) S. 103–120.

2 Edith Hanke, *Prophet des Unmodernen: Leo N. Tolstoi als Kulturkritiker in der deutschen Diskussion der Jahrhundertwende*, Berlin, Boston: Max Niemeyer Verlag, 2015.

Exilliteratur）中对于托马斯 · 曼的反思。在本书中，纳洛克探讨了流亡文学对新世界主义概念的重要贡献，分析了托马斯 · 曼、茨威格、彼得 · 韦斯、利昂 · 费奇特温格等流亡作家的自传性文本。流亡者对世界主义和世界性思想有着不一样的兴趣。因为特殊的经历，他们的作品记录了意义和秩序的崩溃，从根本上质疑世界的统一性或整体性的想法。本书还探讨了流亡文学世界性传记中所涉及的世界性传统的不同路线。一个值得关注的层面是，这些二战时期流亡到欧洲其他国家、北美或者南美洲的德语作家无一不将托氏的作品与思想作为自己思考时代的出发点，而这一问题在超越文学文本之后，直接进入到历史语境。作者在本书中再次谈到了托马斯 · 曼的《歌德与托尔斯泰》，认为托马斯 · 曼在这部巨著中的工作并不是处理托氏的文学文本，他从一开始就关注作为伟大的文学家，而不是文学艺术家的托氏和歌德。[1]

新世纪以来，德语世界对于托氏最重要的研究来自尤尔根 · 莱曼（Jürgen Lehmann）。莱曼是德国当代著名的斯拉夫文学研究者，同时也是出色的德语文学研究者与专栏作家。2015年斯图加特的梅茨勒出版社推出了莱曼的著作《俄罗斯文学在德国：18世纪至今德语作家与批评家对俄罗斯文学的接受》（*Russische Literatur in Deutschland: Ihre Rezeption durch deutschsprachige Schriftsteller und Kritiker vom 18. Jahrhundert bis zur Gegenwart*）。在这部历经六年完成、具有里程碑意义的著作中，作者梳理了德语世界不同历史阶段对托氏的接受与研究。专著还考察了自18世纪以来，德语作家、哲学家和文学评论家以各种方式寻求与俄罗斯文学的创造性接触，其中包括屠格涅夫、陀思妥耶夫斯基等苏联作家；其间不仅论及俄罗斯文学对里尔克、卡夫卡、布莱希特等个别作家的作品产生的影响，而且直接评述了德国文学史的范式在俄语文学影响之下发生的变化，例如古典主义小说的出现等；该书还进一步考察了翻译家、出版商和文学评论家等中介机构。

1 Sandra Narloch, J.B. Metzler, Berlin, Heidelberg.

作为德语世界与俄语文学比较视野中最重要的作家，托氏在本书中占据重要的位置。但是同时也应该看到，在新的历史语境中，文学研究同样面对历史化的新选择。在书中，作者更多地将托氏与陀思妥耶夫斯基并置研究，在20世纪历史语境中格外强调托氏文本与思想的相对单一性，或者单一强调托氏作品的道德力量，忽略其诗学意义，这也是该书较为缺失的一面。

第八章

日本的托尔斯泰研究

明治维新以降，伴随着西方文化的大量涌入，俄国文学也被译介到日本。若论对日本影响最大的俄国作家，则非文豪列夫·托尔斯泰莫属。日本著名文学评论家木村毅曾评价："托尔斯泰在日本的浸润程度可以说仅次于释迦牟尼、孔子，甚至只要一说这个名字，就可触及全日本的神经。"[1]从东亚范围来看，日本对托尔斯泰作品的译介和研究早于中国二十年左右，在20世纪初便已形成独自的观点和批评体系。本章将以时代为序，分明治（1868—1911）、大正—昭和战前（1912—1945）、昭和战后（1945年至今）三个部分，梳理日本的托氏研究史，阐述其研究特色及贡献。

第一节　明治时代（1868—1911）：思想高于艺术

1883年6月，东京法木书屋出版了由高须治助翻译的第一本俄国作家作品《鲁国奇闻　花心蝶思录》（即普希金的《上尉的女儿》）。此后，屠格涅夫、托尔斯泰等文豪作品陆续被译介。本节将谈谈托氏

1　木村毅：《托尔斯泰和日本文坛》（「トルストイと日本文壇」），《新潮》，1935年3月版，第4页。

作品最早的日译本、最早结识托氏的日本学人、最早刊登评论托氏文章的日本刊物、最早关注托氏的日本作家，以及托氏的反战思想在明治日本接受的问题。

一、托尔斯泰作品的最早日译本

1886年，托氏的作品第一次被翻译为日语。译者森体以《泣花怨柳　北欧血战余尘》为题，根据俄文原文翻译了《战争与和平》第一卷第一部前23节，并由东京忠爱社出版。此时的日本自由民权运动（1878—1890）进入高潮，民权运动家纷纷创作民权歌谣、撰写政治小说，向民众宣传政治主张和新思想，[1]这些政治小说将“政治”和“人情”巧妙结合，受到广泛追捧。从“泣花怨柳　北欧血战余尘”这一题名不难看出，森体意图搭乘的正是“政治小说”这一潮流。

该译作前有一序言，用文言文写成：“力拔山兮气盖世，时不利兮骓不逝。乌江末路，使千古英雄无所措身，后之读史至此者，谁能不惨然神伤，凄然泪下。……夫那翁欧洲一重瞳耳，一旦际会风云，攘臂而起，百万虎狼，辟易相顾，帖耳听命，六七年间，遂成王业。当其渡来，因躏独逸，席卷而北也。则中既已无权欧洲矣。虽志未遂也，功未就也，而其所为磊磊落落，亦足以凌厉千古，可谓近世一英雄矣。……邓氏露人也，其仇那翁，宜莫甚焉。而此书叙其平生，籍籍若不能容诸口者。盖惜其才而悲其遇，人之情则然，固勿论乎今古东西也。而其文笔力雄健，姿态横出，忽起忽伏，忽而欢笑，忽而怒骂，忽而淋漓慷慨，忽而缠绵痛恻，可喜可惊，可泣可笑，可乐而复悲者，怪谲变换，不可端倪，犹那翁其人也。由此言之，邓氏非特那翁知已，亦词坛之一那翁哉。”

这里只字未提《战争与和平》的主要情节和四大家族，而将拿破仑视为主人公，将其比作项羽，抒发译者对于英雄陨落的悲叹。众所周知，明治时期的日本知识分子一般具有较高的汉学素养，他们对

1　其中最著名者为矢野龙溪《经国美谈》（1883）和东海散士的《佳人之奇遇》（1885—1897），梁启超对政治小说之于革命和社会的功效大加赞赏，并亲自翻译了《佳人之奇遇》。

"力拔山兮气盖世"的项羽典故自是相当熟稔。另一方面，江户末期，兰学者小关三英（1787—1839）翻译了荷兰人林登（J. van der Linden）的《拿破仑传》(《那波列翁传》[1])，满足了闭关锁国时期日本人对拿破仑其人其事的好奇。同时，赖山阳、吉田松阴、西乡隆盛等一批知识分子和有志之士纷纷对拿破仑表示赞美，引发了日本的拿破仑热，而这种热潮一直延续到明治时代。可以说，明治时代日本民众对拿破仑的英雄事迹以及战争的关心，是促使森体翻译《战争与和平》的主要原因之一。对于原作者托尔斯泰，即序言中提到"露人邓氏"，此时也是第一次被介绍给日本读者。书中将托尔斯泰表记为"トウストイ"，与现行译名"トルストイ"基本一致。译者评价托氏笔力"雄健"，犹如"词坛之一那翁"，但对托尔斯泰的生平和著述却没有做更多的介绍。

森体的翻译手法如"例言"中所示，为求不失原著之貌，结构并未改动，但零碎、冗长的部分有所删节，属于编译。他把这23节内容分为"六阕"，一一附以阕名，如第一阕为"柳拂雪齐儿之慨世论　花泣雨李瑳之想夫怜"(雪を拂ふ柳は斉児の慨世論　雨に泣く花は李瑳の想夫憐)[2]，承袭了受中国章回体小说影响而形成的江户时期通俗小说（戏作）的体例，文风亦受戏作"七五调"的影响。例如，描写安德烈公爵夫人出场的一段："李瑳近来微恙，面容稍憔悴，毫不现膏沐之气，不愧为天成绝世美人之容仪。不高亦不矮，不肥也不瘦。实为古人所言，加之一分不长，减之一分不短。施之以丹不过红，施之以粉不过白。此为该妇之优点。双眉袅娜，如笼罩春野烟霞中弱柳之翠，思余心愁，如夜半暴风吹打懊恼之花，潇潇春雨滴落如泪。欲加之以杨太真睡起之娇态，西施捧心之情想。此妇动人，如往昔楚王巫山之梦，结

1　一开始以手抄本的形式流通，译者死后18年，即1857年由松冈氏清风馆正式出版。

2　第二阕：说旧知老妇托儿子　伸积愤贵人骂英雄；第三阕：万行红泪佳人诉情于闺阁中　百斤黄金壮士赌技于楼窗上；第四阕：露湿狂蝶羡两个交情　履霜坚冰验一家灾厄；第五阕：月与花争妍吕家劝会　梦写幻影米氏惨场；第六阕：天伦至乐高人尚志于风尘外　国步多难壮士挺身于矢石间。

起时雨时云之怪幻情契，非倾国倾城令人叹息之人。与其对话之际，妩媚唇侧露出皎洁白皙晶莹剔透之齿。见其爱娇之笑靥者，坐心难平。”[1]译者对丽莎美貌的描写，显然有异于原作。译文引入杨贵妃、西施等中国美人典故，“双眉袅娜，如笼罩春野烟霞中弱柳之翠”等“才子佳人”式的描写，均可唤起读者的汉文教养，营造熟悉的亲切感。在“新文体”尚未确立时，《泣花怨柳　北欧血战余尘》的译文难免有“旧瓶装新酒”之感。不过，译者苦心调整语句，仍使译文“充满一种自然的清新感，很有趣味”[2]。

译者森体，冈山县人，生卒年不详，曾在东京外国语学校学习俄文，同学中有明治时代著名作家和翻译家二叶亭四迷，教师中有人曾在课堂上声色并茂地用俄语朗读《战争与和平》等俄国作家的作品。《泣花怨柳　北欧血战余尘》本计划出版续集，森体也在译作结尾处简单介绍了23章之后的内容，并表示将“逐回编译，请看官等待完结，不吝赐教，编者幸甚”。然而不知何因，翻译就此中断，森体似乎也告别了文学事业，从此杳无音信。

二、最早与托尔斯泰交往的日本学人

小西增太郎（1862—1940）是最早与托氏有过直接交往的日本人。他出生于冈山县，曾在东京俄国东正教教会附属俄语教室学习俄语，1886年作为特命全权公使西德二郎的随员赴俄，入基辅神学院学习。五年后，小西转入莫斯科大学专攻心理学，俄文名为达尼尔·彼得罗维奇。他热爱文学，在学期间，得到尼古拉·雅克夫列维奇·格罗特教授的赏识，在其引荐下进入鲁缅采夫国立博物馆附属图书馆，接触了沉睡多年的中国古籍，并认识了托氏。1893年，他将《道德经》译成俄语译本，其间与托氏频繁见面。每次均由小西朗读译文，再一起对照英文、德文、法文译本，对译文进行校正。据说当译至第三十二章时，文中称“夫佳兵者。不祥之器。物或恶之。……

1　上述文字系笔者据日文原文译出。

2　柳田泉：《解题》，《明治文化资料丛书》第九卷（翻译文学篇），风间书房，1959。

兵乃不祥之器。非君子之器”。托尔斯泰对此拍手叫好，称赞老子是不把政治放在眼里的纯粹的哲学家。然而当小西接着念到“不得已而用之”时，托尔斯泰脸色大变，生气地说绝不允许做这样的妥协，老子不可能这样说，一定是后人加上去的。[1]小西通晓日本和中国文化，他和托氏的交往促进了托氏对东方哲学特别是中国哲学的理解。1912年2月，托氏为顾问、达尼尔·彼得罗维奇·小西翻译的《道德经》[2]发表在俄国的《哲学和心理学之诸问题》杂志上，引起广泛的关注。

1893年底，在俄国访学生活多年的小西回到日本。面对当时的社会现实，他认识到正统派宗教的虚伪，并致信托氏，令一直试图说服小西的托氏倍感欣慰。小西回国后着手翻译托氏作品《克莱采奏鸣曲》，由尾崎红叶润色，于1895年连载于《国民之友》，1896年发行单行本。1910年，小西重访阔别十四年的俄国，并作为唯一的日本人参加了托氏葬礼。此次回国后，小西任教于京都大学和同志社大学，以《道德经》作为教授俄语的教材。[3]除《克莱采奏鸣曲》外，他还发表过《俄国的托尔斯泰》（《国民新闻》，1894年1月、3月）、《俄国思想界之近况》（《六合杂志》，1894年1、3、4月）、《俄国的哲学》（《哲学杂志》86号）、《托尔斯泰伯爵的宗教道德论》（《六合杂志》162号，1894

1　小西增太郎：《谈谈托尔斯泰》(『トルストイを語る』)，岩波书店，1936年版。桃山书林（1948）、万叶舍（2010）再版。

2　译作于1910年出版单行本，名为《列·尼·托尔斯泰选编　中国圣人老子格言》，并附论文两篇，其一为托尔斯泰撰写的《论老子学说的本质》。参见高野明：《托尔斯泰校正，小西增太郎俄译，ドゥルイリン注，老子〈道德经〉，〈有关道德的记述〉（莫斯科·1913年刊）》，《明治文化研究》第三集，明治文化研究会编，日本评论社，1969年3月版。

3　小西增太郎后于1914年离开大学，1916年以后任海参崴明治贸易公司顾问。1929年，为接待托尔斯泰女儿亚历山德拉·托尔斯泰娅的来访，小西在东京建造了一所俄式住宅。1937年成立资助托尔斯泰娅基金会，直至1940年去世前，多次给居住美国的托尔斯泰娅汇款。具体可参看小西得郎的《达尼尔·彼得罗维奇的人生》（文艺春秋，1973年8月版）。

年6月)、《托尔斯泰的世界观》(《湖畔论集》,1894年11月)、《实历露国一班》(惊醒社,1896年)、《托尔斯泰伯爵所谓的宗教》(《六合杂志》,1895年12月)等文章,成为早期在日本介绍俄国概况,宣传托氏作品和思想的重要人物。1936年,小西出版专著《谈谈托尔斯泰》(岩波书店),在书中详细介绍了与托氏的交往。

三、最早刊登提及托尔斯泰的日本刊物

《国民之友》是明治时代最著名的综合杂志之一,1887年创刊,1898年停刊,共发行372期。刊物主旨为反对“藩阀政治”,追求以自由平等为核心的“平民主义”,领域涉及政治、经济、社会、文学等各个方面,甲午战争前曾致力于社会主义思想的介绍和普及,战后则倾向国家主义。尾崎行雄、中江兆民、田口卯吉、内村鉴三、新渡户稻造等著名思想家评论家为其撰稿。文艺版名为“藻盐草”,森鸥外、尾崎红叶、幸田露伴、坪内逍遥、二叶亭四迷、德富芦花等众多文学名家都曾在此发表过作品和评论。

1889年4月,《国民之友》48号刊出名为《言论的不自由和文学的发达》的文章,称“当今如冈察洛夫、托尔斯泰、屠格涅夫等奇特伟大的小说家辈出,但因为俄语之不自由,其毕生精力花费在虚构的事实上,以此一吐心中之奇气”。从而使《国民之友》成为最早提及托氏的日本刊物。当年58号刊上文章《西学东渐以来日本文学的新趣味即将诞生》曾提及:“俄国文学未曾影响欧美人,因此虽有托尔斯泰这样绝世文章的主人,也未能传入其耳。然而,现在亨廷顿·史密斯将其翻译为英文,乔治·凯南撰写了评论,开启了别样的天地。”[1]次年2月,《国民之友》74号再次介绍托尔斯泰。《俄国小说及小说家》一文认为:“常年被皑皑白雪覆盖、寒风呼啸不绝、冰冷的黑土地,这是世人所知的俄国,其文学现今也如曙光一般渐为世界所知,大都通过屠格涅夫和托尔斯泰的作品。这两人的确是俄国文学界的王者。……托尔

1 此说法有误,19世纪60年代,托尔斯泰作品已在欧美译出,而评论则始于50年代。

斯泰的作品比屠格涅夫少，其容貌虽不美丽，但思想深刻，忧虑于心，显示出其内心义理和情感间的斗争。”上述介绍强调托氏是“奇特伟大的小说家”“绝世文章的主人”“俄国文学界的王者”，并常常与屠格涅夫风格相比较。

除了《国民之友》外，最早从思想家角度介绍托氏的有《日本评论》和《六合杂志》等刊物。1890年7月，基督教综合杂志《日本评论》9号，基督教徒兼主笔植村正久发表了《欧州文学其二·托尔斯泰》一文。文章认为：“托尔斯泰是社会的预言者，担负着传播真理的天职。其小说不过是要将预言传达四方、教授给万民的手段。……据说伯爵真实无妄、充满热情地宣讲，运笔所至亦无所忌惮并极力实践。以嘴痛斥安居享乐，以笔提倡一视同仁之大义。积极靠近农民大众，起居于粪土间，亲自参与耕耘。其节操实属高洁尊贵。伯爵是刚毅不饶之士。为了主义而不在乎结果，即使水火和刀具也不能使其沉默。托翁是写实主义小说的巨匠，他充满理想和热情，描摹社会现实。因此其小说有时体现出传奇、异常之态。”同样是基督教综合杂志，1880年创刊的《六合杂志》也积极地关注着托氏，例如小西增太郎的《俄国思想界的近况》(1894年1、3、4月)，意图界定托氏在思想界的地位；安部矶雄的《托尔斯泰伯爵的宗教》(1895年7月)，介绍了托氏《我的宗教》中的教义，“在实践四海之内皆兄弟的大义时，托翁坚信可以以消极的‘勿以恶为敌’和积极的‘要爱敌’为纲领来统合简单明了、直接严格的新宗教组织(即否定基督教教义的新阐释)。因为严格遵守‘勿以恶为敌’的原则，所以倡导彻底的反战论的托翁认为在‘要爱敌’这个教义中应该包含消灭人类的一切阶级差别，而阶级差别大都产生于统治者和被统治者、奴役者和被奴役者这样的人为制度中。因此，他热心地提倡劳动的必要性，为大多数的劳动者奔走呼号。他认为劳动是神圣的，强烈谴责依靠他人劳动的社会寄生虫”。“托尔斯泰所言往往有矫枉过度之处，因而受到很多批评，但他是一个言及必行的人，余研究其宗教附加注释时，也有感于其推理的牵强附会之处，然而值得我们学习的正是他所说的所信即所为。如若思考他所生活的俄国是怎样的社会，而他却毫无顾忌地提倡反战论，谴责上流社会的伪善和奢侈，即可知其不愧为一世之英雄。”以上这些信仰基督教的评论家和研究者主要关注的是托氏的宗教观，他们为托氏“英雄”般的人格所感动，即使发现其理论中的某些“牵强附会”，也仍然不遗余力地表示赞赏。当然，“托尔斯泰在日本第一次受到严厉质疑”也在此时，如丸山通一1893年2月在德国路德福音教会机关刊物《真理》上刊文《托尔斯泰伯爵的福音》，文章依托丰富的资料介绍托氏生平、创作和思想，努力为读者展现一个“真实”的托尔斯泰。文章对托氏的“绝对的无政府主义”国家、彻底废除身份差别和私有财产等主张表示怀疑：“托尔斯泰认为人有追求真理的自由，却没有情感的自由，在这一点上的确有所偏颇，此为吾等新教教徒不能赞同之原因所在。”[1]

四、最早关注托尔斯泰的日本作家

最早关注托氏的日本作家是德富芦花（1868—1927），本名德富健次郎，日本近代著名小说家。他的小说《不如归》（1898—1899）是明治时代最受欢迎的小说之一，受基督教感化和托氏影响而创作的《自然和人生》（民友社，1900）也得到很高的评价。

德富芦花在《俄国文学泰斗托尔斯泰伯爵》（《国民之友》，1889年9月—10月）一文中写道：“屠格涅夫去世后，俄国文学的皇冠转移到托尔斯泰头上，其高名如今已震撼了欧美两个大陆”，并以前半生小说家和后半生思想家为线索介绍托尔斯泰生平，文末附有托氏提出的“新五戒”，其人风貌及近况。此前数月虽有人已在文章中提及托尔斯泰的名字，但德富芦花根据美国杂志《书写者》（*Scribblers*）刊登的文章编译的此文，无疑是日本最早介绍托氏生平和作品的文章。

1　柳富子：《托尔斯泰和日本》，早稻田大学出版部，1998，第17页。

这篇介绍托氏的文章也成为芦花与托氏结缘一生的契机。1891年开始，芦花通过阅读《战争与和平》《安娜·卡列尼娜》等英译本，逐渐成为托氏忠实的追随者，最终也成为最理解托氏及其思想的日本人。19世纪90年代，芦花开始酝酿和撰写日本第一部托尔斯泰评传(『トルストイ』)，并于1897年由民友社出版。评传分为三个部分：第一部分介绍托氏生平，第二部分介绍托氏的代表作，第三部分是托氏研究。作者主要依据英国记者斯特德的《俄国实状》、欧美杂志刊登的英文资料，以及日本国内的相关介绍写成。1906年1月，芦花写信给托氏，阐述自己从一个日俄战争支持者转变为爱神爱人的素食主义者的心路历程。还未等收到托氏的回信，芦花便开启了欧洲之旅，于同年6月30日到达亚斯纳亚·波利亚纳的托氏宅邸。芦花与托氏交谈，一起进餐和沐浴，度过了人生中最幸福的五天。[1]

除了德富芦花外，早期关注过托氏的日本作家还有二叶亭四迷、田山花袋、森鸥外等。二叶亭四迷从1888年开始翻译屠格涅夫的《猎人笔记》等多部小说，但因认为托氏是一个“自大的哲人”而迟迟未译介其作品。1893年1月—11月，他和桑原谦藏撰写的系列文章《露西亚最近文学之评论》在《早稻田文学》上刊出，其中有简要介绍托氏的创作观和创作方法的两篇文章《托尔斯泰》和《托尔斯泰作品人物的问题》。田山花袋依据英文版以『コサアク兵』为题翻译了托氏小说《哥萨克》，并于1893年9月在博文馆出版发行。在花袋看来，比起陀思妥耶夫斯基对拉斯柯尔尼科夫的心理描写，[2]托氏的《哥萨克》更胜一筹。森鸥外1889年11月在《读卖新闻》上连载他翻译的托氏短篇小说《卢塞恩》，并赞叹小说有“掉尾之妙”。此外，内田鲁庵译出《春风里》(原作《家庭幸福》，《女学杂志》1893年4月—1894年1月)，林丘子译出《成长记》(原作《幼年时代》，《里锦》7—14号、1893年5月)等。日本作家对托氏小说《克莱采奏鸣曲》(小西增太

1 德富芦花：《顺礼纪行》，警醒社，1906年12月版。

2 一年前，内田鲁庵翻译出版了日译本《罪与罚》第一卷。

郎、尾崎红叶合译于1895年）颇有微词："我们从此译作中获知了作者对于人生的看法，但却没有感受到小说的趣味"，[1]"人们都在说，'这不叫艺术'，'已经超越了艺术的范畴！'"[2]。"托尔斯泰的文艺是宗教的。……情感之海没有边际。如若一切文艺都必须成为爱的说教的话，则百弊即生"[3]，批判托氏的文艺观是被宗教所囚禁的文艺观。此外，作家们不赞同托氏的莎士比亚论。长谷川天溪认为，"托尔斯泰评论的基础是自然主义，然而其自然主义却极其狭隘"，托氏看到的社会人情远不及莎士比亚那样宽广复杂，他的"以伦理书以及基督教经典构筑的人生观，即书斋里的人生观"[4]。对于追求细腻性、感受性和艺术性的日本明治作家来说，他们很难对托氏式的"被囚禁的艺术观"产生共鸣。明治时代大批基督教徒知识分子对托氏的宗教观给予深切关注，他们毫不吝惜地赞美托氏的伟大人格，感动于托氏为贫苦百姓奔走呼号、毫无顾忌坚持反战论的身体力行，即使已经意识到托氏理论中存在某些矛盾。如内田鲁庵（1868—1929）所言："比起作为艺术家的托尔斯泰，我更欣赏作为思想家的托尔斯泰。"[5]这种看法代表了当时日本文人学者对托氏的基本态度。

五、托尔斯泰的反战思想在明治日本[6]

爆发于1904年的日俄战争让托氏痛心疾首，他撰写了《清醒清醒吧！》等文章。作为反战论的坚定支持者，幸德秋水与堺利彦合作在其主笔的《平民新闻》上率先刊译了《清醒清醒吧！》。面对托氏的批评，很多日本知识分子陷入了苦恼。这一点在基督教背景的知识分

1　幸田露伴、森鸥外、齐藤绿雨：《三人冗语》《醒草》(《幸田露伴全集》第26卷，岩波书店，1955)。

2　田山花袋：《近代的小说》，载《田山花袋全集》新辑别卷，文泉堂书店，1974。

3　岛村抱月：《被囚禁的文艺》，《早稻田文学》，1906年1月版。

4　长谷川天溪：《读托尔斯泰的莎翁论》，《早稻田文学》，1907年2月。

5　内田鲁庵：《托尔斯泰和日本的文坛》，载《托尔斯泰研究》，1917年9月，第16页。

6　此小节内容节选自隋源远的文章：《托尔斯泰的反战思想在明治日本的接受》(载《俄罗斯文艺》，2020年4期)。

子群体中表现得尤为显著，一方面，强烈的民族主义思想与国家认同感使他们很难接受托氏的日俄战争否定论，但另一方面，他们对这位“精神导师”受到的攻击也很难随声附和。矛盾之下，这一群体中的一部分人，如加藤直士、内田鲁庵、海老名弹正等开始尝试摸索一种折中的方案——既可以拥护日俄战争正当性又不至于完全否定托氏思想的伟大性。可以发现，无论加藤直士等人所采用的是他者化策略，还是试图通过痛斥无战论实现焦点转移，实质上都是这些日本学人在曲折地为由于反战论而遭受日本舆论广泛抨击的托氏进行辩护。换句话说，这些人是在谋求一种民粹式的爱国与维护托氏的思想价值的两立。

在日俄战争时期日本的各种托氏反战论批评中，最引人注目的，当数社会主义者幸德秋水与托氏的意见交锋。1904年8月14日，《平民新闻》刊载了幸德秋水的《托尔斯泰的日俄战争论》，这篇文章肯定了托氏勇敢揭露了帝国主义战争丑恶本质的意义，但幸德秋水认为宗教道德的沦丧并非导致战争的根本原因，恢复宗教道德也不可能成为克服战争的手段。在秋水看来，导致殖民掠夺和战争的核心原因是私有制，因此只有废除私有制才能根绝战争，“这是我们与这位伟大的老翁的根本不一致”。

明治日本对托氏的关注主要受到西欧托氏热的影响，对于当时的日本知识分子而言，西欧代表着世界上最先进的思想理念和政治体制，因此有着积极学习的意义。从这个层面来说，明治日本对托氏的关注，实质上包含着一种西欧化的诉求。然而，托氏受西欧关注的原因却恰恰是因为他的“非西欧性”。这就构成了明治日本接受托尔斯泰的根本矛盾。从横井时雄与托氏的通信中，就可以清晰地勾勒出一个日本知识分子对这位在西方赢得广泛声誉的思想家由仰慕到失望的过程。对于埋头于西洋资本主义化的日本而言，托氏瞩目庶民道德传统的观点是缺乏魅力的。因而，即使这一时期一批又一批日本知识分子受到托氏作品和人格魅力的震撼，向其求助解惑，但其中绝大多数人最终都没能够成为托尔斯泰主义真正的传承者。

第二节 大正—昭和战前(1912—1945):专业化和民众化

大正时期,托氏的人道主义风靡日本的思想界,催生了众多的托氏追随者。托氏的作品也真正渗透到日本社会中,以托氏命名的研究杂志——《托尔斯泰研究》应运而生,首套日文版《托尔斯泰全集》风行一时,颇显洛阳纸贵之势。同时,大正到昭和战前的日本文学可以分为三类:一为无产阶级文学,二为新感觉派和由此发展起来的艺术派文学,三为明治时期已经出现的文学。无产阶级文学旨在将工人从资本家的剥削中解放出来,描写艰苦的劳动和罢工的细节,受马克思主义、共产主义、社会主义和其他左翼意识形态的影响,强调文学的内容。新感觉派旨在新的感觉和新的表达,强调表达而不是内容,两者在昭和初期发生了激烈的论争。与托氏相关,日本著名的现实主义作家正宗白鸟(1879—1962)和评论家小林秀雄(1902—1983)围绕"思想"和"现实"展开了一场论战。

一、月刊杂志《托尔斯泰研究》的发行

《托尔斯泰研究》创刊于1916年9月,至1919年1月,共发行29期。月刊由新潮社发行,内设托尔斯泰协会,以发行《托尔斯泰研究》、《托尔斯泰丛书》(12卷)、举办托尔斯泰演讲会为主要业务。当然,杂志的创刊目的并不仅限于托氏研究,协会负责人加藤武雄在创刊号中表示:"托尔斯泰其名,暗示了此小小月刊无法涵盖的内容。托尔斯泰是一个宇宙。思想界的大半都受惠于此名。……本杂志的目的不在于只做和托尔斯泰直接相关的研究,而意在最广义的人道主义。想要成为那些认真思考人生、思考'如何能更好地活下去'的人的伴侣,尽可能成为新人道主义的机构,给混沌的当今思想界照亮一束光。"[1]杂志的受

1 加藤武雄:《致读者》(「編輯者より」),《托尔斯泰研究》1号,1916年9月。

欢迎程度超乎预想，据新潮社相关人士回忆说："作为一本研究逝去已久的海外文豪的月刊杂志，三千册销售一空的现象可谓令人惊异。据说俄国本国也有一本名为《一致》的托尔斯泰研究杂志，发行量远不及我国的《托尔斯泰研究》。"[1]杂志开本比A5略大（152 mm×218 mm），每期70页左右，刊登的文章包括对托氏思想和宗教观的研究、对培育出文豪托氏的俄国文化的研究、托氏作品研究、作品翻译、比较研究、日本接受托氏的研究，以及托氏年谱、托氏访问记等，并发行过"陀思妥耶夫斯基号""俄国思想号""第二陀思妥耶夫斯基号""屠格涅夫号"四本特辑。

该杂志的撰稿人中，贡献较大的有广津和郎（1891—1968）和石田三治（1890—1919）。广津和郎发表了《艺术家时代和宗教家时代》（1卷1号）、《托尔斯泰和契诃夫》（1卷4号）、《愤怒的托尔斯泰》（2卷2号）、《如何看待托翁》（2卷7号）、《重读〈战争与和平〉》（2卷10号）等文章。他认为托氏是动的，契诃夫是静的。但是从对人类灵魂产生的影响来看，托氏并不比契诃夫强，只是托氏式的张力比契诃夫式的张力更容易被人们所关注。同时，他还指出"五戒律"中，托氏用第四戒律"不要以恶抗恶"来重新解释第一戒律"不要发怒"是不合理的。他说托氏反复强调为了实现彻底的进化，人类必须放弃自我，然而托翁的理性最终承认了"发怒"的存在。为了发掘自我精神的力量，没有比"发怒"更厉害的方式了，由此揭示了托尔斯泰主义根本矛盾的源头。石田三治发表《托尔斯泰和性欲问题》（1卷3号）、《托尔斯泰对梅特林克》（1卷4期）、《托尔斯泰的神秘主义批判》（2卷1号）、《托翁的音乐论》（2卷7号）、《托翁的绘画论》（2卷8号）、《托尔斯泰的美学》（2卷10号）、《宗教经验的解剖——以托翁的生活记录作为研究资料》（3卷8号）、《现代经济生活社与托翁主义——人口买卖的新解释》（3卷12期）等。内田鲁庵将大正以降的托氏研究者分为三种类型："不满足于停留在研究层面，而是成为托尔斯泰的信奉者和实践者"、

1 新潮社出版部编：《新潮社四十年》，新潮社，1936。

"因为不愿意无条件接受托尔斯泰的思想，或因为拥有可以批判其论述矛盾的才能，虽对托尔斯泰信奉者感到不屑，却走上了与托尔斯泰同样的道路"和"嘴上不谈托尔斯泰思想，看似与托尔斯泰著作完全没有交集的人，却过着托尔斯泰式的生活"。法桥和彦认为广津和郎、石田三治均属于第二类，他们的伟大之处在于，不是为他人，而是在严格要求自己的基础上展开自我批评。[1]

二、托氏作品在戏剧舞台上大放异彩

大正时代亦是托氏作品在戏剧舞台上大放异彩的时代。岛村抱月等组织的艺术座连续改编和上演了《复活》《黑暗的势力》《活尸》等托氏剧作。《复活》一剧中的"喀秋莎之歌"（中山晋平作曲）风靡全国，不仅使剧团起死回生，推动了大正时代流行歌谣的发展，更使托氏作品切实深入日本民众中。关于《黑暗的势力》，著名剧作家中村吉藏评价道："托尔斯泰的所有剧作均为其'宗教复兴期'即1879年50岁以后的作品，因此可以说格调一致。《黑暗的势力》是其第一部剧作，也是最高杰作。……通俗一点，可以说是一种劝善惩恶剧。……《黑暗的势力》中出现的容易沾染人性恶的肉体性的东西和能够战胜恶的灵魂的、神的东西，主人公在两者间动摇的心理及其发展被托翁极其巧妙地描写和建构出来。这是该作和日本的所谓劝善惩恶剧的最大不同。……我相信这是托翁以高超的剧本创作手法写就的作品，是现实主义式剧本创作手法的范本之一。"[2]小泉八云（1850—1904）在《关于托尔斯泰的〈复活〉》[3]中认为《复活》是"当下整个世界都在议论的令人惊叹的作品"，虽然不能说是最优秀的，但却是最令人感动的

1 法桥和彦：《日本的托尔斯泰17》，《月报》，《托尔斯泰全集》14卷，河出书房，1973年12月版，第6页。

2 中村吉藏：《〈黑暗的势力〉和剧作家托尔斯泰》（「『闇の力』と作劇家としてのトルストイ」），《托尔斯泰研究》1号，1916年9月，第44—45页。

3 小泉八云：《关于托尔斯泰的〈复活〉》，载《文学论》，兴风馆，1946，第176—186页。

作品。《复活》可以称作“宗教小说”，但绝对不是与教义教理相关的宗教小说，“不仅仅是小说，也记录了个人的经历”。小泉指出“主张新思想的人们往往会遭遇困难，而要回归到极古老的、却又是真理的、与时代或者当下社会倾向互不相容的思想时也会遭遇困难，托氏属于后者”。比起其他的近代作家，托氏拥有一种特殊的能力，“在一本书中，让几百个人物认真地思考、行动、表达”的能力，这就是“戏剧的能力”。小泉同时也承认，作为斯宾塞的弟子，托尔斯泰的社会论包含了经不起科学验证的内容，然而这样的缺点正是托氏小说的高尚之处，丝毫不会成为其瑕疵。

三、首套日文版《托尔斯泰全集》的刊行

随着俄国十月革命的成功，文学和艺术的唯物论席卷了日本文坛。托氏在地主贵族的文学中起到了一定的进步作用，仍被认为是纳罗德尼克意识形态的产物而受到批评，《马克思主义者眼中的托尔斯泰》《马克思与托尔斯泰》等著作陆续被翻译为日语，但是，这些都没有动摇托氏在日本的地位。1919年至1920年，日本第一套《托尔斯泰全集》（13卷、春秋社）刊行，收录作品如下：

第1卷：《童年》《少年》（柳田泉译），《青年》（宫岛新三郎译），《地主的早晨》（宇佐美文藏译），《入侵》（原田实译），《哥萨克》（加藤一夫译）。

第2卷：《塞瓦斯托波尔》（高野槌藏译），《伐林》（柳田泉译），《与莫卡的熟人在营地相遇》（宫原晃一郎译），《赌徒回忆录》《两个彪悍的骑兵》《卢塞恩和阿里贝特》（福永挽歌译），《三死》（加藤一夫译），《家庭幸福》《波利库斯尤卡》（福永挽歌译），《儿童故事》（木村毅译）。

第3卷：《民族传说》《民间故事》《为绘本写的故事》（饭田敏雄译），《伊凡的傻瓜》《第一个酿酒人》《有闲人的故事》《在光中行走》（村山雄三译），《三个寓言》《主人与仆人》（宫原晃一郎

译),《十二月党人》(柳田泉译),《教育相关论文》(马场哲哉译)。

第4卷:《伊万·伊里奇之死》(宫岛新三郎译),《克莱采奏鸣曲》(福永挽歌译),《神与人》(加藤一夫译),《科尔奈·瓦西里耶夫:祈祷、水果,为了什么?》(宇佐美文藏译),《黑暗的力量》(宇野喜代之介译),《文明的果实》《拉梅内》《皮奥特》《海利希茨基》《帕斯卡尔》《地狱的毁灭及其恢复》《石头》(宫原晃一郎译),《写给受压迫的犹太人的故事》(滨田广介译),《最初的记忆》《童年的回忆》(高野孤龙译),《乡村的三天》《乡村歌队》《与旅人的对话》(加藤一夫译),《暴风雪》(原田实译),《霍斯特梅尔》(滨田广介译)。

第5卷:《我的忏悔》(细田源吉译),《我的宗教》《什么是宗教》《基督教》《我们应当怎么做》(加藤一夫译),《宗教和道德》《理性和宗教》《关于神的考察》(宇佐美文藏译)。

第6卷:《人生论》(宫岛新三郎译),《饥荒论》(木村毅译),《向儿童传授的基督教信仰》《十二门徒传授的主的信仰》《应该如何阅读福音书,其性质如何》(西川松子译),《简易圣经》(高谷道男译),《论莎士比亚及其剧作》《什么是艺术?》(木村毅译)。

第7卷:《教条主义神学批判》(高野槌藏译),《复活》(古馆清太郎译)。

第8卷:《世界的尽头》《我们为何而生》(宫原晃一郎译),《第一阶梯》(石田三治译),《向上帝还是向魔鬼》《人们为何要麻痹自己》《1月24日的文化节》《停下来想想》《爱的要求》《不要以恶报恶》《论意志的自由》《论现在的社会组织》《不要杀戮》《羞耻!》《自我完善的意义》《精神起源的意义》《人生的意义》《相信自己》《关于自杀》《反对托尔斯泰主义》《托尔斯泰协会》《关于果戈理》《唯一的教训》《致政治家》《论俄国的社会运动》《面对俄国人民》《大罪》《面对工人们》《爱国心》《应该做什么》《论无政府主义》《真正的自由》《哈里森和不抵抗暴力》《不可避免的革命》《斯德哥尔蒙和平会议草案》《一张报纸》《真正的手段》《忏悔》《论海牙和平会议草案》《两场战斗》《不要让迦太基沦陷》(宫原晃一郎译),《现代的奴隶制》《我们不能沉默》《死刑与基督教》《彼此相爱》《俄国革命的意义》(宇佐美文藏译),《六篇序言》(木村毅译)。

第9,10卷:《战争与和平》(米川正夫译)。

第11卷:《安娜·卡列尼娜》(中村白叶译)。

第12卷:《哈吉·穆拉特》(福永挽歌译),《假息票》(宫原晃一郎译),《黑暗中的光》(宇野喜代之介译),《遗稿小篇》(井上芳子译),《谢尔盖神父》(细田源吉译),《恶魔》(高野槌藏译),《活尸》(宇野喜代之介译),《孩子的智慧》(加藤一夫译)。

第13卷:《托尔斯泰小传》(片上伸),《托尔斯泰思想的引进和传播》(内田鲁庵),《日记》(宇佐美文藏译),《书信》(宫原晃一郎、马场哲哉译),《神的国在我们心里》(加藤一夫、宇佐美文藏译)。

全集全面反映了托氏在文学和思想两方面的卓越成就,是春秋社1918年8月创立后推出的第一套重磅出版物,邀请到内田鲁庵、片上伸、升曙梦担任编审,集中了一批优秀的译者,保证了全集的质量。编者阐述了出版全集的理由和目的:托氏作品是人类最宝贵的财产、力量和生命;全世界都在研究托氏,而日本尚未出版过全集;应该把托氏看作一个拥有矛盾、苦闷和斗争等烦恼的普通人,看作大家的朋友,从中获取安慰与力量。[1]1919年9月12日,春秋社在《东京日日新闻》早报上刊登广告,以预订的方式发售全集,随后便收到超过3 000部的预订(当时的一般首印数为500部)。《托尔斯泰全集》之所以受到如此欢迎,缘于明治维新以来日本对俄国的关注,日俄战争虽以日本的胜利告终,但十月革命及其后续仍然是日本人的好奇所在。不过,"最重要的还是托尔斯泰文学的巨大影响,不仅因为其文学价值,而且还因为其思想和对人性的看法很容易被大众

1　托尔斯泰全集刊行会:《关于托尔斯泰全集刊行》(「トルストイ全集刊行について」),《托尔斯泰全集》(『トルストイ全集』)第1卷,1919年10月版。

理解”[1]。有趣的是，前文提及的新潮社早就在酝酿全集的出版，杂志《托尔斯泰研究》便是其前期准备工作之一，但还是被春秋社抢先了一步。

此后，直接译自俄语的全集由岩波书店于1929年10月至1931年10月发行，共22卷。虽然春秋版亦包含译自俄语的《战争与和平》（米川正夫译）和《安娜·卡列尼娜》（中村白叶译）等，但岩波书店编辑部认为：“托尔斯泰的著作很早便被移植到我国，其带来的影响实难以估量。尽管如此，译书的大部分属于所谓的转译，损害了原作的风格精神，完全可称之为冒犯。小店素来志于改弊补缺，企划推出直接译自俄语的译本。八年前，与深爱托尔斯泰并以翻译其著作为毕生使命的米川、中村二先生合作，至今日，二位完成翻译并逐次出版。以这样一种方式，我社已经刊行占托翁全部著作三分之二以上的文艺作品之大半。”[2]译者之一的米川正夫（1891—1965）毕业于东京外国语学校俄语本科，中学时读到二叶亭四迷翻译的屠格涅夫《初恋》便爱不释手，从此立下学习俄语的志向。大学期间，和同学中村白叶（1890—1974）等创办杂志《露西亚文学研究》，开始翻译俄国文学作品，岩波书店全集正是两位同窗好友的合作结晶。米川1924年出版过《托尔斯泰剧作全集》（岩波书店），多年后，还凭一己之力完成23卷本《托尔斯泰全集》（创元社，1946年）、18卷本《陀思妥耶夫斯基全集》（1951—1953）的翻译。岩波书店之后，中央公论社1936年5月至1940年5月出版《大托尔斯泰全集》22卷版，译者原久一郎（1890—1971）亦出身于东京外国语学校俄语本科，著有《托尔斯泰传》（改造社，1932年）、《托尔斯泰文学读本》（三笠书房，1936年）、《托尔斯泰的一生及其作品》（表现社，1949年）、《托尔斯泰和我》（每日新闻社，1972年）。米川正夫、中村白叶、原久一郎被誉为日本的俄罗斯文学翻译三大家。

1　神田有：《志　风雪九十四年——“春秋社”小史》（「こころざし　風雪九十四年——『春秋社』小史」），《春秋》，2012年4月号。

2　《刊行经过》，《〈托尔斯泰全集〉内容节选》，岩波书店，1929。

四、"思想"与"现实"的矛盾

大正时期著名的文学流派"白桦派"，受托氏"不要容忍社会不公，牺牲自己为弱者服务，克服自己的欲望"的人道主义的影响，也对生前未得到承认、甘受贫困生活的艺术家梵高抱有深切的同情，其核心人物有岛武郎（1878—1923）与农民分享财富，武者小路实笃（1885—1976）发起"新村运动"，试图摆脱资产阶级世界观。而实际上，年轻的有岛武郎曾在日记中吐露，如果实践托氏的主张，则人将非人。他一方面在人格上对托氏产生了共鸣，另一方面又对其严苛的主张感到困扰。武者小路实笃十七八岁时接触托氏，此后一直受其感化，甚至曾想"把翻译托尔斯泰作品作为一生的事业，不成为托尔斯泰主义的实行人则枉为人"[1]。后来，为了摆脱托氏带来的压力，他主张"为了自我的艺术"，而其"为了自我"其实就是"为了人类"，因为只有充分发挥自己被赋予的个性和才能，才可以与全人类的意愿相呼应。武者小路实笃看似与托氏渐行渐远，但直到晚年，他仍然执着于托氏，并经常说自己是一个永远不能出现在托氏面前的不孝弟子。或许他自己也没有意识到，面对"思想"和"现实"的矛盾，"摆脱托尔斯泰"其实是其努力确立自我的一种手段。[2]

1935年12月，《托尔斯泰未发表日记，1910》（ナウカ社）被翻译成日语出版。作家正宗白鸟在《读卖新闻》上发表了对托氏离家出走的看法。"25年前，当托尔斯泰离家出走并在乡下车站病逝的消息传到日本时，日本文坛也相信了表面的事实，即他不堪对人生的抽象的焦虑、为寻求解脱才踏上旅途，并产生了任性的感动。而事实上，他出走是因为害怕他的妻子。被世界知识分子认定为生命救赎创始人的托尔斯泰，也是害怕山神和世界的，他在恐惧中离家出走，踏上

1　武者小路实笃：《我倾倒于托尔斯泰的经过》（「トルストイに傾倒するようになったのは」）《托尔斯泰研究》1号，1916年9月，第29页。

2　此部分叙述参考阿部军治著：《白桦派和托尔斯泰：以有岛武郎、武者小路实笃、志贺直哉为中心》，彩流社，2008年。

了孤独和自律的旅程，最后死在野外。"[1]对此，小林秀雄马上反驳道："哦，我敬爱的托尔斯泰！您曾经害怕过山神吗？我不相信。""所有的想法都来自现实生活。但是，如果培育出来的思想最后不与现实生活分离，那么思想的力量又是什么呢？"我不理解在伟人英雄身上寻找我等普通人身影的乐趣，这不过是戴着现实主义面具的多愁善感罢了。"[2]正宗白鸟接着回应："妻子的鞭子驱使其离家出走。最能驱动人的还是现实的力量"，"抽象的痛苦凝结在夫人的身上，压在他身上，使他既不能站立，也不能动弹"。因此，"毫无疑问，托尔斯泰憎恨他的妻子，因为害怕她而离家出走"，"脱离现实生活的思想就像幽灵，没有任何力量。如照镜子一般"。[3]小林秀雄反驳："正宗先生说'人生的真理就像照镜子一样'，但我深深怀疑，这到底是镜子里反映的生活真相，抑或仅仅是他抓住的托尔斯泰的尾巴？尾巴即使是真的，光是个尾巴也很无趣。"同时，他提到陀思妥耶夫斯基的现实生活和思想，并说："脱离现实生活的思想是不存在的。但是，不要求牺牲现实生活的思想，只存在于动物的脑子里。……思想是在不断牺牲现实生活中培养出来的"。[4]正宗白鸟继续回应道："尾巴也不可小看"，并列举了"飞到那须野原后，成为一块杀生石"的传说，指出"托尔斯泰离家出走并不重要，重要的是在现实生活之外是否有思想的问题"，批判小林"对日记中那些明显的文章不屑一顾，奇怪的批判精神收效甚微，持此态度也无法推进其思维方式，渐渐地，这种思维方式似乎变成了昭和时期现代作家的常识。这就是人类无法超越现代的一个例子"[5]。小林秀雄继续回应道："正宗先生长期在现实主义文学中培养出来的事物观和思维方式得以显现，对此我想予以反驳"，"这不仅仅是我抓住了文字的尾巴。……我直观地感知到其文章体现的

1 正宗白鸟：《关于托尔斯泰》，《读卖新闻》，1936年1月11日—12日。

2 小林秀雄：《作家的脸》，《读卖新闻》，1936年1月。

3 正宗白鸟：《抽象的痛苦》，《中央公论》，1936年3月。

4 小林秀雄：《思想与现实生活》，《文艺春秋》，1936年4月。

5 正宗白鸟：《思想与新生》，《中央公论》，1936年5月。

思维模式，……所以我想要反驳的是正宗先生的思维模式”[1]。

这场辩论并无输赢，从其内容可知，正宗白鸟专注于“现实生活”，他认为艺术和思想都是一幅幅空想图，人生不过是出生、受难并死亡的过程而已。而小林秀雄专注于“思想”，他想要批判的是既定文学界掩饰了“不屑于文学”和“不屑于思想”的真实想法。由此我们可以了解，日本最初接受托氏时体现出来的倾倒于其人格而质疑其思想的特点仍有迹可寻。

第三节 昭和战后（1945年至今）：托尔斯泰热的再兴与托学的多元化发展

二战后，在社会经济文化各个领域的国家重建中，日本的托氏研究也逐渐恢复，并向多元化发展。下图利用托尔斯泰协会的“托尔斯泰文献”数据库，统计了战后至今出版的托氏翻译和相关研究数量，可从一个侧面展示日本托氏研究的发展和推移。

从曲线的变化可以看出，20世纪五六十年代，与日本文化复兴、“托尔斯泰作品展”举办相呼应，托氏作品的翻译和研究迎来了一个高

二战后日本的托尔斯泰翻译和研究数量曲线图

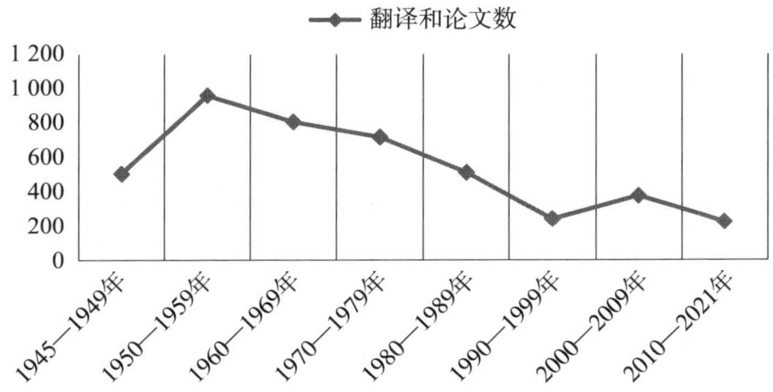

1 小林秀雄：《文学者的思想和现实生活》，《改造》，1936年6月。

潮。20世纪七八十年代，研究方面体现为对以往的总结和深化，加之托氏主要作品都已翻译出版，因此，直至20世纪末，从数量上看呈减少趋势。进入21世纪以来，在托尔斯泰协会的推动下，托氏研究保持了一定的水准，数量上维持在每年10—50篇（部）。

一、五六十年代：托尔斯泰热的再兴

20世纪50年代的代表性成果是收录于日本比文学会编《比较文学——以日本文学为中心——》（矢岛书房，1953年）中的"日本文学和俄国文学"，以及国立国会图书馆编《明治、大正、昭和翻译文学目录》（风间书房，1959年）。后者整理了托氏作品翻译目录，前者由升曙梦执笔，介绍俄国文学名家屠格涅夫、普希金、莱蒙托夫、果戈理、托尔斯泰、陀思妥耶夫斯基、契诃夫对日本文坛产生的影响，专门论及托氏的章节是"托尔斯泰文学的移植""托尔斯泰与日本思想界""托尔斯泰与白桦派""托尔斯泰热的兴起"，阐述了托氏与日本的关系。

升曙梦（1878—1958）是日本著名的俄国文学翻译家、研究家，毕业于尼古拉东正教神学院，曾任早稻田大学讲师等。1903年出版专著《俄国文豪果戈理》，1910年翻译《六人集》，致力于俄国近现代文学艺术以及文艺理论的翻译和介绍，其中《俄国苏联文学史》（1955年）获"日本艺术院奖"。以托氏命名的专著有《伟人托尔斯泰伯爵》（春阳堂，1911年）、《托尔斯泰十二讲》（新潮社，1918年）、《托尔斯泰》（三省堂，1931年）、《托尔斯泰研究》（壮文社，1949年）等。他对托氏文学的评价是："托尔斯泰文学的主要特质是对于个人命运的关注。在这一点上，其推进了从以关注社会为特征的前一代文学到标榜个人主义的现代文学的过渡。与此相关联，可以认定托尔斯泰文学形式的特征是：第一，客观的性质即其叙述是公平无私、清晰明确的；第二，创作的写实性质。"[1]升曙梦的著述也被介绍到同时代的中国，据统计，从20世纪20年代到40年代，至少有8部关于俄苏文论的著作被译

1　升曙梦：《托尔斯泰论》，载《露西亚文学研究》，隆文馆，1907，第242页。

成汉语，其中包括1927年由上海北新书局出版、冯雪峰翻译的3部著作——《新俄文学的曙光期》、《新俄的无产阶级文学》和《新俄的演剧运动与跳舞》。[1]

60年代，“托尔斯泰作品展”分别在东京的日本近代文学馆（1966年11月11日—12月18日）和大阪市立美术馆（1967年1月4日—29日）举行。这是一个划时代的展览，由它催生了大量的托氏相关研究。作为主办方的朝日新闻社出版发行《托尔斯泰展目录》（『トルストイ展カタログ』，1966年11月），总结了日本的托氏研究，包括木村毅撰写的“日本的托尔斯泰”，北村德太郎、武者小路实笃和坪田让治分别撰写的“托尔斯泰和我”，以及“托尔斯泰年表”“展品目录”等。木村毅的文章从最早的翻译和介绍、《国民之友》的功绩、《复活》、“平民社”为主的时代、晶子和东久迩宫、财产放弃和土地改革等几个方面，在此前发表的《托尔斯泰和日本文坛》（「トルストイと日本文壇」，『新潮』，1935年3月）的基础之上，以翔实的资料和生动的文笔，对日本接受托氏的状况进行了总结。同时，日本近代文学馆理事长伊藤整在《朝日新闻》上发表了题为“托尔斯泰和日本”（1966年11月11日）的文章，大阪展的负责人谷泽永一也在《读卖新闻》上发表《日本文化和托尔斯泰》（1967年1月14日）。“托尔斯泰作品展”开幕后四天，即11月15日，朝日新闻出版社趁热推出莫斯科托尔斯泰博物馆研究员A. I. Shiffman的专著《托尔斯泰与日本》[2]，该书利用日本人写给托氏的信件等一手资料，从俄国人的角度对托氏与日本的关系做出了阐释，涉及小西增太郎、横井小楠、深井英五、尾崎红叶、小栗风叶、黑岩泪香、片山潜、堺利彦、幸德秋水、安部矶雄、德富芦花、高石真五郎、原田助、二叶亭四迷、升曙梦、原久一郎、加藤直士等直接或间接与托翁

1 沈素琴：《中国现代文学期刊中的外国文论译介及其影响：1915—1949》，北京：北京语言大学出版社，2015，第224页。

2 原书题为《列夫·托尔斯泰与东方》（莫斯科东方文学出版社，1960），还论及“托尔斯泰和印度”“托尔斯泰和伊朗”“托尔斯泰和土耳其”“托尔斯泰和阿拉伯诸国”等。日译本选译原书“序章”“托尔斯泰和日本”“托尔斯泰和中国”三个章节。

产生过交集的文人学者。

另外，作为俄罗斯文学和俄语语言学的学术协会，“日本俄罗斯文学会”（日本ロシヤ文学会）于1950年设立，1958年开始出版学术期刊《俄罗斯语言和文学研究》，50年代至60年代刊登了10篇托氏研究论文，如《时代、文学和创新问题：论托尔斯泰的第一部小说〈童年〉》、《青年日记中的托尔斯泰》、《托尔斯泰在喀山大学》、《托尔斯泰和‘白桦’派文学运动：论武者小路实笃对托尔斯泰的理解》、《〈伊万·伊里奇之死〉和〈一个可怜的故事〉》、《托尔斯泰的〈活死人〉和契诃夫的〈万尼亚舅舅〉》、《列夫·托尔斯泰的家庭及其在社会地位》和《斯特恩与托尔斯泰》等，撰稿人是后文将会提及的藤沼贵和法桥和彦。

二、七八十年代：对以“影响研究”为主的托学的总结和深化

20世纪70年代，河出书房新社推出19卷版《托尔斯泰全集》（中村白叶、中村融译，19卷+别卷《托尔斯泰研究》，1972.5—1978.3），配合每一卷作品内容，另附《月报》，刊登作品研究。《别卷》集合了罗曼·罗兰《托尔斯泰的生活》、申克维奇《论托尔斯泰》、普列汉诺夫《卡尔·马克思和列夫·托尔斯泰》、海明威《战争与作家》、陀思妥耶夫斯基《安娜·卡列尼娜》等名家名论，当然还有北村透谷《托尔斯泰伯爵》（「トルストイ伯」）、幸德秋水《评托翁的反战论》（「トルストイ翁の非戦論を評す」）、广津和郎《愤怒的托尔斯泰》（「怒れるトルストイ」）、武者小路实笃《托尔斯泰杂感》（「トルストイ雑感」）、正宗白鸟《关于托尔斯泰》（「トルストイについて」）、小林秀雄《文学者的思想和现实生活》（「文学者の思想と実生活」）、小泉八云《关于托尔斯泰的〈复活〉》（「トルストイの『復活』について」）等上文引用过的日本名家名论。《别卷》编者是大阪外国语大学的法桥和彦教授（1932—　），他的文章《日本的托尔斯泰1—20》（「日本におけるトルストイ」）在全集《月报》上连载，以深入细致的研究，呈现了19世纪末以来日本接受托氏的细部景观。该系列文章以收录在《俄语读

本》中的日本民间传说作为切入点，探讨托氏对日本文学的关心，并按照时代顺序阐述日本的基督教草创者和文学家评论家对托氏文学和思想的接受。

80年代，法桥和彦在《大阪外国语大学学报》发表《日本托尔斯泰文献目录一、二、三》(57、60、63号，1982—1983年)，归纳整理了从1886年森体译《泣花怨柳　北欧血战余尘》到1928年之间的托氏翻译和研究文献资料。1984年，鹿岛由纪子专著《托尔斯泰：热情的发现》(『トルストイ：情熱の発見』，白馬書房)出版，除探讨《战争与和平》《克莱采奏鸣曲》等托氏代表作外，还设"托尔斯泰与音乐""托尔斯泰和《李尔王》"等专章，尝试从比较文学和跨学科的角度研究托氏文学。阿部军治(1939—2014)发掘整理了德富芦花与托氏的通信书简(「蘆花のトルストイ宛書簡－上、中、下－」,『日本古書通信』，1985年10—12月)，以史料钩沉为基础的系列研究结集为专著《德富芦花和托尔斯泰：日俄文学交流的足迹》(『德富蘆花とトルストイ：日露文学交流の足跡』，彩流社，1989年)，追踪被誉为"日本的托尔斯泰"的德富芦花与托氏的交往，展现了明治以来日俄文学的交流轨迹。

三、90年代以来：生平研究、跨文化研究、禁忌研究

20世纪90年代，日本开启平成新纪元，在托氏研究者和爱好者的发起下，以"发掘托尔斯泰的研究资料并推广研究成果、通过托尔斯泰的教育哲学改善现代教育"为宗旨，"日本托尔斯泰协会"于1996年12月15日成立，会员人数106名(2019年11月统计)，至今共举办24次研究大会(演讲会)、19次"托尔斯泰沙龙"(「トルストイを語る会」)，发行17期会刊《绿手杖》(『緑の杖』)。研究托氏的代表性学者均为该会会员。同时，发足于1920年的早稻田大学文学部俄罗斯文学系也为日本的托氏研究输送了大量优秀人才。该专业1937年因战争而暂时关闭，战后于1946年恢复，2002年更名并改组为俄罗斯语言文化专业。藤沼贵、法桥和彦、阿部军治、柳富子等战后的托氏研究大家均毕业于该专业。

藤沼贵（1931—2012），出生于中国辽宁，早稻田大学文学院博士课程退学，后任早稻田大学教授、“日本托尔斯泰协会”会长。他从20世纪60年代开始发表托氏研究，生平业绩主要分为两个部分：一是重译托氏三大长篇：《安娜·卡列尼娜》（讲谈社，1975年，1976年）、《战争与和平》（讲谈社，1974年；岩波书店，2006年）、《复活》（横田瑞穗合译，岩波书店，2014年）。二是托氏生平研究，如上文列举《列夫·托尔斯泰的家庭及其在社会地位》（「レフ・トルストイの家系とその社会的位置」，『日本ロシヤ文学会会報』，1964年12月），以及《列夫·托尔斯泰——从大学退学到去高加索地区》（「レフ・トルストイ—大学中退からコーカサス行きまで」，『ヨーロッパ文学研究』，1965年12月）等，后陆续出版集大成之著：《托尔斯泰的生涯》（『トルストイの生涯』，第三文明社，1993年）、《托尔斯泰》（『トルストイ』，第三文明社，2009年）、《托尔斯泰纪事》（『トルストイ・クロニクル：生涯と活動』，東洋書店，2010年）。2009年《托尔斯泰》在1993年《托尔斯泰的生涯》的基础上进行增补，全书共分十一个章节，从内容和体量（680多页）上看均可谓日本当代最厚重的托氏研究专著。

作者着重扩充了《战争与和平》前后托氏的生活和创作，他指出“托尔斯泰认为历史是人类生活的足迹，抽象化的史料是语言，而非历史的片段，因此无论怎样搜集和分析，也不可能成为历史。不能传递人的表情、声音、动作，气候、风的冷暖的史料不可能成为历史。必须在没有生命的史料中注入人的气息和自然的律动。托氏在《战争与和平》中完成了独自的历史再创造。虽然托氏也承认这是虚构的，但他认为这并不是将史料所揭示的‘历史事实’进行了‘艺术的加工’，也不是以自己的视点讲述过去的故事，而是自己把握的历史。按照他的观点，史学家们收集的史料，不允许加入任何虚构而创造的所谓‘科学的’历史，才是用贫乏的语言进行的虚构”[1]。在对托氏的家族谱系和人生经历的研究中，藤沼贵融入了扎实的作品研究，使托氏其人其作更

1 藤沼贵：《托尔斯泰》，第三文明社，2009，第288页。

加生动丰满地呈现于读者面前。而在托尔斯泰的绝对和平与一般社会肯定战争、精神的品格与物质的追求、克制与欲望、信仰和科技优先的两两对立中，作者认为如今的社会天秤已经渐渐偏向了托氏一边。因此，“在伟人墓前献花焚香甚是无趣。但如果对‘活着的’人说话，即使只是低吟，也应该能传到认真活在当下的人们的耳边。”[1]，指明了当下阅读和研究托氏的意义。

柳富子（1932— ）也是早稻田大学教授，1963年毕业于该校研究生院俄罗斯文学研究科，获博士学位，著有《托尔斯泰和日本》（『トルストイと日本』，早稲田大学出版部，1998年）。该书第一部分是整体研究，探讨明治和大正时代基督教信仰者、社会主义阵营、尼古拉神学校系人士、作家、佛教界等不同领域的知识分子对托氏的接受和研究。第二部分是个案研究，探讨森鸥外、相马御风、有岛武郎、武者小路实笃、芥川龙之介和中里介山等近代日本作家所接受的托氏的影响。专著集合了她多年来运用比较文学的研究方法探讨托氏与日本关系的研究成果，研究跨度涵盖日本近现代文学史的一半，涉及的主题有佛教界与托氏的联系，社会主义者的托氏体验等，触碰了以往研究的盲点，填补了学术空白。在整体研究的基础上，作者潜心于个案的实证研究，认真调查森鸥外文库中的作者手记，在大英博物馆目录中探访梅列日科夫斯基的德文译本，到丝鱼川民俗博物馆寻找相马御风的托氏译本，掌握了大量一手史料。当然，也有学者指出柳氏的影响论有先入为主的嫌疑。例如在“鸥外的《寒山拾得》和托尔斯泰的《三位隐士》”一文中，柳富子指出森鸥外文库藏托氏民间故事集收录的《三位隐士》里虽没有森鸥外的笔记，但鸥外作品《高濑舟》中的喜助和民间故事集中《伊利亚特》的伊利亚特都在困境中表现出泰然的应对，因此鸥外应该读过《伊利亚特》，也读过同一故事集里的《三位隐士》。又例举鸥外论及托氏的另一篇文章，由此认为“如果森鸥外没有被托尔斯泰的生活和写作态度深深打动，他不可能

1 藤沼贵：《托尔斯泰》前言，第三文明社，2009，第4页。

写出如此深刻的文章”[1]。评者认为这种主观性的推测和论断，使得在整体研究部分体现出来的严密的实证主义大打折扣。[2]第三部分是相关研究，例如《托尔斯泰的〈卢塞恩〉——与欧洲的初遇》一文通过梳理《卢塞恩》所描写的欧洲风景，探讨托氏对西欧的印象和思考。柳富子认为“他在愤怒地表示‘应该用不可磨灭的如火如荼的文字记录下来’后，在冥想中发出搅乱世界的声音，作为小说来说，这种打破常规、缺乏连贯性的做法令人触目惊心。然而，敢于通过如此的表达，让自己直面充满矛盾的混沌人生的力量，……以此事件为契机，他客观地看待自己并对混沌示以容忍，在我看来，与其说是突然的感伤，不如说是作者经过多年的思索，从灵魂深处自然流露的结果”[3]。学界认为，这是一部力作，是当代日本对托氏和日本关系研究领域中最重要的成果之一。

佐藤雄亮（1960—　），毕业于早稻田大学俄罗斯文学专业，现任莫斯科大学附属亚非国家大学日语高级讲师，著有《托尔斯泰和“女性”：博爱主义的原点》（「トルストイと『女』：博愛主義の原点」，早稻田大学出版部，2020年）。该书通过《战争与和平》、《安娜·卡列尼娜》和《异乡人》等作品，探讨作品所呈现的包括在其孩提时代就去世的母亲等出现在托氏生命中的女性。全文叙述的重点是托氏对“女人”的渴望，即托氏的“亚马逊女郎情结”。作者认为正是这种对车臣和哥萨克妇女的迷恋使托氏的小说变得生动起来。托氏的女性交往史直到现在还是一个被回避的话题，但作者认为托氏梦想着一个幸福的家和一个理想的世界，女性是托氏慈善事业的起点，因而大胆地挑战禁忌并提出了新的阐释。对作者而言，托氏不是高高在上的文学大师，也并非平庸之辈，而是一个当下需要解决的“问题”。

1　柳富子：《托尔斯泰和日本》，早稻田大学出版部，1998年，第136页。

2　YOKOTA村上孝之：《柳富子著〈托尔斯泰和日本〉》（书评），《俄语俄罗斯文学研究》31号，1999年。

3　柳富子：《托尔斯泰和日本》，早稻田大学出版部，1998年，第351—352页。

结　语

从春秋社13卷版《托尔斯泰全集》(1919—1920年)出版,到“春秋社内托尔斯泰全集刊行会”14卷增改订版(1924—1925年)、岩波书店22卷版(1929年10月至1931年10月)、中央公论社《大托尔斯泰全集》22卷版(原久一郎译,1936年5月至1940年5月)、创元社23卷版(米川正夫译,1946年12月至1952年4月)、讲谈社47卷版(原久一郎译,1949年12月至1955年7月),再到河出书房新社19卷版(19卷+别卷,中村白叶、中村融译,1972年5月—1978年3月),我们从全集的出版频率也不难看出日本人对托氏作品的热爱。正如木村毅所说:

> 在日本,托尔斯泰不是古典,而是真正地保持了永久的生命力。武者小路实笃的“新村运动”和有岛武郎解放北海道土地虽说是贵族阶层推行的托尔斯泰主义,但战争结束后,当美国占领军在全国范围内强制进行相当于革命的土地改革时,一些地主受托尔斯泰思想的感化,欣然并积极地参与实行,不少人还感觉到卸下了良心上的重负。
>
> 而当新宪法第9条宣告放弃战争时,托尔斯泰的不抵抗主义以及他所支持的杜霍伯教徒的绝对反对战争的教义都被再次提起,并掀起了新宪法需要宗教信念来支撑的讨论。
>
> 战争结束后不久,岩上顺一和本多秋五出版了关于《“战争”与“和平”论》的独立书籍。晚于此书十五六年,R. F. Christian的*Tolstoy's* War and Peace*: A Study*(《托尔斯泰的“战争与和平”研究》才出版。虽然已经过去很多年,但我不禁想,日本把托尔斯泰消化得如此好,使他变得有血有肉。
>
> ……在日本,托尔斯泰已经是整个民族的偶像。[1]

1　木村毅:《日本的托尔斯泰》,《托尔斯泰展目录》,朝日新闻社,1966年11月版。

而日本的“托学”，从最初的接受，到“倾倒于其人格而质疑其思想”，到《托尔斯泰研究》专门杂志的发行，再到影响研究、生平研究、跨文化研究、禁忌研究，体现出一边吸收消化西方的研究成果的同时，一边形成了独自的观点和批评体系的特点。这些日文著述，丰富了世界“托学”的内容，成为托尔斯泰学科史研究的重要组成部分。

第九章

中国的托尔斯泰研究

第一节　中国“托学”的起步和奠基

中国的列夫·托尔斯泰研究已然经历了百余年的发展历程，清末民初是中国托氏研究的起步阶段。1900年上海广学会翻译出版的《俄国政俗通考》一书最早在中国提及托氏，书中简略地介绍了托氏生平和《战和纪略》(即《战争与和平》)。[1]1902年，梁启超(1873—1929)在文章《论学术之势力左右世界》[2]中以独到的眼光审视托氏，称托氏“思想高彻，文笔豪宕”，是俄“必不可少之人”[3]。这是第一篇出自中国人之手的评论托氏的文章。

对作家生平和思想最早进行较详尽的研究的，要推寒泉子[4]的《托

1　参见戈宝权：《中外文学因缘——戈宝权比较文学论文集》，北京出版社，1992，第257页。托氏作品最早的中译本是1900年出版的《诚实敬神论》和《解仇良法》，参见杨俊杰：《托尔斯泰和狄益华》，《俄罗斯文艺》2015年第4期。

2　见《新民丛报》第1号(1902)。托尔斯泰有都斯笃依、都斯堆等众多译名，“托尔斯泰”译名初见于此。

3　早期另有相关文字，如1903年，单士厘(1863—1945)在《癸卯旅行记》中曾高度评价托氏文学成就。

4　寒泉子，原名黄乃裳(1849—1924)，福州闽清人，曾加入同盟会，主办《福建日日新闻》等报刊。

尔斯泰略传及其思想》[1]。此文对托氏生平及其文学活动的介绍着墨不多，着重分析的是托氏宗教思想。文章认为，托氏思想的精髓有以下六点：其一为“溯源宗旨”，“托尔斯泰之于基督教，一扫前此之百家繁说，而独欲溯其源者”；其二为“实行宗旨”，“其实行之勇猛，感化之伟大，则今一代宗教家孰出其右者？”其三至其六分别为“平和宗旨”、“平等宗旨”、“社会宗旨”和“精神宗旨”。文章评价的立足点是中国传统的伦理道德思想，在当时颇有代表性，是中国“托学”开篇作之一。

1904年，王国维（1877—1927）译出《脱尔斯泰伯爵之近世科学评》[2]一文。译文前有译者短评，交代了托氏的基本面貌及作者撰写此文的宗旨（“盖伯爵欲令世人注意于道德，而勿徒醉心于物质的文明也。”）。1907年，王国维在其主编的《教育世界》上发表文章《脱尔斯泰传》[3]，全文2万字，在中国第一次较为全面地介绍了托氏，其中“文学时代”部分占了近四分之一的篇幅。文章对《战争与和平》、《安娜·卡列尼娜》和《复活》（王分别译为《和平与战争》、《俺讷小传》和《再生记》）评价甚高，称“实千古不朽之作”。辜鸿铭（1857—1928）与托尔斯泰的书信往来也为人关注。[4]在由辜鸿铭执笔的《给托尔斯泰的祝寿文》（1908）中称：“先生当代文章泰斗，以一片丹忱，维持世道人心，欲使天下同归于正道，钦佩曷深。”文中强调的“德性学术”的思想反映了作者与托氏在思想上的共鸣。鲁迅（1881—1936）在1908年12月《河南》杂志上发表《破恶声论》，称赞托氏是有远见的预言者，但强调托氏的主张是一种不切合实际的理想，青年鲁迅的评述已显示其对托氏思想把握的独到。中国的托氏介绍与研究一开

1 此文原载1904年《福建日日新闻》，全文长六千余字。同年10月，上海《万国公报》第190卷转载。

2 载《教育世界》89号（1904年12月）第1—8页。

3 1905年，《教育世界》第8、10、19期上刊出《伐林》（《枕戈记》），为国内较早译出的托氏小说。

4 张庆桐是第一个与托尔斯泰通信的中国人，1905年他曾与托氏有过书信往来。

始就与激荡社会的各种思潮相连。梁启超、黄乃裳、王国维、鲁迅等学者、志士在晚清时期为中国"托学"的起步做出了贡献。[1]

托尔斯泰去世后,《教育杂志》上刊出长文《俄大文豪托尔斯泰小传》[2]悼念托氏。《之江日报》上的《托斯道氏之人道主义》[3](1914)一文,称托氏为"文学界之泰斗""人类之明星",是国人专论托氏人道主义思想的第一篇。1917年和1918年,有多篇长文论及托尔斯泰。例如,1917年,《教育杂志》上刊出的太玄的长文《小学教师之托尔斯泰》,《新青年》上刊出的凌霜的长文《托尔斯泰之平生及其著作》[4];1918年,《东方杂志》上刊出的《宗教改革伟人托尔斯泰之与马丁路得》等。民国初期的中国,人们更重视的是作为思想家的托氏的价值,谈艺术往往只是片言只语。

这一时期,李大钊(1889—1927)在托氏研究方面也做出了贡献。从1913年开始,他陆续发表《文豪》(1913)、《政治对抗力之养成》(1914)、《民彝与政治》(1916)、《介绍哲人托尔斯泰》(1916)、《日本之托尔斯泰热》(1917)等文章,对托氏的思想,特别是其文学观和社会变革观,有较为全面的介绍。李大钊在介绍托氏的文学成就时凸显作家的使命感和人道色彩,强调中国作家应该像托氏那样,"大声疾呼,以唤醒众生于罪恶迷梦之中"[5]。李大钊阐发的托氏的博爱观,其重点是人道主义精神,强调改造社会的重要;他称赞托氏"离于众庶则无英雄,离于众意总积则英雄无势力"的见解"精辟绝伦",[6]并由此引申到中国知识分子要改造社会就应该与劳动者为伍。尽管李大钊早年对托氏思想的辨析尚不全面,但他融汇中外的学识和关注现实的品

1 清末民初的不少托氏作品译作的文前或文后往往会有作品的简短介绍和评说。

2 佚名,见《教育杂志》第3卷第5号(1911),第10—13页。

3 此文后转载于《东方杂志》第10卷第12号。

4 两文分别载《教育杂志》第9卷第1、2、4号(1917),《新青年》第3卷第4号(1917)。

5 《文豪》(1913),《言治》月刊第一年第6期。

6 李大钊:《民彝与政治》(1916),载《李大钊全集》第2卷,河北教育出版社,1999,第349页。

格，使他从研读托氏的著作中获取了大量的思想养料。

中国“托学”在五四时期奠基。1919年，五四运动高潮时期，报刊上出现的关于托氏的文章明显增加。专论有沈雁冰（茅盾）的《托尔斯泰与今日之俄罗斯》和《文学家的托尔斯泰》[1]、蒋梦麟的《托尔斯泰的人生观》、陈复光的《托尔斯泰的人生观》[2]等，译文有《脱尔斯泰的生死观》《托尔斯泰与革命》[3]等。其中，最值得关注的是沈雁冰发表在《学生杂志》上的文章《托尔斯泰与今日之俄罗斯》。该文长约2万字，分为三个部分：“托尔斯泰及俄国文学、托尔斯泰生平及著作、托尔斯泰左右人心之势力。”文章将对托氏的介绍与研究放在社会变革的大趋势中展开，并以此呼应中国文坛对俄国文学日趋重视的倾向，其背景与十月革命对中国社会的深刻影响密切相关。该文在中国“托学”发展历程中具有重要地位。[4]1919年，由国人翻译的第一部完整的《托尔斯泰传》问世。[5]

随着国内俄罗斯文学热的发展，20世纪20年代学界对托氏关注的热度有增无减，前期尤热，中期稍缓。报刊上出现了不少有特色的专论，如谢婴白的《托尔斯泰的人生论》（1920）、陈华寅的《托尔斯泰底宗教观》（1920）、耿济之的《译〈黑暗之势力〉以后》（1921）、佛航的《托尔斯泰的〈复活〉》（1921）、松山的《托尔斯泰与鲍尔希维主义》（1921）、耿济之的《托尔斯泰的哲学》（1921）、芾甘（巴金）的《托尔斯泰的生平与学说》（1922）、甘蛰仙的《中国之托尔斯泰》（1922）、雷协中的《读托尔斯泰的短篇小说》（1922）、顾仲起的《托尔斯泰〈活尸〉漫谈》（1924）、刘大杰的《托尔斯泰的教育观》（1926）、梦湘的《托尔

1 分别载1919年《学生杂志》第6卷4—6号和《时事新报·学灯》（1919.12.18）。

2 蒋、陈两文分别载1919年《新教育》第2卷第1期和《清华学报》第4卷第2期。

3 分别载《晨报》副刊（1919.7.23）和1919年《东方杂志》第16卷第7号。

4 次年，沈雁冰在《小说月报》和《改造》上另有《俄国近代文学杂谈》和《托尔斯泰的文学》等文章。

5 此书系英国学者查尔斯·萨罗利亚（Charles Sarolea）所著，先在《北京大学日刊》上连载，次年由上海泰东图书局出版。该书共十三章，约七万多字。译者为张邦铭与郑阳和。

斯泰与德谟克拉西》(1927)等。这些文章的视角更加多样。瞿秋白的《托尔斯泰的妇女观》[1]一文从妇女职业问题、贞操问题、婚姻问题三个方面展开了较为全面的阐述。杨铨的《托尔斯泰与科学》[2]一文将托氏"责难科学之言"归为四类,并逐一进行了辨析。张闻天的《托尔斯泰的艺术观》[3]详尽介绍与探讨了托氏艺术观。

20世纪20年代中期,中国学者撰写并出版了两本俄国文学史著作,即郑振铎的《俄国文学史略》(商务印书馆,1924)、蒋光慈和瞿秋白的《俄罗斯文学》(创造社出版部,1927)。两书均有论及托氏的专章。在郑本中,作者论及了托氏包括小说和剧本在内的十多部主要作品。蒋瞿本中,托氏部分由瞿秋白执笔。因作者通晓俄语,故论述和译名的准确性得以加强。尽管这一时期真正有分量的专论仍属少数,一般性的泛泛而谈的文章和译文居多,但还是产生了一定影响。有些译文的"译后记"也颇出色。例如,周作人为孙伏园译的《呆子伊凡的故事》[4]所撰的"附记",从体裁类型及其特色的角度评论托氏作品,殊为难得。

第二节 "托尔斯泰学"在中国的前行与调整

20世纪20年代后期,中国社会进入一个"大夜弥天"的时期。此时苏俄文坛的论争波及中国,持庸俗社会学观点的弗里契[5]等人关于托氏的文章被陆续译出,并在当时的中国文坛产生反响,报刊上对托氏的评价出现尖锐分歧。有人与弗里契一样只承认艺术家托氏,而否定思想家托氏,甚至称其为"卑劣的说教人"[6]。1928年9月,巴金在

1 载苏州《妇女评论》,1920年第2卷第2期。

2 载《科学》杂志,第5卷第5期(1920)。

3 载《小说月报》,第12卷号外《俄国文学研究》(1921)。

4 载《新潮》,第2卷第5号(1920),托尔斯泰的这篇作品今译《傻子伊万的故事》。

5 弗里契(1870—1929),苏联文艺学家。

6 冯乃超:《艺术与社会生活》,《文化批判》创刊号(1928.1)。

《脱洛斯基的托尔斯泰论·译者前言》中辛辣地讽刺道:“据说近来在中国有所谓‘革命文豪’从日本贩到了一句名言:‘托尔斯泰者,卑污的说人也。’好一句漂亮的话!其实昆仑山之高,本用不着矮子来赞美,托尔斯泰的价值也用不着‘革命文豪’来估定。”同年,鲁迅在《奔流·编校后记(七)》中写道,对于托氏,“今年又有人叱骂”。这些人的行为与托氏毫“不相干”,“我们有开书店造洋房的革命文豪,没有分田给农夫的地主——因为这也是‘浅薄的人道主义’;有软求‘出版自由’的‘著作家’兼店主,没有写信直斥皇帝的胡涂虫——因为这是没有用的,倒也并非怕危险”。鲁迅指出:“说他的哲学有妨革命,而技术却可推崇。……奖其技术,贬其思想,是一种从新估价运动,也是廓清运动……照此推论起来,技术的生命,长于内容,‘为艺术而艺术’,于此得到苏醒的消息。”鲁迅称这期《奔流》上载有卢那察尔斯基一文,“说得非常分明”,“可以照见托尔斯泰,而且也照见那以托尔斯泰为‘卑劣的说教者’的中国创造社旧旗下的‘文化批判’者”。

1925年,郑超麟译出列宁的文章《托尔斯泰与当代工人运动》。[1]列宁论托氏的有关文章在20年代末30年代上半期开始受到广泛关注,译者有嘉生、古剑、莲峯、何畏、瞿秋白等。其中《列夫·托尔斯泰是俄国革命的镜子》在短短几年里至少八次译出。当时不少左翼作家还不能深刻理解列宁思想的精髓。如克己为《托尔斯泰论》写的“译者序言”中仍留有“奖其技术,贬其思想”的印记。序言抨击了国内对托氏学说的热衷:“托尔斯泰著作的移植,似乎比任何古典文学的介绍还要多,专事研究托尔斯泰学说的书籍,在坊间也累见不鲜。然而这些研究,和各国的托尔斯泰宗徒一样,皆出于想把托尔斯泰抬入圣庙的企图。”他认为,“托尔斯泰的教义,是充满着概念的混乱与矛盾的”;“托尔斯泰之思想的内容,是反动家的蓝本,然而,伟大的天才作家所遗留下的文学上的肯定的财产,却是负历史使命的普罗列塔利亚(即无产阶级)作家所应宜继承发展的东西”。

1 郑超麟(1901—1998),他的译文载《民国日报·觉悟》,1925年第12卷第13期,第2—3页。

从20世纪20年代末纪念托氏诞生一百周年起，中国“托学”又出现了持续数年的较为活跃的时期。中国有几十家报刊在20年代末30年代初刊登各种纪念文章近百篇，《奔流》《东方杂志》《小说月报》《文学周报》等不少刊物推出了纪念专刊和专号，刊登了许多文章和译文。这次纪念热在托氏及其作品的研究方面收获了一些新的成果，这些成果主要有三方面：一是国外理论家评述托氏的译文（译著）集中出现。列宁、普列汉诺夫、卢那察尔斯基、托洛茨基、克鲁泡特金、劳伯慈、哀里司、升曙梦、小泉八云等理论家和学者论托氏的文章被译介到中国，并产生影响；二是国外著名作家（如高尔基、罗曼·罗兰、茨威格、高尔斯华绥等）谈托氏的译文（译著）集中出现；三是中国学者评价托氏的文章（书籍）集中出现，如刘大杰的《托尔斯泰》（商务印书馆，1928）、郎擎霄的《托尔斯泰生平及其学说》（大东书局，1929）和汪倜然的《托尔斯泰生活》（1929）等。郎著约10万字，介绍了“托尔斯泰之生平及其事业”和“托尔斯泰之学说”，书中对托氏思想大多评价甚高，对局限面缺少有深度的分析。尽管如此，能以著作的面目系统介绍托氏，还是显示了中国“托学”的进步。

这一时期，中国学者在报刊上发表的大多数文章乃一般的介绍，且侧重思想层面，其中也有一些文章比较重视对作品的分析或在艺术分析时颇具个性。例如巴金的《〈黑暗之势力〉之考察》[1]、顾均正的《托尔斯泰童话论》、司君的《读托尔斯泰的〈复活〉》、陈瘦竹的《托尔斯泰及其杰作〈婀娜小史〉》、唐锡如的《托尔斯泰的恋爱及其〈家庭幸福〉》、姜克尼的《托尔斯泰的〈复活〉》、梁实秋的《耿济之译托尔斯泰的〈艺术论〉》[2]、永成的《思想家和艺术家的托尔斯泰》等。梁实秋的文章谈了三点：1. 托氏艺术学说的基本内容；2.“《艺术论》最获我心之处”；3. 艺术“应该以有相当品味与修养的人来做标准”。作者借谈耿译托氏《艺术论》来阐明自己的艺术观。

20世纪30年代和40年代，在“新俄文学”的译介热潮中，托氏作

1 载《自由月刊》第1卷第11期（1929.4）。

2 载《图书评论》，1934年第2卷第11期。

品的译介仍有成绩。托氏的不少作品有了多种译本，有4种中译《托尔斯泰传》问世。《复活》在这期间也出现4种话剧改编本和译本，其中田汉改编本和夏衍改编本在国内的舞台上演，并受到欢迎。但是，因战火蔓延和时局动荡，“托学”发展总体颇为艰难。20世纪30年代下半期至40年代初期文章较少，有一些文艺短论，如戈宝权的《文豪托尔斯泰的故乡》[1]、封斗（楼适夷）的《纪念托尔斯泰》[2]、刘亚伟谈《复活》改编、郁分简评《三死》、林若论托氏的人道主义等，文章大多点到为止。专题文章相对多一些的是40年代中期。例如：1943年，以群的《〈战争与和平〉所反映的民族战争观》和黄桦沛的《论托尔斯泰的新美学的探索》；1944年，徐中玉的《托尔斯泰的语言观》和以群的《托尔斯泰的心理描写——〈战争与和平〉管窥之一》；1947年，曹湘渠的《论安娜·卡列尼娜的死》和彭慧的《托尔斯泰作品里的女性典型》；1948年，林海（郑朝宗）的《〈子夜〉与〈战争与和平〉》和作之的《谈托尔斯泰的小说》等。上述文章有一定的学理性，探讨也各有特色，体现了动荡年代里中国学人的努力。

从新中国成立至70年代末这三十年左右的时间里，中国“托学”经历了大起与大落的调整。初期因中苏关系总体友好，托氏受到较多关注。根据戈宝权先生的考证，“从一九四九年到六十年代初的不完全统计，共出版了三十五种托尔斯泰的作品，总印数字一百七十多万册以上”[3]。新中国前十年，还出版了俄苏学界有关托氏研究的不少著作，如古德济的《托尔斯泰评传》（1950）和贝奇科夫的《托尔斯泰评传》（1959）等。

这一时期，中国的托氏研究有几个特点：1. 研究成果在形式上更加符合学术规范，部分成果有独到之处；2. 研究面较之前有所拓展，但涉及领域仍有限，成果总量偏少，且大多发表在50年代下半期和60年代初期；3. 研究受国际风波和极左思潮干扰。

---

1 载《时代》，1936年第9期。

2 载《奔流文艺丛刊》，1941年第1辑。

3 参见《托尔斯泰研究论文集》，上海译文出版社，1983，第25页。

就具体的研究成果而言，其一是托氏与中国关系研究。1960年，戈宝权在《托尔斯泰作品在中国》[1]一文中介绍了托氏及其作品在中国早期被接受的过程，内容翔实，考证严密。阿英也注重考证，他的文章《关于托尔斯泰》[2]谈到了单士厘、张叔严、寒泉子，颇具史料价值。倪蕊琴的《列夫·托尔斯泰在中国》和《托尔斯泰长篇小说〈复活〉在中国的改编和上演》[3]分别介绍了托氏作品在中国翻译、评论和流传的情况。此外有韩长经的文章《鲁迅论列夫·托尔斯泰》[4]。

其二是托氏作品研究。这一时期作品研究的文章相对较多，如王西彦的《读托尔斯泰札记》[5]（1954）、彭慧的《怎样读〈安娜·卡列尼娜〉》（1957）、方纪的《托尔斯泰及其〈安娜·卡列尼娜〉》（1957）、吕荧的《论〈战争与和平〉的艺术、历史、哲学》（1958）、叶湘文的《关于〈琉森〉和〈舞会之后〉》（1960）、唐弢的《艺术家和"道德家"——谈〈琉森〉》（1961）、蒋寿强的《托尔斯泰与叶比世卡》（1962）、雷成德的《试论〈一个地主的早晨〉里托尔斯泰对待农奴制度的态度》（1963）、廖世缪的《论安娜·卡列尼娜的爱情悲剧》（1965）等。王西彦的《读托尔斯泰札记》观察敏锐、说理清晰、文字晓畅，可以称为20世纪50年代托氏作品分析的上乘之作。这一时期不少文章采用阶级分析的方法做了评析，有的文章批判色彩很浓。

其三是关于托氏的多侧面的介绍和评价。其中有托氏故居访问记，有电影观后感，有新书介绍和动态报道，有对托氏艺术观的介绍与评价，有托氏作品导读，以及多篇纪念文章。这些文章的作者对托氏的评价比较冷静客观。程代熙的《托尔斯泰的〈艺术论〉》[6]文章不长，

1 载《世界文学》，1960年第11期。

2 载《世界文学》，1961年第12期。

3 两文均为俄文，分别载《俄罗斯文学》，1958年第4期；《亚斯纳雅·波利亚纳》，1958年号。

4 载《文史哲》，1958年第11期。

5 载《从生活到创作》，新文艺出版社，1954。

6 载《新建设》，1958年第6期。

集中谈了托氏的艺术本质观，分析有条不紊，清晰客观，并带有那个时代的色彩。

其四是有关托氏世界观与创作方法的讨论。比较集中的有两次，一次是1955年至1956年，一次是1960年。第一次出现与批判胡风有关。胡风的文艺思想中涉及对托氏的世界观和创作方法的认识，焦点在所谓“创作方法和世界观分裂论”这一点上。出现的专题文章主要有：林希翎的《试论巴尔扎克和托尔斯泰的世界观和创作》[1]、王智量的《列夫·托尔斯泰的世界观和创作方法问题》[2]等。第二次集中出现与批修有关。当时批判卢卡契等人的言论是重要方面。出现的文章主要有：卞之琳的《略论巴尔扎克和托尔斯泰创作的思想表现》[3]、钱中文的《反对修正主义对托尔斯泰的歪曲》[4]、江林的《谈谈托尔斯泰的人道主义》等。这些文章有的有一定的学理分析的成分，但思维模式无法摆脱当时的政治氛围的影响。

其五是关于托氏在当代价值的争论。50年代后期，有个署名谭微的人在《新民晚报》上发表了一篇题为《托尔斯泰没得用》[5]的文章，而张光年的《谁说“托尔斯泰没得用”？》[6]一文则给予了有力反击。

60年代中期开始，中国“托学”进入低潮时期。从“文革”开始到70年代后期，托氏位于“封资修”作家之列，除了批判文字外，不再有关于这位作家的研究文章。1978年和1979年的中国文坛在思想解放运动的推动下，迅即由荒芜走向复苏。中国“托学”在复苏阶段成果并不多，却为随之到来的勃兴时期做了准备。1978年有关托氏的文章有15篇，在国内俄国作家研究中位居第一。最早出现的文章是陈燊的《列宁论列夫·托尔斯泰》和草婴的《关于〈霍斯托密尔〉的创作经

1 载《文艺报》，1955年第11期。

2 载《文学研究集刊》，第4集，1956年。

3 载《文学评论》，1960年第3期。

4 载《文学评论》，1960年第6期。

5 载《新民晚报》1958年10月6日。

6 载《文艺报》1959年第4期，第4页。

过》两篇文章。其他比较重要的论文还有倪蕊琴的《驳"托尔斯泰是富农的代言人"》和《也谈"托尔斯泰主义"》、程正民的《试谈托尔斯泰是怎样创作的》[1]等。

1979年有关托氏的文章有所增加。首先,关于列宁论托氏的研究,出现了多篇专题文章,如陈燊的《列宁论列夫·托尔斯泰》[2]、陆人豪的《遗产·时代·艺术家——列宁论托尔斯泰学习札记》[3]等。其次,关于托氏创作艺术特色的研究,如程正民的《试谈托尔斯泰是怎样创作的》、夏仲翼和袁晚禾的《论托尔斯泰的现实主义和艺术特色》[4]、徐稚芳的《托尔斯泰的短篇小说〈舞会之后〉的艺术特色》[5]等。此外,评价托氏笔下人物形象的文章在1979年集中出现,如易漱泉的《聂赫留朵夫的形象不真实和被美化了吗?》[6]、李明滨的《安娜是"爱情至上主义"者吗?——兼谈外国文学教学和评论中一种不良倾向》[7]、倪蕊琴的《重读〈复活〉有感》[8]等。因作者观点的不同,还出现过争鸣。

第三节　中国"托学"的勃兴与繁荣

在改革开放的大背景下,中国"托学"由复苏迅速走向勃兴。1980年"全国托尔斯泰学术讨论会"在上海举办,盛况空前。会议探讨的主要问题有:托氏与中国、托氏文学遗产、托氏艺术观、托氏宗教思想、托氏小说与剧本、托氏与其他作家的比较等。[9]例如,余绍裔的《哲学·革

1　载《北京师范大学学报》,1978年第5期。

2　载《世界文学》,1978年第1期。

3　载《苏州大学学报》,1979年第1期。

4　载《文艺论丛》,第6辑(1979)。

5　载《外国文学研究》,1979年第2期。

6　载《外国文学研究》,1979年第1期。

7　载《外国文学研究》,1979年第3期。

8　载《语文教学通讯》,1979年第5期。

9　部分成果后汇集为《托尔斯泰研究论文集》,上海译文出版社,1983。

命·文学——列宁论托尔斯泰》就列宁论托氏这一论题展开有新意的讨论；陈燊的《欧美作家论托尔斯泰》和倪蕊琴的《俄国托尔斯泰研究简论》梳理和评析了欧美和俄苏作家批评家对托氏的论述与研究；夏仲翼的《托尔斯泰和长篇艺术的发展》把托氏放在世界长篇艺术发展的背景中考察其艺术成就；钱谷融的《论托尔斯泰创作的具体性》对托氏作品魅力进行了溯源研究；钱中文的《通向现实主义高峰之路》更多地从理论层面讨论了托氏的文艺观；匡兴的《托尔斯泰否定莎士比亚问题初探》对托氏否定莎氏的原因做了中肯的分析。与会者思想比较开放，多数文章论证比较扎实，有的还提出了有深度的学术观点。这次会议推动了80年代中国"托学"的全面展开。[1]

托氏作品在80年代的出版出现旺盛的势头，其译介总量居俄国作家之首。人民文学出版社出版了17卷本的"列夫·托尔斯泰文集"，上海译文出版社也陆续推出12卷本"托尔斯泰文集"，这在中国托氏作品译介史上具有里程碑式的意义。"托尔斯泰研究"作为选修课进入高校课堂，有了《托尔斯泰作品研究》[2]等教材，"托学"本科生和研究生的培养也取得了初步的成果。《列夫·托尔斯泰比较研究》[3]一书勾勒了新时期初期托氏比较研究的几个重要方面。随着研究环境的完善，研究者心态日益开放，不少重要的研究领域开始有所触及。十年间中国学者撰写和翻译的论文总数达400余篇，尽管多数文章还谈不上高水准，但已是中国"托学"史上少有的繁荣时期。这一时期，也正是期刊的活跃期，不少外国文学译介和研究专刊也相继创刊或复刊，关于托氏的论文与译文大多散见于高校学报和社科刊物上。

刊登在高校学报上的文章最多。1980年是托氏逝世70周年，该年各学报刊出的相关论文较多，有20多篇文章分别发表在华东师大、吉林大学、陕西师大等高校的学报上，如黎皓智的《谈安娜·卡列尼娜形象的典型意义》等。此后几年，每年发表量一般为十来篇，如张铁夫

1 1980年5月，杭州召开"巴尔扎克、托尔斯泰学术讨论会"。

2 雷成德主编《托尔斯泰作品研究》，陕西人民出版社，1985。

3 倪蕊琴主编《列夫·托尔斯泰比较研究》，华东师范大学出版社，1989。

的《托尔斯泰三大长篇的对照艺术》等。刊登在外国文学专业刊物上的关于托氏的文章也有不少。如《外国文学研究》上曾庆林的《对托氏与莎氏关系研究的反向再思索》等;《国外文学》上的任光宣的《论心理分析类型及其特征——托尔斯泰、屠格涅夫、契诃夫的心理分析方法之比较》等;《外国文学评论》刊有蒋世杰的《〈战争与和平〉中的历史哲学之心理原型及其艺术表现》等;《苏联文学》发表了王朝闻的《读〈复活〉的开篇》等。社科类刊物面广量多,相关文章也很多。如《学习与探索》上刁绍华的《托尔斯泰长篇小说的艺术特点》、《求索》上王元泽的《托尔斯泰戏剧中的农民问题》、《中国比较文学》上吴承诚的《托尔斯泰与茅盾的文学创作特色》、《红楼梦学刊》上李书鲤的《林黛玉与安娜——兼谈曹雪芹和托尔斯泰的妇女观》、《文艺理论与批评》上杨柄的《列宁与托尔斯泰和高尔基》、《名作欣赏》上孙绍振的《人物心理结构调节变幻的奇观——谈安娜探看儿子》、《戏剧艺术》上汪义群的《试论托尔斯泰莎评中的合理因素》、《文艺研究》上叶纪彬的《"思想形象化"非艺术的审美本质——参与有关托尔斯泰艺术定义问题的论争》等。

20世纪90年代,俄国19世纪经典文学名著的出版再度繁荣,托氏作品被大量重译和再版。此外,这一时期有章海陵和陈建华等多本关于托氏的传记作品出版,但专著仅有王景生的《洞烛心灵——列夫·托尔斯泰心理描写艺术新论》[1]和秦得儒的书稿《托尔斯泰的宗教学说》。期刊论文成了"托学"的主阵地,中后期增长明显,总量与前十年基本相当。

首先是关于托氏学说的探讨,主要涉及托氏学说的宗教观、哲学观、伦理观、艺术观等内容。例如,秦得儒的论文《托尔斯泰宗教学说述论》,及近10万字的《托尔斯泰的宗教学说》的书稿。[2]作者从托氏

1 王景生:《洞烛心灵——列夫·托尔斯泰心理描写艺术新论》,中央编译出版社,1996。

2 论文载《上海师范大学学报》1992年第3期;《托尔斯泰的宗教学说》,1998年印刷本。

宗教学说与俄罗斯社会、与卢梭自然神论、与基督教、与中国先秦哲学、与俄罗斯农民的宗教信仰等角度，总结了托氏宗教学说的特征与意义。王志耕的《世俗生活哲学的宗教阐释》[1]以托氏的《生活之路》为主要切入对象，称托氏所指出的“生活之路”是铺展在现世生命的历程之中的，因而貌似宗教教义的论述，实际上是一种世俗的生活哲学。董小英的《哲学家托尔斯泰》[2]认为，“生活就是上帝”概括了托氏的哲学思想。“上帝”内涵的区别是托氏宗教意识与基督教教义最根本的区别。对托氏艺术观、美学观和小说理论的研究成果有翁义钦的《略论托尔斯泰的小说理论》[3]、逮弘秀的《从长篇小说创作看托尔斯泰美学思想的发展》[4]等。胡日佳的《托尔斯泰与叔本华美学思想比较》探讨了托氏与叔本华同中有异的美学观，他的《托尔斯泰和叔本华在艺术本质论上的异同》阐述了托氏的“新的艺术概念”的特点，《托尔斯泰与德国古典美学——托尔斯泰艺术观再探》从托氏与德国古典美学的关系出发，对其艺术观进行哲学探讨。[5]

其次，不少学者关注托氏艺术创作中的形式探索和诗学特征，成果涉及托氏的心理描写方法、结构艺术、时空向度、形象塑造等，领域较广。不少文章从不同角度分析托氏心理描写的特色，如张杰的《托尔斯泰“心灵辩证法”的变迁》[6]，以及王景生的《托尔斯泰前期叙事中的内心独白——兼谈“心灵辩证法”的理解问题》、《“心灵辩证法”辨析》和《〈昨天的故事〉——列·托尔斯泰生前未发表的一篇意识流小说》[7]从不同角度讨论托氏的心理描写方法。这一时期，托氏文学作品

1　载《外国文学评论》，1998年第1期。

2　载《外国文学动态》，1998年第3期。

3　载《四川外语学院学报》，1994年第4期。

4　载《学习与探索》，1994年第4期。

5　分别载《济宁师专学报》，1994年第1期、1996年第1期；《国外文学》，1995年第1期。

6　载《外国文学研究》，1990年第2期。

7　分别载《外国文学研究》，1995年第2期；《外国文学评论》，1995年第4期；《国外文学》，1996年第2期。

中的叙事态度、结构安排、时空向度，以及具体的文体特征和语言特色等话题，也颇受关注。如冯玉芝的《浅论〈安娜·卡列尼娜〉的叙事艺术》[1]、季星星的《试论托尔斯泰和陀思妥耶夫斯基的叙事文风》[2]、李正荣的《〈战争与和平〉主题新论》[3]等。学界继续关注托氏笔下的人物形象塑造，并力图在熟悉的话题上谈出新见。

20世纪90年代，托氏比较研究的论文数量大增，研究范围主要涉及四个方面：1. 托氏与中国古典文化思想研究。如王景生的《列夫·托尔斯泰研究中的比较问题——从中国古典哲学的影响谈起》[4]是从方法论入手的。任子峰的《托尔斯泰与孔老学说》[5]一文梳理了托氏研究孔老学说的基本情况。吴泽霖的《托尔斯泰主义和中国古典文化思想》[6]分析了托氏精神探索的历程和托氏接受中国古典文化思想的动因和方式。2. 托氏在中国、托氏与中国作家作品的比较研究。如刘洪涛的《托尔斯泰在中国的历史命运》[7]、赵明的《托尔斯泰、屠格涅夫、契诃夫：20世纪中国文学接受俄国文学的三种模式》[8]等。3. 安娜形象与他国作家笔下的女性形象的比较研究。在人性、爱情、责任等永恒主题上，安娜形象与世界不少女性形象有着可比性，不少人以此撰就了自圆其说的论文。4. 其他研究。如托氏与欧美作家思想家的关系、托氏与民族文学的关系、托氏日记的内涵、托氏作品的电影改编等。如雷成德等人的《托尔斯泰日记》[9]中文译本，贺红英的《托尔斯泰在银幕上》[10]等。

1 载《辽宁师范大学学报》，1997年第2期。

2 载《俄罗斯文艺》，1996年第3期。

3 载《俄罗斯文艺》，1995年第5期。

4 载《四川外语学院学报》，1995年第3期。

5 载《国外文学》，1990年第1期。

6 载《苏联文学联刊》，1992年第4期。

7 载《外国文学研究》，1992年第2期。

8 载《外国文学评论》，1997年第1期。

9 托尔斯泰：《托尔斯泰日记》（上、下），雷成德等译，陕西人民出版社，1998年9月。

10 载《北京电影学院学报》，1997年第2期。

21世纪以来，中国出版了多种托氏作品译文集，如《列夫·托尔斯泰文集》《列夫·托尔斯泰小说集》《列夫·托尔斯泰小说全集》等，发行量可观。2010年托氏逝世百年，6月，在大连召开了“纪念托尔斯泰逝世百年学术研讨会”，并成立了“托尔斯泰研究（资料）中心”；7月，“当代文化视野中的外国文学经典暨纪念列夫·托尔斯泰逝世100周年”学术研讨会在东北师大举行；11月，在华东师大召开了“纪念列夫·托尔斯泰逝世百年学术研讨会”。此外《俄罗斯文艺》出了特刊，刊出《“道德自我完善”与“道德自我立法”——试析康德的道德哲学对托尔斯泰小说的影响》、《史诗型家庭小说的巅峰——论〈战争与和平〉的文体特征》和《列夫·托尔斯泰的理性信仰与现代性因素》等文章。

进入21世纪，最突出的成绩是多部托氏研究专著问世。2000年，毕业于北京师范大学的三位博士出版了学术分量厚重的托氏研究专著，即吴泽霖的《托尔斯泰和中国古典文化思想》[1]、李正荣的《托尔斯泰的体悟与托尔斯泰的小说》[2]和邱运华的《诗性的启示：托尔斯泰小说诗学研究》[3]。吴著有诸多出彩之处，如谈及托氏的“上帝”和中国的“天”时，该书从中国的天谈起，进而深入分析了托氏的上帝的演化过程。李著阐述了托氏小说诗学的内在动力、体悟类型，以及小说的诗学特征等问题。邱著对托氏诗性启示的语境、内涵、生成和表达诸问题展开了讨论。新世纪初期还出现了李明滨的《托尔斯泰及其创作》和赵桂莲的《生命是爱——〈战争与和平〉》两部篇幅不长但有不俗学术水准的著作。值得一提的还有工具书《托尔斯泰览要》[4]、张建华等编写的托氏传记以及关于托氏的新译著，如什克洛夫斯基的《托尔斯泰传》等。这一阶段的后期，一些中青年“托学”

1 吴泽霖：《托尔斯泰和中国古典文化思想》，北京师范大学出版社，2000。

2 李正荣：《托尔斯泰的体悟与托尔斯泰的小说》，北京师范大学出版社，2001。

3 邱运华：《诗性的启示：托尔斯泰小说诗学研究》，学苑出版社，2000。

4 王智量等主编《托尔斯泰览要》，贵州人民出版社，2006。该书原名《托尔斯泰辞典》。

学者推出了有创新意识的著作，如2015年和2016年先后出版的张中锋的《列夫·托尔斯泰的大地崇拜情结及其危机》和张兴宇的《列夫·托尔斯泰的自然生命观研究》。[1]张中锋的专著以大地崇拜情结为切入口，运用文化人类学等研究方法分析托氏的创作。[2]张兴宇的专著阐述了托氏的自然生命观，力图以新的视角揭示托氏小说的哲学意蕴和审美价值。[3]

21世纪以来的二十余年，关于托氏的硕博论文总数已超百篇，涉及数十所高校，其中博士论文和博士后论文主要出现在中后期，总体质量较高。这些硕博论文论及《"义"与"圣"：托尔斯泰宗教探索之文学书写》《列夫·托尔斯泰生命思想研究——论列夫·托尔斯泰生命思想的哲学源流、构造历程与文学表达》《列夫·托尔斯泰的艺术形式论研究》《列夫·托尔斯泰创作中的"聚和性"意识》《19世纪下半期俄国刑事司法制度研究——以托尔斯泰的〈复活〉为线索》《明哲在远方：五四前后无政府主义与托尔斯泰研究》等。这些学位论文的出现与中国高校"托学"学科建设不断向前推进有关。

21世纪第一个十年，关于托氏研究的期刊论文较20世纪90年代增长约1.4倍，年均达40多篇；第二个十年较前十年又增长约1.5倍，年均达60多篇。这些文章延续了上一时期对托氏思想与艺术的多侧面探讨，并有新的亮点。其一，有重要的史实发现。如关于托氏作品的最早中译问题。杨俊杰在2015年第4期《俄罗斯文艺》上发表文章《托尔斯泰和狄益华——也谈托尔斯泰文学作品的最早中译》，指出托氏作品最早的中译本是《诚实敬神论》和《解仇良法》，均由英国来华传教士狄益华在1900年翻译并出版。其二，谈国外批评家解读托氏的途径。仅就俄国学者和批评家论托氏而言，就有以下文章：《巴赫

1 中后期出版的还有杨正先的《〈安娜·卡列尼娜〉研究》(2017)等。

2 张中锋：《列夫·托尔斯泰的大地崇拜情结及其危机》，山东人民出版社，2015。

3 张兴宇：《列夫·托尔斯泰的自然生命观研究》，中国社会科学出版社，2016。

金的列夫·托尔斯泰》[1]、《浪漫主义文学传统规范的破坏者——艾亨鲍姆论青年托尔斯泰》[2]、《什克洛夫斯基笔下的托尔斯泰》[3]、《生命意识与民族根基——略论斯特拉霍夫对托尔斯泰的阐释》[4]和《别尔嘉耶夫论托尔斯泰》[5]等。其三，新视角新方法的托氏批评。如朱婷婷运用空间理论，对《战争与和平》的文本空间性问题进行了探讨；[6]朱江天运用"互文性"理论，对《复活》和西方神话故事及《圣经》中伊甸园故事之间的关系进行了比较分析；[7]刘亚丁的《19世纪高加索战争的文学再现——以莱蒙托夫和列·托尔斯泰的行旅和创作为例》[8]、杨明明的《〈哥萨克〉的叙事空间》[9]、王志耕的《托尔斯泰历史小说的独白叙事》[10]等文章也有独到的视角和分析。这一时期有不少颇具特色的文章，体现了与作者的学术积淀和创新意识，在分析问题时多有新见。

1 宋德发、张铁夫著,《广东社会科学》,2005年第1期。

2 李冬梅著,载《俄罗斯文艺》,2006年第2期。

3 安国梁著,载《中华读书报》,2010年10月27日。

4 朱建刚著,载《外国文学评论》,2014年第1期。

5 耿海英著,载《中州大学学报》,2015年第3期。

6 《〈战争与和平〉的文本空间性》,载《俄罗斯文艺》,2013年第3期。

7 《〈复活〉与神话的互文性阐释》,载《河南社会科学》,2006年第3期。

8 载《俄罗斯研究》,2011年第2期。

9 载《外国文学研究》,2015年第4期。

10 载《湖南社会科学》,2011年第1期。

第二编

列夫·托尔斯泰学术史研究

第一章 “托学”与马克思主义文学思想
——列宁与普列汉诺夫关于托尔斯泰的对话

科学全面地理解和阐释列夫·托尔斯泰，是20世纪最初十年，特别是1910年托氏去世之际俄国思想界和文化界最引人注目的话题，也是这时期马克思主义文学思想界不同学派、不同立场的文学话语的对话话题。在这一段时间里，有关托氏创作的性质、意义和价值的话题，在俄国思想文化界引发了一场大论战。俄国国内外马克思主义者、传统的民主主义者、自由派批评家和象征主义者、未来主义者围绕这一话题展开了全方位的、集中的对话，从而，在斯托雷平反动时期的思想背景下，形成了壮阔的思想景观。这一景观，既体现出俄国思想文化精神的强大活力，又表现出其中的复杂和矛盾的内涵。恰恰是在这一话题的充分展开的过程中，马克思主义经典美学家们得以结合俄国社会历史，用文艺反映论去解读和阐释托氏，形成了一系列文艺美学方面的经典文本。但是，同时我们也应该看到，即便在列宁和普列汉诺夫之间，有关如何历史地具体地运用反映论美学方法，如何看待作为意识形态领域的一个组成部分的文学、它的独特性以及“艺术地把握现实”与认识论之间的差别，如何将作家研究与社会历史状况和无产阶级面临的革命任务联系起来，等等，在这一系列问题上，存在着较大差距。比较两者的差距，寻找出原因，除了使我们更为清楚地认识他们在个人趣味、学识等方面的不同之外，还能帮助我们厘清马克思主义文学理论体系一些本质性的、长期以来未被充分认识的理论问题。这对于建设新时期马克思主义文学思想的科学体系，以及如何在批评实践中科学地运用马克思主义美学基本原理，无疑是大有裨益的。

第一节 差异和契合

在这一场围绕托氏的思想对话中，列宁和普列汉诺夫是马克思主义文学思想的当然代表。当然，卢那察尔斯基、沃罗夫斯基、高尔基等人也都参与了对话，但是，论理论水平之高、发表论文之多，列宁、普列汉诺夫无疑更胜一筹。

从1908年到1911年，列宁共发表了七篇集中讨论列夫·托尔斯泰的论文。[1]其中，除了一篇（即《列夫·托尔斯泰是俄国革命的镜子》）写于1908年之外，其他六篇均写于1910年至1911年，即托氏去世之际，是直接为参与论战而写的。此外，在1911年1月19日致玛·乌里杨诺娃的信里，列宁提道："昨天，我作了一个关于托尔斯泰的专题报告，也许，我还要到瑞士各地去作这个报告。"[2]显然，有关托氏的话题，引起了列宁的高度注意。在列宁的一生中，除了高尔基之外，还没有任何一位作家受到如此集中的注意。对于普列汉诺夫，情况也基本相似。普氏撰写有关托氏的论文，直接原因是自由派"那些伪君子和骗子手把他（指托尔斯泰。——引者注）奉为圣人，对托尔斯泰的胡说八道和卑躬屈膝，惹得普列汉诺夫也大发雷霆了"[3]。在1907

1 列宁的七篇文章分别是：《列夫·托尔斯泰是俄国革命的镜子》(1908)、《列·尼·托尔斯泰》(1910)、《列·尼·托尔斯泰和现代工人运动》(1910)、《托尔斯泰与无产阶级斗争》(1910)、《"有保留的英雄们"》(1910)、《转变还没有开始吗？》(1910)和《列·尼·托尔斯泰和他的时代》(1911)。

2 列宁致玛·乌里杨诺娃，1911年1月19日。

3 列宁致玛·高尔基，1911年1月3日。

年至1911年之间，他共撰写了六篇集中论述托氏的文章。[1]有趣的是，列宁和普列汉诺夫的某些文章还发表在同一期刊物上。[2]

毫无疑问，在对待托氏的问题上，列宁与普氏的基本立场是一致的。其出发点是回击自由派、“民主派”的无耻谎言，力图科学全面地评价托氏，从思想上明确俄国革命的性质和任务。但是，具体到如何看待托氏全部学说的性质、思想基础，如何看待产生托尔斯泰主义的批判性和软弱性，尤其是如何历史地将反映论运用到对托氏的评价中去，在以上一系列问题中，列宁与普氏存在着相当大的分歧，这种分歧不可能仅仅用政治观点的差异、学识和趣味的差异来解释，我认为，它触及了马克思主义意识形态理论具体运用到文学研究过程中的一些实践性问题。

有关托氏全部学说本质的问题，这是两者一系列论文回答的根本问题，甚至是全部论述的前提，只有弄清了这一问题，才能正确地把握问题的其他方面。“托尔斯泰到晚年也始终是一个大地主。”[3]“托尔斯泰不仅是贵族的儿子，而且长期是贵族思想家。”[4]这样的论断，在普氏的论文中比比皆是。在普氏看来，一个贵族出身、从小受贵族教育的人，只能是贵族阶级的代言人，他的全部经济地位决定了他的政治观点，因而，也就决定了他的文学观。普氏的思路是这样的：贵族阶级的出身、教养，决定了托氏的思想意识，他是一个个人主义者（“托尔斯泰是当代个人主义的最有天才的和最极端的代表之一。个人主义在他的艺术作品上，特别是在他的政治观点上，打上了最深刻的印记。”[5]）。因为是个人主义者，所以，除了个人永生，他对别的事物（例如对解放运动）一概毫无兴趣。个人主义决定了他只能从个人利益的立场去看问题，完

1 普列汉诺夫论托尔斯泰的六篇文章分别是：《托尔斯泰与自然》（1908）、《如此而已》（1910）、《概念的混乱》（1910）、《车尔尼雪夫斯基论托尔斯泰》（1910）、《卡尔·马克思和列夫·托尔斯泰》（1911）和《再论托尔斯泰》（1911）。

2 列宁的《“有保留的英雄们”》和普列汉诺夫的《概念的混乱》均发表在《思想》1910年12月第1期上。

3 普列汉诺夫：《普列汉诺夫美学论文集》，曹葆华译，人民出版社，1983，第733页。

4 同上，第721页。

5 同上，第737页。

全忽略事物的本来面目，从而成为哲学上的唯心主义者和形而上学论者（“托尔斯泰不仅是唯心主义者，而且，就其思想方法来讲，他终生都是不折不扣的形而上学者。”[1]）。普氏解释道：这里的形而上学指的是他的“思想方法，而不是他的创作方法”[2]。这个解释意味着，在普氏的思维程序中，思想方法与创作方法是有区别的，因此，才出现这样的状况，即托氏“虽然不懂得争取改造社会关系的斗争，对于这种斗争漠不关心，但是，对于当前的社会制度却非常不满，而主要是……他是这样的作家：他利用自己巨大的艺术才能清楚地即使仅仅是像插曲式地描写了这种不满”[3]。也就是说，从思想方法上说，托氏是无视解放运动所关注的对社会关系的改造，但是，他却不满于专制制度，只是他的艺术天才导致了他在作品中表现这种不满，尽管是“插曲式”的。需要注意的是：研究一个作家，我们的结论应当是从对具体的文学作品研究中得出，而不应仅仅看他的出身，甚至不能局限于他所受的教养，更不能从概念出发去进行抽象思辨、推理。结论应当从具体的、历史的研究中得出。因此，以下几个矛盾就应当正视：第一，托氏既然对“当前的社会制度”“非常不满”，而这些不满却没有导致他对“改造社会关系”的关心，如何解释这一情感和理智的矛盾？普氏认为，托氏的思想方式与艺术天才是分裂的，这种观点并没有说明产生这一矛盾的原因。较之米哈依洛夫斯基的“左手”和“右手”之说[4]，普氏似乎并没有说出更多的东西来。第二，普氏认为，即使是托氏的批判，也是从贵族阶级的立场上进行的，没有超越贵族阶级的利益。第三，普氏认为，他的批判与他的思想方法没有理论上的联系，而且，这种批判的最激烈的一面游离于整个思想体系之外。用艺术天才作为原因来解释托氏的批判力量，显然错会了这种随处可见的批判的性质和规模。

对于普氏来说是偶尔一现的“插曲”式的批判，在列宁看来却是

1 普列汉诺夫：《普列汉诺夫美学论文集》，第737页。

2 同上。

3 同上，第734页。

4 尼·米哈依洛夫斯基：《列夫·托尔斯泰的左右手》。

托氏全部学说中最本质的东西。列宁在论述托氏时，首先强调的是他全部学说中的“农民资产阶级”性质，“作为俄国千百万农民在俄国资产阶级革命前夕的思想和情绪的表现者，托尔斯泰是伟大的。托尔斯泰富于独创性，因为他的全部观点，总的说来，恰恰表现了我国革命是农民资产阶级革命的特点。从这个角度看，托尔斯泰观点中的矛盾，的确是一面反映农民在我国革命中的历史活动所处的各种矛盾状况的镜子”[1]。这段话是列宁七篇文章的总纲。列宁的观点很明确：托氏不单单是贵族阶级意识的表现者，他还是“农民在资产阶级革命前夕的思想和情绪的表现者”[2]，这表明托氏学说的本质是农民资产阶级的。而且，托氏学说中的一切矛盾（也即普氏所说的“思想方法”与“批判力”、不满表现的矛盾）正好是“农民在我国革命中的历史活动所处的各种矛盾状况的镜子”[3]，是它的反映。必须正视列宁与普氏在此问题上的对立，因为这决定了他们的根本态度和价值观。

列宁与普氏矛盾的观点源自三个方面：一是方法论的差异，二是政治观不同的影响，三是如何看待意识形态范畴内诸种因素之间的关系问题。三者互为因果，彼此紧密联系。

第二节　方法论作为一个问题

表面上看来，普氏和列宁在论述托氏学说的本质时，使用的都是文艺反映论方法。他们共同严守的基本命题是：文学艺术作为意识形态之一元，必然反映现实生活。但是，问题在于：既然方法论上保持一致，为什么结论会判然两样呢？我认为，症结在于如何历史地具体地在作家创作思想的发展变化中运用反映论的美学原则。

1 《列宁论文学与艺术》，中国社会科学院文学研究所文艺理论研究室编，人民文学出版社，1966，第283—284页。

2 同上。

3 同上。

列宁在强调托氏的思想、情绪及其矛盾时，使用了几个关键词句："历史活动中""历史经济条件""托尔斯泰主义的现实的历史内容"等。这些词句散见于各篇文章之中，显然并非偶一为之，而且，它们成为列宁分析托氏学说的核心内容。列宁从分析托氏学说中的矛盾入手，他认为，托氏学说中的强烈批判力量和宗教式说教，源自农民所处的矛盾的历史状况之中："几百年来农奴制的压迫和改革以后几十年来的加速破产，积下了无数的仇恨和拼命战斗的决心。"[1]这样，"农民过去的全部生活教会他们憎恨老爷和官吏"[2]。这种落后的、破产的、崩溃的经济生活使农民本能地产生抗议和反抗，但是，也正是这种落后的、破产的、崩溃的经济生活不可能滋生与现代工业意识相适应的成熟的革命愿望和方针。落后的经济生活使反抗本能的成熟成为必然，也使构思未来的冲动显得不成熟。为什么这样说呢？生活于原始经济生活中的人们不可能拥有现代化生活的构思。一群被反抗的本能冲动（情绪和心理）武装起来的农民，是无法解答如何反抗、如何构想未来这些产生于产业工人阶级意识范围内的问题的。于是，他们只能徒然地呼唤上帝、寄托幻想，这也就是所谓"幻想的不成熟，政治修养的缺乏和革命意志的软弱"[3]。而成熟的幻想、足够的政治修养和坚定的革命意志，属于同样举起反抗之旗的，在现代工业基础上成长起来的产业无产阶级。反抗的必然和反抗后的迷茫，是农民所处的全部历史经济生活的两面。托氏的全部学说反映了这种农民的矛盾心态，但由于他始终拒绝俄国无产阶级，认为俄国除了农民问题，不存在任何别的问题，所以，他所宣传的学说就只能以列宁所总结的四组八个方面这一方式出现。[4]

但是，普氏拒绝托氏学说赖以形成的全部变化的矛盾的历史内容，形而上学地认为：1861年的农奴制改革并未改变农民的基本状

1 《列宁论文学与艺术》，第283—284页。

2 同上。

3 同上，第286页。

4 同上，第283—284页。

况，专制俄国依然如故。他仍旧机械地看待阶级意识与作家所生活的历史时代之间的关系，从纯粹理论思辨的角度去讨论一个显然处于历史变化状态中的问题。而抛弃这一问题的全部历史内涵，只会使结论变得轻率，甚至可笑。例如，对于普氏十分重视的“阶级意识”，他从托氏抒情主人公对自然的感悟所觉察到的“死的念头得到了幼稚的、富有诗意的恐怖”里，发掘出其中属于贵族阶级的个人主义内容，这是没有问题的。也可以说，这种分析抓住了本质性的东西。但是，首先，“阶级意识”本身是处于历史时间流程之中的，是不断生成不断变化着的思想精神形态。19世纪上半期的俄国贵族的自我感觉，和下半期、世纪末的心态是不一致的，历史的经济状态的变化决定了贵族阶级意识本身也在变化，例如，不能将创作《塞瓦斯托波尔故事集》的托氏与写作《我不能再沉默》的托氏等而视之；而且，“阶级意识”不是简单孤立的存在，它存在于历史具体的关系之中。对于文学而言，作品中的个人不是阶级意识的简单传达者，在他身上还包含着个性、宗教信仰和私人情感，还存在着不单属于阶级而属于整个社会、整个时代的东西。具体言及托氏笔下的贵族意识的流露，就绝不能简单地将它归属于统治阶级。19世纪下半期的俄国贵族面临着两个方面的压力：一方面来自农民阶级的反抗，农民的贫困化、破产、饥馑和死亡威胁，迫使他们起来反抗贵族老爷们；另一方面来自城市商人、工厂主等资产阶级的挤压，那种“1905年经过初步变动以前的政府结构……贵族地主对于国事具有绝对的影响这一事实……贵族地主出身的官吏——特别是高级官吏——操有无上的权力”[1]的现状，已引起了他们强烈的不满，他们无时无刻不在谋求与自己经济实力相应的政治权力。“巨大的财政资金，大规模发展起来的工商业”[2]，以及他们中的代表伊里亚·阿尔达莫诺夫们[3]，早就让贵族老爷们惴惴不安了。这种惨淡境遇下的贵族意识岂可与18世纪甚至19世纪初的贵族意识相提

1 《列宁论文学与艺术》，第298页。

2 同上。

3 高尔基的小说《阿尔达莫诺夫家的事业》里的主人公。

并论呢！俄国贵族意识时刻处于风雨飘零之中，在1861年至1905年之间的俄国，贵族意识的优越感是随着历史时间的推移而一步步减弱的。因此，普氏的反映论带有机械的（也许说学究式的纯粹思辨更适当）简单化色彩，这使得他在研究托氏学说本质的问题的过程中，得出令人遗憾的结论。在剥离研究对象的丰富历史内容这个意义上说，普氏对托氏的分析是对马克思主义文艺反映论的简单化甚至庸俗化。

第三节　政治立场和文学批评的价值观念

这种判断的对立，还源自列宁与普氏政治观点的差异，而这一政治观的差异，起因于两人对俄国社会的特征与社会民主工党的使命认识不一。为什么这样说呢？在比较列宁与普氏的论述过程中，我们发觉这样一个现象：列宁屡屡谈及托氏学说反映了“我国革命的农民资产阶级性质”，认为随着托氏的去世，那个时代也终结了；但是，有趣的是，在普氏的论述中，绝口不提托氏学说的社会历史土壤，始终缺乏一个历史的参照系（即托尔斯泰主义因何形成？究竟对于一个什么样性质的时代，托尔斯泰主义的产生是势所必然？什么样的社会土壤造就了托尔斯泰主义？）。普氏显然并非忽略了这一问题，而是认为提出这一问题没有意义，因而也就毫无必要。为什么会这样呢？因为他认为托氏并非仅仅属于1861年至1905年这一特定时代，因为他认为俄国社会较之其他国家，1861年至1905年这一时间段不存在任何特殊性。它与任何处于封建社会阶段的民族国家相比，没有什么特殊性。因而，它也就必须像英、法等西欧国家一样，首先进行资产阶级革命，建立资本主义制度，借助资本主义大工业培育成熟的产业工人队伍，然后再进行无产阶级革命。这一政治观，导致他认为托氏学说内部的矛盾，只是贵族阶级的个人主义与艺术才华间的矛盾，从而完全忽略了其中复杂的历史内涵，当然，这样一来，托氏对于他的时代，便只具备阶级批判的价值了。

批评家政治观的失误，妨碍他对批评对象做正确的评价。列宁在此屡屡提及的“托尔斯泰属于1861年至1905年的俄国”便显示出了意义。为什么列宁将托氏的时代界定在农奴制改革后至第一次俄国革命之前这四十余年呢？笔者认为，列宁正是认识到，托氏作品中反映的情绪和心理是处于变化之中的专制体系的。这个变动表现为：一方面，农奴制改革导致庄园制的宗法自然农业经济崩溃，农民队伍迅速分化为无产者和新的土地占有者；另一方面，资本主义势力借助改革迅速膨胀起来，一步步改变俄国社会的性质，从而也在改变俄国革命的性质。在这样一个半农奴制、半封建制和半资本主义的国家，无产阶级队伍在迅速扩大（农民因破产而流入城市，迅速成为近现代工业的劳动力），从而，无产阶级革命进一步成为可能。所以，仅仅看出托氏创作和全部学说的贵族阶级性质是不够的，它更是这一危机时代变化中的农民（走向破产，走向赤贫，从而走向无产阶级队伍）的情绪和心理的反映，是他们的惶惑恐慌、危机感和革命冲动的表现。否则，就无法从根本上解释托氏学说对土地占有者、对金钱统治、对立足于其上的全部官僚体制的抗议。因此，列宁的下一段话是有针对性的：“托尔斯泰的观点中的矛盾，不应该从现代工人运动和现代社会主义的角度评价（这样的评价当然是必要的，然而是不够的），而应该从反对新兴的资本主义，反对群众破产和丧失土地（俄国有宗法式农村，就一定会有人这样反对）的角度去评价。”[1]这里面暗含着对普氏评价托氏学说的角度的纠正，当然，也标示出两种评价所立足的政治观点的差异。

从工人阶级的立场去批评甚至拒斥托氏全部学说的贵族阶级本质，固然是必要的，这有利于工人阶级认清自己的革命目标，但是，这并未达到认清革命的弱点的目的。列宁之强调托氏学说反映了农民资产阶级革命的矛盾，正是希望人们由此认清1905年革命失败的根本原因，这已在《列夫·托尔斯泰是俄国革命的镜子》一文中阐述清楚了。

1 《列宁论文学与艺术》，第283页。

第四节　意识形态内部各种因素之间的关系问题

在列宁与普氏的评价分歧中，我们还可以考察意识形态内部诸因素之间的相互关系问题，以及文学与这些因素之间的影响关系。普氏断定托氏的学说是贵族阶级性质的，是个人主义的，在哲学上是形而上学和唯心主义的；他主要是从托氏的政论（有时也借助艺术创作）中索隐出阶级意识、价值观和哲学观。我们在上文中已从方法论、政治观两个层面说明了它的机械性和简单化。但是，对于研究对象（作家托尔斯泰，他的文学作品）来说，还存在着意识形态内部诸因素之间的复杂关系，文学在意识形态内部的独特性，以及它反映现实生活、体现作者（及其阶级）思想感情的复杂性等问题。普氏把文学与意识形态（文学与意识形态中其他因素的关系），经济基础与意识形态之间的关系简单化了。马克思、恩格斯说过，一定的经济基础决定相应的上层建筑。上层建筑包括设施性的和精神性的，后者便是意识形态。文学当属意识形态，它必定受一定的经济基础的制约。但是，这里有两个方面的问题应予注意：一方面，经济基础是否对文学发生直接的制约作用？或者说，文学是否直接反映经济基础的性质，是否存在着中介环节？另一方面，作者在审美表现的过程中，是如何体现他的意识形态属性的？前一方面涉及审美中介问题，后一方面涉及审美表现过程中的复杂性问题，其中，不可避免产生作者的主观愿望与艺术作品的客观效果相矛盾的现象。实际上，它们所指示的，都是文学艺术作为意识形态的特殊性问题。

恩格斯在论及意识形态时，曾说过一句意味深长的话。他说，在意识形态中，文学是“更高地悬浮在空中的领域”。这句话似乎在暗示，不能够简单地公式化地看待文学的意识形态性质。相对于哲学、史学等同属意识形态的因素而言，文学具有更多的独立性，不能简单地从文学艺术作品中直接寻找经济基础的内容。

普氏在《托尔斯泰与自然》一文里,曾翔实地论证了作家创作与其阶级意识的关系。他引用托氏的心理描写:"我立刻就想爱,我甚至感到对自己的爱,惋惜过去,希望将来,活着在我也是快乐,想长久地长久地活着,于是死的念头得到了幼稚的、富有诗意的恐怖。"他认为:"这样对死的念头的恐怖,很能说明托尔斯泰的性格。"他比较了欧洲历史上个人对死、对与自然融为一体的感觉的发展历史,得出了一个结论:"在近代欧洲,上等阶级一向比下等阶级充满多得多的个人主义。个人主义越深入到人的心灵,对于死的恐怖就越牢固地在心灵中扎下根来。"[1]应该说,普氏擅长于从一种心理活动酝酿出的情绪中推导出人的价值观,进而放到人类活动的社会历史背景中去考察,从而看出它的阶级属性,在他有关托氏的其他几篇文章,以及论高尔基的文章中也可以看出这一点。普氏对文艺作品中主人公心理的分析是精确的。他的原则——主人公的心理一定是"社会地位"的反映,因此他的心理走向就必然体现社会中各阶级的价值追求,从而显现出阶级意识——也是社会学运用于文艺研究的典范。但是,文艺作品中人物心理所积淀的内容是否仅仅是阶级意识呢?一定的经济地位必然反映到人面对特定现象所做出的心理情感反应之中,但这种反应是处于社会、历史境况中的人的反应,它就必然呈现出丰富性和变化性,既带有阶级的内容,又带有个人个性的内容,甚至还有民族性、宗教信仰、个人际遇和修养,乃至情境差异的内容。这样,心理反应里所积淀的内容就不仅仅是社会地位的差异,还有历史地位的不同,而后者,恰恰是普氏所忽视的。相反,列宁在论述托氏学说的起源时,却格外强调其历史的内容。实际上,人物心理的丰富性和变化性,恰好体现了作家把握生活的艺术力度。愈是艺术力度强大,艺术作品里所包含的内容(情感内容和心理内容)也就愈是自主性强,就愈是难以机械地与实际生活进行类比,从社会学的角度去解释它内部的个别因素也就愈加困难。如果充分意识到文学艺术与意识形态之间的复杂关系,以及文学艺术对于意识形态诸因素的

1 普列汉诺夫:《普列汉诺夫美学论文集》,第719、721页。

相对独立性(艺术力量愈大,这种独立性愈强),那么,就不会对文学艺术的意识形态内容轻妄地下结论。对于托氏这样的大艺术家,这一问题显得格外重要,也格外明显。当我们面对安娜与贵族上流社会之间那种唾弃而又依赖的心理状态,面对聂赫留朵夫上下奔走、逐渐对上层社会绝望的心境时,看到的就不仅仅是“社会地位”所导致的意识形态内容,相反,它代表处在一定历史条件下变化着的整个贵族和农民的普遍心态了。这种心态所体现出来的危机、批判锋芒和对解脱的渴求,是那个历史时代的农民所具有的精神内容,而不独属于贵族阶级,更不属于贵族阶级的全部心理内容了。

另一方面,借助人物的心理、情绪这一中介所反映出来的意识形态内容,包含着多种因素;这些因素之间存在着复杂的影响关系。影响与被影响,制约与被制约,在伟大的艺术作品中表现得更为含蓄,更为隐蔽。作家的政治观、宗教观、民族观等因素,在彼此相互影响的同时,又在一定程度上影响作家的创作个性,影响文学的艺术性。而作家借助艺术手段表现思想情感的独特性,表现意识形态内部诸因素及其相互关系,必然被人为地赋予了理解的难度。这是文学艺术的本性,是它区别于哲学、史学、逻辑学的独特之处。形式主义者的说法虽然过于偏激,却不无道理:“艺术的手法就是使事物反常化的手法,是使形式变得复杂化,它增加了感受的难度和时延……”[1]实际上道出了艺术思维与意识形态内部其他思维方式、其他表现方式的差异。这种差异,正好使表现于文艺作品里的社会内容、思想内容具备了多种阐释的可能,因为艺术手段的直接目的,便是拒绝和回避一目了然。如此,我们再来审视托氏笔下人物的心理内容,便不会觉得它是简单的阶级意识的传达,而是更为复杂,具有多重复合的意识形态色彩和生动的个性因素了。甚至,出现这样的情况:当人物个性力量达到一定强有力的程度之后,作家的意识形态的主宰地位便会受到挑战,人物会做出作家没有预料到的各种各样的事情来;经由作家的理性灌注于

1 茨维坦·托多罗夫编选《俄苏形式主义文论选》,蔡鸿滨译,中国社会科学出版社,1989,第65页,译文略有改动。

人物身上的思想内容，便会受到冲击——人物身上的阶级因素（他的政治观、价值观、宗教信仰等）便要受制于个性力量。于是，就出现了作者的主观愿望与作品的艺术效果不一致的情况。对于这一点，列宁在论述托氏的文章中并未涉及，但从他屡次谈及文学艺术较之其他意识形态因素的独特性中，可以看出他对此已有觉察（“无可争论，写作事业最不能机械划一，强求一律，少数服从多数。无可争论，在这个事业中，绝对必须保证有个人创造性和个人爱好的广阔天地，有思想和幻想，形式和内容的广阔天地。”“无产阶级的党的事业中写作事业这一部分，不能同无产阶级的党的事业的其他部分刻板地等同起来。”[1]）而出于反击“艺术非功利性”“艺术超阶级性”的需要，普列汉诺夫更为强调文学艺术的社会历史功能，强调文学艺术中心理内容的阶级内涵，所以，在具体论述托尔斯泰学说的本质时，他更为注重的是意识形态色彩，而对文学艺术里的非意识形态的审美特性，则殊少涉足。这是令人遗憾的，因为这一回避给人以这样一种印象：在强调文学的意识形态性质过程中，绝口不谈文学本身的独特性，尤其是在批评实践中单方面强调人物心理的阶级意识，很明显地使这一强调变得固执，从而走向片面。

普氏顺理成章地得出结论：“列·托尔斯泰伯爵的世界观愈是充满宗教虔诚，它同社会主义无产阶级的世界观就愈是不能相容。”[2]因而，除了“武器的批判”这一点值得珍视以外，其余部分“是与我们时代的一切进步的愿望背道而驰的，……都是属于同无产阶级意识形态完全不相容的意识形态领域”[3]。当他做出这样的结论时，便毫无余地地显出其价值判断的荒谬，显而易见与托氏的学说和全部创作的价值不相符。托氏的批判的社会学意义标志着俄国农民资产阶级思想意识进化的一个阶段，他的“天才描述，一个被农奴主压迫的国家的革

1 列宁：《党的组织与党的出版物》。

2 普列汉诺夫：《普列汉诺夫美学论文集》，第754页。

3 同上，第755页。

命准备时期，竟成为全人类艺术发展中向前跨进的一步了”[1]。这一步，标示着千百万俄国农民的心路历程，因此，无论对于艺术史，还是对于社会思想史，其意义绝不仅限于批判。而对于面向未来的无产阶级来说，只有托尔斯泰学说里的“勿以暴力说教”“道德的自我完善”以及宗教说教，才是“最直接和最严重的危害”，是“反动的”。托氏空想学说体系里的批判意义，是“与历史发展的进程成反比例的”[2]，也就是说，无产阶级的自觉性愈是成熟，它就愈是不再需要托氏式的批判。这一点，是列宁和普氏的共识。

有关托氏的对话，已经成为马克思主义文学思想里的经典话题，从中衍生出许多切中文艺学本质的命题。在这些话题的展开过程中，马克思主义经典批评家们的分歧、失误，更是弥足珍贵，因为在对它们的经常性反思中，我们能够更经常地提醒自己，这反倒能使自己有足够的经验去面向批评。

1 普列汉诺夫：《普列汉诺夫美学论文集》，第288页。

2 同上，第316页。

第二章

思想论争与经典生成

——从《战争与和平》在俄国的早期学术批评谈起

19世纪60年代,《战争与和平》各卷陆续推出在社会上引起了极大轰动,其时一份报纸曾报道,"到处都有人谈论Л. Н. 托尔斯泰伯爵的新作,甚至在鲜少关注俄语书籍的一些圈子里亦是如此,大家都如饥似渴地阅读这部小说"[1]。与之同时,有关这部作品的争议和严肃的学术性关注也频频见诸报端,各种评论文章纷至沓来。最早对《战争与和平》予以评论的文章出现于1865年,是年,有多篇文章先后刊载于彼得堡当地的报刊,其中俄罗斯军方报纸《俄罗斯残疾军人报》在2月21日发表了批评家谢尔比纳(1821—1869)的文章《莫斯科来信》,并在27日刊发了苏沃林(1834—1912)的书评,这两篇文章揭开了60年代及后世对《战争与和平》大规模批评与接受的序幕。

19世纪60年代是俄国社会民主运动高涨的年代,在这一时期,活跃于社会思想界和文学批评界的各个流派及其代表人物以及独立评论人轮番登台对陆续问世的《战争与和平》各卷发表看法。有关彼时针对作品的批评,斯特拉霍夫曾表示,"《战争与和平》是任何批评和美学思想最好不过的试金石,同时也是一切愚蠢和蛮不讲理的残酷绊脚

1 Гусев Н. Н. Лев Николаевич Толстой: Материалы к биографии с 1855 по 1869 год. М.: Издательство АН СССР, 1957. С. 814.

石"[1]，在今天，这句话正好可以用来对这一时期的小说批评史做一番检视。

第一节　小说的史实与史观

从内容上看，《战争与和平》反映了俄罗斯从1805年到1825年十二月党人起义之前的一段历史，其中不乏众多真实发生的重大历史事件。在小说发表的19世纪60年代后半期，一些描述这一时期的历史著作在俄国及其他欧洲国家已经问世，格林卡（1776—1847）[2]、米哈伊洛夫斯基-丹尼列夫斯基（1789—1848）[3]和梯也尔（1797—1877）[4]等人的作品在彼时的俄国影响深远。托尔斯泰在写作《战争与和平》的时候，曾阅读过他们的作品，但认为他们的描述"有违事实"[5]。除了前述史书记载之外，这一历史阶段的亲历者彼时尚有人在世。自然而然，批评家会根据既有文献乃至借助现身说法对小说涉及的史实问题予以质疑。在这一方面，维特默（1839—1916）、诺罗夫（1795—1869）和维亚泽姆斯基（1792—1878）等人的批评较具代表性。军旅出身的军事史家、少将维特默在其《〈战争与和平〉中的1812年》一书中认为博罗季诺战役不是俄军的胜利，而是一次失利。诺罗夫曾亲历卫国战争，后任国民教育大臣（1853—1858），他于1868年撰文以大量篇幅回忆博罗季诺战役并强烈抨击该书，认为作家对这次战役的描写并不符合历史事实，他只是"把从一些小说中信手拿

1　Страхов Н. Н. Литературная критика. М.: Современник, 1984. С.37.

2　俄国作家，历史学家，著有《一八一二年札记》等书。

3　俄国军事历史学家，俄罗斯科学院院士，曾参加1812年卫国战争，著有记述俄罗斯与法国、土耳其和瑞典战争的书籍多种。

4　法国政治家，历史学家，著有《法国大革命史》10卷。

5　Толстой Л. Н. Полное собрание сочинений в 90 тт. Т.16. М.: Государственное издательство художественной литературы, 1955. С. 11.

来的那个年代战时不光彩的趣闻收集在一起”[1]。对《战争与和平》所反映史实同样表达不满的亦有同是博罗季诺战役的亲历者，老一辈评论家维亚泽姆斯基，他认为“小说除了现在我不值一评的浪漫内容外，从根本上理解，是对1812年人们传统认识相悖的作品”，并称这部小说具有否定倾向，认为“这是一部大杂烩（переплетение）的作品”，它把“历史和小说纠结在一起，并没有提高后者也就是小说的尊严”[2]。三位批评家对小说的批评相当严苛，历史地看也并不客观，他们的批评其实不仅仅是个人观点的表达，也在很大程度上代表了官方对作品的立场。

《圣彼得堡新闻》是最早对《战争与和平》予以回应的报刊之一，彼时，年轻的自由派批评家布列宁（1841—1926）以该报为阵地，追踪小说创作，对于小说第五卷，批评家认为作者的历史哲学思想愈益“以占上风的面貌呈现”[3]。虽然在某些历史场景中，作家的才华并没有被理论和神秘性的想象牵着走，而是立足于文献和传说，从而使作家能够高屋建瓴地反映历史事件，但从总体上来看，作家的历史观念过于天真。唯美派批评家阿赫沙鲁莫夫（1819—1893）同样不认可托氏在小说中的历史观，认为其中不乏宿命论和怀疑论色彩，并把这类观念出现的原因归诸时代的局限性。

此外，彼时的批评家亦认为作品中存在历史虚无主义思想。对这一思想的批判，在前述维亚泽姆斯基的文章中已见端倪。《战争与和平》首先刊发在自由派报纸《俄罗斯通报》上，作为这家期刊的主要批评家，谢巴利斯基（1810—1886）先后写出两篇文章予以回应。谢氏

1 Норов А. С. «Война и мир» (1805−1812) с исторической точки зрения и по воспоминаниям современника (По поводу сочинения графа Л. Н. Толстого «Война и мир»). СПб.:Типография Департамента Уделов, 1868. С. 2.

2 Бабаев Э. Г. Лев Толстой и русская журналистика его эпохи. М.: Издательство МГУ, 1993. С. 47−48.

3 Z. (В. П. Буренин). Новые книги. «Война и мир», соч. гр. Л. Н. Толстого. Т. V. // Зелинский В. А. Критические разборы романа Л. Н. Толстого «Война и мир». Ч. 3. М.: Типография Вильде, 1907. С. 83.

认为托氏从否定的立场看待一切，表现出彻底的历史虚无主义思想，他认为作家"为自己的作品编织了一个说教的主线，使得第四和第五卷具有阐释色彩和特别的倾向性"[1]。针对谢氏观点，布列宁曾撰文予以反驳，他指出，把作家在小说中标榜家庭生活、否定政治作为、否定高高在上的理论学说、否定天意面前个人的力量的渺小认作是虚无主义，这种判断极为荒唐。他表示，托氏"在《战争与和平》中展现了一切可以展现的方面，唯独没有虚无主义"[2]。

对于批评家们有关作品历史内容的指责，托氏在其时曾从历史学家与艺术家的不同这一角度表达立场。他表示，就对人物、事件、史料的关注方面而言，历史学家和艺术家的视角有所不同。历史学家更多地关注英雄人物、事件的结果和从"夸夸其谈"的作战报告中取材，而艺术家"只是努力理解并表现的不是著名活动家，而是人"[3]；他关注事件的实际情况和信实的历史文献。对于认为伟大人物在历史事件中的作用渺小的原因，作家也表示，那些驾驭他人的人，其权力其实不过是建立在对后者的依存之上，小说"不能给那些似乎掌控着事件但为事件所从事的自由而人道的活动远不如别的参与的人，凭空写上他们活动的意义"[4]。但托氏的这一立场，在那时又成了批评家对其批评可资补充的口实。

60年代俄罗斯批评界对小说的历史内容和历史观的评价并没有定论。时至今日，对这一话题并未过时，反倒历久弥新，俄罗斯域内外学界仍旧有不少学者撰文阐发自己的看法，他们对小说中的历史观念的批评推陈出新，把对小说的解读和研究推向新境界和新高度。

1 Щебальский П. К. Нигилизм в Истории. Русский вестник. 1869, №4, С. 857.

2 Z. (В. П. Буренин). Журналистика. // Зелинский В. А. Русская критическая литература о произведениях Л. Н. Толстого. Хронологический сборник критико-библиографических статей. Ч. 5. М.: Типография Вильде, 1911. С. 175.

3 Толстой Л. Н. Полное собрание сочинений в 90 тт. Т.16. М.: Государственное издательство художественной литературы, 1955. С. 10.

4 Там же., С. 16.

第二节 小说的体裁

自由派报纸《呼声报》在那时亦是最早对《战争与和平》予以回应的报刊之一。该报书评栏目在1865年刊出匿名评论文章，副标题为《不同寻常和难以判断的列夫·托尔斯泰伯爵的作品》，对作品体裁归属抛出一连串的问题："这是个什么作品？应当把它归诸哪种文学作品类型？"[1]随后《图书通报》于1866年亦刊载匿名文章接续这一话题，认为"整体而言，这个《1805年》有些奇怪，而且难以判断。……确实，它不是小说，不是中篇，而更像试图反映过去军事贵族的历史记载"[2]。

对于作品体裁类似的质疑，托氏曾于1868年在《俄国档案》杂志上刊载文章《关于〈战争与和平〉一书的几点说明》，作家表示，"《战争与和平》是一部什么书？它不是长篇小说，不是长诗，更不是编年体史书。《战争与和平》是一部作者希望并且能够把东西在一种可取形式中表达出来的作品"[3]。但作家的这一辩驳，却在学界引起了更大波澜。有批评者指出，"托尔斯泰伯爵为自己的作品选择了形式，并且也为自己提出了艺术任务，但这番话含混不明，从中无法做出关于两者任何明晰的结论"[4]。这篇文章认为，"小说或是教谕性，或是历史

1 Гусев Н. Н. Лев Николаевич Толстой: Материалы к биографии с 1855 по 1869 год. М.: Издательство АН СССР, 1957. С. 815.

2 Зелинский В. А. Русская критическая литература о произведениях Л. Н. Толстого. Хронологический сборник критико-библиографических статей. Ч. 3. М.: Типография З. Лисснера и Ю. Романа, 1888. С. 3.

3 Толстой Л. Н. Полное собрание сочинений в 90 тт. Т.16. М.: Государственное издательство художественной литературы, 1955. С. 7.

4 Зелинский В. А. Русская критическая литература о произведениях Л. Н. Толстого. Хронологический сборник критико-библиографических статей. Ч. 3. М.: Типография З. Лисснера и Ю. Романа, 1888. С. 49. 下文几处引文均出自该书，不再另行注出。——本章作者注

性，并无其他可能，也就是说，它应描写我们当代社会，否则为某一历史时期的社会。托尔斯泰伯爵的错误在于，他在自己的书中有过多的地方描写了真实的历史事件和历史人物”。对于托氏关于小说体裁的解释，批评家皮亚特科夫斯基表示，“作者这番对小说作品程式化形式视而不见的声明看得出其过于自信”，但该批评家认为，托氏“无论怎样试图让《战争与和平》规避业已确定下来的体裁名称，这一作品终究还是历史小说，或许不是通常意义上的历史小说，而是描写战争的历史小说”（95—96）。批评家之所以这么认为，缘于作家自己的表态，因为托氏曾表示有意通过一些人物类型描写亚历山大时代，“这一意图给予了把其作品称为历史小说的权利”[1]。在作品发表后的60年代，有关小说体裁问题即便作家出面解释也并没有打消批评界的争议。

在60年代俄国社会各界对《战争与和平》的批评中，“纯艺术”派的安年科夫（П. В. Анненков, 1813—1887）的文章《列·尼·托尔斯泰长篇小说〈战争与和平〉中的历史和美学问题》[2]引人瞩目。这篇文章对小说体裁问题没有正面谈及，但批评家敏锐地注意到《战争与和平》与沃尔特·司各特的历史小说不同，前者不同于一般意义上的历史小说，它的历史成分和小说因素不甚协调，因为历史小说常把历史事实放在第二位，但在这部小书中历史因素过于强大，使得其“缺少小说的情节发展”[3]。这表明论者尚没有理解或者无法充分揭示作家在体裁方面的创新性。对于作品的体裁，同是唯美派的索洛维约夫（1831—1874）认为，“不能简单地把《战争与和平》称为小说：小说

1 Зелинский В. А. Русская критическая литература о произведениях Л. Н. Толстого. Хронологический сборник критико-библиографических статей. Ч. 3. М.: Типография 3. Лисснера и Ю. Романа, 1888. С. 97.

2 Анненков П. В. Исторические и эстетические вопросы в романе гр. Л. Н. Толстого «Война и мир». // Вестник Европы. 1868. № 2. С. 774–795.

3 Сухих И. Н. Роман Л. Н. Толстого «Война и мир» в русской критике: сборник статей. Л.: Издательство Ленинградского университета, 1989. С. 46.

在其范围上更具确定性，在内容上更具有散文性质；长诗则是更自由的灵感的成果，不受任何约束”[1]，根据自己的理解，他把其归为“长诗体小说”[2]。前文提及的阿赫沙鲁莫夫亦以唯美派立场先后写出三篇文章，对《战争与和平》予以回应。相对于60年代大部分批评家对小说持激烈批评的立场，他的态度较为中肯，是最早对小说予以正面评价的批评家。对于作品体裁，他认为，“这个不是历史纪年作品，也不是历史小说，尽管就形式而言它更近于后者。但是它的内容没有戏剧化统一，情节缺乏中心；开端、冲突及尾声，所有这些都付之阙如”[3]。他认为，《战争与和平》是不同于司各特小说类型的新形式，它反映的是俄国的民族生活特征，“那一时代的社会特点，在每一个出场人物身上清晰刻画出了俄罗斯人重生时代的人物类型”[4]。但批评家没有就这一话题展开。从这里可以看出，彼时善于对作品进行艺术审美的“唯美主义”批评家大都敏锐地发现了《战争与和平》非同于通常意义上的历史小说，回答出了小说体裁“不是什么”的问题，但尚没有确切解决“是什么”的问题。温和自由派人物苏沃林是最早对托氏长篇新作予以回应的批评家之一，小说问世当年，他便撰文指出，小说人物形象栩栩如生，不落俗套，是一部应予充分注意的作品。1868年，他再次撰

1 Соловьев Н. И. Война или мир? Критика нового произведения гр. Л. Н. Толстого. // Сухих И. Н. Роман Л. Н. Толстого «Война и мир» в русской критике: сборник статей. Л.: Издательство Ленинградского университета, 1989. С. 172.

2 Там же., С. 172.

3 Ахшарумов Н. Д. “1805 год”, сочинение гр. Льва Толстого. // Зелинский В. А. Русская критическая литература о произведениях Л. Н. Толстого. Хронологический сборник критико-библиографических статей. Ч. 3. М.: Типография 3. Лисснера и Ю. Романа, 1888. С. 26.

4 Ахшарумов Н. Д. “Война и мир” ’. Сочинение гр. Л. Толстого. Части 1–4. // Зелинский В. А. Русская критическая литература о произведениях Л. Н. Толстого. Хронологический сборник критико-библиографических статей. Ч. 3. М.: Типография 3. Лисснера и Ю. Романа, 1888. С. 150.

文，称已经刊出的小说前三卷为“没有波澜的史诗”[1]，并把它拟之于荷马史诗，但同时指出，这部小说尚不能与《伊利亚特》相提并论，因为在艺术上仍旧没有达到炉火纯青，给人感觉作者更偏爱看起来美的人和物，表现带给人愉悦的雅致和光彩。在当时大部分批评家把小说与历史小说相比较的情况下，苏沃林虽然从艺术层面没有给予小说应有的评价，但他却是最早把小说与荷马史诗联系起来的批评家之一。

不同于小说中的历史观，这部小说的体裁问题并没有成为悬而未决的问题。60年代末，斯特拉霍夫针对作品的批评问世，后世批评家对之一再认同。此后有关小说体裁的争议才告平息。

第三节　小说中的军事叙事与人物塑造

在《战争与和平》问世之前，托氏作为作家已在文坛享有盛誉并得到批评界公认。对于他的文学才华，批评界鲜有怀疑。所以，在《战争与和平》发表后，不少批评家从阅读印象出发，对这一作品采取“二分法”的立场，即批判作家的历史观，批判其所表现出的思想家的角色；同时不否认小说具有杰出的艺术性，对作为小说家的作家极为认可。譬如，阿赫沙鲁莫夫便认为，托氏“作为艺术家和诗人要超出其作为哲学家上万倍”[2]；保守派人物拉奇诺夫也表示“作家一旦从先入为主的思想中摆脱出来而描写适于作家才华的画面，他便会以其艺术的真实性让读者惊讶”[3]。与两人相同，前文所提及的自由派批评家谢巴

1　А. И-н (А. С. Суворин). Журнальные и библиографические заметки. // Зелинский В. А. Критические разборы романа Л. Н. Толстого «Война и мир». Ч. 4. М.: Типография Вильде, 1908.С. 2.

2　Сухих И. Н. Роман Л. Н. Толстого «Война и мир» в русской критике: сборник статей. Л.: Издательство Ленинградского университета, 1989. С. 115.

3　Лачинов Н. А. По поводу последнего романа графа Толстого. // Зелинский В. А. Русская критическая литература о произведениях Л. Н. Толстого. Хронологический сборник критико-библиографических статей. Ч. 4. М.: Типография Э. Вильде, 1908. С.92.

利斯基、布列宁,代表官方批评立场的德拉戈米罗夫以及西方派批评家舍尔古诺夫均持类似观点。

但是,对于小说的艺术性,批评界间或亦有否定的声音,比如民粹派思想家贝尔维-弗列罗夫斯基(1829—1918)于1868年在《行动》月刊上发表《优雅的小说家和他的优雅的批评家》一文,不无揶揄地指责小说中的军事描写"自始至终在颂扬疯狂、粗野和愚昧"[1],认为作家笔下的人物个个"头脑僵化,道德丑陋,不堪入目"[2]。同期亦有批评者认为,《战争与和平》是草率之作,"索尼娅和娜塔莎头脑空洞,而玛丽亚则是爱搬弄是非的老姑娘"[3]。西方派批评家舍尔古诺夫也曾表示,"幸运的是,托尔斯泰伯爵并不具有强大的才能,他是军事画面和士兵场景的画手。设若对托尔斯泰未免青涩的才智赋以莎士比亚甚或拜伦的才力,那么,不言而喻,社会上原本针对他铺天盖地的攻击恐怕也就无影无踪了"[4]。但是,这种思想偏狭、又失之客观的立场在这一时期只局限于某些批评家,大多数批评家并不讳言对作品的称道,特别对作品的军事描写和人物刻画多持积极评价态度。

谢巴利斯基认为小说属于"俄国文学中最出色的作品之列"[5],鉴

1 Зелинский В. А. Русская критическая литература о произведениях Л. Н. Толстого. Хронологический сборник критико-библиографических статей. Ч. 3. М.: Типография 3. Лисснера и Ю. Романа, 1888. С. 182.

2 Зелинский В. А. Русская критическая литература о произведениях Л. Н. Толстого. С. 179.

3 Гусев Н. Н. Лев Николаевич Толстой: Материалы к биографии с 1855 по 1869 год. М.: Издательство АН СССР, 1957. С. 834.

4 Шелгунов Н. В. Философия застоя. «Война и мир» графа Л. Н. Толстого.// Сухих И. Н. Роман Л. Н. Толстого «Война и мир» в русской критике: Сборник статей. Л.: Издательство Ленинградского университета, 1989. С. 358.

5 Щебальский П. К. Война и мир. Соч. гр. Л. Н. Толстого. Т. I—Ш. //Зелинский В. А. Русская критическая литература о произведениях Л. Н. Толстого. Хронологический сборник критико-библиографических статей. Ч. 3. М.: Типография 3. Лисснера и Ю. Романа, 1888. С. 79.

于其自由派思想立场，他把作品归为“纯艺术”一类小说，把其与具有揭露意味的“果戈理倾向”作品相对。苏沃林对作品中军事叙事极为称道，认为作品中军事描写的艺术，也只有写过有关高加索和塞瓦斯托波尔战役出色小说的作家才能有此才华，作家有关奥斯特里茨战役的描写“达到了描写这一战役的最高境界”[1]。针对小说的第五卷，亦有批评家指出，“该卷如之前各卷一样富有趣味。赋以事件生命力，在叙述中引入戏剧化因素，不是以军事简报的形式而是以在生活中发生的本来模样传达军事行动的任何情节，这些都是作家的擅场所在。正是这种长处使得我们任何一位知名的作家都无法超越Л. Н. 托尔斯泰伯爵”[2]。

前文所提及的拉奇诺夫虽然不认可作家的历史宿命论思想，但其对小说的艺术性却给予极高的评价。他认为，“小说揭示了真理，并且也没有妨碍感受托尔斯泰伯爵的艺术才能”[3]。他指出，小说的军事方面的内容可以分为两个方面：一方面是军队的日常生活，另一方面是对军事行动的评价。在这里，“任何人都不像托尔斯泰伯爵那样擅长三言两语和不着痕迹地把我们士兵和善、有力的形象刻画得栩栩如生”[4]。批评家对作家有关博罗季诺战役的描写极力称赞，他表示，“在任何地方，在任何一部作品中，虽然作者们也都使出浑身解数，但我们军队在博罗季诺所获取的胜利却都没有在《战争与和平》中被阐明得

1 А. И-н (А. С. Суворин). Журнальные и библиографические заметки. // Зелинский В. А. Критические разборы романа Л. Н. Толстого «Война и мир». Ч. 2. М.: Типография Вильде, 1907. С. 5.

2 Гусев Н. Н. Лев Николаевич Толстой: Материалы к биографии с 1855 по 1869 год. М.: Издательство АН СССР, 1957. С. 841.

3 Лачинов Н. А. По поводу последнего романа графа Толстого. // Зелинский В. А. Русская критическая литература о произведениях Л. Н. Толстого. Хронологический сборник критико-библиографических статей. Ч. 4. М.: Типография Э. Вильде, 1908. С. 77.

4 Там же., С. 79.

如此清楚”[1]。德拉戈米罗夫亦对作品中的战争场面赞赏有加，认为同样描写战争，托氏与历史学家之间的不同就如“地理景观和地形平面图”之间的不同。与拉奇诺夫一样，德氏也极为认可作家对申格拉本战役的描写，认为这一艺术浑然天成，无法模仿。前述两人一为军事史家，一为在职将领，都对作家笔下的战争描写给予了极高的评价，这种评价得于军事专家之口，更彰显出作家在军事描写方面的才华，也是对否定作家这一能力的最好回击。

有学者统计，作家在《战争与和平》中一共塑造了569个人物，其中200多个为历史人物。难能可贵的是，作品中的每一个人物都不是虚无的存在，而是各有名字。这些人物来自社会各个阶层，具有全然不同的生活经历。作为鸿篇巨制，如果作家没有驾驭自己笔下人物的能力，很难保证作品的成功。这一时期，不少批评家从不同角度对作家人物塑造艺术予以分析。作品前三卷刊出之初，谢巴利斯基便在文章中指出，作家在小说中不仅表现出高超的人物塑造艺术，也展露出非同寻常的心理分析才华，批评家在文章中用大量篇幅对小说人物进行了细腻的分析，认为作家在这方面的独到之处缘于其首先“是一个观察者和心理学家，但因为他同时是一个艺术家和诗人，亦即所谓用形象来思考的人，所以他观察的结果不是通过枯燥的分析，而是借助鲜活的观念传达出来”[2]。苏沃林认为，托氏以高超技艺在笔下刻画了形形色色的贵族，他们给人留下鲜活的印象。虽然小说亦有这样那样的不足，比如皮埃尔形象刻画得并不成功，人物也往往局限于舞会、宴饮、沙龙活动等，视野过于狭隘，但瑕不掩瑜，作者“在读者面前充分展

1 Лачинов Н. А. По поводу последнего романа графа Толстого. // Зелинский В. А. Русская критическая литература о произведениях Л. Н. Толстого. Хронологический сборник критико-библиографических статей. Ч. 4. М.: Типография Э. Вильде, 1908. С. 92.

2 Щебальский П. К. Война и мир. Соч. гр. Л. Н. Толстого. Т. I—Ш. //Зелинский В. А. Русская критическая литература о произведениях Л. Н. Толстого. Хронологический сборник критико-библиографических статей. Ч. 3. М.: Типография 3. Лисснера и Ю. Романа, 1888. С. 85.

现了时代的面貌，展现了人物的美”[1]。

不能不说，前文所述批评家对《战争与和平》的批评均具有敏感的问题意识，对作品艺术性的诠释独具只眼，各有其足以称道之处。但历史地看，这一时期的文学批评也往往拘囿于既有的批评观念和范式，以一把旧尺子丈量《战争与和平》这部具有深远创新意义的作品，大多重在把握作品的局部细节，而难于从中跳脱出来，高屋建瓴地把握作品的整体诗学特征。划时代的伟大作品呼唤划时代的思想家和批评家，需要他更新批评观念、引领批评话语，60年代末期，斯特拉霍夫（Н. Н. Страхов, 1828—1896）的批评便承担了这一角色，以极富洞见的诠释确立了这一时期《战争与和平》学术批评史上的一座高峰。斯氏对托氏的《战争与和平》始终保持浓厚的兴趣和文艺学家的审美敏感。在60年代关于《战争与和平》的批评中，斯氏的这些文章是不可忽视的存在，其意义就如50年代车尔尼雪夫斯基对托氏创作的批评。有学者指出：“如果说车尔尼雪夫斯基早在50年代中期就揭示了托尔斯泰早期创作中所表现的艺术才能的特征的话，那么托尔斯泰成熟时期的创作特点则主要是由斯特拉霍夫发现和揭示出来的”。[2]此处所说的成熟时期即是指作家创作《战争与和平》这段时间。总体而言，相较于前文所述批评家，斯氏从艺术性角度更为深刻地揭示了作家创作的意义、特色及创新，并给予了令人信服的诠释。针对这一时期的批评状况，俄罗斯当代文艺学家金兹堡（1902—1990）曾表示，“对《战争与和平》的评论现在看来就像是无理取闹（хулиганство）。所有人（除了斯特拉霍夫）都一窍不通”[3]。金氏的这句话不免有夸张的成分，但在一定程度上倒也说出了这一时期批评界对《战争与和平》

1 А. И-н (А. С. Суворин). Журнальные и библиографические заметки. // Зелинский В. А. Критические разборы романа Л. Н. Толстого «Война и мир». Ч. 2. М.: Типография Вильде, 1907. С. 6.

2 刘宁主编《俄国文学批评史》，上海译文出版社，1999，第437页。

3 Гинзбург Л. Я. Литература в поисках реальности. Л.: Современный писатель, 1987. С. 114.

评价的总体倾向及斯氏的个人突出贡献。[1]

19世纪60年代，俄罗斯关于《战争与和平》的学术研究最好不过地见证了经典生成的过程。这一阶段的批评是小说漫长批评史的发端，具有鲜明的时代特征。这一时期的批评文献以期刊文章居多，大多形制简短；其研究方法也相对单一，多从作品的思想倾向入手，行文多为论断性或随感性语言，具体文本分析相对较少；除此之外，这一时期的俄罗斯文艺期刊，并不是纯粹的文学性杂志，大都肩负文学和政治等多种功能，这种特征，在一定意义上也符合批评文献的特征，它们不仅仅是纯粹的文学批评，也常具有意识形态批评的性质。批评家囿于思想局限或批评惯性，鲜能深刻理解到作家在这部作品的体裁和方法的创新，从而导致在批评结论上多有误判。多种批评声音交织的情况，对批评家的审美洞察力是一个重大考验，更需要其具备宏阔视野和深邃眼界，这也是斯氏的批评在这一时期众多批评中脱颖而出的原因。虽然这一时期的批评多呈片面性倾向，但它们仍旧表现出了强大的问题意识，表现出卓越的审美敏感性，留下了丰厚的遗产。这些批评话语为后世所借鉴，成为推动后续的作品研究和学术思想研究的重要基础，至今仍旧具有重大价值。

1 具体可参见本书第一章相关内容，下文仅对斯氏观点略做介绍。

第三章

从多元主义到民族主义
——托尔斯泰戏剧在俄罗斯的阐释流变

作为19世纪后半期著名的作家和思想家，列夫·托尔斯泰“作为剧作家留下各种各样的遗产，这主要是体裁各不相同的完成和未完的戏剧作品”[1]，诸如喜剧《贵族之家》(Дворянское семейство, 1856—1857)和《驯鹿生活中的喜剧》(Комедия из Оленькиной жизни, 1857)的提纲和草稿，喜剧《一个受传染的家庭》(Зараженное семейство, 1863—1864)和《虚无主义者》(Нигилист, 1866)，为民间剧院而作的剧作《彼得·赫列布尼克》(Петр Хлебник, 1883—1894)、《阿盖》(Аггей, 1886)和《第一个酿酒者》(Первый винокур, 1886)，人民喜剧《黑暗的势力》(Власть тьмы, 1886)，讽刺喜剧《教育的果实》(Плоды просвещения, 1890)，社会心理剧《光在黑暗中发亮》(И свет во тьме светит, 1896—1897, 1900, 1902)、《活尸》(Живой труп, 1900)，戏剧小品《一切罪恶的根源》(От ней все качества, 1910)[2]。20世纪著名托氏研究家洛姆诺夫(К. Н. Ломунов)认为：“在托尔斯泰的全部艺术遗产中，他的戏剧被人研究得最少。文学和戏剧评论界对这位伟大作家的剧作历来就估计不足。……其实，他的剧作早已被列入俄罗斯的文化

1 Основин, В. В. Драматургия Л. Н. Толстого, М.: Высшая школа, 1982, С. 6.

2 Там же.

史册，而且迄今仍具有旺盛的舞台生命力。”[1]

宏观而论，在俄罗斯百年文艺批评史中，托氏戏剧的阐释流变以戏剧文学为主，以舞台研究为辅，先后经历了四个不同话语时期或历史阶段，总体呈现出比较明显的阶段性、对话性和复调性特征。19、20世纪之交托氏戏剧批评大致以宗教批评阐释为主要特色，其中戏剧呈现的宗教思想性和矛盾性是阐释的核心；20世纪中期托氏戏剧批评以社会历史阐释为主要特征，其中戏剧蕴含的社会批判性和阶级性是阐释的重点；20世纪晚期托氏戏剧批评以戏剧诗学分析为主导，其中戏剧包蕴的内在本体性和逻辑性是关切的中心；20、21世纪之交托氏戏剧批评以民族主义阐释为突出特色，其中戏剧表现的底层民族性和意识形态是分析的重心。四个阶段之间并非泾渭分明，截然不同，而是相互关联，各有侧重，彼此之间既有一脉相承之处，又有前后变异之点。其相承之处彰显的是文化传统的流传和民族意识的承续，其变异之处凸显的则是时代话语的嬗变和历史逻辑的更迭。

第一节　多元主义话语：19、20世纪之交托尔斯泰戏剧的批评阐释

大致说来，根据批评角度和阐释范式的不同，19、20世纪之交俄罗斯学术界和知识界对托氏戏剧的批评阐释主要表现为三种不同态势。其一是从社会历史批评角度切入，认为托氏戏剧不重要、分量轻、没价值、不入流；其二主要是从道德伦理和宗教思想角度切入，认为托氏戏剧鲜明呈现出作家宗教观和艺术观的矛盾表征；其三是从剧场艺术和表演诗学角度切入，肯定托氏戏剧对俄罗斯戏剧艺术的意义和价值。

其一，19、20世纪之交，持保守主义理念和正统官方思想的俄罗斯知识界和文艺界，大多对托氏戏剧所知甚少，评价不高，认为其戏剧水准

1　洛姆诺夫：《托尔斯泰剧作研究》，徐宗义译，青海人民出版社，1983，第1页。

不高，上演不多，较之于卷帙浩繁的小说，处于被遮蔽、被边缘、被忽略的状态。这恰如托氏研究专家洛姆诺夫所言，“在托尔斯泰的全部艺术遗产中，他的戏剧被人研究得最少。文学和戏剧评论界对这位伟大作家的剧作历来就估计不足。我们平常谈论得较多的是普希金、果戈理、奥斯特洛夫斯基、苏霍沃-柯贝林、屠格涅夫、契诃夫和高尔基等人的戏剧作品，而对列夫·托尔斯泰的戏剧作品则言之者寥寥”[1]。彼时的俄罗斯评论界认为，托氏的剧作处于俄罗斯戏剧发展的主流之外，不仅不适宜在剧院舞台中上演，而且是“不合时代潮流的东西”[2]。1908年8月29日—30日的《戏剧报》(Театральная газета)评论文章指出，话剧“在他的卷帙巨大、内容丰富的创作中，只是偶尔之作而已”[3]；1909年1月21日的《戏剧报》则在总结作家创作道路的文章中认为，“在托尔斯泰伟大的作品中，剧作仅占有次要的地位，因为他对戏剧的兴趣是比较淡薄的”[4]。1909年《皇家剧院年鉴》(Ежегодник императорских театров)中的评论则认为，“在托尔斯泰广阔无垠的作品海洋里，剧作只不过是一个小小的海湾罢了”[5]。此外，出于对托氏的嫉妒、敌视和反对，有相当部分的评论家，“极力要使剧院方面和观众相信托尔斯泰的剧本不宜上演。他们要使剧院当局和观众相信，伟大的小说家只是一个十分平庸的剧作者。同时，这些评论家还大造舆论，说什么托尔斯泰用作品特别是用剧本来攻击专制体制的基础，并要求绝对禁止上演和出版托尔斯泰的剧本”[6]。

其二，19、20世纪之交，持革命主义思想和启蒙民主观点的俄罗斯知识群体，普遍对托氏戏剧予以重要肯定和积极支持。19、20世纪之交，由于浪漫主义和现实主义戏剧的日益式微、现代主义戏剧的强力兴起和现代戏剧美学的反叛扬弃等多重原因，白银时代戏剧呈现出多元并存、流

1　洛姆诺夫：《托尔斯泰剧作研究》，第1页。

2　В. Базаров, П. Орловский [В. Воровский], В. Фриче и Шулятников. Из истории новейшей русской литературы. М.: Звено, 1910, С. 72.

3　См.: Театральная газета (ежедневная газета), 29–30 августа, 1908 г., С. 4.

4　См.: Театральная газета (ежедневная газета), 21 января, 1909 г., С. 3.

5　См.: Ежегодник императорских театров, №. 1, 1909 г., С. 14.

6　洛姆诺夫：《托尔斯泰剧作研究》，第1—2页。

派众多的宏观态势，其中既有影响深远的“新戏剧（новая драма）”、象征主义戏剧（символистская драма）和未来主义戏剧（футуристический театр）等戏剧流派，又有盛行一时的自然主义戏剧（натуралистическая драма）、女性戏剧（женская драматургия）以及卡巴雷戏剧（кабаретные пьесы）等现象或倾向。在充满多元性思想和对话性话语的戏剧图谱中，托尔斯泰戏剧普遍遭到帝俄当局书报检查制度的多次审查和不断压制。对此，“俄国文学界和戏剧界的进步人士不但反对沙皇的检查制度查封托尔斯泰的剧本，并且反对那些反动评论家对这些剧本的攻击”[1]。其中，参加反对查封托氏戏剧的知识精英主要有三大群体：其一以契诃夫、高尔基、乌斯宾斯基、加尔洵等为代表的作家和戏剧家群体；其二是以斯坦尼斯拉夫斯基、涅米罗维奇-丹钦柯、萨温娜、达维多夫、连斯基、尤仁-苏姆巴托夫为代表的导演和演员群体；其三以列宾、斯达索夫等为代表的艺术家群体。作为托氏的经典话剧之一，《教育的果实》在19、20世纪之交的俄罗斯文化界引起完全不同的认知评价：“社会上进步的、民主的力量的代表人士热烈欢迎托尔斯泰的这一新作。书报检查机关和保守的评论界对它却感到非常不安。《教育的果实》和这位伟大作家的其他作品一样成为当时社会上注意的中心。围绕着托尔斯泰这一剧本所展开的激烈斗争反映了进步力量与采取了非常尖锐的斗争形式的反动力量之间的社会政治斗争”。[2]

其三，在19、20世纪之交俄罗斯戏剧演出史上，托氏戏剧的舞台接受与阐释方式，常常伴随戏剧转型和思想论争等事件性因素，呈现出比较明显的实验性、话语性和思想性特征。彼时彼刻，《黑暗的势力》《活尸》《教育的果实》等戏剧的舞台演剧主要有四种阐释方式。其中，浪漫主义的夸饰阐释以日常生活展示为表征，主要表现为从浪漫肤浅和浮夸修饰角度出发，展示戏剧中的日常生活，叙述戏剧情节，模仿人物形象，不关注与反映戏剧的内在思想和时代问题，不注重和呈现戏剧人物的心理状态和精神感受。自然主义的逼真阐释以生活细节呈现为核

1 洛姆诺夫：《托尔斯泰剧作研究》，第2页。

2 同上，第276页。

心，主要表现为从自然主义的客观真实立场出发，重视日常细节和真实现实的复现，关注戏剧布景和舞台布置的呈现，高度模仿人物服饰，角色表演逼真，但对人物心理变化和戏剧思想诉求缺乏深刻把握，未能达到表演真实和心理体验的高度。现实主义的体验阐释以人物心理表现为中心，有效借鉴自然主义演出方式和表演理念，主要表现为对日常生活与社会现实的创作性再现，对人物形象与剧作思想的深刻性把握，对人物心理与内在精神的体验性阐释。象征主义的隐喻阐释以内在精神传达为特点，主要表现为从象征主义诗学理念角度出发，关注戏剧的隐喻性特质与普遍性主题，注重戏剧细节和人物的类型学特点和象征性意义。就文学思想史和戏剧批评史而言，彼时托氏戏剧舞台阐释的多样性和实验性，既有文学创作回归本体、戏剧艺术实验活跃、政治文化氛围宽松、对外双向交流频繁、文艺批评研究繁盛等多方面原因，亦有戏剧体制改革、戏剧创作转型、戏剧传播交流、戏剧批评对话等多维度因素。其中，时代话语转变、戏剧美学转型和戏剧体制改革，应是不可忽视的关键因素。本质而言，托氏戏剧在白银时代的舞台阐释方式及其批评论争，可视为19、20世纪之交俄罗斯话语谱系和时代精神的事件性呈现。这既是俄罗斯民众个性觉醒与自我意识提升的艺术化表征，也是现代性理念与民族性思想之间的张力性症候。

宏观而言，在思想意识和美学立场上，19、20世纪之交俄罗斯知识分子中既有倾向于民粹主义、保守主义、自由主义等强烈政治指向性的群体，亦有倾心于马克思主义、欧亚主义、虚无主义等明显意识形态性的团体，还有醉心于象征主义、未来主义、阿克梅派等浓厚文学审美性的社团。不同知识群体对托氏戏剧的总体评价不高，整体认知不深，深度研究不多，其认知态度和批评阐释各有不同，或强调其剧作审美性不足，或批评其剧作亵渎宗教，或认为其剧作批判性过强，或指摘其剧作表演性偏弱。大致说来，“由于革命前的评论界没有正确评价这位伟大作家的剧作，因之在俄国戏剧艺术史上就没有提到他的剧本”[1]。

1　洛姆诺夫：《托尔斯泰剧作研究》，第1页。

第二节　现实主义话语：20世纪中期托尔斯泰戏剧的批评阐释

宏观而言，受官方批评话语和主流意识形态等因素的影响，20世纪中期俄罗斯学术界主要从现实主义文学和社会历史批评角度出发，以启蒙现代性理念和阶级斗争理论阐释托氏戏剧，认为其戏剧可视为作家对社会矛盾和阶级对立的文本症候，托氏的经典和伟大之处在于他以现实主义手法和民族传统继承、丰富、发展并创新了现实主义戏剧传统："托尔斯泰的创作是在伟大的俄国文学的民族传统基础上发展起来的。他的剧作也继承和丰富了这个传统。他一直认为，现实主义是俄国文学的主流，而普希金和果戈理是现实主义的奠基人。托尔斯泰从开始从事文学工作起，就把自己的命运和全体进步的俄国作家为之献身的现实主义联系在一起，并且一直到生命的最后一息都忠实于现实主义"[1]。尽管"在苏维埃时代，托尔斯泰的剧作不能在剧院的剧目中占有它应占的位置"，"无论是革命前的还是我们苏维埃的研究家都很少研究托尔斯泰的剧作"[2]，然而以高尔基等为代表的俄罗斯作家和评论家，积极肯定托氏戏剧的历史意义和舞台价值。在《论戏剧》(О театре, 1933)一文中，高尔基谴责以虚无主义态度对待民族古典文化遗产，认为托氏戏剧以其鲜明的艺术性和深刻的思想性，成为俄罗斯和世界优秀戏剧的代表："我们出色的喜剧《聪明误》《钦差大臣》《教育的果实》绝不比莫里哀和博马舍的喜剧差……"[3]

20世纪中期，在社会主义现实主义批评理论和社会-历史批评范式下，俄罗斯学术界推出不少托氏戏剧研究力作，诸如斯米尔诺娃的《列·尼·托尔斯泰的戏剧》(1954)[4]系关于托氏戏剧的系列讲座

1　洛姆诺夫：《托尔斯泰剧作研究》，第7页。

2　同上，第2、4页。

3　同上，第3页。

4　См.: *Смирнова Е.* Драматургия Л. Н. Толстого: Из цикла лекций о Л. Н. Толстом. Тула: Обл. кн. изд-во, 1954.

的合集，拉克申的《契诃夫与托尔斯泰心理剧的艺术：万尼亚舅舅与活尸》（1958）[1]系契诃夫与托尔斯泰戏剧的心理剧比较研究，以及一系列关注《教育的果实》《黑暗的势力》《活尸》等剧作思想与艺术特点、结构与修辞、人物言语、心理流变、戏剧理论的文章[2]。1956年，洛姆诺夫（К. Н. Ломунов, 1911—2005）[3]出版的《托尔斯泰剧作研究》

1　См.: Лакшин В. Я. Искусство психологической драмы Чехова и Толстого («Дядя Ваня» и «Живой труп»). М.: Изд-во Моск. ун-та, 1958.

2　См.: Евнин Ф. Толстой-сатирик. (О «Плодах просвещения»). // Октябрь, 1953, №. 10; Дурылин *С. Н.* Комедия «Плоды просвещения». // Творчество Л. Н. Толстого. Сборник статей. М.: Изд-во Акад. наук СССР, 1954, С. 315-359; Самойлов В. В. Идейные и художественные особенности драмы Л. Н. Толстого «Живой труп». // Лев Николаевич Толстой. Сборник статей о творчестве. Ред. проф. Н. К. Гузий. М.: Изд-во Моск. ун-та, 1955; Бочарова И. О психологической драме Чехова и Толстого. // Вопросы литературы. 1958, №. 12, С. 223-229; Дурылин С. Н. Драма Л. Н. Толстого «Власть тьмы». // Творчество Л. Н. Толстого. Сборник статей. Ред. коллегия: Д.Д. Благой и др. М.: Гослитиздат, 1959; Афанасьева Н. Теория драмы у Л. Н. Толстого. // Театр, 1960, №. 11, С. 83-90; Нейман Б. В. Речь персонажей в пьесе «Плоды просвещения». // Толстой-художник. Сборник статей. Ред. коллегия: Д. Д. Благой и др. М.: Изд-во Акад. наук СССР, 1961; Михайловский Б. В. Вопросы композиции и стилистики пьесы Л. Н. Толстого «Живой труп». // Михайловский Б. В. Избранные статьи о литературе и искусстве. Под общ. ред. А. Г. Соколова. М.: Изд-во Моск. ун-та, 1969.

3　作为20世纪俄罗斯首屈一指的托尔斯泰研究专家，洛姆诺夫著述等身，善于将辩证唯物主义和历史唯物主义思想融入托尔斯泰研究中，先后出版一系列著述，诸如《托尔斯泰的〈战争与和平〉》（Война и мир Л. Н. Толстого, 1969）、《托尔斯泰剧作研究》（Драматургия Л. Н. Толстого, 1956）、《列夫・托尔斯泰生平》（Жизнь Льва Толстого, 1981, 1989）、《列夫・托尔斯泰生平与创作概述》（Лев Толстой: очерк жизни и творчества, 1978, 1984）、《当代世界中的列夫・托尔斯泰》（Лев Толстой в современном мире, 1975, 1978）、《作为理论家和文艺批评家的列夫・托尔斯泰》（Лев Толстой как теоретик и критик искусства и литературы, 1968）、《列宁读托尔斯泰》（Ленин читает Толстого, 1972）、《与托尔斯泰面对面》（Лицом к лицу с Толстым, 1966）、《莱蒙托夫生平与创作》（Михаил Юрьевич Лермонтов. Очерк жизни и творчества, 1989）、《莫斯科的托尔斯泰博物馆》（Музей Л. Н. Толстого в Москве, 1958）、《在〈复活〉书页边上》（Над страницами "Воскресения", 1979, 1981）、《论莱蒙托夫》（Слово о Лермонтове, 1964）、《苏伦・科恰良演奏克莱采奏鸣曲》（Сурен Кочарян исполняет "Крейцерову сонату", 1960）、《列夫・托尔斯泰对我们何以宝贵》（Чем нам дорог Лев Толстой, 1960）、《列夫・托尔斯泰的美学》（Эстетика Льва Толстого, 1972）。

(Драматургия Льва Толстого),可谓是托氏戏剧批评研究史上首屈一指的代表力作。除序言和结语外,该书由八部分构成,即"托尔斯泰论话剧与剧院""最初的话剧试作""《黑暗的势力》""《教育的果实》""给民间剧院写的剧本""《活尸》""《光在黑暗中发亮》""《过路人和农民》《万恶之源》"。该书注重托氏戏剧思想的认知阐释,带有鲜明的社会-历史批评范式和现实主义解读特色。托氏的世界观激变之后,"宗法制的农村对于使它破产的资产阶级城市所抱的敌对态度,不只是在作家的政论文中有所反映,并且在他的艺术作品中,尤其是在剧本《黑暗的势力》《教育的果实》《过路人和农民》和《万恶之源》中更有所反映"[1]。

第一,托氏的早期剧作关注阶级矛盾、日常生活与妇女解放问题,为中后期的戏剧创作奠定必要的基础。"托尔斯泰最早试写的几本剧作最终都没有完成。但是它们在许多方面都是很有意义的。首先,非常明显的是,他在注意话剧这种艺术之后就想把小说中的主题写成剧本。他早期写的没有完成的剧本,和他的中短篇小说一样,反映了他对于当代生活的敏感。"[2]其次,"托尔斯泰初期的话剧构思和他19世纪50年代的重要作品的构思有紧密的联系。喜剧《贵族之家》的构思与《少年》《哥萨克》、高加索故事与塞瓦斯托波尔故事一样,都有批判的、暴露的倾向。喜剧的主题在很大程度上与《一个地主的早晨》是有联系的。《一个地主的早晨》中的主要矛盾——改革前农民和老爷之间的关系——可以在喜剧中找到反映。所以,无论在重要性方面、在所提出的问题的尖锐性方面,还是在对人物的大胆评价方面,对托尔斯泰第一本话剧的构思都是不能低估的"[3]。再次,"至于喜剧《自由的爱情》(《叔叔的赞扬》),按照托尔斯泰的看法,它的构思仅局限于嘲笑妇女解放的思想,首都的女士们是从饶尔日·桑德

1 洛姆诺夫:《托尔斯泰剧作研究》,第128—129页。

2 同上,第87页。

3 同上。

那里学来这种思想的”[1]。

第二，托氏的中期剧作暴露农村生活、社会黑暗和劳资关系问题。作为托氏中期戏剧的代表作，《黑暗的势力》“以巨大的艺术表现力描绘了改革时期的前十年俄国农村生活中最重要的特点。在俄国的古典剧作中，没有任何一本剧作能像《黑暗的势力》这样有力和真实地表现宗法制的、古老的农村被破坏的境况，并且表现出在农村新产生的那种资产阶级的关系”[2]。正是对农民生活的真实反映和人们心理的透彻理解，使该作与19世纪80年代俄罗斯剧坛中的伪浪漫主义与伪自然主义剧作区别开来。该作“不仅是偏重于心理描写的话剧，同时也是充满了深刻的社会内容的、有社会意义的话剧”[3]，其中，既有精神生活方面的黑暗，也有物质生活方面的黑暗，还有神秘力量和体制结构的黑暗：“一方面，托尔斯泰指的是野蛮和暗无天日的黑暗，而这种暗无天日的黑暗是在几百年的农奴制下的农村所形成。另一方面，作家讲的那种新的野蛮和黑暗是资本主义城市和它的贪得无厌的‘金钱势力’给宗法制的农村带来的。”[4]因此，“《黑暗的势力》的主题是描写在国内蓬勃发展的资产阶级关系的冲击下宗法制农村生活的解体。……托尔斯泰不但反对‘城市里的黑暗’，并且反对在许多世纪的农奴制的条件下所形成的农村的黑暗”[5]。就社会批评而言，《黑暗的势力》与民粹派作家乌斯宾斯基的《土地的势力》形成巧妙的互文关系，是“展示了宗法制的古董受到成长中的资本主义和金钱势力排挤的一幅极好的艺术画卷”[6]。

第三，托氏的晚期剧作主要关注道德完善、宗教思想和民众信仰改造问题。在《活尸》《光在黑暗中发亮》等晚期剧作中，托氏“非常不满意自己的宗教道德性的说教结果。他在这些作品中明确地提出

1 洛姆诺夫：《托尔斯泰剧作研究》，第87页。

2 同上，第130页。

3 同上，第132页。

4 同上，第135页。

5 同上，第135页。

6 同上，第148页。

逃避罪恶，不要和罪恶斗争的问题，同时又指责逃避现实生活中的矛盾和困难”[1]。其中，《活尸》“揭露了贵族社会的法庭、‘合法’婚姻、各种虚伪和诈骗行为”，“与托尔斯泰所写的其他暴露性小说的极其光辉的篇章齐名”；其核心主题是“一个逃避人间出路的主题，是一个从生活中的令人难耐的矛盾中寻求出路的问题。这是一些真正善良的人与那些貌似有道德而实际上并不善良也没有真正的人道主义的人发生冲突的主题”。[2]就形象构思而言，托氏“希望普洛塔索夫（即《活尸》中的主人公。——引者注）彻底做个勿抗恶主义者，按照基督教的宽恕一切的原则生活，在实践中实现个人在道德方面自我完善的理论”[3]；就艺术逻辑而言，托氏在名作《活尸》中，“以其愤怒和暴露的激情，以其强劲的艺术力表现了一些人的激情，令人惊奇地塑造了一些人的性格，以其真正的紧张情节使人们感到激动”[4]。

整体而论，经由冯维辛、克雷洛夫、格里鲍耶托夫等人，俄罗斯戏剧开始确立其现代性和民族性特质；经由普希金、果戈理、奥斯特洛夫斯基、托尔斯泰等人，俄罗斯戏剧完成戏剧民族化历程和民族性特质。这种民族性特质大致可概括为三点，即人民性、现实主义和人道主义。其中，对国家历史、民族性格、心理精神、历史意识的关注，充分体现在以托氏为代表的俄罗斯戏剧之中。换言之，托氏戏剧天然内嵌历史意识、民族性格和心理意识等思想诉求，关联着叙事结构、文体探讨和人物塑造等审美问题，勾连现代性与民族性之间的复杂张力。由此，在20世纪中期托氏戏剧的批评阐释中，托氏戏剧成为社会批判和思想分析的历史文本，他“对话剧和戏剧民主化的事业所做的贡献主要和他写农民的题材有关”[5]，批判现实主义和社会主义现实主义则是其核心话语和主流范式。

1 洛姆诺夫：《托尔斯泰剧作研究》，第350页。

2 同上，第353、357页。

3 同上，第368页。

4 同上，第370页。

5 同上，第466页。

第三节　戏剧诗学话语：20世纪晚期托尔斯泰戏剧的批评阐释

在托氏戏剧批评研究方面，俄罗斯学术界和知识界一向贯穿“问题研究”意识与传统。20世纪60年代欧美学界兴起的叙事学和语义学等方法，历经风雨，在20世纪晚期的俄罗斯学界，得到比较广泛而成熟的运用。进入1980—1990年代以后，问题研究传统得到进一步强化，受到彼时俄罗斯学界的普遍重视，与戏剧本体论和文艺自律论研究合谋，构成20世纪晚期托氏戏剧研究的重要趋势。20世纪下半期，俄罗斯学术界主要从戏剧诗学角度阐释托氏戏剧，认为其戏剧表现出托氏对戏剧艺术内在特质的极大关注。俄罗斯著名学者奥斯诺温（В. В. Основин）的《列夫·托尔斯泰的戏剧艺术》（1972）[1]、波利亚科娃（Е.И. Полякова）的《列夫·托尔斯泰戏剧：剧作及其阅读经验》（1978）[2]显示出回归戏剧本体、注重戏剧艺术、关注戏剧规律的宏观趋势。1982年，奥斯诺温[3]推出的力作《列·尼·托尔斯泰的戏剧》[4]，可视为问题意识论和戏剧本体论研究的代表成果。

其一，在研究范式上，该书遵循马克思历史主义和辩证主义思想，将文本细读、美学批评和历史分析有机融合。与洛姆诺夫的《托尔斯泰剧作研究》（1956）偏重社会批判和思想分析不同，该书主要关注托氏戏剧的本体特质和内在诗学，实现了从戏剧社会批评到文化诗学的

1　См.: Основин В. В. Драматургическое искусство Льва Толстого. Ярославль: Яросл. гос. пед. ин-т им. К. Д. Ушинского, 1972.

2　См.: Полякова Е.И. Театр Льва Толстого: драматургия и опыты ее прочтения. М.: Искусство, 1978.

3　奥斯诺温在俄罗斯戏剧方面，成就突出，著有《19世纪下半叶俄罗斯戏剧》（В. В. Основин. Русская драматургия второй половины XIX века: Пособие для учителя. М.: Просвещение, 1980）等著述。

4　Основин, В. В. Драматургия Л. Н. Толстого, М.: Высшая школа, 1982.

转变。作为"一项严肃的学术著作",该书"建立在对托尔斯泰的戏剧作品有趣的已有见解的基础之上"[1],包括体大虑周、结构严密的八章[2],其中"前三章讨论与主要方面密切相关的问题,即戏剧家托尔斯泰创作方法,其艺术思维的基本原则,人与现实的概念,托尔斯泰的心理图景。具体而言,这些基本方面表现为作家的个人风格和风格。其他五章首先探讨托尔斯泰剧作的建构原则,'将作品构成诗学整体的形成方法',这一方面是艺术家的创作个性使然,另一方面是'独树一帜的不同风格的标志',因为风格'反映更稳定的、长期的文学发展趋势'。与托尔斯泰剧作结构和独特风格有关的问题研究,将在不同特色对照和范围比较的结构-类型语境中进行"[3]。该书在俄罗斯古典文学背景和比较文化视野之下,比较忠实地贯彻辩证主义思想、历史主义意识和审美批评方法,"详细论述托尔斯泰剧本的结构、题材和高潮、作品描述和作者演说的内容、独白以及托尔斯泰主人公的对话等问题"[4]。奥斯诺温以历史主义观点和现代启蒙观念审视托氏戏剧,认为"戏剧家托尔斯泰的遗产中,并非一切都是平等的。他早期的戏剧素描和为民间剧院而作的剧作,只代表了作为他创作传记中某些事实的(戏剧)兴趣。这更像是一种实验性的戏剧尝试。托尔斯泰的三部戏剧——《黑暗的力量》《教育的果实》《活尸》已然进入世界戏剧宝库中。因此,人们经常得出结论:在戏剧创作和戏剧艺术的发展中,托尔斯泰的贡献与奥斯特洛夫斯基或契诃夫的贡献远非对等"[5]。托氏对戏剧诗学的独特贡献,主要体现在内在结构、性格塑造、对话艺术、抒情特点、体

1 Дзюбинская, Н. Толстой-драматург // Вопросы литературы. 1983 №. 11, С. 235.

2 除序言、概述和结语外,该书八章内容分别是分别为"托尔斯泰后期探索与冲突和性格问题"、"应成为心理学家的艺术家"、"托尔斯泰剧作中的艺术"、"结构原则"、"行动与'内在关联'"、"对白与独白"、"描述元素与抒情开端"以及"体裁特征"。См.: Основин, В. В. «Оглавление», Драматургия Л. Н. Толстого. М.: Высшая школа, 1982.

3 Основин, В. В. Драматургия Л. Н. Толстого. М.: Высшая школа, 1982, С. 5.

4 См. прим. 1, С. 238.

5 См. прим. 3, С. 3.

裁特征等方面。换言之，受“新戏剧”、自然主义和象征主义戏剧思潮等综合因素的影响，托氏戏剧呈现出注重心理分析、结构冲突和悲喜交加的诗学特质，在某种程度上预示和代表着不同于现实主义美学的新现实主义戏剧的产生。

其二，在研究观点上，该书提出颇有独创性和思辨性的学术观点，认为作为戏剧家的托氏以丰富的创作经验、深度的理论探索和超拔的哲学高度，建构了逻辑谨严、体系完备的现实主义戏剧诗学体系。这主要体现在戏剧结构、性格塑造、对话艺术、抒情特点、体裁特征等方面。就结构原则而言，托氏戏剧以人物心理流变为结构原则，以内向性心理冲突和外向性社会矛盾为结构核心：“在托尔斯泰创作中，对人物内在世界独特性的新的理解，由单独作品的共同框架中人的心理生活的不同表现和在某种程度上取决于其风格特征的结构的独特‘链接’方法决定。”[1]就性格塑造而言，托氏戏剧呈现出形象塑造的非英雄化或反英雄化倾向，以道德自我完善和勿以暴力抗恶来凸显人物的处世之道和思想诉求。就对话艺术而言，托氏戏剧有机融合独白/自白和对白/对话，在心理辩证法中凸显人物的精神世界和思想矛盾。就抒情特点而言，托氏戏剧以东正教原教旨主义和人道主义情怀为基础，在戏剧冲突和情节矛盾中展现感性共情、宗教抒情和人文关怀。就体裁特征而言，托氏戏剧将悲剧体裁与喜剧因素、正剧体裁与心理分析巧妙融合，在日常生活书写和意识流变叙事中实现戏剧体裁的多样性追求。“因此，无论是在托尔斯泰塑造的小说作品中，还是在其戏剧作品中，可以谈论生活、心理和情感可靠性的体系完整性。他的剧作创作史明显地伴随将生活真理转变为艺术真理的复杂过程。”[2]

其三，在话语模式上，该书从戏剧文化和托氏研究视野出发，以多学科综合性方法，注重戏剧本体特质、关注艺术自律、文化诗学特征。一方面，托氏以东正教基要主义为出发点，反复探讨心理内省、道德完善、人性伦理、人生意义等基本问题，建构了一套以朴素基督教学说为

1 Основин, В. В. Драматургия Л. Н. Толстого, М.: Высшая школа, 1982, С. 98.

2 Там же., С. 97.

基础、兼容东西方学说的道德哲学和伦理思想。由“道德自我完善”、“勿以暴力抗恶”和“天国在你心中”等观点构成的“托尔斯泰主义”，带有强烈的伦理色彩和鲜明的道德训诫[1]，不仅是托氏一生精神冲突和道德探索的集中表达，也是19、20世纪之交俄罗斯知识分子面对社会困境和国家未来的伦理探索。另一方面，20世纪晚期，在多元化、自由化和多样性话语谱系中，当代俄罗斯学术界在学术范式和话语模式上积极求新求变，关注审美自律、文学本体、心理分析等论题，呈现出一种鲜明的本体追求、还原向度和哲理倾向。如此一来，20世纪晚期俄罗斯学界的托氏戏剧批评阐释，总体呈现出比较清晰的向内转趋势、本体论倾向和审美性特质。这比较符合20世纪晚期俄罗斯文学的整体发展趋势，其中俄罗斯小说在叙事视点和文学形象方面发生内向化、内视性和假定性趋势[2]。比较而言，这在很大程度上改变了以往托氏戏剧重思想剖析、轻审美批评的研究模式，使艺术家托氏和思想家托氏有机融合，有力开创托尔斯泰戏剧研究新范式和新模式。

在20世纪晚期，俄罗斯学术界对托氏戏剧的批评阐释，主要以戏剧诗学话语为核心，以戏剧本体、艺术自律和话语分析为基本原则，既致力于呈现托氏戏剧的内在审美性特质和艺术本体论价值，又不断开掘托氏戏剧的主题思想性意蕴和历史话语性价值。可以说，在相当程度上，这为20、21世纪之交托氏戏剧的民族主义阐释，提供了比较扎实的批评根基和相对充分的理论资源。

第四节 民族主义话语：20、21世纪之交托尔斯泰戏剧的批评阐释

20、21世纪之交，当代俄罗斯社会制度迅速从社会主义转变为资

1 Гусейнв, А. А. Великие моралисты. Лев Толстой. М.: Республика, С. 216–229.

2 参见石南征：《明日观花：七八十年代苏联小说的形式、风格问题》，社会科学文献出版社，2007，第30—205页。

本主义，经济制度急剧从国家计划经济转变为自由市场经济，意识形态快速从一元化共产主义转向相对多元的民族主义，东正教思想迅速复兴填补意识形态的真空。其中，内涵复杂的保守民族主义思潮，成为当代俄罗斯的主流思想形态，统摄生产机制的运作、文学话语的嬗变、艺术范式的转型，影响着文学史的书写、文学理论的探讨、评价标准的建立。在这种多元复杂的文化思想背景下，当代俄罗斯学术界主要从民族主义角度阐释托尔斯泰戏剧，认为其戏剧与文学创作、思想遗产一道，成为后苏联时期俄罗斯学术界重建文学史、艺术学和文学理论的思想场域。

当代俄罗斯戏剧研究的重要成就，主要表现为突破原有批评范式和理念的僵硬范式，形成多种戏剧诗学和研究流派；重新回归并融入世界戏剧研究图谱，与西方戏剧研究展开多元交流互动。这在当代托氏戏剧的批评阐释中有着部分表现。在比较戏剧视野中，托氏对以莎士比亚为代表的世俗戏剧持否定看法，这与上层阶级和贵族生活的非道德形象密不可分，其前期作品对戏剧的理解带有卢梭主义烙印，后期作品对戏剧的理解带有宗教伦理色彩；托氏的戏剧观反映了以顿悟体验和神人说为核心的原教旨东正教艺术，其戏剧美学的深层根源在于基督教文化[1]。托氏戏剧的特点主要在于，以包含现实主义和自然主义的戏剧手法，通过借用民间戏剧的元素，表达道德自我完善和宗教救赎的功用诉求："对托尔斯泰而言，戏剧部分是果戈理所谓的'讲坛'。正是在木偶风格的民间剧院中，他试图用人们能理解的语言与公众交谈，他使用了人们能理解和接近的形象、生活情境。在为人民剧院演出而创作的戏剧中，托尔斯泰试图通过非常具体的日常故事来解决形而上学的问题。因此，这些戏剧的表演在全世界都变得非常清楚，符合托尔斯泰晚期艺术的要求。"[2]

1 Ахметова Г.А. Воззрения Л. Н. Толстого на театр в контексте культуры. // Вестник Томского государственного университета. Филология. 2015. №. 2 (40).

2 Тришина Н. В. Особенности драматургии Л. Н. Толстого. // Театр. Живопись. Кино. Музыка. 2015, №. 3, С. 28–47.

在跨语际实践、跨文化视野和跨学科研究中，托氏戏剧得到积极关注和相应研究。诸如，在19—20世纪欧洲剧院舞台上，托氏戏剧被视为创造自由或独立的全新戏剧素材，对诸多戏剧家、戏剧流派有着不可忽视的重要性，但其独创性唯有俄罗斯公众能理解；对话剧《黑暗的势力》模棱两可的批判性回应，恰恰阐述了托氏戏剧的模糊性和独创性[1]。再如，人类意识的个性化、流动性和过程性的内部转变，以具象化方式出现在托氏戏剧和相关电影的日常叙事中：托氏戏剧以未完成和未终结的生活叙事为背景，提出人类问题的历史学和社会学方面；索库洛夫和冯·特里尔的电影则以影像流动方式，对人类的内在精神和失望情绪进行形而上学的思考[2]。在后现代主义视野和民族主义思潮中，当代俄罗斯学术界的戏剧通史和学位论文，同样密切关注托氏戏剧。诸如《俄罗斯话剧史：从起源至20世纪末》(2011）一书将文学审美和演剧理论、导演艺术与舞台实践有机结合，从民族主义话语角度分析托氏的戏剧创作，集中于俄罗斯话剧的名家分析、阶段研究和通史描述，显示出戏剧批评的深度、广度和力度。“在列夫·尼古拉耶维奇·托尔斯泰庞大的艺术遗产中，戏剧占有非常不起眼的位置。然而，表演艺术、艺术命名、戏剧美学、俄罗斯和世界经典的评价——是托尔斯泰创作最知名的书页之一。”[3]此外，不同于社会历史批评、比较历史研究、理论思辨分析、戏剧学研究，博士论文《历史诗学语境中的托尔斯泰戏剧》在维谢洛夫斯基的历史诗学语境中，从诠释学视角关注托氏戏剧的审美性和思想性[4]。

1 Кириллова А. С. Пьеса Л. Н. Толстого «Власть тьмы» в интерпретации зарубежной критики на рубеже XIX–XX веков. // ART LOGOS, №. 1 (6), 2019, pp. 39–46.

2 Шульц С. А. Проблема человека в драматургии Л. Н. Толстого и кинематографе А. Н. Сокурова и Л. Фон Триера.

3 Пивоварова, Н.С. (ответ. ред.) История русского драматического театра: от его истоков до конца XX века. М.: Российский университет театрального искусства-ГИТИС, 2011, С. 275.

4 Шульц С.А. Драматургия Л. Н. Толстого в контексте исторической поэтики: Герменевтический аспект. диссертация доктора филол. наук. Ростов н/Д., 2004.

20、21世纪之交，当代欧美戏剧界出现一系列重要转向，诸如全球化转向（如格罗托洛斯基、谢克纳、巴尔巴等导演关注非西方戏剧传统）、哲学转向（如现象学、事件哲学和表演性理论介入戏剧）、科学技术转向（以神经科学和认知科学为代表）、泛表演转向（如声音、空间、身体、多媒体等受到关注）、后现代转向、跨文化研究转向，这给托氏戏剧研究同样带来一定启发与某些影响。当代托氏戏剧相关研究著述，大多不局限于俄罗斯戏剧艺术传统或一元戏剧研究范式，而是普遍在跨文化、跨学科、比较戏剧等视野中审视托氏戏剧，同时添加对话哲学、比较艺术、历史诗学等不同因素。这既充分显示出托氏戏剧的普遍性价值和当下性意义，也彰显出民族主义话语的评价立场和话语体系。

宏观说来，在俄罗斯文艺批评史中，列夫·托尔斯泰戏剧经历了持续百年的批评认知与阐释流变，呈现出比较明显的历史阶段性、相对多元的问题方法性和比较鲜明的诗学思想性。

首先，就历史阶段而言，托氏戏剧在俄罗斯的阐释流变大致包括四个不同阶段。19、20世纪之交，俄罗斯学术界和知识界主要从宗教思想和基督教神学角度阐释托氏戏剧，认为其戏剧鲜明呈现出作家宗教观和艺术观的矛盾表征。20世纪中期，俄罗斯学术界主要从社会历史批评角度阐释托氏戏剧，认为其戏剧可视为作家对社会矛盾和阶级对立的文本症候。20世纪下半期，俄罗斯学术界主要从戏剧本体论角度阐释托氏戏剧，认为其戏剧表现出作家对戏剧艺术内在特质的极大关注。20、21世纪之交，俄罗斯学术界主要从民族主义角度阐释托氏戏剧，认为其戏剧成为后苏联时期俄罗斯学术界重建文学史、艺术学和文学理论的思想场域。由此，托氏戏剧在俄罗斯的百年阐释，既浸润于20世纪西方学术范式和时代话语的数度转型，又受制于俄罗斯以民族主义为核心的学术传统。

其次，就问题方法而论，托氏戏剧批评在百年俄罗斯主要包括社会历史、比较历史、理论思辨、戏剧诗学以及精神分析等方法，代表著述主要以洛姆诺夫的《托尔斯泰剧作研究》和奥斯诺温的

《列·尼·托尔斯泰的戏剧》(Драматургия Л. Н. Толстого)为核心代表,以《19世纪下半期俄罗斯戏剧》《俄罗斯话剧史》《托尔斯泰创作研究》中的专章和专题论文为主要补充。在托氏戏剧批评史上,20世纪俄罗斯学术界主要探讨的核心问题之一是,托氏戏剧的现实主义原则与思想价值。奥斯诺温认为:"托尔斯泰试图建立一个严整的艺术体系,将人民对生活和艺术的看法作为其基础。然而,在戏剧艺术发展的整个过程中,他的评价往往与某些作品的客观意义相互矛盾。与此同时,托尔斯泰对戏剧艺术的判断尽管前后不一致,明显矛盾,却具有巨大的兴趣,因为它们反映了一个探索特定体系的复杂过程,其中现实主义原则是基础。托尔斯泰戏剧也证实了现实主义原则。"[1]当代俄罗斯学者丘宾斯卡娅(Н. Дзюбинская)则指出:"这些剧本在托尔斯泰创作的整个链条中究竟意味着什么呢?要知道,在某些'交叉点'上,它们应该与托尔斯泰的诗意和道德准则相一致——作者、思想家、理论家?"[2]

最后,就诗学思想而言,托氏戏剧俄罗斯的百年阐释,大致经历了从注重外在社会功能到回归内在诗学本体到跨学科综合认知的流变历程,以文学史、戏剧学和思想史三角对话的多重方式,参与到俄罗斯文学发展、戏剧嬗变和文化转型之中。洛姆诺夫在俄国话剧史谱系和民族文化传统中评价阐释托氏,认为"剧作家托尔斯泰在俄国话剧史上占有重要的和完全肯定的地位:他是在奥斯特洛夫斯基之后和高尔基之前踏上剧坛的。托尔斯泰在俄国话剧艺术方面的地位不只是决定于年表中的资料,更重要的是他写的剧本的内涵和意义,这些剧本构成俄国话剧和戏剧的一个时代"[3]。奥斯诺温则从戏剧诗学和艺术本体出发,认为托氏戏剧充满丰盈的艺术审美性和深刻的人文思想性:"艺术家托尔斯泰提出了探索人性生活的新途径。他的艺术意识独一无二,既有反映现实的史诗原则,也有戏剧原则。然而,很明显,在托

1 Основин, В. В. Драматургия Л. Н. Толстого, М.: Высшая школа, 1982, С. 6.

2 Дзюбинская, Н. Толстой-драматург // Вопросы литературы. 1983 №. 11, С. 235.

3 洛姆诺夫:《托尔斯泰剧作研究》,第466页。

尔斯泰创作活动的不同时期，其中一个占据主导地位。在19世纪的最后二十五年中，托尔斯泰更倾向戏剧形式。不仅如此，他甚至说，'小说形式已过时'，较之小说，戏剧作品能更准确地表达现代悲剧式无解冲突的本质，因为它处理的是明确界定的角色。托尔斯泰多次说过，普通人不会注意性格变化；'只有艺术家才能抓住'他们的典型特征，把这些性格放在一定的冲突关系中，从而在某种程度上接近对人类存在意义的理解。"[1]

本质而言，托氏戏剧在俄罗斯的百年阐释，天然内嵌于俄罗斯与西方、斯拉夫派与西欧派、现代性与民族性之间错综复杂的逻辑关系之中，是俄罗斯文化诗学和时代话语从官方政治美学经知识精英美学到大众接受美学的转型表征和症候呈现。如此一来，托氏戏剧在俄罗斯的阐释流变，既是俄罗斯经典文本与时代话语之间枝蔓丛生的隐喻性架构，也是社会伦理和文化权力纠葛角逐的虚拟性场域；既是政治意识与批评话语的叙事性表征，也是历史书写与欲望掩映的镜像化所在。

1　Основин, В. В. Драматургия Л. Н. Толстого, М.: Высшая школа, 1982, С. 11.

第四章

学术史视野下的托尔斯泰宗教观研究

宗教性作为理解俄罗斯民族精神与文化心理的一把钥匙，为俄罗斯思想提供了取之不竭的话语和精神资源。渴求绝对与神圣的俄罗斯文学家们纷纷经历了对宗教道德的精神求索从自发走向自觉的过程，在对生存意义与目的的终极问题的思考中融入了各自的宗教情感、宗教理解与宗教理想。在这一层面，列夫·托尔斯泰的精神气质与宗教探索在俄罗斯文学史中尤为典型。白银时代宗教哲学家弗兰克在《悼念列夫·托尔斯泰》一文中说道："只有从宗教的角度看，托尔斯泰的观点才是完全可以理解的，他对经验事实的态度才能不再是完全粗俗的，而是高尚的。托尔斯泰相信最高的，宗教的世界秩序……如果剥夺托尔斯泰的这个信仰，那么对我们而言，托尔斯泰将变成可笑的傻瓜，或者变成枯燥的，固执地死守教条的人，变成玛尼洛夫或者普弗里将军，那时他确实要成为不可理解的人。"[1]别尔嘉耶夫则指出："托尔斯泰的宗教意识还没有得到足够深入的研究，实际上，不被实用主义观点左右，不以自由主义极端派或保守主义反动派的利益为目的的评价凤毛麟角。一些人出于实用主义的目的把托尔斯泰捧为真正的基督徒，另一些人也往往出于这种实用主义的目的而诅咒

1　弗兰克：《悼念列夫·托尔斯泰》，张百春译，载《俄罗斯文艺》，2010年第3期，第84页。

他是反基督者的奴仆。在这些情况下，托尔斯泰被人们用作达到自己目的的手段，这是对天才人物的莫大侮辱……托尔斯泰的生活，他的探索，他的反叛的批评是伟大的世界现象；对它需要作永恒价值的，而不是眼前得失的评价。”[1]

的确，在托氏的作品中有不少宗教题材，且经常能看到上帝、基督、福音书、爱、祈祷、忏悔、自我牺牲等字眼，很容易让没有宗教背景的读者认为托氏是一个笃信东正教的作家。然而，托氏的宗教探索充满了个性化的理解和阐释，与官方东正教会格格不入，甚至被教会革除教籍。与此同时，托氏富含开创性哲思与宗教探索的文艺作品与政论作品也深刻影响了俄国宗教哲学的发展。因此，正视托氏创作中的宗教因素，厘清其宗教哲学探索的演变轨迹，对我们全面认识作为艺术家和思想家的托氏十分必要。本文在历时性地梳理俄苏与欧美学界对托氏宗教观研究成果的基础上，进一步挖掘其中具有代表性的白银时代俄国宗教哲学家对托氏宗教观的阐释与反拨，总结新世纪俄罗斯的托氏宗教观研究，以期从更加客观的角度去理解作家宗教探索的复杂因素及文化价值。

第一节 回顾：俄苏与欧美学界的托尔斯泰宗教观研究

托氏的同时代文化界对作家宗教观的评价可以分为批判和辩护两个阵营。以列昂季耶夫、安宁斯基等人为代表的一部分人指责托氏对福音书的肆意改动，认为他背离了东正教传统，其说教活动并不具有基督教的精神。列昂季耶夫的基督教是先验的利己主义的，其信仰与恐惧的情感密切相关，甚至认为真正的信仰就是恐惧，基督教是恐惧的宗教，而不是爱的宗教。在《上帝的恐惧和对人类的爱》一文里，列昂季耶夫对托氏的基督教进行了批判，认为托氏的基督教是“玫瑰色的”，因

1 别尔嘉耶夫：《文化的哲学》，于培才译，上海人民出版社，2007，第321页。

为在这个基督教里没有恐惧，而只有爱和善。[1]哲学家索洛维约夫在其著名的末世论研究著作《关于战争、进步和世界历史终结的三次谈话》中塑造了“禁欲主义者、唯灵论者、慈善家和素食主义者”的“反基督”来映射托氏及其思想。索洛维约夫把否认福音书中一切超自然的神迹、反对基督复活、主张回到宗法制社会的托氏比喻为“反基督”，可以说是对后者强度最高的控诉。[2]官方东正教会也对托氏小说的反教会性质大加指责，最终于20世纪初将其革除教籍。托氏宗教思想的拥护者包括作家列斯科夫以及曾与托氏共事的契尔特科夫、古谢夫、瓦·布尔加科夫等人。如列斯科夫在《作为异教徒的列·尼·托尔斯泰伯爵和费·米·陀思妥耶夫斯基》一文中分析了托氏的后期小说，认为托氏的创作体现了真正的基督教信仰，在这种宗教中对周围人的爱战胜了对上帝之畏[3]，而在另一篇文章《最虔诚的祷告者》中对比了托氏的《三位长老》和这一传说的圣经来源，认为二者的精神倾向是趋同一致的。[4]

1912年出版的论文集《论托尔斯泰的宗教》具有深远的意义，收录了别尔嘉耶夫、谢·布尔加科夫、津科夫斯基等宗教哲学家的论文，这些论文大多具有哲学的、宏观的政论性质，对托氏打破俄国宗教思想停滞不前的局面进行肯定，但少有涉及作家的文学创作。梅列日科夫斯基的《托尔斯泰与陀思妥耶夫斯基》一书弥补了这一空白，经过对两者文本的细致考察，指出托氏是“肉体的洞察者”，陀思妥耶夫斯基是“灵魂的洞察者”，真正的基督教精神应该是“神圣的肉体”和“神圣的灵魂”的结合。[5]别尔嘉耶夫在《托尔斯泰意识中的新约与旧约》一文中，从宗教

1 参见张百春：《当代东正教神学思想》，三联书店，2000，第42—43页。

2 参见金美玲：《列·托尔斯泰与弗·索洛维约夫的论争》，载《中国俄语教学》，2018年第2期。

3 См. Лесков Н. С. Граф Л. Н. Толстой и Ф.М. Достоевский как ересиархи (религия страха и религия любви) // Н. С. Лесков. О литературе и искусстве. Л., 1984.

4 См. Лесков Н. С. Лучший богомолец (Краткая повесть по Прологу с предисловием и послесловием о «тенденциях» гр. Л. Толстого// Лесков Н. С. Собр, соч. в 11 т. Т. II. М., 1958.

5 参见梅列日科夫斯基：《托尔斯泰与陀思妥耶夫斯基》，杨德友译，华夏出版社，2016。

意识的深层分析了托氏“自然”观的根基，得出了托氏的世界观并非基督教的世界观，而是前基督教的世界观的结论。[1]舍斯托夫在《列·托尔斯泰伯爵与弗·尼采学说中的善》一文中认为，纵使托氏频繁援引福音书，其学说中的基督教成分很少，而是更像先知学说和《旧约》。[2]需要指出的是，白银时代宗教哲学家对托氏宗教思想的分析多用来服务于建立和阐释自身的宗教学说，不免有削足适履的嫌疑。本文将在第二部分中集中探讨白银时代宗教哲学家对托氏宗教思想的阐释与争鸣。

20世纪无产阶级评论家如普列汉诺夫、列宁、卢那察尔斯基、高尔基等人对托氏的评论有着特殊的意义，在肯定托氏对无产阶级革命斗争的意义的同时，定下了托氏是“天才的艺术家和蹩脚的思想家”的基调。20世纪50年代以来，随着托尔斯泰90卷本全集的出版，评论托氏的专著大量出现，如古谢夫的《列夫·尼古拉耶维奇·托尔斯泰传记材料》《托尔斯泰艺术才华的顶峰》《悲凉出走》、古德济的《托尔斯泰评传》、贝奇科夫的《托尔斯泰评传》、赫拉普钦科的《艺术家托尔斯泰》等。在苏联时期，由于意识形态与文化语境的原因，对托氏世界观乃至宗教观的研究急剧减少。涉及该主题的文章多将艺术家托氏与思想家托氏割裂，并批判托氏的宗教观，认为其晚期学说是抽象的、脱离实际的。值得一提的是，托氏晚年对东方文明，尤其是中国古典文化思想的兴趣和欣赏得到了苏联学者的关注，出现了一些分析托氏对孔孟、老庄、佛教态度的论著。在这一领域，最有代表性的是希夫曼的专著《列夫·托尔斯泰与东方》，该著作对托氏与中国先秦诸子学说，乃至中国古代民间文化的关系进行了系统论述。[3]20世纪80年代以来，随着苏联社会文化氛围的变化，托氏研究进入了新的阶段，对其宗教思想有了更为多样化的解读。如尼古拉耶娃在《列夫·托尔斯泰创作中的民间故事体裁》中，将托氏的后期创作与俄罗斯古代文学传统联系了起来，认为托氏后期从事故事体

1 参见别尔嘉耶夫：《文化的哲学》，于培才译，上海人民出版社，2007。

2 参见舍斯托夫：《钥匙的统治》，张冰译，上海人民出版社，2004。

3 См.Шифман А. И. Лев Толстой и Восток. М.: Наука, 1971.

裁的写作是作家世界观和道德观发展的合理归宿，因为经历了精神危机后的托氏认为宗教道德任务是艺术的最主要任务，这使得托氏与古代文学的关系不仅仅局限于形式上的借鉴，还存在着创作动机和目的层面的更为深入的内部联系。[1]

欧美有关托氏的评论始于19世纪50年代，多为对作家生平、创作、观点的一般性介绍。20世纪初，英国人艾尔默·莫德撰写的97万字的托氏传记成为西方"托学"重要和珍贵的资料，作者翔实叙述了托氏宗教思想转变的过程和动因：托氏在对东正教的教条进行一番考察之后，认为这些结论经不起最简单的逻辑检验，教条主义神学这一骗局之所以能够存在，只是因为它隐匿在教会的权威之中。19世纪70年代末期，他终于认清了教会教条和基督教诲的区别。从那时起，他始终认为教会对人的道德进步、对宗教的任何正确理解都是一个可怕的障碍。莫德认为，教会、教堂等宗教团体存在的意义是使人们在道德上保持互相接触，使他们更容易禁绝罪恶的行为，而托氏对教会的谴责走到了另一个极端。[2]

奥地利作家茨威格的《托尔斯泰传》在作家传记中别具一格，是一种"精神类型学"的研究。他怀着对托氏深深的敬爱之情，同时又实事求是且不无批判地描绘了托氏的精神面貌和思想演变。茨威格认为，托氏对上帝的奋力一跃并不成功，在皈依老百姓的上帝以后，并没有在这个上帝身上为他的信仰找到内心的宁静。作者认为，托氏从来没有变成一个虔诚的、托钵僧式的基督教徒，却把自身的苦难抛向人间，把个人的灵魂问题变成了世界问题，不能改变自己便去试图改变人类，一切时代的一切宗教都是这样产生的。[3]

美国学者乔治·斯坦纳在《托尔斯泰或陀思妥耶夫斯基》中认

1 См.Николаева Е. В. Жанр народного рассказа в творчестве Льва Толстого// Жанровое своеобразие произведений русских писателей XVIII – XIX веков. Сб. научн. трудов. М., 1980.

2 参见艾尔默·莫德：《托尔斯泰传》，宋蜀碧、徐迟译，北京十月文艺出版社，2001。

3 参见斯蒂芬·茨威格：《托尔斯泰转》，申文林译，浙江文艺出版社，2009。

为,《战争与和平》中的异教徒、《复活》的基督教苦行者与晚年的托氏之间并不存在决定意义的中断,而是有着潜在的统一性。托氏神学的四个核心主题为死亡、天国、耶稣其人、托氏本人与圣父的接触,他孜孜不倦地阐述这样一种启示:没有什么可以证明另外一个世界的存在,人必须用自己的双手建立天国。[1]

英国学者以赛亚·伯林的《狐狸与刺猬》[2]一文影响深远。他将把所有事物与一个核心的、明确的、一贯的体系联系到一起的人称为"刺猬",将想法分散、追求多样化目标、否认用某种始终不变的普遍规律去衡量人类的道德生活的人称为"狐狸"。伯林将托氏的艺术观与宗教道德说教之间的关系解释为两者的斗争,并认为托氏是想要成为"刺猬"的"狐狸"。[3]伯林的这一视角开启了欧美"托学"中经久不衰的对托氏是"狐狸"还是"刺猬"的探讨,如美国西北大学教授莫尔森在《平淡无奇的视角背后:〈战争与和平〉的叙述和创新潜力》一书中认同了伯林的观点,把托氏归入了"狐狸"的类型。在他看来,相比于人生的客观规律,托氏更加关注日常生活中个体的自由意志。小说主旨的关键信息往往隐藏在不起眼的角落里,因为托氏认为人生和历史是由诸种琐碎的细节而非戏剧性的事件所主宰。作家所要展现的人生无法用任何宏观叙说或普遍规律所概括,而是由无数充满可

1 参见乔治·斯坦纳:《托尔斯泰或陀思妥耶夫斯基》,严忠志译,浙江大学出版社,2011。

2 语出古希腊诗人阿奇洛克思的一句诗:"狐狸多知,而刺猬有一大知。"狐狸机巧万变,可以生出各种方法来对付复杂的情势,而刺猬永远以不变应万变。西方人在这个对比中把思想者、作家,以及普通人统统划入两大类别。一类是刺猬:凡是归系于某个单一的中心原则,把一切问题都纳入一个相互关联、密切周织、条理明确的体系,并用这个原则、体系去理解、思考、感觉,这种人的世界完整、清晰、坚定、理智。另一类是狐狸:一生有许多目的,一时一刻也是有无数的思考方向、思考对象。这些方向、对象,东南西北,彼此矛盾,相互对立。因为"无中心",所以便四处漂泊;因为"无体系",便零散分裂;因为"无原则","思想或零散、或漫射,在许多层次上运动"。参见以赛亚·伯林:《俄国思想家》,彭淮栋译,译林出版社,2001。

3 参见以赛亚·伯林:《俄国思想家》,彭淮栋译,译林出版社,2001。

能性的平凡的日常片段所构成。[1]加拿大学者华西奥莱克则提出了与此相左的看法。该学者认为托氏更近似于“刺猬”型，反对梅列日科夫斯基的二律背反论，认为托氏从创作初期开始就一直追求灵与肉的统一，试图揭示普遍真理。[2]哥伦比亚大学教授理查德 · 古斯塔夫森则提出了“常住者”（resident）和“异乡人”（stranger）的两种概念，认为托氏渴望成为完整地从属于所在世界的“常住者”，追求人与神、自我与世界的完美结合，与此同时，他又被想要从生活和世界的法则脱离开来而追求个体自由的“异乡人”的意识所支配。前者表现为将分崩离析的世界整合为一的追求，而后者令他观察和记录生活，并孜孜不倦地追求另一个世界。该学者认为，托氏笔下的主要人物，如德米特里 · 涅赫柳多夫、德米特里 · 奥列宁、安德烈 · 博尔孔斯基、皮埃尔 · 别祖霍夫、安娜 · 卡列尼娜、康斯坦丁 · 列文等，他们寻找生活真谛的过程便是克服内在的“异乡人”的欲望而志向“常住者”的旅程。[3]上述颇具价值的学术争鸣敏锐地指出了托氏创作与人生中的困惑与矛盾：既体悟现实之复杂多样，又苦求一个浩大、一元的普遍规律。这些论断也对我们深入理解托氏世界观有所启发，追求宗教道德层面的终极价值的托尔斯泰关注一元论，始终有自己明确而坚定的价值目标，而作为凡夫的托氏有很多常人的局限、矛盾，他的宗教哲学世界是多元而富有张力的。

除此之外，博德的《托尔斯泰与中国》较早地注意到了托氏宗教思想对中国先秦诸子思想的借鉴。[4]米塔尔的《托尔斯泰：社会政治思想》也涉及对托氏道德宗教学说的分析，作者将托氏定义为理性主

1 参见G. S. Morson, *Hidden in Plain View: Narrative and Creative Potentials in* War and Peace (Stanford: Stanford University Press, 1987)。

2 参见E. Wasiolek, *Tolstoy's Major Fiction* (Chicago: University of Chicago Press, 1978)。

3 参见R. F. Gustafson, *Leo Tolstoy: Resident and Stranger* (Princeton: Princeton University Press, 1986)。

4 参见D. Bodde, *Tolstoy and China* (Princeton: Princeton University Press, 2016)。

义者，认为在其创造的宗教中占主导地位的是没有基督教神学与神秘主义的道德，其不抵抗学说是一种通过说服与和平思想形成人类兄弟情谊的方式。[1]

第二节　经典：宗教哲学语境中的托尔斯泰宗教观研究

在19世纪末20世纪初俄罗斯“宗教哲学复兴”运动时期，心系国家及民族命运的宗教哲学家们纷纷从祖国文学的思想宝库中寻找例证来为自己的哲学理论做注，于是这一时期出现了大量令人耳目一新的对俄罗斯文学的宗教哲学解读。从结论上来看，白银时代宗教哲学家多视陀思妥耶夫斯基为自己的精神之父，对托氏的宗教哲学思想则不甚认同。事实上，在世纪之交俄国精神文化的空前高涨中，托氏与其说是陀思妥耶夫斯基的一种参照、陪衬或反证，不如说他本人也是一座时代精神无法绕过的山峰。作家在生命后期经历了深刻的精神激变，开始积极探索生命的意义问题，阐述了一套以基督学说为基础的道德哲学，并以前所未有的力量批判了官方教会和教条神学。如果说这让无比珍惜作家才华的艺术界倍感不解与惋惜的话，那么致力于构筑新宗教意识、探索俄罗斯未来之路的宗教哲学家们则相继对他的宗教观进行了剖析和争鸣。

在总体评价上，白银时代宗教哲学家们肯定托氏对揭露文明社会的虚伪、打破低迷的宗教生活方面的巨大贡献，赞赏其对真理的无限追求。无论他们如何不认同他的思想和主义，他们都无法忽视其精神追求中的崇高和伟大的因素，正是托氏的质疑使历史基督教遗留的问题显得异常尖锐。正如津科夫斯基在《俄国哲学史》中也提到，托氏的哲学史意义与其说是在他的学说中，不如说在于他对生命意义的不倦探索、其描写的真诚和极为罕见的表现力——那种从其

1　参见S. Mittal, *Tolstoy: Social and Political Ideas*（Meerut: Meenakshi Prakashan, 1966）。

道德激情、从真正的和无条件的善中生发出来的魅力。而具体到托氏的宗教意识及对其宗教学说的学理研究上，白银时代宗教哲学家多持否定态度。

首先，白银时代宗教哲学家们认为托氏的宗教本性与宗教意识并不匹配，与作家天才的宗教感受相比，其用意识和言语来试图将自己的宗教本能逻辑化的尝试并不成功，只产生了平庸肤浅的思想。如在梅列日科夫斯基看来，托氏具有分裂的两种人格，在其精神发展的无意识方面和有意识方面存在着深刻的不协调、不均衡，托氏在其前半生令意识服从本性，而在经历了精神"激变"后的后半生是令自己的本性服从于意识。梅列日科夫斯基认为，相比于"肉体的洞察者"托氏对原初生命、人类本能的出色描写，其后期所宣扬的神性生命是苍白和渺小的，其生命后期的宗教哲学体系的建构也是不完全的、羸弱的。[1]别尔嘉耶夫同样认为，托氏的天才艺术作品中体现的巨大本能与其宗教道德学说表达的理性主义意识之间存在着巨大的矛盾。托氏的伟大正是在于他洞悉了无数有意识的文化生活的不真实性和欺骗性，洞悉了其背后真正的、深刻的、无意识的原生活。这种遵循自然的进程被托尔斯泰认为是神圣的、上帝的生活。他反对随意引导生活的文明传播者意识，反对按照文明的理性、意识和规范来人为地、强制地安排人们的生活。托氏的"不抵抗"学说的基础便在于此，即应当消极地顺从自然进程的神圣性。这样的思想贯穿于托尔斯泰的创作之中。而在其宗教道德学说中，托氏却又要求这样的自发性和非理性的真理服从于产生于文明社会的理性，要动用理性和意识来找到主宰生活的善的规律，并一生服从于此，让自我得到完善。因此他把上帝的自然规律等同于意识所揭示的生活的理性规律，把上帝等同于理性，一个人只要意识到真正的生活规律就不会不去实现这一规律，即把拯救看作是一种认识。在别尔嘉耶夫看来，这是理性主义的致命错误，"他的宗教道德学说是一种前所未有的，不可能实现的高尚道德和

1 梅列日科夫斯基：《托尔斯泰与陀思妥耶夫斯基》，杨德友译，华夏出版社，2016，第311页。

禁欲主义的唯物主义，宣扬一种唯灵论的动物性。他的意识被压抑和局限在存在的心灵肉体方面，不能闯入精神的王国。”[1]

其次，白银时代宗教哲学家们反对托氏把善与道德当作最高目标。如舍斯托夫认为，托氏的《什么是艺术？》所探讨的实际上不是艺术，而是比艺术更严肃、更重要的问题——道德和宗教，是以善之捍卫者的姿态写就的作品。这种对善的绝对主权地位的承认令托氏无法容忍任何他人与自己的生活方式有异的观点。舍斯托夫认为，《什么是艺术？》这本小册子虽然语调平静，甚至可以说是史诗般的，没有任何对论战对象的公然的嘲弄，而只用了表面上看上去无伤大雅的形容词，如“坏”“不道德”“糟糕”等，最多是谈论尼采时用了一次“蛮横无理”，然而实际上，这部作品是作家凭借高超的艺术技巧写下的善之“辩护书”，是向整整一代人的宣战。作家的全部任务就是告诉人们：“你们是不道德的，而我是道德的；也就是说，我拥有至高幸福，而你们没有。”“按我对你们说的去做吧，若不然你们会成为没有道德、放荡和腐化的生物的。”[2]在舍斯托夫看来，晚年的托氏表现出对善的极度占有欲，在他那里，自己的邻人非敌即友，非好即坏，而这种敌对状态并非通常的意义，甚至相反，当有人打他这半边脸时，他会把另半边脸也送上去，他不但甘愿承受屈辱和痛苦，而且他挨打越多越发心平气和。同时，他也随时准备化敌为友，把一个坏人移到好人当中——但前提是：他必须忏悔。托氏无论如何不能让渡的，是自己对善所拥有的权力。别尔嘉耶夫则解释道，托氏之所以要求极致的道德完善，与他对恶与罪孽的天真的无知有关。虽然在表面上看，托氏似乎是恶的不遗余力的揭露者和批判者，并呼吁无知的人们按照圣父的律法去生活，实际上他对恶的力量、克服恶的难度，以及由恶引发的非理性的悲剧视而不见。

再次，白银时代宗教哲学家们认为托氏看不到人的真正的个性，缺乏对基督的超验的理解。如梅列日科夫斯基写道：“在托尔斯泰的

1 别尔嘉耶夫：《文化的哲学》，第323页。

2 舍斯托夫：《钥匙的统治》，第353页。

作品里，没有典型，没有个性，甚至没有出场人物，只有观察者、受难者；没有主人公，只有牺牲品：这些人不斗争、不反抗，只是在自发性动物性的生活中随波逐流。”[1]需指出，这里的个性是宗教意义上的，与圣子基督息息相关。在白银时代宗教哲学家们看来，只有圣子的、逻各斯的基督教的启示赋予人以自我意识及其永恒的命运，只有在基督的宗教中，个性才能彻底获得自我意识，知晓个人命运的悲剧。恶与罪孽的意识便来自个性的意识，来自个性对自然界自发势力的反抗和越界。恶的根源在于非理性的意愿和非理性的自由，正是个性自由的深不可测的非理性奥秘引出了恶的深不可测的理性奥秘。在白银时代宗教哲学家的视域里，人是不能靠意识和理性来战胜恶的非理性本能的，它深藏在人的灵魂的深渊，只有赎罪才能战胜恶，因而需要救世主基督。而在托氏那里，人的个性被淹没在世界的自然心灵中，他感觉不到每个人的唯一性和独特性，其永恒命运的奥秘。他看不到人，是因为他看不到基督，因为每个人都在基督逻各斯中真正得到永存并意识到自我。对个性自由的不解令托氏从理性主义的观点看待恶，把恶看作无知和理性意识的缺陷，作恶是愚蠢的，只要人意识到了善的法则，有了对圣父提出的教规的理性意识，就会自然停止作恶，实现生活的幸福安康。因此，托氏才会极力抨击恶和生活的谎言，号召道德至上主义，要求立刻全面彻底地实现善。在白银时代宗教哲学家们看来，这正是对恶的非理性自由的天真和无知，是一种“粗俗的”理性主义，托氏不愿了解恶的势力、克服恶的难度以及由此产生的非理性的悲剧，他不了解罪，自然也不会认同赎罪。在他那里，基督不是救世主，而只是宣扬诫命的拿撒勒的耶稣。尽管托氏宣扬基督教，着迷于福音和基督的学说，并以其天真和真诚的魅力给人以虔诚的印象，但就其本能和意识，他和基督的宗教是格格不入的，他比任何人都不认同基督的神性，其复活和显灵。作为一个理性主义者、一个实用主义理性幸福的鼓吹者，托氏只看重履行基督的学说和诫命，却没有看到

1 舍斯托夫：《钥匙的统治》，第205页。

真正的基督的圣容。

归根结底，我们可以把托氏和白银时代宗教哲学家们宗教思想的分歧看作理性主义人性观与基督教人性观之间的分歧。托氏对这一问题抱有自然主义的乐观态度，认为人性本善，善而是理性的，人们之所以徘徊在黑暗中是因为没有意识到圣父的诫命而生活。上帝自行实现世界的善，无须违抗他的意愿，这也是托氏不以暴力抗恶思想的来源。而在白银时代宗教哲学家们看来，人并非生而本善，人的理性不是无辜的，存在融入上帝理性的理性，也存在脱离上帝理性的理性。因此不应该诉诸理性，而应该诉诸意志、诉诸自由。人不能依靠自己的力量轻而易举地完成圣父的意愿，只有赎罪才能战胜恶，这正是人类需要救世主基督的原因。基督本人是重要的，只有他的神秘的个性才能拯救人类。

从时间上、空间上、文化上的他者视角审视白银时代宗教哲学家与托氏的观点的分歧，我们必须指出，白银时代宗教哲学家是有明确的基督教立场和价值取向的。在19、20世纪之交，梅列日科夫斯基、别尔嘉耶夫、舍斯托夫等具有很高的文化素养和强烈民族使命感的俄国知识分子，开始用哲学的、宗教的目光审视文学，重新思考俄罗斯的出路与命运，呼吁放弃激进的社会改革和革命，提倡精神的新生。他们欲图从神秘主义的东正教哲学中寻求克服俄国人的精神危机的“精神革命”。因此，他们虽然不约而同地批判官方东正教会的迂腐与停滞，寻找“新宗教意识”，但依然是从基督教有神论的立场出发去评判托氏的生命探索，不认同基督教之外的价值体系。而托氏从更加宏观的生命和道德视角出发，不认为各个宗教之间在生命意义和道德观上有根本差异，认为应该追求天下至真之理，寻找建立人间天国的共同的理性基础。这种出发点的不同必然会导致白银时代宗教哲学家对托氏不接受和不赞成。

实际上，托氏对人乃至人与自然之关系的解读更接近于东方哲学对该问题的看法，也难怪在《战争与和平》发表之后就有思想家批判托氏在普拉东·卡拉塔耶夫身上表达的“东方的消极宿命论”。用简单的“听天由命”或消极宿命论来解读托氏的生命思想并不公平，他所说的自然中存在的永恒法则类似于中国哲学中的“天”“天道”，而他所理解的人与自然的关系类似于“天人合一”的思想，是从超越基督教的更为宏观的角度对人类生存状况进行的思考和体悟。

第三节　新探：新世纪俄罗斯的托尔斯泰宗教观研究

苏联解体以来，在俄罗斯社会出现的宗教新浪潮的背景下，俄罗斯文艺批评界出现了东正教与俄罗斯文学问题研究热潮，托氏创作与思想中的宗教哲学问题也吸引了大批研究者的目光。2000年出版的《列夫·托尔斯泰：赞成与反对——俄国思想家、研究家论列夫·托尔斯泰的个性与创作》[1]以及2002年出版的《俄罗斯思想家论列夫·托尔斯泰》[2]一书是对20世纪研究成果的合集。2010年，为纪念托氏逝世100周年，俄罗斯举办了以“托尔斯泰和时代运动：思想家和作家的哲学，宗教-道德遗产”为题的研讨会。论文有《在历史-文化和当代精神体验语境中的列·尼·托尔斯泰哲学、道德-宗教观》《列·尼·托尔斯泰与社会及哲学思想》《托尔斯泰的非暴力哲学和在现代社会中的宽容的问题》等，全方位探讨作家对哲学、宗教、社会、道德论题的看法。2014年，俄罗斯科学院哲学研究所编纂的又一部“托学”大部头论文集《列夫·尼古拉耶维奇·托尔斯泰》问世。该书分为六个章节，分别从人类学、生活哲学、不以暴力抗恶、美与善、对基督教与东正教会的态度、文化-历史比较的角度探讨了托氏的宗教哲学思想。[3]另外，俄罗斯当代知名作家巴辛斯基也热衷于探讨托氏的宗教探索，

1　Л. Н. Толстой: Pro et contra: Личность и творчество Льва Толстого в оценке русских мыслителей и исследователей. СПб., 2000.

2　Русские мыслители о Льве Толстом. Тула, 2002.

3　См. Гусейнов А. А., Щедрина Т. Г. Лев Николаевич Толстой. М., 2014.

在2012年和2013年先后出版了两部畅销专著。[1]21世纪以来，活跃于各大托氏研究论坛和杂志上的学者有：原托尔斯泰馆长列米佐夫、亚斯纳亚·波利亚纳庄园学术部主任阿列克谢耶娃、俄罗斯科学院哲学研究所古谢因诺夫、格列罗夫以及拉奇宁、苏霍夫、奥普利斯卡娅等学者。莫斯科国立托尔斯泰博物馆、图拉的托尔斯泰故居庄园、莫斯科的世界文学研究所、彼得堡的普希金之家，均为"托学"研究的重镇。

21世纪对托氏宗教观的研究既有对白银时代宗教哲学家观点的继承，也有对后者的反拨。如当代俄罗斯哲学家阿·古雷加认为俄罗斯人的心灵结构中个性原则与集体原则是共存的，托氏和陀思妥耶夫斯基正是这两种对立面的表现者。他认为托氏在创作中表现出了俄罗斯人对成为整体之一分子、成为整体命运之一部分的渴望，那是一种像蜜蜂依附蜂群一样依附于群体的"蜂群原则"。古雷加认为，这种原则一方面是获胜的保证，另一方面又是灾难的征兆，陀氏看到了这种灾难，即人的个性被社会属性取而代之，个人赞同甚至拒绝个人自由和个人责任，情愿将个人责任委于他人，"全体并一直地"信任与服从他人。因此陀氏用自己的全部创作去唤醒俄罗斯人心灵所固有的个体原则。"就这个意义而言，陀思妥耶夫斯基是托尔斯泰的对映体。托尔斯泰在蜂群原则中看到的只是福。陀思妥耶夫斯基则更为深入事物的本质，以及深入到俄罗斯人的心灵。"[2]可见，这种观点延续了白银时代宗教哲学家们将托氏与陀氏相互对立的解读。而同样是对"个性"解读，学者格尔丰德则并不认为这是托氏的局限。该学者认为，"个性"并非托氏人学建构的核心。对于托氏而言，人类意识的根本属性是对超越个性极限的追求。[3]

1　См. Басинский П.В.Лев Толстой: Бегство из рая. М., 2012; Басинский П.В. Святой против Льва. Иоанн Кронштадтский и Лев Толстой. М., 2013.

2　阿·弗·古雷加：《俄罗斯思想及其缔造者们》，郑振东译，南京大学出版社，2018，第18页。

3　См. Гельфонд М. Л. Гуманист ли Л. Н. Толстой?// Гуманитарные ведомости ТГПУ им. Л. Н. Толстого. 2018. Т. 1. № 3.

在新世纪，更多学者不再拘泥于论证与评判托氏学说的“幼稚”与“谬误”，试图从更为客观、公允的全人类视角去挖掘托氏宗教思想的当代意义。马尔多夫将托氏的生命观的演变过程按其宗教思想的发展和深化而分成了四个阶段。第一阶段为19世纪80年代以前，托氏将精神生命的主体视为人民，其形象化的代表是《战争与和平》中的普拉东·卡拉塔耶夫，他是俄罗斯民族“纯朴、善良和真实”的生命意识的真正展示者，是“一切俄罗斯的、善良的、圆满的东西的化身”。第二阶段为托氏创作《四福音书之汇编和翻译》的数年时间，在这一时期托氏关注的是人类普遍的精神生命，并将其主体视为“人子”(而非神子。——笔者注)耶稣。第三阶段持续到90年代末期，托氏关注的是个体灵魂的精神生命，并将精神生命的主体视为每一个个体所承载的最高的灵魂，即“自己心中的神”。这一时期的政论文《天国在你心中》正体现了这一观点。最后一个阶段是全宇宙精神生命的阶段，托氏将精神生命的主体视为作为“上帝”的“我”。[1]

在俄罗斯科学院哲学研究所编纂的论文集《列夫·尼古拉耶维奇·托尔斯泰》中，两位编者古谢伊诺夫和谢德林娜在卷首语中便定下了基调，认为如今已不必过多地聚焦于论证托氏学说的学理性。他们设法在两种接受托氏宗教哲学遗产的路径中寻找平衡：一种是对其学说本身的实证科学的、批判性的路径，另一种是对托氏精神探索在存在主义层面的现实意义，而后者正是托氏精神遗产的永恒的魅力。

2018年，俄罗斯科学院哲学院士古谢因诺夫在为纪念托氏诞辰190周年而接受美国圣十字学院哲学教授普雷德拉格·奇乔瓦茨基的采访时，系统阐释了他对托氏宗教观的理解。在古谢因诺夫看来，托氏把宗教当作人类生存的基本特征，回答的是生命意义何在的问题。当人们对生命的意义感兴趣，他实际上是对我们生命结束后是否存在意义的问题感兴趣。为了回答这个问题，人会走入宗教。无

1 См. Мардов И. Б. Лев Толстой на вершинах жизни. М., 2003.

神论者也会走入这个领域，在这个情况下无神论就是一种宗教。作为一个理性的人，人不可能不考虑自己的行为带来的后果，其中包括最遥远的，即不能不思考是否有现世以外的终极而去建构对世界的态度。宗教与信仰在本质上是一致的，其区别是宗教是对世界的无限的一种外在态度，而信仰是这种态度的内在，是一种内在体验。托氏将信仰重新定义为有意识的人存在的必要基础，他把信仰看作对生命意义的意识，看作生命的力量，看作令人生活的动力。托氏所理解的信仰是一种实践的信仰，是与人的行为相符的。它反对教会基督教的主要论据正是认为教会基督教用信仰的象征替换了登山宝训，即对信仰的实践。与此同时，信仰也不应当与理性相矛盾，它是一种将人的理性推向边界的知识。将信仰和理性结合起来的例子正是托氏教义中的非暴力抗恶论，它既是托氏思考的主要结果，同时也是他本人的信仰。

古谢因诺夫认为，托尔斯泰主义不应被看作某种宗教混合的产物。托氏并不想区分各个宗教文化传统并把它们杂糅到某种综合体中去。他感兴趣的是人类生活的首要真理，即培育各个宗教之树的共同的种子。托氏研究各个宗教不是为了将它们进行对比，而是为了从它们中找到他想要寻求的，即能够回答生命意义这一问题的答案。他惊奇地发现，它们都几乎同样地回答了这个问题，即爱与暴力对立的观点。托氏认为，非暴力的真理是显然的，但还没有成为人们信守的生活准则和行为习惯。托氏认真研究了为什么人们掌握这条真理如此困难，分析了历史的惯性、教会的态度、统治阶级的利益在此起的作用，分析了反对非暴力的观点。他高度冷静与现实，并坚信非暴力的真理会为自己打通道路。古谢因诺夫把托氏与孔子、老子、佛祖、耶稣、穆罕默德、亚西西的方济各、马丁·路德、梭罗等思想家相提并论，认为他属于那些用自己的学说和自己的实践带来对生活的全新理解的“人类的导师”。托氏的宗教道德学对任何一个作为理性存在的人来说都具有普世性和针对性，其中没有特定人群的、民族的、阶层的、历史的等限制。托氏的未来在于理解他在生活和哲学中的首要意义。[1]

斯捷潘诺娃也延续了古谢因诺夫的观点，即认同托氏的信仰在精神和内容层面的等值性，认为托氏把信仰理解为人类生存的基础，并把基督关于非暴力的教义作为信仰，贯彻到了日常生活实践当中。作者认为，托氏的信仰具有强烈的个人色彩，当代的读者应当去认可和尊重托氏个性化阐释信仰的权利，“如果我们拒绝别人拥有这样的权利，那么也是拒绝自己拥有这样的权利”[2]。

无疑，托氏不安的、无私的、不倦的精神探索是一个伟大的现象，他是一个由时代造就的充满矛盾的人物，也是超越民族和时空的人物，怀疑主义和理想主义，理性与信仰的交融与矛盾在托氏的身上体现得淋漓尽致。托氏不是真正意义上的基督徒，却为基督教复兴事业做出了巨大贡献，在他对终极和上帝的孜孜不倦的追问中，在他对文化、科学、教会、政府的决绝的否定中，都闪耀着伟大的人文精神的光辉，其思想遗产的价值与意义值得不同文化背景的人们去继续挖掘。

1 См. Гусейнов А. А. Философское наследие Толстого. Интервью Предрага Чичовачки // Философский журнал, Т.11, 2018 (2):5−21.

2 Степанова Е. В. Вера Льва Толстого: тождество состояния и содержания// Государство, религия, церковь в России и за рубежом.2020 (2), С. 403.

第五章 学术史视野下的托尔斯泰文艺观研究

1882年，托尔斯泰给邀请他谈谈艺术问题的《艺术杂志》(Художественный Журнал)编辑亚历山德罗夫(Н. А. Александров)回信，阐明他关于艺术问题的看法，这是在世界观转变之后，托氏第一次非常严肃地思考艺术问题。1898年，托氏出版《什么是艺术?》，这是托氏艺术思想的全面总结。在此前后，托氏还发表了包括《论莎士比亚和戏剧》(О Шекспире и о драме, 1904)在内的一系列论文，表达自己对于艺术的理解。在那个现代主义文学方兴未艾的时代，托氏强调艺术的宗教性和人民性，要求艺术表达所有人都能理解的宗教情感，这可以说是在逆时代潮流而行。托氏从宗教的角度重新定义艺术，批判美与现代艺术，把莎士比亚拉下神坛，他的观点自然很难引起足够的重视。而在一百多年后的今天，当我们与托氏的时代拉开一定的距离，从学术史的角度重新审视托氏的这些主张，也许可以更加科学客观地认识他的文艺观。

第一节 托尔斯泰论艺术的定义和使命

在《什么是艺术?》中，托氏对艺术进行了定义。“艺术是这样一种人类活动：一个人通过某些外在的标志，有意识地将自己体验过的情感传达给其他人，使他人受到感染，体验到这种情感。”[1]艺术的目的是传达情感，艺术的内容是艺术家体感过的情感，艺术发生作用的方式是感染别人，艺术的结果是别人体验到艺术家曾经体验到的情感。这构成了托氏讨论艺术问题的重要侧面。

如果说艺术的目的是传达情感，那么艺术就像语言一样，成为人类的一种交际手段。但托氏特别强调两者之间的不同，他认为人们借助语言传递思想，而借助艺术则是传达情感。也就是说，只有当传递情感的时候，人类的交际才可能是艺术的交际。这样的理解方式遭到了几乎与托氏同时代的马克思主义理论家普列汉诺夫的反对。普氏从两个方面提出了反对意见：第一，语言不仅表现思想，也表现情感，比如诗歌就是以语言为手段的，不能把语言看作与艺术不同的特殊的交际手段；第二，艺术既表现人们的情感，也表现人们的思想，但并非抽象地表现，而是用生动的形象来表现，这是艺术的最主要的特点。[2]普氏的评价很有道理。语言和艺术所传达的内容并非泾渭分明，两者存在重合之处，这就意味着语言和艺术不可能完全相异。但托氏这样的说法也有其合理性。他强调语言与艺术、思想与情感之别，反映出他对于艺术内容的可传达性的重视。根据托氏的说法，“艺术行为的基础就在于，人有亲身感受并体验到他人的情感的能力”[3]。这就涉及两个问题：第一，人有没有这样一种能力；第二，这种情感指的是什么样的情感。

在托氏看来，这种能力无疑是存在的。语言尽管可以传达思想，却不一定被别人所接受，而艺术却能以情感感染别人，情感的感染力保证了它可以被传达。但情感究竟是不是真的如托氏所想象的那样可以感染人，有学者就提出了不同意见。英国美学家迪福（T. J. Diffey,

1 列夫·托尔斯泰：《托尔斯泰论文艺》，熊一丹译，金城出版社，2011，第45页。

2 普列汉诺夫：《没有地址的信——第一封信（1899）》，载《俄国作家批评家论列夫·托尔斯泰》，中国社会科学出版社，1982，第247—249页。

3 列夫·托尔斯泰：《托尔斯泰论文艺》，第44页。

1938—　）就认为托氏对艺术的定义做了太多假设。托氏认为艺术发生的基础是人有分享别人的情感的能力，并认为人应该希望通过艺术的方式与别人分享自己的情感，但这是值得怀疑的，比如在人感到沮丧的时候第一反应并非与别人分享自己的沮丧。尽管现代心理学认为，艺术是艺术家宣泄情感的手段，但托氏的理论是以读者为中心的，这对托氏并不适用。另一方面，我们也无法保证别人一定关心我们分享的情感。[1]迪福的质疑是有道理的，我们不能保证所有人都关心我们体验到的情感，一旦别人不关心，情感传递的链条必然断裂，传递情感的过程无法实现，艺术也就失去了其意义和价值，这样的艺术是失败的艺术，或者很难称其为艺术。这就提出了一个问题：是否存在所有人都能够体验到的情感？如果不存在这样的情感，那么按照托氏的理论，就不存在艺术，因为无法保证艺术在所有人身上都有效。只有存在这样一种具有普遍性的情感，才存在具有普遍性的艺术。

这就涉及第二个问题。托氏相信，所有人都能体验到的具有普遍性的情感是存在的。"有两种情感可以联合所有人：第一，源于我们对上帝的尊崇以及人与人之间情谊的认知情感；第二，生活中简单、朴素的情感，即毫无例外地涉及所有人——如快乐的情感、怜悯的情感、激动的情感、宁静的情感等。只有这两种情感能为艺术的主题提供素材。"[2]第二个问题一旦解决，第一个问题也就迎刃而解。

托氏把艺术传递的情感规定为宗教情感和最朴素的情感，解决了情感的可传达性的问题，但也不可避免地把情感的领域狭窄化了。我们在日常生活中可以体验到的情感多种多样，但被托氏作为艺术表现内容的情感和我们可以体验到的情感并不相同，迪福与托氏的分歧也正是来源于此，他们没有在"情感"的定义上达成共识。普列汉诺夫把自己所理解的"情感"等同于托氏的"情感"，从而脱离了托氏的语境。

1　T. J. Diffey, *Tolstoy's* What is art (London and New York: Routledge, 2015), pp.11－17.

2　列夫·托尔斯泰：《托尔斯泰论文艺》，第115页。

这两种情感的普遍性确保了传达过程的完成，艺术的欣赏者可以受到艺术品的感染，体验到作者的情感。感染别人就成为艺术发生作用的方式，艺术的感染力成为鉴别艺术真伪的标准，因为如果一件作品无法感染别人，它就很难被称作是艺术品。感染力是艺术的标志，感染力的强弱是衡量艺术好坏的尺度，而且是唯一尺度。在托氏看来，“艺术感染力的多少取决于以下三个条件：(1) 所传达的情感的个性化（особенность）程度；(2) 所传达的情感的清晰（ясность）程度；(3) 所传达的情感的真挚(искренность)程度”[1]。这三个条件与感染力的强弱呈正相关，任何艺术品都是这三个条件的不同程度的组合，而这三个条件又可以归结为最后一点，那就是真挚，艺术家应该受到自己内心需要的驱使而去表达自己的情感。可有些麻烦的是，托氏没有对这三个条件进行非常明确的定义。

这三个条件决定了艺术作品的感染力的强弱，但需要有一个前提条件，那就是艺术作品具有感染性，托氏为了解决这个问题，他提出了具有普遍性的两种情感。可这两种情感是通过什么样的方式感染人，托氏则语焉不详，这就给了评论家补充的空间。

专注于俄罗斯经典作家和俄罗斯艺术研究的普林斯顿大学斯拉夫语言和文学系教授卡里·埃莫森（Caryl Emerson）探讨了托氏的艺术理论中表达与感染力（expression and infection）的关系问题，她认为：(1) 托氏对艺术的形式方面不感兴趣，他强调感染的瞬间性，情感得到传递，后又消失。(2) 托氏假定真挚的情感是可以完全传递的，如果艺术家是真挚的，艺术的感染力会瞬间发生，艺术品的接受者能够完全体会到艺术家要表达的情感。(3) 托氏轻视艺术的“技艺”层面，他更重视艺术的接受而非艺术的创造，如果别人能被感染，这就是一件真正的艺术品。埃莫森比对了最后定稿的《什么是艺术？》和它的草稿以及一些未完成的艺术理论文章，发现托氏的艺术观并不完全一致，在不断修改的过程中，他对创作过程的关注逐渐下降，对形式美的敌意逐渐增

1 列夫·托尔斯泰：《托尔斯泰论文艺》，第108页。

强，越发强调感染力发生的“瞬间性”。究其原因，埃莫森认为是托氏作为一个不知疲倦的思想家，他非常渴望那些可以自我感染（infected himself）的时刻，他可以“站在一旁”（stand aside），也可以“被捕获”（be caught up），他为具有这样的可能性而感到狂喜，而“被捕获”的感觉就是他所谓的兄弟情谊。在这个意义上，托氏在否定我们所认为的大多数艺术的时候，却是完全融入了艺术。[1]也就是说，当托氏把没有传达宗教情感和最朴素情感的作品排除在艺术之外的时候，他实际上是让自己完全处于这两种情感的感染之中，处于艺术的感染之中，因为在他看来，只有这样的艺术才真正具有感染力，艺术传达的情感才能获得所有人的共鸣。托氏不是在否定艺术，而是在捍卫艺术的普遍性，让艺术成为为所有人服务的手段，而不是仅仅服务于某一个群体。

埃莫森非常正确地看到，托氏的艺术理论观点的焦点是艺术的传播与接受过程，而非艺术的创作过程。他首先假定艺术是具有感染力的，关注感染力在艺术的传播和接受过程中的重要作用，而不是去探讨如何使得艺术具有感染力。从这个角度看，托氏似乎无须对个性化、清晰性和真挚性进行明确的定义。但不作定义又会带来评价艺术时的莫衷一是，不同的欣赏者对这三个条件的理解不同，容易导致主观性和随意性。也正是在这个意义上，保加利亚科学院院长、马克思主义理论家巴甫洛夫（T. Д. Павлов, 1890—1977）认为托氏关于艺术的定义在科学上是不准确和不正确的，因为它包含着一些导致主观主义、心理学化和神秘主义的成分，并且带有形而上学的抽象性或形式主义的缺点。[2]

艺术以情感人，艺术的欣赏者受到艺术品的感染而体验到创作者的情感，对于优秀的艺术品来说，这情感就是前文提到的两种情感。

1 Caryl Emerson, “Tolstoy’s Aesthetics,” in *The Cambridge Companion to Tolstoy*, ed. Donna Tussing Orwin (Cambridge: Cambridge University Press, 2002), pp.237-251。

2 巴甫洛夫：《托尔斯泰论“真实的艺术”》，载陈燊编选《欧美作家论列夫·托尔斯泰》，中国社会科学出版社，1983，第662—665页。

但对于托氏来说，这还不是最终的目的，艺术应该有其社会功用，艺术的目的不能仅仅止于传情。在托氏看来，艺术可以使人们体验到当代和前代的最优秀的人所体验过的情感，从而以优秀的情感取代落后的情感，“人类情感的进化也是通过艺术进行的——用更加高尚的以谋求人类幸福为目的的情感去代替那些低俗的、不以谋求人类幸福为目的的情感。这就是艺术的使命”[1]。而对情感的评价则是由每个时期的宗教意识决定的，也就是由对于人的生命意义的理解决定的。人类社会的进步是在宗教意识的引导下完成的，基督教意识代表了人类对生命意义的理解所能达到的最高程度，因而基督教意识可以为人类情感指引新的方向，基督教意识改变了艺术的内容和意义，所以最优秀的艺术也被托氏称为基督教艺术。基督教意识的本质在于每个人都承认自己是上帝的孩子，承认人与上帝之间、人与人之间的团结，能把人与上帝团结起来的情感是基督教艺术的主题。托氏所要求艺术表达的两种情感中，宗教情感可以让人意识到对上帝的尊崇和人与人之间的兄弟情谊，让人们服从上帝、自我牺牲、互相关爱，而最简单朴素的情感则通过让人们分享快乐和分担痛苦的共同体验而紧密地联合在一起。因而优秀的艺术或者说基督教艺术应该是普遍性的艺术，能够把所有人联合起来，这与它所传达的情感是相辅相成的。

托氏对于艺术的使命的认识，具有非常明显的艺术伦理化倾向，他要求艺术承担起道德伦理的功能，对社会人生有所帮助。这样的要求无可厚非，但过分的要求则不可避免地有损于作品艺术性的表现。与托氏同时代的俄国哲学家、文学批评家采尔捷列夫（Д. Н. Цертелев，1852—1911）反对托氏对艺术所传达情感之好坏的划分，他认为艺术享受对于人具有绝对价值。人的情感是多种多样的，如果只表现好的情感就缩小了艺术表现的范围。他反对托氏把艺术作为获得人类幸福的手段这样一种功利化态度，认为这将存在使艺术庸俗化的危险。[2]

1 列夫·托尔斯泰：《托尔斯泰论文艺》，第110页。

2 Цертелев Д. Н. Теория искусства графа Л. Н. Толстого. М.: URSS; Либроком, 2011, С.10-13.

艺术具有多种功能，如认知功能、教育功能、娱乐功能等，托尔斯泰把艺术的功能局限于道德伦理功能，无疑使得艺术的广度受到了限制。当艺术被赋予了过分沉重的道德责任的时候，其本身的价值不可避免地受到贬损，即便是托氏本人的创作也无法摆脱这样的情况。苏联科学院院士、文艺理论家赫拉普钦科（М. Б. Храпченко, 1904—1985）就看到了托氏的文艺思想在理论和实践中存在的矛盾。19世纪80年代以后，托氏在理论上认为，文学应该能为人民所理解，能揭示生命的真正意义，这样的文学才是"有益的"，善、服务上帝、博爱、不以暴力抗恶等都是这种价值观的体现；与之相对的则是"艺术的"，无法向读者直接揭示其全部意义，他把这样的写作方法称为"旧手法"，否定自己以前的创作。但是在创作实践中，托氏在捍卫自己的宗教艺术观的同时，也感受到了描写复杂的生活过程的需要，这使他抑制不住地想要写"艺术的东西"，这种"艺术的东西"是和他的早期创作一脉相承的。托氏意识到了两者之间的矛盾，但他又不能在作品中仅仅表现"有益的"内容。[1]可见，即使是伟大的艺术家托尔斯泰，他也很难在创作中绝对忠实于自己的艺术伦理化的信条。

托氏传记作家茨威格也注意到托氏对于艺术的社会使命的要求，认为托氏的小说不仅要描摹世界，更要重新构造世界，发挥教育作用，让自己从单纯描写生活的诗人提高为审判生活的法官，具有目的明确的空谈教条倾向，评判的标准越来越从艺术家托氏的手里滑到道德的空论家手中。[2]茨威格的评价很有见地，他注意区分了托氏的两个身份，即作为艺术家的托氏和作为道德家的托氏，实际上，托氏的两个身份决定了他的艺术观同时具备了这两个侧面。

厄内斯特（Ernest J. Simmons, 1903—1972）是美国俄罗斯区域研究的发起人，曾在康奈尔大学、哈佛大学、哥伦比亚大学等高校担任俄罗斯文学和斯拉夫语系教授，也是托氏的传记作家。他认为，艺术与

1　米·赫拉普钦科：《艺术家托尔斯泰》，刘逢祺、张捷译，上海译文出版社，1987，第246—249页。

2　斯特凡·茨威格：《三作家传》，关惠文译，上海译文出版社，2017，第212—213页。

道德的关系问题是托尔斯泰要解决的基本问题，要解决这一问题先要解决内容与形式的关系问题。艺术的感染力是对艺术的内在的考察，而反映上流社会还是人民大众的情感则是对艺术的外在考察。[1]厄内斯特的观点点明了托氏对艺术的形式与内容的重视。在艺术形式层面，托氏要求作品要有感染力，感染力的强弱决定作品优秀与否。在思想内容层面，托氏要求作品要传达宗教情感和最朴素的情感。对于托氏来说，思想维度第一，艺术维度第二。优秀的艺术作品必须传达这两种情感，这是先决条件；在此基础上才能根据感染力的强弱对艺术做出评判。如果作品没有传达这两种情感，就无法被称为真正的艺术，也就无须根据艺术标准对之进行判断。这样的评判方式来源于托氏对于艺术的普遍性的执着追求，只有传达这两种情感才能感动所有人，必须先在思想上符合条件，才有可能在艺术上获得普遍的感染力。当这两个条件都得到满足，情感在感染力的作用下从艺术的创作者传递给欣赏者，其结果就像托氏所说的那样，也必然就是促进人与人之间的爱和团结。

可以看到，托氏对于艺术的定义有其内部完整性，如果我们接受托氏的观点，认为艺术的主题就是具有普遍性的两种情感，即宗教情感和最朴素的情感，那么这样的艺术必然具有感染力，必然促成人类的爱与和谐。但托氏的定义却引起了不小的争论，很多学者都曾经批评托氏的定义。1992年，维拉诺瓦大学教授威尔金森（Robert E. Wilkinson, 1926—2019）批判了托氏的艺术观[2]，后来斯旺西大学教授托德（Todd R. Long）写文章为托氏进行辩护[3]，两者的观点交锋主要集中在三个方面：（1）威尔金森认为，根据托氏对于艺术的定义，艺术家必须体验过作品中表达的全部情感，但这显然是不可能的；托德认为，

1 Ernest J. Simmons, *Leo Tolstoy* (London: John Lehmann, 1949), pp.591－596.

2 Wilkinson Robert, “Art, Emotion and Expression,” *Philosophical Aesthetics: An Introduction*, ed. Oswald Hanfling (Oxford: Blackwell, 1992).

3 Todd R. Long, “A Selective Defence of Tolstoy’s *What Is Art*,” *Philosophical Writing*, issue 8 (Jan. 1998): 15－25.

托氏不是在强调艺术家要体验全部情感，而是强调艺术家要能够用这些情感来感染别人。(2) 威尔金森认为，托氏强调内容的重要性胜过作品的美学价值，这意味着内容的重要保证了作品的成功，但这是不可能的；托德认为，在托氏的艺术理论中，决定美学价值的是作品的感染力，托氏以作品内容的重要性评判作品，这是一种道德判断，而不是一种美学判断。(3) 威尔金森认为，在托氏看来，作品本身没有价值，重要的是作品传递的情感，这样的评判是错误的；托德认为，托氏对于作品感染力的要求包含了对于作品形式的要求，托氏强调作品内容的新颖，这种新颖既包括内容的新颖，即传递的情感的新颖，也包括形式的新颖，新颖的内容必须找到与之相适应的新颖的形式才能得到完美传递，因而托氏并不否认作品形式的价值。

威尔金森的批评不是把托氏的艺术定义作为一个整体，通过细致的分析发现其内在矛盾，而是抓住其中的某些方面，试图找到其不合理之处。他的批评的第一个方面聚焦于情感的体验是否可能，第二个方面关注艺术的美学价值和伦理价值的关系，第三个方面则是对于艺术本身的价值的讨论，也可以看作第二个方面的延伸。威尔金森第一个方面的批评暴露了他对于托氏的艺术定义并不完全理解，托氏要求艺术表达的情感并非所有的情感，而仅仅是宗教情感和最简单的情感，每个人都有自己对于生命意义的理解，也就是可以体验到宗教情感，而那些最简单的情感则更是人人都能体验，所以威尔金森的批评并不充分。而在后两个方面，托德则很好地回答了他。托德的辩护一方面引发了学界对于托氏的文艺思想的重新关注，另一方面也澄清了托氏文艺思想的一些重要问题，强化了对于托氏文艺思想的理解。从另一个角度看，这场争论也说明了，托氏的艺术定义没有什么内在的缺陷，争论的本质是关于艺术观念的争论，而不是艺术定义本身。

但不存在完美的理论，所有的理论都是优缺点并存，托氏的艺术理论和其他流派的理论一样，都是艺术百家中的一家，其独立性应该得到尊重，而不应因为托氏过分强调艺术的伦理价值就否定它。托氏重视艺术的普遍性，或者说艺术的人民性，他是在探讨一种具有广泛代表性的艺术，让生活中的每一个人都成为艺术的参与者和享受者，这不是在否定艺术，却是对艺术最大的尊重。

第二节 托尔斯泰论美和现代艺术

托氏提出艺术要传达情感，实际上是针对现代艺术中一种流行的观念，即认为艺术在于表现美；可"美"这个概念却是模糊不清的，人们假装理解它的意思，甚至不去讨论它的真正含义。于是，美和以美为基础的现代艺术，成了托氏讨论的议题。

托氏没有轻易放过对什么是美这一问题的追问，他梳理了自美学学科的奠基者鲍姆加登以来的理论家对于美的定义，发现所有的定义都可以归结为两种基本观念："一种认为'美'是对立存在的事物，是观念、精神、意志或上帝的绝对完全的表现；另一种认为'美'是我们所获得的毫无个人利益目的的一种乐趣。"[1]前一种理解是客观神秘的，将美与最高的完善——上帝融合在一起，是一种毫无根据的幻想性的定义；后一种理解则是简单的主观定义，将美看作是令人愉悦的东西。而这两种定义又可以归结为一种，那就是我们所得到的某种不会引起我们欲望的快乐，因为我们在美的客观定义的绝对完全的表达中获得了某种快乐，所以其客观定义实际上是主观定义的另一种表达。但所有的美学家都无法解决一个问题，那就是为什么一个人认为某件东西是美的，而另一个人却认为这件东西不美。所以托尔斯泰对于现代的美学发起了猛烈的攻击，认为美学是"首先承认某类作品是艺术作品（因为它们使人愉悦），然后再构建出一套理论，把所有能够愉悦某个群体的作品归纳其中"[2]。如果把美作为艺术概念的基础，那么我们永远无法认识艺术的本质。

按照托氏的说法，欧洲现代美学家认为，艺术所表现的美存在于

1 列夫·托尔斯泰：《托尔斯泰论文艺》，第38页。

2 同上，第40页。

一切事物的本质之中，从古希腊时代的哲学家开始，人们就是这么主张的。但在托氏看来，“希腊人的道德发展水平较低，‘美’和‘善’在他们看来是一致的。美学科学就建立在希腊人这种落后的世界观之上，由18世纪的人创建，并继而在鲍姆加登研究理论中得到进一步的深化”[1]，但实际上古希腊哲学家对两者关系的认识是矛盾的，他们没有对这两个概念加以正确的区分，而欧洲人却把这些混乱的想法发展成为典范。尽管希腊人发明了“美善”的概念，认为两者一致，代表了人类的最高理想，但他们没有看到“善”不仅与“美”不符，甚至在大部分情况下与之矛盾，而基督教则认识到“善”的完备形式，并在教义中表现出来。

为了区分这两个概念，托氏特意以俄语举例。他指出，在传统的俄语中，“美”这个概念只适合描述人们在视觉体验中的愉悦，而“善”则用来描述行为、思想、性格等使人体验到的愉悦，比如在传统的俄语中“美的行为”这样的表达方式并不通用。曾在美国学习和工作、对欧美哲学有着深刻理解的苏联哲学家克维特科（Д. Ю. Квитко，1889—1942）对此进行了反驳，他认为，托氏关于“美的（красивый）”与“好的（хороший）”的区分是错误的，如果说“美”可以用来描述视觉体验，那么也应该可以用来描述那些人们听到却没有触及人的心灵世界的听觉体验；对于美与善这样两个普适性的、绝对性的美学概念，不能仅仅从俄语中进行区分，也应该从其他语言中进行区分[2]。克维特科的观点一语中的，切中要害，他正确地揭示了托氏没有明确说出的对于美与善的关系的理解，并指出了托氏这一观点的不足之处。托氏之所以认为古希腊人的道德水平较低，不足以区分美与善的关系，是因为他把美看作人的肉体感官的享乐并从享乐的角度加以否定，美迎合了人的欲望从而常常与善相矛盾，只有从这个意义上说，美才是应该否定的。如果说视觉具有纵欲的成分，那么听觉也具有纵欲的嫌疑，比如有的音乐可以引起人的愉悦却不能深入人的心灵，从这个角

1 列夫·托尔斯泰：《托尔斯泰论文艺》，第53页。

2 Квитко Д. Ю. Философия Толстого. М.: ЛИБРОКОМ, 2013, С.169.

度来看，视觉和听觉都可以用“美”来形容，而托氏却排除了听觉，这样的划分显然不合理。姑且不论托氏对于传统俄语的理解是否正确，托氏只在俄语中讨论美与善这样两个在各民族文化中都具有普遍性的概念，显然范围太小，得出的结论也缺乏代表性。克维特科的评论顺着托氏的思路，非常尖锐地找到了托氏的漏洞。

沃罗涅日国立大学教授西蒙诺娃（С. А. Симонова）的研究则更是对托氏的直接反驳。她发现，在古斯拉夫语中，“善良（добротолюбие）”同时包含了“善（доброта）”和“美（красота）”的含义，在古罗斯文化中，“善（доброта）”和“美（красота）”是同义的，“美的（красивий）”也可以表达“好的（хороший）”的含义。造成这种情况的原因，西蒙诺娃认为是托氏的道德主义和伦理主义倾向。[1]托氏对于这两个词语的分辨只局限于没有受到外来语影响的人的语言表达中，而西蒙诺娃却直接渗入了古罗斯语，她的分析显然比托氏更符合俄语表达的最初含义。这使得托氏的区分在俄语中也彻底失去了依据，他由此遭受了更大的质疑。

托氏的观点有其不完善之处，但也非常鲜明地表达着他的理解，即关于美的科学是不存在的，因为找不到一种具有普遍性的美，没有一个放之四海而皆准的美的概念，这是他与美学界最大的分歧。既然没有办法对美进行科学的定义，发现这一概念中的崇高的成分，托氏就把美归为对感官享乐的满足，人们能够满足自己的需求，就认为是美的。托氏这样一种认识具有非常明显的反享乐主义倾向，他把享乐与道德放在互相对立的位置，认为人一旦开始享乐就落入了魔鬼的诱惑之中，一切享乐都是道德完善的阻碍，人如果沉溺于肉体的享乐就无法获得精神的自由。托氏曾经在很多作品中要求人们要“自我节制”，他不允许艺术成为肉体欲望的刺激者，两者之间的关系是非常明显的。

托氏对美的认识遭到了很多理论家的批评。牛津大学伦理学家卡里特（E. F. Carritt, 1876—1964）就认为，托氏忽略了自然（nature）

1 Симонова С. А. Этические размышления Льва Толстого: к вопросу об этико-эстетическом синтезе. Гуманитарные ведомости ТГПУ, 2016(4): 69－75.

的美学特质[1]，苏联著名的文学史家米尔斯基（Д. С. Мирский, 1890—1939）则说得更为严重，他认为《什么是艺术？》建立在对美本身毫无感觉的基础之上，其主旨是在社会接受度的基础上确立新的"真实"艺术的标准，托氏看不到文化的悲剧性问题，只是简单地把从善中脱落下来的一切全部抛弃了。[2]卡里特强调自然美的无功利性，但托氏似乎认为，美即便不刺激人的肉欲也是不够的，美应该从属于善，就像米尔斯基说的，托氏"对美本身毫无感觉"。托氏不去区分美与善这两个概念，甚至可以说，不存在独立的美的概念，美应该就是善。人们对于美的理解因个人趣味的不同而趋于多元，但对于善的理解却是统一的，或者说，在托尔斯泰看来，对于善只有一种正确的理解，这就是基督教的理解。"美而不善"的美是遭到托氏严厉否定的，他只肯定"美而善"，可善的概念要大于美，他不否认存在"不美而善"的情况，既然如此，美与善的分别就不那么重要了。

托氏所断言的不存在关于美的科学定义，实质上是从基督教的善的角度取消了美的独立地位。他不否认艺术表达的形式层面，认为情感表达的清晰是影响艺术感染力的因素（这在很多人看来是形式之美），但我们也要看到，表达的清晰是为了更好地传达情感，其目的还是要清晰地表现基督教的善，促进人类的团结与联合。所以如果说存在美的概念，那么美也要为善服务，这构成了托氏批评批判现代艺术的出发点。

基于此，托氏对现代艺术展开了猛烈的抨击。他认为，现代艺术宣称其目的在于表现美，但实质上却是在迎合社会上层阶级的肉体享乐，为特定人群提供娱乐享受的活动从广阔的艺术领域中分离出来，被称为艺术。"人们并不是为真正的艺术下定义，而是将由于某种原因能使某个群体中的人感到愉悦的某类作品作为艺术来接受，从而制定出能涵盖所有作品的艺术定义（……）以'美'为基础、由美学阐释并且被公众所认可的模糊的艺术理论，仅仅是将已经和正在愉悦我们（即某

1　Carritt E. F. *The theory of beauty* (New York: The Macmillan Company, 1914), p.62.

2　德·斯·米尔斯基：《俄国文学史（上）》，刘文飞译，人民出版社，2013，第442页。

一特定圈子里的人)的东西看作好的而已。”[1]对艺术的曲解削弱了艺术本身,甚至是摧毁了艺术,其后果表现在三个方面:第一,艺术失去了其固有的无限多样而深奥的宗教主题;第二,由于只服务于一小部分人,艺术变得晦涩难懂,矫揉造作;第三,不再真诚自然,变得虚假不真实。这三个方面的后果与托尔斯泰提出的影响艺术感染力的三个因素一一对应。在他看来,现代理论家之所以没有建立起关于艺术的科学概念,就是因为把“美”的概念作为艺术概念的基础,只有人们不再认为艺术的目的在于美(即使人快乐),才能明白艺术的真正意义。

由此出发,托氏对自文艺复兴以来的艺术得出了非常负面的评价。由于社会上层失去了基督教信仰,骄傲、情欲和对生活的厌倦这三类情感及其附属物成了贵族艺术的唯一主题,情欲越来越成为艺术不可或缺的重要主题。托氏否定了莎士比亚、贝多芬、瓦格纳等艺术家的创作,批判当时盛行的现代主义艺术,不少很有名望的艺术家都被托氏逐出了伟大艺术的行列。应该看到,托氏的确发现了文艺复兴以来艺术的消极面,指出了艺术对人的情欲的过分展现,但这样的一概而论也未免过于武断。

可想而知,托氏对于艺术的批判招致了很大的争议,学术界对他的态度可以分为三种。一种是彻底不予理睬,认为托氏的见解根本不值得回应。另一种则是直接反击,比如迪福则注意到托氏在批判现代艺术时的概念混淆,托氏所认为的艺术迎合人的肉欲并不属于艺术本身,而是属于对艺术的崇拜。托氏不接受艺术和艺术崇拜之间的区别,他认为批判艺术崇拜就是批判艺术本身。[2]爱尔兰作家萧伯纳则认为,《什么是艺术?》中的很多意见,说明了托氏的艺术趣味和艺术观的保守,说明了托氏是一个最尖酸刻薄的悲观主义者,他曾经观察过人类并认为人类是不可救药的。[3]还有一种是从托氏的批判所依据的材料的

1 列夫·托尔斯泰:《托尔斯泰论文艺》,第41页。

2 T. J. Diffey, *Tolstoy's* What is art (London and New York: Routledge, 2015), p.6.

3 萧伯纳:《托尔斯泰的〈什么是艺术?〉》,载陈燊编选《欧美作家论列夫·托尔斯泰》,中国社会科学出版社,1983,第157—164页。

角度，指出托氏的不足。专注于俄国经典作家研究的苏联文艺批评家波波夫（П. С. Попов, 1892—1964）发现，托氏在作品中批判了很多艺术理论，但他所批判的对象仅仅来自一些二手文献，有时他的叙述是难以理解的，有时歪曲了原文，有时引导读者错误地理解了原文。[1]

托氏的艺术批评有其不合理的地方，但我们更要看到其正面价值，通过他的批评来修正艺术中存在的问题。托氏否定现代艺术，但他并不否定艺术本身。艺术发展到19世纪末，现代主义艺术的出现使得艺术越发变得晦涩难懂，托氏是从艺术的普遍性的立场出发，努力推进艺术的民主化，打破艺术只表现社会上层的生活和趣味的局面，把艺术的享用权从上层阶级交还给全社会。法国作家、托氏传记作者罗曼·罗兰（Romain Rolland, 1866—1944）就注意到，托氏的艺术批评具有建设意义，他不是在为破坏而破坏，而是为建设而破坏。他不是在建立什么新的东西，而是在保卫艺术，反对滥用艺术和糟蹋艺术的假艺术家。[2]托氏的批评，是为了把艺术从上层社会的狭小空间中拉出来，捍卫艺术的民主性，建设一种具有普遍意义的艺术。

当现代主义的发展开始与现实主义分庭抗礼，甚至有超越之势，托氏对现代主义的批判，显示了他在对艺术的理解上的唯物主义倾向，他追求的文学是现实主义文学。俄罗斯科学院哲学研究所研究员柳比莫娃（Т. Б. Любимова）认为，在艺术与现实的关系方面，托氏是一个“唯物主义者”，他把艺术看作反映现实生活的镜子，认为艺术的任务就是研究并正确地理解现实生活。托氏对于颓废主义的批判，说明他最早看到了现代主义对于真正的艺术的危害，对于人文主义目标的危害。[3]马克思主义批评家罗莎·卢森堡（Rosa Luxemburg, 1871—

1　Попов П. С. Иностранные источники трактата Толстого « Что такое искусство?» // Сакулин. П. Н. Эстетика Льва Толстого, М.: Государственная академия художественных наук, 1929: 123－152.

2　罗曼·罗兰：《托尔斯泰传》，傅雷译，华文出版社，2013，第97—100页。

3　Любимова Т. Б. История эстетической мысли. Т. 4. М.: Искусство, 1987: 306－319.

1919)则认为,托氏抨击只为艺术而活着的现代艺术家的反常的生活方式,粉碎那种想在人民群众中借缩短工作日和增长知识使他们有可能领会今天所创造的艺术的希望,在他的这种想法中包含着真正革命的激进思想。他对现代艺术的批判使他成为一个真正的社会主义者和历史唯物主义者。[1]

但托氏毕竟又不是纯粹的唯物主义者,基督教世界观是他的思想底色,他的"现实主义"也不是我们今天所言的"现实主义"。托氏的"现实"包括两种意义上的现实。第一种是物理意义上的现实,也就是实实在在的现实生活,他要求艺术反映全社会的生活,而不仅仅是某个群体的现实,在这个意义上,托氏与唯物主义是一致的。正如苏联文艺批评家莫特廖娃(Т. Мотылева, 1910—1992)所言,托氏批判颓废主义文学与剥削阶级趣味之间的关联,是立足于俄国文学和批评的现实主义传统,是在为现实主义和艺术创作的民族性做辩护。[2]但托氏的"现实"还包括一种精神意义上的现实,或者说宗教意义上的现实,从基督教的角度理解生活,理解人与人、人与世界的关系,这才是最高的现实。不能把这两种现实混为一谈,匈牙利著名的马克思主义美学家卢卡契(Georg Luacs, 1885—1971)就注意到了这一点。他认为,托氏的批判针对近世资产阶级艺术,其出发点具有一种庄严的、自发唯物主义的单纯性。他对现代艺术的批判的弱点是,认为对生活的唯一正确的基本态度是宗教的态度,把艺术的衰微归咎于统治阶级已经变成不信宗教的人,这种反动倾向不是托氏的一种孤立的过错,而是与他的美学理论中的积极方面密切联系的。[3]其积极方面就是艺术的人民性,艺术要为人民服务,可一旦开始讨论艺术如何为人民服务

1 卢森堡:《社会思想家托尔斯泰》,载陈燊编选《欧美作家论列夫·托尔斯泰》,中国社会科学出版社,1983,第369—379页。

2 Толстой Л. Н. Полное собрание сочинений. Т. 67. М.: Государственное издательство художественная литература, 1935-1958: XXIV-XL.

3 卢卡契:《卢卡契文学论文集(二)》,中国社会科学出版社,1981,第308—402页。

的时候，托氏的基督教世界观就不可避免地会介入其中，这又让他带有反唯物主义的色彩。

以卢卡契为代表的马克思主义批评家从阶级分析、人民革命的角度以历史的眼光评价托氏，他们同意托氏对于艺术的社会作用的强调，高度评价托氏在艺术层面的现实主义，但是却批判托氏在思想层面的道德主义和宗教倾向。当托氏宣扬文艺的人道关怀的时候，他们表示同意，而当托氏宣扬文艺的宗教指向的时候，他们则摇头拒绝，这从根本上是世界观的不同造成的，在唯物主义的马克思主义批评家看来，托氏的文艺思想始终是“唯心”的。他们可以在艺术的人民性方面与托尔斯泰保持一致，却绝对不可能赞同托氏要求艺术具有人民性的原因。

托氏对美与现代艺术的批判，可以归结于一个问题，即艺术能否促进人类的道德完善。如果美只是迎合少部分人的肉体享乐，如果艺术只是满足社会上层对于感官享乐的需求，这不是真正的美和艺术。美与善是结合在一起的，艺术必须促进人的道德完善，这是托氏对于美和艺术的要求。当两者非但无法达到托氏提出的标准，更是走向了他的反面，这自然引起托氏的愤怒。托氏的艺术批判，反映了他的艺术理想，即艺术不能把人推进道德堕落的深渊，而应该成为促进人的道德完善的积极因素。

第三节　托尔斯泰论莎士比亚和戏剧

在托氏对现代艺术的否定中，最引人注目也最引发争议的莫过于托氏对莎士比亚的批评。莎士比亚被认为是欧洲文学史上最伟大的作家之一，但在1904年完成的《论莎士比亚和戏剧》中，托氏把莎氏从文学的神坛上拉下来，认为莎氏的作品非但不是艺术的典范，甚至不符合人们公认的艺术的起码要求。这篇论文主要包括三个方面的内容，即否定莎氏的原因、莎氏获得巨大声誉的原因分析、莎氏获得巨大声誉造成的不良后果，这三个方面构成了托氏批评莎氏及其戏剧的主要内容。

托氏在论文中提出了判断文艺作品优劣的三个因素:“(1)作品的内容,内容越是有意义,亦即对人生越是重要,作品就越是优秀。(2)通过适合这门艺术的技巧所达到的外在的美。[……](3)真诚,也就是作者本人对他所描写的事物要有逼真的感受。”[1]这三个因素与托氏在《什么是艺术?》中提出的影响作品感染力的三个因素大同小异。在托氏看来,这三个因素,莎氏的作品一个都不具备。莎氏的作品反映的是一种最低下最庸俗的世界观,把权贵的外在的优越性看作人的真正的优越性,蔑视劳动阶级,否定在宗教和人文方面志在改变现存制度的任何意图,这与第一个条件相悖。托氏对《李尔王》进行了非常细致的分析,认为莎氏的人物的处境极不自然,人物的生活方式、思想、言论和行为同他们所处的时间地点完全不符,人物的行为不合乎性格,而是随心所欲,人物的语言没有节制,缺乏个性,他没有塑造出人物性格,而只是从前人的作品中借来性格,而且较之原剧大为逊色并失去个性,这与第二个条件相悖。莎氏在作品中玩弄文字游戏,作品中充满了刻意的矫揉造作,这与第三个条件相悖。

如同托氏对现代艺术的批评一样,他对莎氏的批评也引发了轩然大波,很多评论家都站出来为莎氏摇旗呐喊,维护莎氏的崇高地位。英国作家和社会评论家乔治·奥威尔(George Orwell, 1903—1950)认为,托氏觉得莎氏的戏剧水平参差不齐、言不及义、情节离奇、语言夸张,这些意见不无道理,但归根到底,他最不喜欢的是莎氏戏剧中的某种蓬勃的生命力,他与莎氏的根本分歧是对待生活的宗教态度与人文态度之间的分歧。人们越是从莎氏那里得到乐趣,他们就越不会听从托氏的教导,所以托氏绝不允许人们欣赏莎氏,他采取的办法就是攻击莎氏的剧作。[2]但在另外一篇文章《托尔斯泰与莎士比亚》中,乔

1 列夫·托尔斯泰:《列夫·托尔斯泰文集(第十四卷)》,人民文学出版社,1987,第382页。

2 乔治·奥威尔:《奥威尔书评全集(下)》,陈超译,上海译文出版社,2020,第1468—1488页。

治·奥威尔又承认，托氏批评的不是作为诗人的莎氏，而是作为思想家的莎氏，托氏所说的话大体上不无道理，对当时风行的盲目崇拜莎氏的潮流起到了有益的纠正作用。[1]

乔治·奥威尔的观点涉及莎氏和托氏在人生观上的不同。莎氏对待生活的人文态度使得他的作品中激扬着人的世俗欲望，而托氏对待生活的宗教态度则希望人们通过节制欲望走向道德完善，人生观的差异使得托氏希望破除莎氏的文学权威。托氏的确在批判作为思想家的莎氏，但同时也在批判作为诗人的莎氏，他通过细致的分析指出了莎氏的剧作在语言、性格、行为等方面的缺陷，因而乔治·奥威尔对托氏的回应似有转移矛盾之嫌，他把所有的问题都归因于两位作家在思想层面的差异，却有意回避托氏在诗学层面的质疑，所以美国文学批评家乔治·斯坦纳（George Orwell, 1929—2020）才说，乔治·奥威尔"并不真正关心托尔斯泰的创作动机，他把整个问题简单化了"[2]。

但也有学者从诗学层面注意到了托氏对莎氏的批评，努力找到理解莎氏的方法。乔治·奈特（George Wilson Knight, 1897—1985）是英国文学评论家，同时也是一名戏剧导演，发表过多篇关于莎氏的论文。他认为，托氏对莎氏的攻击虽然在一定限度内合理，却从根本上误解了莎氏的艺术。托氏忽视了莎氏的想象和象征手法，不能把想象力的焦点对准所要观察的诗景真貌，只要有足够的想象力加以解释，大部分困难都可以迅速解决。[3]乔治·奈特的回应很有针对性。

托氏批评莎氏的人物不符合人物所处的时代和地点，从而导致了剧本的不真实，但我们必须要分清楚，文学和历史毕竟不是一回事，我们很难用对历史学家的标准来要求文学家。托氏追求历史的真实，比如他在创作《战争与和平》时曾经亲自去战场上考察，但他对贵族的描写又被质疑存在"美化"贵族之嫌，没有写出贵族与农奴关系之黑

1　乔治·奥威尔：《奥威尔杂文全集（下）》，第915—919页。

2　乔治·斯坦纳：《托尔斯泰或陀思妥耶夫斯基》，第102页。

3　乔·威尔森·奈特：《莎士比亚和托尔斯泰》，载陈燊编选《欧美作家论列夫·托尔斯泰》，中国社会科学出版社，1983，第221—256页。

暗；可在托氏看来，历史细节的真实固然重要，更重要的则是更高层次的“历史规律”的真实，他所写的就是他对当时历史的理解。对照《战争与和平》，托氏对于莎氏的批判似乎陷入了自我矛盾之中。但归根结底，人物所处的背景是否完全符合历史原貌，这更多的是作家个人的选择，而不是对所有作家的统一要求，正如亚里士多德所言，有时候诗比历史更真实，托氏在这方面似乎对莎氏过于苛刻。

对于人物的语言，乔治·奈特则提出利用读者的想象力来加以理解的方法，这在一定程度上可以使得人物的语言不再那么不合时宜，但托氏批评莎氏的人物语言夸张而无节制，乔治·奈特对这一问题却没有正面回应。另一方面，这又涉及谁可以利用想象力理解人物语言的问题。在托氏看来，莎氏不是在为普通人写作，而是在为上流社会的人写作，他的作品只符合社会上层的趣味，如果说社会上层人士可以利用想象力理解人物的语言，那么社会底层民众能否理解就是个很大的疑问；托氏没有明确说底层民众无法理解，但显然他是抱有强烈的怀疑态度的。这又一次回到了托氏对于美和现代艺术的批判问题，如果美和艺术不具备人民性，那么美就不能称之为美，艺术也不是真正的艺术，这一标准同样适用于莎氏。

既然莎氏被托氏评价得如此之低，他为什么却被称为最伟大的文学家之一呢？托氏也对其中的缘由进行了探析。在托氏看来，主要包括内因和外因两个方面。内因在于，莎氏的创作符合社会上层阶级那种非宗教的和不道德的情绪，所以受到上流社会的支持。外因则是托氏着重讨论的，主要包含三个方面。“莎士比亚获得声望的第一个原因是，德国人必须以更有生气和更为自由的戏剧来对抗他们所厌弃的、确实既枯燥又平淡的法国戏剧。第二个原因是，年轻的德国作家为了写作自己的戏剧需要典范。第三个也是最重要的原因是，没有审美感的博学而热心的德国美学评论家的活动，他们编造了客观艺术的理论，也就是自觉地否定了戏剧应有宗教内容的理论。”[1]托氏认为，以

1 列夫·托尔斯泰：《列夫·托尔斯泰文集（第十四卷）》，第392页。

歌德为首的德国知识分子团体，部分由于要祛除法国伪艺术的魅力，部分由于要给自己的戏剧活动以广阔天地，更重要的是他们的世界观和莎氏的一致，就因此而称莎氏是伟大的文学家。为了让自己的赞美具有说服力，他们又制造出美学理论，宣称明确的宗教世界观对于艺术毫无必要，艺术应该是客观的，描写事件时不应该加以善恶的评价。莎氏的创作完全符合这些理论，所以被认为是伟大的杰作，而评论家的评价又在读者中扩大了莎氏的影响，因而人们普遍狂热地赞美莎氏。

托氏的原因分析中，有两个问题值得注意，一个是世界观的问题，另一个则是艺术的客观性问题。托氏在评价莎氏的世界观时，引用了格尔维努斯、勃兰兑斯等人的评价，这给了评论家“可乘之机”。乔治·奈特就认为，托氏不是直接领会莎氏，而是通过评论家领会莎氏，而评论家的评论却完全脱离实际。托氏要求艺术具有宗教的内核，莎氏提供的是托氏所要求的那样一种因时而异的宗教和哲理的结合物，而评论家解释的莎氏却完全没有宗教性。[1]莎氏的宗教和托氏的宗教显然不是一回事。尽管托氏也宣称，人类社会的每个阶段都有其宗教意识，“这种宗教意识被这个特定时期中的先进人物们表达出来，并或多或少地为这个特定时期中的社会成员所认知”[2]，他承认“特定时期”的阶段性，却认为自从基督教产生开始，人类社会进入了一个新阶段，直到他生活的年代也没有超越这个阶段；最为先进的宗教意识已经固定下来，这就是以《圣经》特别是“登山训众”为基础的基督教的宗教意识，唯此他才会在《教条神学研究》《四福音书的汇编与翻译》中对照希腊文版的《圣经》重新编著和解释《圣经》。乔治·奈特正确地看到了托氏所言的宗教意识的“因时而异”，但对于“时”的理解却和托氏完全不同，分歧在于文艺复兴以来的四百年时间是否走出托氏所认为的社会的“大阶段”。

1　乔·威尔森·奈特:《莎士比亚和托尔斯泰》，载陈燊编选《欧美作家论列夫·托尔斯泰》，中国社会科学出版社，1983，第221—256页。

2　列夫·托尔斯泰:《托尔斯泰论文艺》，第110页。

当文艺复兴作家以人文主义反对中世纪神学的时候，托氏却在维护中世纪的宗教传统，维护艺术的宗教性，这是托氏与时代之间的“时间差”，因而可以从历史的角度理解托氏对莎氏乃至整个现代艺术的批判。匈牙利著名的马克思主义艺术史家和社会学家阿诺德·豪泽尔（Arnold Hauser, 1892—1978）认为，托氏否定莎氏，就像是一个讨厌丰富形式的清教徒很难在一个诗人的独特风格中发现任何乐趣。托氏与艺术的关系只能被理解为历史的变化，以前的艺术是传达理念的媒介，但是19世纪的美学文化却已经让以前的艺术理念走向了终点，他与艺术的关系体现了这样一种历史的发展。[1]时代的发展既体现在艺术理念层面，也体现在思想层面，但无论从哪一个层面，托氏都坚决拒绝这种发展。

时代的发展带来了对于艺术的不同理解，美学理论越来越推崇艺术的客观性，作家在作品中单纯描写事件却不表达对于事件的善恶倾向，这是评论界高度评价莎氏的原因之一。托氏在评论莫泊桑的小说时曾经指出，一件真正的艺术品必须表现出“作家与描写对象的正确的也就是道德的态度”[2]，他认为莫泊桑在写完《漂亮朋友》后接受了一种错误的艺术理论：“对一篇艺术作品来说，不仅没有必要有任何对与错的清晰概念，而且艺术家应该完全忽视所有的道德问题，这甚至可以说是一个艺术家的优点。”[3]这种艺术理论既适用于莫泊桑，也适用于莎氏，在托氏看来，它就是理论家为了证明莎氏的作品伟大而创造出来的。对于强调艺术的伦理价值的托氏来说，这当然是无法接受的，如果不对作品中的善恶加以褒贬，这只会带来社会的混乱，而非人类的团结。罗曼·罗兰非常正确地指出，托氏在谈论莎氏时不是在谈论莎氏，而是在谈论他自己，他在阐述自己的理想。托氏是在批判莎氏的客观的艺术，即主张在一切道德价值之外去表现故事，因为这是

1 Arnold Hauser, *The Social History of Art*, Vol. IV (London and New York: Routledge, 1999), p.109.

2 列夫·托尔斯泰：《托尔斯泰论文艺》，第165页。

3 同上，第174页。

以否定宗教为目的的艺术。[1]

托尔斯泰所反对的，正是现代小说所倡导的。20世纪的现代小说强调作者的客观性、冷漠性，“作者的客观性意味着一种对所有价值的中立态度，一种无偏见地报道一切善恶的企图”，“可以指福楼拜称之为冷漠性的东西，即一种对一位作家的故事中的人物和事件的无动于衷或不动感情的态度”[2]。在这样的背景下，托氏于19世纪末20世纪初对莎氏所代表的所谓客观艺术的批判获得了更为广阔的批判空间，他的批判对象不仅仅是他所处的时代的现代艺术，而且超越了他的时代，拓展到整个20世纪。托氏以艺术的人民性反对象征主义、颓废主义，以艺术的宗教性反对艺术的客观性，可以说，他的批判是对整个现代艺术的批判，他预见到了现代艺术的发展方向，并试图以自己的努力阻止它，尽管最后没有获得成功。

在托氏看来，理论界宣传客观的艺术，褒扬莎氏不对事件做善恶评价的文学，带来了极大的害处。“这种害处表现在两个方面。第一，表现为戏剧的堕落以及这种重要的进步手段为空虚和不道德的娱乐所取代。第二，向人们提供效尤的坏榜样，以此直接腐蚀他们。”[3]托氏赋予了戏剧非常重要的地位，认为人类生活只有在了解宗教意识之后才能走向完善，了解宗教意识依赖于各种精神活动，这种活动的一个方面是艺术，而戏剧是对人的精神活动影响最大的艺术分支。戏剧应该找到与基督教观点相适应的新形式，承担起阐明宗教意识的功能，而以莎氏为典范的戏剧艺术却成了庸俗而不道德的娱乐，读者“接受了渗透于莎士比亚全部作品的不道德的世界观之后，他就丧失了明辨善恶的能力”[4]。

托氏对莎氏戏剧的批判体现了他对于当时的欧洲和俄国戏剧的

1　罗曼·罗兰：《托尔斯泰传》，傅雷译，华文出版社，2013，第100—104页。

2　韦恩·布斯：《小说修辞学》，华明、胡晓苏、周宪译，北京联合出版公司，2017，第64、75页。

3　列夫·托尔斯泰：《列夫托尔斯泰文集（第十四卷）》，人民文学出版社，1987，第395页。

4　同上，第397页。

不接受，他的这种不接受可以一直追溯到19世纪60年代。苏联作家、历史学家乌里扬诺夫（Н. И. Ульянов, 1904—1985）敏锐地发现，托氏在《战争与和平》中让娜塔莎在剧院走向堕落，体现了托氏对于戏剧的否定性态度，因为托氏认为剧场是造成道德堕落的场所，戏剧表现的不是真实的内容，而是虚假的东西，所有这些都是不道德的。托氏嘲讽戏剧的做作和不自然是受到卢梭的影响，卢梭对戏剧的否定是托氏否定戏剧的一个重要原因。[1]阿赫米托娃同意乌里扬诺夫的观点，她认为在戏剧观方面，托氏和卢梭具有以下共同之处：对生活场景保持惊奇，即什洛夫斯基所言的"陌生化"；将上流社会的歌剧理解为一种偏离了人的生活的虚伪轻浮的行为；认为戏剧场景是作为闲散的人的游戏而创设的，距真正的生活状态很远。托氏对戏剧的这样一种态度近似于莱蒙托夫，与普希金的观点部分相似，都把戏剧当作是受教育阶级的不自然的、轻浮的生活的标志。但在托氏的创作后期，他的观点更近似于果戈理，他们都把戏剧看作通向基督教的无形的阶梯，这主要是因为两位作家的基督教文化的美学根源。[2]这样一种观点的变化就在《论莎士比亚和戏剧》中表现为对戏剧的宗教性的要求。

托氏尽管否定莎氏的戏剧，却不否定戏剧本身，他批判当时的戏剧只是因为戏剧没有承担起其应有的宗教功能，却成为上流社会空虚而不道德的享乐工具。它本身没有表达出严肃的思想内涵，却迎合甚至鼓动了社会上层的享乐欲望，又进一步阻碍了人们的道德完善。正是在这个意义上，乔治·斯坦纳才认为"托尔斯泰对戏剧的态度具有清教主义的特征，他把戏剧与道德感知的丧失联系在一起"[3]。苏联著名的托氏研究专家洛姆诺夫也注意到，托氏对戏剧的评论总是和批判

1 Ульянов Н. И. Из давних споров // Н. Ульянов. Скрипты. Michigan: Эрмитаж, 1981. С. 100–119.

2 Ахметова Г.А. Воззрения Л. Н. Толстого на театр в контекст культуры. Вестник Томского государственного университета. Филология. 2015(2): 122–134.

3 乔治·斯坦纳：《托尔斯泰或陀思妥耶夫斯基》，严忠志译，浙江大学出版社，2011，第102—116页。

贵族社会紧密联系在一起，他并不否定戏剧，他支持能提出问题的戏剧，要求剧院以其拥有的全部手段来深刻阐明戏剧所提出的生活中的那些新问题，认为戏剧和剧院都应该是帮助人们提出和解决生活中还没有解决的问题的有创造性的实验室。他批判戏剧，只是因为戏剧失去了这些功能。[1]可见，托氏的批判对象不是戏剧，而是没有宗教性的戏剧。

从思想和艺术的层面看，托氏对莎氏的批判主要集中在世界观和客观性方面，这也是他批判戏剧艺术的原因。艺术层面为思想层面服务，不做善恶评价的描写实质上是对善与恶的普遍接受，莎氏戏剧艺术的"客观"在托氏看来就是对肉欲、暴力、邪恶等负面因素等的容忍，而这些因素却是人的道德完善的绊脚石。托氏的批判是在努力恢复戏剧的宗教传统，呼唤一种适合表达基督教观点的戏剧艺术的新形式，使戏剧承担起它的宗教使命。

第四节　结　　语

从本质上看，托氏的文艺观是宗教文艺观，宗教性是其根本属性。他要求艺术传达宗教情感，表现宗教意识，促进人的团结与和谐；他批判莎氏的世界观，反对莎氏作品中的客观艺术，要求作品要表现出作者的倾向性，表达作者对描写对象的道德的态度。这些都是文艺观的宗教性的直接体现。

苏联学者经常谈论托氏的人民性，这其中也包含他的文艺观的人民性。托氏要求艺术表现所有人都能理解的具有普遍性的情感，他因美与现代艺术只表现社会上层的生活与情感而对之展开猛烈的抨击，这些都体现了托氏文艺观的人民性内涵。但是，托氏的人民性主张，是从其宗教世界观中生发出来的。在托氏看来，每一个人都是上帝的

1　洛姆诺夫：《托尔斯泰剧作研究》，第42—56页。

孩子，都分有了上帝的神性，所以关爱一个人，关爱的对象不仅仅是这个具体的人，更是这个人身上的神性的上帝。托氏主张艺术应该能够为每一个人所理解，为每一个人服务，实质上是借助艺术表达对上帝的最大的尊重。

托氏批判美和现代艺术的一个原因是它们迎合了人的感官欲望，而肉体享乐却是人的道德完善的一大障碍。道德的自我完善（нравственное самосовершенствование）是托尔斯泰主义的核心内涵之一，托氏的道德完善不是朴素意义上的向善，不是类似于儒家思想中的修身，而是有着浓厚的宗教色彩。托氏的秘书布尔加科夫曾经编过一本名为《基督教伦理学》的书，是对托氏思想的概述。这本书中提到，"生命的目标只有一个，就是追求完善（совершенство），就像基督告诉我们的：你们要完善，像你们天上的父一样完善（马太福音 5: 48）"[1]。可见，道德完善指的是像上帝一样完善，这才是最终的目标，美和现代艺术受到托氏的批判，是因为它们阻止人走向上帝。

托氏的文艺观是其基督教世界观在艺术领域的延伸。他重新定义艺术，并批判西方的艺术作品及其美学理论，是同一个问题的正反面，树立新的标准必定同时要推翻旧标准。在西方艺术越发失去其宗教内涵而走向"客观"、距离普通大众越来越远的时候，托氏呼唤艺术的宗教性，是对艺术发展方向的警示。托氏的宗教文艺观在我们今天看来难免有些不合时宜，但其中包含的艺术为人民服务、艺术应当推动道德进步的思想内涵仍然对我们当下的艺术有所启示。

1 Булгаков В.Ф. Христианская этика. Систематические очерки мировоззрения Л. Н. Толстого. М.: Издание Издательской Комиссии Московского совета солдатских депутатов, 1917: 44.

附录一 重要文献

（一）俄苏部分：

Анненков, П. В.: Критические очерки. СПб.: Издательство Русского Христианского гуманитарного института, 2000.

Бабаев, Э. Г.: *Лев Толстой и русская журналистика его эпохи.* М.: МГУ, 1993.

Бабаев, Э. Г.: *Очерки эстетики и творчества Толстого.* М.: Издательство МГУ, 1981.

Бабаев, Э.: *«Анна Каренина» Л. Н. Толстого.* М.: Художественная литература, 1978.

Басинский, П. В.: *Лев Толстой: Бегство из рая.* М.: АСТ: Астрель, 2011.

Басинский, П. В.: *Святой против Льва: Иоанн Кронштадтский и Лев Толстой: история одной вражды.* М.: АСТ, 2013.

Билинкис Я. С.: *«Анна Каренина» Л. Н. Толстого и русская литература 1870-х годов. (Лекция).* Л.: Государственный педагогический институт им. А. И. Герцена, 1970.

Благой, Д. Д.: *Толстой-художник.* М.: Издательство Академических наук СССР, 1961.

Бочаров, С.: *Роман Л. Толстого «Война и мир».* М.: Гослитиздат, 1963.

Бурсов, Б. И.: *Лев Толстой и русский роман.* Л.: Издательство Академических наук СССР, 1963.

Бурсов, Б.: *Лев Толстой. Идейные искания и творческий метод. 1847–1862.* М.: Гослитиздат, 1960

Бычков, С. П.: *Л. Н. Толстой в русской критике.* М.: Гослитиздат, 1960.

Вересаев, В. В.: *Живая жизнь: о Достоевском и Льве Толстом.* М.: Политиздат,1991.

Виноградов, В. В.*Избранные труды. Язык и стиль русских писателей. От Гоголя до Ахматовой.* М.: Наука, 2003.

Виноградов, И.И.: *Духовные искания русской литературы.* М.: Русский путь, 2005.

Галаган, Г. Я.: *Л. Н. Толстой: Художественно-этические искания.* Л.: Наука, 1981.

Гинзбург, Л. Я.: *О психологической прозе.* Л.: Советский писатель, 1971.

Григорьев, А. Л.: *Роман «Анна Каренина» за рубежом.* М.: Наука, 1970.

Гродецкая, А. Г.: *Ответы предания: жития святых в духовном поиске Льва Толстого.* СПБ.: Наука, 2000.

Громов, П.: *О стиле Льва Толстого. Становление «диалектики души».* Л.: Художественная литература, Ленинградское отделение, 1971.

Гудзий, Н. К.: *Лев Толстой. Критико-биографический очерк.* М.: Гослитиздат, 1960.

Днепров, В.: *Искусство человековедения. Из художественного опыта Льва Толстого.* Л.: Советский писатель, 1985.

Долинина, Н. Г.: *По страницам "Войны и мира": Заметки о романе Л. Н. Толстого "Война и мир".* Л.: Детская литература, Ленинградское отделение, 1989.

Дунаев, М. М.: *Православие и русская литература, Ч. IV.* М.: Христианская литература, 2003.

Ермилов, В.: *Роман Л. Н. Толстого «Анна Каренина»*. М.: Гослитиздат, 1963.

Ермилов, В.: *Толстой-художник и роман «Война и мир»*. М.: Гослитиздат, 1961.

Жданов, В. А.: *От «Анны Карениной» к «Воскресению»*. М.: Книга, 1967.

Жданов, В. А.: *Последние книги Л. Н. Толстого. Замыслы и свершения*. М.: «Книга», 1971.

Зиннер, Э. П.: *Творчество Л. Н. Толстого и английская реалистическая литература конца XIX и начала XX столетия*. М.: Иркутск, 1961.

Исупов, К. Г.: *Л. Н. Толстой: pro et contra*: Личность и творчество Льва Толстого в оценке русских мыслителей и исследователей. СПб.: Издательство РХГИ, 2000.

Ищук Г. Н.: *Лев Толстой: Диалог с читателем*. М.: Книга, 1984.

Ким, Рехо: *Лев Толстой и литературы Востока*. М.: ИМЛИ РАН: Наследие, 2000.

Ковалев, В. А.: *Поэтика Льва Толстого: Истоки. Традиции*. М.: Издательство Московского университета, 1983.

Костин, Е. А. *Достоевский против Толстого: русская литература и судьба России*. СПб.: Алетейя. 2016.

Леннквист, Б.: *Путешествие вглубь романа. Лев Толстой: Анна Каренина*. М.: Языки славянской культуры, 2010.

Линков В. Я., Саакянц А. А.: *Лев Толстой: Жизнь и творчество*. М.: Русский язык, 1979.

Линков, В. Я.: *"Война и мир" Л. Н. Толстого*. М.: Издательство Московского университета, 1998.

Линков, В. Я.: *Мир и человек в творчестве Л. Толстого и И. Бунина*. М.: Издательство Московского университета, 1989.

Ломунов, К. Н.: *Лев Толстой в современном мире.* М.: «Современник», 1975.

Ломунов, К. Н.: *Над страницами «Воскресения»: История создания романа Л. Н. Толстого.*М.: Современник, 1979.

Ломунов, К. Н.: *Эстетика Льва Толстого.* М.: «Современник», 1972.

Лотман, Ю. М.: *Структура художественного текста.* М.: «Искусство», 1970.

Маймин, Е. А.: Лев Толстой: Путь писателя. М.: Наука, 1978.

Машинский, С.: *В мире Толстого.* М.: Современный писатель, 1978.

Мейлах, Б. С.: *Уход и смерть Льва Толстого.* М.; Л.: Художественная литература, 1960.

Николаева, Е. В.: *Художественный мир Льва Толстого, 1880 — 1990-е годы.* М.: Флинта; Наука, 2000.

Одиноков В. Г.: *Проблемы поэтики и типологии русского романа XIX в.* Новосибирск, СПб.: «Наука», сибирское отделение, 1971.

Опульская, Л. Д. *Роман-эпопея Л. Н. Толстого "Война и мир".* М.: Просвещение, 1987.

Основин, В. В.: *Драматургия Л. Н. Толстого.* М.: Высшая школа, 1982.

Пруцков, Н. И.: *Русская литература XIX века и революционная Россия.* Л.: «Наука», 1971.

Разумихин, А. М.: *Радости и горести счастливой жизни в России: Новый взгляд на «Войну и мир».* М.: Московские учебники, 2009.

Ремизов, В. Б.: *Роман Л. Н. Толстого «Воскресение»: концепции жизни и форма ее воплощения.* Воронеж.: Издательство Воронежского университета, 1986.

Скафтымов, А. П.: *Нравственные искания русских писателей.* М.: Художественная литература, 1972.

Сливицкая, О. В.: *«Война и мир» Л. Н. Толстого: Проблема человеческого общения* Л.: Издательство Ленинградского университета, 1988.

Сливицкая, О. В.: *«Истина в движеньи»: О человеке в мире Л. Толстого.* СПб.: Амфора, 2009.

Страхов, Н. Н.: *Литературная критика: сборник статей.* СПб.: Издательство Русского Христианского гуманитарного института, 2000.

Сухих, И. Н.: *Роман Л. Н. Толстого "Война и мир" в русской критике.* Л.: Издательство ЛГУ, 1989.

Тарасов, Б. Н.: *«Мыслящий тростник»: Жизнь и творчество Паскаля в восприятии русских философов и писателей.* М.: Языки славянских культур, 2009.

Толстой, Л. Н.: *Личность и творчество Льва Толстого в оценке русских мыслителей и исследователей: Антология.* СПб.: Издательство РХГИ, 2000.

Фортунатов, Н. М.: *Творческая лаборатория Л. Толстого: Наблюдения и раздумья.* М.: Советский писатель, 1983.

Хализев, В. Е.: *Кормилов С. И. Роман Л. Н. Толстого «Война и мир».* М.: Высшая школа, 1983.

Храпченко, М. Б.: *Лев Толстой как художник.* М.: Художественная литература, 1978.

Чернышевский, Н. Г. *О классиках русской литературы.* М.: Детская литература, 1989.

Чуприна, И. В.: *Трилогия Л. Толстого «Детство», «Отрочество» и «Юность».* Саратов.: Издательство Саратовского университета, 1961.

Шестов, Л. И.: *На весах Иова. Странствования по душам.* М.: ЭКСМО, 2009.

Шифман, А.: *Лев Толстой и Восток.* М.: Издательство восточная литература, 1960.

Шкловский, В.: *Материал и стиль в романе Льва Толстого «Война и мир».* М.: Издательство «Федерация»,1928.

Эйхенбаум, Б. М.: *Лев Толстой: исследования. Статьи.* СПб.: Факультет филологии и искусств СПбГУ, 2009.

（二）法国部分

Aucouturier, Michel: *Léon Tolstoï: La Grande âme de la Russie.* Paris: Gallimard, 2010.

Aucouturier, Michel: *Tolstoï*. Paris: Seuil, 1997.

Bodart, Marie-Thérèse: *Tolstoï*. Paris: Éditions universitaires, 1971.

Bourdon, Georges: *En Écoutant Tolstoï: Entretiens sur la guerre et autres sujets.* Paris: Charpentier et Fasquelle, 1904.

De Manacéïne, Marie: *L'Anarchie passive et le comte Léon Tolstoï (Le Salut est en vous).* Paris: LEN, 1895.

De Vogüé, Eugène-Melchior: *Le roman russe*. Paris: Librairie Plon, 1886.

Fédorovski, Vladimir: *Le roman de Tolstoï*. Monaco: Éditions du Rocher, 2010.

Fernandez, Dominique: *Avec Tolstoï*. Paris: Grasset, 2009.

Garcia, Renaud: *Léon Tolstoï: Contre le Fantasme de toute puissance*. Paris: Passager Clandestin, 2013.

Lebrun, Victor: *Dix ans avec Tolstoï*. Paris: Cherche Midi, 2014.

Legeais, Raymond: *Tolstoï et le droit*. Poitiers: Presses universitaires juridiques, 2013.

Lionnet, Jean: *L'Évolution des idées chez quelques-uns de nos contemporains.* Paris: Perrin, 1903.

Lourié, Ossip: *Pensées de Tolstoï d'après les textes russes*. Paris: LEN, 1895.

Persky, Serge: *Tolstoï intime: Souvenirs, récits, propos familiers.* Paris: Librairie des annales, 1909.

Rancé, Christiane: *Tolstoï, le pas de l'ogre*. Paris: Seuil, 2010.

Rolland, Romain: *Vie de Tolstoï*. Vanves: Hachette, 1911.

Sorel, Albert: *Tolstoï historien*. Paris: Plon, 1894.

Suarès, André: *Tolstoï*. Paris: Union pour la morale, 1899.

（三）英国部分

Arnold, Matthew: *The Last Word*. ed. R. H. Super. Ann Arbor: University of Michigan Press, 1977.

Arnold, Matthew: *The Letters of Matthew Arnold (1885–1888)*. ed. Cecil Y. Lang. Charlottesville: The University Press of Virginia, 2001.

Bush, Douglas: *Matthew Arnold: A Study of His Poetry and Prose*. New York: The Macmillan Company, 1971.

Christoyannopoulos, Alexandre: "Leo Tolstoy on the State: A Detailed Picture of Tolstoy's Denunciation of State Violence and Deception," *Anarchist Studies*, 2008.

Cruise, Edwina: "Women, Sexuality, and the Family in Tolstoy," *The Cambridge Companion to Tolstoy*, ed. Donna Tussing Orwin. Cambridge: Cambridge University Press, 2002.

Eagles, Stuart: "'Souls of Good Quality': Ruskin, Tolstoy and Education," *John Ruskin and Nineteenth-Century Education*, ed. Valerie Purton. London: Anthem Press, 2018.

Elizabeth Frazer, Kimberly Hutchings: "Anarchist ambivalence: Politics and violence in the thought of Bakunin, Tolstoy and Kropotkin," *European Journal of Political Theory*. vol. 18, issue 2, 2019.

Emerson, Caryl: "Tolstoy and Music," *Anniversary Essays on Tolstoy*, ed. Donna Tussing Orwin, Cambridge: Cambridge University Press, 2010.

Foertsch, Mary: "Tolstoy and Greek: A Speculation about *Anna Karenina*," *The Cambridge Quarterly*, vol. 23, issue 1, 1994.

Friedrich, Paul: "Tolstoy, Homer, and Genotypical Influence," *Comparative Literature*, vol. 56, no. 4, 2004.

Hudspith, Sarah: "Life in the Present: Time and Immortality in the Works of Tolstoy," *The Modern Language Review*, vol. 101, no. 4, 2006.

Jahn, Gary R: "Tolstoy as a Writer of Popular Literature," *The Cambridge Companion to Tolstoy*, ed. Donna Tussing Orwin, Cambridge: Cambridge University Press, 2002.

Jones, W.: "Tolstoy staged in Paris, Berlin, and London," *The Cambridge Companion to Tolstoy,* ed. D. Orwin, Cambridge: Cambridge University Press, 2002.

Justin, Weir: "Violence and the Role of Drama in the Late Tolstoy: The Realm of Darkness," *Anniversary Essays on Tolstoy*, ed. Donna Tussing Orwin, Cambridge: Cambridge University Press, 2010.

Knowles, A. V.: *Leo Tolstoy: The Critical Heritage*. London: Toutledge, 1978.

Mainwaring, Marion: "Arnold and Tolstoi," *Nineteenth-Century Fiction*, 6.4. (1952).

Miller, Robin Feuer: "Tolstoy's Peaceable Kingdom," *Anniversary Essays on Tolstoy*, ed. Donna Tussing Orwin, Cambridge: Cambridge University Press, 2010.

Orwin, Donna Tussing: "Leo Tolstoy (1828−1910): Art and Truth," *The Cambridge Companion to European Novelists*, ed. Michael Bell, Cambridge: Cambridge University Press, 2012.

Pittock, Malcolm: "Wilfred Owen, Tailhade, Tolstoy, And Pacifism," *The Review of English Studies*, vol. 49, issue 194, 1998.

（四）美国部分

Addams, Jane: *Newer Ideals of Peace*. Champaign: University of Illinois Press, 2007.

Adelman, Gary: Anna Karenina: *The Bitterness of Ecstasy*. Boston: G. K. Hall & Co., 1990.

Armstrong, Judith M.: *The Unsaid Anna Karenina*. New York: St. Martins Press, 1988.

Atkins, Gaius G.: *Pilgrims of the Lonely Road*. Sheridan: Creative Media Partners, LLC, 2018.

Bayley, John.: "*Anna Karenina* and *What is Art*," *Bloom's Modern Critical View: Leo Tolstoy*, ed. Harold Bloom, Philadelphia: Chelsea House Publishers, 2003.

Benson, Ruth C.: *Women in Tolstoy: The Ideal and the Erotic*. Champaign: University of Illinois Press, 1973.

Boodberg, Peter A.: "Tolstoy and China: A Critical Analysis," *Philosophy East and West*, 1.3 (1951).

Clay, George R.: "In Defense of Flat Characters: A Discussion of Their Value to Charles Dickens, Jane Austen, and Leo Tolstoy," *International Fiction Review* 27, nos. 1–2 (2000). Also in *Midwest Quarterly* 42, no. 3 (2002).

Cracraft, James.: *Two Shining Souls: Jane Addams, Leo Tolstoy and the Quest for Global Peace*. Lanham: Lexington Books, 2012.

Crosby, Ernest Howard: *Tolstoy and His Message*. Whitefish: Literary Licensing, LLC, 2014.

Crosby, Ernest Howard: *Tolstoy as a Schoolmaster*. The Hammersmark, 1910.

Das, Tarak Nath: *Tolstoy and India*, America and India Feature and News Service, 1950.

Davies, Ruth: *The Great Books of Russia*. Oklahoma: University of Oklahoma Press, 1968.

Decker, Clarence: "Victorian Comment on Russian Realism," *PMLA*, vol. 52, no. 2 (1937).

Donskov, Andrew: "The Peasant in Tolstoi's Thought and Writings," *Canadian Slavonic Papers / Revue Canadienne Des Slavistes* 21, no. 2 (1979).

Egan, David R. and Egan, Melinda A.: *Leo Tolstoy: An Annotated Bibliography of English-language Sources from 1978 to 2003*. Metuchen: The Scarecrow Press, 2005.

Ehrenfeld, David: "*War and Peace* and Conservation Biology," *Conservation Biology*, vol. 14, no. 1 (2000).

Feuer, Kathryn: "Reviewed Work: A Daring Coiffeur: Reflections on War and Peace and Anna Karenina by Elizabeth Gunn," *Slavic Review*, 32. 2 (1973).

Feuer, Kathryn: *Tolstoy and the Genesis of "War and Peace"*. Ithaca: Cornell University Press, 1996.

Foster, John Burt: *Transnational Tolstoy: Between the West and the World*. New York: Bloomsbury, 2013.

Freeman, Mark: "Death, Narrative Integrity and the Radical Challenge of Self-Understanding: A Reading of Tolstoy's *The Death of Ivan Ilych*," *Ageing and Society*, 17 (1997).

Friedrich, Paul: "Tolstoy, Homer, and Genotypical Influence," *Comparative Literature*, 56.4(2004).

Futrell, Michael: "Levin, the Land and the Peasants," *Canadian Slavonic Papers / Revue Canadienne Des Slavistes*, vol. 21, no. 3, 1979.

Gustafson, Richard F.: "Levin's Mowing and the Task of Life," *Ulbandus Review* 2, no. 2 (1982).

Gustafson, Richard: *Leo Tolstoy: Resident and Stranger*. Princeton: Princeton University Press, 1996.

Hamilton, Clayton: *Seen on the Stage*. Collingwood: Trieste Publishing, 2008.

Harder, Worth T.: "Granny and Ivan: Katherine Porter's Minor for Tolstoy," *Renascence* 42, no. 3(1990).

Horowitz, Irving: *The Idea of War and Peace: The Experience of Western Civilization*. New York: Routledge, 2017.

Howells, W.D.: "A Traveler from Altruria," *Cosmopolitan*, 14(1892).

Howells, W.D.: "An American Reaction to Tolstoy," *Comparative Literature Studies*, 8(1971).

Howells, W.D.: *My Literary Passions* (2004), kindle edition.

Hustis, Harriet: "'Three Rooms Off' : Death and the Reader in Tolstoy's *The Death of Ivan Ilych*". *Literature Interpretation Theory* 7, no. 3(2000).

Irina, Paperno: *Who, What Am I?: Tolstoy Struggles to Narrate the Self*. Ithaca: Cornell University Press, 2014.

McLean, Hugh: ed. *In the Shade of the Giant: Essays on Tolstoy*. Berkeley: University of California Press, 1989.

McLean, Hugh: *In Quest of Tolstoy*. Boston: Academic Studies Press, 2008.

Meyer, Priscilla: "*Anna Karenina*, Rousseau and the Gospels," *Russian Reviews*, 66.2(2007).

Meyers, Jeffrey: "Filial Memoirs of Tolstoy." *Biography* 11, no. 3 (1988).

Meyers, Jeffrey: "Tolstoy, Hemingway: *The Death of Ivan Ilych* and *The Snows of Kilimanjaro*," *Disease and the Novel*, 1880 – 1960, New York: St Martin's, 1985.

Mooney, Harry J.: *Tolstoy's Epic Vision: A Study of* War and Peace *and* Anna Karenina. Tulsa: University of Tulsa Press, 1968.

Morson, Gary Saul: "What Is Agriculture?" *Russian Literature* 40 (1996).

Morson, Gary Saul: "Work and the Authentic Life in Tolstoy," *Tolstoy Studies Journal* 9(1997).

Noyes, G.R.: "Tolstoy as a Man of Letters," *California University Chronicle*, 13(1911).

Noyes, G.R.: *Tolstoy*. New York: Duffield, 1918.

Orwin, Donna T.: *The Cambridge Companion to Tolstoy*. Cambridge: Cambridge University Press, 2002.

Orwin, Donna T.: *Tolstoy's Art and Thought, 1847–1880*. Princeton: Princeton University Press, 1993.

Payne, W.M.: "Recent Fiction," *Dial*. 3(1886).

Raleigh, John Henry: "Tolstoy and the Ways of History," *NOVEL: A Forum on Fiction*, 2. 1 (1968).

Robinson, Douglas: *Estrangement and the Somatic of Literature: Tolstoy, Shklovsky and Brecht*. Baltimore: The John Hopkins University Press, 2008.

Roosevelt, Theodore: "Tolstoy," *The Outlook*, 5(1909).

Rubins, Maria: "Reviewed Work: Tolstoy or Dostoevsky. An Essay in the Old Criticism by George Steiner," *The Slavic and East European Journal*, 42.2 (1998).

Schefski, Harold K.: "Tolstoi and the Jews," *The Russian Review*, vol. 41, no. 1 (1982).

Schutte, William (ed): *Six Novelists: Stendhal, Dostoevsky, Tolstoy, Hardy, Dreiser, and Proust*. Pittsburgh: Carnegie University Press, 1959.

Sekirin, Peter: *Americans in Conversation with Tolstoy: Selected Accounts, 1887–1923*. Jefferson: McFarland & Company, Inc., 2006.

Shirer, William Lawrence: *Love and Hatred: The Tormented Marriage of Leo and Sonya Tolstoy.* New York: Simon & Schuster, 1994.

Smoluchowski, Louis: *Lev and Sonya: The Story of the Tolstoy Marriage*. St. Paul: Paragon House Publishers, 1988.

Sorokin, Boris: *Tolstoy in Prerevolutionary Russian Criticism*. Miami: Ohio State University Press for Miami University, 1979.

Tolstoy, Leo: *What I Believe*, trans. Aylmer Maude, Christchurch: The Free Age Press, 1902.

Urban, Wilbur M.: "Tolstoy and the Russian Sphinx," *International Journal of Ethics*, vol. 28, no. 2 (1918).

Walsh, Harry: "The Tolstoyan Episode in American Social Thought," *American Studies*, 17(1976).

Whittaker, Robert: "Tolstoy's American Disciple: Letters to Ernest Howard Crosby, 1894–1906," *Triquarterly* 98 (Winter 1996/1997).

Whittaker, Robert: "Tolstoy's American Mailbag: Selected Exchanges with His Occasional Correspondents," *Triquarterly* 96 (Winter 1995/1996).

Whittaker, Robert: "Tolstoy's American Preachers: Letters on Religion and Ethics, 1886–1908," *Triquarterly* 107/108 (2000).

Whittaker, Robert: "Tolstoy's American Translator: Letters to Isabel Hapgood, 1888–1903," *Triquarterly* 102 (1998).

Whittaker, Robert: "Tolstoy's American Visitors: Memoirs of Personal Encounters, 1868–1909," *Triquarterly* 110–111 (2001).

（五）德国部分

Christian Damböck, Günther Sandner and Meike G. Wernert: *Logischer Empirismus, Lebensreform und die deutsche Jugendbewegung*. Springer Nature, 2022.

Ernst, Paul: "Leo Tolstoi und der slawische Roman," *Russische Literatur in Deutschland*, Berlin: Walter De Gruyter Inc, 1974.

Hammer, E.: *Polikuschka*. Gesellschaft,1889.

Hanke, Edith: "Max Weber, Leo Tolstoy and the Mountain of Truth," *Max Weber and the Culture of Anarchy*. London: Palgrave Macmillan, 1999.

Lichtblau, Klaus: *Kulturkrise und Soziologie um 1900: Zur Genealogie der Kultursoziologie in Deutschland*. Springer VS, 2018.

Narloch, Sandra: *Zwischen Weltbürgertum und Neuem Kosmopolitismus: Verhandlungen übernationaler Gemeinschaft und Zugehörigkeit in der Exilliteratur*. Stuttgart: J. B. Metzler, 2022.

Resch, Stephan: "Widerstrebet nicht dem Bösen mit Gewalt: Die Rezeption des Tolstoischen Pazifismus bei Stefan Zweig," *Neophilologus* vol. 96 (2012).

Tolstoi: *Mit zwei Bildbeigaben*, Friedrich W. Schulz. Xenien-Verlag,1912.

Zabel, E. *Literarische Streifzüge durch Russland*. Berlin, 1885.

（六）日本部分

阿部軍治: 白樺派とトルストイ—有島武郎·武者小路実篤·志賀直哉を中心に, 彩流社, 2008

阿部軍治: 徳富蘆花とトルストイ—日露文学交流の足跡, 彩流社, 2008（改訂增補）

A·I· シフマン著、末包丈夫訳: トルストイと日本, 朝日新聞社, 1966

糸川紘一: トルストイとロシアの戦争, 文藝書房, 2023

内田魯庵: トルストイと日本の文壇, トルストイ研究, 創刊号, 1916. 9

岡沢秀虎: トルストイ研究, 理想社, 1963

木村毅: 日本におけるトルストイ, トルストイ展目録, 朝日新聞社, 1966

木村毅: トルストイと日本文壇, 新潮32(3), 1935. 3

北村透谷: トルストイ伯, 平和(2), 1892. 5

小泉八雲: トルストイの「復活」について, 小泉八雲全集, 13巻, 第一書房, 1926

小西増太郎: トルストイを語る, 岩波書店（1936）、桃山書林（1948）、万葉舎（2010）

小林秀雄: 思想と実生活, 文芸春秋14(4), 1936. 4

小林秀雄: 文学者の思想と実生活, 改造18(6), 1936. 6

幸徳秋水: トルストイ翁の非戦論を評す, 平民新聞（40）, 1904. 8

佐藤雄亮: トルストイと「女」博愛主義の原点, 早稲田大学出版部, 2020

高野明: トルストイ監修, 小西増太郎露訳, ドゥルイリン注, 老子『道徳経』—または「道徳についての記述」, 明治文化研究第3集, 明治文化研究会編, 日本評論社, 1969

田山花袋: 近代の小説, 田山花袋全集新輯別巻, 文泉堂書店, 1974

トルストイ全集刊行会: トルストイ全集, 1919

昇曙夢: トルストイ研究 (再版), 壮文社, 1949

昇曙夢: 偉人トルストイ伯, 春陽堂, 1911

昇曙夢: 露西亜文学研究, 隆文館, 1907

中村吉蔵:「闇の力」と脚本家としてのトルストイ, トルストイ研究, 創刊号, 1916. 9

長谷川天渓: トルストイ翁の沙翁論を読む, 早稲田文学[2期] (14), 1907. 2

広津和郎: 怒れるトルストイ, 聚英閣, 1916

藤沼貴: トルストイ, 第三文明社, 2009

藤沼貴: トルストイと生きる, 春風社, 2013

藤沼貴: トルストイの生涯, 第三文明社, 2020

法橋和彦: 日本におけるトルストイ, トルストイ全集月報1-20, 河出書房, 1972. 5-1978. 3

法橋和彦: さらばレフ· トルストイ, 未知谷, 2022

正宗白鳥: トルストイについて, 中央公論, 41巻7号 (462), 中央公論新社, 1926. 7

柳富子: トルストイと日本, 早稲田大学出版部, 1998

武者小路実篤: トルストイ雑感, 大調和2 (9), 春秋社, 1928. 9

武者小路実篤: 余は如何にしてトルストイを知り又は之に傾倒するに至りたる乎, トルストイ研究, 創刊号, 1916. 9

附录二

人名中外文对照及索引

附录三

书、报、刊名中外文对照及索引

“外国文学学术史研究”书目

第一、第二辑

《塞万提斯学术史研究》
《塞万提斯研究文集》
《雨果学术史研究》
《雨果研究文集》
《歌德学术史研究》
《歌德研究文集》
《左拉学术史研究》
《左拉研究文集》
《海明威学术史研究》
《海明威研究文集》
《庞德学术史研究》
《庞德研究文集》
《肖洛霍夫学术史研究》
《肖洛霍夫研究文集》
《普希金学术史研究》
《普希金研究文集》
《康拉德学术史研究》
《康拉德研究文集》
《高尔基学术史研究》
《高尔基研究文集》
《哈代学术史研究》
《哈代研究文集》
《贝娄学术史研究》
《贝娄研究文集》
《狄更斯学术史研究》
《狄更斯研究文集》
《芥川龙之介学术史研究》
《芥川龙之介研究文集》
《菲茨杰拉德学术史研究》
《菲茨杰拉德研究文集》
《茨维塔耶娃学术史研究》
《茨维塔耶娃研究文集》

第三辑

《乔叟学术史研究》
《乔叟研究文集》
《简·奥斯丁学术史研究》
《简·奥斯丁研究文集》
《希伯来经典学术史研究》
《希伯来经典研究文集》
《泰戈尔学术史研究》
《泰戈尔研究文集》
《普鲁斯特学术史研究》
《普鲁斯特研究文集》
《陀思妥耶夫斯基研究文集》

第四辑

《〈一千零一夜〉学术史研究》
《〈一千零一夜〉研究文集》
《巴尔扎克学术史研究》
《巴尔扎克研究文集》
《列夫·托尔斯泰学术史研究》
《列夫·托尔斯泰研究文集》